KiWi PAPERBACK

1057

DAS BUCH

Berlin im Sommer 2005: Gerhard Schröder hat die Vertrauensfrage gestellt und damit vorgezogene Neuwahlen erzwungen. In den Parks ist das Grillen verboten, und dann geht das Ordnungsamt auch noch gegen Alkoholkonsum in der Öffentlichkeit vor. Das ist zu viel, beschließt eine Gruppe junger Studenten und begehrt auf.

Sie alle stecken mitten im Studium, jenseits der Euphorie des Anfangs und noch vor dem Einsetzen der Examenspanik. Hausarbeiten sind ein lästiges Übel, der Stundenplan aber angenehm löchrig, und jetzt sind sowieso Semesterferien. So trifft man sich im Park, am See oder auf Partys – und immer geht es auch um Politik. Besonders Sebastian verfolgt die Parlamentsdebatten, Pressekonferenzen und Diskussionen im Fernsehen, regt sich auf über Heuchelei und Machtpoker, findet aber eigentlich sein Verhältnis mit Rieke viel aufregender.

Als die Idee eines Blogs aufkommt, mit dem man eine Gegenposition artikulieren könnte, ist Sebastian noch Feuer und Flamme. Schon mit der Titelfindung geht es aber nicht richtig voran, und währenddessen schmiedet Leander viel radikalere Pläne. Als Rieke plötzlich eine Pistole in der Handtasche mitbringt, die einst Andreas Baader gehört haben soll, eskaliert die Situation. Nur ein Fanal scheint geeignet, die nötige Aufmerksamkeit zu erregen. Und da er auch noch mit Luzie etwas angefangen hat, muss Sebastian dringend eine Entscheidung treffen ...

Thilo Bock liefert das schillernde Porträt einer Generation jenseits von Ideologien und Utopien. Die Unzufriedenheit mit den Verhältnissen ist groß, die Angst um die eigene Zukunft noch größer und ansprechende Alternativen sind eher Mangelware. Trotzdem gibt es eine Bereitschaft zur Radikalisierung, die selbst vor dem

Äußersten nicht zurückzuschrecken scheint. Mit großem Gespür für Befindlichkeiten und Sprechweisen erzählt Thilo Bock von Freiheit, Sehnsucht und Verantwortung.

DER AUTOR

Thilo Bock wurde 1973 in Berlin geboren und lebt dort bis heute. Zwischendurch hat er studiert und über Hugo Ball promoviert. 1997 erschien sein Kurzprosaband »Vogel sucht Fallschirm«. Er leitet Schreibwerkstätten. Zudem liest und singt er regelmäßig auf Berliner Lesebühnen und verwandten Veranstaltungen. Ihm sind mehrere Stipendien zuerkannt worden. In seiner Freizeit beschäftigt er sich gerne mit Lebensmitteln. Sein virtuelles Zuhause findet man unter *http://www.thilo-bock.de*

THILO BOCK

DIE GELADENE KNARRE VON ANDREAS BAADER

HISTORISCHER GEGENWARTSROMAN

Kiepenheuer & Witsch

Die in diesem Roman handelnden Personen entstammen mitsamt ihren Worten und Taten der Phantasie des Autors, Gestalten und Ereignisse des Zeitgeschehens sind dagegen authentisch und gemäß der damaligen Nachrichtenlage zitiert beziehungsweise wiedergegeben.

Die Arbeit an diesem Werk wurde mit Stipendien der Stiftung Preußische Seehandlung Berlin und der Stiftung Künstlerdorf Schöppingen gefördert.

1. Auflage 2009

Umschlaggestaltung: © Barbara Thoben, Köln
Umschlagmotiv: © Fotolia
Gesetzt aus der Garth Graphic und der FF Dynamoe
Satz: Pinkuin Satz und Datentechnik, Berlin
Druck und Bindearbeiten: CPI – Clausen & Bosse, Leck
ISBN 978-3-462-04082-1

»NOT WITH A BANG
BUT A WHIMPER« T. S. ELIOT
THE HOLLOW MEN

ES IST FREITAG, wir liegen auf verschwitztem Laken. Weil Rieke mit dem Fuß nun doch den Knopf am Fernseher getroffen hat, kann die Welt in das abgedunkelte Zimmer suppen. Die Fernbedienung funktioniert mal wieder nicht, die Batterien wollte ich längst ersetzen, und so gucken wir die Tagesschau, Mittagsausgabe, die uns berichtet, was wir auch so schon wußten: Der Kanzler hat heute sein Vertrauen verloren, vor allem das der anderen. Er hat keine Lust mehr, vielleicht weiß er wirklich nicht weiter und will sich daher ein Jahr vor dem regulären Wahltermin vom Volk abwählen lassen; das zeugt nicht gerade von Verantwortungsbewußtsein. Hat der Schröder nicht früher Fußball gespielt? Da muß man doch auch neunzig Minuten durchstehen. Verlängerungen sind möglich, Verkürzungen dagegen unüblich. Ich könnte mit Rieke darüber reden, weil wir, wenn wir nicht gerade fikken oder träumen oder uns bedeutungsvoll anschweigen, sowieso die ganze Zeit reden über uns und die Welt, denn wir sind jung, und wir haben Zeit und ganz guten Sex, weshalb ich auch gerade keine Lust habe zu reden, schon gar nicht über Politik. Ich lasse mich lieber berühren, anfassen, begrabschen von Riekes Händen auf meiner Bauchhaut. ›Acker‹ sollen sie den Schröder früher auf dem Bolzplatz gerufen haben. Das ist lange her, lange vor unserer Zeit. Früher hätte er das Spielfeld gewiß selbst dann nicht verlassen, wenn sein Team gerade eine derbe Klatsche kassierte. Niemand nannte Schröder Ackerkanzler, höchstens Spaßkanzler, was auch schon eine Weile her ist. Der Kanzler bei ›Wetten, dass ...?‹, der Kanzler mit Zigarre in teurem Zwirn, der Kanzler sagt: Regieren macht Spaß; der

Kanzler, der lacht. In der Küche von Riekes WG hängt ein Foto, auf dem Schröder mit einem Glas Bier in der Hand offenbar lauthals lacht. Dieses Lachen scheint ihm vergangen zu sein. Wir haben verstanden, hat er gesagt, als die SPD bei der Europawahl Punkte verlor, das muß neunzehnneunundneunzig gewesen sein, aber wer hier wirklich was verstanden hat, weiß heute keiner mehr. Heute sieht man Schröder neben Fischer auf der Regierungsbank sitzen wie bei einer Trauerfeier. Rotgrün wird zu Grabe getragen, Regieren macht wohl doch nicht so viel Spaß. Ich dagegen habe Spaß, gerade sogar besonders viel Spaß, auch wenn Rieke und ich seit bestimmt fünfzehn Stunden nicht anderes getan haben, als abwechselnd miteinander und nebeneinander zu schlafen. Der Kanzler sagt, das Volk solle durch Neuwahlen die Richtung bestimmen. Die Kandidatin verhaspelt sich, der Außenminister bekeift die Opposition, ein Abgeordneter der Grünen kündigt eine Klage gegen die Neuwahlen an, er fürchtet wohl um seine eigene Zukunft. Verfassungsrechtler bezweifeln, ob das Mißtrauensvotum gilt, ein Reporter spricht von Plausibilität, von beschränkter Handlungsfähigkeit, ich aber gebe nur Töne von mir, die Rieke zeigen sollen, wie sehr ich das mag, was ihr Mund nicht sagt, sondern tut. Dabei waren es vor allem ihre Worte, die mich verliebt gemacht haben, damals, vor gut einem Jahr, als wir ständig irgendwo hingegangen sind, wo man was zu gucken hatte, bloß nicht einander in die Augen, wo man zuhören konnte, und manchmal sogar den eigenen Worten, leise dazwischengeflüstert, ein Kommentar im Kino, nicht immer verstanden, akustisch, und trotzdem bekichert, schon wegen des warmen Kitzelns am Ohr. Jetzt kitzelt was anderes, und das ist gut zu verstehen, in Ankara wurde ein mutmaßlicher Terrorist erschossen, wir hören gar nicht zu, und ich greife nach Riekes Kopf, ich kann mich nicht an ihrem Haar festkrallen, weil das viel zu kurz ist, Zeichen einer Radikalität, die längst versunken ist im Schlamm meiner Matratze, und jetzt muß ich wirklich stöhnen, und Riekes Mund saugt fester, und dann ist da wieder dieses Gefühl, das wahrscheinlich das höchste von allen ist, da langt das der Geborgenheit nicht heran, und auch wenn es im Grunde stets gleichbleibt, festgelegt im Erbprogramm als Bestätigung maskuliner Zeugungskraft, muß Mann es immer wieder haben, steigt etwas hinauf, drängt etwas hinaus, und die NASA schickt Astronauten ins All, und ich und ich und ich und. Morgen wird das Wetter wieder besser. Riekes Mund schmatzt. Morgen beginnt die Tour de France. Riekes Kopf kommt höher, küßt mich, ich schmecke die salzigen Reste meiner inneren Erdigkeit, und wir spielen Grimassenpingpong, bis Rieke ihre Gesichtszüge in meinen Hals drückt. Wir schmiegen uns aneinander fest und gestatten einer Arztserie, uns in den Schlaf zu streicheln, so schwierig das auch ist bei der übertriebenen Ausdrucksweise der Akteure. Manchmal denke ich wirklich, in einen Groschenroman geraten zu sein, in einen, in dessen Verlauf die Währung geändert wurde, und wir waren gerade zu sehr mit uns selbst beschäftigt, um es mitzubekommen. Wir sind schön und klug und verdammt faul, aber weil wir das erkannt haben, läßt sich das einigermaßen ertragen.

SPÄTER gehen wir noch schnell was einkaufen. Gut, daß Aldi jetzt bis acht aufhat. Die Auswahl ist begrenzt, das letzte Gemüse verwelkt, bei Lidl gegenüber gibt's bestimmt was Frischeres, aber Lidl beutet seine Kassiererinnen aus, da kaufen wir nicht ein. Wie Aldi mit seinen Angestellten umgeht, weiß ich nicht. Ich frage Rieke danach, während sie Tomaten abtastet. Keine einzige hält dem Drücktest stand. Verzögert reagiert Rieke mit einem

Schulterzucken. Keine Ahnung, gehört hat sie davon jedenfalls noch nie was. Außer Frage steht, sage ich und betrachte dabei Champignons unter Cellophan, Aldi ist ein extrem kapitalistischer Verein, Aldi gehört zwei Brüdern, und die zählen zu den Reichsten überhaupt, was man von ihren Angestellten nicht einmal ansatzweise behaupten kann. Rieke ist gegen die Champignons und wirft ein Netz Paprikaschoten in unseren Wagen. Die Aldibrüder haben doch die Welt unter sich aufgeteilt in Aldi Nord und Aldi Süd, sagt Rieke, und ich finde das lustig, denn ein Nord-Süd-Gefälle müßte andere Steigungen aufweisen. Ich erwähne, inzwischen stehen wir am Kühlregal, daß es Aldi übrigens nur in westlichen Ländern gibt. Echt? Rieke stellt zwei Becher Sahnejoghurt in den Wagen und guckt mich kurz an. Nicht mal in Moskau? Soweit ich weiß, nicht. Ich bewege den Wagen ein wenig vorwärts. Es gibt auch kein Aldi Dritte Welt, sage ich. Logisch, Rieke bückt sich nach einer Packung Rostbratwürste und sagt: Aldi ist die Dritte Welt für Wohlhabende. So kann man's sehen, sage ich, Aldi ist der Tropfen Magerquark inmitten allererster Sahne. Magerquark? Rieke kneift ein Auge zusammen, die haben hier doch alles: Parmesan, sogar Schampus, und der ist nicht mal billig. Der ist mehr was für Besserverdiener, sage ich. Die Warteschlange an der Kasse ist lang. Besonders viele Angestellte hat Aldi nicht. Ob das schon Ausbeutung ist? fragt Rieke, während wir uns in die Einkaufswagenschlange einreihen. Über den Kassen hängen große Schrifttafeln, die das Aldi-Prinzip verkünden. Guck mal, ich zeige drauf, das ist das Konsummanifest der Geizigen und Gepeinigten. Rieke sieht mich fröhlich an und skandiert dann mit gereckter Faust die Formel: Qualität ganz oben – Preis ganz unten. Das kann ja jeder sagen, sagt sie dann, und ich tue ihr den Gefallen. Wir ernten ein paar Blicke, immerhin, Ernte ist Ernte, und stellen und legen unsere Einkäufe, Bier in Plastikflaschen, Dreikorntoastbrot, Olivenöl, Schinken, eine Gurke, Paprikaschoten, Rostbratwürste und die Joghurts, auf das Förderband. Wir sind stolz, lese ich mit Inbrunst von der Tafel ab, auf unsere freundlichen und zuverlässigen Mitarbeiter. Und, übernimmt Rieke, wir sind stolz auf unseren Erfolg. Fünfundachtzig Prozent aller Haushalte kaufen heute schon bei Aldi. Das sind mehr, lese wieder ich, als bei jedem anderen Lebensmittelanbieter. Der Rentner mit der Schiebermütze, unter der verschwitztes, schütteres Grauhaar hervorquillt, schaut sich immer wieder irritiert nach uns um. Die Waren wackeln derweil voran. Immerhin haben sie hier jetzt einen Barcodescanner, sage ich, früher mußten die Angestellten die Nummern aller Artikel auswendig lernen. Und, sagt Rieke, man kann den Champagner bargeldlos bezahlen. Als die Kassiererin unsere Einkäufe aufpiepsen läßt, fragt Rieke sie, ob sie ausgebeutet wird. Die Frau verzieht ihr Gesicht. Hauptsache Arbeit, sagt sie, aber man hört es kaum.

Auf dem Rückweg kommen wir bei Plus vorbei. Wegen der Abwechslung kauf ich da auch manchmal ein, vor allem dann, wenn Aldi schon geschlossen hat. Aber jetzt hat Aldi ja bis zwanzig Uhr geöffnet, bloß samstags nicht, da ist schon um vier Schluß. Eigentlich ein geiles Motto, sagt Rieke, und ich weiß nicht, was sie meint. Na, Plus, sagt sie, Prima Leben und Sparen. Ich gucke sie so tadelnd wie möglich an. Frage, ob sie es denn immer noch nicht verstanden habe, und rufe ihr einen Satz von der Tafel an der Kasse zu, den ich mir gemerkt habe: Wir versprechen, daß wir unser Aldi-Prinzip konsequent einhalten. Rieke lacht wie über einen guten Witz. Es gluckst noch in ihr, als sie an einer Ampel den Tabak zückt.

ABENDS in der HaHe, keine Ahnung, wer eigentlich auf diese Abkürzung kam, Leander wahrscheinlich, und wenn Leander sich so was ausdenkt, dann sagen's bald alle: Wir treffen uns in der HaHe, kommste mit, hängen in der HaHe? Was für ein dämlicher Name für die Hasenheide, aber mich fragt ja keiner, und es ist mir egal, hier in der HaHe, und Leander ist noch gar nicht da, an diesem Tag, der wahrscheinlich die Mitte des Jahres ist, das müßte man mal durchzählen. Rieke und Steff versuchen ihr Bestes, und Toni fragt, ob das auch bei einem Schaltjahr so wäre. Wir liegen an der tiefsten Stelle eines grünen Flußbettes ohne Wasser, ein langer Schlauch Wiese, an dessen Ufern heute keine Türkenfamilien sitzen, nur vereinzelte Jugendliche toben umher. Die Sommerhitze der letzten Tage wurde von starkem Regen fortgespült, wir aber ignorieren das Wetter, unsere Arroganz richtet sich nun mal gegen die Wirklichkeit. In größeren Abständen lagern zudem Pärchen auf der Wiese, wohl um die Welt aus den Augen zu verlieren, denn hier ist die Realität nicht mehr als ein schwachrosa Schimmern am Himmel. Wir sind sechs, wir üben für weitere Sommerabende, vielleicht spielen wir auch nur die besten Tage unseres kurzen Lebens nach. Wobei, was ist schon kurz? Denkt man an all die Augenblicke, die nicht vergehen wollen, addiert zu einem gefühlten Alter, dann sind unsere Leben verdammt lang. Zählten aber nur Momente, die mehr sind als ein bloßes Vorsichhinleben, also die Momente, in denen wir etwas verstehen, etwas gesagt bekommen, in denen wir uns verknallen, uns küssen, miteinander schlafen, uns auf jemanden verlassen, bis er uns verläßt oder wir das tun, das sind schließlich auch Momente, die sich auf das Lebenskonto einzahlen lassen, wenn also nur das zählt, was nicht im Leerlauf einer Daseinsroutine vom Sekundenzeiger zerteilt und zum uninteressanten Ausschuß rutscht, dann sind wir noch verdammt jung. Oder zu alt für unsere Erfahrungen. Immerhin wissen wir schon, daß eine Decke eine nasse Wiese nur bedingt bedeckt, es sei denn, man legt eine Folie darunter und noch eine zweite Decke darauf. Ich hatte eine Folie im Rucksack, die ist vom Renovieren übriggeblieben, und die Mädchen haben Decken dabei. Meier hat einen Grill herangetragen, auf dem nun ein paar Nackensteaks und einige von unseren Rostbratwürsten liegen sowie Tonis Gemüsespieße. Steff hat eine Riesenschüssel leckeren Nudelsalat mitgebracht und eine Kommilitonin, deren Namen ich nicht verstanden habe und die ihr blondes Haar lang und brav trägt. Sie wirkt grau irgendwie, das mag an ihrer Kleidung liegen, dabei trägt sie eine blaue Jeans. Das Reden überläßt sie lieber anderen. Meier zum Beispiel, der von einem Grillplan erzählt, den er im Internet gefunden hat auf der Seite des Stadtentwicklungssenators, wo die Plätze, an denen man legal grillen darf, aufgelistet sind. In ganz Neukölln ist Grillen verboten! sagt Meier mit Empörung in der Stimme, die er mit einem Grinsen auflöst. Sind wir hier nicht in Neukölln? fragt Steff. Normalerweise grillen auf dieser Wiese doch auch andere, sage ich, und Rieke schlägt vor, diese bei Gelegenheit anzuzeigen. Ich finde, sagt Meier und wendet dabei das Fleisch mit einer Gabel, wir sollten für das Recht aufs Grillen kämpfen! Und wie willst du das anstellen? fragt Toni, die als Vegetarierin ohnehin kein großer Holzkohlefan ist. Meier sagt, es sei ein Menschenrecht, seine Nahrung so zu sich zu nehmen, wie man sie am liebsten mag und vor allem ohne extra Fett. Dem kann auch Toni zustimmen. Rieke spricht von öffentlichen Grünanlagen, die dem Volk gehören, und Steff gibt zu bedenken, daß sich manche vom Qualm belästigt fühlen könnten, wenn zukünftig überall gegrillt werden würde. Das will Meier nicht als Gegenargument gelten lassen.

Erst als ich sage, daß es schon gemein sein kann, wenn es lecker nach Fleisch riecht und du nichts abbekommst, hält Meier kurz inne, eine Hand in die Hüfte gestemmt, während die andere die Gabel in den Himmel zeigen läßt, bis er sie auf uns richtet. Teil unseres Kampfes wäre natürlich, daß alle lernen sollen zu teilen, sagt er, wenn einer grillt, dann darf ihn jeder in seiner Umgebung um Fleisch bitten. Das ist ja Schwachsinn! ruft Toni. Dann gibt es bald nur noch Schnorrer, sage ich. Ist schon was fertig? fragt Steff. Man müßte es schaffen, die Masse zur Mäßigung zu erziehen, sagt Steffs Kommilitonin und fährt sich mit einer Hand durchs Haar. Wir anderen aber gucken sie überrascht an, vor allem wohl, weil wir ihre Anwesenheit fast vergessen haben. Rieke fragt, wie sie das denn durchsetzen wolle. Das sei das Problem, sagt die Kommilitonin und guckt zu Boden. Eine Utopie! ruft Steff Richtung Dunkelgraublau und breitet die Arme aus. Ihr Blick leuchtet regelrecht. Und ich dachte immer, Steff würde auf Männer stehen. Wir brauchen aber keine Utopien, sagt Meier, was uns fehlt, sind Taten. Taten? fragt Rieke und richtet ihren Oberkörper auf, an was für Taten hattest du denn gedacht? Na ja, Meier schaut aufs Grillrost, vielleicht auch erst mal bloß Manifestationen, mit denen man auf Mißstände aufmerksam machen könnte, und das vor allem jenseits der ja doch irgendwie gleichgeschalteten Presse. Willst du Flugblätter verteilen? fragt Toni. Wie die Weiße Rose! ruft Steff. Genau, sagt Meier, nur vielleicht etwas zeitgemäßer, ich hatte da an ein Blog gedacht. Ein Blog? wiederholt Steff, was soll das denn sein? Ist das nicht so 'n Internettagebuch? fragt Toni. Im Grunde ja, sagt Meier, das Design ist vorgegeben, die Inhalte folgen chronologisch aufeinander, und die Leser können's kommentieren. Sehr demokratisches Prinzip, sagt Toni. Aber wer liest das? fragt Rieke. Theoretisch alle, sagt Meier. Und praktisch? frage ich, was bringen Flugblätter, wenn man wissen muß, wo sie liegen? Und daß sie da überhaupt liegen! ergänzt die Kommilitonin. Als ich sie daraufhin angucke, flackert in ihrem Gesicht ein kurzes Lächeln auf. Man muß es natürlich bekanntmachen, sagt Meier derweil, per E-Mail, in einschlägigen Foren, Mundzumundpropaganda, was weiß ich. Wie wär's mit Flugblättern?! schlägt Rieke vor und guckt keck. Ja, sagt Meier, auch das natürlich. Und wie soll es heißen? fragt Steff. Weiß noch nicht, sagt Meier und wendet eine Fleischscheibe, die schon ziemlich schwarz ist auf einer Seite, was mich auf eine Idee bringt. Nenn es doch ›schwarzweiß‹! schlage ich daher vor. Was soll das denn? fragt Meier, und auch die anderen wirken wenig begeistert. Wir brauchen endlich wieder klare Abgrenzungen, erkläre ich, dieses egale Einheitsgrau ist sowieso scheiße. Meier nickt und zeigt mit der Gabel in meine Richtung. Grau ist keine Farbe, stimmt er einen Singsang an, grau ist keine Farbe. Was 'n das jetzt? fragt Toni. Ach, nichts, sagt Meier, so 'n Song halt. Schwarzweiß, sagt Rieke, das klingt so negativ, nach Schwarzweißdenken und so. Nenn es doch gleich ›Der Holzschnitt‹! sagt Toni. Wie wär's mit ›Holzwurm‹! sagt Steff und kichert. Hey, Meier fuchtelt mit seiner Gabel, ich meinte das eigentlich ernst. Wie wär's mit ›Der Sturm‹, ruft Rieke, weil sich was zusammenbraut, oder ›Die Aktion‹! Schon eher, sagt Meier. Du mit deinen Expressionisten! zischt Toni. Was ist eigentlich mit dem Fleisch? frage ich. Willst du? fragt Meier. ›Fleisch‹ könnte auch ein guter Titel sein, sagt Rieke. Für was soll das denn ein guter Titel sein? fragt Toni pikiert, und dreh mal das Gemüse um. Fangt doch erst mal mit den Inhalten an! sagt die Kommilitonin. Wir sollten ein Manifest verfassen! sagt Rieke mit einer gewissen Begeisterung in den Augen. Du bist also dabei? fragt Meier sie, während er das Stück Fleisch auf den von mir hingehaltenen Pappteller fallen läßt. Klar, sagt Rieke, und Bast bestimmt auch. Ja, sage ich und kippe Ketchup über das schwarzgegerbte Steak.

Später trifft auch noch Leander ein. Man sieht ihn schon von weitem, schon weil er so groß ist. Sein helles Hemd leuchtet trotz zunehmender Dunkelheit. Seelenruhig durchschlendert er den Wiesenschlauch auf uns zu, Eile ist ihm fremd. Leander hat nichts mitgebracht, wie immer, Leander rechnet nämlich mit der Großzügigkeit der anderen. Großzügigkeit ist nun mal das Wichtigste, das sagt Leander, der alle überschwenglich begrüßt, auch mich, schon weil ich ihm eins meiner Biere gebe, ich will ja nicht geizig wirken, Riekes Blick im Nacken. Steff reicht Leander einen Teller Nudelsalat, Meier legt ihm eine knusprige Scheibe Fleisch dazu und erzählt ihm von dem Grillplan, worüber sich Leander natürlich freut, weil er so etwas lächerlich findet, was es ja auch ist, aber Leander fällt stets die Aufgabe zu, die Lage zu kommentieren. Jetzt jedoch wischt er sich einige lange Strähnen aus dem Gesicht und beginnt mit vergnügtem Gesichtsausdruck zu kauen.

Später diskutiert er mit Meier und Rieke erregt über die Chancen von Rotgrün. Niemals, mit diesem Kanzler! meint Leander, und Rieke hofft weiterhin auf ein Wunder. Ihr ist eine abgewirtschaftete rotgrüne Regierung immer noch lieber als eine zwischen CDU und FDP. Du spinnst doch! ruft Leander, sind schließlich alles Hartz-IV-Parteien, so was darf man einfach nicht wählen. Was denn dann? frage ich. Leander fragt zurück: Warum denn die Grünen, was haben die denn groß getan, sieht man mal von den Windmühlen ab? Die Grünen sind für uns in den Krieg gezogen, Kosovo, ohne UN-Mandat, das vergeßt ihr ja gerne, das ist auch nicht besser als Steinewerfen und Bullen verprügeln, nur damals hat Fischer wenigstens noch selber gefightet, Leander springt auf, heute aber runzelt er lieber eine Runde Besorgnis in die Kamera, macht einen auf Diplomatie und hinterher vielleicht eine Pulle Barolo auf, weil er sich schon lange nicht mehr schert um das, was wirklich abgeht in der Welt. Leander bückt sich und greift ein neues Bier aus Meiers Tasche. Als er sich wieder aufrichtet, sagt er: Ich wähle das neue Linksbündnis. Bist du verrückt? rufe ich, das ist doch die PDS, die kann man nun wirklich nicht wählen. Ach, wieso nicht? fragt Rieke, sie habe die schon beim letzten Mal gewählt, aber das war vor deiner Zeit, Bast. Sagt es und zwinkert mir zu. Die schwätzen doch nur, rufe ich. Da kracht es, und ich bekomme ein paar Spritzer Feuchtigkeit ab. Für einen Moment weiß ich nicht, ob das Regen ist, dann aber lacht Leander los. Leander hat ein meckerndes Lachen, das man vielleicht mit den Lauten von Ziegen vergleichen könnte, würde man sich mit Ziegen auskennen. Leander zeigt sein zerbrochenes Feuerzeug, der Kronkorken war stabiler. Wir lachen mit ihm, ich reiche ihm eins meiner Plastikbiere, das läßt sich aufdrehen. Dann stoßen wir an. Steff und Toni lästern über einen Kerl, der von Toni was will, was er wohl nie bekommen wird. Steffs Kommilitonin sieht einigermaßen unbeteiligt aus, aber als sie meinen Blick bemerkt, lächelt sie wieder, und das ist schön, so schön sogar, daß ich weggucken muß. Dann lasse ich mir die letzte, schon ziemlich verbrutzelte Wurst vom Grill geben. Reich mir mal das Ketchup, Toni! Sie tut's und fragt mich, ob ich im Staatstheorieseminar was schreibe. Ich aber verziehe nur den Mund. Wußte gar nicht, daß du noch studierst, ruft Leander fröhlich, und diesmal winke ich ab, ist doch sowieso zwecklos! Na ja, sagt Leander, für mich klingt Staatstheorie ganz interessant, vielleicht weiß ja Toni eine Staatsform, die unserem Land besser täte als diese lästige Demokratie. Toni weiß auch keine, aber sie erzählt irgendwas von Machiavelli, über den hat sie ein Referat gehalten, da war ich sogar im Seminar, bloß habe ich ihr da genausowenig zugehört wie jetzt. Ich beiße von der lauwarmen Wurst ab. Dunkelheit füllt unser Trockenflußbett. Ich schaue in Riekes Richtung, ihr Gesicht kenne ich auswendig, glücklicherweise, denn jetzt erkenne ich es kaum noch. Während Leander weiterhin mit Toni über das Seminarthema spricht und sich besser auszukennen scheint als sie, unterhält sich Steff leise und kichernd mit ihrer Kommilitonin, vielleicht auch über das zu Ende gehende Semester, Biologie interessiert mich nur in der Praxis, mein Blick huscht unbewußt zurück zu Rieke, die erregt auf Meier einredet. Er antwortet leise, woraufhin Rieke ausruft: Dann laßt uns doch verdammt noch mal was tun! Ich stimme ihr innerlich zu, wobei sie wahrscheinlich gerade nicht von Sex gesprochen hat. Aber es geht auch nicht mehr um D-Land, das graue Jammertal ist vollgeweint, jetzt reden sie wohl über den G8-Gipfel in Edinburgh. Die anderen Gespräche sind durch Riekes Ausruf abgebrochen, jetzt gibt es nur noch ein Thema. Daß man da eigentlich hinmüßte, meint Toni, während Steff sagt, es würde ja schon reichen, am nächsten Tag zum Live-Eight-Konzert an der Siegessäule zu gehen. Meier lästert, daß dort doch nur Schabrackenkapellen wie Grönemeyer, die Söhne Mannheims und die Toten Hosen aufträten, das sei erbärmlich, das müsse er sich nicht geben. Er will sich das Konzert sowieso lieber im Fernsehen angucken, natürlich die Übertragung aus London, da spielen U2, Paul McCartney, The Who und vor allem Pink Floyd, zum ersten Mal seit über zwanzig Jahren wieder gemeinsam mit Roger Waters, sagt er, das sei schon was. Steff findet das Event einfach geil, acht Konzerte auf der ganzen Welt gleichzeitig. Neun Konzerte, verbessere ich, Moskau ist jetzt auch mit dabei. Das wird bestimmt so legendär wie Live Aid, meint Meier, der, wie wir alle, neunzehnfünfundachtzig noch zu jung war, um eigene Erinnerungen an das größte Livemusikspektakel, die Mutter aller Benefizveranstaltungen, zu haben. Morgen soll das Wetter ja wieder besser werden. Wird bestimmt 'ne geile Party, sage ich, und Steff schlägt vor, wir könnten uns doch in den Tiergarten hängen, Picknick machen und die Mucke hören, soll ja um acht sowieso vorbei sein. Echt? fragt Rieke, schon um acht? Heißt ja auch Live Eight, sage ich, aber keiner lacht. Du sollst ja danach auch losfahren nach Edinburgh, sagt Meier. The Long Way of Justice! ruft Toni, eine Spur zu pathetisch. Wir können ja nach dem Konzert zu Meier fahren, sagt Steff, das Konzert in London gucken. Klar, sagt Meier, wenn ihr Bier mitbringt! Mitgebracht hat Leander heute doch noch was: Gras. Jetzt zelebriert er den Bau des Doperohrs. Alle gucken erwartungsvoll, nur die Kommilitonin schaut auf ihre Füße. Sie will auch nicht dran ziehen, ich dagegen tue es, obwohl ich den Geschmack nicht sonderlich mag, die Wirkung aber um so mehr, und weil Riekes Hände nur noch schwer von mir lassen können, male ich mir aus, wie wir später vom Weg abkommen könnten, uns auf feuchten Wiesen zu wälzen, stets gewahr vor Schlaflosen und Perversen.

SAMSTAG. Es ist heiß, es ist viel zu viel los, und ich warte schon ganz schön lange auf die anderen, entweder habe ich sie verpaßt, oder sie haben es sich anders überlegt. Nicht mal Rieke ist da, und dann ist auch noch ihr Handy ausgeschaltet, und in ihrer WG geht nur der verschlafene Freddie ran, der nicht einmal weiß, wie spät es überhaupt ist. Ich entschuldige mich für die Störung und ärgere mich. Eigentlich hatte ich vor, gemütlich mit Rieke zu frühstücken und dann gemeinsam zum Brandenburger Tor zu fahren, aber sie wollte noch unbedingt in die Stabi. An einem Samstag in die Bibliothek! Wegen eines Referats, Weltuntergangslyrik der Expressionisten. Die hätten sich den Ersten Weltkrieg quasi herbeigedichtet, hat Rieke gesagt, auf die mir gerade kein vernünftiger Reim einfällt. Vergiß doch die Antike, Rieke, mir fehlt schon dein Gequieke! Wahrheitsgehalt minimal, schließlich quiekt sie gar nicht, erst recht nicht beim Sex, auf der Wiese gestern sowieso nicht, aber auch im Bett ist ihr Stöhnen eher ein wohliges Wollen, das sich auf mich überträgt. Die anderen fehlen mir genauso, weniger emotional als praktisch. Wer ist schon gern allein inmitten der Masse? Leander kommt sowieso zu spät, wenn überhaupt. Wie der uns hier finden will?! Toni geht nicht ans Telefon, Steffs Nummer hab ich nicht, und Meier wollte sich nicht überreden lassen. Von der Bühne an der Siegessäule, man kann sie von hier aus nicht sehen, wehen verzerrte Klänge herüber, das dürften die Toten Hosen sein, als ich die Kommilitonin von Steff sehe. Die hatte gestern gar nichts zu unserer Verabredung gesagt. Zuerst bin ich mir nicht sicher, ob sie es ist, an ihren grauen Klamotten, die gar nicht alle grau sind, hätte ich sie sicher nicht erkannt, aber doch wohl am Lächeln, das hat Wiedererkennungswert. Ich begrüße sie, und sie lächelt mich vage an. Wo sind die anderen? fragt sie. Ich weiß es nicht. Sie sagt, sie hätte befürchtet, zu spät zu kommen. Ich sage, daß ich schon gar keine Lust mehr aufs Warten habe. Daß ich daher mit der Kommilitonin allein Richtung Bühne gehen müßte, wird mir erst im Moment des Aussprechens bewußt. Mir ist heiß, in meinen Achseln staut sich Schweiß. Ich ärgere mich über die anderen, vor allem über Rieke. Wozu trage ich denn immerzu ein Telefon in meiner Tasche mit mir herum, wenn mich doch niemand anruft? Ganz schön viel los hier, sagt die Kommilitonin und guckt sich um, nicht gerade die Obersympathenversammlung, was? Wieso? frage ich, sehen doch alle ganz normal aus. Ja, eben, sagt die Kommilitonin, die auch ziemlich normal aussieht. Sie meint, es wäre vielleicht doch schlauer, sich die Übertragung aus London anzuschauen. Wo wohnt denn der Michael? fragt sie. Ich halte es für klüger, Meier vorher anzurufen, er geht auch ran, ich kann aber nichts verstehen. Ich höre lediglich, daß er irgendwo hier sein muß, allerdings in Bühnennähe, es sei denn, er hat seinen Fernseher extrem laut gestellt. Tja, ich stecke das Telefon wieder ein und zucke mit den Schultern. Die Kommilitonin sagt, daß sie dann lieber wieder nach Hause fährt. Ja, sage ich, ich auch. Sie guckt mich an, als müßte ich noch etwas sagen, und so sage ich: Manchmal reicht es echt, sich die Leute anzuschauen, um zu wissen, daß es sich nicht lohnt, ihnen zu folgen. Die Kommilitonin grinst. Das stimmt, sagt sie. Dann stehen wir etwas unschlüssig in der Gegend rum. Schließlich nickt die Kommilitonin, klemmt sich eine Haarsträhne hinters Ohr und sagt: Na, dann mach's gut, Sebastian! Sie hebt ihre Hand leicht zum Gruß und verschwindet in der mir entgegenströmenden Masse. Und ich weiß noch immer nicht, wie sie heißt.

Zehn Minuten später schließe ich mein Fahrrad wieder von der Laterne und fahre nach Hause. Kaum eine Ecke weiter vibriert mein Telefon. Ich halte an. Es ist Meier, der eine Konzertpause wählt, um mit mir zu sprechen. Alter, ruft es mir entgegen, wo bleibste denn? Das frage ich dich, Meier, die anderen sind auch noch nicht hier. Es stellt sich heraus, daß Meier mit Toni und Steff ziemlich nah an der Bühne steht, wo sie auch erst einmal bleiben wollen. In den Tiergarten hängen wir uns später, meint Meier, und London guckt der Videorekorder für uns. Meier gluckst, meine Amüsiertheit hält sich sehr in Grenzen. Er sagt noch was von MP3s, die's bestimmt schon morgen im Netz gibt, und ob ich denke, daß ich die drei finden werde, doch bevor ich ›nein‹ sagen kann, wird es bei ihm wieder laut. Meine Verabschiedung dürfte er nicht gehört haben. Ich stecke das Telefon ein und trete in die Pedale.

MITTWOCH. Draußen regnet es. Was für eine beschissene erste Juliwoche! Wir liegen im Bett und spielen November. November ist der schlimmste Monat. Der Übergang in den Winter. Sprühregen und der ganze Scheiß, es wird dunkel, bevor man richtig wach ist. Den November über kann man getrost im Bett bleiben. Rieke und ich haben schon einen gemeinsamen November hinter uns, da waren wir gerade einen Monat zusammen, da haben wir die meiste Zeit im Bett verbracht, genauer: in zwei Betten. Noch genauer und insgesamt genommen auf einem Bett und auf zwei Matratzen, das heißt: drei Matratzen, schließlich besteht mein Bett nicht bloß aus einem Gestell, Riekes Matratze aber ist so schmal, daß sie sich eine zweite von ihrer Mitbewohnerin Karen borgen muß, wenn ich in ihrer WG übernachte. Bei mir sind wir sowieso ungestörter, da sind wir ganz bei uns. Punktsieg für Kreuzberg, wobei Friedrichshain und Kreuzberg längst ein Bezirk sind oder vielmehr ein Verwaltungsbezirk. Uns ist das egal. Wir verwalten uns gegenseitig. Wir haben uns vereinigt und dann wieder und immer wieder. Der Körper des anderen gehört uns nicht, doch haben wir uns gegenseitig gewählt, um unsere Kraft dem Wohle des anderen und uns selbst zu widmen nach bestem Wissen und Gewissen, so wahr uns die Lust helfe. Wir liegen beieinander, schauen uns im Halbdunkel des vorhangverhängten Julitages an, auf daß wir nicht den bedeckten Himmel sehen müssen und den Regen nur hören und nicht spüren. Lieber spüre ich Riekes Hand, die meine Bereitschaft auf eine exekutive Fortsetzung unseres Bündnisses testet. Für diesen Teil unserer Verwaltungsarbeit brauchen wir keine Worte, da gelten Blicke und Berührungen. Unsere Oktoberrevolution war erfolgreich. Und sie wird es sein, bis wir uns irgendwann die Vertrauensfrage stellen. Zur Zeit ist alles bis zur Erschöpfung geregelt. Bei kleineren Unstimmigkeiten drehen wir den Ton raus, so wie neulich, als sich Rieke mit Leander in der Stabi verquatscht hat, während ich vorm Brandenburger Tor gewartet habe, immer wieder Leander, der sich ja so gut auskennt! Ein neuer Satz Grimassenpingpong beendet mein dunkles Denken. Wer gewinnt, darf die Musik bestimmen. Die Siegerin rollt sich zum Matratzenrand und kramt in den CDs, die neben dem Bett liegen. Oh, ist die neu? fragt sie und hält eine gebrannte in die Höhe. Ich kann nicht erkennen, was draufsteht, und frage deshalb danach. Kettcar, sagt Rieke, die sollen ganz gut sein. Ich antworte, daß sie das sind, und wundere mich, warum Rieke die Platte noch nicht kennt. Leg mal rein, sage ich, hat Meier mir neulich gegeben. Der erste Track fängt an, kraftvoll. Die Stimme des Sängers ist etwas gepreßt, aber er hat die absoluten Wahrheiten parat. Ein Volk steht wieder auf, singt er, bei Aldi brennt noch Licht, du weißt: der Kuchen ist verteilt, und spürst: die Krümel werden knapp. Rieke guckt mich an, und so wie sie guckt, weiß ich, sie mag den Song. Kenn ich, sagt sie, beschreibt gut den Zustand. Ich nicke. Wir haben unsere Hymne. Du weißt: die Deiche brechen richtig oder eben nicht. Nur weil man sich daran gewöhnt hat, ist es nicht, noch lange nicht egal. Mir hat niemand was erzählt. Das ist unsere Zeit, ich bin dabeigewesen. Ach, sagt Rieke, wo wir schon mal dabeisind, ihr Körper richtet sich auf, und ihr Mund sagt: Ich hab Hunger. Ja, sage ich, wie immer? Ich kann doch nichts anderes, sagt sie. Ich bin doch auch noch da, sage ich. Und? sagt Rieke und guckt frech. Das holt mich von der Matratze, doch bevor ich kitzelnd tätlich werden könnte, bewegt sich Rieke schon Richtung Küche. Ich folge ihr und werde am Herd mit Nacktheit und dem Sparschäler bedroht, doch einen Teil der Waffen läßt Rieke sich kampflos abnehmen und die Nacktheit immerhin berühren, was auf Gegenseitigkeit beruht, denn nackt bin ich schließlich selber. Draußen ist es so trübe, daß man eigentlich das Licht anmachen müßte, aber ich bin auf die Blicke der Nachbarn nicht erpicht, und Rieke kümmert sich genausowenig um mehr Beleuchtung. Während ich mich mit dem Kartoffelnetz an den Tisch setze, läßt Rieke Wasser in den großen Topf laufen. Als sie abdreht, bleibt sie reglos an der Spüle stehen. Wer sind wir eigentlich? fragt sie nach einer Weile, wohl mehr mich als den Topf, obwohl sie diesen anspricht. Ich und du, würde ich sagen, sage ich. Nein, Rieke dreht ihren Kopf zu mir, eher so verallgemeinert. Zwei Nackte? schlage ich vor, zwei sich liebende Nackte beim Kochen. Nein, sagt Rieke und wendet sich ganz um, unsere Generation! Die ist auch nackt, sage ich, so verallgemeinert. Rieke guckt, als gefiele ihr das. Sie stellt den Topf auf den Herd und dreht am Regler. ›Die nackte Generation‹! sagt sie, das klingt auch viel besser als ›Die Nullfünfer‹! Die Nullfünfer? wiederhole ich fragend. Als Analogie zu den Achtundsechzigern, sagt Rieke. Ich nicke, schon verstanden. Rieke nimmt sich einen zweiten Topf, der wohl noch schmutzig ist, denn auch den hält sie unter den Wasserhahn. Aber die Achtundsechziger heißen doch deshalb Achtundsechziger, sage ich, weil sie was getan haben, weil was passiert ist, damals, neunzehnachtundsechzig. Bei uns muß auch was passieren, sagt Rieke, während sie mit dem Schwamm im Topf herumwischt. Nur was? frage ich. Ja, sagt Rieke, irgendwas muß passieren, damit endlich was passiert. Oder wir sind echte Nullnummern, sage ich, niemand braucht uns, jedenfalls sagen sie das doch immer, es gibt zu wenige Fachkräfte, aber gleichzeitig keine freien Stellen, nicht mal Praktikumsplätze. Und trotzdem nennen sie uns die ›Generation Praktikum‹, sagt Rieke und greift nach dem Geschirrtuch, dabei kenne ich niemanden, der in letzter Zeit ein Praktikum gemacht hat. Ich auch nicht, sage ich, ich wüßte sowieso nicht, wo ich eins machen könnte. Du solltest es mal als Callboy versuchen, sagt Rieke. Wenn du mir ein Empfehlungsschreiben geben könntest, sage ich, und Rieke kommt zu mir, ich lasse die halbgehäutete Kartoffel auf die Tischplatte purzeln um Riekes linke Hüfte zu umfassen. Sie legt ihre Hand auf meinen Hinterkopf, und ich drücke mein Gesicht zwischen ihre Brüste. Ich liebe diesen Geruch und atme ihn tief ein. Dann spitze ich meine Lippen und pruste gegen ihre Haut. Rieke schüttelt sich leicht, kichert und läßt mich los. So bekommst du bestimmt kein Diplom, sagt sie. Da müssen wir wohl noch mal üben, sage ich. Wir? fragt Rieke und tut empört, was schon aufgrund ihrer Nacktheit nicht besonders glaubwürdig wirkt. Hör auf zu grinsen, sagt sie, so kommst du nicht mal durch die Zwischenprüfung. Würdest du mir beim Üben helfen? frage ich und mache einen auf hilflos, sozial und selbstlos wie du bist. Also nee, Rieke verdreht die Augen, so kriegst du allenfalls 'nen Platz in der Hundeschule! Praktikumsplatz? frage ich, und wir müssen beide lachen. Schäl erst mal die Kartoffeln, Rieke holt aus dem Kühlschrank Butter und Milch. Für ein Praktikum als Hund bräuchte ich wenigstens keinen tabellarischen Lebenslauf, sage ich. Aber einen Stammbaum, sagt Rieke. Das wäre zumindest etwas, worauf man stolz sein könnte, sage ich. Weil in deinem Lebenslauf nichts drinstünde, Rieke stellt den Topf auf den Herd. Im anderen rauscht bereits das wärmer werdende Wasser. Wer liest schon Lebensläufe? sage ich, höchstens jemand, der einen unbezahlten Praktikumsplatz zu vergeben hat unter dreitausend Bewerbern, für die er sich alle nicht interessiert, weil seiner Meinung nach Menschen, die ihr Können umsonst darbieten, nichts können. Nehmen wird er die Leute aber trotzdem, einen nach dem anderen, Rieke läßt ein großes Stück Butter in den Topf fallen, Gedemütigte lassen sich nun mal gut ausbeuten. Schon klar, sage ich, wer einmal ohne Lohn einen Zaun angestrichen hat, wird beim nächsten Mal sogar Farbe und Pinsel mitbringen. Genau, Rieke rührt mit einem Löffel im Buttertopf, da lernt man schließlich noch was, dann ist es ja wohl auch angebracht, für seine Arbeitsmaterialien selber aufzukommen. So ist sie, die Generation Praktikum, sage ich und erhebe mich, um ein Messer zu holen. Wahrscheinlich ist das mit der Generation Praktikum auch nur ein Gerücht, sagt Rieke, in die Welt gesetzt von den wenigen Deppen, die sich auf so was eingelassen haben, von den Zaunanstreichern. Ich brumme Zustimmung, während ich die Kartoffeln in grobe Stücke teile. Oder es ist ein Reklameslogan der Medien, sagt Rieke, um kostenlose Arbeitskräfte zu akquirieren, das Angebot bestimmt die Nachfrage. Gut möglich, sage ich, denn eigentlich sind wir, unsere Altersgenossen insgesamt, viel zu konsumorientiert, um unsere wertvolle Freizeit mit kostenlosem Abrackern zu verschwenden, bloß weil wir so vielleicht mal ein Näschen Kreativität schnuppern könnten. Ein Näschen? fragt Rieke, hält sich ein Nasenloch zu und zieht im anderen Schnodder hoch. Ach, sage ich und trage den Teller mit den Kartoffeln zum Herd, ein Praktikant kann sich doch keinen Koks leisten. Sie stimmt mir zu, der schnupft höchstens Espressopulver. Es gibt natürlich Idealisten, sage ich und nehme den Deckel vom brodelnden Wasser. Salz muß noch rein, sagt Rieke, derweil sie mit einem Löffel Mehl auf die brodelnde Butter stäubt. Also ich gehe einfach so gerne mit Holz und Farbe um, sage ich im Tonfall von einem, der einfach gerne mit Holz und Farbe umgeht, das erfüllt mich irgendwie. Dann mal los, sagt Rieke und verrührt Mehl und Butter zu einem gelblichen Brei. Die meisten von uns landen ohnehin im Callcenter, sagt sie, drehen den hilflosen Angerufenen ramschigen Quatsch an, um sich von ihrem mageren Stundenlohn eigenen ramschigen Quatsch zu kaufen. Nicht mal einen dieser Telefondrücker kenne ich, sage ich. Doch, sagt Rieke, Karen! Stimmt, sage ich, Karen! Sie sitzt aber an so 'ner Kundenhotline, sagt Rieke, das ist nicht ganz so kriminell, sagt Karen jedenfalls, weil sie niemandem ramschigen Quatsch aufzudrücken habe, bei ihr geht's lediglich ums Vertrösten, um das Vortäuschen von Hilfsbereitschaft gegenüber Leuten, die den ramschigen Quatsch bereits zu Hause haben. Ja, sage ich und lasse die Kartoffeln ins Wasser plumpsen; das aus dem Topf spritzende Wasser zischt kurz auf. Möglicherweise ist das die Aufgabe unserer Generation, sage ich, Gespräche führen, die nichts bringen außer Beruhigung, immerhin sind wir hyperkommunikativ, wir sind die ›Generation Kommunikation‹, wir reden permanent, ohne etwas zu sagen zu haben. Weil wir nicht wissen, was wir sagen sollen? fragt Rieke. Weil wir nicht wissen, was wir machen wollen, sage ich, wir wollen ja, wir brennen drauf, das hat man uns doch so beigebracht, lehnt euch auf, Kinder, widersteht gefälligst! Tja, sagt Rieke, man sagt uns nur nicht, worüber wir uns aufregen sollen. Genau, sage ich, und das macht uns wirklich zornig, wir werden immer zorniger, nur wissen wir nichts mit diesem Zorn anzufangen, und das muß einen ja irritieren, oder nicht? Ich greife nach dem Salz. Vielleicht sind wir das ja, sagt Rieke. Was? Ich schaue sie an. Wir sind die Irritierten, sagt sie, und zwar schon lange, seit dem Moment nämlich, in dem uns bewußt wurde, daß da noch mehr ist als Spiel, Spaß und Schokolade. Dann gießt sie Milch zur Mehlschwitze.

DONNERSTAG. HEUTE MORGEN sind in London Bomben in mehreren U-Bahnen und in einem Bus explodiert. Al Kaida soll's gewesen sein. Zehn oder zwanzig Tote sind schon bestätigt, aber bestimmt nicht nur ich beim Kaffeekochen weiß, daß es viel mehr Opfer gegeben hat.

Wie unfair, wie sinnlos! Und doch irgendwie egal. Die täglichen Todesmeldungen aus dem Irak und aus Israel stumpfen ab, auch wenn London natürlich viel näher und realer ist als Bagdad oder Tel Aviv. Es kann jeden treffen, überall. Ich mache den Fernseher an und lasse mich von Augenzeugenberichten berieseln. Ich logge mich ein und lese bei Spiegelonline neueste Berichte. Eigentlich interessiert mich das gar nicht. Als in New York die Flugzeuge in das World Trade Center einschlugen, waren wir wirklich geschockt. Es war etwas Außergewöhnliches. Das hatte man noch nicht gesehen, jedenfalls nicht in den Nachrichten. Das war spektakulär. Die unfaßbaren Bilder wurden immer wieder gezeigt, man konnte sie nicht oft genug sehen. Die Sterbenden waren zugleich unwirklich, was galt, war die Schönheit des Grausamen. Eine zerborstene U-Bahn im Tunnel läßt sich schlecht abfilmen, und auch der rote Doppeldeckerbus, dessen Dach abgesprengt wurde, ist nur ein zerstörter Bus. Er wird verschrottet, optisch wird von der Katastrophe nichts bleiben. Die Bilder blutüberströmter Menschen, die mit notdürftigen Verbänden hilflos auf der Straße stehen und unter Schock von ihren Erlebnissen berichten, sind mir unangenehm. Ich kann mit dem Leid anderer Menschen nichts anfangen. Ich kenne sie nicht. Vielleicht waren sie bei Live Eight im Hyde Park. Vielleicht habe ich sie also schon mal gesehen für Sekunden, vielleicht fand ich sie nett, schön, sympathisch, aber eben nur für Sekunden, danach habe ich sie wieder vergessen. Mir fällt ein, wie ich am Samstag mit Rieke vor der Glotze gehangen habe, und als nach Berlin geschaltet wurde, beim Kamerablick auf die Menschenmenge auf der Straße des siebzehnten Juni ausgerufen habe: Hey, die Frau da eben, die habe ich schon mal in der U-Bahn gesehen! Echt? hat Rieke gefragt und erst verspätet meinen dummen Witz verstanden. Idiot! hat sie gesagt, damit war das Thema abgehakt. Und trotzdem, sobald irgendwo im Fernsehen Berlin vorkommt, ertappe ich mich tatsächlich dabei, genauer hinzugucken, weil ich hier wohne, so als würde ich jeden Einwohner Berlins persönlich kennen.

Rieke ruft an. Die Anschläge haben sie richtig mitgenommen. Das überrascht mich, doch lasse ich es mir nicht anmerken. Sandra ist gerade in London, sagt sie, offenbar den Tränen nah. Ach so, denke ich. In meinem inneren Melderegister rattert es kurz, ja, richtig, Sandra, da ist sie, Riekes beste Freundin, die beiden kennen sich schon so lange, da muß man sich ja nicht ständig sehen. Oje, sage ich, ihr wird schon nichts passiert sein. Ich kann sie nicht erreichen, sagt Rieke, das kann doch nur heißen. Weiter kommt sie nicht, ich höre sie schluchzen. Ich bin ratlos, dann sage ich, daß wahrscheinlich bloß das Telefonnetz überlastet ist, du mußt es weiter probieren. Ich frage sie, ob ich vorbeikommen soll. Ja, sagt sie, aber, ihre Stimme stockt, komm nicht mit der U-Bahn, wer weiß? Ich schaue aus dem Fenster. Es regnet, recht doll sogar. Du denkst doch nicht? frage ich in den Hörer. Paß auf dich auf, sagt Rieke. Du auch, antworte ich. Bis gleich.

Durchgeweicht steh ich vor Riekes Tür. Sie sieht mich an und lacht. Du bist doch mit Fahrrad gekommen?! Stelle fest, daß Rieke bester Laune ist. Sie hilft mir aus den nassen Klamotten und erzählt, wie sie Sandra schließlich erreicht hat. Katrin hat mir die Nummer von Jörg gegeben, sagt Rieke. Katrin ist die Schwester von Sandra. Und Jörg ist der Freund von Sandra. Die beiden haben noch im Bett gelegen, wußten gar nichts von den Anschlägen, sagt Rieke, gut, daß Jörg vergessen hat, sein Handy auszustellen, nicht so wie Sandra. Ja, das ist gut, sage ich und küsse Rieke.

Später gucken wir Zeichentrickfilme.

FREITAGNACHMITTAG. Meier kommt vorbei wegen des Blogprojekts. Eigentlich wollte Rieke auch dabeisein, aber noch ist sie nicht da. Meier hat Zuckerschnecken mitgebracht und eine Tüte Gummitierchen. Und wann kommt Rieke jetzt? fragt Meier nach einer Weile. Ich weiß nicht, sage ich, soll ich sie mal anrufen? Schon gut, sagt Meier, wir können ja auch erst mal ohne sie. Ja, sage ich und gieße Kaffee nach, was ist eigentlich mit den anderen? Was soll sein? fragt Meier. Will keiner sonst mitmachen? frage ich. Meier zuckt mit den Schultern, mal sehen, erst mal brauchen wir sowieso ein Konzept, mit dem müssen dann weitere Mitarbeiter angeworben werden. So 'n Manifest oder was? frage ich. Ja, sagt Meier, 'n Manifest wäre gut, erst mal müssen wir aber sammeln. Was schwebt dir eigentlich vor? frage ich. Das habe ich doch gesagt, sagt Meier, wir müssen den Leuten klarmachen, wo sie stehen, also wo wir stehen, wir, die Gesellschaft, daß das so nicht weitergehen kann, neue Perspektiven müssen aufgezeigt werden! Ist das nicht anmaßend? frage ich. Ja und? fragt Meier, was ist dagegen einzuwenden, anmaßend zu sein? Wir müssen doch, er denkt kurz nach, ohne ein übersteigertes Selbstbewußtsein geht so was ja auch gar nicht. Unserer Generation fehlt es an Selbstbewußtsein, sage ich, alles verkappte Praktikanten ohne Praktikumsplatz. Fang jetzt nicht an mit ›Generation Praktikum‹ und so, sagt Meier. Will ich ja gar nicht, sage ich, ich meine ja nur, wir müssen das Selbstbewußtsein unserer Altersgenossen vergrößern, denn jetzt kommen eben wir. Genau, sagt Meier, das wäre dann sozusagen eine Selbstbewußtseinserweiterung. Damit wir nicht länger die Irritierten bleiben! sage ich. Die Irritierten? fragt Meier nach. Ja, sage ich, das sind wir doch, unschlüssig, was wir hier eigentlich machen, zornig ins Ungewisse hinein, weil wir nicht wissen, worüber wir uns eigentlich aufregen sollen. Meier hat ein kleines

Notizbuch gezückt und schreibt etwas hinein. Die Irritierten, wiederholt er langsam, der gefällt mir. Aber das sollte kein Titel sein, sage ich, eher das Gegenteil. Das Gegenteil von Irritierten? fragt Meier, was soll das sein, die Antiirritierten? Wir schütteln beide unseren Kopf. Ich versuche es anders, sage, wir sollten jegliche Art von Irritation bekämpfen, wenn es Mittel gegen Hautirritation gibt, muß es doch auch Wege geben, die Weltverwirrung einzudämmen. Dann habe ich eine Idee. Ich sage: Wir vernichten Zukunftsängste, indem wir die Zukunft abschaffen! Ich jedenfalls bin begeistert. Meier weniger. Er fragt mich, wie und wieso ich überhaupt die Zukunft abschaffen möchte. Okay, sage ich, das ist natürlich überspitzt formuliert, die Zukunft kann ruhig dort bleiben, wo sie ist, nämlich quasi unerreichbar, ›be here now‹ muß das Motto heißen, wir müssen uns unserer Gegenwart bewußter werden, denn auch wenn sie vergänglich ist, das ist nun mal unsere Zeit, verstehst du, wie in dem Song, wir sind dabeigewesen, klack, ich schlage mit der rechten Handkante gegen meine linke Handfläche, klack, klack, die Zeit tickt, die Gegenwart verfällt einfach so, wir müssen sie uns bewußter machen, wir müssen stolz sein auf die Gegenwart. Gegenwart, sagt Meier nachdenklich und knetet an seinem Kinn herum, ›Gegenwart‹ ist nicht schlecht, aber das gibt's schon als Titel, oder? Kann sein, sage ich, aber das muß uns egal sein, wir dürfen uns nicht für das interessieren, was vor uns war, es muß uns schnuppe sein, ob vor uns überhaupt Menschen gelebt haben. Total geschichtsvergessen oder was? Meier guckt mich skeptisch an. Wir stehen nun mal auf so was wie einem Flickenteppich aus Vergangenheit, sagt er. Klar, sage ich, das ist auch gut so, nur dürfen wir nicht zulassen, daß wir darin versinken, wir müssen den Teppich platt treten, um uns darauf bewegen zu können, um weder zu versinken noch zu stolpern. Flickenwart, sagt

Meier und scheint über das Wort nachzudenken. Als Titel? frage ich. Ist wahrscheinlich zu negativ, sagt Meier. Trampelwart, sage ich. Meier lacht auf. Was ist denn das Gegenteil von ›wart‹? fragt er. Sein? sage ich, sehr unsicher. Gegensein, sagt Meier, nee, vielleicht: Fürsein, Dafürsein. Ich weiß nicht, sage ich. Ich auch nicht, sagt Meier.

Später sagt Rieke, daß ›Flickensein‹ kein guter Titel wäre, und damit hat sie wohl recht. Das mit Gegenwart und Flickenteppich ist ja schon gut, sagt sie, aber es muß deutlicher werden, daß es um eine Fokussierung auf die Gegenwart geht, eine Verstärkung. Gegenwartsverstärker? denke ich laut. Das klingt so nach Geschmacksverstärker, sagt Meier. Zieh dir doch endlich die nassen Klamotten aus, sage ich, denn Rieke ist auf dem Rad total eingeregnet. Du willst mich nur nackt sehen, sagt sie mit keckem Blick. Mir ist das Meier gegenüber ein bißchen unangenehm, der guckt auch angestrengt auf die Dielen, als sich Rieke ihres Tops entledigt und nur im BH dasteht, der auch klitschnaß ist. Nimm am besten eine heiße Dusche, schlage ich vor. Ja, Mama, sagt Rieke und tätschelt im Hinausgehen meinen Kopf. Sosehr ich Riekes Anzüglichkeiten zu schätzen weiß, in Anwesenheit anderer sind sie mir unangenehm. Für einen langen Moment herrscht Stille, ich bereue, keine Musik angemacht zu haben. Und dann, ich zucke sogar zusammen, als hätte ich nicht erwartet, daß heute noch mal gesprochen werden würde, sagt Meier: Ich habe es so verdammt satt, ich bin es echt leid, allein zu sein. Ich möchte endlich wieder aufwachen, sagt er, und da liegt jemand, jemand Bestimmtes, diese eine, über deren Anwesenheit ich mich schon im Schlaf so dermaßen freue, daß ich es kaum abwarten kann, die Augen zu öffnen und nach ihr zu tasten, du kannst dir gar nicht vorstellen, wie mir das fehlt. Da hat er recht, das kann ich mir wirklich nicht vorstellen. Meine augenblickliche Vorstellungskraft reicht gerade mal bis hinter die Badezimmertür. Jeden Moment könnte Rieke wieder herauskommen, hoffentlich nicht nackt, denn obwohl ich es mag, wenn sie sich frisch geduscht mit weicher Haut und nassem Haar an mich schmiegt, wäre das gerade äußerst unpassend, allein schon wegen Meiers Verzweiflung. So lange wie er war ich eigentlich noch nie allein, jedenfalls nicht seitdem ich mit sechzehn das erste Mal ein Mädchen geküßt habe, das ist über zehn Jahre her, unglaublich. Ich erinnere mich kaum noch an Andrea, wir sind ja auch gar nicht zusammen gewesen, aber drei Monate später war ich das dann endlich mit Anna, die mir nichts zu sagen hatte, außer, daß sie irgendwann Schluß gemacht hat, ich war ihr angeblich zu antriebslos, was ihre Nachfolgerin Sabse ganz und gar nicht fand, aber das lag wohl vor allem an dem neuen Zeitvertreib, den Sabse und ich für uns entdeckt hatten und der mir so gut gefallen hat, daß ich ihn unbedingt auch mit Melli ausprobieren wollte, was Sabse weniger toll fand. Meier guckt mich an, als erwarte er eine Antwort von mir, worauf auch immer, doch mehr als die Frage nach dem Namen seiner Exfreundin weiß ich gerade nicht zu formulieren, und diese Frage wäre nun wohl mehr als unangebracht, weshalb ich zu improvisieren beginne. Ich sage: Worauf wartest du eigentlich, Alter? Du bist charmant und nicht gerade häßlich, und die eine oder andere würde sicher gerne in deinem Bett aufwachen. Als Meier die Lippen zusammenpreßt, beeile ich mich hinzuzufügen: Und das sicherlich nicht nur an einem einzelnen Morgen. Und woran erkenne ich die? fragt Meier mit hängendem Kopf. Das mußt du schon selber rausfinden, sage ich, guck ihnen in die Augen, sprich mit ihnen, verwickle sie in Gespräche, denen sich irgendwann nichts mehr hinzufügen läßt, außer eben ein Kuß. Meier gibt so etwas wie ein höhnisches Lachen von sich. Du hattest es ja einfach, sagt er du und Rieke, ihr kanntet euch ja schon, aber ich, ich kenne keine Frauen, zumindest keine, die was mit mir anfangen wollten. Na ja, sage ich und beschließe, nicht darauf einzugehen, wie das mit mir und Rieke letzten Oktober war und davor, denn unter ›einfach‹ stelle ich mir eigentlich was anderes vor. Lieber sage ich, daß es schließlich auch in Meiers Freundeskreis, der ja genauso meiner ist, noch ein paar nette Frauen gibt, also ›nett‹ nicht bloß nett im Sinne von ›nett‹, sondern wirklich interessant. Interessant! wiederholt Meier düster. Hey, sage ich, sei nicht so negativ, das kommt eher selten gut an! So negativ bin ich doch gar nicht! sagt Meier. Nein, sage ich, natürlich nicht, nur Liebe hat nun mal auch immer was mit Wahrnehmung zu tun. Meier zuckt mit den Schultern. Mag sein, sagt er, in meinem einen Seminar sitzt eine, mit der trink ich ab und an danach noch Kaffee, vielleicht sollte ich? Er guckt unsicher zu mir. Ja, mach das! sage ich, und ist nicht nächste Woche diese Party vom Fachbereich? Ja, sagt Meier. Dann frag sie, ob sie nicht kommen mag, sage ich. Hm, brummt Meier, vielleicht. Dann öffnet Rieke die Badezimmertür, gehüllt in meinen alten Bademantel. Mit fröhlichem Blick lehnt sie sich gegen den Türrahmen. Als sie sich unser beider vollen Aufmerksamkeit sicher sein kann, fragt sie: Wie wär's eigentlich mit ›Duschkopf‹?

SAMSTAG. Es hat sich endlich ausgeregnet. Mit Bierflaschen an den Lippen sitzen Rieke und ich auf dem Hof des Lovelite, das wohl mal eine Autowerkstatt war. Drinnen findet ein Kurzfilmfestival statt, doch ist es drinnen stickig und warm, die Kurzfilme sind nicht gerade kurzweilig, und für ein Festival fehlt zudem so was wie eine erkennbare Organisation. Da reicht es nicht, wenn zwischendurch jemand in den Saal ruft, daß da irgendwas mit der Überspielung nicht geklappt habe oder daß da eigentlich Ton sein müsse oder daß man an sich einen anderen Film hatte zeigen wollen. Rieke zieht die linke Augenbraue hoch, ich habe sie wohl zu lange angeglotzt, doch ich darf das, mit einer Partie Grimassenpingpong kann ich mich freispielen. Insgesamt sind wir heute ein bißchen träge. Ich lehne an einer Wand, die Beine gerade von mir gestreckt, und Rieke sitzt im Schneidersitz schräg neben mir. Sie hat ihren Tabak gezückt, das Päckchen steckt dort fest, wo sich ihre Unterschenkel kreuzen. Während sie sich eine Zigarette dreht, schaue ich mir den Programmzettel an. Kurzfilme haben es in sich, steht da, sie müssen den Zuschauer in einer sehr begrenzten Zeit fesseln, und das ist nur von Vorteil, denn hier sind langweilige Parts kaum möglich. Da muß ich lachen. Rieke schaut von ihrer offenen Zigarette auf, fragend. Ich lese ihr den Satz vor, damit sie grinst. Und sie grinst. Dann befeuchtet sie ein Blättchenende mit der Zungenspitze. Die haben die Filme anscheinend vorher wirklich nicht gesehen, sagt sie und vollendet ihre Vorbereitungen, steckt sich die Zigarette in den Mund und entflammt ihr Feuerzeug. Ich mag diese Augenblicke, mag es, Rieke dabei zuzuschauen, wie sie aus solchen Tätigkeiten ein Ritual macht. Es gibt dem Alltag eine Konstante. Es sind nun mal nicht bloß Kurzfilme, die einen langweilen können, oder Langfilme, es ist das zerfledderte Leben selbst, das so anödet. Müßte ich arbeiten, wäre die Qualität der Langeweile eine andere, sie würde mich ankotzen, sie würde mich quälen, so aber lasse ich mich von einem Studium langweilen, von dem ich geglaubt habe, es würde mich interessieren, und es interessiert mich eigentlich auch, in Vorlesungen zu sitzen und mir von historischen Zusammenhängen erzählen zu lassen, Bücher über Heeresführer, Widerstandskämpfer oder andere Helden zu lesen und in Seminaren darüber zu sprechen, aber dieses

Interesse flaut ab beim Blick aus dem Fenster. Der sanfte Zug der Wolken ist eben viel realer. Oder natürlich Rieke, die mir mit halb geschlossenen Augen gegenübersitzt und sichtlich Freude an ihrer Zigarette hat, die sie anscheinend ähnlich zu befriedigen vermag wie der Sex mit mir, denn so glücklich wie sie jetzt gerade aussieht, sieht sie sonst nur aus, wenn wir nebeneinander im Bett liegen. Ich sehe ihr dabei gerne zu, wie sie an der zwischen gestreckten Zeige- und Mittelfinger steckenden Zigarette konzentriert zieht und das Eingesogene tatsächlich zu genießen scheint. Für einen kurzen Moment ist sie nicht ansprechbar. Dann, ich nehme an, der Qualm hat ihre Lungen aufgebläht und verläßt diese nun wieder, grinst mich Rieke an und bläst den Restrauch aus. Sie fängt meinen Blick auf, und wir gucken uns einfach nur an, und in mir breitet sich etwas aus, das sich anfühlt, als hätte ich selber geraucht. Ich könnte den Rest meines Lebens mit nichts anderem verbringen, als Rieke anzuschauen. Dabei würde mir bestimmt nicht langweilig werden, und wenn doch, dann wäre es die schönste Langeweile, die ich mir vorstellen kann. Die menschliche Existenz besteht nun mal zum größten Teil aus Langeweile, unterbrochen von Aufregungen, die das ganze Adrenalin überhaupt nicht wert sind. Ich bin froh, daß ich das schon früh verstanden habe, sonst wäre ich vermutlich unglücklich, würde wie ein Bekloppter büffeln und pauken, nur um mit einem Diplom in der Tasche immer noch nicht zu wissen, was ich will. Ich müßte mir Hobbys suchen, um mich von der Langeweile abzulenken, weil ich nicht kapiert hätte, daß der Sinn des Lebens genau in dieser Langeweile steckt. Rieke unterbricht meine Gedanken. Ihr verschmitzter Blick ist der einer Verbündeten. Vielleicht wüßte sie gerne, worüber ich gerade nachgedacht habe, aber sie weiß, daß ich es ihr ohnehin irgendwann sagen werde. Außerdem hat sie ihre eigenen Gedanken, nach denen frage ich sie schließlich auch nicht. Rieke tippt mit dem Mittelfinger Asche von ihrer Zigarette, die sie nun zwischen Zeige- und Ringfinger hält, auch diese Geste liebe ich, das sieht so elegant aus. Weißt du, sagt Rieke in das relative Schweigen zwischen uns, das vorgestern mit Sandra, ich hab da noch mal drüber nachgedacht, wieso ich so reagiert habe, sie ist nun mal meine beste Freundin, aber eigentlich ist das ja gar nicht mehr so wie früher, ich mein, allein das, was wir studieren, sie BWL, ich Germanistik, da verlagern sich die Interessensgebiete schon, Rieke zieht kurz an ihrer Zigarette, und dann wohnt sie immer noch in Spandau, das ist doch panne und überhaupt: Jörg! Sie schaut mich an, als wäre die Beurteilung Jörgs meine Aufgabe. Ich aber zucke nur mit den Schultern. Jörg halt, sage ich, und außerdem verdient er Geld. Was soll er denn sonst verdienen? Rieke zieht wieder Rauch ein, stimmt schon, das hat Sandra auf jeden Fall verändert. Rieke mustert ihre Schuhspitzen. Und ich auch, denn wirklich viel zu sagen habe ich zum Thema ›Sandra‹ nicht, ich kenne die ja kaum. Sie ist mir ein bißchen suspekt, doch das behalte ich besser für mich. Sandra ist sicherlich nicht unsympathisch, hat aber so eine schnippische Art, mit der sie sich gern in den Vordergrund drängt. Anstatt das zu sagen, zukke ich lieber noch mal mit den Schultern und versuche ein unbestimmtes Lächeln. Rieke zerdrückt die Reste ihrer Zigarette auf dem Asphalt und schlägt vor, wieder reinzugehen, vielleicht hat die erste Band ja schon angefangen zu spielen.

Wir drängen uns in den jetzt sehr vollen Raum. Auf der Bühne steht eine Band, die in diesem Moment anfängt zu spielen. Und ich fange wieder an zu schwitzen. Vor mir steht einer, der so groß ist, daß ich mit Mühe über seine linke Schulter blicken kann, wenn er sich nicht bewegt. Links neben mich zwängt sich eine Frau, die sofort beginnt, mit einem rechts hinter mir Stehenden zu quatschen, die Haut ihres nackten Arms bleibt – wahrscheinlich nur für Bruchteile einer Sekunde – an meinem haften. Ich würde mich gerne beschweren, weiß aber nicht, worüber eigentlich, es gibt schließlich keine Benimmregeln für Rockkonzerte. Erst jetzt komme ich auf die Idee, nach Rieke zu schauen, die noch einen Kopf kleiner ist als ich. Sie steht rechts neben mir, wird allerdings gerade zur Seite gedrängt, weil ein Mädchen an ihr vorbeiwill. Mit ernstem Gesicht gibt mir Rieke zu verstehen, daß auch sie eher genervt ist, und ich folge ihr in eine ruhigere Ecke. Ganz schön voll hier, sage ich. Wahrscheinlich hat Rieke mich gar nicht verstanden, aber das ist egal, sie kreuzt ihre Arme hinter meinem Kopf und zieht ihn herab, auf daß wir knutschen können. Die Musik ist laut und funky, die Luft warm und stickig, meine Hände tasten Riekes Körper ab, diese Haut ist mir nie unangenehm. Unser Geküsse wird härter, die Zähne klacken aneinander. Riekes Augen leuchten mich an, und dann zieht sie mich fort, weiß zunächst nicht, wohin mit mir, vor der Tür zur Frauentoilette zögert sie, doch als diese aufschwingt, sehen wir, wie voll es dort ist. Wir bewegen uns woandershin, gehen einen Gang lang. Tatsächlich ist es hier leer, und auch die Luft läßt sich leichter atmen. Dennoch sind wir atemlos. Im Dreivierteldunkel steht ein Tisch, auf den setzt sich Rieke, und ich stelle mich vor sie, sie schlingt Arme und Beine um mich, schiebt mein T-Shirt hoch und küßt meine Brust. Ich lege meine Hände an Riekes Kopf und schaue flüchtig nach links. Durch die Ritzen der Tür am Ende des Flurs dringt Licht, jederzeit könnte hier jemand vorbeikommen. Rieke greift an meinen Hosenbund und reckt ihr Gesicht zu meinem herauf, ich beruhige ihr Drängen mit meinem Mund, ihre Zunge macht es sich darin erneut bequem, doch Livemusik, Stimmgewirr, Lachen – all das ist mir einfach zu nah. Ich löse mich von Riekes Lippen. Laß uns gehen, flüstere ich. Okay, sagt sie und lockert die Umklammerung.

Später liegen wir auf Riekes schmaler Matratze unter dem offenen Fenster eng beieinander. Von draußen dringt Straßenlärm herein, vor allem Gesprächsfetzen und Gelächter. Rieke schnurrt schon so schön. Warum langweilt man sich eigentlich niemals im Schlaf? Träume müßten doch auch öde sein. Manche Menschen träumen immer das gleiche, heißt es. Das muß auf die Dauer ziemlich nerven. Und auch das Grundgefühl der Langeweile, diese temporäre Lähmung des Körpers, findet gerade im Schlaf ihre vollste Entfaltung. Ich langweile mich nicht. Sacht streichle ich über Riekes Körper. Vielleicht ist dies hier doch Langeweile, aber eine schöne Langeweile. Sie könnte von mir aus noch eine Weile dauern. Am Ende ist Liebe die Fähigkeit, sich mit jemandem langweilen zu können. Keiner verliebt sich, um sich zu langweilen, das kann man schließlich auch alleine. Doch ist man in den Zustand des Liebens hineingerutscht und wird fortan längere Zeit mit immer dem gleichen Menschen verbringen, dann kann man sich ja nicht andauernd mit der Abwehr der Langeweile beschäftigen.

MITTWOCH. Ein schöner Sommerabend leuchtet durch die staubigen Fensterscheiben. Man könnte prima im Park hängen oder in einem Biergarten. Und wenn man schon nicht vor die Tür gehen mag, weil man vielleicht gerade unbekleidet ist, könnte man sich wenigstens körperlich ertüchtigen, am besten im Duett. Ich aber bin angezogen, allein bin ich auch, wenn auch nur halb. Rieke ist nämlich da, nur nicht für mich. Sie sitzt in der Küche und liest Lyrik. Oder so. Eigentlich ist es nämlich noch schlimmer: Sie liest ein Buch über Lyrik. Das geht doch gar nicht.

Gedichte? Ja, von mir aus, und sich dann schöne Gedanken machen, an kalten Winterabenden durchaus vorstellbar, aber diese Sekundärliteratur, die nervt doch total! In Philosophie ist das ja nicht viel besser, alles muß immerzu erklärt werden, und bei Gedichten ist es am schlimmsten. Rieke liest also, was andere, sicher total hochgebildete Leute, zu den Gedichten zu sagen haben, und faßt anschließend zusammen, wie man die Texte zu verstehen hat. Ich habe sie mal gefragt, ob sie keine eigene Meinung dazu hat. Doch, war ihre Antwort, natürlich, aber die anderen waren schneller. Und weil man sonst denken könnte, Rieke würde nur bei denen abschreiben, müsse sie eben das, was sie selber in dem Gedicht erkennt, als Erkenntnis der anderen darstellen. Dafür darf man dann eine schöne Fußnote setzen; zitiert nach, gedacht von, beglaubigt durch. Meine Idee, gar nicht erst die eigentlichen Texte zu lesen, sondern lediglich die Meinungen der Experten, hatte Rieke mit einem müden Lächeln kommentiert. Das würde ihr dann ja keinen Spaß mehr machen, sagte sie und verzichtete auf die an sich angebrachten Argumente wie: man studiert ja nichts Geisteswissenschaftliches, um hinterher einen Abschluß zu haben, sondern weil man so schönere Gedanken bekommt. Wahr ist es trotzdem. Und ich liebe Riekes schöne Gedanken. Natürlich ist alles schön an ihr, da muß man die Gedanken nicht extra hervorheben, so wie bei manchen Menschen betont wird, daß sie schönes Haar hätten. Ausgerechnet das, wo man das doch am leichtesten verlieren kann und echte Schönheit auch ohne Haare auskommen muß. Ich mag Frauen mit Glatze, aber ein paar Haare mehr find ich noch besser. Riekes Frisur ist perfekt, dabei ist es gar keine Frisur. Sagt jedenfalls sie. Und alle vom Fach würden zustimmend mit den Scheren klappern, weil Rieke ihnen als Kundin fehlt, ein bißchen an sich rumschnippeln kann Rieke auch selber. Wahre Schönheit braucht keine professionelle Hilfe. Das gilt auch für die Gedanken. Die könnte sie sich auch alleine machen, ohne sekundäre Unterstützung, dafür aber neben mir. Statt dessen sitzt sie in meiner Küche, um auf den Berg nie gelesener Studentenprosa ein weiteres Werk zu schichten, nachdem sie schon den ganzen Tag in der Stabi war. Dann haben wir was gegessen, etwas geknutscht, doch als ich sie hier ins Zimmer schubsen wollte, aufs weiche Bett, hat Rieke ihren extrasüßen Blick aufgesetzt, leider, leider, sie müsse noch was lesen, morgen früh, der Sprechstundentermin bei Professor Fleischer, dem müsse sie einen Entwurf vorlegen, das verstehst du doch? Sie bleibe ja über Nacht, da hätten wir noch genug Zeit zum Poppen. Und jetzt hock ich hier und warte auf die Nacht oder was?! Ich habe keine Lust fernzugucken, und in der Zeitung steht auch nur unangenehmes Zeug. Ich kann das Grinsen von Merkel, Stoiber, Westerwelle und Co. schon lange nicht mehr ertragen. Vorhin habe ich auf Spiegelonline gesehen, daß die CDU laut neuester Umfrage bei sechsundvierzig Prozent liegt, sechsundvierzig Prozent, das sind neunzehn Punkte mehr als die SPD hat. Da braucht man doch gar nicht mehr wählen zu gehen! Die SPD kann sich gleich auflösen, aus diesem Tief kommt die ja nie wieder raus. Das Land will den Wechsel zu Schwarzgelb, zu einem bürgerlichen Bündnis, wobei ich mich schon frage, was denn so unbürgerlich an Rotgrün ist. Die zusammengezählten zirka zehn Ehen von Schröder und Fischer? Merkel ist ebenfalls geschieden, wenn auch nur einmal, sie hat keine Kinder, während Westerwelle sich inzwischen öffentlich zu seinem Schwulsein bekennt. Ist das bürgerlich? Acker Schröder mag zwar aus proletarischem Milieu stammen und Fischer aus dem Straßenkampf, die Behaglichkeit des Bürgerlichen wissen sie sehr wohl zu schätzen. Von Lafontaine ganz zu schweigen

Selbst Gysi dürfte schon im Osten eher bürgerlich gewesen sein, schließlich war der Arbeiter- und Bauernstaat in Wirklichkeit eine Kleinbürgerdiktatur, in der ein Anwalt mit Nähe zur Partei gewiß nicht durch eine allzu proletarische Lebensweise aufgefallen ist. Irgendwie bin wahrscheinlich auch ich bürgerlich mit meiner akademisch geprägten Erziehung, mit meiner Sehnsucht nach Sicherheit und Geborgenheit. Auch wir haben unsere Werte, und wenn wir für den Schutz der Umwelt sind, wenn wir die Schönheit der Natur feststellen, dann zeigen wir doch auch unsere Liebe zu diesem Land, in dem wir nun mal leben. Mit Blut, Schweiß und abgestandenen Tränen hat das gewiß nichts zu tun, aber mit Existenz. Ich habe keine Lust auf die Grabenkämpfe von Ideologen, ich fänd's sogar mal lustig, wenn die Grünen mit der CDU regieren würden, das könnte doch passen, wenn nur nicht diese ganzen gegenseitigen Vorurteile wären. Letztlich fehlt mir der Durchblick, ich habe keine Ahnung, ob man den Sozialstaat besser hätte schützen müssen, ob die Hartz-IV-Reformen nicht doch eher eine politische Katastrophe waren; aber die Bundestagswahl neunzehnhundertachtundneunzig, die erste, bei der ich mitmachen durfte, hat für meine Generation eine entscheidende Veränderung gebracht: Helmut Kohl war abwählbar, Politiker konnten doch sympathisch wirken, vielleicht nicht wirklich nett, aber irgendwie so, als könnte man sich vorstellen, mit ihnen auf einer WG-Party ins Gespräch zu kommen, am Küchentisch zwischen Essensresten und Tabakkrümeln, den Aldirotwein in Tassen mit Reklameaufdruck. Das ist jetzt auch vorbei. Nachdem Angela Merkels Image professionell geglättet wurde, wirkt sie auf mich schon im Fernsehen so unnatürlich, daß ich Angst davor hätte, ihr persönlich zu begegnen, wozu es glücklicherweise nie kommen wird. In der Küche steht noch ein Rioja von Aldi. Ich stehe auf, um ihn zu holen. Rieke hockt tatsächlich konzentriert über mehreren aufgeschlagenen Büchern. Man kann ihr die schönen Gedanken ansehen. Ich mache es und setze mich auf die andere Seite des Tisches. Nach einer Weile guckt sie hoch und grinst mir zu. Stör ich? frage ich. Rieke verzieht leicht den Mund. Du doch nicht, sagt sie. Magst du Wein? frage ich und hole die Flasche aus dem Regal. Rieke gibt zustimmende Laute von sich. Während ich mich mit dem Korken befasse, notiert Rieke was auf ihrem Block. Macht's Spaß? frage ich, als ich ihr ein Glas hinstelle. Rieke wackelt kurz mit dem Oberkörper und schreibt weiter. Dabei murmelt sie: Sind halt geile Texte. Tatsächlich? sage ich. Ja, echt, sagt sie, hier, Rieke zieht ein Buch aus dem Stapel, der könnte dir gefallen. Diverse gelbe Lesezeichen gucken dort raus, Rieke hat sie an der Kante beschriftet. Das hier ist von Georg Heym, sagt sie, der ist mit vierundzwanzig beim Schlittschuhlaufen auf der Havel eingebrochen und ertrunken, das war neunzehnhundertzwölf. Der Text heißt ›Eine Fratze‹. Rieke beginnt vorzulesen: Unsere Krankheit ist unsere Maske. Unsere Krankheit ist grenzenlose Langeweile. Unsere Krankheit ist wie ein Extrakt aus Faulheit und ewiger Unrast. Ich bin begeistert von der Art, wie Rieke den Text liest, richtig unheimlich, morbid irgendwie, dieser leicht heisere Tonfall steht ihr gut. Jetzt kommen ihr ein paar französische Wörter über die Lippen, das klingt gleich noch mal so gut. Ich mag die Begeisterung in Riekes Augen, sie findet den Text anscheinend wirklich gut. Unsere Krankheit ist, in dem Ende eines Welttages zu leben, liest Rieke, in einem Abend, der so stickig ward, daß man den Dunst seiner Fäulnis kaum noch ertragen kann. Sie guckt mich an. Das ist doch geil, oder? Ein Abend, der so stickig ward, daß man den Dunst seiner Fäulnis kaum noch ertragen kann. Ja, sage ich, das klingt super. Rieke lächelt. Vor allem klingt das total aktuell, sagt sie, diese

Krankheit, diese Langeweile! Stimmt schon, sage ich, ich wüßte eine gute Medizin dagegen. Was du nicht alles weißt, sagt Rieke, legt ihre verschränkten Unterarme auf die Tischplatte und beugt sich mit geschlossenen Augen und gespitzten Lippen darüber. Du kennst die Medizin bereits? frage ich. Rieke gluckst, nun mach schon. Ich erhebe mich ein wenig, damit mein Mund ihren leichter erreichen kann. Beide treffen sich überm Tisch, und auch wenn es nicht die bequemste Körperhaltung ist, halten uns unsere voneinander umwundenen Zungen fest. Ich bemerke, wie Rieke den Tisch erklimmt, um mir näher zu kommen, da kippt etwas um, nämlich ihr Weinglas, von dem sie noch gar nichts getrunken hat. Der Kuß endet abrupt, jetzt wird geflucht. Der Wein hat sich nämlich größtenteils auf das Buch ergossen, aus dem Rieke mir vorgelesen hat. Und das ist aus der Bibliothek. Rieke rennt damit zur Spüle und fängt schimpfend an, die Seiten trockenzutupfen. Das krieg ich nie sauber, klagt sie. Auch ich greife nach einem Lappen und wische ein bißchen auf dem Tisch herum und die Tropfen vom Fußboden auf. Ich weiß schon, warum ich so selten Wein trinke. Bier hat noch nie die Stimmung verdorben.

FREITAGABEND. Semesterabschlußparty der Geisteswissenschaftler im Geodätenstand auf dem Hauptgebäude der Uni. Ich weiß zwar nicht, was Geodäten sind oder machen, doch wenn sie stehen, können sie die halbe Stadt überblicken. Meier steht auch, am Grill, wo sonst? Neben ihm ein paar Leute, die ich gar nicht oder bloß flüchtig kenne. Jemand gibt mir ein Bier, wir stoßen an. Auf die CSU! ruft einer mit Basecap. Ich gucke wohl etwas entgeistert, weshalb Meier mir erklärt, Till hier, er faßt einem Brillenträger mit gelbem T-Shirt an den Oberarm, hat eben gerade berichtet, daß ein CSU-Politiker fordert, die Mehrwertsteuer auf Bier um mehr als die Hälfte abzusenken. Exaktement! Till nickt, hab ick im Internet jelesen, bei Bild.de, schließlich ist Bier 'n Lebensmittel, und für Lebensmittel gilt och der halbe Mehrwertsteuersatz. Ich bin überrascht, weil ich dachte, auf Bier schon jetzt nur die halbe Mehrwertsteuer zu zahlen. Ist nun mal ein Nahrungsmittel, sagt der mit dem Basecap, und wir stoßen noch mal an. Während Till und der Basecapmann einen schlaksigen Lockenkopf mit lautem Hallo, gib Fünf, Alter, begrüßen, wirft mir Meier einen verschwörerisch gemeinten Blick zu, weshalb ich näher an den Grill trete. Ich glaub, sagt er, heute kommt sie. Wer? frage ich. Na, sagt Meier, die Linguistin natürlich, hab ich dir doch erzählt von. Ach die, sage ich, weiß aber immer noch nicht, wen er meint. Dann mal viel Glück, sage ich und klopfe ihm auf die Schulter, denn Rieke hat den Partyraum betreten und guckt sich suchend um. Danke, sagt Meier, Glück ist immer gut, aber diesmal bin ich mir ziemlich sicher. Wir sehen uns, sage ich. Ich hab übrigens mit einem Manifest angefangen, sagt er. Mußte mal mailen, sage ich.

Riekes Blick hat mal wieder so etwas Wildes, als würde sie mir am liebsten die Klamotten vom Leib reißen. Wir küssen uns heftig und tanzen dabei engumschlungen zu Musik, zu der sonst niemand engumschlungen tanzt, aber außer uns tanzt sowieso niemand. Wir holen uns neues Bier und schauen von der Terrasse auf die Stadtsilhouette, scheint alles noch da zu sein. Kommt Leander heute? fragt Rieke, und ich verschlucke mich fast am Bier. Wieso? Wieso soll ich das wissen? Ich gucke sie an. Sie guckt zurück: Immerhin ist er ein Freund von dir. Bei Leander weiß man doch nie, sage ich und küsse sie. Dann entdeckt Rieke eine Bekannte und verschwindet nach drinnen. Küßchen, bis später!

Später stehe ich neben Meier am improvisierten DJ-Pult. Es tanzt keiner, dabei hält sich Meier an den anzunehmenden allgemeinen Geschmack. Ist sie schon da? frage ich. Meier guckt etwas betreten drein. Ist ja noch früh, sagt er und wendet sich seiner CD-Kiste zu. Till schlendert herbei. Wir prosten uns zu. Der langgezogene Raum, hinter dessen Scheiben Berlin ins Schwarze versinkt und gleichzeitig zu leuchten beginnt, ist gut gefüllt. Immerhin bewegen sich ein paar Leute zaghaft zur Musik, bald werden sie wohl mit dem Tanzen beginnen. Rieke unterhält sich immer noch mit irgendwelchen Leuten, die ich noch nie gesehen habe. Zwischen Steff und Toni steht eine Frau mit blondem hochgesteckten Haar, die aus der Entfernung ziemlich sexy aussieht. Vielleicht macht es auch die Reihung: Links steht Steff, schlank und groß, rechts daneben Toni, kompakt, klein, kariert und kraushaarig, da ist es vielleicht leicht, in der Mitte eine gute Figur zu machen, und genau das macht die in der Mitte. Bekannt kommt sie mir schon vor. Kennst du die? frage ich Meier so beiläufig wie möglich. Na klar, sagt er, das ist doch, na, er kommt nicht auf den Namen, guckt mich an, als müßte ich sie auch kennen, er schnippt mit den Fingern, Mensch, du warst doch dabei, neulich beim Grillen in der HaHe, und natürlich weiß ich, wer das ist, die Frau ohne Namen, die Kommilitonin von Steff. Ich sage: Ach, was? Und ich sage: Ich brauch wohl mal 'ne neue Brille. Dann schlendere ich zur Bar. Auf dem Weg leere ich meine Flasche. Während ich auf die Erfüllung meines Getränkewunsches warte, gesellt sich Dr. Knut zu mir. Dr. Knut hat das Seminar für Staatstheorien geleitet, das ich wie alle anderen Veranstaltungen in diesem Semester nur äußerst sporadisch besucht habe. Er lächelt mich an. Hoffentlich weist er mich nicht darauf hin, daß ich heute abend genaugenommen kein Recht hätte, hier zu feiern. Statt dessen bestellt er zwei Bier. Er hat sich doch tatsächlich vorgedrängelt! Das könnte mich empören, aber da er mir eine der Flaschen hinhält, bin ich sogleich besänftigt. Er stößt sein Bier gegen meins und lächelt wieder. Erst jetzt begreife ich, durch das spendierte Getränk dazu genötigt worden zu sein, zumindest bis zum Erreichen des Flaschenbodens neben Dr. Knut stehenzubleiben. Dummerweise ist es auch noch so ein modischer Mischmasch, Bier mit Limonenaroma. Und worüber soll ich mit jemandem sprechen, dessen Seminar ich fast nie besucht habe? Immerhin bin ich beschwipst, denke ich, da fehlt mir das lähmende Gefühl der Peinlichkeit. Doch dann denke ich: Herrje, ich bin beschwipst, hoffentlich sage ich nichts Blödes! Während ich so denke, merke ich, daß Dr. Knuts Worte unverstanden an mir vorbeirauschen. Sicherheitshalber stimme ich ihm zu. Da kommt Toni zu uns, der grobe Stoff ihres karierten Kleides korrespondiert mit der Breite ihrer Hüften. Toni nickt in meine Richtung und schenkt Dr. Knut ein hinreißendes Lächeln, für mich ist das ein gutes Zeichen, die quälende Situation nähert sich hoffentlich ihrem Ende. Frau Bach, Dr. Knut reicht Toni seine freie Hand, schön Sie zu sehen! Er erkundigt sich, ob er von ihr eine Hausarbeit zu erwarten habe. Toni nickt und sagt artig, wie sehr ihr das Thema liege. Dr. Knut freut sich, lobt Tonis Referat und zeigt sich gespannt auf dessen schriftliche Ausarbeitung. Dann deutet er mit seiner Flasche auf mich und sagt: Herr Singer wird mir ja auch etwas zu lesen geben, ich werde also zu tun haben. Toni schaut mich mit erhobener Augenbraue an. Wirklich? sagt sie, worüber schreibst du denn? Da ich das auch gerne wüßte, bin ich froh, daß Dr. Knut für mich einspringt. Das Vertrauen in die Verfassung angesichts politischer Krisen, ein hochaktuelles Thema, sagt er und noch einiges mehr, was ich leider akustisch nicht verstehe. Doch Toni guckt beeindruckt, und ich betone, daß ich das Thema außerordentlich spannend finde. Dr. Knut stimmt mir zu. Das ist wirklich mal etwas Interessantes, sagt er, das möchte ich wirklich lesen. Soweit er wisse, gibt es darüber bislang auch kaum Literatur. Das wäre direkt etwas für eine Dissertation, Herr Singer! Er strahlt mich an. Weil er es wohl erwartet, strahle ich zurück, jedenfalls versuche ich das. Keine Ahnung, ob man mir diese Euphorie abnimmt. Toni jedenfalls lächelt spöttisch. Dann kommt Rieke an, und mir gelingt es, sie nicht in das Gespräch einzubinden; ich lege keinen Wert darauf, daß sie von irgendwelchen Promotionsplänen erfährt, die sie doch bloß zu unpassendem Gelächter reizen würden. So lassen wir Toni und Dr. Knut, von dem ich mich artig verabschiede mit der Zusage, bald mal in seine Sprechstunde zu kommen, allein und tauschen Berührungen aus. Rieke will nach Hause, sagt, sie sei müde. Ich bin enttäuscht, wo die Stimmung doch gerade so gut zu werden scheint. Hinter uns wird nämlich längst wild getanzt. Bleib doch noch, sagt Rieke und wirkt dabei so, als würde es ihr wirklich nichts ausmachen. Wir verabschieden uns knutschend. Dann ist sie weg, und ich fange an zu tanzen. Hey! Steffs Kommilitonin nickt mir zu, deutet ein Lächeln an, gleich kommt sie mir bekannter vor. Ich tanze in ihre Richtung. Steff ist auch da. Wir lächeln uns zu und deuten Winken an, schließlich haben wir uns noch gar nicht begrüßt. Die von Meier gespielte Gitarrenmusik ist okay, gut tanzbar, jeder kennt diese Lieder. Die Tanzfläche ist voll, aber keinesfalls überfüllt. Die Kommilitonin sieht heute wirklich umwerfend aus, ich wundere mich, warum mir das nicht neulich schon aufgefallen ist. Wahrscheinlich bin ich aber bloß betrunken. Unter ihrem strahlendweißen Shirt zeichnen sich große runde Brüste ab, die sanft zur Musik wiegen. Als das nächste Stück beginnt, finde ich mich schnell im Rhythmus ein, auch wenn ich es nicht kenne. Die Kommilitonin tanzt ebenfalls begeistert, läßt die Hüften kreisen. Die Musik ist schnell, man kann gut dazu abgehen. Und das tun wir. Ich verliere Steff aus den Augen, finde dafür aber den Blick ihrer Kommilitonin, die nun meine Hand ergreift, sie über sich hebt und sich selbst einmal um die eigene Achse dreht. Ich kann gar nicht vernünftig tanzen, wenn vernünftig tanzen heißt, daß man bestimmte Schrittfolgen beherrscht, daß man weiß, wie man eine Frau führt und wie man es vermeidet, ihr auf die Füße zu stapfen. Mit Rieke habe ich bislang fast noch nie getanzt und wenn, dann mit dem üblichen Abstand von Individualtänzern oder gleich im Kuschelgang. Berührungen waren dabei eher zufällig. Jetzt aber kann man sich mit einem Zufall kaum noch herausreden. Unsere linken Hände treffen sich und bleiben ineinander verschränkt; ohne groß danach gesucht zu haben, liegt meine Rechte bald auf ihrer Hüfte. Unsere Knie berühren sich, wir grinsen uns an, ich spüre ihre Brüste. Dann ist das Lied vorbei. Wir lösen uns langsam voneinander. Meine Tanzpartnerin deutet einen Knicks an und lächelt. Und ich lege mir eine Hand auf die Brust und beuge mich leicht nach vorne. Das nächste Lied kennen alle, ›Smells like Teen Spirit‹, Toni und Steff drängen sich neben uns. Allgemeines Mitgesinge, here we are now, entertain us. Mein Abstand zur Kommilitonin hat sich wieder vergrößert. Wenn ich ihren Blick suche, guckt sie gerade weg. Das nächste Lied ist das von Kettcar, bei Aldi brennt noch Licht, Toni und Steff scheinen es auch zu kennen. Die Kommilitonin dagegen verläßt die Tanzfläche.

Wenig später sehe ich sie auf der Terrasse am Geländer stehen. Ich gehe zu ihr. Es ist kühl geworden, sonst ist niemand mehr draußen. Als die Tür zurück in den Rahmen fällt, dreht sich die Kommilitonin um. Sie hält eine Bierflasche in der Hand. Ich kann nicht erkennen, ob sie lächelt, doch ihr freudiges ›Na du?‹ läßt darauf schließen. Ich stelle mich neben sie, wir lehnen beide mit den Unterarmen auf der Brüstung und gucken Richtung dunkle Stadt. Die Kommilitonin trinkt einen Schluck. Du auch? fragt sie und hält mir ihr Bier hin. Und obwohl es diese Bierbrause ist, nehme ich ihr die Flasche ab, trinke davon, es ist kaum noch was drin, es schmeckt schal, vermutlich ist das Verhältnis Bier zu Speichel relativ ausgeglichen. Aber bei dieser Plörre kann man ja sowieso wenig verderben, sie sieht nicht nur aus wie Geschirrspülmittel, schmecken tut's genauso, ›Beck's Pril‹ wäre wohl der passendere Name. Ich reiche der Kommilitonin die Flasche zurück. Trink's aus, sagt sie, stützt einen Ellenbogen aufs Geländer und steckt sich die Hand ins Haar. Ich stelle die leere Flasche auf die Erde, und dann gucken wir gen Nachtstadt. Die Gedächtniskirche ist zum Greifen nah, links daneben die schwarze Fläche des Tiergartens, aus dem die goldene Else ragt, die blaß wirkt gegen das Geglitzer von Mitte, der Fernsehturm piekst in den von einem halben Mond beleuchteten Nachthimmel. Berlin ist schon geil, sagt die Kommilitonin nach einer Weile. Verspätet fällt mir die Frage ein, wo eigentlich sie herkommt. Will das weniger aus wirklichem Interesse wissen, bin eher daran interessiert, die Situation mit Worten zu füllen. Das erste lautet ›Hamburg‹, wobei diese Burg keine feste ist, sondern eine Burch, weich wie eine Fischfrikadelle. In Hamburch also, da sei es noch besser als hier, natürlich, das sagt jedenfalls sie, schon wegen der Nähe zum Meer. Sie grinst mich an, ihr Blick trifft mich, auch wenn ich ihre Augen nur als zwei Schattenpunkte wahrnehme, trotzdem meine ich, diesen Blick regelrecht zu spüren, und mir wird ein bißchen schwindelig, weil dies vielleicht ein idealer Moment wäre, sie zu küssen, vielleicht aber auch nicht, schließlich küsse ich Rieke und sonst keine, weil ich Rieke liebe und sonst keine, und wahrscheinlich bin ich nur betrunken, allerdings nicht betrunken genug, um im Blickfeld meiner Freunde mit einer Frau zu knutschen, von der ich nicht einmal den Namen weiß. Ich bin so mit mir selbst beschäftigt, daß ich ihre längst gefragte Frage erst verspätet verstehe. Jaja, sage ich schnell, ich bin hier geboren. Wir schauen wieder in die Nacht hinaus. Verreist du eigentlich? fragt sie mich, und ich gucke sie an. Sie aber blickt weiter ins Weite. Nee, ich bleib hier, sage ich, schließlich ist Berlin doch the place to be! Diese überheblichen Hauptstädter immer! sagt die Kommilitonin Richtung Turmruinenspitze, die schon lange stumpf ist und nicht spitz. Im Gegensatz zu der Nase der Kommilitonin, was mir erst jetzt auffällt. Diese Nase gibt ihrem Gesicht etwas Forsches. Riekes Riecher dagegen ist stupsig, sehr süß, aber eben stupsig. Wenn ich so darüber nachdenke, hatten alle meine Freundinnen kleine Nasen. Die Kommilitonin guckt mich an. Richtig, wir befinden uns in einer Art Gespräch, da muß ich auch mal wieder was sagen. Sage, daß ich keineswegs überheblich bin, und die meisten echten Berliner sind das auch nicht. Das wird uns nur eingeredet und das mit the place to be genauso, von all den zugezogenen Gastberlinern, die die Redaktionsstuben der Lokalzeitungen blockieren und uns mit ihrer provinziellen Gesinnung infizieren. Muß man ja nicht lesen, sagt die Kommilitonin, ist doch sowieso Zeitverschwendung. Stimmt, sage ich und gucke wieder geradeaus, ab und an verirrt sich dennoch ein Probeabo in meinen Briefkasten, weil mir irgendein armes Schwein in 'ner Kneipe so was aufgeschwatzt hat. Das arme Schwein kommt wahrscheinlich auch aus der Provinz, sagt die Kommilitonin. Ja, sage ich, und das arme Schwein denkt auch noch, die Weltpresse zu vertreten. Lustig! sagt die Kommilitonin. Na ja, sage ich, habe mich schon besser amüsiert, doch wenn's ihm hilft, da will man ja nicht im Wege stehen, kann ja nicht jeder Eltern haben, die einem das Studentendasein finanzieren.

Ist das bei dir so? Ich spüre den Blick der Kommilitonin auf mir, bleibe aber standhaft und starre in einem fort nach vorn. Ich würde mich gerne selber verachten, sage ich und senke theatralisch mein Haupt. Aber? fragt die Kommilitonin. Es ist so verdammt bequem! Weil die Kommilitonin lacht, schaue ich sie nun doch an. Tja, sagt sie, ich bleibe der Hauptstadt diesen Sommer auch treu, muß leider lernen. Sie preßt die Lippen kurz zusammen. Im Oktober hab ich Mündliche, aber zwischendurch werde ich wohl mal nach Hamburch fahren zu meinem Freund. Fernbeziehungen sind ätzend, sagt sie und sieht dabei tatsächlich ein bißchen aus wie nach einem Säurebad. Ja, sage ich, klar, sage ich und bin zu überrascht, um meine Überraschung zu verbergen. Wie lange seid ihr denn schon zusammen? frage ich, um etwas zu sagen. Sieben Jahre, sagt sie und guckt für einen Augenblick verzückt, das metaphorische Bad eben bestand wohl doch nur aus Kohlensäure. Die Kommilitonin scheint wirklich glücklich zu sein. Drinnen geht Licht an, es sind nur noch wenige da, und die, die da sind, fangen an aufzuräumen. Oh, sagt die Kommilitonin, wir sollten gehen, bevor wir mithelfen müssen. Ich zucke mit den Schultern und sage, daß ich wohl helfen werde. Okay, sagt sie. Dann umarmt sie mich plötzlich, deutet einen Kuß auf meine linke Wange an, bis bald. Ja, sage ich, bis bald. Sie geht ein paar Schritte zur Treppe und dreht sich noch einmal um. Ach, gib mir doch mal deine Nummer, man weiß ja nie. Sie zückt ihr Handy, und ich sage meine Zahlen auf. Dann verschwindet sie, und ich gehe hinein, nehme mir noch ein Bier, diesmal ein richtiges, und gucke den anderen beim Aufräumen zu, bis Meier mich bittet, doch auch was zu tun. Und, war sie da? frage ich. Meier guckt grimmig, winkt dann ab. Frag lieber nicht, sagt er und wendet sich einem riesigen Lautsprecher zu. Du hättest mal mit Steff tanzen sollen, sage ich, die ist doch eigentlich ein ziemlich heißer Feger. Meier dreht sich um, auf seinem Gesicht liegt etwas Unwirsches. Er sagt: Komm bitte nicht auf die Idee, mich zu verkuppeln, okay?

MONTAGABEND. Endlich mal schönes Wetter, so ein richtig lauer Sommerabend. Ich bin mit Meier und Leander in der HaHe auf ein paar spontane Biere verabredet. Meier kommt direkt von der Uni, von einem Französischintensivkurs, und Leander kommt mit guter Laune. Und macht Spaß, dein Französischkurs? fragt er Meier. Der zuckt mit den Schultern. Weiß noch nicht, sagt er, der Dozent ist 'n bißchen lahm, ein Umwelttechniker aus Südfrankreich, mal gucken. Und die Leute? frage ich. Voll gemischt, Maschinenbauer und so, neben mir saß so 'n Informatikfreak, der in seiner Freizeit Fantasystories schreibt. Gar keine Frauen? frage ich. Die Auswahl ist begrenzt, sagt Meier, aber da ist tatsächlich eine, die hat voll die tollen Locken. So wie Meier guckt, ist das nicht das einzige, was er toll an ihr findet. Und was macht die so? frage ich ihn. Weiß nicht, sagt Meier, wir mußten uns ja auf französisch vorstellen, das hab ich bei ihr nicht ganz verstanden. Wie heißt sie denn? fragt Leander. Tanja, sagt Meier, glaub ich jedenfalls. Wieso glaubst du das nur? fragt Leander. Wenn ich das richtig auf der Teilnehmerliste gesehen habe, sagt Meier. Und was ist mit ihr? fragt Leander. Sie ist echt niedlich, sagt Meier, ein bißchen schüchtern vielleicht. Dann mußt du sie ansprechen, sage ich. Ja, sagt Meier, und mir ist klar, daß er so was gar nicht gerne macht und es ein Grund sein könnte, warum er Tanja schon morgen nicht mehr so toll finden wird. Ihr immer mit euren Frauenkisten, sagt Leander, dabei gibt's doch noch Wichtigeres. Was soll es denn Wichtigeres als Frauen geben? sagt Meier. Leander guckt verächtlich. Die Welt zum Beispiel, sagt er, die Politik. Akzeptiert, sagt Meier, da muß was passieren, die Menschen müssen wachgerüttelt werden. Wie denn das? fragt Leander. Wir wollen ein Blog machen, sagt Meier. Wer ist wir? will Leander wissen. Erst mal nur Basti und ich, sagt Meier. Rieke doch auch, sage ich. Klar, sagt Meier, von der stammt auch der letzte Titelvorschlag. ›Duschkopf‹, sage ich. ›Duschkopf‹? wiederholt Leander. Du kannst natürlich auch mitmachen! sagt Meier. Warum denn ›Duschkopf‹? fragt Leander. Ich find das auch nicht so, sagt Meier. Das klang neulich aber ganz anders, sage ich, schließlich hat er den Vorschlag am Freitag noch genial genannt. Weißt du, erklärt Meier, ›Duschkopf‹ wegen Kopfwäsche und so. Ihr wollt Gehirnwäsche betreiben? sagt Leander. Nein, sage ich, höchstens im hygienischen Sinn. Klingt ein bißchen faschistoid, sagt Leander. Was ist daran denn faschistoid? frage ich. Wegen der Gaskammern? fragt Meier. Nee, sagt Leander, Volkshygiene und so. Die Dusche ist doch aber eher als Wachmacher gemeint, sage ich. Schon verstanden, sagt Leander, trotzdem. Findest du den Namen blöd? fragt Meier. Der ist schon in Ordnung, sagt Leander. Hast du 'ne bessere Idee? fragt Meier. Nee, nee, ist prima, sagt Leander. Und machste mit? fragt Meier. Was soll denn drinstehen? fragt Leander. Wissen wir noch nicht, sage ich. Doch schon, sagt Meier, die Gesellschaft soll wachgerüttelt werden! Mit einer Internetseite? sagt Leander. Ja, sagt Meier, das ist wie ein digitales Flugblatt! Das aber keiner findet, sagt Leander, wenn, dann müßt ihr das per E-Mail schicken, und zwar an alle Adressen, die ihr auftreiben könnt. Das wäre ja dann Spam, sagt Meier. Flugblätter sind auch Spam, bloß analog, sagt Leander, welche Richtung wollt ihr eigentlich vertreten? Links natürlich! sage ich. Regierungsnah also, sagt Leander. Nicht mehr lange, sage ich. Aber schon rotgrün? fragt Leander und angelt sich das kleine Täschchen, in dem er sein Dope aufbewahrt. Nicht direkt, sage ich. Überhaupt nicht, sagt Meier, ich wäre gegen eine explizit politische Richtung, ich meine das eher gesellschaftlich und überhaupt: Wer definiert eigentlich, was links ist? Er meine jetzt nicht die Selbstdeklarierung der Parteien, ergänzt er, liberal sein hieße ja auch nicht, FDP wählen. Wer ist eigentlich heutzutage wirklich links? Meier guckt Leander und mich fragend an. Wir, würd ich mal sagen, sage ich. Und Leander, der sich das Täschchen in den Schoß gelegt hat und darauf ein großes Blättchen glattstreicht, um es mit Tabak zu bedekken, findet das offenbar sehr komisch. Er fragt, ob ich unser Linkssein beweisen könne. Ich strecke ihm die Zunge raus. Na ja, sagt Meier, links ist schon auch ein Grundgefühl für mich, irgendwie idealistisch eben. Ja, sage ich, das hat viel mit Sympathie zu tun; Joschka mag zwar ein Machtmensch sein, aber er ist einfach cooler als Westerwelle und Stoiber zusammen. Leander grinst, während er Dopebröckchen aus einer kleinen Tüte fummelt, um sie auf dem Tabak zu verteilen. Was du willst, sagt er, ist eine linke Monarchie: Ein freundlicher Repräsentant hält die Sonntagsreden, und irgendwelche unbekannten Auskenner regeln die Staatsgeschäfte. Meier kichert, ich aber fühle mich mißverstanden, sage, daß das nun gerade nicht links sei, für mich klingt das jedenfalls nach klassischem Nachtwächterstaat. Leander schaut von seinem fast fertigen Joint auf. Was ist an einer linken Repräsentationsmonarchie denn ein Nachtwächterstaat? fragt er. Ich habe keine Lust auf diese Diskussion, schon weil mir die Argumente fehlen. Dafür Meier. Er sagt, mein Modell wäre nicht mal mehr ein Nachtwächterstaat, um die Sicherheit würden sich ja auch private Unternehmen kümmern. Meinetwegen, sage ich, aber links ist es doch gerade nicht, alles den anderen zu überlassen. Links kümmert sich um die Arbeiter, sage ich und höre mich an wie ein verzweifelter Genosse, der selbst nicht mehr so recht daran glauben mag. Leander entzündet den Joint und saugt daran. Trotzdem ist es typisch links, sagt er sanft lächelnd, sich wie Fischer hinzustellen und von der großen Politik zu palavern, nachdem man für Hartz IV gestimmt hat. Er hält uns den Joint hin, und Meier greift danach. Ich sage: Deswegen braucht dieses Land eine vernünftige Linke! Genau, ruft Meier, bevor er am Horn zieht. Er gibt dem Rauch Zeit, sich in seinem Atemsystem auszubreiten, dann bietet er mir den glimmenden Joint an, ich schüttle den Kopf, heute mag ich nicht, heute ist Rieke nicht hier, ich trinke lieber mein Bier, weshalb Leander den Joint zurücknimmt. Meier kehrt zu seinem ›Genau‹ zurück, sagt, daß man erst mal rausfinden müsse, wo die Linke sich in unserer Gesellschaft angesiedelt hat, vor allem außerhalb der Parteien. Ja, sagt Leander, das ist spannend, das rettet uns sicherlich nicht die Wahlen, aber gibt vielleicht Hoffnung auf eine bessere Zukunft. Die Linke müsse sich neu verorten, mehr sein als eine Protestpartei. Links ist der Zorn, sagt Leander, bloß mit Zorn läßt es sich schlecht regieren, und wer erst einmal regiert, vergißt zu protestieren und gerät in die Fänge des Kapitalismus, den es nicht mehr abzuschaffen gilt, sondern zu verallgemeinern, worüber die Kapitalisten natürlich nur lachen können. Jetzt ist der Zorn woanders, sage ich. Aber wo? fragt Leander, meinst du, daß Merkel die Leitfigur aller Zornigen ist? Vielleicht eher der Ohnmacht, sagt Meier, die Ohnmächtigen wählen sich neue Mächtige, denen sie eigentlich auch egal sein werden. Das wissen die Ohnmächtigen aber schon vorher, sagt Leander, sie gehen trotzdem wählen. Wenn es denn überhaupt zu Wahlen kommt, sage ich, und Leander fragt, ob ich es für möglich hielte, daß der Köhler oder das Verfassungsgericht das Mißtrauensvotum kassieren könnten. Na ja, mache ich, wäre doch eine interessante Konstellation. Meier nimmt den

Joint in Empfang. Was dann? fragt er, dann muß Schröder zurücktreten, und das Chaos bricht aus. Während er inhaliert, sage ich: Nein, eben nicht, das war der geniale Plan, den noch keiner erkannt hat, denn jetzt haben alle Regierenden bis hin zum letzten Mitarbeiter im Verkehrsministerium begriffen, daß es ihnen an den Kragen geht, wenn sie sich nicht langsam mal zusammenreißen und die Sache stemmen. Leander schaut mich anerkennend an. Normalerweise ist er es, von dem die steilen Thesen kommen, doch diese hier scheint ihm gut zu gefallen. Meier aber kann damit nichts anfangen. Das glaubst du ja selber nicht, Sebastian, sagt er, so ein Taktiker ist der Schröder nicht, das ist ein Fußballer, und dieses Spiel hält er eben für verloren. Welcher Fußballer verläßt denn das Feld vor dem Abpfiff? sage ich, wie feige ist das denn? Doch Leander meint, hier ginge es um ein ganz anderes Spiel. Vor ein paar Monaten haben doch alle geglaubt, sagt er, die Regierung setze auf die WM im nächsten Jahr, darauf, daß das ganze Land in Fußballeuphorie gerät, und daß Klinsmann uns zu Weltmeistern macht und Schröder damit quasi automatisch wieder zum Kanzler. Meier schüttelt den Kopf, sagt: Selbst daran hat Schröder nicht mehr geglaubt. Ja eben, ruft Leander, wenn der Mann eines besitzt, dann ist das Fußballsachverstand, der hat eingesehen, daß da nichts mehr läuft bei der WM, daß die Stimmung nur noch mieser wird und daß dann eine neue Linkspartei die SPD quasi ersetzen würde. Leander guckt triumphierend in die Runde. Es ist dämmerig geworden. Und jetzt, sagt Meier, sag mir, wo die Linke ist, wenn nicht hinter Gysi und Lafontaine? Leander drückt den Jointstummel aus. Das ist natürlich auch links, irgendwie, sagt er, aber die Basis der Bevölkerung ist individuell, so wie natürlich auch die Konservativen nicht alle das gleiche Personenprofil haben. Und selbst unter denen gibt es Linke. Darüber muß ich jetzt mal lachen. Nein, wirklich, sagt Leander, ich habe zwar keine Beweise, aber ich bin mir sicher, daß überall kleine Idealisten stecken, die noch an etwas glauben. Leander nimmt seine Flasche in die Hand, spricht von der Aldikassiererin, die bereit wäre, weniger zu verdienen, wenn statt dessen noch jemand eingestellt würde, erzählt von dem Filialleiter einer Bank, der fürchtet, die Globalisierung könnte die kleinen Unternehmen im Lande ruinieren. Und die ganze wissenschaftliche Elite, sagt Leander, die etwas verändern könnte, wenn man sie nur ließe, die Leute, die den Mut haben, aber keine Sozialversicherung, und der Lehrer, der auf seine Verbeamtung verzichten würde, wenn dafür dann endlich wieder junge Absolventen eingestellt würden, Leander nimmt einen großen Schluck Bier. Das sind sicher nur wenige, sagt er dann, aber sie glauben eben an ihre Ideale, nur so kann man die Gesellschaft verändern, und zwar grundlegend und nicht bloß von oben herab. Was für ein Idealist! denke ich und sage: Das ist doch nicht links, das ist religiös! Leander grinst: Wenn es das ist, dann wäre das ja nicht das Verkehrteste, wie man an der Hysterie beim Papsttod sehen konnte. Und jetzt sind wir sowieso Papst, zitiert Meier die Bildschlagzeile nach der Ernennung von Ratzinger. Worauf wir hoffen müssen, sagt Leander, ist, daß die Linkspartei für ein Erdbeben im Parlament sorgt, die Lethargie muß aufbrechen, ein Schock muß her, der die Demokratie erschüttert und wiederbelebt. Aus der voranschreitenden Dämmerung treten zwei weiße, kurzärmlige Oberhemdenträger. Guten Abend, sagt der eine, Sie trinken Bier. Wir lachen. Ja, sagt Leander, das ist ja wohl nicht verboten. Er prostet den Weißhemden zu. Da irren Sie sich aber, sagt das zweite Oberhemd, laut Berliner Straßengesetz ist das Niederlassen zum Alkoholverzehr auf öffentlichen Straßen und Plätzen eine Ordnungswidrigkeit. Ach was! sage ich, davon habe ich ja noch nie was gehört. Das erste Weißhemd grinst: Unkenntnis der Gesetzeslage schützt vor Strafe nicht! Meier fragt, was denn der Spaß koste. Die beiden Weißhemden lächeln. Zehn Euro koste das, und zwar für jeden. Und wenn wir uns weigern? fragt Leander angriffslustig. Das Lächeln der Weißhemden wird noch breiter. Einer von ihnen nickt nach links. Dort sehen wir, wie zwei Polizisten gerade einem Penner, der es sich vorhin auf einer Parkbank gemütlich gemacht hatte, beim Zusammenräumen seines Nachtlagers behilflich sind. Sie drohen uns? fragt Leander. Wir warnen Sie, antwortet das Weißhemd, sagt, daß wir vernünftig sein sollten, für dieses Mal würde man auch von einem Ordnungsgeld absehen. Aber sitzen dürfen wir hier? fragt Leander weiter. Natürlich! heißt die Antwort. Und reden auch? Leander läßt nicht locker. Beide Weißhemden nicken. Und die Themen? fragt Leander. Laß gut sein! sage ich, doch Leander hört nicht auf mich. Angenommen, wir würden hier gerade einen Staatsstreich planen, fragt er die Weißhemden, würden Sie uns dann auch ein Ordnungsgeld aufdrücken? Dafür sind wir nicht zuständig, sagt das rechte Weißhemd, wir sind vom Ordnungsamt. Die beiden scheinen es eilig zu haben, wünschen uns noch einen schönen Abend und nehmen sich die nächsten Wiesenhänger vor. Wir sehen ihnen nach. Ihre Rückenaufschrift lautet tatsächlich ›Ordnungsamt‹. Das können die doch nicht machen, sage ich. Leander schüttelt den Kopf. Das ist wirklich ein Skandal! sagt er, dagegen müßte man wirklich was unternehmen. Erst das Grillen, sagt Meier, die nehmen uns nach und nach sämtliche Freizeitvergnügungen weg. Jedenfalls die, die nichts kosten, sage ich, Grünanlagen sind nun mal am schönsten, wenn sie menschenleer sind. Also, ich rühr mich hier nicht vom Fleck, sagt Leander, wollen wir doch mal sehen, ob die uns hier wegtragen, er lehnt sich zurück, gib mir mal noch 'n

Bier, Sebastian. Ich gebe ihm eins und sage: Typisch Anwaltskind. Leander schüttelt den Kopf. Nein, sagt er ernst, Staatsbürger. Meier und ich schauen uns an, das war jetzt wohl ein Scherz oder nicht? Staatsbürger! sagt Meier, als wiederholte er die Pointe eines guten Witzes. Natürlich, sagt Leander, was denn sonst? Er grinst. Außerdem, er kratzt sich mit dem Mittelfinger an der Nase, heiße ich ja schon so. Wie jetzt? sage ich. Doch, echt, sagt Leander, mein Name, ›Leander‹ oder ›Leandros‹, das heißt ›Volk‹ und ›Mann‹, also ›Volkmann‹. ›Volkmann‹? Jetzt muß Meier doch kichern und ich auch ein bißchen. Volkmann dagegen gibt sich Mühe, ernst zu bleiben, und sagt, man könnte auch sagen: Mann des Volkes. Und das sei ja wohl gleichbedeutend mit Staatsbürger. Ist klar, Volkmann! sage ich. Untersteh dich, mich so zu nennen, sagt Leander. Keine Sorge, sage ich und gucke zu Meier, der seine Lippen grinsend zusammenpreßt. Dann sage ich noch einmal: Volkmann! Meier prustet los, ich tue es ihm gleich, und unser Mann des Volkes beugt sich der Mehrheit, indem er zumindest ein Lächeln aufsetzt, das er aber mit der Bierflasche zu verbergen versucht. Doch bevor wir albern werden können, bemerken wir die Rückkehr der Weißhemden.

DONNERSTAG. Was für ein trüber Tag! Es regnet in Strömen, es regnet ohne Ende. Ich hänge vorm Fernseher, gibt ja nichts zu tun. Rieke sitzt in der Bibliothek und schreibt an ihrer Hausarbeit. Theoretisch könnte ich natürlich auch mal so tun, als würde ich ebenfalls an einer Hausarbeit sitzen; das Gespräch mit Dr. Knut klebt mir tatsächlich mehr im Nacken als mir das lieb ist. Heute könnte man sicherlich ungestraft in der HaHe hängen und Bier trinken. Heute würden uns die Polizisten bestimmt nicht zwingen, die halbvollen Flaschen auszukippen, und uns dann aus dem

Park begleiten. Nur wer setzt sich schon im Regen auf eine Wiese? Gut, wir manchmal, aber nicht vorsätzlich, das ist nur Ausdruck unser Arroganz gegen die Wirklichkeit. Wir sagen doch keine Verabredung ab, bloß weil einer nicht kann, und ist das auch ausgerechnet das schöne Wetter. Und wenn es denn mal Zeit für einen hat, kann man bei den Strafgebühren auch gleich in den Biergarten gehen, nur ist es da voll, man ist nicht unter sich und muß Schlange stehen, um neue Getränke zu bekommen. Ich bin gespannt, was Leanders Vater dazu sagt; vielleicht sieht der ja eine Möglichkeit, dagegen Einspruch zu erheben. Ob der sich mit Straßennutzungsverordnungen auskennt? So ein Quatsch mindert doch die Lebensqualität! Ich finde das viel schlimmer als irgendeinen abstrakten Reformstau. Als ob Neuwahlen daran etwas ändern würden, wenn es denn dazu kommt. Heute könnte Köhler seine Entscheidung bekanntgeben. Die Radionachrichten erinnern mich daran, daß morgen mittag die einundzwanzig Tage Bedenkzeit ablaufen, die der Bundespräsident nach einem gescheiterten Mißtrauensvotum hat. Und er macht es wirklich spannend, keiner weiß, wann er sich äußern wird und vor allem wie. Ich schalte mich durch meine einunddreißig Kanäle, von denen einige doppelt einprogrammiert sind, auch noch die unwichtigen, Teleshoppingshows und fremdsprachige Programme. Ich will live dabeisein. Nicht, daß ich mir viel davon verspreche, die Nachricht allein reichte eigentlich aus - wird er oder wird er nicht? - das ist doch alles nur ein Staatstheater, mediengerecht inszeniert; in diesem Jahr entfällt das Sommerloch aufgrund erhöhter Politikentschlossenheit, und das ist auch gut so, liebe Freundinnen und Freunde. Die Gesellschaft sitzt derweil auf Beobachtungsposten und zappt sich durch einunddreißig Welten, abzüglich der doppelten. Allenthalben hält man Schauprozesse ab, Showprozesse, in denen es um Kondome geht, die eine eifersüchtige Schwester durchstochen hat, damit der Schwager sie heiratet, oder um etwas ganz Ähnliches. Die Schicksale der Bevölkerung sind längst fiktionalisiert. Läßt sich das, womit man uns willenlos sendet, eigentlich besser ertragen, wenn wir es zumindest für plausibel halten? Vielleicht nehmen die Leute die Sozialkürzungen gar nicht mehr als real wahr, weil um sie herum so vieles längst irreal geworden ist. Solange genug Plastikkäse und geschmacksverstärkter Fertigfraß im Kühlschrank dem Mindesthaltbarkeitsdatum entgegengammeln, wird die Revolte ausbleiben. Derweil rasen die Börsenkurse am unteren Bildrand der Nachrichtensender vorbei, für irgendwen werden sie schon relevant sein. In allen Nachrichtensendungen wird vor das Bundespräsidialamt geschaltet, mißgelaunte Reporter stehen im Regen und sagen das, wofür sie nicht vor die Haustür hätten gehen müssen: Vermutlich wird der Bundespräsident in Kürze seine Entscheidung kundtun. Langweilig, die Unwirklichkeit ist in der Regel interessanter. Dann die Erlösung: In London sollen erneut Bomben explodiert sein, genau wie vor zwei Wochen in U-Bahnen und wohl auch in einem Bus. Sofort werden irgendwelche Bilder gezeigt, wahrscheinlich von Überwachungskameras. Man sieht einen roten Doppeldeckerbus von oben, man sieht Polizisten, die die Straße absperren, man sieht ratlose Passanten, man sieht wartende Journalisten. Dazu kommentiert ein Reporter live aus London, der aber auch neben mir sitzen könnte, weil er natürlich nicht dabeiwar, als eine Nagelbombe explodiert ist, wie es heißt, oder nur ein Zünder oder eine Schießerei stattgefunden hat. Es wirkt bloß authentischer, weil er in London ist und von dort aus die Tickermeldungen vorliest. Derweil laufen die gleichen Schlagzeilen in einem Textband oberhalb der Börsenkurse über den Bildschirm. Ich aber zappe mich zurück ins Fernsehgericht.

Später kommt Rieke vorbei. Dieser Regen! Sie pellt sich die nassen Klamotten vom Leib. Und, hat er schon? fragt sie. Nee, sage ich, nach der Tagesschau gibt's eine Fernsehansprache. Das haben sie vorhin bekanntgegeben, da habe ich gerade was anderes geschaut. Rieke geht zum Kühlschrank und gießt sich ein Glas Milch ein. Ach so, sage ich, hast du schon gehört, London? Sie hat es noch nicht gehört. Ich berichte den neuesten Stand. Ist wohl nichts passiert, waren anscheinend Amateure, sagen jedenfalls die Experten. Rieke zuckt mit den Schultern, der Urlaub von Sandra und Jörg ist schließlich vorbei, was interessiert uns London?! Anstatt darüber zu reden, küssen wir uns lieber. Hat dir eigentlich schon mal jemand gesagt, sagt Rieke, wie gut du küssen kannst? Ja, sage ich, du. Riekes Augen gucken fröhlich. Dann muß es ja stimmen, murmelt sie in den nächsten Kuß hinein, und meine Gedanken sind wieder bei unserem ersten Mal, der ersten gemeinsamen Nacht, die wir noch beieinander und nicht miteinander schliefen, und morgens dann der erste Kuß, gefolgt vom ersten Sex, als ich etwas Neues wurde, nämlich Riekes neuer Freund. An diesem Vormittag hat sie mich das zum ersten Mal gefragt.

Später kochen wir was, Spaghetti mit Dosentomaten. Kurz nach acht schalten wir uns ins Weltgeschehen. Pünktlich nach der Tagesschau erscheint der Bundespräsident im Bild. Köhler steht vor blauer Tapete, auf die der D-Mark-Adler gedruckt ist, links hinter Köhler die deutsche Fahne, von der man bloß die goldene Farbe sehen kann, auf ihr ein Flügel und der Kopf des Adlers, dessen Schnabel im gleichen Rotton gehalten ist wie die Präsidentenkrawatte. Liebe Mitbürgerinnen und Mitbürger, sagt der Bundespräsident mit ernster Miene, ich habe heute den fünfzehnten Deutschen Bundestag aufgelöst und Neuwahlen für den achtzehnten September angesetzt. Damit ist alles gesagt, die Aufmerksamkeit läßt nach. Der hat aber einen kleinen Kopf, sagt Rieke. Das finde ich auch. Irgendwie sieht der Mann seltsam aus, und vor allem scheint er sich ziemlich unwohl zu fühlen, während er den Text vom Teleprompter abliest. Er sagt: Wir haben zu wenig Kinder, und wir werden immer älter. Spontane Heiterkeit bei uns. Was will er denn dagegen unternehmen? frage ich. Deutsche, poppt mehr! ruft Rieke pathetisch und grabscht mir zwischen die Beine. Und das Altern, sage ich, wie will er das verhindern? Rentner dürfen nur bei Rot über die Ampel gehen, sagt Rieke und kichert, ihr zuliebe belache ich diesen sehr alten Witz. Köhler redet indes über die Lagebeurteilung des Bundeskanzlers, dann macht er eine Pause, in der er leicht nach unten blickt. Gleich darauf hebt sich sein Kinn wieder, was merkwürdig wirkt. Er redet über die deutsche Verfassung, die sich bewährt habe, und fällt in einen erzählenden Tonfall. Onkel Hotte erklärt die Demokratie, giggelt Rieke. Dann wieder der Blick hinab und das langsame Aufblicken. Ob wir die einzigen sind, die das komisch finden? frage ich. Irgendwie so mechanisch, nicht? meint Rieke. Sind wir Feinde der Demokratie, frage ich, wenn wir uns in solch einer ernsten Stunde lustig machen über unser Staatsoberhaupt? Ich gucke Rieke so ernst wie möglich an, doch wir müssen beide losprusten. Still! ruft Rieke glucksend und kann sich selber nicht beherrschen, wir verpassen noch was! Als Köhler von seiner Pflicht spricht, über die Ansetzung von Neuwahlen zu entscheiden, wiegt sein Kopf beim Wort ›Neuwahlen‹ leicht nach links. Ob das ein Zeichen war? frage ich. Schon, sagt Rieke, aber warum nach links? Na, für ihn war's ja nach rechts, sage ich. Ach so, sagt Rieke, dann war das eine Botschaft an Angie. Ich bin ganz sicher, sagt Köhler mit fester Stimme, wir haben die Begabung und die Fähigkeit, unsere Freiheit zu sichern und einen modernen Sozialstaat zu gestalten. Jawoll! rufen wir und applaudieren. Köhlers Kopf hat sich wieder kurz gesenkt und wurde wieder hochgefahren. Jetzt appelliert er an die Mitbürgerinnen und Mitbürger, genau hinzuschauen. Machen Sie von Ihrem Wahlrecht sorgsam Gebrauch. Sorgsam! wiederholt Rieke bedeutungsvoll. Der Präsident bedankt sich für unsere Aufmerksamkeit, dann ist er weg, und Thomas Roth vom ARD-Hauptstadtstudio spricht, anschließend wird zum Rechtsexperten des Senders geschaltet, um zu klären, ob das Bundesverfassungsgericht die Wahlen noch stoppen könnte. Ich stehe auf, um Saft zu holen. Als ich wiederkomme, berichtet mir Rieke, daß der nun redende Mann Politologe sei und Everhard heiße. Everhard, verstehst du? Rieke schaut mich an. Was ist das denn für ein Name? frage ich. Vielleicht war das ›b‹ kaputt! meint Rieke. Na klar, sage ich und gieße uns neuen Saft ein. Ja, sagt Rieke, und solange sie auf dem Standesamt keine neue Schreibmaschine hatten, mußten die Namen eben ohne ›b‹ auskommen. Soso, sage ich – inzwischen redet im Fernsehen Thierse –, und die Eltern, die partout nicht auf einen Namen mit ›b‹ verzichten wollten, mußten deshalb kreativ werden. Genau! stimmt mir Rieke zu, Rowert zum Beispiel oder Safine oder. Sie überlegt. Daher schlage ich Syphille vor. Ja, genau! freut sich Rieke, und natürlich Sepastian! Oder Pernhard! Werft den Purschen zu Poden! rufe ich. Inzwischen spricht Werner Schulz von den Grünen, der gegen die vorgezogenen Wahlen klagen will. Er hat einen Trauerblick aufgesetzt. Wollten die uns eigentlich verarschen? fragt Rieke. Grundsätzlich möchte ich ihr zustimmen, weiß aber im Augenblick nicht, was sie meint. Na, sagt Rieke, diese ganze Schau eben, das war doch nicht normal; schon allein wie der Köhler geguckt hat, gestarrt hat der! Ich frage sie, ob sie meint, daß unser Bundespräsident unter Drogen stand. Rieke zuckt mit den Schultern, kann doch sein. Aber wer soll ihm die Drogen verabreicht haben, und vor allem warum? frage ich, wollen schließlich alle Neuwahlen. Rieke zuckt erneut mit den Schultern, sagt, sie wisse es zwar nicht und könne sich auch keine Beweise aus den Fingern saugen. Trotzdem war er parteiisch! sagt sie dann erregt, und ein Bundespräsident darf nicht parteiisch sein! Im Fernsehen erscheint Schröder. Rieke springt auf und hämmert auf den Knopf, der das Gerät ausschaltet. Oder wolltest du den noch sehen? Diesmal zucke ich mit den Schultern. Rieke bleibt vorm Fernseher stehen und sieht mich an. Das, was der Köhler gesagt hat, hätte auch Angie sagen können, Freiheit sichern, moderner Sozialstaat, das war doch total parteiisch! sagt sie, oder nicht? Tja, mache ich, immerhin ist er mit der Auflösung des Parlaments Schröders Wunsch nachgekommen. Ich könnte Rieke jetzt von meiner Verschwörungstheorie erzählen, daß Schröder auf eine negative Entscheidung Köhlers spekuliert habe, verzichte aber drauf. Ist schon gruselig, sage ich statt dessen, daß es diesmal keine wirklichen Wahlen gibt. Allerdings, sagt Rieke und beugt sich zu den CDs herab. Sie entscheidet sich für die von Kettcar und legt sie ein. Ein Volk steht wieder auf, wir sind dabeigewesen. Rieke setzt sich dicht neben mich und lehnt ihren Kopf an meine Schulter. Ich fahre ihr durchs Haar. Ob die noch wissen, was sie tun? frage ich nach einer Weile. Rieke schnauft. Sie sagt: Dem Kanzler auf Abruf folgt die Kanzlerin ohne Sieg. Den habe Schröder ihr von vornherein genommen, indem er sich selbst entmachtet hat. Ja, sage ich, das Ergebnis ist zu klar, um einen Ruck am Wahlabend erleben zu können. Das Grau will sich nicht auflösen. Vielleicht denke ich das letzte nur. Wir sitzen da, lassen die Musik an uns vorbeirauschen und beschäftigen uns schließlich wieder mit uns selbst.

FREITAG. Die neuerlichen Anschläge in London sind wohl gescheitert, weil der Sprengstoff der vier Bomben verdorben war, so daß bloß die Zünder losgegangen sind und nicht der Rest. Wir liegen im Bett und hören Nachrichten. Oder schläft Rieke noch? Sie schläft noch. Also höre nur ich die Nachrichten. Also überlege nur ich mir, wie das wohl ist, wenn ein Selbstmordattentäter bemerkt, daß seine Bombe nicht hochgeht. Steht er dann da, mit geschlossenen Augen, ein Gebet auf den Lippen? Etwas ängstlich ist er bestimmt, denn auch Selbstmordattentäter wissen nicht, was auf sie zukommt, ob das Versprechen von dem Paradies voller Jungfrauen tatsächlich erfüllt wird. Wie stellt man eigentlich fest, daß man gar nicht stirbt, kein bißchen zerfetzt wird von der Wucht der Bombe, die man im Rucksack trägt? Wann realisiert so einer, daß er gescheitert ist? Da trifft er sich mit seinen Kampfgefährten, um in die verhaßte Stadt zu fahren mit der verhaßten Bahn, um ihren verhaßten Bewohnern zu zeigen, daß sie keinen Grund haben, die Anschläge von vor zwei Wochen auf die leichte Schulter zu nehmen. Da stehen sie, fest entschlossen, mindestens fünfzig Menschen zu töten und mehrere hundert zu verletzen, sie aus ihrem dekadenten Leben zu reißen und tausend anderen Angst einzujagen, ihnen die Lust am Leben zu lähmen, ihnen den Gang hinab in einen U-Bahn-Schacht oder das Warten an einer Haltestelle zur Qual werden zu lassen. Da steht dieser Mann also, er hat sich gerade von seinen Gefährten getrennt, ein letzter fester Blick; wer weiß, vielleicht glauben sie tatsächlich, sich im Paradies wiederzutreffen. Jetzt ist er auf dem U-Bahnsteig inmitten der anderen Wartenden, von denen sich einige sicherlich fragen, ob es noch ein Attentat geben wird und wann, während er ihnen genau darüber Auskunft geben könnte. Er fühlt sich wahrscheinlich überlegen, er hat die Macht über das Schicksal dieser

Menschen, die noch nicht ahnen, daß der kleine Streit am Frühstückstisch, die erdachte Ausrede für die Verspätung, die durchlernte Nacht, die in der morgendlichen Eile auf später verschobenen wichtigen Worte, daß all diese Mosaiksteinchen Leben mit einem Handgriff zunichte gemacht werden können. Der Zug rattert in die Station ein, schiebt Tunnelluft vor sich her, gerade an heißen Sommertagen für viele Wartende eine willkommene Erfrischung. Genießt der Mann dies mit dem Bewußtsein des letzten Mals? Hat er sich zuvor schon von dem blauen Himmel verabschiedet, von dem Grün der Bäume, von der Schönheit der Welt? Nein, vermutlich ist ihm das alles egal, sonst würde er ja nicht sich und andere, die nichts dafürkönnen, die seinen Zorn nicht einmal erahnen, in die Luft sprengen wollen. Da steht er im Gedränge und guckt sich die Menschen an, die auf jeden Fall sterben müssen, weil sie ihm und seiner Bombe zu nahe sind. Empfindet er Mitleid? Nein. Gewiß interessiert er sich nicht einmal für hübsche Mädchen, obwohl, er denkt vielleicht bereits an die Jungfrauen im Paradies, doch die sterblichen, die irdischen Engländerinnen sind ihm egal, und auch die schöne Pakistanerin mit den Walkmanstöpseln im Ohr, die ihm direkt gegenübersteht mit müdem Gesichtsausdruck, auch sie wird ihm egal sein, weil er ihre Lebensweise verachtet, jedenfalls die Lebensweise, die er sich vorstellen kann, die er und seine Freunde sich zurechtgedacht haben aus den Erzählungen von Vätern in der Gemeinde, von zurückgewiesenen Bräutigamen, zurechtgedacht aus dem, was sie auf der Straße sehen, während das, was sie nicht sehen, auch nicht viel anders sein kann als das, was täglich im gottlosen Fernsehen vor sich hin flimmert. Der mit dem Sprengstoff auf dem Rücken verachtet diese Wirklichkeit zutiefst, dabei kann er, wie auch die anderen im Waggon Stehenden und Sitzenden, gar nicht abschätzen, wie fiktiv die von uns wahrgenommene Wirklichkeit längst geworden ist. Das Leben wirkt in jedem einzelnen Moment viel zu real, um die Beulen im eigenen Bewußtsein wahrzunehmen. Und jetzt ist es ohnehin zu spät. Er hat mit diesem Leben längst abgeschlossen, Endstation Erlösung. Wohin die anderen reisen, interessiert ihn nicht. Die Mutter mit dem Kind im Arm, das ihn so neugierig anlächelt, kümmert ihn einfach nicht. Er zieht an dem Kabel, drückt den Knopf, löst den Mechanismus aus und hört das Geräusch der Zündung. Klick. Er ist bereit, die Reise eines Märtyrers anzutreten, aber er bemerkt im Sterben keinen Unterschied zum Leben. Ist der Tod etwa eine riesengroße Enttäuschung? Geht es immer so weiter? Das fragt er sich vielleicht, als er bemerkt, wie Qualm aus seinem Rucksack strömt; und er bekommt auch mit, daß er dabei nicht der einzige ist. Irgend etwas muß schiefgegangen sein. Wie das wohl ist, wenn neben dir einer steht, dessen Rucksack zu qualmen beginnt, in der U-Bahn, zwei Wochen nachdem dort Bomben explodiert sind? Was denkt man dann, wenn man den Qualm riecht oder sieht und Drähte, die aus einem Rucksack gucken, und aus den Nachrichten ist bekannt, daß die Attentäter von vor zwei Wochen ihren Sprengstoff in Rucksäcken transportiert haben? Gerät man da in Panik? Attackiert man den Rucksackträger? Versucht man, sich zu entfernen, weist man die anderen Passagiere darauf hin? Und wann realisiert man, noch einmal davongekommen zu sein, weil dieses Klicken ein Klicken bleibt, ohne einem das Leben nehmen zu können? Klick. Wie fühlt sich ein Selbstmordattentäter, wenn er nach Hause geht? Er sieht all das Verhaßte, das er eigentlich hatte loswerden wollen. Eben noch dachte er, als Märtyrer zu sterben, ins Paradies zu gelangen, erwartet von Jungfrauen und vielleicht von Mohammed Atta, und jetzt ist er ein Versager, ein namenloser zwar, aber einer, über den die

Welt spricht. Er kommt nach Hause, kann sein, daß er sogar von seinen Kindern und seiner Frau begrüßt wird – die Londoner Bomber vom siebten Juli sollen Familienväter gewesen sein, die Frau des einen sogar hochschwanger, schwer vorzustellen, daß diese Hinterbliebenen begreifen können, was passiert ist. Der gescheiterte Attentäter aber steht im Flur, streichelt seinem Sohn fahrig über den Kopf und läßt sich von seiner Frau küssen. Wie war dein Tag, Schatz? fragt sie ihn, und er zuckt mit der Schulter, war ganz nett. Oder nein, vermutlich hat sie gehört von den mißglückten Attentaten, wobei ›mißglückt‹ dabei Ansichtssache ist, wahrscheinlich hat sie sich sogar Sorgen gemacht, so wie die Familie eines der erfolgreichen Attentäter diesen als vermißt gemeldet hat, weil sie ihn für ein unschuldiges Opfer hielt. Wahrscheinlich spricht die Frau ihren Mann darauf an, ob er etwas davon mitbekommen hat, daß keine U-Bahnen mehr fuhren. Wahrscheinlich sagt sie, daß er ja großes Glück gehabt habe, worauf er so gleichgültig wie möglich zu gucken versucht. Klick. Sie sagt, das Essen sei gleich fertig, doch er meint, er habe gerade keinen Hunger, tut mir leid, Schatz, wir haben vorhin was gegessen. Dann geht er ins Nebenzimmer und schließt die Tür. Menschen scheitern andauernd und in allen Disziplinen. Für die meisten geht das Leben irgendwie weiter, was für einen verhinderten Selbstmörder besonders hart sein muß. Begreift man das Weiterleben als Chance, vielleicht sogar als Fügung? Ein Suizidversuch gilt ja als Hilfeschrei und wird manchmal sogar erhört. Doch der Schrei eines Selbstmordattentäters klingt anders. Daß er sterben muß, spielt bloß am Rand eine Rolle, für ihn ist es kein Müssen, mehr ein Wollen. Es sind die anderen, die zu sterben haben. Er findet, daß sie den Tod verdienen, zumindest fand er das, als er am Kabel zog. Klick. Doch nun, nachdem er den Todgeweihten in die Gesichter geguckt hat, das ist doch eine ganz andere Situation, ob er etwas für sie empfinden kann, jetzt, wo er Zeit hatte, darüber nachzudenken? Wahrscheinlich aber kommt er sich wie ein Versager vor. Er hatte seinen großen Augenblick, um einen Klick wäre er ein Märtyrer gewesen, doch nun muß er den Spott und die Verachtung derjenigen ertragen, die ihn für diese Tat auserkoren hatten und die er so jämmerlich enttäuscht hat. Klick. Und er wartet auf die Polizisten, auf die Ungläubigen mit ihren Kameras und Mikrofonen. Sein Konterfei wird ihre Trophäe sein. Totgedruckt in den Gazetten, bis zur Unkenntlichkeit in den Fernsehnachrichten wiederholt, auf daß sie ihn wegsperren können aus ihrem Bewußtsein, denn einer wie er macht ihnen keine Angst mehr. Er ist ein Verlierer, und es fragt sich, was daran schlimmer ist: die unausgeführte Tat oder daß sie, die anderen, die Ungläubigen, triumphieren können über sein Scheitern. Beim Nachdenken darüber bemerke ich, wie westlich ich denke. Oder vielleicht ist das auch bloß unreligiös gedacht, unfanatisch, was weiß ich. Jemand, der sein Leben aufgeben wollte, um es etwas Höherem zu opfern, etwas, wovon er überzeugt war, daß es mehr wert ist als seine irdische Existenz, so einer muß doch daran völlig verzweifeln, seinen Gott zu enttäuschen, für den er sich den Rucksack vollgestopft hat mit Sprengstoff. Oder empfindet er dies als Prüfung, glaubt er vielleicht, sein Gott hält ihn für noch nicht reif genug, ins Paradies einzugehen? Das müßte dann aber eine ganz schön große Demütigung sein, angesichts der vielen geglückten Selbstsprengungen im Irak und in Israel und so weiter. Was, wenn er sich so was einredet? Vermutlich wird er einen neuen Anlauf starten, es noch einmal probieren, bevor sie, die anderen, ihn gefunden haben. Davor warnen die Experten ja wohl auch. Wenn natürlich der Sprengstoff schlecht ist, dürfte eine Wiederholung der Tat schwierig sein. Aber ein wirklicher Fanatiker findet bestimmt einen Weg. Der handelt doch nicht überlegt, der geht gar nicht erst in sein Zimmer, sondern an seiner Frau vorbei in die Küche und holt das größte Messer, mit dem er dann zurückkehrt zu den Ungläubigen, um wenigstens ein paar von ihnen niederzustechen. Aber es gibt keine arabischen Amokläufer. Und die gescheiterten U-Bahn-Bomber scheinen eher mit ihrer Flucht beschäftigt zu sein, als es ein zweites Mal zu wagen. Als hätten sie es sich anders überlegt. Was, wenn der gescheiterte Attentäter doch bloß ein Mensch ist, der all die schönen Momente einfach nur verdrängt hat, weil er tatsächlich blind vor Haß, die Scheuklappen seines Anschlagziels vor Augen, den blauen Himmel ignoriert hat und die grünen Bäume, weil er das Vogelgezwitscher nicht wahrnehmen wollte oder ein argloses Lächeln auf der Straße, das gar nichts meint und nur grundlose Freundlichkeit eines Fremden ausdrückt, was doch schon recht viel ist. Was ist, wenn dem gescheiterten Attentäter auf seinem Heimweg all das, was er bislang verdrängt und verpaßt hat, mit einem Mal auffällt und er sich vornimmt, ab jetzt bewußter zu leben, und er es kaum erwarten kann, seine Frau wiederzusehen und den kleinen Sohn, sie alle in den Arm zu nehmen? Denn so schlimm kann eine Welt doch gar nicht sein, in der es Menschen gibt, mit denen man einfach gern zusammen ist. Zählt das nicht mehr, als wenn man versucht, sich wahllos über andere zu erheben, denen man unterstellt, schlecht zu sein, wahllos und unbekannterweise? Ich weiß es nicht. Ich weiß nicht, wie jemand, dessen Leben ausgerichtet ist auf einen finalen Knall, reagiert, wenn es nicht knallt, sondern nur ›klick‹ macht. Wo bleibt die Energie des Zorns, wenn sie sich nicht entladen kann? Vielleicht ist der Mann schlichtweg implodiert, und sein versuchter Massenmord hat sich nur in seinem Inneren abgespielt. Was dabei wohl alles kaputtgegangen ist? Ich liege im Bett, neben mir Rieke, und fühle mich seltsam. Ich kann so einen Attentäter weder verstehen noch darf ich ihn bemitleiden. London ist nicht Bagdad. London, das könnte auch hier sein. Rieke lächelt mich verschlafen an. Alles klar? fragt sie. Na ja, sage ich, ich denke gerade an die Attentäter. Rieke verdreht leicht die Augen, macht: Ach so. Sie grinst, dumm gelaufen, wie?! Ich frage sie, ob sie es gut gefunden hätte, hätte es wieder zig Tote und Verletzte gegeben. Sie richtet sich auf: Willst du mir was unterstellen? Rieke sagt, sie findet das ja auch eher beschissen. Und doch sind die Briten letzten Endes selber schuld an diesen Bomben, sagt sie, und ich verstehe nicht so ganz. Na, sagt sie und setzt sich im Schneidersitz neben mich, wären die nicht in den Irak einmarschiert, dann wäre in London sicher nichts passiert. Jetzt erhebe auch ich mich von der Matratze. Was Rieke sagt, macht mich irgendwie wütend. Woher weißt du, daß die Opfer den Krieg befürwortet haben? frage ich, ich wette, einige von ihnen haben sogar dagegen demonstriert. Schon klar, sagt Rieke, und trotzdem Pech. Demonstrieren allein reiche manchmal eben nicht aus. Sie steht auf, wendet sich der Zimmertür zu und sagt: Abgesehen davon sind im Irak auch jede Menge Menschen gestorben, die Saddam gehaßt haben. Sie geht ins Bad, läßt aber die Tür offen. Das ist nun mal so im Krieg, ruft sie, während sie pinkelt. Ich schalte das Radio aus, um besser mit Rieke streiten zu können. Das in London, rufe ich zurück, das ist doch aber kein Krieg, das ist hinterhältig und feige. So wie jeder Krieg, meint Rieke und betätigt die Spülung. Klar, sage ich, als sie zurück ins Zimmer kommt, aber gegen wen kämpfen die hier eigentlich? Gegen den Westen, sagt Rieke, ist doch logisch! Sie setzt sich auf die Bettkante. Ich frage: Also auch gegen dich und mich? Sie nickt, und ich will von ihr wissen, ob sie das okay findet. Okay find ich das nicht, sagt sie, aber es ist nur fair. Wir sind gegen sie, und sie sind gegen uns. Rieke massiert sich mit dem linken Handballen den Hinterkopf. Wieso sind wir denn gegen sie? frage ich. Wir akzeptieren ihre Religion nicht! sagt Rieke und guckt mich ernst an, wir wollen ihnen unsere Scheißdemokratie aufdrücken, sagt sie, wir. Ich unterbreche sie: Du meinst also, die akzeptieren unsere Religion? Rieke lacht höhnisch: Welche Religion denn? Meinst du die Papstshow in Rom? Nein, sage ich und lasse mich zurück aufs Laken fallen, nein, ich meine das, was uns ausmacht, das, woran wir glauben; das ist doch auch religiös, irgendwie. Rieke legt den Kopf schräg und fragt mich, woran denn ich noch glauben würde. An das Leben, sage ich. Oh, wie pathetisch! sagt Rieke und schnellt in die Höhe. Ich glaube an meine Freiheit, sage ich, während Rieke ihre Unterhose aufhebt und anzieht. Ich lasse mich nicht von meinem Glauben abbringen, jetzt nicht, sage ich, es mag für uns keine absolute Freiheit geben, keine Anarchie, ganz regellos frei zu sein, aber in meinem Privatleben, da bin ich doch so ziemlich frei, ich muß nicht arbeiten, ich kann den Tag lang machen, was ich will. Rieke nimmt sich ein Spaghettiträgerteil aus ihrem Fach im Schrank und guckt mich spöttisch an. Meinst du das ernst? fragt sie, bloß weil du ein verwöhntes Wohlstandskind bist? Dich würd ich gern mal auf dem Sozialamt sitzen sehen. Ich drehe ihr den Rücken zu. Als ob du da besser wärst, murmle ich ins Kissen. Das sag ich ja gar nicht, sagt Rieke, ich halte mich nur nicht für frei, ich bin vielleicht nicht vom Staat abhängig, aber von meinen Eltern – und vom Geld. Okay, sage ich und setze mich auf. Vom Geld abhängig zu sein, das ist nicht frei, ja, das seh ich ein, sage ich, trotzdem kommt man hier so doch ganz gut durch. Rieke knöpft sich die Hose zu. Ach ja, sagt sie grinsend, hast du dich nicht beschwert darüber, daß man in der

HaHe nicht mehr ungestraft sein Bier trinken darf? Hast du dich nicht darüber aufgeregt, daß man in einem freien Land seine Freizeit nicht mehr frei wählen kann? Sie guckt wie eine Siegerin. Ja, sage ich, das habe ich, und trotzdem, trotzdem ist das alles kein Grund, den Westen zu hassen. Leider doch, sagt Rieke und kramt in ihrer Tasche. Bin Laden und Co. hassen den Westen ja nicht bloß für das, was er tut, sagt sie, sie hassen uns für unsere Ansprüche auf Freiheit und Fortschritt, die sprengen ja keine Kirchen in die Luft, das sind nicht die Symbole, die sie treffen wollen. Rieke legt ein Buch auf den Tisch und schultert dann die Tasche. Sie wollen unsere Lust treffen, sagt sie und kommt zum Bett, kniet sich halb auf die Matratze, um mir einen Kuß zu geben. Paß auf dich auf, sagt sie, jetzt wieder zärtlich, du bist zu sexy für sie. Und du? frage ich, ich sollte dir verbieten, da jetzt rauszugehen. Rieke richtet sich wieder auf. Dafür mußt du erst mal zum Islam übertreten, sagt sie und guckt fröhlich. Ich frage sie, ob sie für mich eine Burka anziehen würde. Sie nennt mich ›Blödmann‹, gibt mir einen Fernkuß und geht in den Flur, wo sie sich die Schuhe anzieht. Bis später, sagt sie dann und verläßt die Wohnung. Ich machte das Radio wieder an und kuschle mich ins Bett. Ein Sprecher spricht von unbestätigten Meldungen, daß auf einer Londoner U-Bahn-Station ein Verdächtiger erschossen worden ist. Und beim Bundesverfassungsgericht sind inzwischen die ersten Beschwerden wegen der Neuwahlen eingegangen. Absender seien zwei Parteien, die befürchten, bei der knappen Zeit keine Wahlberechtigung mehr zu erlangen. Die eine Partei nennt sich ›Initiative Pro D-Mark‹, die andere ist die Anarchistische Pogo Partei Deutschlands.

DIENSTAGMITTAG. Nachdenken über die Verfassung, Nachdenken über ein blödes Thema. Ich will ja was tun, aber es muß mich auch interessieren. Verliere stets schnell das Interesse. Riekes Bücherstapel dagegen, ihre Begeisterung für fast vergessene Dichter, die ihre Sehnsucht nach Katastrophen in dünne Büchlein preßten; Dichter, die, erfaßt von Lethargie, in Kaffeehäusern saßen und sich betäubten, vielleicht mit Absinth, wenn denn das Geld reichte. Gestern abend wußte keiner, bis wann Absinth das Künstlergetränk schlechthin war und ob man es in Berlin oder München genausogern trank wie in Paris. Das Wort ›Absinth‹ taucht am Ende der Bibel auf, in der Apokalypse des Johannes, das jedenfalls hat Leander gesagt. Wir sind im Kino gewesen, Toni, Leander, Rieke und ich, um den neuen Woody-Allen-Film zu sehen, ›Melinda und Melinda‹, die Geschichte einmal als Komödie und daneben als Tragödie erzählt; es kommt eben auf die Haltung an, suggeriert jedenfalls der Film. Beim Bier danach dauerte es nicht lange, bis Leander Rieke auf ihre Expressionisten ansprach, dann jedoch schnell wieder eigenes Wissen absonderte. Woher er so was wie das mit dem Absinth bloß immer weiß?! Interessant ist es natürlich schon, vor allem, das meinte auch Leander, natürlich die Tatsache, daß dieser Schnaps nach dem bitter gewordenen Trinkwasser der christlichen Weltuntergangsvision benannt worden ist. Riekes Gesicht leuchtete, sie meinte, das müsse sie sofort recherchieren, das sage schließlich viel über das Lebensgefühl der Künstler in der Zeit vor dem Ersten Weltkrieg aus, wenn die sich in ihrer von der Weltwahrnehmung hervorgerufenen Langeweile mit einem Getränk betäubten, dessen Name sich aus der Apokalypse ableiten ließe. Da mußten die doch hoffen, rief sie beglückt, daß alles kaputtgeht! Während Toni nur müde mit einem Bierdeckel spielte, versuchte ich wenigstens, dem Gespräch zu folgen.

Noch besser übrigens, sagte Leander indes, finde ich ja, daß Absinth in Rußland ›Tschernobyl‹ heißt. Was für eine seltsame Information! Vor allem, wonach war das Atomkraftwerk dann benannt: nach dem Alkohol mit den psychedelischen Nebenwirkungen oder nach der apokalyptischen Begleiterscheinung? Diese Frage konnte mir selbst Leander nicht beantworten. Vielleicht findet Rieke ja was in der Bibliothek. Da ist sie nämlich jetzt, anstatt endlich mal damit anzufangen, ihre Erkenntnisse aufzuschreiben. Dann hätte sie auch wieder mehr Zeit für mich. Ich würde ebenfalls gerne Erkenntnisse haben zum Aufschreiben. Als dann auch noch Toni von ihrer Arbeit für Dr. Knut anfing und mich dabei wie einen Verbündeten ansah, überkam mich so was wie ein schlechtes Gewissen, weshalb ich beschlossen habe, zumindest mal darüber nachzudenken, was es denn heißt, Vertrauen zu setzen in eine Verfassung. Und von wem dieses Vertrauen abverlangt wird: von der Regierung, vom Staat an sich oder doch vom Volk? Wer denkt da schon an die Verfassung?! Jaja, die Verfassung wird's schon richten – so denkt doch keiner! Man denkt vielleicht: Gut, daß wir in einem reichen Land leben, in dem alles einigermaßen geregelt ist, weshalb mir nicht jeder gleich auf den Kopf haut und mir mein Geld rauben will, aber für so was ist doch ohnehin die Polizei zuständig. Die bewacht uns zwar auf dem Boden der Verfassung, wie es so schön heißt, doch mehr ist auch nicht. Die Polizei hat eine Telefonnummer, die Verfassung aber kann man nur über Gerichtsverfahren anrufen. Da wird dann auch entschieden, ob wir uns in einer politischen Krise befinden. Ist es eine Krise, wenn politisch nichts passiert? Dabei ist es doch gut, wenn nichts passiert. Da kann keiner einen Fehler machen. Wenn aber etwas passiert, so wie in London, wenn man Angst bekommen kann um die eigene Sicherheit, dann wird man schnell selbst zum Sicherheitsrisiko, dann verselbständigt sich die Gewalt, und die davongekommenen Opfer werden Täter. Es kommt zu Opfern der Opfer. Der am Freitag Erschossene ist ein solches Opferopfer. In den Nachrichten höre ich, Scotland Yard habe eingestanden, daß der Mann wahrscheinlich weder mit den nicht gezündeten noch mit den explodierten Bomben in Verbindung gebracht werden könne. Er soll auf einen Zug zugerannt sein, wie man so oft auf Züge zurennt, das macht einen eigentlich nicht verdächtig, weil das Ziel erkennbar ist. Wenn jemand die Straße entlangrennt, dann kann man nicht wissen, ob er gegen die Zeit anläuft oder jemanden verfolgt oder gar verfolgt wird. Auch da weiß also keiner, ob er gut ist oder böse. Doch angesichts einer offenen Zugtür müßte der Grund für den Sprint klar sein. Seit zwei Wochen aber gibt es eine weitere Möglichkeit, die niemand als Möglichkeit akzeptieren dürfte, weil sie verrückt macht, sonst ist ab sofort jeder Mensch ein potentieller Attentäter. Jede Sekunde des Lebens birgt mindestens zwei Varianten einer Zukunft, ja oder nein, gut oder böse, weiteratmen oder Herzstillstand. Ohne die Annahme einer positiven Fortsetzung ließe sich das Wagnis Leben nicht durchstehen. Was sind dagegen fünfzehn Minuten Tagesschau? Fünfzehn Minuten, von denen durchschnittlich drei keine Schreckensmeldungen übermitteln, und da ist der Wetterbericht schon mit eingerechnet. Die Tagesschau meldet nie, wenn ein Geliebter stirbt oder wenn er jemanden verletzt oder verläßt, es sei denn, man kennt ihn in der Welt, doch selbst da bleibt die eigentliche Tragik uns Außenstehenden verschlossen. Ein Tod wie der von Prinzessin Diana hat die Menschen nur abgelenkt von ihrem eigenen Kummer, denn was kümmert uns schon jemand, dem wir auch nicht näher sind als einer fiktiven Gestalt? Würden die Agenturen Meldungen über ausgedachte Menschen verbreiten, bemerkte sicherlich niemand den

Unterschied. Zauberei wäre ebenso akzeptiert wie die Auferstehung Jesu das ist. Würde Harry Potter im gerade erschienenen Band sterben, wäre das Entsetzen wohl kaum geringer, als wenn es ihn wirklich gäbe. Nur, daß ihn vermutlich niemand kennte, und er käme dann auch nicht in den Nachrichten vor, es sei denn, sein Tod ergäbe eine Schlagzeile. So wie der Tod des unbekannten Eiligen. Der, weil er nicht warten wollte, niedergerissen wurde und erschossen, fünfmal in den Kopf. In den Kopf, weil er ja Sprengstoff an seinen Körper hätte haben können. Die Polizei schießt nicht, um zu töten, hat ein Korrespondent gesagt, aber Kopfschüsse sind nun mal tödlich. Es wird noch weitere Meldungen geben, wir werden vermutlich erfahren, wie der Mann hieß, vielleicht zeigen sie uns seine entsetzten Angehörigen, bis wir ihn wieder vergessen haben, ein Zwischenfall, längst nicht so schlimm in der Gesamtwahrnehmung wie ein explodierter Bus. So etwas findet einfach statt, und ist irgendwann nicht mal mehr wichtig genug für fünfzehn Minuten Tagesschau. Und da soll man noch nachdenken über die Verfassung inmitten all dieser Krisen? Ich werde diese Arbeit nicht schreiben. Alles ist angelesen oder angesehen. Ich weiß zu wenig Bescheid, um ein Gespür für Krisen zu haben.

DONNERSTAGABEND. Ich habe Hunger und fahre zum Falafelmeister am Spreewaldplatz. Nach einem trüben Vormittag ist es nachmittags sonnig und schön warm geworden. Auf einer Bank davor sitzt Meier und ißt ein Schawarma. Hey! Wir grinsen uns an, ich schließe mein Rad ab und setze mich dazu. Was macht die Liebe? frage ich. Meier verzieht das Gesicht. Mußt du so was fragen? mault er mit vollem Mund. Na gut, sage ich, dann frage ich halt, ob's dir schmeckt! Meier nickt, und während sich sein Mund leert, kehrt auch sein Grinsen zurück. Ich nehme einen Schluck von seiner Cola. Vielleicht geht Sonja nächste Woche mit mir ins Kino, sagt Meier, guckt vielsagend und beißt in seine Fleischtasche. Die Linguistin, die neulich nicht gekommen ist? frage ich. Und als Meier den Mund verzieht, fällt's mir wieder ein. Richtig! rufe ich daher aus, die Frau aus dem Sprachkurs. Nein, sagt Meier irgendwie ärgerlich, dabei spritzen mir Zwiebelpartikel entgegen. Er schluckt hastig herunter, nimmt einen Schluck Cola, sagt: Die hieß Tanja. Und was ist mit der? frage ich. Weiß nicht, sagt Meier. Du hast sie nicht angesprochen? frage ich. Doch, sagt Meier, also gewissermaßen. Ich versuche, nicht zu grinsen. Na gut, sage ich, jetzt also Sonja, wer ist das denn? Sonja steht im Studentenkeller an der Bar, sagt Meier. Im Studentenkeller? frage ich, das Ding beim Wohnheim? Meier nickt, und ich frage ihn, ob das nicht eher was für Austauschstudenten und Erstsemester ist. Ist eigentlich ganz nett da, sagt Meier, letzte Woche war ich nach dem Kurs mit ein paar Leuten da, und mit dem einen, so 'nem Maschinenbaustudenten, voll der Depp eigentlich, mit dem bin ich bis zum Schluß geblieben, ziemlich besoffen, und dann war Schluß, und als ich die leeren Flaschen zur Bar gebracht habe, hat mich Sonja voll nett angelächelt. Und jetzt glaubst du, daß sie mit dir ins Kino geht? frage ich. Gestern bin ich da noch mal vorbeigegangen, sagt er, und sie war tatsächlich da, sonst nicht so viele andere, so daß wir ins Gespräch gekommen sind. Und jetzt hast du ihre Telefonnummer? frage ich. So gut wie, sagt Meier und beißt wieder in sein Schawarma. Was soll das denn heißen? frage ich. Meier bewegt seine freie Hand flach hin und her. Nach einer Kaupause fügt er hinzu: Ich geh am Wochenende noch mal hin, magste nicht mitkommen? Vielleicht, sage ich, jetzt aber gehe ich erst mal rein und hol mir auch was zu essen.

Kurz darauf sitze ich wieder draußen, vor mir ein kleiner Falafelteller und ein Gläschen Tee. Jetzt guckt Meier mir beim Essen zu, fragt, ob's schmeckt, und trinkt von seiner Cola. Von meiner Liebe will er lieber nichts wissen. Hast schon gehört? fragt er statt dessen, die IRA gibt ihren bewaffneten Kampf auf. Ich nicke. Als ich runtergeschluckt habe, frage ich mich und Meier, ob das was mit den Bomben von London zu tun haben könnte. Du meinst, Meier grinst, gegen den Islam halten selbst verfeindete Konfessionen zusammen? Und warum kämpfen sie dann nicht weiter, sage ich, zum Beispiel in Damaskus? Meier fragt, ob ich an Autobomben dächte. Ja, sage ich, bloß sollten sie keine Autos mit irischen Kennzeichen verwenden; würde bestimmt auffallen. Das finden wir beide komisch. Wir beschließen, das schöne Wetter auszunutzen und uns mit ein paar spontanen Bieren in den Park zu hängen. Meier ist ohne Rad da, weshalb wir die paar Schritte laufen. Wobei, Laufen kann man das, was Meier da anstellt, eigentlich kaum nennen. Der Grund dafür ist schnell erkannt: Meier trägt neue Docs. Ah, sage ich, der Herr muß sich erst noch als würdig erweisen, bevor ihm seine Schuhe auch wirklich passen. Meier gibt einen verächtlichen Laut von sich. Ich solle mich um meine eigenen Schweißfüße kümmern, knurrt er, nennt mich einen Turnschuhkunden, und würde der Erwerb von vier Bierflaschen diesen Gesprächsteil nicht abbrechen, müßte ich mir garantiert mal wieder den Vorteil von Doc Martens anhören, wenn man sie denn nur eingetragen hätte. Besitzer neuer Docs neigen zu derartigen Verteidigungsreden, vor allem aber wollen sie wohl ihr zweifelndes und von Blasen geplagtes Gemüt besänftigen. Rieke hat ihre Docs lange vor unserer Beziehung eingetragen, so daß in ihrem Fall die bloße Feststellung, daß die Dinger superbequem seien ausreichte. Meine Turnschuhe sind auch superbequem und das von Anfang an.

Dann hängen wir endlich am Hang und stoßen an. Der Görlitzer Park ist gut gefüllt, überall sitzen kleinere und größere Gruppen und feiern den Sommerabend. Es wird gekickt und gekichert, gequatscht und geklampft, vereinzelt auch gegrillt. Meier ist anzusehen, daß es ihm in den Fingern juckt, dabei hat er doch gerade gegessen. Hier würden wir auf jeden Fall Anhänger finden, sagt er, und ich weiß nicht gleich, was er meint. Er denkt wieder an Aktionen gegen die Antifreizeitverordnung, wie er das jetzt nennt. Wir müssen etwas tun, sagt er, rund um die Uhr und überall muß auf den Straßen gesessen werden und getrunken und gegrillt. Meier redet sich regelrecht in Rage, er stellt sich eine Massenfreizeitbewegung vor. Man müßte es doch schaffen, sagt er, die Leute zu mobilisieren, viel mehr als jetzt schon hier sind. Das Verbot gehe schließlich alle an, vielen sei das bestimmt auch wichtiger als irgendwelche Gesundheitsreformen und so. Ein Massenpicknick vorm Reichstag, das wär's doch, sagt Meier, das heißt er ruft es eher, vorm Reichstag darf man nicht mal Fußball spielen, ruft er, aber wenn zwei-, dreitausend dort trinken, grillen und kicken, sozusagen zivilen Ungehorsam leisten, dann will ich mal erleben, daß die Bullen den Platz räumen. Ich glaube, sage ich, das Ganze ist eher so eine Sommerlochgeschichte. Sommerlochgeschichte? Meier sieht so aus, als würde er gleich handgreiflich werden, fragt mich, ob ich schon wieder vergessen hätte, daß man uns neulich aus der HaHe gescheucht hat. Natürlich nicht, sage ich, du hast ja auch recht, das ist skandalös, aber dieses Verbot existiert wohl schon seit sechs Jahren, und eigentlich richtet sich das gegen Penner. Was ja schon schlimm genug ist, sagt Meier, aber jetzt wo sich die BZ der Sache angenommen hat! Ist doch auch längst wieder vorbei, sage ich, die hatten eben gerade nichts Besseres, inzwischen ist die Discovery viel spannender. Meier lehnt sich zurück. Ist ja immer so, murrt er, gegen diese kollektive Vergeßlichkeit sollte man eigentlich auch was tun. Ja, sage ich, was macht eigentlich dein Manifest? Ist in Arbeit, sagt Meier, ich hab noch mal wegen des Titels nachgedacht. Weil Leander den nicht mochte? frage ich. Nein! sagt Meier bestimmt und fügt leiser ein ›Na ja, auch‹ hinzu. Das mit der Dusche fände er eher doch nicht so gut. Ich frage ihn, ob er denn eine bessere Idee hätte. Vielleicht ›Grauwäsche‹, sagt er. Was soll das denn sein? frage ich. Gegen den Grauschleier der Beliebigkeit, sagt Meier und fragt, als ich nichts sage, was ich davon halte. Interessant, sage ich, könnte funktionieren. Meine ich nämlich auch, sagt Meier, Sonja fand das übrigens genauso. Sonja? frage ich, dann aber komme ich selber drauf, deine neue Flamme, ich weiß wieder. Einen ersten Satz habe ich schon, sagt Meier, für das Manifest. Laß hören! sage ich. Ich kann ihn nur dem Sinn nach wiedergeben, sagt Meier. Mach! dränge ich ihn. Also, Meier richtet sich auf, als müßte er sich jedem hier im Park verständlich machen, er räuspert sich. Wir sind Passagiere eines Raumschiffes, das in rasender Geschwindigkeit die Erde umkreist, aber wir können uns nicht sicher sein, ob wir unbeschadet in die Erdatmosphäre zurückkehren werden oder ob wir rückstandslos verglühen müssen. Er schaut mich erwartungsvoll an. Wie aktuell! sage ich. Ich find's einfach kraß, sagt Meier, da löst sich beim Start Isolierschaum vom Tank, und keiner weiß, ob das bei der Landung fatale Folgen haben wird, das läßt sich doch auf das Leben an sich übertragen. Hier kommt keiner lebendig raus, sage ich und gucke gen Himmel. Schon beim Absturz der Columbia vor zwei Jahren hatte ich das ziemlich unglaublich gefunden. Da fliegen die die ganze Zeit durchs All und wissen nicht, daß sie todgeweiht sind, weil beim Start was kaputtgegangen ist. Was das wohl für ein Gefühl ist, sage ich, in so einer Raumfähre zu sitzen und du weißt nicht, ob du deine Rückkehr zur Erde überleben wirst. Ja, sagt Meier. Das ist doch echt unheimlich, sage ich, du bist im All, jahrelang haben diese Leute darauf gewartet, endlich hochgeschossen zu werden, der Gefahren waren sie sich bewußt. Meier macht sich ein neues Bier auf, er sagt: Man denkt doch an viel krassere Dinge oder wenigstens an so was wie Sauerstoffprobleme, aber ein Stück Schaumstoff?! Und sowieso, sage ich, wer denkt da überhaupt groß an seine Sterblichkeit, wenn ihm ein Flug zu den Sternen angeboten wird? Genau, sagt Meier, darauf soll mein Manifest auch anspielen. Er meint, es gäbe sicherlich viele Leute, die für einen Aufenthalt im All ihr Leben geben würden. Das ist bestimmt das Geilste, was man als Mensch erleben kann, diese Schwerelosigkeit, diese Aussicht. Mir reicht die andere Richtung, sage ich. Mir eigentlich auch, sagt Meier. Tödlich ist es auch auf der Erde, sage ich. Ja, sagt Meier, und Al Kaida wird irgendwann eine Atombombe haben. Ich nehme mir mein zweites Bier. Meinst du, ich gucke Meier an, die werden das Teil wieder in New York zünden? Meier zuckt mit den Schultern, sagt: Wer weiß das schon. Vielleicht geht das Ding auch in Syrien hoch, weil es von einem Eselskarren fällt. Wir lachen. Und dann, ruft Meier, springt die große Weltvernichtungsmaschine an, und alles ist vorbei. Tja, tja, sage ich, und hinterher beschuldigen alle die USA. Wer denn? fragt Meier, bleibt doch niemand übrig. Und nach einer Gedenkminute für die Menschheit sagt Meier, dessen zweites Bier auch alle ist: Eines Tages wirft Washington wahrscheinlich einfach mal 'ne Neutronenbombe über Mekka ab, dann ist Ruhe rund um den Karton, er meint wohl die Kaaba. Das mache diesen Ort für Jahrhunderte unbesuchbar. Meier zeigt auf mein Bier. Darf ich bei dir mittrinken? Und ich reiche ihm meine Flasche. Danke, sagt er und trinkt. Was ich wirklich erschreckend finde, sagt er, als er mir das Bier zurückgibt, wie schön so eine Atombombenexplosion ist, wie sich dieser Pilz langsam bildet, das muß unglaublich sein. So etwas würde er gerne mal sehen, noch lieber als die Erde von oben. Auch nicht gerade ungefährlich, sage ich. Auf jeden, sagt Meier, vor allem für die, die mittendrin stehen. Er greift erneut nach meinem Bier. Ein spektakulärer Tod wäre es dennoch, sagt er, du dematerialisierst dich ja sofort, und vor allem, er nimmt einen Schluck, das Unheimliche ist, von dir bleibt lediglich ein Schatten zurück. Er guckt mich groß an. Ist das nicht ein grandioser Tod?

Nach einer Weile beschließen wir heimzugehen. Ich glaube, Meier will noch was im Fernsehen sehen. Ich dagegen würde gerne Rieke sehen, habe aber keine Lust, jetzt noch bei ihr anzurufen. Hast du in letzter Zeit was von Leander gehört? fragt Meier, der sei ihm neulich so seltsam vorgekommen. Ich weiß nicht, sage ich. Dann schließe ich mein Rad vom Baum los und lege Meier meinen Arm um die Schultern. Machs gut, Alter. Machs besser. Ich sehe Meier noch kurz beim Davonhumpeln zu, dann trete ich in die Pedale. Während ich fahre, piepst eine ankommende SMS in meiner Tasche. Ich lese sie erst im Treppenhaus. Eine Luzie fragt, ob wir nicht mal was zusammen machen wollen. Wer ist denn Luzie? denke ich und lösche die fehlgeleitete Nachricht von der SIM-Karte.

SONNTAGABEND. Rieke kommt, und wir fallen übereinander her. Das ganze Wochenende hatte sie keine Zeit für mich, weshalb ich auch mit Meier auf dieser beknackten Hiphopparty war, glücklicherweise nur kurz. Die Barfrau war tatsächlich ganz hübsch anzuschauen, doch nie sonderlich lange, weil meistens so ein zottelbärtiger Fransenlederjackenträger an ihrem Gesicht klebte. Für Meier war es kein großer Trost zu sagen, daß sie ohnehin den falschen Männergeschmack hat, aber mit den Getränken gegenüber in der Tiergartenquelle dürfte er sich die Erinnerungen an diese Sonja erfolgreich aus den Hirnzellen gelöscht haben. Rieke hat offenbar keine große Lust auf Erlebnisabgleich, da gibt es etwas anderes auszutauschen. Ich schubse sie Richtung Bett, auf dem Weg dorthin verliert sie ihre Kleidung, schleudert ihre Tasche auf einen Stuhl, und während ich mich zwischen Riekes Beinen verliere, rumst es, fällt etwas herunter. Das stört mich nicht, aber ich spüre eine Unterbrechung in Riekes Lust und sehe auf. Meine Freundin starrt zu ihrer Tasche, die halb ausgeleert auf dem Boden liegt. Zwischen allerlei Krimskrams und drei Büchern liegt eine Pistole. Ich muß das ein zweites Mal denken, um es zu verstehen: Zwischen dem aus ihrer Tasche gequollenen Zeug liegt eine Pistole! Ich springe auf. Rieke, was ist das denn? Sie guckt mich stumm an. Daß das eine Pistole ist, müßte sie mir auch nicht sagen; was eine Pistole ist, weiß ich ja. Bloß habe ich noch nie eine gesehen außer im Fernsehen, auf Fotos und vielleicht im Museum oder aus Plastik und so, Attrappen eben, als Kind hatte ich mal eine. Ich nehme das Ding in die Hand, es ist leichter als gedacht und sehr handlich. Wie eine Attrappe wirkt es trotzdem nicht. Das kühle, schwarze Metall ist überall abgestoßen, der geriffelte Griff ist braun. Was soll das denn? frage ich und gucke zu Rieke, woher hast du die? Sie sagt: Von Leander. Von Leander? wiederhole ich, du hast dich mit Leander getroffen? Das überrascht mich. Rieke, warum gibt er dir denn eine Waffe? Rieke springt auf, nimmt mir mit der einen Hand das Ding ab und streichelt mit der anderen meinen Hinterkopf. Bei ihm ist sie nicht sicher, sagt sie und preßt ihren Körper an meinen, Leander wird verfolgt. Ich muß ansatzweise lachen. Leander wird verfolgt? wiederhole ich schon wieder das Gehörte und löse mich dabei von Rieke, um sie besser ansehen zu können. Braucht man nicht gerade dann eine Waffe, wenn man verfolgt wird? frage ich und kann mir ein kleines Grinsen nicht verkneifen. Bast, sagt Rieke, das ist ernst, Leander wird vom Verfassungsschutz beobachtet, deswegen hat er sie mir gegeben. Rieke hält die Pistole hoch. Ach ja? sage ich, und warum hat er sie nicht in einen See geworfen oder so? Rieke senkt die Waffe, sagt, man wisse nie, wozu man so was noch brauche. Darüber muß ich lachen. Erkläre Rieke für verrückt. Frage sie, wozu sie, wozu Leander eine Waffe braucht. Rieke guckt erst mich und dann die Waffe an. Sie fährt mit dem Zeigefinger den Lauf entlang. Dann sagt sie, das sei eine besondere Knarre, nämlich die von Baader. Baader? Ich kapiere nicht, was sie meint. Das sieht Rieke mir an. Andreas Baader, sagt sie, Baader-Meinhof. Schon klar, aber! unterbreche ich sie. Verstanden hatte ich sie, nur nicht begriffen. Jetzt greife ich nach dem Ding und gucke es von allen Seiten an. ›P. Mod. 37, Kal. 7,65‹ ist in den Lauf graviert. Das kann doch unmöglich eine Original-Er-A-Eff-Waffe sein, denke ich, die Dinger liegen doch nicht einfach so herum beim Trödler: frisch reingekommen, Eins-a-Mordwaffe von Topterroristen, der Flugschein von Mohammed Atta ist leider schon verkauft. Und wie kommt Leander an so 'n Teil? frage ich. Weiß ich auch nicht genau, sagt Rieke. Sie habe keine Gelegenheit gehabt, ihn danach zu fragen. Er muß es irgendwie über seinen Vater haben, sagt sie, der ist doch Anwalt; hat Leander da nicht mal so was erwähnt? Mir ist auch so, irgendwas hat er tatsächlich erzählt; daß sein Vater Terroristen verteidigt hat und vielleicht sogar mit einem befreundet war, zumindest war er wohl Sympathisant, in den Siebzigern, als die Stimmung so extrem aufgeheizt war. Die Springerpresse hat gehetzt, und alles was linker war als die SPD stand unter Generalverdacht. Ich weiß nicht viel über Baader und Co., das war vor meiner Zeit. Und vor Riekes Zeit auch. Sie steht vor mir, halb ausgezogen, und guckt irgendwie besorgt. Ich richte die Waffe auf sie, den Zeigefinger am Abzug. Peng, sage ich, peng, du bist tot. Dabei ziele ich nicht mal. Paß auf, sagt Rieke ruhig, die ist geladen! Was?! Ich werfe das Ding aufs Bett. Wieso denn das? rufe ich, sag mal, spinnst du? Rieke kommt zu mir, schiebt ihre Hände unter mein T-Shirt, reckt ihren Kopf, will mich küssen. Beruhige dich, sagt sie, du hast ja nicht entsichert. Ja aber, sage ich und gerate ins Stottern, wa-warum läufst du mit einer geladenen Pistole rum? Ich konnte Leander davon überzeugen, daß ihn der Besitz von dem Ding nur noch verdächtiger macht. Verdächtiger für was? frage ich. Das weiß er auch nicht, sagt Rieke, greift meine Hände und will mich offensichtlich zurück zum Bett ziehen. Ich werde mich nicht wehren. Doch wird es mir schwerfallen, das Ding da aus den Augen zu lassen. Das Ding, das dort so unbeteiligt neben dem Kopfkissen liegt. Das Ding, die geladene Knarre von Andreas Baader.

MITTWOCHVORMITTAG. Ich dusche. Rieke ruft durch die Tür: Bast, dein Handy klingelt. Ich rufe zurück, sie soll nachschauen, ob ein Name auf dem Display angezeigt wird. Nein, unbekannter Teilnehmer, ruft sie. Dann geh ran, rufe ich. Ich drehe das Wasser ab und trockne mich ein wenig ab. Als ich die Badezimmertür öffne, ist mein Handy bereits wieder aus. Wer war's denn? frage ich. Luzie! Rieke macht ein komisches Gesicht. Vielleicht bilde ich mir das auch nur ein. Fühle mich seltsam ertappt, einfach weil ich nicht weiß, wer Luzie überhaupt ist. Anscheinend müßte ich sie trotzdem kennen. Erst schreibt sie mir eine SMS, jetzt ruft sie mich auch noch an. Das ist wohl doch kein Zufall. Rieke sagt, Luzie wollte nichts ausrichten lassen und werde es später noch mal probieren. Aha, sage ich und ziehe mir was an. Rieke schaut mir dabei zu. Mit verschränkten Armen lehnt sie im Türrahmen. Ich spüre ihre Gedanken, aber mir ist es zu dumm, zu erklären, daß ich nicht weiß, wer Luzie ist. Lieber küsse ich Rieke, auch wenn ich mich beim Küssen schuldig fühle, ohne zu wissen, wofür eigentlich. Dann sagt Rieke doch was, nur anders als geahnt und mehr festgestellt als gefragt: Wußte gar nicht, daß du Kontakt zu Luzie hast. Riekes Arme sind immer noch verschränkt. Hab ich ja gar nicht, sage ich schnell, bevor ich darüber nachdenken kann, daß Rieke anscheinend weiß, wer Luzie ist. Und wieso ruft sie dich dann an? Ich zucke mit den Schultern. Werde ihr wohl mal meine Nummer gegeben haben. Ich gehe in die Küche, da steht noch der Rest Kaffee. Auch hier bleibt Rieke wieder im Rahmen stehen. Und was will Luzie von dir? Ich setze mich und blättere in der Zeitung. Weiß ich doch nicht, sage ich. Und dann rutscht es mir raus: Bist du eifersüchtig oder was? Immerhin, Rieke gluckst ein bißchen in sich hinein, entknotet ihre Arme und kommt auf mich zu. Ach Quatsch! Sie beugt sich zu mir, und wir knutschen. Dann richtet sie sich wieder auf, fährt mir durchs Haar und grinst. Immerhin sieht Luzie ziemlich gut aus! sagt sie, und mir fällt glücklicherweise sofort das Richtige ein: Niemals so gut wie du! Schleimer! sagt Rieke, küßt mich noch mal kurz und setzt sich dann, um ebenfalls im Tagesspiegel zu blättern. Eine Weile lesen wir schweigend. Die Zeitung ist voll mit Berichten über den gruseligen Fund von neun Babyleichen in einem Garten in der Nähe von Frankfurt an der Oder. Die Mutter hat sie wohl jedesmal gleich nach der Geburt umgebracht und dann in Blumenkästen vergraben, will sich aber nur an die ersten beiden Morde erinnern können. Ich würde mich lieber daran erinnern können, wer diese Luzie ist. Ach, sieh an!

ruft Rieke aus, olle Schönblöd meint, in Brandenburg sind die Leute so gewaltbereit, weil sie verproletarisiert sind. Was soll das denn heißen? frage ich. Er sagt, sagt Rieke und liest vor, daß die von der SED erzwungene Proletarisierung eine der westlichen Ursachen, Rieke hält inne, guckt, grinst und sagt dann: eine der wesentlichen Ursachen natürlich für Verwahrlosung und Gewaltbereitschaft sei. Ach so, sage ich, er ist Innenminister, er wird schon wissen, was er sagt. Wirst du auch immer gewalttätiger? fragt Rieke. Ich bin ja nicht verproletarisiert, sage ich. Wohl eher verbourgeoisiert, was? sagt sie. Immerhin hat meine Freundin eine Waffe, sage ich. Das stimmt, sagt Rieke, es wird Zeit, daß wir zeigen, wie gewaltbereit wir sind. Sie guckt mich an: Meinst du nicht? Zur Gewalt? frage ich zurück. Ja, sagt Rieke, wir leben wehrlos bis lethargisch in einer immer härter werdenden Welt. Ich lege meinen Zeitungsteil beiseite und gieße mir Kaffee nach. Wer Gewalt ausübt, offenbart bloß seine Schwäche, sage ich. Pazifistengeschwätz! Rieke verzieht ihr Gesicht, die Schwachen sind doch wir, mit uns kann man's ja machen, sagt sie, wie viele Wangen sollen wir eigentlich noch hinhalten? Ich frage sie, was wir statt dessen tun sollten. Rieke legt nun auch die Zeitung weg und sagt: Wir sollten jemanden erschießen. Ich sage: Du spinnst. Nein, sagt sie, ich meine das ernst; es ist höchste Zeit, wir dürfen den Rechten die Macht nicht kampflos überlassen. Ich lehne mich zurück und versuche herauszufinden, ob sie es tatsächlich ernst meint. Wen willst du denn töten? frage ich, Angela Merkel? Rieke denkt kurz nach. Dann sagt sie: Merkel ist zu schwach, das bringt nicht viel, Stoiber muß weg oder am besten beide. Und dann? frage ich und antworte mir gleich selber: Dann kriegt die CDU achtzig Prozent, und Helmut Kohl wird wieder Kanzler. Rieke verzieht das Gesicht, sagt: Quatsch! Oder Roland Koch, sage ich. Rieke stützt ihr Kinn auf ihre rechte Faust und überlegt. Mir dämmert, sie meint es wirklich ernst. Du hast recht, sagt sie, es ist kontraproduktiv, einen der anderen zu erschießen. Sie schlägt mit der flachen Hand auf die Tischplatte, das Geschirr klirrt. Wir erschießen Schröder, sagt sie, oder Fischer! Sie trommelt mit beiden Händen ein paarmal auf den Tisch ein. Dann kriegen die Grünen zwanzig Prozent! Oje, denke ich, meine Freundin ist durchgeknallt. Ich frage sie, ob sie gerade durchdreht, aber sie hört mir gar nicht zu, sagt nachdenklich: Schröder ist besser, der will doch sowieso nicht mehr. Dann kann er auch abtreten! ruft sie, oder eben erschossen werden, als Märtyrer taugt der sicher noch, denn wenn das Volk mitbekommt, daß es noch jemanden gibt, der ihn erschießen will, werden seine Umfragewerte schon wieder steigen. Ich glaube, sage ich, die steigen sowieso wieder, wenn auch langsam. Um so besser, sagt Rieke, nur unter normalen Umständen würde das sicherlich nichts nützen, aber nach einem Attentat! Heute morgen läßt sie sich wohl kaum noch von dieser fixen Idee abbringen. Ich frage daher, ob es nicht ausreichen würde, lediglich einen Anschlag zu planen. Rieke winkt ab, das sei nicht medienwirksam genug. Er muß schon dabei draufgehen, sagt sie, damals, als Lafontaine das Messer in den Hals bekommen hat, hat's ihm auch nichts genützt, und Kohl ist Kanzler geblieben. Probieren wir's eben noch mal! schlage ich vor, der wird bestimmt nicht so gut bewacht. Doch, gerade! sagt Rieke, erst gestern hab ich gelesen, daß seine Frau Polizeischutz für ihn verlangt. Polizeischutz haben sie alle, sage ich. Schon klar, sagt Rieke, wir müssen rausfinden, wer wann am wenigsten bewacht wird. Ich schlage Gregor Gysi vor. Nicht schlecht, sagt Rieke, im Osten würde das neunzig Prozent bringen. Und im Westen? frage ich. Auch nicht weniger als Lafontaine, sagt sie, den mag doch eigentlich keiner so recht. Am beliebtesten ist immer noch Fischer, sage ich. Vielleicht hast du recht, sagt Rieke, das würde sogar die enttäuschten Linken zurück zur Urne holen. Fischers Urne? frage ich, und wir beiden müssen lachen. Wie stellst du dir das eigentlich vor? frage ich dann, meinst du nicht, du wirst auch schon überwacht? Von wem? fragt Rieke. Na, vom Verfassungsschutz! sage ich, wenn der hinter Leander her ist, werden sie dich ja wohl gesehen haben, als er dir die Knarre gegeben hat. Ach, Rieke winkt ab, das Treffen war ganz konspirativ. Außerdem, sagt sie, Leander ist paranoid. Ich frage, ob sie damit meint, daß Leander gar nicht verfolgt wird. Keine Ahnung, sagt Rieke. Und die Knarre? frage ich. Die ist echt, sagt Rieke, und wirklich von Baader, das glaub ich schon.

NACHMITTAGS klingelt mein Handy wieder. Wieder weist das Display auf einen unbekannten Teilnehmer hin. Das muß diese Luzie sein! Schlagartig werde ich extrem nervös. Gut nur, daß Rieke gegangen ist. Mit einiger Mühe drücke ich auf Grün. Ich habe das Gefühl, selbst beim ›Hallo‹ zu stottern. Ah, sagt die Frau im Apparat, jetzt erwisch ich dich endlich. Ihre Stimme kommt mir bekannt vor, ich weiß bloß nicht woher. Wir reden ein wenig ums Wetter herum. Mir gelingt es nicht, sie dazu zu bringen, irgendwas zu erzählen, woran ich erkennen könnte, woher sie mich kennt. Ich weiß aber auch nicht, wie man so etwas macht. Statt dessen erzählt sie, daß eine Lara eine Party gebe. Luzie sagt nicht, wer Lara ist, und sie fragt auch nicht, ob ich mitkommen mag. Dafür frage ich, wo die Party stattfindet. Luzie schlägt vor, daß wir uns am Freitag um zehn im U-Bahnhof Gneisenaustraße treffen. Ich sage: Okay. Ich frage nicht, wie ich sie erkenne, weil ich davon ausgehe, daß sie mich erkennt. Ich frage auch nicht, ob ich jemanden mitbringen darf, um unsere Verabredung weniger eindeutig wirken zu lassen. Ich will niemanden mitbringen, mich reizt diese Eindeutigkeit. Ich werde auf eine Party gehen, sozusagen allein, auf eine Party, zu der auch eine Luzie geht, die ich irgendwoher kenne, aber nicht so gut, daß ich ihre Telefonnummer hätte. Hallo, fragt Luzie, bist du noch dran? Ja, entschuldige, klar! sage ich. Dann bis Freitag, sagt sie oder haucht es oder, ich weiß nicht, sie sagt jedenfalls, daß sie sich freue. Ich auch, sage ich. Luzie legt auf, und ich höre noch eine Weile dem Rauschen in der Leitung nach. Es kann doch nicht so schwer sein, herausfinden, wer das ist, es müßte eine flüchtige Bekannte von Rieke und mir sein, jemand, den wir gemeinsam irgendwo getroffen haben. Aber nein, dann wüßte Rieke ja, woher diese Luzie meine Nummer hat, und Luzie würde sich auch nicht bloß mit mir treffen wollen, sondern mit uns beiden. Ich müßte sie also noch mal ohne Rieke gesprochen haben. Oder war da was an dem Abend, wo ich so mit Meier abgestürzt bin, nachdem er feststellen mußte, daß er sich mit dieser Studentenkellertante voll verfranst hatte? Eigentlich finde ich es ganz prickelnd, verabredet zu sein und nicht zu wissen, mit wem.

ABENDS ist Rieke wieder da, sie hat Brot und Käse gekauft. Ist was? sagt sie, du wirkst so aufgedreht. Echt? Ich fühle mich ertappt. Rede mich mit unseren Plänen rund um die Waffe raus. Ich fühle mich ein bißchen schuldig, weil ich mich mit einer Frau verabredet habe, die ich vielleicht gar nicht kenne, von der ich mir aber verspreche, daß sie auf irgendeine Art toll ist, eine tolle Stimme hat sie schon mal. Am Telefon klingen viele Menschen viel besser, als wenn man ihnen gegenübersitzt. Vielleicht wirkt das auch nur so, weil man sich ganz auf das Gehörte konzentrieren kann und nicht von Gesten oder Mimik abgelenkt wird. Wenn ich telefoniere, stelle ich mir meine Gesprächspartner nicht bildlich vor, ich weiß ja auch meistens, wie sie aussehen. Wie Luzie aussieht, weiß ich nicht, aber ich kann es kaum abwarten, das herauszufinden. Luzie muß einfach schön sein, schon wegen unseres mysteriösen Kennenlernens. Das hat gar nichts mit Rieke zu tun, die ich schließlich liebe, ich möchte sie auch gar nicht betrügen; das mit Luzie ist völlig unabhängig von Rieke, weshalb ich ihr nichts davon erzählen will, vielleicht hinterher. Rieke bemerkt meine Unaufmerksamkeit. Du hörst mir gar nicht zu, beklagt sie sich. Ich knutsche sie zur Antwort. Weißt du eigentlich, hauche ich, wie sexy du bist, wenn du so couragiert sprichst? Rieke grinst und scheint gewissen Körperlichkeiten nicht abgeneigt gegenüberzustehen. Ich hab doch aber nur von diesem Hund, will sie widersprechen, der Rest geht im Kuß unter.

Später liegen wir dann nebeneinander im Bett. Nach dem Hormonstauabbau sprechen wir wieder über unsere Pläne. Wen weihen wir ein? frage ich, obwohl mir klar ist, daß das ein Geheimnis zwischen Rieke und mir bleiben muß. Wieso sollten wir noch jemanden einweihen? murmelt Rieke, die offenbar kurz vorm Einschlafen ist. Nach einer kurzen Pause sagt sie: Das schaffen wir ja wohl auch zu dritt. Habe ich mich verhört? denke ich, zu dritt? Zu dritt? wiederhole ich, du, ich und? Na, und Leander, sagt Rieke und dreht sich zur Seite, um besser einschlafen zu können. Natürlich, denke ich, Leander, klar, denke ich, das hätte ich mir ja auch denken können. Leander!

FREITAGVORMITTAG. Als ich aufwache, ist es fast schon elf. Rieke schläft noch. In letzter Zeit geht sie gar nicht mehr zur Stabi. Wir haben eben Wichtigeres zu tun.

Wir sind jetzt politisch tätig. Wir sind verantwortlich dafür, daß in diesem Land etwas passiert. Wir werden Geschichte schreiben. Wir müssen uns auf unsere Kraft konzentrieren und dürfen keinen Fehler machen. Wir, wir, wir. Wir sind - verabredet. Ich bin verabredet.

Beim Frühstück guckt mir Rieke eine Weile lang dabei zu, wie ich den Kaffee verschütte, wie ich lustlos vom Toast abbeiße und wie ich insgesamt vermutlich etwas gedankenverloren wirke. Dabei denke ich die ganze Zeit an Luzie. Der Anblick Riekes fragender Augen macht mich verlegen. Ich bin ein Arsch. Da sitze ich der schönsten Frau der Welt gegenüber und bin mit einer mir Unbekannten verabredet. Nicht diese Verabredung an sich ist das Schlimme, mein Schweigen darüber macht sie zum Betrug. Ich sollte lieber nicht hingehen, schließlich möchte ich Rieke nicht verlieren, sie nicht einmal enttäuschen. Ist irgendwas? fragt Rieke. Wieso denn? frage ich zurück. Du wirkst so, sie sucht nach dem Wort und bewegt dazu ihre Hand in der Luft. Was? frage ich. Ist es wegen der Waffe? fragt Rieke. Ja, lüge ich, genau. Eigentlich lüge ich nicht mal. Natürlich bereitet mir auch die Waffe Sorgen, und daß Leander immerzu dabei ist, genauso. Aber all das kann ich glücklicherweise ganz gut verdrängen. Schon deswegen muß ich Luzie heute abend treffen, wegen Leander. Rieke redet derweil davon, daß wir alles gut planen würden, das Risiko dürfte nicht so groß sein, sagt sie, und schließlich tun wir es für unser Land, für die Zukunft. Ja, sage ich. Rieke steht auf. Ich muß los, sagt sie. Wohin? frage ich. In die Stabi, sagt sie. Ach so? Irgendwie beruhigt mich das. Ja, sagt Rieke, ich habe ein paar Bücher über die Raff und andere Freiheitskämpfer vorbestellt. Rieke sucht ihr Zeug zusammen. Sehen wir uns eigentlich nachher? fragt sie aus dem Flur. Nein, ich habe, sage ich und denke: Verdammt, ich habe nicht einmal eine Ausrede parat.

Aber Rieke scheint sich darum gar nicht zu kümmern. Sie kommt zurück in die Küche, beugt sich zu mir, legt mir die Arme um die Schulter. Na, dann morgen, mach's gut, du, sagt sie, gibt mir einen Abschiedsknutscher und geht. Dann dreht sie sich noch um. Ach so, sagt sie, kipp mal die Milch weg, die ist so gut wie schlecht.

ABENDS, KURZ VOR ZEHN bin ich dann am Treffpunkt, ein bißchen zu früh. Ich gucke mich ängstlich um. Wer wird mir entgegenspringen? Oder wird sie mich warten lassen? Da entdecke ich Steffs Kommilitonin. Das könnte ein Zufall sein, aber in dem Moment, in dem auch sie mich bemerkt, weiß ich, wer Luzie ist. Mir fällt wieder ein, wie wir am Terrassengeländer gestanden haben und wie ich sie fast küssen wollte, weil ich so betrunken war, und wie wir uns umarmt haben und wie sie gegangen ist und wie sie sich dann doch umgedreht und nach meiner Nummer gefragt hat, man weiß ja nie. Jetzt lächelt Luzie und kommt auf mich zu. Und ich habe fast das Gefühl, mir knicken die Beine weg, aber nur fast. Luzie sieht hinreißend aus, das Haar wieder hochgesteckt, ihre Lippen glänzen, über der schwarzen Hose trägt sie ein ebenfalls schwarzes kurzes Kleid, das ihr Dekolleté betont, darüber eine Jeansjacke. Wir umarmen uns und küssen uns die linken Wangen so flüchtig wie möglich. Wir laufen eine schwach beleuchtete Straße entlang, Luzie hat ein ziemliches Tempo drauf. Auf dem Weg erzählt sie mir, daß sie Lara gar nicht gut kenne, von irgendeiner Gruppenreise her. An einer Ecke sehe ich zum ersten Mal das stark vergrößerte Konterfei der Kandidatin. Ihr Slogan: Deutschlands Chancen nutzen. Hey, rufe ich, mein erstes Angie-Poster. Mein Spott mißlingt mir. Luzie stimmt nicht darin ein, nein, sie sagt: Ich werde sie wohl wählen. Ich bin für einen Moment wie vor den

Kopf gestoßen. Das kann doch gar nicht sein, denke ich, niemand aus meinem engeren Bekanntenkreis darf die CDU wählen, schon gar nicht Luzie. Dabei gehört Luzie gar nicht zu meinem engeren Bekanntenkreis. Sie erzählt, daß sie bei den letzten beiden Wahlen Rotgrün gewählt hätte, doch jetzt sei wirklich die Zeit für den Wechsel gekommen. Ich glaube nicht, daß sich etwas ändern wird, sage ich, und Luzie sagt, sie finde außerdem, es sei an der Zeit, daß endlich einmal eine Frau an die Macht kommt. Und wer weiß, sagt Luzie, wann es das nächste Mal so wahrscheinlich sein wird, daß es auch klappen könnte. Ja, sage ich, und sie kommt aus dem Osten.

Lara wohnt in der vierten Etage eines vielleicht vor zwanzig Jahren sanierten Altbaus und steht freudestrahlend an der Wohnungstür. Hallo! ruft sie uns entgegen, schön, daß ihr da seid! Sie umarmt Luzie überschwenglich. Ihr seid die zweiten, sagt Lara. Und dritten, sagt Luzie. Stimmt, sagt Lara. Lara ist schlank und groß, hat dunkle Augen und trägt ein gemustertes Tuch um die Stirn, das hält ihr krauses Haar aus dem Gesicht. Der Flur ist lang, Lara wohnt in einer WG, ihr mittelgroßes Zimmer wird von einem Tisch dominiert, der vermutlich sonst nicht hier steht, und von einem Bett mit bunten Bezügen. Die Musik ist leise und unauffällig. Am Computer steht Hans, der uns seine Hand hinhält. Er ist bestimmt zehn Jahre älter als wir anderen denn Lara dürfte so alt sein wie Luzie und ich. Hans zeigt mir gerade Fotos von seinen Legobauten, sagt Lara grinsend. Jetzt zeigt er sie auch Luzie und mir. Ganz begeistert ist er von seinen Werken, und das kann er auch durchaus sein, wenn man mal davon absieht, daß er mindestens Mitte Dreißig ist und immer noch mit Lego spielt. Wobei man das wahrscheinlich nicht Spielen nennt, wenn jemand meterhohe Hausfassaden baut, die wie Kaufhäuser aussehen. Lara schlägt vor, daß wir uns an den Tisch setzen. Sie fragt unsere Getränkewünsche ab, und ich ziehe ein paar Biere aus meinem Rucksack. Luzie will sich eins davon nehmen, als Lara sagt, sie hat auch noch Pastis da. Au ja! sagt Luzie, wie in alten Zeiten. Wir kennen uns nämlich von einer Fahrt mit so 'nem Freidenkerverein nach Südfrankreich, sagt Lara, wollt ihr auch einen? Ach nö, sage ich und heble ein Bier mit einer zweiten Flasche auf. Hans sagt, er bleibt lieber beim Wein.

Als Lara aus der Küche zurückkommt, tauschen sie und Luzie ein paar gemeinsame Erinnerungen aus. Die Freidenkervereinsfahrt soll total toll gewesen sein. Nur organisiert war kaum was, sagt Luzie. Freidenker eben, sage ich; niemand lacht. Im Verlauf der nächsten, etwas zähen Stunde, in der Hans ausführlich von seiner Legoleidenschaft berichtet und davon, daß seine kleine Tochter, wenn sie ins Legoalter kommt, eigene Steine kriegen müsse, treffen zwei weitere Männer im Alter von Hans ein. Einer von ihnen, ein Glatzkopf, beendet schließlich das immer noch im Raum stehende Legothema mit der Frage, ob Legoland nicht längst verkauft sei. Das eine hat zwar nichts mit dem anderen zu tun, sorgt aber dafür, daß Hans keine weiteren Details aus seinem Leben verraten mag. Der zweite neue Gast findet es interessant, daß auf dem Tisch eine Großpakkung Gummitiere steht, mit seiner dünnen hohen Stimme klingen seine Bemerkungen sehr ironisch, aber das sollen sie wohl auch sein. Wir reden über alles mögliche, übers sogenannte Unterschichtenfernsehen sowie natürlich über die Wahlen und daß das ja alles eher schrecklich sei. Man müßte, sagt der Typ mit der hohen Stimme, irgendwas tun. Irgendwas, das die politische Lage mehr aufwirbelt, als die Linkspartei das jemals könne. Vielleicht meint er auch das ironisch, doch Luzie steigt darauf ein. Du meinst, jemanden erschießen? fragt sie, und wir sehen sie erschrocken an, wobei die anderen kaum so erschrocken sein können wie ich. Mir bleibt fast das grüne Krokodil, auf dem ich gerade kaue, im Hals stecken. Wie kommt sie denn auf so was? Ich muß husten, und sie grinst mich an, haut mir auf den Oberschenkel: Hey, war doch nur 'n Scherz. Klar, sage ich und würge das Gummitier herunter. Schade, denke ich, daß keiner über den Scherz gelacht hat. Und wen würdest du erschießen? fragt der Glatzkopf. Ich weiß nicht, irgendeinen, sagt Luzie, ist ja eigentlich egal, wen. Ich finde auch, sagt Lara, die sind doch alle gleich. Na na, sagt die hohe Stimme, das darfst du aber niemandem von denen verraten. Politischer Mord bringt doch nie was, sagt Hans. Und ob, sagt der Glatzkopf, ohne die Morde an den Kennedys wäre Nixon bestimmt nie rangekommen. Denkst du? fragt die hohe Stimme, aber Vietnam hätten die Amis trotzdem verloren. Und dieser Schwule in Holland, sagt Luzie, der hat ja postum noch die Wahl gewonnen. Ja, sage ich, wenn jemand Schröder erschießt, wird Merkel nicht Kanzlerin. Luzie guckt mich an und verzieht die Mundwinkel, dann zwinkert sie mir zu. Ich hab ihm nämlich gesagt, erklärt sie den anderen, daß ich CDU wählen werde. Oh, Konflikte! sagt die hohe Stimme. Keineswegs, sage ich, und erst da wird mir klar, daß uns die anderen bestimmt für ein Pärchen halten. Ob Luzie das auch bemerkt hat? Was sie wohl davon hält? Eine Freidenkerin wählt die CDU, stellt der Glatzkopf fest. Das ist doch das Gute an den Freidenkern, sagt die hohe Stimme, mal hü, mal hott. Wäre ich wirklich eine Freidenkerin, sagt Luzie belustigt, wäre ich jetzt sicherlich beleidigt. Und du? fragt mich Lara plötzlich. Alle gucken mich an. Ich bin mir nicht sicher, worauf sich die Frage bezieht. Ich? frage ich daher und sage dann: Ich werde Angela Merkel erschießen. Alle lachen. Luzie sagt: Lustig! Ich lache auch. Wahrscheinlich ist das der beste Witz des Abends.

SPÄTER, auf dem Bahnsteig, guckt mich Luzie fröhlich an. War 'ne seltsame Party, was? sagt sie. Ich sage: Mal was anderes. Die waren ganz schön schräg drauf, sagt sie, aber klasse, daß du mitgekommen bist. Ja, sage ich und weiß, die Antwort paßt nicht ganz. Wir sehen uns an, als fiele uns der Abschied schwer, dann rattert ihre U-Bahn heran, und eine kurze Umarmung mit flüchtigen Wangenküssen muß ausreichen. Ich sehe Luzie dabei zu, wie sie den Waggon betritt und sich setzt. Als der Zug anfährt, schaut sie auf, zwinkert mir zu und hebt die Hand zum Gruß. Auf der großen Uhr ist es noch nicht einmal eins.

Als ich wieder zu Hause bin, erschrecke ich. Die Tür springt nach einer halben Schlüsselumdrehung auf, wo ich doch immer doppelt abschließe. In der Küche steht eine umgedrehte Milchtüte in der Spüle. Ich bin das nicht gewesen, jemand muß hier gewesen sein! Werde ich jetzt auch paranoid? Sind sie nicht nur schon Leander oder Rieke, sondern auch mir auf der Spur? Ich lösche das Licht und lausche in das Nichts der Nacht. Es klingt wie immer, bilde ich mir jedenfalls ein, der Kühlschrank sirrt, die Uhr hackt dazu den Takt ins Dunkel. Wenn sie hier waren, werden sie dann ihre Wanzen hinterlassen haben und wieder verschwunden sein? Aber warum das mit der Milchtüte? Soll das eine Warnung sein? Ich schleiche ins Zimmer. Unsicher umherblickend versuche ich die schattigen Schemen zu lokalisieren. Sieht alles aus wie immer. Und trotzdem könnte dort in der Ecke jemand stehen und darauf warten, mich niederzuschlagen, wenn ich mich umdrehe oder ins Bett lege. Mein Herz pocht. Wenn jemand da ist, ist er eindeutig im Vorteil: Er ist auf mich vorbereitet. Um Chancengleichheit herzustellen, drücke ich auf den Lichtschalter, vielleicht doch keine so gute Idee, weil mich das Licht einen Augenblick lang blendet, aber niemand greift mich an. Jetzt jedoch sehe ich den Eindringling in meinem

Bett liegen. Ich atme auf und ärgere mich zugleich über mich selbst: Es ist Rieke, wer sonst? Ich hätte es mir denken können, sie schließt nie meine Tür ab, wenn sie hier ist.

SAMSTAGMORGEN. Langsames Wachwerden. Ich kuschle mich an Riekes warmweichen Körper. Allmählich verdrängt die Erinnerung den Schlaf mit seinen vagen Traumbildern aus meinen Hirnschlaufen: mein Erschrekken wegen der nicht abgeschlossenen Tür, die Milchtüte, die gar nicht Fremde in meinem Bett. Rieke regt sich träge. Ich denke an Luzie und bin mehr als unsicher. Was soll ich denn sagen, wenn Rieke fragt, und sie muß mich einfach fragen, wo ich gewesen bin. Könnte ich es ihr sagen, du, ich war gestern mit Luzie auf einer Party, eigentlich war es gar keine richtige Party, außerdem wußte ich nicht einmal, wer Luzie ist, es war eher eine zufällige Begegnung, die gar nichts bedeutet hat, Luzie ist doch bloß die Kommilitonin von Steff. Wenn ich so mit Rieke sprechen könnte, dann wäre das wirklich kein Problem. Schließlich ist ja auch nichts zwischen Luzie und mir, höchstens die Neugier, das Überraschende des Nichtwissens, während Rieke und ich mehr als nur das Bett teilen, nein, wir haben nicht bloß guten Sex, sondern wir haben einen Plan; einen Plan und die Knarre von Andreas Baader. Rieke murmelt in meine Gedanken hinein, windet und wendet sich mir zu, streichelt mir die Schuldgefühle von der Haut und grinst, als sie meine Bereitschaft zur vorsorglichen Wiedergutmachung ertastet. Das ist praktisch, ich nehme das als Versöhnungssex unter Auslassung des Streits, zumindest versuche ich das, doch als ich nach dem Wechsel, noch im Schwung der spontanen Lust, mit munteren Klapsen auf Riekes Hintern die Geschwindigkeit erhöhe, lenkt mich plötzlich die

Frage ab, wo sie eigentlich gestern abend war, bevor sie in meine Wohnung gekommen ist. Derweil keucht Riekes im Laken vergrabener Mund, und ich bemühe mich, nicht nachzulassen. Rieke stöhnt auf, und ich ahne, warum auch sie mich nicht fragt, was ich gemacht habe, und lieber mit mir schläft, weshalb ich nur noch doller zustoße, so daß mein Schwanz vom Rückstoß aus ihr herausflutscht, Wiedereinführung zwecklos, er hat seine Härte verloren; auf dieser Ladung Samen bleibe ich sitzen, wie auch auf meiner Ungewißheit. Ich küsse Riekes Hintern, und sie kriecht zu mir, schmiegt sich an mich. So viel Anstrengung am frühen Morgen, haucht sie, küßt mich und lächelt. Hast du Lust, ein paar Tage wegzufahren? fragt sie und schlägt, ohne meine Erwiderung abzuwarten, das Haus ihrer Großeltern in der Lausitz vor. Toll, sage ich, ja, ich habe keine Verabredungen nächste Woche, außer natürlich mit dir! Rieke antwortet mit einem Lächeln. Ich bin begeistert von diesem Vorschlag, eine kurze Reise müßte Abstand schaffen. Abstand zu Luzie, die ich besser vergessen sollte, und Abstand vielleicht sogar zu dieser Waffensache; wir sind nun mal keine Terroristen. Dann haben wir endlich mal Zeit für uns, flüstere ich Rieke ins Ohr. Ja, flüstert sie zurück, und wir können ungestört schießen üben.

MONTAGABEND. Rieke und ich sind zu dem Haus gefahren, das ihre Großeltern über fünfzig Jahre lang bewohnt haben. Jetzt kommt manchmal Riekes Mutter mit ihrem Freund hierher, für diese Woche aber nur wir zwei. Leander hat Munition besorgt und uns den alten Golf seiner Eltern geliehen, es dürfte ihr Drittwagen sein. Ohne Auto kommt man gar nicht hierher, das Grundstück ist viel zu abgelegen; abseits von einem Dorf in der Lausitz, ist es dessen letzter Rest, der nicht dem Tagebau weichen mußte. Der Tagebau, den man nicht sehen muß, um ihn zu spüren. Sein Sound legt sich auf die Landschaft; nicht aufdringlich, aber durchdringend ist er als Hintergrundbrummen stets präsent. ›Wolkenberg‹ ist doch ein romantischer Name für einen Ort, den es nicht mehr gibt, hat Rieke gesagt. Auf der Autobahn war kaum Verkehr. Uns scheint keiner zu folgen, sagte Rieke erleichtert nach einem Blick in den Rückspiegel. Über so was hatte ich gar nicht nachgedacht. Als wir ankommen, ist es stockdunkel, die Sterne sind um so greller. Ich umarme Rieke, küsse sie, ihr aber ist wohl wenig nach Verliebtheiten zumute, sie löst sich von mir und führt mich durchs Haus. Alles ist fast noch so, wie ihre Großeltern es zurückgelassen haben, lediglich ein Sessel und eine Stehlampe sind mit Riekes Oma ins Heim nach Cottbus gekommen, ihr Opa liegt seit einem Jahr auf dem Friedhof im Nachbarort. Im Flur riecht es muffig, im Wohnzimmer irgendwie noch anders. Rieke nennt das den Omaundopaduft, für mich ist es eher ein typischer Ostgeruch. In der Mitte des Wohnzimmerschranks stehen hinter Glas Porzellanteilchen und eine Uhr, dazwischen Fotos von Rieke und anderen Verwandten. Wir teilen uns in der Küche die einzige im ausgeschalteten Kühlschrank wartende Flasche Bier und beziehen dann im Schlafzimmer das rustikale Ehebett neu.

Während Rieke gleich einschläft, liege ich wach und starre in die flirrende Dunkelheit. Ich fühle mich fremd hier, ein Eindringling, erdrückt vom fremden Geruch. Warum Riekes Großeltern in der DDR gelebt haben, ob und wie ihre Mutter in den Westen geflüchtet ist, weiß ich nicht. Wir reden nicht viel über Vergangenes, unsere Familien finden für uns überhaupt nicht statt, und auch die Leben, die wir geführt haben, bevor wir uns kannten, existieren lediglich in Andeutungen. Und nun liege ich hier, wälze mich auf der Matratze umher, deren Federn mir in den Bauch drücken. Alles könnte perfekt sein! Es gab eine Zeit, in der dachte ich, das Mädchen, mit dem ich mein Leben verbringen will, muß Bomben bauen und generell hochgradig kriminell sein. So was denkt man eben manchmal als braver Gymnasiast. Und jetzt liege ich neben einer, die eine scharfe Waffe bei sich trägt, mit der sie jemanden erschießen will. Und nicht einmal einen Gegner, sondern einen, der auf ihrer Seite ist. Mein Mund ist trocken. Ich stehe auf und taste mich ins Bad. Dort schalte ich kein Licht an, auf dem Hof brennt eine Lampe, die beleuchtet den kleinen Raum ausreichend. Ich betrachte mich im Spiegel. Was mache ich eigentlich hier? Warum können wir nicht so sein wie all die anderen? Es reicht doch, dagegen zu sein. Auf die Einstellung kommt es an. Letztlich ist egal, wer uns regiert. Die Guten sind längst nicht mehr die Guten, und Bessere kenne ich nicht. Ich stehe meinem nackten Schatten im Spiegel gegenüber. Wir kriegen das hin, sage ich mir, wenn Rieke meint, daß wir das tun müssen, kriegen wir das hin. Es ist schon geil, so ein Geheimnis gemeinsam zu haben. Ach, Rieke, ich bin so scharf auf dich! Ich nehme meinen Schwanz in die Hand, weil ich eine Versteifung spüre. Ansatzweise versuche ich, mir einen runterzuholen, es funktioniert aber nicht. Es fällt mir schwer, mich auf Riekes Körper zu konzentrieren. Mein eigener Schatten lenkt mich ab.

DIENSTAGVORMITTAG. Als ich aufwache, höre ich leise Riekes Stimme durchs Fenster. Sie unterhält sich angeregt. Ich verstehe nicht, was sie sagt, und vor allem nicht, wieso sie überhaupt mit jemandem spricht. Der einzige Jemand, mit dem sie sprechen könnte, bin doch ich! Ich ziehe mich an und gehe hinaus. Draußen, Rieke gegenüber am Tisch, sitzt Leander und beißt gerade in eine schwungvoll mit Schinken belegte Brötchenhälfte. Ich kann meine Überraschung kaum verbergen. Was macht denn der blöde Volkmann hier? Mit Verzögerung setze ich mich zu den beiden. Leander grinst, sagt mit halbleerem Mund etwas von ›konspirativ‹, und Rieke holt mir eine Tasse aus der Küche, die sich in einem flachen Anbau befindet. Leander nimmt einen Schluck Kaffee, leckt sich über die Oberlippe und sagt: Wir mußten dich dazu bringen, allen zu erzählen, daß du mit Rieke allein hier bist, dann stellt auch niemand Fragen. Rieke reicht mir die Tasse, und ich gieße mir selber ein. Traust du uns nicht zu, daß wir das alleine können? frage ich und weiß, daß es darum gar nicht geht. Die Antwort würde mich dennoch interessieren. Ich bekomme sie bloß nicht. Schau, sagt Rieke, die gerade ein Brötchen aufschneidet, Bast, ich wäre auch gerne mit dir allein hier, das weißt du doch, nur hier geht's um etwas Höheres, das mußt du verstehen. Klar, mache ich und koste den Kaffee. Er ist ziemlich stark, doch kalt, nur geht es hier eben um etwas Höheres. Mit dem Buttermesser in der Hand redet Rieke weiter auf mich ein, ein andermal, und Leander sagt, die Situation im Land ist so kraß, da muß man doch wirklich. Ja, sage ich, da bleibt uns keine Wahl. Ich sage das, um Rieke einen glücklicheren Gesichtsausdruck zu gönnen, und es klappt. Während sie sich Marmelade auf ihr Butterbrötchen kleckst, lächelt sie und erinnert mich damit an meine Liebe zu ihr. Okay, sage ich, wann fangen wir an? Leander grinst: Da hat's aber einer eilig. Ich greife in die Brötchentüte. Die Zeit drängt doch, sage ich. Nein, sagt Leander, es ist zwar höchste Zeit, aber ein paar Wochen müssen wir noch warten. Ich verkneife mir die Frage, warum er dann hier ist, und beschäftige mich lieber mit meiner Schrippe. Leander gibt mir trotzdem eine Antwort. Man müsse auf alles vorbereitet sein. Er sagt was vom günstigsten Moment, von der besten

Gelegenheit für den Wendepunkt. Am Wendepunkt steht der Tod eines Menschen, den wir nur aus dem Fernsehen und von Abbildungen her kennen. Das sagt er nicht, aber das wissen wir alle drei. Rieke guckt derweil kämpferisch. Jeder von uns muß in der Lage sein abzudrücken, sagt sie, jeder von uns. Sie schaut mich fest an mit ihren großen braunen Augen. Ja klar, sage ich, jeder von uns. Deshalb will ich ja auch üben, füge ich rasch hinzu, um der Situation ihren Pathos zu nehmen. Ich hab noch nie geschossen, sage ich, höchstens mal auf dem Rummel, und das ist ewig her. Rieke grinst, Leander bleibt dagegen ernst. Hier geht es nicht um 'ne Schießbudenknallerei, sagt er. Aber um Schießbudenfiguren, sage ich, und Rieke lacht.

SPÄTER sitzen wir im verdunkelten Wohnzimmer. Leander hielt das für sicherer, falls doch mal jemand vorbeikommt. Hier kommt aber niemand vorbei! Darauf besteht Rieke. Trotzdem sitzen wir drinnen und atmen Ostgeruch ein. Ich erspare mir die Frage, ob wir im Zimmer schießen werden. Rieke wickelt die Knarre aus einem schwarzen Tuch, die Tüte mit den Patronen liegt auf dem Tisch. Woher hast du eigentlich die Kugeln? frage ich Leander. Er sagt, daß es die in jedem Waffengeschäft gibt, frei verkäuflich. Ohne Waffenschein? frage ich. Du bist aber mißtrauisch, sagt Rieke und zwinkert mir zu. Leanders Blick bleibt ernst. Mein Dealer hat da so Verbindungen, sagt er und nimmt die Pistole in die Hand. Er zeigt uns den Hebel, mit dem man das Magazin löst. Seht ihr, sagt er, sieben Stück passen rein. Leider habe er keins zum Wechseln. Wir üben, wie man die Patronen nebeneinanderreiht und dann das Magazin zurück in den Pistolengriff schiebt. Und hier müßt ihr entsichern, sagt Leander, das Ding hat eine Handballensicherung und einen manuellen Sicherungshebel. Leander läßt uns ausprobieren, wie schnell wir ziehen können. Erst soll Rieke sich hinstellen und überlegen, wo sie die Waffe am besten verstaut. Ich könnte eine Tasche nehmen, schlägt sie vor. Ein Handtäschchen oder was?! höhnt Leander. Na, wo steckt man sich denn so was sonst hin? fragt Rieke und probiert ihren Hosenbund aus. Sie stellt sich breitbeinig in Positur und grinst uns an. Da ihr ohnehin textilarmes Spaghettiträgerhemd gerade mal so den Bauchnabel bedeckt, also eine Handbreit Haut zu sehen ist, ist dies nicht gerade ein unauffälliger Aufbewahrungsort für die Pistole, deren Griff in Gänze hervorguckt. Okay, sagt Rieke in unsere skeptischen Gesichter, ich würd mir logischerweise was anderes anziehen. Natürlich sieht sie umwerfend aus, extrem erotisch, Lara Croft und Tank Girl in Multiplikation. Nur kann ich ihr das jetzt nicht sagen, nicht in Gegenwart von Leander. Dabei findet der Rieke doch bestimmt genauso sexy. Trotzdem stimmt er Rieke zu. Hauptsache nicht auffallen, sagt er ihr, und jetzt üb, zu ziehen und gleichzeitig zu zielen. Rieke tut dies mehrmals hintereinander, jedesmal sehr flink und vor allem äußerst elegant. Ich würde mich ihr sofort ergeben, wenn nicht der Volkmann dabeisäße. Deshalb reicht Rieke die Waffe an mich weiter. Meine Hose ist zu eng, wenn ich das Ding vorne reinquetsche, kann ich nicht mehr richtig atmen. Die beiden lachen. Dann steck's dir doch ins Hohlkreuz, schlägt Leander vor, du mußt nur wissen, wie du es dort schnell rauskriegst. Hinten ist tatsächlich mehr Platz. Anfangs habe ich Probleme, eine gute Armbewegung hinzubekommen, aber nach ein paar Anläufen geht's, auch wenn es längst nicht so elegant ausschauen dürfte wie bei Rieke. Und jetzt du! Ich halte Leander das Ding hin, doch er schüttelt den Kopf. Nicht nötig, ich kann das. Statt dessen schlägt er vor, den Fernseher anzuschalten, heute soll schließlich die Discovery zur Erde zurückkehren, und noch weiß keiner, ob sie das unbeschadet tun wird. Allerdings sind wir zu spät dran. Die Landung ist längst erfolgt, ganz ohne Zwischenfall.

NOCH SPÄTER kaufen wir ein, wir müssen schließlich bei Kräften bleiben, wobei Rieke diese Formulierung wohl eher witzig gemeint hat. Leander war der Meinung, es wäre besser, wenn nur einer von uns zum nächsten Supermarkt fahre, dann fallen wir nicht auf. Dabei sah er mich an, das kam mir jedenfalls so vor, aber ich bin nicht darauf eingegangen. Und als Rieke schließlich sagte, na gut, dann mache ich das, wollten wir beide sie begleiten. Rieke hat sich sogar was anderes angezogen; mein Karohemd ist groß und unförmig genug, um ihre weiblichen Reize zu verschleiern. Die Tageslosung lautet: Prima Leben Und Sparen. Leander murrt, weil es hier Wurst, Käse und Brot nur eingeschweißt gibt. Und das Gemüse sieht auch nicht optimal aus. Ich bestehe auf Bier, nein, ich will mich nicht betrinken, muß ich mich jetzt rechtfertigen, Leander? Bier gehört irgendwie dazu, sage ich. Rieke ist auf meiner Seite. Wir kaufen eine Packung Bratwürste, mariniertes Grillfleisch und Holzkohle, Ketchup und karibischen Salat, das ist ein orangefarbener Krautsalat mit Mais, das sieht irgendwie lustig aus, finde ich, und Rieke ist sich nicht sicher, ob es in dem Haus überhaupt einen Grill gibt. Aber Pfannen habt ihr, oder? fragt Leander. Ich frage Leander, ob wir die Briketts dann auch braten werden, doch er antwortet nicht.

Als wir den Laden verlassen, stellen wir fest, daß sich direkt daneben eine Fleischerei und ein Bäcker befinden. Leander will sofort dorthin, Rieke wirft ihm Verschwendung vor, und er gibt klein bei. Würde es kein Autoradio geben, müßten wir uns auf der Rückfahrt anschweigen, jetzt können wir wenigstens Musik hören. Allerdings bin ich mir bei der CD, die Leander eingeschoben hat, nicht sicher, ob mir pures Schweigen nicht lieber wäre. Wenigstens treibt die Musik Leander zu überhöhter Geschwindigkeit an. Nur nicht auffallen! möchte ich sagen, doch erstens würde er mich von hier hinten nicht verstehen, zweitens fällt man meistens erst recht auf, wenn man dies vermeiden will, und drittens will ich nicht so sein wie Leander.

Zurück beim Haus berührt mich Rieke viel häufiger als in den vielen Stunden davor, und sobald ich sie angukke, lächelt sie, wir küssen uns, und als die Einkäufe im Kühlschrank verstaut sind, folge ich ihrem Zwinkern ins Schlafzimmer. Dort knutschen wir heftig und gehen uns gegenseitig an die Wäsche. Als ich ihr das Hemd über den Kopf streife, sehe ich in ihrem Hosenbund die Knarre stekken. Man weiß nie, sagt Rieke und grinst unverschämt. Ich würde mich gern darüber aufregen, wie leichtsinnig das ist, doch bin ich viel zu sehr erregt, auch wegen der Waffe. Wir entkleiden uns nicht mal vollständig, schon um Leander nicht warten zu lassen, Rieke beißt sich in den Unterarm, und alles ist wieder gut.

Kurz darauf sind wir wieder draußen. Leander rumpelt im Schuppen herum. Ich kann keinen Grill finden, ruft er uns zu. Und als wir näher bei ihm sind und ihm durch die Tür dabei zuschauen, wie er weiteres Gerümpel zur Seite rückt, fragt er, wo wir denn gesteckt hätten. Rieke guckt mich an wie einen Mitverschwörer, dann sagt sie, daß sie mal nach 'ner Pfanne gucken will.

Später sitzen wir vor dem Haus und essen Bratwürste und karibischen Salat. Dazu trinken wir Bier, auch Leander. Ein Festessen! Eine schwarze Katze schleicht heran Zielstrebig steuert sie zwei an der Hauswand stehende Blechnäpfe an, wendet sich aber schnell wieder von ihnen ab, bestimmt, weil sie leer sind. Jetzt beobachtet die Katze uns, argwöhnisch, wie mir scheint. Ach, sagt Rieke, ich soll dem Vieh ja Futter geben, sie steht auf, seit Oma und Opa hier nicht mehr wohnen, ist das schöne Katzenleben vorbei. Die Hoffnung stirbt wohl erst nach sieben Leben, sagt Leander. Als Rieke ins Haus geht, will ihr die Katze folgen, läßt sich jedoch mit einer schnellen Bewegung auf Abstand scheuchen. Mit angewidertem Gesichtsausdruck schaufelt Rieke dann eine Dosenfüllung Katzenfutter in einen der Blechnäpfe. Sofort faßt das Tier Vertrauen und fängt an zu fressen, noch bevor Rieke fertig ist mit dem Auftun. Daß die Viecher das mögen, bei dem Geruch! sagt sie und steht auf. Sind halt wilde Tiere, sage ich. Wilde Tiere! Leander lacht meckernd, aber nach Konservendosenfraß verlangen! Rieke grinst. Wo doch immer behauptet wird, sagt sie, daß Katzen so edle Tiere sind. Na ja, sie drückt die Dose zusammen, ich hole uns mal neues Bier.

Eins ist natürlich klar, sagt Leander etwas später, während er den Joint im Ascher ausdrückt, das, was wir hier machen, kann nur der Anfang sein. Aber was für ein Anfang! sagt Rieke und wirkt dabei ein bißchen zu pathetisch. Ich sage nichts. Leander redet vom Ende der Demokratie. Letztlich ist es doch scheißegal, wen wir erschießen, sagt er, korrupt sind sie alle. Rieke pult an dem Etikett ihrer Bierflasche. Ein Zeichen müssen wir setzen, sagt sie, das ist die Hauptsache. Ich wage zu fragen, wieso ausgerechnet unser Zeichen erkannt werden sollte. Die beiden gucken mich an, als sei mein Zweifel total unangebracht. Versteht mich nicht falsch, sage ich, weil ich keine Lust auf eine Grundsatzdiskussion habe, aber Leander würgt mir jede weitere Erklärungsmöglichkeit ab. Er sagt, es sei echt wichtig, daß ich von der Sache voll und ganz überzeugt bin. Dagegen hat er doch gar nichts gesagt, kommt mir Rieke zur Hilfe. Unterm Tisch greift sie sogar nach meinem Bein. Ich frage mich ja nur, sage ich, wie realistisch unser Kampf eigentlich ist. Die Betonung habe ich auf das ›Unser‹ gelegt, obwohl ich ja eher am Realismus zweifle. Leanders Gesichtsausdruck wirkt, als suche seine Zunge zwischen den Zähnen nach Speiseresten. Dann nickt er leicht. Revolution, sagt er, hat viel mit Phantasie zu tun; ohne die geht es nicht. Darüber würde ich gerne lachen. Doch das unterdrücke ich genauso wie die Bemerkung, ob er denkt, daß Revolutionen an der Wirklichkeit scheitern. Dafür fragt mich Rieke, woher meine plötzliche Sucht nach Realität komme. Hast du nicht immer die Arroganz gegen die Wirklichkeit gepredigt, Bast? Jetzt muß ich doch lachen. Ja, das habe ich, gebe ich zu, aber Arroganz bedeutet doch nicht, etwas zu leugnen. Leander schaut zweifelnd drein. Klar, sagt er und erhebt sich. Laßt uns lieber schlafen gehen, morgen beginnt für uns die Vorstufe zur Realität. Als er ins Haus gegangen ist, beugt sich Rieke zu mir, und wir knutschen. Zum Glück bist du echt, sagt sie, und ihre Hand ruht noch immer auf meinem Oberschenkel. Und irgendwo dahinten schabt eine Maschine an der Erde.

Später, als ich vom Bad ins Schlafzimmer trete, liegt Rieke, nur noch in Unterwäsche und mit dem Rücken zur Tür, auf dem Bett und ist mit irgend etwas beschäftigt. Sie reagiert gar nicht auf mein Hereinkommen, und ich krieche über die Matratze zu ihr, küsse ihren Nacken, berühre ihre Hüften. Erst jetzt bewegt sich ihr Körper, sie wendet mir den Kopf zu, wir küssen uns, schmiegen uns aneinander, da bemerke ich, daß sie die Pistole in der Hand hält. Was soll das denn? frage ich. Rieke lächelte mich an, nimmt dann meine linke Hand und löst sie behutsam von ihrer Hüfte und führt sie zu der Waffe. Unsere Finger treffen sich am Griff und am Abzug, verschränken sich ineinander. Schulter an Schulter liegen unsere Körper halbverknäult halb auf dem Rücken, und Rieke streckt ihren Arm und damit auch meinen aus, die Knarre zielt nun Richtung Deckenlampe. Peng, flüstert Rieke, das ist unser gemeinsamer Kampf. Sie knabbert mir am Ohrläppchen. Ich muß kichern, nicht wegen des Versprechens, sondern weil ich ein wenig kitzlig bin. Dann geben unsere Arme nach, die von uns umfaßte Pistole ist jetzt dicht vor unseren Augen. Was für eine Schönheit du bist, gurrt Rieke, doch meint sie die Waffe, nicht mich, ich löse meine Hand, und auch Rieke läßt ab vom Griff, jetzt pendelt das Ding an ihrem gestreckten Zeigefinger. So harmlos, sage ich. Und banal, sagt Rieke. Ich fasse mit Zeigefinger und Daumen nach dem Lauf, lasse meine Finger daran entlangrutschen. Aber kalt, sage ich. Sie schläft nur, sagt Rieke und läßt das Ding von ihrem Finger gleiten und so auf ihren Bauch plumpsen. Sie zuckt unmerklich zusammen.

Nicht viel später bin ich zwischen Rieke, über ihr, in ihr, ihre Beine auf meinen Schultern, wir keuchen, wir zeigen uns Zähne, die Pistole von Andreas Baader wackelt auf Riekes Bauch, bis sie schließlich aufs Laken rutscht. Über Riekes Gesicht huscht ein Lächeln, sie greift nach der Knarre und richtet sie auf meinen Mund, ich schnappe danach und sauge am Lauf, während ich mich in Rieke ergieße. Vor Erregung läßt sie die Waffe sinken und windet sich, stößt mich von sich, kaum daß ich fertig bin.

AM MORGEN liegen wir dicht beieinander. Wir sind jung. Jung, aber nicht so jung, um nicht ernst genommen zu werden, theoretisch. Andere in unserem Alter arbeiten schon seit zehn Jahren oder haben einen Universitätsabschluß in der Tasche oder ein Aktiendepot auf der Bank oder wenigstens Kinder und einen Bausparvertrag. Das ist gut, das ist schön für sie, und manchmal beneiden wir sie sogar darum, wenn auch nur in besonders trüben Stunden unseres Daseins. Wir sind schließlich jung, jedenfalls einigermaßen, wir haben immerhin bereits so etwas wie einen Charakter, hoffentlich. Wir wissen, was wir mögen, was uns bekommt und was wir besser meiden sollten. Wir verschwenden unsere Zeit, weil wir doch noch so viel davon haben. Wir werden immer älter, das hat sogar der Bundespräsident persönlich gesagt, ich habe das Parlament aufgelöst, und wir werden immer älter, nur nicht unsere Kinder, weil es die gar nicht gibt, kann sich schließlich keiner mehr leisten bei der wenigen Liebe, die noch in der Luft liegt. Ich aber, ich liebe Rieke. Meistens jedenfalls. Ich liebe sie, wenn sie mit der Pistole in der Hand dasteht und irgendwo hinguckt, in ein Nirgendwo vielleicht, wo sie das Opfer ihrer Lethargie vermutet. Ich will das nicht sein. Ich will noch lange für Rieke sein. Ich will eine Zukunft mit ihr haben, eine Zukunft, die wir beide noch gar nicht gedacht haben, wir könnten doch so alt werden. Manchmal bekomme ich Angst davor. Was ist, wenn ich alt werde, und niemand wird das mit mir zusammen? Ich will nicht alt werden. Nicht dann. Nur fehlte es mir in diesem Fall an Zeit. An der Zeit, die ich mit Revoluzzerspielen hier im Haus von Riekes Großeltern verbringe. Es klopft an die Zimmertür. Wie wär's mal mit aufstehen? ruft Leander durchs Holz. Er ist es, der meine Zeit verschwendet. Ohne Leander wäre es einfach nur Liebe, was ich hier mache, im Bett liegen, dabei zugucken, wie Rieke langsam erwacht, darauf warten, bis sie auch mit ihren Gedanken wieder hier ist. Auf Rieke warte ich gerne. Morgen, Süßer, sagt sie mit halboffenen Augen. Na du, sage ich.

NACH DEM FRÜHSTÜCK bereiten wir auf der Wiese hinterm Haus erste Schießübungen vor. Rieke hat beschlossen, daß übermäßige Vorsicht Quatsch ist. Bringt ja nichts, wenn wir im Ernstfall danebenschießen, hat sie gesagt, als Leander erste Laute des Protests von sich gab. Außerdem fielen die paar Schüsse bei dem Grunddröhnen schon nicht auf. Dann hat sie eine Zielscheibe gemalt, die sie nun auf ein Brett nagelt, das sie, wie auch Nägel und Hammer, aus dem Schuppen geholt hat. Leander zielt mit der Knarre probeweise auf Vögel, was total lächerlich aussieht, aber wir sind ja nicht zum Lachen hier. Auch wenn der Ernstfall noch nicht eingetreten ist, wie ein Spaßfall wirkt das alles wirklich nicht, dafür machen wir zu ernste Gesichter. Okay, sagt Rieke, dann fang doch mal an, Leander. Nein, sagt Leander, ladies first. Er reicht ihr die Pistole. Ich dachte, sagte Rieke, du zeigst uns, wie es geht. Doch Leander streckt ihr die Waffe entgegen, den Arm hat er ganz durchgedrückt. Von mir aus, sagt Rieke und nimmt ihm das Ding ab. Sie stellt sich breitbeinig hin und richtet die Pistole auf die Zielscheibe. Nein, sagt Leander, du mußt sie erst ziehen. Rieke läßt ihren Waffenarm sinken. Warum das denn? Sie wirkt genervt. Ziehen und Schießen muß zu einem einzigen Bewegungsablauf werden, sagt Leander, dein Körper muß darauf programmiert sein abzufeuern, sobald du ziehst. Mich bringt das zum Lachen. Ganz schön komisch, was? Leander sieht mich ärgerlich an. Sorry, sage ich, ich hab nur gerade gedacht, was los ist, wenn das auch zu Hause passiert. Leander sieht mich verständnislos an. Aha, sagt er und bekommt nicht mit, daß Rieke mich angrinst, sich dann aber sofort auf die Unterlippe beißt. Sie steckt sich die Pistole in die Hose, hält einen Moment lang inne und will dann ziehen. Halt, warte, sagt Leander. Was denn jetzt? murrt Rieke. Ich überlege gerade, sagt Leander so langsam, als würde er es wirklich gerade erst denken, ob du im Laufen ziehen solltest. Laß sie doch erst mal schießen, sage ich. Leander guckt so, als habe er nicht mit meinem Widerspruch gerechnet. Ich finde auch, sagt Rieke, das andere üben wir nachher. Von mir aus, sagt Leander und klingt dabei wie ein Lehrer, der seine Schüler Fehler machen läßt, damit sie selber herausfinden, was er ihnen auch gleich hätte sagen können. Rieke zieht - elegant wie erwartet - die Pistole und zielt. Pardon, sagt Leander. Ja? Rieke sieht aus, als müßte sie gleich loslachen. Doch wie auch ich versucht sie, das zu unterdrücken. Wobei Leanders Anregung, die Waffe lieber mit beiden Händen zu halten, sogar mir einleuchtet. Im Film machen sie das genauso. Rieke nickt nur und versucht erneut, diesmal beidhändig, das erste Mal abzudrücken. Doch jetzt stellt sich Leander direkt hinter sie, ich könnte da direkt eifersüchtig werden. Du mußt die Wumme von unten nach oben führen, sagt er mit einem irgendwie anzüglichen Ton in der Stimme, während er seine Hände auf Riekes Oberarme legt, so kannst du besser anvisieren und abdrücken. Von Leander gelenkt, befolgt sie diese Anweisung. Dann fragt sie: Darf ich jetzt schießen? Ja, sagt er, klar! Verzögert versteht er und läßt sie los. Peng. Der Schuß läßt Rieke wanken. Schnellen Schrittes beeile ich mich, das Ergebnis verkünden zu können. Volltreffer! rufe ich, jedenfalls fast ins Schwarze. Ein Naturtalent! Leander klopft Rieke auf die Schulter. Da seht ihr mal! freut sie sich und ruft: Zur Seite, Bast. Kaum hab ich die Schußbahn einigermaßen verlassen, knallt es erneut. Dieser Schuß erreicht allerdings nur den äußersten Ring. Guck doch nicht immer gleich nach, sagt sie, ich möchte mal richtig drauflosballern. Sie streckt die Arme mit der Waffe erneut aus. Für einen Moment ist mir, als zielte sie auf mich. Leander mißfällt Riekes Wortwahl. Wir ballern hier nicht, sagt er, uns geht es um gezieltes Töten, alte Jägerregel: Wir schießen auf Lebewesen, da sollte gleich der erste Schuß tödlich sein. Rieke sagt nichts, sie starrt nur auf die Zielscheibe. Ich habe mich längst in Sicherheit gebracht, und sie drückt erneut ab. Ihr Körper bewegt sich kaum, den Rückstoß hat sie gut aufgefangen. Dann drückt sie noch mal ab und noch mal und noch mal und noch mal, und schließlich, so als sei sie aus dem Rhythmus geraten, mit ein, zwei Sekunden Verzögerung, folgt die siebte Kugel. Rieke bleibt stehen, unbeeindruckt von der Wucht der Waffe, die sie weiterhin von sich gestreckt hält, recht lange, vielleicht kommt es mir auch nur so ewig vor, das Dröhnen der Schüsse hallt nach, im Garten oder bloß in meinem Kopf, Leander schaut mit aufgerissenen Augen zu ihr, genauso wie ich, wie in Zeitlupe scheint sie die Pistole zu senken, keine Ahnung, ob vorne Rauch rauskommt, ich stehe zu weit entfernt. Ich sagte doch, sagt Leander. Guck doch mal nach, unterbricht Rieke ihn und nickt mir zu. Ich gehe zur Zielscheibe. Eigentlich ist Schießen eine seltsame Art der Gewaltausübung. Wäre da nicht der Knall, man bekäme die Konsequenz des Abdrückens überhaupt nicht mit. Und auch die Entfernung muß erst erlaufen werden. Jetzt bin ich bei der Zielscheibe. Außer der zweiten stekken alle Kugeln nahe der Mitte, eine sogar exakt auf dem Punkt. Du bist echt ein Naturtalent! rufe ich, und Rieke reckt die Arme, springt in die Luft und läuft dann zu mir, um das Ergebnis selbst zu begutachten. Leander folgt langsam nach.

Als sich Riekes Überschwang gelegt hat, nimmt er ihr die Waffe ab und reicht sie an mich weiter. Nee, sage ich, das bringt doch nichts. Rieke verdreht die Augen, und Leander sagt, ich solle mich nicht immer so zieren. Ich ziere mich nicht, sage ich, aber ihr macht das doch, also den Mord, ich würde doch bloß Munition verballern. Rieke streicht über meinen Arm. Probier's doch wenigstens mal, Bast, macht echt Spaß. Leander will was sagen, schluckt es aber fast sichtbar herunter und sagt dann: Sebastian, das hatten wir doch schon, wir müssen auf alle Eventualitäten gefaßt sein! Er sieht mich an, als befänden wir uns mitten in einer dieser Eventualitäten. Wenn Rieke und ich verhaftet werden, sagt er, dann mußt du ran, und du hast doch selber. Er beendet den Satz gar nicht, ich aber nicke betroffen. Erst mit Verzögerung erfaßt mein Blick Riekes Gesicht. Das sieht irgendwie betroffen aus, nur kurz, dann holt sie das Tabaktäschchen aus der Hosentasche, um sich eine zu drehen. Ich frage mich, ob sie verdrängt hat, welche Konsequenzen unser Tun haben wird. Ich muß das ansprechen. Nur nicht jetzt. Dafür ist sie gerade allzu begeistert bei der Sache. Und Leander steht immer noch mit der Pistole vor mir. Na gut, sage ich. Da bimmelt mein Handy. Leander zuckt zusammen, und die Zigarette in Riekes Hand wird zu einer unvollendeten. Auf dem Display sehe ich, daß Luzie anruft. Als hätte sie geahnt, wie gut ich eine Unterbrechung gebrauchen kann. Sorry, sage ich, schieß du doch erst mal, Leander! Ich ernte einen grimmigen Blick, damit kann ich leben. Und so entferne ich mich, während ich auf die grüne Hörertaste drücke. Hi, alles okay? frage ich. Ja, hi! sagt Luzies Stimme, ich hoffe, du hast die seltsame Party verkraftet. Ich lache auf, daran hatte ich gar nicht mehr gedacht, diese Guerillaspielchen haben die Wirklichkeit beinahe ganz aus meinem Denken verdrängt. Ja klar, sage ich, war doch nett, schließlich warst du dabei. Der Nachsatz überrascht mich selber, aber bei Luzie wirkt er. Sie sagt, sie hätte schon befürchtet, ich wolle nun nichts mehr von ihr wissen. Nein, im Gegenteil, sage ich, diese Party hat dich nur noch interessanter gemacht. Oje, durchfährt es mich, was ist mir denn da gerade rausgerutscht?! Doch dann höre ich Luzies Lachen. Sie fragt, ob ich heute schon was vorhätte. Nein, ich bin. Da unterbricht mich ein Schuß. Leander hat tatsächlich die Pistole in den Händen. Und schießt gleich noch mal. Was ist denn bei dir los? fragt Luzie. Ach nichts, sage ich, bloß eine kleine Schießerei. Lustig! sagt Luzie. Sie lacht schon wieder und fragt: Bei dir zu Hause? Nein, nein, sage ich, ich bin für ein paar Tage weggefahren. Luzie sagt: Ach so. Und ich bin mir nicht sicher, ob das gerade enttäuscht geklungen hat. Wo denn? fragt sie, London oder Bagdad? Jetzt lache ich. Nein, Cottbus, hartes Pflaster. Rieke steht neben mir. Ich habe sie nicht kommen gehört. Sie sieht irgendwie böse aus. Du, sage ich zu Luzie, ich melde mich, wenn ich wieder in Berlin bin. Okay, sagt sie, ich hoffe, du kommst da lebend raus! Sie lacht. Ich frage: Wieso? Und verstehe dann doch noch. Ach so, sage ich, ja, mach ich, bis bald, tschüß! Luzie sagt auch ›Tschüß‹. Ich beende die Verbindung. Wer war das? fragte Rieke streng. Leander steht nun auch bei uns. Wer weiß, daß wir hier sind? fragt er. Das ist mein Handy! Ich zeige ihnen mein Handy. Da ist egal, wo ich bin, sage ich, außerdem hab ich doch allen gesagt, daß ich mit Rieke ein paar Tage hierherfahre. Was hast du? Leander ist außer sich. Na, das sollte ich doch! sage ich. Ich kann die Aufregung nicht verstehen. Rieke gibt Entwarnung. Ja klar, sagt sie, aber wer war's denn? Ich versuche so gleichgültig wie möglich zu wirken. Nur 'n Kommilitone, sage ich. Seit wann rufen dich Kommilitonen an? fragt Rieke und hat mit dem Einwand nicht ganz unrecht bei meinem Studienverhalten. Passiert schon mal, sage ich. Und warum hast du ihm von Cottbus erzählt? fragt Rieke. Ach, sage ich, nur daß ich da in der Gegend bin. Soso, sagt Leander, ganz schön leichtsinnig, wir machen hier doch keine Ferien! Er wirkt ärgerlich, fragt, warum mein Telefon überhaupt an ist, wo mir doch klar sein sollte, daß sie Handysignale orten können. Sie! Er unterstreicht das Wort mit einer dramatischen Geste. Mensch, sage ich, das war ein ganz normaler Student. Doch Leander winkt schlaff ab. Hat doch damit nichts zu tun, sagt er, außerdem: würdest du deine Hand für ihn ins Feuer legen, daß er dich nicht verraten würde? Er schaut mich scharf an. Ich finde die Situation etwas absurd, wage dennoch nicht zu lachen. Ich blicke zu Rieke, die aber guckt nur starr zurück. Nein, sage ich dann, ich kenne den doch kaum. Leander fühlt sich offenbar bestätigt. Schließlich hätte ich dem Anrufer von Cottbus erzählt. Ja, sage ich gereizt. Ich ärgere mich, weil ich eigentlich keine Lust habe, mich zu rechtfertigen. Und vielleicht auch, weil ich mich außerstande sah, Luzies Namen zu nennen. Dabei ist doch gar nichts zwischen ihr und mir. Schon, sage ich, bloß Cottbus liegt hier nicht mal um die Ecke. Leander schüttelt den Kopf: Die Richtung stimmt sehr wohl! Es hat keinen Zweck, sich auf eine Diskussion einzulassen, denke ich. Und sowieso, sage ich, wenn sich jemand auffällig verhalten hat, dann doch du, weil du geschossen hast, während ich telefoniert habe. Leander guckt betroffen, reagiert aber ungehalten: Was mußt du auch telefonieren? Ich hole tief Luft. Hat er eigentlich getroffen? frage ich Rieke, um das Thema zu wechseln. Ja super, sagt Rieke, einmal Volltreffer und einmal dicht daneben. Doch so wie sie mir dabei zuzwinkert, beschließe ich, es nicht zu glauben. Dennoch lobe ich Leander. Ganz toll, Leander! Er scheint Zuspruch nötig zu haben, denn immerhin lächelt er jetzt. Laßt uns erst mal 'ne Pause machen, sagt er, nach dem ganzen Streß. Gute Idee, sagt Rieke. Und etwas leiser zu mir: Mach mal lieber dein Handy aus, man weiß ja nie. Sie bleibt stehen, guckt mich an, und ich gebe ihr einen Kuß.

ABENDS sitzen wir vorm Haus und essen die Reste vom Vortag. Zu reden scheint es nicht viel zu geben. Vielleicht denkt Leander noch immer darüber nach, daß ich vorhin absichtlich so schlecht gezielt haben könnte, um zu zeigen, daß meine Schießübungen lediglich die Munition verschwenden, das aber habe ich wirklich nicht. Ganz gerne hätte ich Rieke nämlich ein wenig beeindruckt, bin wohl bloß nicht geeignet für derartige Manöver. Trotzdem hätte ich gut darauf verzichten können, von Leander angeranzt zu werden. Ich konnte mir gerade noch verkneifen, ihm an den Kopf zu werfen, daß er am Vormittag auch nicht besser war als ich und Rieke lediglich der Stimmung wegen ungenau auf die Zielscheibe geschaut hat. Den Beweis dafür hatte ich ohnehin gemeinsam mit ihr beseitigt, indem wir ein frisches Blatt Papier aufs Brett geklemmt haben. Und dann das. Ich solle mich zusammenreißen, mir mehr Mühe geben, wir seien schließlich in einem Trainingscamp, blabla. Jetzt mußte ich mich wirklich zusammenreißen und schmiß dem Blödmann, dem blöden Volkmann seine blöde Pistole vor die Füße, was ihn nur wütender machte. Du Idiot, sei doch vorsichtig, hat er geschrien, das ist doch! Ja, meine Güte, das ist die beschissene Knarre von Andreas Baader. Wenn sie es denn überhaupt ist. Ich hab's mir erspart, letzteres laut auszusprechen, und mich lieber ins Haus verzogen, mich auf das Bett gelegt, während die beiden anderen noch eine Weile herumgeknallt haben, wohl auch mit Anlauf und all dem Gartenguerillaquatsch. Wenn's sie denn glücklich macht! In Gegenwart ihres zukünftigen Opfers, auf das sie sich ja noch nicht einmal geeinigt haben, werden sie sich sowieso nicht trauen zu ziehen. Und wenn doch, dann wird ihnen irgendwer das Ding bestimmt aus der Hand schlagen, bevor sie auch nur entsichert haben. Jetzt also sitzen wir hier, schweigend, und fressen den Ärger in uns hinein. Rieke versucht allerdings, durch fortgesetztes Füßeln meine Aufmerksamkeit zu erregen. Als ich sie endlich angucke, huscht ein heimliches Lächeln über ihr Gesicht, das ich selbstverständlich erwidere. Ich bin zwar auch auf sie ein bißchen sauer, daß Leander hier ist, hätte wirklich nicht sein müssen, aber verderben will ich es mir nun doch nicht mit ihr, wahrscheinlich wartet er nur auf solch eine Gelegenheit. Ich schaue kurz zu ihm, erspare mir aber jeden Laut, der ein Gespräch eröffnen könnte. Leander guckt mich beleidigt an und beschmiert dann seine Schnitte weiter dick mit Butter. Und so einer will Geschichte machen, denke ich, auf daß die Welt diese Wahlen nie vergißt! Der elfte September ist ja auch erstaunlich präsent geblieben in unseren privaten Erinnerungen. Wir können unsere Biographien mit dem Anschlag abgleichen, ohne eigentlich davon betroffen zu sein. Es war ein Anschlag auf die Werte des Westens, heißt es. Aber richtet sich nicht jede Gewalttat gegen unsere Werte? Wir reden immer von westlichen Werten, als müßten wir sie von den östlichen abgrenzen. Strenggenommen ist jede neue Filiale von Starbucks oder H&M, die in einer deutschen Fußgängerzone aufmacht, ebenfalls ein Angriff auf die hiesigen Werte, weil das den Kleinstädten stückchenweise die Individualität raubt. Überall sieht es gleich aus. Eine Welt für alle. Leander stopft sich sein Schinkenbrot in den großen Mund, Rieke rührt gelangweilt in ihrer Teetasse; wenn das der Kanzler sehen könnte! So sehen Ihre Mörder aus, Herr Schröder, wir habe sogar schon Schießen geübt, für uns sind Sie bereits quasi schon tot. Es sei denn, wir entscheiden uns noch einmal um. Unsere Realität läßt sich beliebig oft wiederholen. Dieser schleichenden Fiktionalisierung gilt es standzuhalten. Das funktioniert nur durch die individuelle Fortsetzung der Fiktion. Wir müssen unsere ganz persönliche Wut einpassen in das Konstrukt der Realität, das uns die scheinbar objektiven, in Wirklichkeit aus vorgefertigten Meinungen zusammengesetzten Medien servieren, unermüdlich, auch wenn wir offline sind, ohne Empfang, selbst jetzt, da ich an meinem Käsebrot kaue, dem die Gestrigkeit anzumerken ist. Für einen Moment habe ich

Leanders grimmiges Gesicht vergessen und sogar die aufmunternden Blicke Riekes. Das Brot in meinem Mund wird zu einem Batzen, der mir im Hals steckenzubleiben droht. Dabei war dieses Brot gestern noch frisch und vorgestern nur als Idee vorhanden, als Vorhaben, als Produktionssoll, wobei es egal war, welches Brot dort gebacken wird, weil ja objektiv gesehen Brote mit der gleichen Rezeptur immer gleich sind und vermutlich nicht mal subjektiv voneinander unterschieden werden können. Nur ihr Herstellungsdatum macht sie unterscheidbar. Brot altert extrem. Selbst wenn man davon ausgehen könnte, daß jedes Brot exakt gleich schmeckt, riecht und aussieht, merkt man ihm doch alle Stunden an, die es nicht gegessen worden ist. Vergängliches läßt sich nicht auffrischen, wir können mehr Butter draufschmieren, dickere Käsescheiben und vielleicht noch Salami drüberlegen, um das Mürbe im Mund weniger zu spüren, aber damit verdrängen und verdecken wir lediglich die Wahrheit. Eine wirkliche Verbesserung erreicht der Esser nur, wenn er neues Brot nimmt. Eine Nachhaltigkeit läßt sich so niemals erreichen. Das ist lediglich ein Austausch von Ressourcen, der erstens dazu führt, daß die Altlasten zunehmen, zweitens läßt sich das Problem nicht aufhalten. Die übriggebliebenen Brotscheiben werden schon bei der nächsten Mahlzeit wieder trokken sein. Die Scheibe, deren letztes Stück ich mir nun in den Mund stecke, ist ja jetzt schon weniger lecker als sie das gestern war. Was für die eben aufgegessene Stulle zwar nicht mehr gilt, aber zum Problem des restlichen Brotes wird, immerhin liegt noch ein halber Laib auf dem Tisch. Es wird immer trockener und schließlich verschimmeln. Willst du noch was? Riekes Frage reißt mich aus den Gedanken. Ich hätte so geguckt, sagt sie. Danke nein! sage ich. Rieke beginnt damit, Käse und Wurst zurück in ihre Verpackungen zu schieben, während Leander Materialien zum Bau eines Verdauungsjoints vor sich ausbreitet. Als ich mich erhebe, sagt er plötzlich: Wir dürfen niemandem etwas davon sagen. Ich halte inne. Wovon? frage ich und denke an das Brot. Er guckt mich an, als sei ich ein wenig dämlich. Ist dir der Ernst der Lage immer noch nicht bewußt? Kopfschüttelnd verteilt er Tabak auf seinem Paper. Doch natürlich! sage ich schnell und staple dann das Geschirr aufeinander. Ich rede mit niemandem darüber, sage ich. Auch nicht Meier, ja? Jetzt bröselt Leander Dope über den Tabak. Natürlich nicht, sage ich, er weiß nicht mal, daß wir hier sind. Schon auf dem Weg zum Haus, drehe ich mich noch einmal um, sage: Meier ist doch eigentlich auf unserer Seite, er spürt doch genauso, daß etwas getan werden muß. Micha ist ein Schwätzer, sagt Leander, ohne aufzuschauen, und Rieke nickt nur Richtung Küche. Ich schlucke jede Erwiderung herunter und gehe hinein. Rieke folgt mir, packt ein paar Dinge in den Kühlschrank, während ich das Geschirr abspüle. Sie nähert sich mir, umfaßt meinen Bauch und legt ihren Kopf auf meinen Rücken. Er ist ein bißchen gereizt, flüstert sie, du kennst ihn ja. Ja, sage ich und drehe mich um. Woran hast du eben gedacht? fragt Rieke. Was meinst du? frage ich, beim Abwasch? Rieke schüttelt den Kopf, sagt, ich hätte beim Essen total abwesend gewirkt. Ich hab über trockenes Brot nachgedacht, sage ich. Wir sollten morgen neues kaufen, sagt Rieke und lacht ein wenig. Aber du hast noch an was anderes gedacht, sagt sie dann, das hab ich dir angesehen. Soso, sage ich, du hast mir angesehen, daß ich an nichts gedacht habe?! Rieke sagt, das glaube sie mir nicht. Du hast so ernst geguckt, Bast, hast du ein Problem mit der Sache hier? So wie sie das sagt, so wie sie mich anguckt, so wie wir hier stehen, halbwegs umarmt und unsere Beine miteinander verschränkt, bin ich kurz davor, ihr zu sagen, wie wenig ich von diesen Spielchen hier halte, aber das will sie bestimmt nicht hören. Ich habe bloß über die grassierende Lethargie nachgedacht, sage ich. Gegen die richtet sich doch auch unser Kampf, sagt Rieke. Ich bin mir da nicht so sicher, sage ich, Wut und die Lähmung der Leute, das paßt irgendwie nicht zusammen. Rieke löst sich von mir und zapft sich ein Glas Leitungswasser. Sie sagt, das sind Konstanten unserer Existenz, verstehst du? Sie trinkt einen Schluck und sagt: Wir leben in einem Vakuum, an dem die von den Medien suggerierte Fülle und Vielfalt abprallen muß, weil die Leere in uns bereits zu viel Raum eingenommen hat. Sie guckt mich stolz an, wahrscheinlich weiß sie, daß ich solche Sätze mag. Und welche Lehren ziehen wir aus dieser Leere? frage ich. Rieke grinst. Auch ich weiß, welche Art von Formulierungen ihr gefällt. Da kommt Leander herein. Störe ich? fragt er und bietet uns seinen halb aufgerauchten Joint an. Rieke nimmt ihn dankend entgegen. Wir unterhalten uns bloß über das Mehr an Möglichkeiten, Mehr mit ›h‹, sagt sie beim Rauchausatmen, das Mehr, das uns zu überschwemmen droht mit geschmackloser Leere. Nachdem ich den Joint abgelehnt habe, zieht Rieke ein zweites Mal daran. Wir stoßen uns die Köpfe an einem Wall aus Zeichen, sage ich, der uns davon abhält, auf das zu hören, was in uns dröhnt. Leander nimmt den Joint wieder entgegen und sagt skeptisch: So? Rieke dagegen hat ganz leuchtende Augen. Sie sagt, daß wir uns mit früh festgelegten Illusionen das Glück vorgaukeln. Leander zieht noch einmal am Joint, dann geht er zur Spüle und drückt ihn dort aus. Das ist ästhetisierender Bullshit, den ihr hier faselt, sagt er, Meer an Zeichen, blabla, denkt doch lieber mal aktionistisch! Er öffnet den Kühlschrank. Wollt ihr auch Bier? Wir bejahen. Dann gehen wir wieder vors Haus. Ich aber bin mir nicht sicher, ob ich nicht im Grunde meiner Desillusion glücklich bin, trotz all des vorgegaukelten Unglücks.

WENIG SPÄTER sitzen wir wieder draußen und trinken Bier. Die Katze ist auch wieder da. Und wieder bekommt sie zu essen, natürlich. Doch diesmal hat sie noch jemanden mitgebracht, eine andere Katze, eine kleine Katze, süß wie sonst was. Rieke kriegt sich gar nicht mehr ein. Och, die ist ja! Rieke spricht in ihrer selten gehörten Puppenstimme, mit der wirkt sie extrem niedlich, niedlich wie das Kätzchen selbst. Die nehmen wir mit, ja? freut sich Rieke, doch schafft sie es nicht einmal, das Tier zu streicheln, so scheu ist es, kommt aber immer wieder an, weil es auch extrem neugierig ist. Dazu fiept es hell, miauen kann man das noch nicht nennen. Die mutmaßliche Mutter futtert indes unbeeindruckt aus dem Napf und schaut zwar regelmäßig auf, aber weniger, um nach dem Kind zu gucken. Sie ist auf der Hut vor Feinden, erklärt Leander, den die Anwesenheit des Kätzchenknäuels irgendwie sanfter macht, dabei ist jetzt richtig Trubel auf der Terrasse, weil das Jungtier umherspringt. Momentlang bleibt es stehen und guckt mit großen Augen zu uns. Wirklich putzig! Ich stehe auf, will in die Hocke, um auszuprobieren, ob ich mehr Glück habe beim Versuch, den schwarzen Flausch zu berühren, doch dieser schnellt fiepend ein paar Meter zur Seite, um mich gleich darauf wieder anzuglotzen. Jetzt erhebt sich auch Leander, bemüht sich aber gar nicht erst um Körperkontakt. Statt dessen fragt er Rieke, ob im Haus irgendwo Nähzeug sein könnte. Ich weiß nicht, sagt Rieke, guck mal in der Kammer neben dem Bad, ich glaub, da hab ich was gesehen. Während Leander ins Haus geht, wechseln Rieke und ich erstaunte Blicke, werden aber gleich wieder von dem Kätzchen abgelenkt. Mittlerweile hat dessen Mutter den Napf geleert und trottet quer über die Terrasse, doch den Nachwuchs scheint dies nicht zu kümmern. Wir fremden Menschen sind da interessanter. Leander kommt zurück und wirkt erstaunlich gut gelaunt

Guckt mal! In der Hand hält er einen lilafarbenen Wollrest. Vom Tisch nimmt er sich ein Stück Pappe, wickelt da die Wolle rum, verknotet alles und wirft das Pappende Richtung Kätzchen. Interessiert nähert sich dieses dem neuen Objekt und will es mit einem Pfötchen berühren, als Leander am Faden zieht. Blitzschnell springt das Tier hinterher, aber Leander bewegt sich schneller und wirkt wie ein Tänzer, zu dessen Füßen eine possierliche Jagd stattfindet. Ob die Katze gar nicht merkt, daß sie etwas völlig Wertloses jagt? frage ich. Ach, lacht Leander, der das Tier gerade wieder zu einem gewagten Sprung gebracht hat, ich glaube, das ist ihr egal, sie muß einfach ihrem Instinkt folgen. Rieke fragt, ab wann ein Tier, bei Menschen müßte es aber eigentlich ähnlich sein, begreift, daß etwas lediglich ein Spiel ist. Tja, sagt Leander, die Grenzen sind da wohl fließend; mancher Mensch lernt das nie so recht. Er hält inne und läßt das Kätzchen an die Wolle ran. So 'ne Leute, sagt er, nennt man dann Spielverderber. Will mal einer von euch? Er bietet uns sein Fadenende an. Rieke reckt die Hand danach und kriegt es. Sogleich setzt sie Wolle und Katze wieder in Bewegung. Ich trink noch ein Bier, sagt Leander, ihr auch? Wir auch.

So 'n Pech, sagt Leander, als er aus der Küche zurückkommt, gibt nur noch eins. Er zeigt die Flasche. Teilen? Gerne, sage ich. Rieke ist ganz mit der Katze beschäftigt, sagt, sie brauche nichts mehr. Leander reicht mir das Bier, ich trinke daraus und gebe es ihm zurück. Wir lächeln uns an.

Dann sitzen wir da, schauen Rieke beim Spiel mit der Katze zu, um uns herum die Nacht und im Hintergrund das Grundgeräusch, das Schaben der Maschinen. Daß die gar nicht müde wird! jauchzt Rieke. Daß du gar nicht müde wirst, sage ich. Ich bin's ja, ruft Rieke und läßt das Tier mal wieder ein paar Sätze vollführen. Wir müßten auf ein bewegliches Ziel schießen, sagt Leander. Das Vieh ist doch viel zu flink, sage ich. Oh, seid ihr mies! sagt Rieke. Keine Sorge, sage ich. Politiker sind ja auch keine Katzen, sagt Leander, sehr beweglich, aber nur, wenn's um die eigene Meinung geht. Rieke wickelt die Wolle zusammen und wirft sie in das Dunkle des Gartens. Das Kätzchen stutzt, springt dann aber hinterher. Rieke setzt sich zu uns, wirft den Kopf nach hinten und schaut zu den Sternen. Müßte mal jemand die Lampe ausmachen, sagt sie, dann wirkt es viel besser. Ich springe auf und gehe zum Schalter. Danke, sagt Rieke, das war lieb. Bevor ich wieder meinen Stuhl erreiche, darf ich mir einen Kuß abholen. Na ja, sagt Leander, wir schießen ja sowieso auf ein still stehendes Opfer, am besten bei einer Rede. Ich küsse Rieke noch mal, dann setze ich mich. Ich frage, ob es nicht besser wäre, für so einen Schuß ein Gewehr zu nehmen. Wieso das denn? fragt Leander. Man kann besser zielen, sage ich. Das ist Quatsch, sagt Leander. Aber wir könnten aus sicherer Distanz schießen, sage ich, und besser entkommen. Leander lacht ein wenig höhnisch. So wie Oswald? fragt er. Möglich, sage ich. Der ist doch gleich erwischt worden, sagt Rieke, das weiß man doch. Da war Kennedy noch nicht mal kalt, sagt Leander. Ach so, der, sage ich. Außerdem, sagt Leander, weiß ich gar nicht, wo man ein Gewehr herbekommt, ohne aufzufallen. Er trinkt den letzten Schluck aus der Gemeinschaftsflasche. Wo hatten eigentlich Baader, Ensslin und so ihre Waffen her? fragt Rieke. Vom Verfassungsschutz, sagt Leander und lacht. Wir lachen mit. Echt? fragt Rieke nach. Ja, geil, was!? Leander kriegt sich gar nicht mehr ein. Der Verfassungsschutz ist ein Garant für die Gewaltverteilung in unserem Land, sagt er dann früher Raff, heute NPD, und Horst Mahler immer mittenmang. Und wie kam das? frage ich. Was? fragt Leander zurück. Na, sage ich, warum hat der Verfassungsschutz der Er A Eff Waffen gegeben? Im Gegensatz zu Leander bleibe ich bei der Trennung der Buchstaben, sage Er A Eff und nicht Raff wie in Fazz oder Tazz. Raff, das klingt irgendwie nach einer Bankräuberbande, die nie genug kriegen kann. Leander guckt derweil unwirsch. Die Frage mit dem Verfassungsschutz paßt ihm offenbar nicht. Hab ich mal gelesen, sagt er. Ich nicke. Also gib dir Mühe! sage ich, verzichte aber lieber auf den Witz beziehungsweise die witzige Bemerkung darüber, daß er ja angeblich vom Verfassungsschutz beobachtet wird. Rieke sagt gerade, es sei schon wichtig, es mit der Knarre zu tun. Schon wegen des Symbolwertes! Und wenn es sein muß, sagt sie, würde ich mich auch erschießen lassen. Du spinnst! sage ich. Wenn, dann wirst du sowieso nur verhaftet, sagt Leander, und irgendwann kommst du wieder frei. Kommt ihr mich denn auch regelmäßig besuchen? fragt Rieke, doch Leander geht nicht auf die Frage ein. Er sagt: Gefängnis ist zwar scheiße, aber es ist immer noch besser, für seine Ideale zu leiden, als darunter, keine zu haben. Er sagt das mit einer Entschlossenheit, die mir fast schon angst macht. Und leidet man wirklich, denke ich, wenn man keine Ideale hat? Leander spricht von dem, was passieren wird, wenn der Schuß oder die Schüsse abgefeuert wurden. Da entsteht auf jeden Fall eine Panik, sagt er, da werde ich bestimmt gut fliehen können. Wieso du? fragt Rieke. Weil ich das tun werde, sagt Leander. Quatsch, du bist viel zu auffällig, sagt Rieke, schon weil sie dich überwachen. Das geht schon klar, sagt Leander, außerdem gehört mir die Waffe. Ich denke, Andreas Baader, sage ich. Rieke grinst. Ach, ihr seid blöd, sagt Leander, ich geh jetzt schlafen, wir sollten morgen ausgeschlafen sein. Leander steht auf und geht ins Haus. Rieke und ich sitzen eine Weile schweigend da. Er ist wirklich schwierig, sage ich irgendwann, nicht den kleinsten Witz darf man machen. Rieke seufzt. Ich rücke meinen Stuhl näher zu ihr, umfasse eins ihrer Knie, streichle die Innenseite ihrer Oberschenkel, beuge mich kußbereit zu ihr vor, doch sie dreht den Kopf weg, legt die Hände auf meine, aber nur um sie von ihren Beinen zu lösen. Ach Bast, laß lieber, sagt sie, vielmehr flüstert sie es, deswegen ist er ja so aufgebracht. Rieke schiebt ihren Stuhl etwas nach hinten, vergrößert also den Abstand zu mir, hakt sich jedoch mit einem Finger in meiner Hand ein. Er glaubt, du bist nicht bei der Sache, sagt sie nach einer Weile, und damit hat sie auch recht beziehungsweise er, ich verstehe nur nicht, wieso sie das sagt. Wir sind nun mal zusammen, sage ich, da werd ich dich doch wohl noch küssen dürfen. Mit einer Hand fährt mir Rieke durchs Haar. Darfst du ja auch, flüstert sie, nur mußt du auch verstehen, daß ihn das stört. Sie meint das ernst! denke ich, sie meint das ernst und findet es auch noch richtig. Bast, hey, wir befinden uns in einer schwierigen Lage, Rieke knetet beidhändig meine rechte Hand, wir müssen zusammenhalten, da dürfen wir Leander nicht ausgrenzen. Ha! Ich lache auf. Bin etwas ungehalten. Willst du, daß er zu uns ins Bett kommt? sage ich, etwas zu laut wohl. Rieke reagiert erbost, läßt meine Hand los, springt auf, bewegt die Arme unkoordiniert, so wie sie das manchmal macht, wenn sie zornig ist als müßte sie sich förmlich wieder einkriegen. Rieke! sage ich, mehr aus Hilflosigkeit und weniger, um einen Satz zu beginnen. Rieke beugt sich, die Fäuste in die Seiten gestemmt, zu mir und flüstert wütend auf mich ein, ob das meine einzige Sorge wäre, daß ihr der Sex mit mir vielleicht nicht ausreiche oder daß Leander was von ihr wolle. Du bist so egoistisch, Sebastian! faucht sie. Aber Rieke! Jetzt springe auch ich auf, versuche sie zu fassen, vielleicht läßt sie sich ja mit einer Umarmung beruhigen. Laß mich! Rieke verschwindet in der Küche und rumst die Tür hinter sich ins Schloß. Zuerst will ich ihr folgen, entscheide mich dann jedoch, sie lieber erst mal alleine zu lassen. Setze mich auf die Stufe vor der Küchentür, stütze mein Gesicht auf die Handflächen. Lasse mich ein auf das Brummen um mich herum. Ich habe keine Ahnung von dem, was wir hier eigentlich machen, diese Pläne sind nicht meine. Eigentlich wurde ich nicht einmal gefragt, doch ich folge Rieke unaufgefordert oder vielmehr ihrer Begeisterung oder vielleicht auch nur einer Idee, daß man etwas tun muß, weil es im Grunde genommen sogar gleichgültig ist, was man tut, solange es die Lethargie zerpflückt, in die wir hineingesogen wurden, weil wir in einer lethargischen Zeit leben, für die es keine eigene Bezeichnung mehr zu geben scheint. Eingeklemmt zwischen Postmoderne und Zukunft hängen wir in einer Endlosschleife fest. Die zeitliche Distanz ist sozusagen aufgehoben, Erinnerungen und Leben finden gleichzeitig statt, wobei uns das Erlebnis meistens sogar noch abgenommen wird, Stichwort: virtuell. Was bedeutet es aber, unter diesen Voraussetzungen zu lieben? Wir verdrängen die Zuneigung, die uns unsere Eltern mitgegeben haben, wenn sie das haben, ja doch, das soll vorkommen. Und trotzdem, als Kinder schon nehmen wir fiktive Liebe wahr im Breitwandformat mit Dolbysurroundsound. Real bleiben wir lieber unter unseren Möglichkeiten, um zumindest die Illusion aufrechtzuerhalten, eines Tages würde das Wunder schon eintreten. Welches Wunder auch immer. Denn das ist zweitrangig, Hauptsache spektakulär. Stellt sich nur die Frage, eventuell, wie weit wir eigentlich schon entfernt sind von dieser Welt und den uns angeborenen Möglichkeiten in ihr. Hier kommt die Katze, das Muttertier, ihre Augen funkeln mich an. Was weiß die schon von der Welt? Ihr Vorteil ist ihre absolute Freiheit, möchte man meinen. Sie lebt nicht im Beziehungsgeflecht gestörter Großstädter, die sich ein Haustier zulegen, um die eigene Einsamkeit zu verdrängen. Sie ist eigentlich auf sich gestellt, hätten Riekes Großeltern nicht irgendwann damit angefangen, ihr Futter in den Napf zu löffeln. Nun fordert sie es ein, und merkt dabei nicht, wie abhängig sie sich davon macht, wie abhängig sie längst ist. Auch diese Katze leidet gewissermaßen unter Lethargie, sie macht sich nur keine Gedanken darüber, das ist ihr Vorteil. Na, Katze! sage ich. Die Katze guckt mich an und kommt näher. Willst wohl gestreichelt werden, was? Ich berühre ihr warmes Fell, sie schnurrt, läßt sich aber nicht nieder. Immer im Absprung, was? sage ich und streichle weiter. Da geht die Küchentür auf. Die Katze löst sich von meiner Streichelhand. Aus einigen Metern Entfernung beobachtet sie, wie Rieke über mir stehend fragt, mit wem ich denn rede. Ach, sage ich, bloß mit der Katze. Rieke setzt sich zu mir auf die Stufe. Ist es schon soweit? sagt sie und rempelt mich sanft an. In ihren Händen blitzt etwas. Die Knarre. Was willst du denn damit? frage ich. Lag noch auf dem Küchentisch, sagt Rieke. Ach so. Wir sitzen da, schweigend, berühren uns nur leicht und eher beiläufig an den Armen. Ich höre Rieke atmen und dieses Atmen ist lauter als das Kratzen des Tagebaus Ich fühle mich sicher hier, nicht wegen der Pistole. Vielleicht ist es das: dieses Nebeneinandersitzen, ohne etwas sagen zu müssen oder sich zu küssen oder anderweitig anzufassen. Dann aber schlägt mir Rieke mit flacher Hand auf den Oberschenkel und erhebt sich. Los, sagt sie, komm laß uns ein bißchen schießen gehen! Ich schaue in den Schatten ihres Gesichts. Was? frage ich, jetzt im Dunkeln? Klar, sagt sie, ist bestimmt cool. Sie hält mir ihre Hand hin, mich hochzuziehen. Ich zögere. Oder hast du Angst, Leander könnte wach werden? Letzte Nacht hast du dich darum ja auch nicht geschert. Wahrscheinlich grinst sie jetzt anzüglich, verschluckt von der Dunkelheit. Ich gebe mich geschlagen, schlage ein und lasse mich hochziehen. Der von mir angestrebte Kuß wird erwidert, aber nur kurz. Ein seltsamer Geschmack liegt auf ihrer Zunge. Auf geht's! Rieke zieht mich zur Wiese hinterm Haus.

Du zuerst, sagt Rieke und drückt mir die Waffe in die Hand. Der Griff ist ganz warm, weil Rieke das Ding die ganze Zeit in der Hand hatte. Du weißt ja, sagt Rieke, von unten mußt du die Knarre nach oben führen. Sie kichert, als sie sich von hinten an mich drückt, um es mir zu zeigen, wie Leander das vorhin bei ihr getan hat, wenn auch ohne den engen Körperkontakt. Entsichern! flüstert sie mir ins Ohr, und dieses Flüstern riecht nach Alkohol, deswegen auch der Geschmack beim Küssen; dabei hab ich doch selbst was getrunken, na ja, eineinhalb Biere. Ich drücke den Daumen der linken Hand gegen den Sicherungshebel, ich weiß ja, daß das etwas Kraft verlangt. Du mußt das Gefühl bekommen, daß die Waffe ein Teil von dir ist, sagt Rieke. Ich atme ein. Ich atme aus. Und jetzt schießen! sagt Rieke. Ich atme noch mal ein, noch mal aus, ich spüre den Abzug an meiner Fingerkuppe. Los! drängt Rieke. Und ich drücke ab. Diese kleine Bewegung und so ein lauter Knall! Rieke will den Rückstoß abfedern, sie umklammert mich, doch geraten wir ins Schwanken. Rieke kichert. Was hast du denn noch getrunken? frage ich. Sie küßt mich. Schieß noch mal! Ich wiederhole meine Frage. Och, macht sie, so 'n Schnaps, ich glaub, den hat Opa mal selbst gebrannt. Mit ausgebreiteten Armen tanzt Rieke ein paar kurze Schritte über die Wiese. Hoffentlich wirst du davon nicht blind, sage ich, und Rieke lacht. Man sieht doch eh nichts, sagt sie. Darüber muß auch ich lachen: Stimmt! Und jetzt schieß! sagt Rieke. Wo man doch aber nichts sieht, sage ich. Los, schieß doch! Rieke klingt mit einem Mal fast aggressiv. Man sieht nichts, da ist nichts, sagt sie mit ärgerlichem Tonfall, es geht doch nicht ums Ziel, Bast, es geht ums Schießen! Schieß endlich! Happiness is a warm gun, das ist es, Bast. Rieke hämmert auf meinen rechten Oberarm, und ich habe keine Lust auf einen Streit deswegen. Wenn sie das so anmacht, dann schieße ich eben. Außerdem ist sie betrunken. Ich hebe die Waffe ein zweites Mal, richte sie in die Dunkelheit, auf ein unbestimmtes, ein zufälliges Rascheln, und schieße, mit nur einer Hand, das ist cooler, das ist Kino, da wird auch nie gezielt und doch getroffen, wenn es darauf ankommt, und jetzt kommt es darauf an. Peng. Der Knall als Ausrufezeichen, Symbol meiner Stärke. Und dieses Mal hört man sogar so etwas wie einen Aufprall, eine Reaktion, einen kurzen fiepsigen Aufschrei. Rieke scheint es auch gehört zu haben. Sie berührt meine Schulter. Und ich drücke wieder ab und wieder und wieder und wieder. Und Rieke kreischt: Hör auf! Und Rieke hält mich fest. Und Rieke schreit: Da war doch was! Was soll da sein? frage ich, wo kein Ziel ist, kann doch nichts sein! Und wenn da doch was ist, füge ich leiser hinzu, können wir's jetzt sowieso nicht sehen. Ich senke die Waffe und versuche, Riekes Gesichtsausdruck zu erkennen. Was macht ihr denn hier? Leander kommt vom Haus herüber. Seit ihr jetzt völlig übergeschnappt? fragt er. Ich hol eine Taschenlampe, sagt Rieke und geht zum Schuppen. Was soll das? fragt Leander und nimmt mir die Pistole ab. Rieke, nein wir, sage ich, wir wollten noch ein bißchen ins Schwarze schießen. Leander gibt einen Laut von sich. Im Dunkeln? fragt er, was soll das denn bringen? Ich habe keine Lust, vor ihm auszubreiten, daß meine Freundin ein bißchen betrunken ist, daß ich kein Spielverderber sein wollte, daß ich auf Sex spekuliert habe, mir den sozusagen schießen wollte, und sage lieber: Wo kein Ziel ist, da kann man überall hinschießen. Leander lacht auf. Wohl durchgeknallt, was? sagt er. Rieke kehrt mit einer leuchtenden Lampe zurück. Wortlos geht sie an uns vorüber Richtung Nichtziel. Wir laufen mit ihr zum

Gebüsch, auf dem der schwache Lichtkegel zuckend tanzt. Unruhig sucht er nach einem Opfer. Da! schreit Rieke auf und beschleunigt die Schritte. Jetzt bleibt das Licht an einer Stelle. Oder kehrt immer wieder dorthin zurück mit jeder Bewegung der Lampenträgerin.

Dann sind wir da. Auf der Wiese vor unseren Füßen liegt das süße Kätzchen, regungslos. Rieke bückt sich, berührt das Tier. Führt sich die Hand vors Gesicht, beleuchtet die roten Finger, beleuchtet mich. Mörder! sagt sie heiser, schaltet die Lampe aus, steht auf und geht langsam zum Haus zurück. Wo kein Ziel ist, sagt Leander höhnisch und folgt Rieke. Ich lasse mich ins Gras fallen. Gucke dorthin, wo die Katze sein müßte. Es ist aber zu dunkel, sie läßt sich nicht einmal erahnen. Ich schaue hinauf. Die Sterne funkeln grell. Denen kann sowieso egal sein, was hier unten ist. Einige von ihnen leuchten sogar, obwohl sie längst verglüht sind. Wahrscheinlich ist dies ein banaler Gedanke, der mit Bezug auf das Elend der Vergänglichkeit schon so oft in Gehirne geraten ist, wie traurig Menschen in die Nacht gestarrt haben. Jedenfalls seitdem wir wissen, daß auch Sterne sterblich sind. Wie war das gleich? You see stars that clear have been dead for years but the idea just lives on? Ja, Bright Eyes singt so, um sich und seinen Zuhörern Hoffnung zu machen. Nur, wie weiß man, denke ich, wann auch die Idee verglüht sein wird?

Später dann stehe ich wieder. Meine Hose ist feucht vom nächtlichen Gras, und in meinem Kopf ist nichts als das Schaben am Gestein. Es ist dunkel, die Realität des Weltalls oder zumindest die Vorstellung davon ist inzwischen wolkenverhangen. Nur hinterm Küchenfenster brennt noch Licht. Vielleicht hockt Rieke da drin und wartet auf mich. Ich öffne die Tür langsam. Doch nicht Rieke, Leander sitzt am Tisch und schaut auf. Sie ist schlafen gegangen, sagt er, war nicht gut auf dich zu sprechen.

Leander ist lediglich mit ausgewaschenem T-Shirt und gestreiften Boxershorts bekleidet. Setz dich, sagt er, willst du 'nen Schnaps? Ich setze mich, und Leander öffnet die auf dem Tisch stehende Flasche mit klarem Inhalt. Vom Küchenschrank angelt er ein Glas, füllt es und gibt es mir, dann schenkt er sich selber nach. Die Flasche ist halb leer und mit einem vergilbten, handbeschriebenen Zettel beklebt, dessen wellige Ränder abstehen. Das dürfte der Selbstgebrannte sein. Wir trinken, ohne anzustoßen. Es ist ein mieses Zeug und brennt auf dem ganzen Weg vom Rachen bis tief in den Magen hinab. Das aber tut gut. So wird etwas weggeätzt, von dem ich nicht weiß, was es ist. Leander öffnet die Flasche ein weiteres Mal. Was hältst du von Ideen, die es vielleicht seit Urzeiten gibt, frage ich ins Licht der Energiesparbirne überm Küchentisch, Ideen, von denen wir nicht wissen, ob sie wirklich noch so glänzend sind wie wir glauben, weil wir nicht wissen, ob wir nur einen Nachglanz wahrnehmen oder doch ein neuerliches Aufglimmen? Leander stoppt sein Glas auf halber Höhe zwischen Tisch und Gesicht und sieht mich müde an. Ganz schön philosophisch drauf heute nacht, sagt er, aber du studierst das ja auch. Er lächelt matt und hebt dann sein Glas noch ein Stückchen. Prost, sagt er und trinkt. Ich fühle mich genötigt mitzuhalten. Von was für Ideen sprichst du eigentlich? fragt Leander dann, spielst du auf unser Vorhaben an? Nee, sage ich und fülle unsere Gläser auf, nein, ich meine das generell und gar nicht mal als Wertung, zumal es nicht bloß eine Idee sein muß, vielleicht sollten wir lieber von Gedanken sprechen, von Vorstellungen, an denen einzelne Personen festhalten können wie auch ganze Gesellschaften, so was überholt sich doch sage ich, Fortschritt findet schließlich zuerst in unseren Köpfen statt, doch nicht jede Idee ist gleich genial. Ich trinke, das Brennen stellt sich auch noch beim dritten Glas ein. Nimm die Freiheit! sage ich. Die Freiheit? wiederholt Leander, so als könne er mir nicht wirklich folgen. Ja, die Freiheit, sage ich ein weiteres Mal, seit wann denken Menschen überhaupt in dieser Kategorie? Früher, also richtig früher, als wir noch Höhlen bewohnt haben, sage ich, da war Freiheit doch von äußeren Bedingungen bestimmt, vom Wetter, vom Hunger, Krankheiten, was weiß ich, von Sachen jedenfalls, die es heute natürlich auch noch gibt, nicht zuletzt in Krisengebieten, doch für den durch die Zivilisation abgesicherten Menschen, für uns also, ist für uns Freiheit nicht vor allem ein abstraktes Konstrukt? Leander guckt mich fragend an, dabei habe doch ich die Frage gestellt. Na ja, fängt er schwerfällig an, es kommt immer darauf an, wer in der sogenannten Zivilisation die Deutungshoheit hat. Er taucht einen Finger in sein Glas und rührt mit ihm in der Schnapsneige. Weißt du, sagt er, dieses Bonmot von der Freiheit des Andersdenkenden, er wartet bis ich nicke, dann fragt er: Gilt das auch einseitig? Wäre die Kirche der Idee von Nächstenliebe treu geblieben, die ihr angeblicher Gründer propagiert hat, sagt er, hätte es also niemals einen Krieg oder irgendeine Gewaltanwendung im Namen des Herren gegeben, meinst du, sie hätten Reisepaules Beerdigung so staatstragend und auf allen Kanälen gesendet? Leander grinst breit und gibt sich die Antwort selber. Höchstwahrscheinlich gäbe es überhaupt keinen Papst, sagt er und patscht mit der Handfläche auf den Tisch, vermutlich hätte es nie einen gegeben, wenn die Anhänger von Jesus Rücksicht genommen hätten auf Andersdenkende. Leander nimmt wieder die Flasche zur Hand, neigt sie in meine Richtung, fragt: Na? Mir schwirrt der Kopf, der Alkohol wirkt längst mit aller Heftigkeit, aber ich nicke. Leander gießt uns ein, diesmal besonders viel, und jetzt stoßen wir sogar an. Auf die Gleichdenkenden! sagt Leander. Wir trinken. Das Brennen scheint von

Mal zu Mal zuzunehmen, nach der Hälfte Flüssigkeit setze ich ab. Mir wird übel. Ich atme tief ein. Leander schüttelt sich. Ich glaub, ich brauch frische Luft, sagt er mit zusammengebissenen Zähnen und stürzt nach draußen. In mir stößt etwas auf, aber es bleibt kontrollierbar, vorerst. Doch als ich mich zu erheben versuche, gerate ich arg ins Schwanken und erreiche mit Mühe die Spüle, die glücklicherweise leer ist.

Kurz darauf betrete ich den Hof. Leander hängt in einem Stuhl. Oh Mann, stöhnt er, was für ein Stoff; ich hoffe, es liegt am Wetter, daß ich die Sterne nur ungenau erkenne. Ich bewege meinen Kopf möglichst langsam nach oben. Wenn, dann sind wir beide blind, sage ich und schlage einen Ausnüchterungsspaziergang vor. Gute Idee, sagt Leander, ich zieh mir rasch was an, ja? Leander wankt zum Haus. Bis gleich! Ich gehe solange in die Küche und hole eine Flasche Wasser. Das stimmt schon, das mit den Andersdenkenden, denke ich, würde immer auf die Meinungen aller anderen Rücksicht genommen werden, würden wir wahrscheinlich noch in der Höhle stehen und diskutieren, ob wir das mit dem Feuermachen doch mal probieren sollten. So gesehen kann Demokratie überhaupt nicht funktionieren. Daß es aber doch irgendwie geht, beweist wohl, daß das System, in dem wir leben, überhaupt nicht demokratisch ist. Oder mache ich gerade einen Denkfehler? Da kommt Leander aus dem Haus. Kraß, sagt er, dieser Geruch da drin. Riecht doch voll nach Osten, sage ich. Ja, sagt er, das kommt vom Kresol. Hier, sagt er, deine Jacke hab ich dir auch mal mitgebracht. Leanders Fürsorglichkeit rührt mich irgendwie Eigentlich ist er ja doch ein ganz Netter. Ich reiche ihm die Wasserflasche, und er trinkt. Wollen wir mal gucken, ob wir den Rand vom Tagebau finden? fragt er dann. Okay, sage ich. Und wir gehen los. Kaum sind wir auf der Straße, wissen wir schon nicht weiter, beschließen aber, die Richtung einzuschlagen, die wir noch nicht kennen. Der Weg ist schnurgerade und tiefschwarz mit Gestrüpp an beiden Seiten. Darüber ein Himmel mit blassen Sternen, schrecklich ermattet, sozusagen ideenlos. Nicht ganz so schnurgerade wie die Straße, dafür mit Ideen im Kopf, wanken wir ins Ungewisse, stets das Geräusch unseres Ziels in den Ohren, ohne es verorten zu können. Wie kommt es, rufe ich Leander zu, daß so viele von der Demokratie überzeugt sind, aber nur so wenige in ihr überhaupt etwas zu sagen haben? Die Masse will nicht denken, sagt Leander, sie findet es vielmehr bequem, wenn ihr das Denken abgenommen wird. Theoretisch haben wir unzählige Möglichkeiten, sagt er, jedenfalls solange wir sie nicht einfordern, denn Demokratie ist verschleierter Despotismus. Du meinst, frage ich, die Bundesrepublik ist die bessere DDR? Jau! Leander reicht mir die Flasche, weil sich unsere Schlingerbahnen gerade berühren. Im Mehrparteiensystem agiert das Politbüro verdeckt, erklärt Leander, und letztlich ist es sogar egal, wer Bundeskanzler ist, das ganze Gerede davon, wie schlecht es uns geht, ist doch bloß Show; dieses Land wird ausschließlich heruntergeredet, um die Profitraten zu maximieren. Und, sagt er, wart's ab, kaum sind die anderen dran, werden die Medien uns plötzlich klarmachen wollen, wie toll Deutschland doch ist. Klar, sage ich, wenn du den Leuten sagst, es ist nichts da, sind sie heilfroh, wenn sie doch noch was abbekommen. Wir aber sind an eine Weggabelung gelangt. Geradeaus oder rechts, stellt Leander fest. Diese Möglichkeiten sehe ich genauso. Wobei ›rechts‹ eher schräg nach hinten ist. Immer geradeaus ist mir suspekt, sagt Leander. Also gehen wir nach rechts. Das Schaben vor uns, hinter uns. Dann müßte man also den ganzen Bundestag in die Luft sprengen, sage ich, da reicht es doch gar nicht, nur eine einzelne Person zu treffen. Leander schlägt mir kameradschaftlich auf den Rücken. Das ganze Parlament, ja, sagt er, das wär's, mit 'nem Flugzeug durch die Kuppel krachen, wenn gerade eine wichtige Debatte läuft. Ich stimme ihm zu, sage: So wie neulich dieser Typ aus Brandenburg, der mit seinem Segelflugzeug vorm Reichstag abgestürzt ist. Genau, sagt Leander, nur war der nicht entschlossen genug. Dem war das egal, sage ich, hatte der nicht seine Frau umgebracht und im Keller einbetoniert? Anstatt zu antworten, trinkt Leander Wasser. Man könnte natürlich den Plenarsaal mit Beton fluten, sage ich. Leander kichert. Aber nur bis zu den Hüften der Abgeordneten, sagt er. Genau, sage ich. Dann trotten wir eine Weile schweigend nebeneinanderher. Der Rausch hat nachgelassen, übrig bleibt die Müdigkeit. Dann bringt es doch gar nichts, denke ich. Dann bringt es doch gar nichts! wiederhole ich, diesmal mit Ton. Was? Leander bleibt stehen und schaut mich an. Na, ich halte inne, ich meine, jemanden zu erschießen bringt nichts. Und warum nicht? fragt Leander. Wenn alle gleich korrupt sind, sage ich, ist doch jeder Tote sofort austauschbar. Natürlich, sagt Leander, es gilt lediglich, dem System zu zeigen, wie verwundbar es ist. Und wen? frage ich, also wer? Wen erschießen wir denn jetzt? Leander antwortet mit einem Brummen und geht weiter.

SPÄTER erwache ich, als Leander das Wohnzimmer verläßt. Ich habe auf der Couch geschlafen, mich nicht zu Rieke ins Bett getraut; mein Mundgeruch hätte nicht gerade getaugt als Friedensfahne. Der Schädel dröhnt, dagegen ist der Sound des Tagebaus ein fernes Rauschen. Der Tagebau, den wir bei Nacht nicht finden konnten. Wir haben uns wohl doch für die falsche Richtung entschieden, mehrfach. Irgendwann standen wir vor einem Haus, wo wir doch geglaubt hatten, das von Riekes Familie sei das einzige in der Gegend. Davor stand ein Auto, auch noch ein Golf, auch noch mit Berliner Kennzeichen. Als wir feststellten, daß wir im Kreis gelaufen waren, mußten wir lachen. Mehr weiß ich nicht mehr. Ich schlurfe ins Bad, erfrische mein Gesicht, ich trete hinaus. Leander deckt gerade den Tisch vorm Haus. Ich frage nach Rieke, und er zuckt mit den Schultern. Vielleicht holt sie Brötchen, sagt er. Ohne Auto? frage ich. Egal, sagt er, wir können das Brot auftoasten.

Wir reden nicht viel beim Frühstück. Der Kaffee belebt zwar, aber auch Leander wirkt mitgenommen. Eigentlich reden wir gar nicht beim Frühstück.

Ein Mann kommt zu uns. Ich jedenfalls habe ihn nicht kommen gesehen, bemerke ihn erst, als er fast schon am Tisch steht. Was wollen Sie? herrscht Leander ihn an, grußlos. Dabei wirkt der Mann harmlos und freundlich. Ein bißchen wie ein Bittsteller vielleicht steht er vor unserem Tisch. Sind Sie Freunde von Friederike? fragt er mit dem Zungenschlag eines Einheimischen. Wir nicken. Der Mann stellt sich als Winfried vor, er sagt, er wußte nicht, daß diese Woche jemand aus Berlin kommen würde. Ich guck hier immer mal nach dem Rechten, sagt er. So? sagt Leander, nach den Rechten? Winfried reagiert nicht auf diese Spitzfindigkeit. Ja, und ich füttere die Katze, sagt er, und ich zucke zusammen. Manchmal, sagt er, und jetzt sind es ja zwei, habt ihr's Kleine schon gesehen? Ich hatte gar nicht mehr an das Kätzchen gedacht, oje. Was wissen Sie davon? fragt Leander streng. Was soll ich wissen? fragt der Mann, so was kommt doch vor, so in der Natur. Er grinst. Leander springt auf, schreit: Kümmern Sie sich um ihren eigenen Scheiß! Der Mann guckt ihn irritiert an. Ich weiß nicht, was, er stottert. Schüsse haben Sie nicht zufällig auch gehört? fragt Leander gereizt. Schüsse? Der Mann ist völlig verdutzt. Was meinen Sie? fragt er, ist der Förster wieder unterwegs? Er geht ein paar Schritte rückwärts, während Leander auf ihn zukommt. Verschwinde! keift Leander, hier ist nichts, keine Katze, keine Schüsse! Ja, sagt der Mann und beeilt sich, zum Gartentor zu kommen. Dort lehnt ein Fahrrad, das er besteigt. Laß dich hier nie wieder blicken, schreit Leander ihm hinterher. In diesem Moment kommt Rieke auf den Hof. Sie trägt eine Schaufel in der Hand. Was ist denn hier los? fragt sie, war das nicht Winfried? Ja, sage ich. Ein Spion war das! sagt Leander erregt, sein Gesicht hat Farbe bekommen. Quatsch, sagt Rieke und stellt die Schippe ab, der guckt immer mal vorbei, ob noch alles okay ist. Und die Katze füttert er dann auch, sagt sie und sieht finster in meine Richtung, hab das Kleine gerade beerdigt. Leander setzt sich wieder und schmiert sich grollend eine Stulle. Winfried kriegt Geld von meiner Mutter, sagt Rieke, sie ist sehr froh, daß es ihn gibt, so ein einsames Haus. Das war echt scheiße, Leander! sagt sie. Was sollte ich denn machen? sagt er, ich dachte, der schnüffelt hier rum. Ach so, sie lacht sarkastisch auf, und du hast dir größte Mühe gegeben, nicht aufzufallen, ja? Was ist? Leander pfeffert sein Messer auf die Tischplatte, muß ich mich jetzt rechtfertigen? Nein, sagt Rieke und bleibt dabei extrem ruhig. Dann verschwindet sie ins Haus. Leander kaut verbissen an seinem Brot herum und vermeidet es, mich dabei anzublicken. Ich bin unsicher, ob ich zu Rieke gehen sollte. Vielleicht wartet sie ja darauf. Wenn sie aber noch böse ist wegen der Katze, könnte sie das jetzt bloß noch wütender machen.

Und dann kommt sie auch schon wieder heraus, ihre Tasche geschultert, und steuert das Auto an. Was ist denn jetzt los? frage ich mehr mich als Leander, aber der ist ohnehin voll und ganz mit seinem trockenen Brot beschäftigt. Rieke! rufe ich, was soll das denn? Doch warte ich nicht auf eine Antwort, sie hält auch nicht einmal inne, nein, ich springe auf, mit Getös kippt mein Stuhl um, ich bleibe irgendwo hängen, mein schwerer Kopf pocht aufgeregt, ich hechte schräg über die Wiese, Rieke schlägt gerade die Kofferraumklappe zu. Rieke! rufe ich. Während sie die Fahrertür aufschließt, guckt sie mich kalt an. Ich stehe jetzt auf der anderen Seite des Autos. Du kannst doch nicht, sage ich, Rieke! Du siehst doch, daß ich das kann, sagt sie, bleibt doch noch, ihr scheint ja viel Spaß miteinander zu haben. Sie will schon einsteigen, da sagt sie: Vielleicht trefft ihr die Mutterkatze ja auch noch. Wütend haue ich auf das Wagendach, was mich schon im selben Augenblick ärgert. Ich versuche ruhig zu reden, sage, sie wisse doch genau, daß das ein dummer, ein schlimmer Zufall war. Ja, sagt Rieke und klingt dabei so blechern, so abweisend, als fielen ihr die Worte schwer, ja, mag sein. Dann beißt sie sich kurz auf die Unterlippe. Sebastian, sagt sie dann, du hast sie doch regelrecht hingerichtet. Aber, sage ich, nein, sage ich, ich wußte doch gar nicht! Sie sagt: Wenigstens hättest du nicht noch ein zweites Mal schießen müssen und ein drittes und ein viertes Mal. Sie guckt mich an, ich öffne wieder den Mund. Und sag jetzt nicht, sagt Rieke, daß sie vom ersten Schuß getroffen worden ist, das macht es nicht besser, Sebastian!

EINE STUNDE SPÄTER setzt starker Regen ein. Wir sitzen in der Küche, Leander und ich, die Flasche mit der verhängnisvollen Flüssigkeit steht noch in der Mitte des Tisches, viel ist nicht mehr drin, aber ich werde davon sowieso nie wieder trinken. Sie wird dir schon verzeihen, sagt Leander, und das ist nicht das erste Mal, daß er das sagt, sie liebt dich, Sebastian. Er sagt das mit einer Sicherheit, als sei dies tatsächlich nicht zu ändern, auch wenn er sich die größte Mühe gegeben hätte. Sie ist eben extrem gestreßt, sagt er, es ist nun mal nicht einfach, in die Illegalität abzutauchen. Ich kann mir das schwer vorstellen, sage ich, wie das sein wird, also danach. Was passiert danach mit uns? frage ich. Zuerst einmal, sagt Leander, müssen wir bereit sein, notfalls für die Sache ins Gefängnis zu gehen, ganz klar, das muß es uns wert sein. Vielleicht, sagt er, warten sie da draußen auf Leute wie uns, jemand, dem man folgen kann. Er guckt mich an. Seine Ernsthaftigkeit erschreckt mich, verkatert und verlassen wie ich bin. Frage ihn, wie er sich das vorstellt, wie einem Leute folgen sollen, wenn man selber im Gefängnis sitzt. Leander lächelt und schüttelt leicht den Kopf. Offenbar war meine Frage gerade besonders blöd. Du hast wohl gar keine Ahnung von der Raff, was? Die Raff, sagt Leander, die wurde eigentlich erst groß, als Baader, Meinhof und Ensslin schon in Stammheim eingekerkert waren. Weißt du, der Staat hat versucht, sie kleinzumachen, hat sie in Einzelzellen gesperrt, komplett isoliert, das war Folter, sagt Leander, die saßen in total abgedichteten Zellen, ja? Keinen Mucks haben die gehört, nur das Rauschen ihres eigenen Blutes in den Ohren. Für einen Moment hören wir in die Stille, die ebenfalls rauscht, rauscht und pladdert. Der Regen übertönt sogar das Dröhnen des Tagebaus. Ich wage einzuwerfen, daß ich mal gehört habe, das sei alles Propaganda der Er A Eff gewesen, ich sage, die hätten sich sehr wohl austauschen können, es gab da neulich einen Film im Fernsehen, demnach hätten Baader und Co. ihre Gefolgsleute aus dem Gefängnis heraus gesteuert. Leander guckt mich an, als würde ich Beweise für die Existenz Gottes verkünden wollen. Ich sage trotzdem: So gesehen stimmt das natürlich, im Knast war die Er-A-Eff-Führung stärker als im Untergrund. Leander guckt mich an, senkt dann den Kopf, läßt ihn nach links und rechts pendeln, murmelt, das hätte er jetzt nicht gedacht. Daß ich so naiv sein könne! Er sieht mich fest an, sagt: Das glaubst du nicht wirklich, oder? Diese üble BRD-Hetze, das kannst du doch nicht ernsthaft kolportieren, wir wissen schließlich, was damals abgegangen ist in Stammheim. Vor allem zum Schluß, setzt er bitter hinzu. Du meinst die Ermordung? frage ich. Du sagst es! Leanders Blick blitzt auf, wenigstens das ist dir klar! Ich nicke. Natürlich ist mir das nicht klar, vielmehr bin ich mir eigentlich sicher, trotz übler Hetze, daß Baader und Ensslin sich selbst getötet haben, nachdem die entführte Lufthansamaschine von der GSG9 gestürmt worden war, aber noch mehr klar ist mir gerade geworden, daß sich mit Leander darüber nicht diskutieren läßt, zumal das auch egal ist, schließlich befinde ich mich in einem Trainingscamp für Freizeitterroristen, die ihre Befähigung vor allem aus dem Besitz einer Waffe ableiten, die möglicherweise einst von einem gescheiterten Freiheitskämpfer in der Hand gehalten wurde. Ein Trainingscamp, in dem aus aktuellem Anlaß nicht trainiert wird. Seltsam, sage ich schließlich, und Leander sieht mich an, ich aber winke ab. Diesen Gedanken behalte ich wohl lieber doch für mich. Das hatten wir ja schon, letzte Nacht. Da es keine Guten gibt, denke ich, kann man auch einen von den weniger Schlechten erschießen. Aber, und das sage ich wieder laut, werden denn alle wissen, warum wir einen von den, na ja, von den nicht ganz so Schlimmen getötet haben? frage ich, werden uns denn dann die Richtigen folgen? Leander steht auf. Klar, sagt er, die verstehen schon unser Ziel. Und wenn nicht, fügt er nach ein paar Schritten Richtung Tür hinzu, ist es immer noch besser, für das, was man ist, gehaßt zu werden, als für das, was man nicht ist, geliebt. Leander sagt das mit einem Blick, der so wirkt, als sei das der wichtigste Satz seines Lebens. Mir kommt der sehr bekannt vor. Sage das auch. Das ist von Kettcar, sagt Leander, die legen das Bill Gates in den Mund. Ja, jetzt weiß ich wieder, sage ich, ist das nicht die Geschichte, wo der Sänger phantasiert, er sei mit Stockhausen und Bill Gates im Fahrstuhl steckengeblieben? Genau, sagt Leander und öffnet die Tür. Dann tritt er in den Regen.

SPÄTER, als Leander zurückkommt, sitze ich immer noch am Tisch. Die meiste Zeit habe ich damit verbracht, mir selber leid zu tun, und dabei auf die Schnapsflasche gestarrt, ohne davon zu trinken. Leander sagt, er war im Wald. Ich glaube ihm das sofort, so triefnaß wie er in der Küche steht. Dagegen half ihm auch nicht die alte Regenjacke, die er trägt, vermutlich gehörte sie Riekes Opa. Aus den Jackentaschen holt er mehrere Handvoll Pilze. Die sprießen da im Wald wie verrückt, sagt er voller Freude. Ich bin skeptisch und frage: Weißt du denn, welche man davon essen kann? Klar, sagt Leander, solange man keine mit Lamellen nimmt, kann nichts passieren. Ich glaube ihm nicht und erzähle was von einer Pilzintoleranz. Pilzintoleranz? wiederholt er. Ja, ich kriege da einen ganz unangenehmen Ausschlag. Leander guckt mich zweifelnd an. Von so was habe ich ja noch nie gehört, sagt er. Stimmt trotzdem, lüge ich. Na dann, schade! sagt Leander, muß ich die Pilze wohl alleine essen. Dann geht er erst mal nach nebenan, um sich umzuziehen. Ich gucke mir die Pilze an. Sie sehen ganz harmlos aus. Einige könnten sogar Steinpilze sein, aber was weiß ich schon davon? Normalerweise erkenne ich Pilze anhand des Etiketts.

Später dann gucke ich Leander beim Pilzeessen zu. Er gibt sich größte Mühe, mir seinen Genuß zu veranschaulichen, ihn mir vorzuspielen, und dem Duft nach muß er sich nicht einmal anstrengen dabei. Mein mit Vernunft gewürztes Wurstbrot kann da sicherlich nicht mithalten, dafür ist es einfach auch zu trocken. Trotzdem bin ich stolz auf meine Konsequenz, bloß satt machen kann die mich nicht. Schmatzend sagt Leander, daß autarke Ernährung total wichtig sei. Wenn du auf der Flucht bist, sagt er, versteckt im Wald vielleicht, dann mußt du wissen, womit du deinen Hunger stillen kannst, ohne davon Durchfall zu bekommen. Er schaufelt sich weitere Pilze auf den Teller. Ich weiß ja nicht, wie schlimm sich diese Intoleranz bei dir auswirkt, sagt er, aber juckende Haut ist wahrscheinlich erträglicher als ein vor Hunger zusammengekrampfter Magen. Mag sein, sage ich und versuche, nicht auf die Pilzsahne zu achten, die aus Leanders linkem Mundwinkel trieft. Zum Glück sind wir nicht auf der Flucht, sage ich. Noch nicht! sagt Leander kauend, noch nicht, aber vorbereitet müssen wir sein, Sebastian, er guckt mich an, jederzeit. Dann schluckt er seinen Mund leer. Es ist immer noch besser, in der Freiheit Dreck fressen zu müssen, als Gefängniskost. Leander spießt einen Pilz auf und führt ihn vor seine Nase, riecht daran. Ist das irgendwo geregelt? frage ich, also was Strafgefangene zu essen bekommen und ob sie Sonderwünsche äußern dürfen. Leander steckt sich den Pilz in den Mund. Interessante Überlegung, sagt er, nachdem er heruntergeschluckt hat. Nie darüber nachgedacht, er überlegt, wahrscheinlich macht Knastkost besonders träge, ist also eher schwer und keinesfalls gut gewürzt, nur Salz und Pfeffer, kein Knoblauch oder Ingwer und so, das könnte ja Widerstand anregen. Hauptsache satt, sage ich und erwäge, mir noch eine trockene Stulle zu schmieren, bleibe aber sitzen. Satt schon, sagt Leander, hungrige Gefangene können schließlich gefährlich werden, aggressiv, und daß sie sterben, wäre auch nicht opportun, daher die Zwangsernährung Hungerstreikender. Wobei das natürlich auch Fake ist, sagt er, in Stammheim sollten die Raff-Gefangenen ja gebrochen werden, die Tode von Meins und Meinhof waren die natürliche Folge der Isolationsfolter. Leander legt die Gabel am Tellerrand ab, um besser gestikulieren zu können. Nur die anderen haben sie nicht kleingekriegt, da mußten sie nachhelfen. Ich nicke vorsichtshalber. Das fand ja alles außerhalb der öffentlichen Wahrnehmung statt, sagt Leander, wo doch schon das Tribunal eine Groteske war, ein Schauprozeß vor einem Sondergericht, in einem Gebäude, das extra gebaut worden ist, da stand das Urteil ja schon im vorhinein fest. Leander greift nach seiner Gabel. Weißt du, daß Baader zum Prozeßauftakt nicht mal einen eigenen Anwalt hatte? Er guckt mich an, und ich verneine. Vielleicht erfahre ich jetzt, welche Rolle Leanders Vater in dieser Geschichte gespielt hat und wie er zu der Pistole gekommen ist, doch Leander erzählt mir nur von dem Zwangsverteidiger, den Baader zugeteilt bekam und logischerweise abgelehnt hat. Mußte er doch! sagt Leander und schiebt sich eine Gabelvoll in den Mund, in dessen linkem Winkel immer noch Pilzpampe klebt. Der Prozeß fand ja größtenteils in Abwesenheit der Angeklagten statt, sagt er, und auch die Anwälte sahen sich häufig gezwungen, den Saal unter Protest zu verlassen, was natürlich egal war, ganz abgesehen davon, daß die vertraulichen Gespräche der Gefangenen mit ihren Anwälten sowieso abgehört wurden. Leander schiebt die Reste auf seinem Teller mit der Gabel zusammen. Eigentlich hätten Baader, Ensslin und Co. ohnehin nach der Genfer Konvention behandelt werden müssen, sagt er, schließlich war das ein Krieg, ein Kampf von sechzig Millionen gegen sechs Aufrechte. So wie der ›War on Terror‹ in den USA, sage ich, um auch mal was zu sagen. Exakt! Leander zeigt mit der Gabel aufgeregt in meine Richtung, dabei spritzt etwas Pilzgemisch über den Tisch. Die Amis haben's verstanden, sagt er, aber die Schweine behandeln ihre Gefangenen natürlich trotzdem nicht wie Kriegsgefangene. Hastig schiebt er sich die Gabel in den Mund und spricht mit vollem Mund weiter. Weißt du, sagt er, Guantanamo ist das Menetekel unserer Zeit, das wahre Symbol für eine veränderte Weltgesellschaft. Er läßt die Gabel auf den Teller klirren. In späteren Zeiten wird die Tatsache, daß die Amis Menschen, die sie für ihre Feinde halten, in einem exterritorialen Lager internieren, ohne Beweise, ohne Anklage, Leander wischt sich über den Mund, die Geschichte wird das als ein schwerwiegenderes Menschenverbrechen werten als den Anschlag auf das World Trade Center. Er guckt zu den Resten auf seinem Teller, dann zu mir. Oder nicht? fragt er. Na ja, sage ich, möglich, wobei die Bilder vom elften September natürlich viel präsenter sind, medienwirksamer. Leander lehnt sich zurück, scheint nachzudenken, wenn auch nur kurz, denn schon schnellt sein Körper wieder vor. Die Bilder bleiben natürlich, sagt er, fragt sich bloß, wie sie bewertet werden, schon weil man keine Menschen auf ihnen leiden sieht, dagegen die erbärmlichen Aufnahmen aus Guantanamo, die Häftlinge in ihren orangen Overalls, Leander grinst, da wird sich noch zeigen, wer die Gegenwart als Sieger verläßt. Du meinst, assistiere ich ihm in seiner Argumentation, das hängt davon ab, wer hinterher als Sieger die Geschichtsschreibung diktiert? Leander schlägt mit einer Hand flach auf den Tisch, steht auf. Auch 'n Kaffee? fragt er und entnimmt der Maschine den alten, durchgeweichten Filter von heute morgen. Laß mal, sage ich, ich glaub, ich geh heut mal früh ins Bett. Mit dem Kaffeelöffel in der Hand dreht sich Leander zu mir um. Alleine? fragt er mit so etwas wie Ironie in den Mundwinkeln, das natürlich in Wahrheit Pilzsud ist. Frage ihn, ob er mitkommen wolle. Leander lacht auf. So einer bist du also, sagt er, und ich nehme an, er versucht, witzig zu sein. Ich kann auch ohne Sex gut schlafen, sage ich so locker wie möglich. Das ist schön, sagt Leander, ich kann sogar ohne Sex besser schlafen, vor allem, wenn du keinen hast. Die Maschine fängt an zu gurgeln, Leander grinst mich an und setzt sich wieder an den Tisch. Es freut dich also? frage ich in seine widerliche, von Schadenfreude aufgedunsene Fresse hinein, darauf hast du doch nur gewartet oder nicht? Ich bin kurz davor zu explodieren, dieser Typ regt mich so was von auf, so wie er da sitzt, zurückgelehnt und lächelnd, aber ich bemühe mich, mich nicht aufzuregen, mich zusammenzureißen, denn diesen Triumph gönne ich Leander nicht. Sei nicht albern, sagt er, ihr seid ein tolles Paar, ehrlich, ihr paßt prima zusammen, nur durchlauft ihr da gerade eine Veränderung, Sebastian, du mußt das als deine große Chance erkennen. Vor allem aber, Leander legt seine Hände auf die Brust, du darfst nicht passiv bleiben, du mußt sie in ihrem Kampf aktiv unterstützen, lies mal Régis Debray! Ich nicke, doch er durchschaut meine Ahnungslosigkeit. Debray war Kampfgenosse Che Guevaras, erklärt er, und während der im bolivianischen Knast hockte, wohnten Baader und Ensslin in seiner Pariser Wohnung mit direktem Blick auf Notre-Dame. Ach so, mache ich. Und weißt du, Leander beugt sich vor, weißt du, was Debray über die Liebe gesagt hat? Er zuckt mit den Mundwinkeln und gibt sich dann selbst die Antwort. Eine Frau, sagt er und gibt dem Wort ›Frau‹ dabei einen pathetischen Unterton, eine Frau kann nur einen Mann lieben, der für die Revolution kämpft! Er grinst mich breit an. Tja, sage ich und gebe meinem Bedauern darüber Ausdruck, daß wir hier festhängen. In der Pampa! In Wolkenberg! Wie romantisch! Das letzte denke ich nur und würde gerne einen ironischen Unterton mitdenken. Leander und ich, zwei Männer, und einer von uns glaubt, für die Revolution zu kämpfen, wird aber noch in der Nacht an einer Pilzvergiftung sterben. Ich springe auf, räume ein paar Sachen in den Kühlschrank, die Butter, die angebrochene Flasche Mineralwasser. Zu gern würde ich irgend etwas kaputtmachen. Die Knarre! Wo ist eigentlich die Knarre? frage ich mich. Ich drehe mich zu Leander, der sitzt noch immer lächelnd da. Wo ist eigentlich die Knarre? frage ich ihn. Er schaut mich an, groß, verzieht das Gesicht. Wo hast du sie denn hingetan? will er wissen. Ich denke kurz nach. Du, sage ich dann, ich hab sie doch dir gegeben, gestern nacht. Gestern nacht? Leander steht auf, denkt nach, gestern nacht, da habe ich doch, er zeigt auf den Tisch. Ja, schon, sage ich, aber danach? Wir gucken uns im Raum um, der ist viel zu aufgeräumt, verhältnismäßig, um lange suchen zu müssen, unter dreckigem Geschirr wird schon keine Waffe liegen. Verdammt, faucht Leander, das Ding muß doch irgendwo. Mit schweren Schritten verläßt er die Küche, bestimmt wird er drüben alles durchwühlen. Vielleicht auch meine Sachen. Aber warum sollte ich ihn davon abhalten? Ich habe nichts zu verbergen, und ich habe auch nicht die Knarre von Andreas Baader. Vielleicht hat Rieke sie ja mitgenommen. Ich setze mich, ganz wahrscheinlich hat sie das. Jetzt, wo ich darüber nachdenke, natürlich, schließlich hat Leander ihr das Ding anvertraut. Ach, denke ich, Rieke! Wird schon wieder, hoffe ich, was auch immer genau, alles bleibt anders, sie aber fehlt.

AM NÄCHSTEN TAG sitzen wir im alten Mercedes eines Lehrers aus Berlin, Leander auf dem Beifahrersitz, ich hinten. Der Mann hat uns an der Autobahnauffahrt eingesammelt. Wir kommen erstaunlich rasch voran, wenn man davon absieht, daß wir fast zwei Stunden zum nächsten Ort gebraucht haben, natürlich zu Fuß, um mit der Bahn nach Hause zu fahren. Doch auf die hätten wir erstens weitere zwei Stunden warten müssen, und zweitens haben wir gar nicht genug Geld dabei. Leanders Vorschlag, sich auf dem Klo einzuschließen, sagte mir nicht gerade zu, weshalb ich meinerseits anregte, es per Anhalter zu probieren, wenigstens für eine Stunde, habe ich gesagt, dann können wir uns das mit der Zugtoilette immer noch überlegen. Außerdem ist Leander auf dem Hinweg auch per Anhalter gekommen. Und tatsächlich, kaum waren wir am Ortsschild von Drebkau angelangt, nahm uns ein Dachdecker mit, leider nur bis zur Autobahn, aber immerhin. Und keine halbe Stunde später hielt tatsächlich Reinhard mit seinem grellgrünen Schlitten neben uns. Reinhard ist Lehrer, nach den Fächern haben wir nicht gefragt, ich tippe auf Geschichte und eine Sprache, vermutlich Französisch. Reinhard ist ein extrem lockerer Typ, das zeigt schon sein wirres, wenn auch schütteres Haar. Im Tapedeck steckt Marianne Faithfull, und wir brausen über eine mäßig gefüllte Autobahn. Die Sonne scheint, und weil Fremde immer erst mal übers Wetter reden, beginnt auch Reinhard mit dem gestrigen Regen. Das hat vielleicht geschüttet! ruft er und lacht. Ja, sagt Leander. Mir fallen immer wieder die Augen zu. In den Boxen schnarrt ›Working Class Hero‹ in der Version von Marianne Faithfull. Leander erzählt von den Pilzen. So gesehen hat der feuchte Sommer also auch was Gutes, sagt er. Wenn man Pilze mag, sage ich. Für einen Sekundenbruchteil wendet Reinhard seinen Blick nach hinten, so als habe er seinen zweiten Passagier schon vergessen gehabt. Ich esse auch nicht mehr so gerne Pilze, sagt er dann, die sollen ja immer noch ziemlich verstrahlt sein, dabei ist Tschernobyl doch schon fast zwanzig Jahre her. Keep you doped with religion and sex and TV, heißt es in dem Lied, und Leander sagt: Irgendwie ist doch sowieso alles vergiftet. Recht hast du, sagt Reinhard, und das Wetter wird auch immer schlechter seit Tschernobyl. Die beiden lachen. A working class hero is something to be. Ich trinke Tschernobyl eigentlich ganz gerne, sagt Leander. Wahrscheinlich hält er sich für verdammt klug. Ich dagegen höre lieber auf die Musik: There's room at the top they are telling you still. Dann aber fragt Reinhard Leander, ob er den Schmarren etwa auch glaube. Natürlich, sagt Leander, das ist kein Schmarren, ›Tschernobyl‹, das ist russisch für ›Wermut‹. Das ist ein Gerücht, sagt Reinhard und lacht, würde gerne mal wissen, wer das in Umlauf gebracht hat und vor allem, wieso. Ein Schüler hat das mal im Unterricht behauptet, was ich sehr interessant fand, sagt er, weshalb ich dem auch nachgegangen bin. Was soll es denn dann heißen? fragt Leander und wirkt dabei ein wenig pampig. Nun, Reinhard setzt den Blinker und wechselt in die linke Spur, erst mal ist ›Tschernobyl‹ ein ukrainisches Wort, kein russisches, sagt er, und das bedeutet ungefähr ›schwarzer Busch‹, was natürlich überhaupt nicht zum Echten Wermut paßt; die Pflanze, aus der Absinth hergestellt wird, die ist grün, und silbrige Härchen hat sie übrigens auch; ich hatte so was mal im Garten. Reinhard grinst kurz zu Leander und wechselt dann zurück in die mittlere Spur. Marianne Faithfull singt inzwischen zu kühlen Reggaetönen: Why'd ya do, what you did? Erstaunlich, was immer so für Verschwörungstheorien aufkommen, sagt Reinhard, nicht wahr? Das hat durchs Internet sicherlich noch zugenommen, aber gegeben hat's so was freilich schon früher. Als ich das mit Tschernobyl nachgeprüft habe, stieß ich auch noch auf Gerüchte, wonach dieses Wort, also in seiner Bedeutung als Wermut, angeblich schon in der Bibel Erwähnung finden soll. Reinhard lacht. In der Apokalypse, nicht wahr? rufe ich von hinten. Ach, du kennst die Geschichte? fragt Reinhard. Na ja, sage ich, schon mal davon gehört, irgendwo. Noch siebzig Kilometer bis Berlin. Why'd ya do it, singt Marianne Faithfull wieder, why'd you do what you did. Hast du auch schon mal davon gehört? fragt Reinhard Leander. Nun, druckst der ziemlich herum, irgendwas war da. Feigling, denke ich. Das liegt an der falschen Übersetzung, sagt Reinhard, mit falschen Übersetzungen kannst du alles beweisen, er lacht, nur stimmen tut's dann nicht. Die Musik blendet aus. Aber da ist doch von einem Stern die Rede, sagt Leander, und der wird ›Wermut‹ genannt. Ja, ich sag doch, sagt Reinhard, ein Übersetzungsfehler! Außerdem wuchs der echte Wermut gar nicht im Nahen Osten, sagt er, der Autor hat den also gar nicht gemeint, sondern irgendeine andere Beifußart, weil sie einfach bitter war. Reinhard setzt zu einem weiteren Überholmanöver an. Nebenbei drückt er auf einen Knopf am Autoradio. Da muß ich immer vorspulen, sagt er, die haben früher irgendwie kürzere Alben gemacht. Er wechselt wieder in die Mittelspur, dann wendet er die Kassette. Kurz darauf ertönen ähnliche Synthieklänge, kommt mir bekannt vor, Reinhard stellt es lauter, und dann ist klar, diese Stimme, Leonard Cohen, wer sonst?! They sentenced me to twenty years of boredom for trying to change the system from within. Ah, sagt Leander, ›First we take Manhattan‹. Jawoll, sagt Reinhard, geile Nummer. Voll der Terrorsong, sagt Leander. Jaja, sagt Reinhard, das wird immer gerne behauptet, vor allem nach dem elften September. Leander stöhnt auf und schlägt mit der Faust gegen die Seitenscheibe. Was soll es denn sonst bedeuten? fragt er empört. Hör doch einfach mal hin, Junge, sagt Reinhard gelassen. Und wir hören alle hin. Cohen singt gerade, nein, eigentlich spricht er ja, er skandiert den Text: I'm guided by the beauty of our weapons. Siehste, Leander zeigt mit einem Finger aufs Radio. Beauty of our weapons, ruft er, das ist doch eindeutig! Reinhard schüttelt den Kopf. Wohl noch nie was von den Waffen der Frauen gehört? sagt er mit einem anzüglichen Unterton. Und der Frauenchor singt: I told you, I told you, told you, I was one of those. Eben, ja, ruft Leander, ich war einer von euch, ein Terrorist. Reinhard winkt fröhlich ab. Du willst das hören, sagt er, und wahrscheinlich ist das auch das Geheimnis guter Popmusik; weil jeder etwas anderes darin hört und es deshalb unterschreiben kann. Leander grummelt in sich hinein. Deshalb frage ich Reinhard, was denn er in dem Song hört. Das ist nicht so einfach zu sagen, antwortet der. Ach nein?! Leander lacht hysterisch. Nein, mein Freund, da mußt du nicht gleich so komisch lachen, sagt Reinhard in einem äußerst liebenswürdigen Tonfall. Und Leonard Cohen singt: I don't like your fashion business, mister, and I don't like these drugs that keep you thin. Siehst du, sagt Reinhard, das könnte sich gegen, er überlegt kurz, Modedesigner richten. Leander schüttelt heftig seinen Kopf. Damit meint er natürlich den Geschmacksterror in unserer Gesellschaft! ruft er. Das hast du schön ausgedrückt, sagt Reinhard, und Leander schlägt wieder mit der Faust gegen das Fenster. Aber das ist Lyrik, sagt Reinhard, pure Lyrik, wenn man da drin schnöde Gesellschaftskritik zu erkennen meint, dann ist das, als schmisse man Perlen vor die Säue. Ach ja? faucht Leander, und Reinhard zuckt unbestimmt mit den Schultern, und Leonard Cohen singt: I practiced every night, now I'm, weiter kommt er nicht, denn Leander drückt auf den Knopf, der die Kassette auswirft. Hey, sagt Reinhard, was? Und Leander kurbelt die Scheibe herunter. Reinhard will nach der Kassette greifen, doch da hat Leander sie schon auf die Autobahn geschmissen. Sag mal? empört sich Reinhard, sonst geht's gut, ja? Leander kurbelt die Scheibe wieder hoch und lächelt. Ich konnte dein Pädagogengeschwätz einfach nicht mehr ertragen, sagt er ruhig. Reinhard guckt ihn böse an. Unvermittelt wechselt er auf die rechte Spur und bremst ab, hinter uns hupt es. Er fährt auf den Pannenstreifen. Dann steht das Auto. Macht, daß ihr hier rauskommt, sagt Reinhard streng, und zwar dalli. Er hat das nicht so gemeint, sage ich. Doch, das habe ich! schreit Leander. Er ist bereits ausgestiegen und knallt nun die Tür zu. Da steige auch ich aus. Tür zu, ruft Reinhard und fährt schon an. Gerade noch kann ich Leanders Rucksack, der neben mir auf dem Sitz lag, greifen und herausziehen. Dann schlage ich die Tür zu, und das Auto braust weiter. Arschloch! brüllt Leander. Und dann fällt's mir ein. Scheiße! rufe ich, mein Rucksack! Der hatte nämlich noch in den Kofferraum gepaßt. Und nun ist er weg. Mit einem Lehrer, der es gewagt hatte, eine andere Meinung als Leander zu vertreten. Die Autos rauschen an uns vorbei, und ich taste meine Hosentaschen ab. Was für ein Glück, das Handy habe ich dabei. Schade nur um meine Klamotten. Ach, und das Buch aus der Stabi, in das ich keinmal reingeguckt habe, das war auch noch drin. Leander legt mir einen Arm um die Schulter. Wir befinden uns im Krieg, sagt er, da muß man Verluste in Kauf nehmen.

SEHR VIEL SPÄTER, es ist schon längst dunkel, läßt mich Ingo am Kottbusser Tor aussteigen, Leander kann noch etwas weiter mit ihm fahren. Ich danke Ingo sehr fürs Mitnehmen. Wir hatten ihn auf dem Parkplatz, zu dem wir gewandert waren, dazu überredet, uns in seinen Fiesta einsteigen zu lassen. Zu meiner Beruhigung entschuldigte sich Ingo gleich, daß sein Radio kaputt sei. Ingo ist Informatiker, kein besonders kommunikativer Mensch, ich kann mir trotzdem nicht vorstellen, daß er es normal fand, daß auch wir kein Wort gesprochen haben. Doch ich verspürte wirklich keine Lust mehr, mich mit Leander zu unterhalten oder ihm die Gelegenheit zu irgendwelchen abstrusen Äußerungen zu geben. Seine Ansage über die im Krieg in Kauf zu nehmenden Verluste hatte mir wirklich gereicht. Und so war unsere Verabschiedung eben auch extrem kühl gewesen. Hätte ihm fast noch ein gehässiges

›Volkmann‹ mit auf den Heimweg gegeben, es dann aber lieber für mich behalten. Blöder Volkmann! Ich bin total erschöpft und will gerade hoch zur U-Bahn steigen, als mir einfällt, was vor allem im Rucksack ist und mir nun fehlt: mein Portemonnaie mit dem Semesterticket. So 'ne Scheiße! denke ich. Jetzt muß ich also wohl doch schwarzfahren. Das hätte ich ja auch leichter haben können. Darüber muß ich sogar ein bißchen schmunzeln. Nur fallen mir dann meine Schlüssel ein. Die sind ja ebenfalls im Rucksack! Ach menno! Normalerweise würde ich jetzt einfach zu Rieke fahren, die hat schließlich einen Schlüssel, aber das geht ja nicht, weil Rieke bestimmt noch böse ist auf mich. Frustriert setze ich mich auf die Treppe und überlege, zu wem ich statt dessen fahren kann. Meier, denke ich, natürlich! und zücke mein Handy. Eigentlich mag ich Meier gar nichts von dem Desaster erzählen. Da könnte ich ja gleich zu meinen Eltern fahren. Die haben sogar einen Reserveschlüssel, würden aber zu viele Fragen stellen, ich hatte ihnen ja nicht einmal gesagt, daß ich wegfahre, weil ich eigentlich niemandem davon erzählt habe. Nur Luzie. Sie weiß zwar auch nichts Näheres, doch plötzlich habe ich das Gefühl, daß sie die einzige Person ist, die ich jetzt sehen und sprechen möchte. Ich wähle Luzies Nummer. Zum Glück geht sie sofort ran. Hey Sebastian! ruft sie mir entgegen, das ist aber schön! Ja, sage ich, hab doch gesagt, ich meld mich, wenn ich wieder in der Stadt bin. Luzie sagt, daß sie das freut. Du? frage ich, hast du Zeit und kannst mir helfen?

Wenig später kommt Luzie die Treppe herabgehüpft. Wir umarmen uns, Küßchen rechts, Küßchen links. Wie konnte das denn passieren? will sie wissen. Ich erzähl's dir, wenn du mich auf ein Bier einlädst, sage ich, und Luzie klatscht die Hände zusammen. Hunger hast du bestimmt auch, was? Ich nicke. Sie lächelt, und dieses Lächeln entschädigt mich für die ganze Scheiße der vergangenen Tage. Ich werde dich groß ausführen, verkündet sie, hakt sich bei mir ein, und wir gehen los.

Und dann sitzen wir uns gegenüber, nach zwei Flammkuchen und einer Geschichte, bei der ich einige, vielleicht alle wesentlichen Details ausgelassen habe, die aber zu viele Fragen aufgeworfen hätten, die ich mich zu beantworten nicht in der Lage sah und sehe. Reicht schon die Antwort darauf, warum ich mit Leander fünf Tage in Cottbus war und was wir dort gemacht haben. Da habe ich mich noch herausgestottert, aber jetzt will Luzie das von mir wissen, wonach auch ich mich gefragt hätte: Warum hast du eigentlich nicht deine Freundin angerufen? Tja, sage ich und picke ein paar auf dem Flammkuchenbrett liegende Krümel mit dem Zeigefinger auf. Habt ihr euch gestritten? fragt Luzie, bist du deswegen weggefahren? Ich tippe mir mit dem Krümelfinger auf die Zunge und denke dabei, daß das gerade bestimmt nicht besonders elegant ausschaut. Aber ihr seid schon noch zusammen? fragt Luzie, und diese Frage erschüttert mich. Ich hoffe nur, daß mein Zucken lediglich innerlich war. Bislang hat die sich gar nicht gestellt für mich. Natürlich sind wir das noch! Oder doch nicht? Sicherlich war Riekes Abreise sehr abrupt, und sie war wütend, und alles war so verwirrend, und ich gucke Luzie an, in ihr fragendes Gesicht, in die großen, hellen Augen, und bin so froh, daß sie da ist und mir zuhört, weil ich ihr alles erzählen kann, dabei erzähle ich ihr doch gar nichts. Ja, sage ich, klar sind wir noch zusammen. Eine kleine Verstimmung, sage ich und finde mich gerade nicht sonderlich überzeugend, aber Luzie lächelt, wirkt auch gar nicht enttäuscht, wieso auch, wir sind doch bloß gute Freunde. Ruf sie an, sagt Luzie. Meinst du echt? frage ich. Ja! Luzie lächelt noch immer, egal wie schlimm euer Krach war, wenn du sie um Hilfe bittest, ist das vielleicht gar nicht mal so verkehrt. Der Kellner räumt Bretter und Besteck weg. Ja, sagen wir, es hat geschmeckt. Hat es ja auch. Und wir bestellen neues Bier. Gar nicht so schlecht der Laden, sage ich, ich dachte immer, das sei so 'n bißchen spießig hier, so wie man sich Gasthäuser eben vorstellt. Luzie lacht und streicht sich eine Strähne aus der Stirn. Rustikal ist es schon, sagt sie, aber wir sind hier in Kreuzberg, da kann so was nicht arg schlimm sein. Und jetzt lenk nicht ab, sagt sie, ruf Rieke an. Und ich rufe Rieke an, doch ihr Handy ist ausgeschaltet. Nicht aufgeben, sagt Luzie, versuch es bei ihr zu Hause. Auch da ist sie nicht. Freddie sagt mir, Rieke sei irgendwo auf'm Land. Ich bedanke mich, lege auf und bin beunruhigt. Ist sie etwa gar nicht zurückgekommen? Ist ihr was passiert? Alles klar? fragt Luzie. Nein, sage ich, das heißt: ja, Rieke ist bloß nicht da. Du guckst so besorgt, sagt Luzie, und ich würde ihr gern davon erzählen, nur käme ich mir ziemlich blöd vor, jetzt meine Lüge aufzudecken. Wahrscheinlich sehe ich so aus, sage ich, weil ich mich frage, wo ich jetzt schlafen kann. Tja, sagt Luzie und senkt den Blick, wenn du nicht unter der Brücke nächtigen willst, dann könnt ich dir mein Sofa anbieten. Das wäre natürlich, sage ich, danke. Wir bekommen die beiden bestellten Biere hingestellt und stoßen an. Wird schon wieder, sagt Luzie fröhlich, ich streite mich mit meinem Freund auch andauernd. Sie trinkt einen Schluck, der hinterläßt Schaum auf ihrer Oberlippe, den sie mit der Zunge wegwischt. Dabei sehen wir uns doch schon so selten, fügt sie lachend hinzu, mal schaun, wie es nächste Woche wird, da wollen wir ein paar Tage zusammen wegfahren. Schön, sage ich, und Luzie strahlt richtig. Über ihren Freund zu reden, macht sie anscheinend glücklich, und für einen Moment hatte ich bereits in eine Richtung gedacht, die ich mir selber verbiete. Ich dachte, du mußt lernen?! sage ich. Ja, sagt Luzie, wobei sie das ›A‹ langzieht und moduliert, so wie man das macht, wenn man an eine unangenehme und stetig aufgeschobene Aufgabe erinnert wird. Die Sehnsucht ist gerade stärker, sagt sie, und ich komme mir so elternartig vor. Da klingelt mein Telefon. Auf dem Display steht: Ich. Das erstaunt mich sehr. Aus irgendeinem Grund habe ich mal meine eigene Festnetznummer ins Handy gespeichert, obwohl das ja eigentlich Quatsch ist, weil man sich niemals selber anrufen wird. Das heißt, jetzt werde ich ja gerade von mir angerufen. Was ist? fragt Luzie, warum gehst du nicht ran? Und ich drücke auf den grünen Hörerknopf. Hallo? frage ich unsicher. Hi, Rieke hier. Ich bin überwältigt. Aber wieso? stottere ich. Ich bin in deiner Wohnung, sagt sie fröhlich, ich dachte, ich überrasche dich, doch du bist gar nicht zu Hause, und dein Rucksack stand vor der Wohnungstür. Und dann fragt sie mit besorgter Stimme: Es ist aber nichts passiert, oder? Nein, nein, sage ich, nur wieso? Hey, haucht Rieke am anderen Ende, es war blöd, ich war blöd, du warst blöd, okay? Ja, sage ich, bloß versteh ich nicht. Irgendwie höre ich Rieke grinsen. Ich bin mir jedenfalls ziemlich sicher, daß sie das gerade tut. Ich war heute noch mal beim Haus, erzählt sie heiter, wollte euch abholen, weil es doof war, euch da allein zu lassen und außerdem wollte ja meine Mutter, jedenfalls, ihr wart schon weg, sagt sie, und mein Akku ist alle; seid ihr eigentlich mit dem Zug gefahren? Ich schaue in Luzies Lächeln. Sie nimmt ihren Bierkrug zur Hand und prostet mir damit zu. Ich bin gleich da, sage ich ins Telefon, bleib wo du bist, bitte.

DIE NACHT ZU SAMSTAG, zu Hause, zurück in der Wirklichkeit. Glück ist ein schwelgendes Schweigen. Wir liegen da und beobachten uns in aller Freundlichkeit. Das beruhigende Lächeln Riekes, das staunende Schauen, so als wären wir nicht schon für einen Brocken Ewigkeit zusammen, sondern erst seit unserer sich nur allmählich beruhigenden Atemlosigkeit. Wir sind müde, haben beide wenig geschlafen, als wir ohne einander waren. Zwischen uns auf dem zerknautschten Kissen liegt das Unausgesprochene. Ich taste nach dem Schalter für die Lampe, erwische ihn, Rieke erlischt, es dauert einen Moment, bis ich sie im Dunkeln wenigstens erahnen kann. Sie legt ihre Hand auf meine Seite, ruckelt, als wolle sie mich an sich ziehen. Ich tue ihr den Gefallen, wir küssen uns für eine gute Nacht, noch immer wortlos, nur ein Seufzen von ihr. Dann zieht sie ihren Arm zurück, dreht sich ein wenig zur Seite, doch ihre Hand ertastet meine Hand, auf daß wir Hand in Hand einschlafen. Ich aber kann nicht einschlafen, egal wie müde ich bin. Der Tag wühlt noch die Nacht auf. Riekes Schweigen beunruhigt mich, dabei macht mir das einiges leichter, falls sie nicht erwartet, daß ich von mir aus anfange mit den Erklärungen. Was aber müssen wir uns schon erklären? Der Ausflug in die Lausitz war keine gute Idee, wir sollten ihn vergessen, ihn abheften als eine bescheuerte Aktion gelangweilter Großstadtkinder. Die arme Katze sollte unser einziges Opfer bleiben. Rieke schnurrt neben mir. Im Restlicht der Nacht schimmert ihr Hinterkopf. Wenn ich doch bloß wüßte, was von mir in ihm steckt. Und was ist mit meinem Hinterkopf? Wie bekomme ich Luzie da wieder raus? Oder darf ich weiter an sie denken, da ist doch nichts Schlimmes dabei, wenn ich an sie denke, wenn ich ihren Namen schon nicht über die Lippen bringe, werde ich ihn doch wohl denken dürfen. Sie ist eine Freundin, die mir geholfen hat, vorhin, als ich mir ohne Geld und ohne Schlüssel und ohne Aussicht auf Rieke ziemlich verlassen vorkam. Und sie kam sofort, nur so, als Freundin, und ich sollte ja auch Rieke anrufen, nein, auch sie will schließlich gar nichts von mir, und sie hat sich doch gefreut, als Rieke mich angerufen hat. Schön, hat sie gesagt. Ist wohl noch mal alles gutgegangen, hat sie gesagt. Und worüber ihr euch auch gestritten habt, sie ist dir sicher nicht mehr böse. Das hat Luzie gesagt, hat gestrahlt dabei, war bester Laune. Und als ich nach dem Bezahlen sagte, daß ich ihr sobald wie möglich die Hälfte des Geldes gebe, sah sie mich an, mit einem leicht tadelnden Blick. Tu mir das nicht an, Sebastian, hat sie gesagt.

SAMSTAGABEND, Essen bei Toni. Die Einladung wurde vom Anrufbeantworterband ausgesprochen. Nun sitzen wir in der grellbunt ausgemalten Küche am großen Tisch mit Meier und Steff und natürlich mit Toni, wir, nach einem vollgeliebten Tag, von dem wir die meisten Stunden im Bett verbracht haben, auf unserem eigenen Wolkenberg, trotz des schönen Wetters. Kein Wort von Leander, kein Mucks über die Katze, kein Gedanke an Andreas Baader, dessen Knarre gar nicht mehr da zu sein scheint. Ist der Kampf etwa vorbei? Zusammen mit Steff hat Toni ein opulentes Mahl aufgetischt, vegetarische Köstlichkeiten, Vorsuppe und Salat und nun Gemüseauflauf. Steff echauffiert sich über Stoiber, der hat wohl irgendwas gegen die Ostdeutschen gesagt, ich frage nicht nach, um nicht erklären zu müssen, warum ich nicht Bescheid weiß. Fragt sich nur, wer mehr frustriert ist, sagt Meier, die Ossis oder doch eher Bayernede. Wohlwollendes Lachen in der Runde. Hey, ruft Toni, die CDU hält jetzt immer Angieschilder hoch, wenn Merkel irgendwo auftritt, die sind grellorange. Orange? fragt Rieke, nicht apricot? Ich grinse Rieke an, sie grinst breit zurück, unsere Füße treffen sich unterm Tisch. Ich versteh das sowieso nicht, sagt Steff, daß die die Frau jetzt offiziell Angie nennen! Das ist doch! Steff tastet die Luft über ihrem Teller nach dem passenden Wort ab. Albern! schlage ich vor. Steff wiegt den Kopf zur Seite, sie sucht wohl noch ein anderes Wort. E-eynjie, eynjie! Mit theatralischer Miene singt Toni den Stones-Klassiker an, ihr dünnes Kraushaar wippt dazu im Takt. Meier lacht am lautesten. Steff sagt, sie habe gehört, die CDU spiele den Song jetzt stets zum Einzug der Kandidatin. Hoffentlich bewahrheitet sich dann die Prophezeiung, sagt Meier. Und als wir ihn etwas fragend anschauen, sagt er fröhlich: Na, da geht es doch um eine kaputte Liebe und um geplatzte Träume. Wie stoßen auf E-eynjie an. Will noch jemand Auflauf? fragt Toni. Aber wir sind alle satt. Es gibt aber noch Nachtisch, sagt Steff. Nachtisch geht immer, sagt Meier. Käse haben wir auch noch, sagt Toni, und Obst. Sie steht auf und geht zum Kühlschrank. Wollt ihr uns eigentlich mästen? fragt Rieke, die ziemlich in ihrem Stuhl hängt. Wir hatten eigentlich mit mehr Gästen gerechnet, sagt Toni und holt eine Batterie Schokopuddingbecher hervor. Leander hat sich zum Beispiel nicht zurückgemeldet, sagt Steff, weiß jemand von euch, wo der steckt? Rieke und ich gucken uns an, sagen aber nichts. Keine Ahnung, sagt Meier. Und Luzie, sagt Steff, die kennt ihr ja, die habe ich heute auch noch angerufen. Ich zucke zusammen, denn Steff sagt, daß Luzie nicht kommen könne, weil ihr Freund heute morgen bei ihr aufgekreuzt sei. Fast wäre mir die Information rausgerutscht, daß die beiden miteinander verreisen wollen, doch Rieke merkt gerade an, ihr Freund würde das ja andauernd tun. Dazu lacht sie ziemlich drekkig. Ich bin irgendwie irritiert. Frage: Was? Und zwar so, daß die ganze Runde lacht. Du bist doch mein Freund, oder? So wie Rieke mich jetzt anguckt, muß ich sie sofort küssen. Das klinkt uns zumindest sekundenlang aus dem Tischgespräch aus. Ich höre trotzdem, wie Steff sagt: Luzies Freund wohnt aber in Hamburg. Warum hat sie ihn heute dann nicht mitgebracht? fragt Toni und stellt die

Puddingbecher auf den Tisch. Joghurt haben wir übrigens auch, sagt sie und kramt in der Tischschublade nach kleinen Löffeln. Das hab ich Luzie auch vorgeschlagen, sagt Steff, vielleicht kommen sie ja noch. Mein voller Magen wiegt gleich noch schwerer, während Riekes Küsse noch auf meinen Lippen nachbrennen. Basti? Meier hält mir einen Pudding vors Gesicht. Ich bin etwas durcheinander, nehme den Becher aber dankend an. Rieke hat sich lieber einen Apfel geben lassen. Was ist schon dabei? denke ich, natürlich hat Luzie einen Freund. Das ist doch egal, wir sind doch einfach nur gute Bekannte. Außerdem liebe ich Rieke. Ich muß sie die ganze Zeit angestarrt haben, denn jetzt starrt sie zurück und nagt dabei vergnügt an ihrem Apfel. Gibt's eigentlich irgendwas zu feiern? fragt Meier. Das habe ich mich auch schon gefragt, sagt Rieke mit halbvollem Mund. Ach, winkt Steff ab, wir wollten euch einfach mal wieder einladen. Es gibt keinen Anlaß, bestätigt Toni. Meier, Sebastian, fragt sie, wollt ihr noch mehr? Steff streckt sich, um die Kühlschranktür aufzureißen, wir haben noch Erdbeerjoghurt, eine ganze Palette. Aber wieso? fragt Meier, wieso kauft ihr so viele Sachen? Toni und Steff grinsen sich an, dann platzt es aus ihnen heraus. Was war da jetzt so komisch? wundert sich Meier. Nein, gar nichts, Toni kann sich als erste beruhigen, während Steff weitergiggelt und tief Luft holt, bloß haben wir gar nichts gekauft von dem, was ihr hier gegessen habt. Rieke reißt den Mund auf, schon bevor sie einen ersten Ton herausstoßen kann. Ihr habt das alles geklaut!? ruft sie aufgeregt. Nein, nein, sagt Steff, die sich offenbar Lachtränen aus dem Gesicht wischt, nichts ist geklaut hier. Jedenfalls nicht richtig, ergänzt Toni. Und während wir anderen drei weiterhin recht ratlos dreinblicken, müssen die beiden schon wieder lachen. Dann sagt Toni in einem fast schon feierlichen Tonfall: All das hier stammt aus dem Müll! Sie grinst. Und wir sind erst mal sprachlos. Wie jetzt? frage ich. Was denn für 'n Müll? fragt Meier. Nicht euer Ernst! sagt Rieke. Keine Angst, sagt Steff, wir haben euch keine Reste aus der Tonne im Hof kredenzt. Das ist alles aus dem Supermarkt, sagt Toni, nur eben aus dem Container. Deswegen nennt man das auch ›Containern‹, sagt Steff. ›Containern‹? fragen wir. Ja, sagt Steff, das wird alles weggeworfen, weil das Haltbarkeitsdatum abgelaufen ist, sie zeigt auf die übrigen noch auf dem Tisch stehenden Puddingbecher. Bloß weil sie nur mindestens bis gestern haltbar waren, sagt sie, heißt es ja noch nicht, daß sie plötzlich ungenießbar wären. Meistens laufen die Daten dann zu Hause im Kühlschrank ab, sagt Toni, das schmeißt man ja auch nicht weg; nur verkauft werden kann's eben nicht mehr, deswegen kommt das Zeug palettenweise in die Tonne. Und das Gemüse? fragt Rieke. Auch das, sagt Toni, ist eben nicht mehr ganz so glänzend, nicht ganz so knackig. Aber der Apfel war doch okay, oder? fragt Steff. Ja, sagt Rieke zögernd. Keine Sorge, sagt Steff, er war gut abgewaschen und sicher sowieso nicht schmutziger als zuvor in der Auslage. Übrigens, sie steht auf, Brot und Käse gibt es auch noch, das Brot ist allerdings abgepacktes. Sie öffnet den Kühlschrank und holt mehrere eingepackte Briedreiecke hervor. Wir waren mal bei einer Großbäckerei, sagt Toni, da stand ein ganzer Container voller Brote auf dem Hof herum. Irgendwie unfaßbar, denke ich und sage: Man kann da also einfach hingehen und im Müll kramen? Na ja, nicht ganz, gibt Steff zu und entklammert eine Toastbrottüte, du mußt schon über einen Zaun steigen. Ist also sozusagen illegal, sagt Toni, aber wer wird schon fürs Stehlen von Müll verknackt?! Wer weiß, sagt Meier, wenn hier offensichtlich gleich für die Tonne mitproduziert wird, könnte das doch noch als Mundraub durchgehen. Wir lachen. Ich find das genial, sagt Rieke, das beweist mal wieder, daß wir uns größtenteils von Müll ernähren, egal ob er in den Regalen liegt oder im Container. Ist halt Industriefraß! sagt Toni. Steff beißt von ihrem Käsetoast ab. Ich stehe auf und öffne nun auch mal den Kühlschrank. Bier habt ihr wohl keins im Müll gefunden? frage ich und greife nach einer der von mir mitgebrachten Flaschen. Rieke und Meier verlangen ebenfalls Nachschub. Alkohol wird in Deutschland bestimmt nie schlecht, sagt Steff. Aber immer schlechter, sagt Toni und gießt sich Wein nach, hierzulande soll eine Flasche Wein im Durchschnitt nur noch zwei Euro kosten, sie trinkt einen Schluck, das wäre ein Drittel von dem, was ich für diesen hier bezahlt habe. Zwei Euro im Durchschnitt? ruft Meier und hebelt sein Bier auf, wie billig ist dann bitte der ganz billige? Daran kann sich keiner erinnern, sage ich und stoße mit Meier und Rieke an. Wir lachen. Toni hebt ihr Glas. Ich habe auch gelesen, sagt sie, daß nahezu hundert Prozent der billigen Weine nicht einmal ihren kleinen Preis wert sind. Kann es sein, sage ich, daß es den meisten sowieso nicht mehr um Qualität geht, Hauptsache, sie machen ein Schnäppchen? Steff seufzt theatralisch. Ja, sagt sie dann, doof nur, daß damit das Niveau diktiert wird, es wird zwar weiterhin gute, feine Dinge geben, so was wie den violetten Senf bei Manufactum, kennt ihr den? Wir schütteln die Köpfe, und Steff lächelt: Den gibt's dann beim nächsten Mal, aber, was ich sagen wollte, das Mittelfeld bricht weg; wenn du dir die Feinkost nicht leisten kannst, wirst du irgendwann den billigen Scheißdreck von Aldi und Konsorten kaufen müssen. Oder, Meier haut auf den Tisch, dir dein Menü im Müll zusammensuchen. Vielleicht gibt's irgendwann Tiefkühlmüllcontainer, sage ich und löse damit Heiterkeit aus. Fünfundachtzig Prozent aller Deutschen kaufen bei Aldi ein, sagt Rieke, ich auch. Das ist deine Sache, sagt Toni. Ich hab halt nicht so viel Geld, sagt Rieke. Wir auch nicht, sagt Steff.

Ihr holt euch euer Zeug ja auch aus der Tonne, sagt Meier. Natürlich nicht alles, sagt Toni, und auch wenn Bio teurer ist, ist es jeden Cent wert, was man von den Sachen aus'm Discounter nicht immer sagen kann. Und Steff ergänzt: Lieber wenig Gutes als viel Schlechtes. Was ist denn mit dem Gemüse aus dem Container? frage ich, das war ja wohl kein Bio heute. Ertappt, sagt Toni. Wir sind gar nicht so gut, sagt Steff. Außerdem geht es ja überhaupt nicht darum, daß alles Bio ist, sagt Toni, es soll eben bloß kein Müll sein, bei einem Hühnerei für acht Cent werde ich irgendwie skeptisch, weil es da dran so gut wie gar nichts zu verdienen gibt. Nun legt aber ein Huhn mehr als ein Ei, sagt Rieke. Und jeder Bauer hat mehr als ein Huhn, ergänze ich. Das sollte er auch haben, sagt Toni, wißt ihr wieviel Gewinn man mit einem Huhn aus der Legebatterie machen kann? Wir wissen's natürlich nicht. Eins fuffzig, sagt Toni, im Jahr! Sie lehnt sich zurück und schaut uns triumphierend an. Sie hat ja recht, und trotzdem kann man die Welt nicht retten, bloß weil man Bioeier kauft. Das denke ich aber nur, das sage ich nicht. Es sagt auch sonst keiner was. Dann beugt sich Meier vor und greift nach einem der Puddingbecher. Hieran hat doch keiner was verdient, hoffe ich, sagt er, und während er noch löffelt, wechseln wir das Thema.

SPÄTER schmiegen Rieke und ich uns durch die Sommernacht zu mir nach Hause, als wir an einem Gittertor vorbeikommen. Hey, sagt Rieke, hier, das ist doch so ein großer Supermarkt?! Sie bleibt stehen. Ich bleibe auch stehen. Ja und? frage ich. Laß uns noch was für morgen besorgen! sagt sie und wackelt sanft am Metall. Was meinst du? sage ich, du willst doch nicht?! Los, Bast! sagt Rieke und gibt mir einen Kuß, du weißt, wie scharf mich so was macht. Widerspruch ist wohl zwecklos. Ich atme tief ein und aus. Okay! sage ich, wenn du meinst. Ja, sie meint. Dann helfe ich Rieke übers Tor. Auch ich schaff es irgendwie, allerdings reißt was an meiner Hose auf. Immerhin bekomme ich auf der anderen Seite einen feuchtwarmen Kuß. Der Hof ist nur matt beleuchtet von ein paar trüben Lampen. Da hinten, flüstert Rieke. Da hinten sind wohl die Container. Wir huschen dorthin, wobei, besonders leise oder unauffällig sind wir nicht gerade. Ich frage mich, ob solche Höfe bewacht werden, und wenn ja: wie stark eigentlich. Guck mal, sage ich, die haben da Holz ohne Ende. Vielleicht wird hier was gebaut, sagt Rieke. Neben den Lattenstapeln lagern palettenweise Packen mit Blumenerde. Was nicht alles in Supermärkten verkauft wird, denke ich. Dann stehen wir vor drei Müllcontainern. Der erste enthält tatsächlich Müll. Die Klappe des zweiten ist geöffnet, aber er ist leer, und der dritte ist randvoll mit Pappen. Bestimmt da drunter, sagt Rieke und beginnt, Pappen herauszuziehen und auf die Erde zu schmeißen. Rieke, sage ich, das bringt doch nichts, das ist ein Papiercontainer. Quatsch nicht und hilf mir! murrt sie und zieht weiterhin Pappen heraus. Rieke! flüstere ich, komm und laß uns gehen, das bringt uns nichts. Hast du Schiß? fragt sie. Im Halbschatten nehme ich sehr wohl das Funkeln ihrer Augen wahr. Nein, habe ich nicht, sage ich und sage es wohl etwas zu laut für die Situation, über die ich mich gerade ärgere. Doch ein Altpapiercontainer wird sicherlich nicht bewacht. Und um Streit zu vermeiden und vielleicht macht sie sogar das hier an, beteilige ich mich jetzt daran, die Pappen auf den Asphalt zu werfen. Spaß bringt das nicht gerade, vor allem, weil es sich so sinnlos anfühlt. Rieke, da ist nichts drin, sage ich. Du wirst schon sehen! antwortet sie und reißt weiter verbissen Pappen zu Boden. Plötzlich trifft uns das Licht einer Taschenlampe. Ich erstarre. Darf ich mal fragen, poltert eine Stimme, was Sie da machen? Hinter uns steht ein korpulenter Mann, an seiner Leine ein Hund, der wie zum Beweis seiner Echtheit zweimal rauh aufbellt. Mir pocht das Herz. Ein Mißverständnis, sage ich unsicher. Dann höre ich zu meiner Überraschung Riekes Stimme sagen: Wenn Sie sich nicht bewegen, passiert Ihnen nichts, und ich verstehe ihre Worte erst, als der Mann die Hand mit der Taschenlampe erhebt. Erschrocken blicke ich in Riekes Richtung. Tatsächlich, mit beiden Händen hält sie die Knarre von Baader von sich gestreckt. Im gelben Lampenlicht sieht diese irgendwie noch bedrohlicher aus. Den Schlüssel für das Tor, sagt Rieke barsch, korrigiert sich dann aber. Der Mann soll sich doch nicht bewegen. Stattdessen muß ich zu ihm gehen und die Schlüssel, die an seinem Hosenbund klemmen, an mich nehmen. Ich begreife erst verzögert. Dann gehe ich die drei Meter Entfernung äußerst langsam, es sind lange Meter. Der Hund fiept, aber er wedelt mit dem Schwanz, und der Mann wirkt ganz erstarrt, die Hand mit der Taschenlampe zittert jedoch. Ich rieche seinen Schweiß. Dann greife ich nach dem Schlüssel, meine Hand zittert ebenfalls ein bißchen. Was würde passieren, denke ich, wenn er jetzt zuschlägt oder den Hund auf mich hetzt, dann bringt es doch auch nichts, daß Rieke bewaffnet ist. Hat sie überhaupt entsichert? Mach schon! ruft Rieke. Ja! Ich greife nach dem Karabinerhaken, und endlich gelingt es mir auch, ihn von der Hose zu lösen. Der rote, wispert der Mann. Klappe halten! schreit Rieke. Dann befiehlt sie mir, das Tor aufzumachen. Und während ich schnellen Schrittes dorthin laufe, sagt sie: Wenn jetzt ein Alarm losgeht, drücke ich ab. Der rote Schlüssel! ruft der Mann verzweifelt, und ich halte bereits einen Schlüssel mit rotem Überzug zwischen den Fingern. Neben dem Tor ist ein kleiner Kasten mit Schalter und Schloß, in das der rote Schlüssel tatsächlich paßt. Dann drücke ich den

Schalter nach rechts, und mit einem Knacken bewegt sich das Tor und fährt langsam zur Seite. Kein Mucks bis wir weg sind, ruft Rieke dem Mann zu, da fängt der Hund an zu bellen. Das gilt auch für die Töle, sagt Rieke barsch. Tristan, aus! sagt der Mann in einem hilflos klingenden Tonfall, sei doch ruhig! Und das Bellen wird tatsächlich zu einem Winseln, während Rieke, ohne Mann und Hund aus der Schußbahn zu lassen, zu mir läuft. Okay, sagt sie, als sie am Tor ist, laß uns rennen! Und dann rennen wir.

Ewigkeiten später hocken wir atemlos auf einer Bank in einer schmalen Grünanlage. Verdammt, keucht Rieke, noch immer hält sie die Pistole in einer Hand. Warum hattest du die überhaupt dabei? frage ich. War doch gut, sagt Rieke und steckt das Ding zurück in die Hose. Mist, sage ich, auch ich noch immer außer Atem, der Schlüssel. Hast du ihn etwa mitgenommen? fragt Rieke. Nein, sage ich, der steckt noch im Schloß. Ist doch gut, sagt Rieke. Aber meine Fingerabdrücke! sage ich. Ach, Rieke nimmt meine Hand, die sind sicher auch auf den Pappen. Scheiße, sage ich. Aber nein, sagt Rieke, der Typ ruft niemals die Bullen. Meinst du? sage ich. Der hat doch Angst um seinen Job, sagt Rieke, in dem Alter! Der wird lieber selber die Pappen zurück in den Container werfen, als irgendwem von seiner Schmach zu erzählen. Ich streichle Riekes Gesicht. Das ist ganz heiß und schwitzig. Wir küssen uns ein bißchen. Dann lehnen wir uns zurück, dicht beieinandersitzend und Händchen haltend. Kurz bevor wir aufstehen, sagt sie: Bitte sag Leander nichts davon. Ich lache auf. Nein, sage ich, natürlich nicht, wieso sollte ich auch? Sie lächelt.

MONTAGNACHMITTAG, der Sommer ist da. Ich besuche Meier, er will mir ein paar CDs ausleihen und neue Sachen vorspielen. Es ist immer ein Risiko, sich auf so was einzulassen, denn es artet regelmäßig in einen Fachvortrag mit Tonbeispielen aus. Doch jetzt stehe ich in Meiers Türrahmen, der Sommer hat mir Schweißtropfen auf die Stirn getupft. Und wie isses? fragt er beim Handschlag. Wie soll's sein? frage ich zurück und sage nach Übertreten der Schwelle: Warm isses! Ich schließe die Tür und ziehe meine Schuhe aus. Alter Turnschuhkunde! sagt Meier. Und die Doc's? frage ich zurück, scheuern noch schön? Meier winkt ab, und ich folge ihm ins Zimmer. Eigentlich müßte es ja heißer sein, sagt Meier, bei diesem Wahlkampf, er grinst, gefühlte Tropentemperatur, Sie wissen schon, sagt er, heute ist doch offizieller Wahlkampfauftakt, kam vorhin in den Nachrichten. Ach so, ja, sage ich, auch gehört, dabei hatte ich gedacht, wir sind schon mittendrin. Ich lasse meinen leeren Rucksack auf die Dielen fallen. Willste was trinken? fragt Meier. Ich zucke mit den Schultern, sage: Wasser wäre gut. Okay, sagt Meier und guckt demonstrativ auf die Uhr, weil es ja schon nach vier ist, aber mir ist gerade gar nicht nach Bier. Auf dem Weg in die Küche bietet Meier an, er könne auch Kaffee kochen. Das finde ich gut, schon weil er kein Mineralwasser hat. Meier befüllt den Wasserkocher, dann gießt er den Kaffeesatz aus seinem Kaffeedrücker und spült die Reste mit Wasser fort. Eigentlich ist es ja ganz gut, sagt er, daß sie uns daran erinnern, daß uns die Wahlen noch bevorstehen. Aber wirklich, sage ich, ist ja fast schon so, als würde sich Merkel gerade zur Wiederwahl stellen. Es lebe die Mediendemokratie, sagt Meier trocken und schippt Kaffeepulver in die Kanne. Meier entnimmt dem Kühlschrank eine Milchtüte und schnuppert an ihrer Öffnung. Er überlegt kurz, dann sagt er: Ich glaub, die ist noch gut. Und grinst. Mir reicht Zucker, sage ich. Uh, sagt Meier, da kann ich für nichts garantieren. Er kramt in der Dosenansammlung im Küchenregal. Das Wasser kocht auf, mit einem Klick schaltet sich das Gerät aus. Meier öffnet eine Dose, guckt hinein und gibt sie dann an mich weiter. Scheint noch süß zu sein, sagt er. Ich lache, nicht nur aus Höflichkeit. Ist auch nicht aus dem Müll, sagt Meier und gießt das heiße Wasser in die Kanne, dann sucht er nach zwei sauberen Tassen und Teelöffeln. Sofort kommt mir der Container voller Pappen in den Sinn, der Hund, die Schlüssel. Das war vielleicht was, Toni und Steff sind echt hart drauf. Ist doch sympathisch, sage ich. Etwas kraß, sagt Meier und zieht den Kannendeckel zwischen ein paar Tellern in der Spüle hervor. Ist dir zu hart? frage ich. Meier macht eine unbestimmte Grimasse. Und sonst? frage ich, als er das Sieb in den Kaffee drückt. Was denn sonst? fragt Meier. Die Frauen! sage ich. Hör mir mit die Frauen auf! sagt Meier. Keine neue in Aussicht? frage ich, und Meier zieht einen Mundwinkel beträchtlich in die Höhe. Die Aussicht ist gut, sagt er, aber gucken macht nicht satt.

Kurz darauf sitze ich mit einem dampfenden Kaffeepott zwischen unzähligen CD- und LP-Hüllen auf dem Fußboden in Meiers Zimmer. Er selbst sucht die CD von Marianne Faithfull, um die ich ihn gebeten habe, auf der ›Working Class Hero‹ drauf ist und ›Why'd ya do it‹. Irgendwann hat er sie tatsächlich gefunden, bei der Suche sind ihm aber noch ein paar andere Sachen in den Sinn gesprungen, die er zu einem kleinen Stapel aufgeschichtet hat. Er präsentiert mir die gewünschte CD: Eine hellblaue Frau auf dunkelblauem Grund beschattet ihr Gesicht mit der Hand, die eine Zigarette hält, deren Glimmen rot eingefärbt ist. Auf der Hülle pappt ein grau gewordener Aufkleber der Plattenfirma. Meier nimmt die CD heraus, legt sie in den Player und drückt einen Knopf, woraufhin die Schublade zurückfährt. Kurz darauf beginnt die Musik, zuerst ein Keyboardtriller, dann setzen Baß und Schlagzeug ein, dazu vereinzelte Gitarrenakkorde, sehr schwerfällig, genau wie die Stimme, die wenig später erklingt, brüchig, schleppend. Ja, das ist sie. Ich verstehe ›anytime‹, ›lonely‹, ›what are you fighting for‹ und ›security‹. Sie singt von einem ›old war‹, der not even a cold war sei. Don't say it in Russian, don't say it in German. Say it in broken English. Das letzte wiederholt sie. Natürlich kenne ich den Song, habe ihn bestimmt schon mehrmals gehört, aber immer wieder vergessen. Coole Nummer, was? fragt Meier. Ja, sage ich, irgendwie, ich suche nach einem Adjektiv und sage schließlich: unheimlich. Mysteriös! schlägt Meier vor und reißt die Augen dazu auf. Auch das, sage ich. What are you dying for? ächzt die Faithfull derweil, it's not my reality. Ist das gegen Vietnam? frage ich, und Meier grinst. Auf Fragen wie diese wartet er nur, aber ich will es ja wirklich wissen. Nee, sagt er, Vietnam war da schon vorbei, ist ja von neunundsiebzig. Klar, sage ich, aber welcher Krieg war denn dann gerade aktuell, Kambodscha? Quatsch! sagt Meier und nippt an seinem Kaffee, hier geht es um den Krieg der sechs gegen sechzig Millionen! Ich gucke Meier prüfend ins Gesicht. Woher kennt er den Spruch, wenn nicht von Leander? Meinst du Baader? frage ich. Na ja, sagt Meier, der natürlich auch, Böll hat damit ja die ganze Er A Eff gemeint. Wieso Böll? frage ich. Hat Böll nicht so was damals geschrieben? Er guckt mich unsicher an. Ich sage, daß ich keine Ahnung habe. Ist auch egal, sagt Meier, eigentlich singt die Faithfull ja auch nur über Ulrike Meinhof. Und gerade wiederholt sie den Text vom Anfang. What are you fighting for? It's not my security. Interessant, sage ich, warum aber ›Broken English‹? Tja, sagt Meier, das hab ich mich auch lange gefragt, und neulich hat irgendwer was dazu gesagt oder geschrieben, keine Ahnung, anscheinend gibt's da gar keine richtige Erklärung. Na toll! sage ich. Dichterische Freiheit! sagt Meier, sie soll das damals im Zusammenhang mit der Festnahme von Ulrike

Meinhof aufgeschnappt haben, also die Phrase vom ›Broken English‹, und konnte das sich hinterher selbst nicht mehr erklären, hat aber eben diesen klasse Song geschrieben. What are you fighting for? Immer wieder wiederholt die Stimme in den Boxen diesen Satz und wird dabei allmählich ausgeblendet. What are you fighting for? Aber neunundsiebzig, sage ich, waren die da nicht schon tot? Ich überlege kurz, ganz sicher bin ich mir nicht, doch neunzehnsiebenundsiebzig gab es den heißen Herbst, das muß alles vor meiner Zeit gewesen sein. Ich sage: Die konnten doch für gar nichts mehr kämpfen. Schon, sagt Meier und läßt die CD-Schublade ausfahren, aber die Er A Eff gab's ja weiter. Bloß fehlten ihnen die Führungspersönlichkeiten, sage ich. Das stimmt, sagt Meier, eine Ulrike Meinhof läßt sich nicht so leicht ersetzen. Na ja, sage ich, das mit Meinhof ist doch sowieso eher ein Mißverständnis. Ach ja? Meier guckt mich skeptisch an. Auf jeden Fall, sage ich, dieses Gerede von Baader-Meinhof war von Anfang an ein Irrtum, weil ja Baader und Ensslin die Anführer waren, doch Meinhof war eben die bekannte Journalistin, die plötzlich in den Untergrund ging und nicht mehr mit Worten, sondern mit Gewalt gegen den Staat kämpfte. Was du so alles weißt, sagt Meier und schichtet die CDs vor sich um. Ich bin selbst darüber erstaunt, was hängengeblieben ist von dem, was mir Leander beim Warten an der Autobahn so alles erzählt hat. Plötzlich muß Meier grinsen. Ich stell mir gerade vor, sagt er, Sabine Christiansen schlösse sich einer terroristischen Vereinigung an. Die hat doch gar keine echte Meinung, sage ich. Sie weiß aber schon, wo's langgeht, sagt er. Wahrscheinlich, sage ich, stimmt schon, wenn's hart auf hart käme, gegen die Reichensteuer würde sie sicher kämpfen. Das wär's noch! ruft Meier, Sabine Christiansens Fresse auf den Fahndungsplakaten! Und ihre Show gäb's auch nicht mehr, sage ich. Ach, wer weiß, sagt Meier, das Fernsehen ist doch voll mit blondierten Phrasendreschmaschinen, und ich glaub auch nicht, daß Christiansen irgendwann mal Pop wird. Wie die Meinhof? frage ich. Meier nickt und geht zu seinem Bett, zieht darunter eine Kiste hervor, die voll mit Kassetten ist. Ich hab da so was, murmelt er, und während er anfängt zu kramen, gebe ich ihm recht, indem ich die Vokabel ›Projektionsfigur‹ erfinde, vielleicht gibt's die auch schon, egal, jedenfalls sage ich: So eine wie die Meinhof, die wirkt einfach interessanter als Gudrun Ensslin, schon wegen ihrer vorherigen Karriere, Villa in Hamburg, zwei kleine Kinder, so was gibt nicht jeder auf. Leander hat das neulich spöttisch gemeint. Für ihn war die Meinhof wohl eher eine weltfremde Intellektuelle, die ein bißchen Krieg spielen wollte. Meier hat offensichtlich gefunden, wonach er gesucht hat. Mit einer Kassette in der Hand kommt er zurück zur Stereoanlage und schaltet das Tapedeck an, dann legt er die Kassette ein, drückt auf Play. Elektronisches Geklapper, irgendwie düster, dazu macht sich ein langsames Pochen im Raum breit, noch könnte es was Altes von Depeche Mode sein, dann aber singt eine verächtlich klingende Männerstimme: Liebe Ulrike, wo bleibt der Sinn der Revolution? Kleinkarierte Spießer haben immer das letzte Wort. Ich gucke zu Meier, der grinst mich an. Was ist das denn? frage ich. Geil, oder? sagt Meier. Machtmenschen, Gauleiter beherrschen die Realität, singt der Mann, und das Wort ›Realität‹ intoniert er so, als wüßte er nicht, was das ist, Realität. War es nur Wut, war es auch Zauber, war es ein Wunder von Zärtlichkeit? heißt es da weiter, im Hintergrund knödelt jemand den Text teilweise mit, war es ein Traum oder ein deutscher Unsinn, eine leere Hoffnung oder doch nur Sinnlichkeit? Ich bin ratlos, worum geht es hier? Jaaaaaa, hier setzt wohl der Refrain ein, in sein langgezogenes ›Ja‹

singt der Sänger: Aber keiner hat verstanden. Jaaaaa, keiner ist aufgewacht. Jaaaaaa, blinde, blinde Schafe. Jaaaaa, voller Dummheit und voller Angst. Der Rhythmus wechselt wieder, jetzt spielt eine mäßig verzerrte Gitarre mit. Alles, alles, alles ist verloren und verdorben, alle, alle Freunde sind bestochen und gekreuzigt. Alles, alles, alles ist verboten und vergessen, alle, alle Dichter sind vergiftet und gealtert. Leidenschaft und Tod, Rache und Verblödung. Gib mir meine Waffe, sag mir nur ein Wort. Leidenschaft und Tod, Rache und Verblödung. Gib mir meine Waffe, sag mir nur ein Wort. Das pulsierende Knarzen vom Anfang wiederholt sich, Rückkopplungen, kurzes Innehalten, dann fängt der Jaaa-Teil wieder an. Liebe Ulrike? frage ich, Ulrike Meinhof? Auf jeden, sagt Meier. Das sind Italiener, fügt er hinzu, Pankow heißen die, wie der Bezirk. Italiener? Ich kann das nicht glauben. Die singen doch aber deutsch, sage ich. Alles, alles, alles. In der Tat! Meier lacht, das ist ein extrem deutsches Lied, nur wenn man genau hinhört, erkennt man einen leichten Akzent. Die Gitarren jaulen. Leidenschaft und Tod, Rache und Verblödung, gib mir meine Waffe, sag mir nur ein Wort, singt der Sänger, wieder zweimal, dann folgt der musikalische Zwischenpart, das Pulsieren und Jaulen. Liebe Ulrike, singt er wieder. Meier hat recht, das U ist weniger hell, ein bißchen gequetscht, als würde der Sänger über das ›l‹ stolpern. Der Elektrokrach hält inne, es bleibt nur das Pochen der synthetischen bass drum. Dazu singt der Mann: Keiner fährt mehr nach Stammheim, nur ein paar alte Helden: Ernst Jünger und Old Shatterhand. Pause. In die Stille hinein singt er: Liebe Ulrike, und klingt dabei fast schon zärtlich. Warte nur ab, bald ist wieder Tag, er wird ganz leise, bald ist wieder. Da schreit er: Feuer! Und während ich noch versuche, den tieferen Sinn dieses Textes zu verstehen, fängt schon das nächste Lied an mit einer E-Baß-Figur,

Schlagzeug, ein, zwei Keyboardakkorde, eine Frauenstimme fängt an zu sprechen: Guten Tag, meine Damen und Herren, Sie hören eine Sonderdurchsage der Polizei, das Bundeskriminalamt gibt Ihnen die Gelegenheit, Gespräche der an den Morden in Köln und der Entführung des Doktor Schleyer Beteiligten zu hören, und bittet um Ihre Unterstützung. Was ist das denn für 'ne Kassette? frage ich. Meier wirft mir die Hülle zu. Über der Musik eine undeutliche, männliche Telefonstimme. Die Kassettenpappe ist mit Schreibmaschine beschriftet, als Titel steht dort kleinbuchstabig ›neunzehnsiebenundsiebzig – the baader-meinhof-tape‹ drauf. Was ist das? frage ich. Eine Kassette, sagt Meier, und bevor ich mich über so viel Blödsinn aufregen kann, sagt er, das Tape habe ihm sein Cousin mal gegeben. Da gab's vor ein paar Jahren wohl mal 'ne Radiosendung mit Musik zum Deutschen Herbst siebenundsiebzig, du weißt schon. Ja klar, sage ich und lese die ersten Musiktitel, die in konspirativer Kleinschreibung auf die Hülle getippt sind: pankow – liebe ulrike, dahinter steht in Klammern die Jahreszahl neunzehnhundertzweiundneunzig. brian eno: raf, in Klammern: neunzehnsiebenundsiebzig. Derweil sagt die Frauenstimme: Aufzeichnung drei, und die Telefonstimme sagt was von ›unterbrochen worden‹ und ›Bemerkung zu machen‹ sowie: Ich bedanke mich. Da versteht man ja kaum ein Wort, sage ich. Ein bißchen unheimlich, nicht wahr? sagt Meier, ist aber spannend, die Er A Eff hatte keine wirkliche Stimme, wenn man sprach, dann nur mit der Polizei, um Forderungen zu übermitteln, und das sehr verzerrt, ansonsten galten die Bekennerschreiben. Und weil ich dazu nichts sage, guckt mich Meier an und fragt, seit wann ich mich eigentlich für die Er A Eff interessiere. Tu ich doch gar nicht, sage ich, ich interessiere mich nur für Musik. Aus den Boxen dröhnt es dissonant. Und du? Ich sehe Meier an. Geht so, sagt er, ich mein, cool war'n die ja schon. Er nimmt einen Schluck Kaffee und fügt hinzu: Irgendwie. Findest du es cool, Leute umzubringen? frage ich. Meier lacht auf. Na ja, er stellt die Tasse ab, ich finde, eigentlich, das muß doch jeder mit sich selbst ausmachen. Und würdest du? frage ich. Was? fragt er. Jemanden erschießen! sage ich, vielleicht ein bißchen zu laut. Was ist das denn für 'ne Frage? fragt er. Theoretisch, sage ich, also wenn es dir um etwas ginge, ich überlege kurz, zum Beispiel das Recht auf Grillen und Biertrinken im Park, würdest du dafür mit der Waffe losziehen? Er schaut mich erschrocken an. Meinst du das ernst? fragt er. Und die Frauenstimme von eben redet in den Geräuschbrei hinein: Sie können zur Identifizierung und zur Festnahme der Täter beitragen. Würd mich nur mal interessieren, sage ich. Ich hab doch gar keine Waffe, sagt Meier. Gib mir meine Waffe, denke ich mit italienischem Akzent und frage: Und wenn doch? Natürlich nicht, sagt Meier, nicht fürs Grillen, das ist doch unverhältnismäßig. Ab wann ist es denn verhältnismäßig? Ich lasse nicht locker. Auf der Kassette fängt gerade was Neues an, ich kenne es, irgendwas von Ton Steine Scherben, das weiß ich sofort, nur welches Lied? Wahrscheinlich ist es schwierig, die Verhältnismäßigkeit auszuloten, sagt Meier, und Rio Reiser raunzt aus den Boxen: Ich bin nicht frei und ich kann nur wählen, welche Diebe mich bestehlen, welche Mörder mir befehlen. Und wenn's darum ginge, die Verhältnisse zu ändern? sage ich. Fragt sich immer, ob man die Richtung bestimmen kann, sagt Meier zögernd, außerdem, ich meine, unser Blog, wir haben Worte, keine Kugeln! Daran hatte ich ja gar nicht mehr gedacht, und Rio singt: Im Süden, im Osten, im Westen, im Norden, es sind überall dieselben, die uns ermorden. Genau, sage ich, zeig mir doch mal dein Manifest! In jeder Stadt und in jedem Land, schreibt die Parole an jede Wand, singt Rio und ein

Chor wiederholt die letzte Zeile, gefolgt von wenig spannungsaufbauendem Gedengel, bevor alle den bekannten Slogan skandieren: Keine Macht dadadadaa für Niemand. Meier hat sich inzwischen erhoben und kramt auf seinem Schreibtisch herum. Und während sich Rio in seiner Aussage wiederholt, sagt Meier: Den Song hier soll übrigens die Er A Eff bei den Scherben bestellt haben. Wie das? frage ich. Wie, weiß ich auch nicht, sagt Meier, ich hab nur mal gehört, die hätten sich ein Stück gewünscht, das die Leute dazu bringt, mit erhobenen Fäusten auf die Straße zu rennen und mit dem Kampf zu beginnen. Da muß er grinsen, und ich auch. Wir lachen, während Rio diesmal singt: heißt die Parole von unserm Kampf. Und das wenigstens ist ihnen gelungen, diese Parole hat sich durchgesetzt, über dreißig Jahre nach der Formulierung liest man sie auch heute noch manchmal an besetzten Häusern oder auch an Autobahnbrücken: Keine Macht dadadadaa für Niemand. Daß der Song für die Raff geworben hat, das ist mir echt neu, sage ich und bemerke, daß ich diesmal Raff gesagt habe, soweit ist es also schon, wobei ich mir gar nicht sicher bin, ob die eine Sprechweise mehr Sympathie ausdrückt als die andere. Geworben hat er ja auch nicht, sagt Meier, die sollen den gar nicht gut gefunden haben. Er stoppt das sich ohnehin schon im Ausklang befindliche Lied abrupt. Jetzt aber Schluß mit Terror, sagt er, ich hab hier noch ein paar schöne Liebeslieder. Ich glaub, ich trink doch ein Bier, sage ich, und Meier lacht zustimmend. Was ist eigentlich mit deinem Manifest? frage ich. Ach ja, sagt Meier, er reicht mir einen zerknautschten Zettel, hoffe, du kannst meine Handschrift lesen, ich hol uns mal Bier. Und du meinst wirklich, frage ich, mit so einem Text jemanden zu erreichen? Meier bleibt im Türrahmen stehen, fragt, wie ich das denn meine. Glaubst du, frage ich, man kann mit bloßen Worten Menschen überzeugen, die vorher ganz anderer Meinung waren? Was'n mit dir los? fragt Meier, daß Gewalt nun gar nicht geht, ist doch klar, oder zieht es dich nach Stammheim? Wie kommst du da jetzt drauf? frage ich. Ich glaub, Meier grinst, wir brauchen wirklich Alkohol! Dann geht er in die Küche. Vielleicht ist es wirklich besser, denke ich, Meier nicht dabeizuhaben.

UM EINIGES SPÄTER bin ich mit Rieke vor der Marabubar verabredet. Sie wirkte etwas merkwürdig am Telefon, quengelig, fast ungehalten, günstigenfalls besorgt. Wo bist du, was machst du, du wirkst so albern, ist alles in Ordnung? Jaja, natürlich, sagte ich und versuchte, mich nüchtern zu geben. Auf halbleeren Magen hatten die drei Nachmittagsbiere erheblich eingeschlagen, sorgten aber auch für eine heitere Grundstimmung, die so gar nicht zu dem Ernst in Riekes Stimme passen wollte. Ich sollte sofort kommen, sie müsse mich unbedingt sehen. Was denn passiert sei, wollte ich wissen. Eine Frage, die Rieke für unpassend hielt, ich sei schließlich ihr Freund oder nicht, da müsse sie doch wohl nichts begründen oder was. Aber wenn es mir leichter fiele, mich endlich aufzumachen, könnte ich ja mal Antwort ›a‹, Sehnsucht, einloggen. Sehnsucht, das war neu in Riekes Wortschatz. Ich wußte nicht, ob ich mich freuen oder sorgen sollte, versprach aber, mich zu beeilen, natürlich, ich bin gleich da, ich dich auch. Meier meinte zwar, er habe mir die besten Sachen noch gar nicht vorgespielt und zu seinem Manifest hätte ich auch noch nicht richtig viel gesagt, ich aber erwiderte was von Beziehungsfeuerwehr, packte die geliehenen CDs und die Kassette ein und verabschiedete mich hastig. Warum mich Rieke in der Marabubar treffen will, wundert mich, wir treffen uns sonst nie in Kneipen, doch eine schöne Nacht macht sich breit über der Stadt, die Straßen sind noch voller Sommer, die Gehsteige vor den Cafés sind gut bevölkert, und vom Görlitzer Park weht Lachen und Grillgeruch herüber, als ich vor der Bar bremse. Rieke sitzt am letzten Tisch und winkt mir zu. Ich steige ab und schiebe mein Rad zu ihr. Sie springt auf, guckt mich groß an, unerwartet ernsthaft, hängt sich dann um meinen Hals, knutscht mich mit vollem Körpereinsatz, fast lasse ich das Fahrrad fallen, und ich murmle in ihren Mund hinein, daß ich es schnell mal anschließen wolle. Laß uns lieber in den Park gehen, sagt sie, doch ihrem Gesicht fehlt jede Andeutung, die auf eine geplante Anzüglichkeit deuten ließe. Allerdings verfügt der Görlitzer Park auch nicht gerade über wirklich kuschlige Rückzugsecken für den ungestörten Freiluftfick. Ich bin mir also nicht sicher, was Rieke vorhat, als wir Richtung große Wiese steuern, flankiert von unseren Fahrrädern, meins links, ihrs rechts. Am Parkeingang dreht sie sich um, zweimal. Was denn? frage ich. Man kann nie wissen, sagt sie. Im Abendgrau hocken Schatten paarweise und in Kleinstgruppen am Hang, irgendwo trommelt es, weil es ohne Trommler im Sommer nicht geht, ich sehe eine einzige entfernte Feuerstelle flackern, sicherlich war das Ordnungsamt schon hier. Wieviel hast du eigentlich getrunken? fragt Rieke nach vielen Metern Wortlosigkeit. Nicht viel, sage ich, zwei. Du wirkst so, Riekes Händchenhand läßt die meine in die Höhe schwingen, so beschwipst. Das liegt nur an dir, sage ich und bleibe stehen, will mich zu ihr drehen, die Fahrräder verhindern jedoch jeden Umarmungsversuch, wir müßten sie fallen lassen, um uns unter Geschepper aneinanderwerfen zu können, aber so weit scheint Riekes Sehnsucht nun doch nicht zu gehen. Nicht, sagt sie, du hast eine Fahne. Sie zieht mich weiter. Da links ist noch Platz, sage ich. Nein, sagt sie, ich weiß schon wo. Zielstrebig führt sie mich weiter ins Halbdunkel, vom Weg ab, schräg über die Wiese, an sommerabendlicher Ausgelassenheit vorbei. Unverhofft hält sie an und sagt: Hier. Und plötzlich steht Leander vor uns, den ich zuerst an der Stimme erkenne, als er sagt: Da seid ihr ja endlich! Ich bin froh, daß man mein Gesicht jetzt schlecht erkennen kann. Rieke legt ihr Rad ins Gras und setzt sich, Leander folgt ihr, also lasse auch ich mein Rad los und mich selbst nieder. Ganz schön konspirativ, wa? bemerkt Rieke in einem Anflug von Heiterkeit in der Stimme und streichelt mich vom Oberarm hinab zum Knie, wo ihre Hand liegenbleibt. Wo warst du eigentlich? fragt Leander. Das gleiche könnte ich ihn fragen, aber warum sollte ich? Es kommt mir allerdings so vor, als hätten wir uns seit Wochen nicht gesehen. Unter anderen Umständen, aber wahrscheinlich auch nur mit einem anderen Menschen, könnte ich jetzt flachsen, die seltsame Fahrt Revue passieren lassen, doch verzichte ich lieber darauf und beantworte statt dessen Leanders Frage. Bei Meier, sage ich. Du hast aber nicht? fragt Leander. Natürlich nicht, sage ich, der würde das sowieso nicht gutheißen. Wie kommst du darauf? fragt Rieke. Meier will lieber mit Worten überzeugen, sage ich. Stimmt, sagt Leander, das Blogprojekt. Als ob man mit Manifesten noch was erreichen könnte, sagt Rieke und ändert dann ihren Tonfall, ihr habt aber nicht darüber diskutiert, ob man Gewalt anwenden darf? Nein, sage ich, außerdem sind wir immer wieder von dieser Blogsache abgekommen, wir haben. Ihr habt getrunken, unterbricht mich Rieke. Na und? sage ich, ich halte schon dicht, außerdem waren's bloß drei Bier. Ich denke zwei? sagt Rieke. Muß ich hier Rechenschaft ablegen? sage ich. Ich bemerke, daß Riekes Hand gar nicht mehr auf meinem Knie liegt. Leander sagt, ich solle in Zukunft lieber nüchtern bleiben, da behält man besser die Kontrolle. Es wird ernst, sagt Rieke. Immerhin ist ihre Hand wieder da. Ich halte sie fest. Wir müssen Vorbereitungen treffen, sagt Leander, logistische. Ich denke, sagt er, wir sollten uns Wohnungen mieten zum Untertauchen. Wir brauchen Perücken, sagt Rieke, falsche Pässe. Aber warum? frage ich und stoße damit auf Unverständnis. Ob ich noch was mitbekäme? will Leander wissen. Ich denke, wir erschießen nur, sage ich und halte im Satz inne, wohl weil ich denke, die beiden würden mich zum Schweigen bringen, könnte ja wer zuhören, doch besteht hier im Park offenbar keine Angst davor. Allerdings verfällt Leander ins Flüstern, als er sagt, daß die erste Tat nur das Fanal ist. Danach werden sie uns suchen, und wir müssen abwarten, ob es überhaupt ausreicht. Wir werden sehen, sagt Leander, wer auf unserer Seite steht und wen wir bekämpfen müssen. Nur so können wir eine größere Gruppe bilden, sagt Rieke, und ich bin über diese Absicht zu überrascht, um wirklich erstaunt zu sein. Wie logisch! Erst erschießen wir einen von der Regierung, damit die im Amt bleiben kann, und dann gehen wir in den Untergrund, um sie zu bekämpfen. Oder was? Vermutlich fehlt mir hier irgendwas, vielleicht der Zwischenteil, aber ich wage es nicht, meine Gedanken zu äußern, schon weil die beiden anderen längst darüber reden, ob es besser wäre, sich in bürgerlichen Häusern einzumieten, in großen Wohnburgen oder lieber in alternativeren Quartieren. Da bist du weniger anonym, sagt Rieke, dafür wird dich niemand verpfeifen. Weiß man das? frage ich, und Leander stimmt mir sogar zu, sagt, es ist sicher besser, dort hinzuziehen, wo sich niemand um seine Nachbarn kümmert, solange er nur keinen Krach macht. Illegal sein bedeutet also, nicht weiter aufzufallen, sage ich, gewissermaßen nicht länger vorhanden zu sein, jedenfalls an der gesellschaftlichen Oberfläche. Jaja, sagt Leander, wobei Baader sich darum wenig gekümmert hat, er ist immer BMW gefahren und das viel zu schnell. Laß uns unauffällig bleiben, sagt Rieke, so wie die schweigende Mehrheit. Die in ihrer Unauffälligkeit ja auch ziemlich suspekt ist, sage ich, hochgradig illegal sozusagen. Rieke kichert. Was soll man eigentlich, frage ich, von Menschen halten, die gar nicht mehr wahrnehmbar sind und trotzdem die Regierung bestimmen dürfen? Das aber ist doch gerade Politik, sagt Leander, Menschen, deren Existenz lediglich dazu da ist, die Statistiken zu füllen, in welcher Spalte auch immer, dazu zu bringen, an einem bestimmten Sonntag in eine miefige Schule zu gehen, um Namen anzukreuzen, weil man sie glauben macht, das Aufflammen von Riekes Feuerzeug unterbricht Leanders Redefluß, weil sie glauben, sagt er und hält wieder inne, hat wohl den Faden verloren. Rieke atmet derweil Rauch aus, der in solchen Momenten in ihr Gesicht gemalte Genuß ist nur zu erahnen, denn die Nacht hat uns erreicht, übrig geblieben sind nur unsere Umrisse. Demokratie ist doch nichts anderes, sagt Leander, als die Vorspiegelung von Beteiligung an der Geschichte, als könnte man durch die Abgabe seiner Stimme bei der Bundestagswahl etwas verändern im Land, was wiederum unsere Chance ist. An diese Stelle gehört ein gewichtiger Blick Leanders, den wir leider nicht sehen können. Lediglich das Glimmen von Riekes Zigarette gibt Licht ab. Da kann Leander getrost weitersprechen. Er sagt, man müsse die Masse mit ein paar gezielten Zeichen dazu bringen, ihre Haltung zur aktuellen Lage zu revidieren. So was schafft doch nur die Bildzeitung, sagt Rieke und drückt ihre Zigarette im Rasen aus. Ich brumme Zustimmung. Nicht ganz, sagt Leander, Bild macht Meinungen, Meinungen, die sich ständig ändern können, wenn auch in der Regel nur unter Fremdbeeinflussung. Worum es uns dagegen gehen muß, das ist die Haltung, die bei manchen Menschen gar nicht vorhanden ist, weil ja angenommene Meinungen ausreichen, um sich an der Imbißbudentheke mißgünstig über die Weltlage zu äußern. Ich dachte, sage ich, es geht uns um die Stimmung, also darum, also daß die Mehrheit aus Protest gegen unsere Tat ihre Meinung ändert. Meinung oder Haltung? fragt Rieke. Das ist doch genau der springende Punkt, sagt Leander, sie glauben, daß sie gegen uns sind, dabei schlagen sie sich dadurch auf unsere Seite. Bis dahin ist es ganz einfach, schwieriger wird es, und da hast du schon recht, Sebastian, aus der Stimmung müssen wir eine Haltung machen, und zwar unsere. Dafür müssen wir von der Bildoberfläche verschwinden, sagt er fast flüsternd, sie dürfen uns nicht bemerken.

DIENSTAGNACHMITTAG. Rieke und ich sind bei H&M, uns unauffällige Klamotten zu holen. Ich finde zwar, wir haben genügend unauffällige Klamotten, aber Rieke war von dem Plan nicht mehr abzubringen, und wer widerspricht schon einer nackten Frau? Ich habe allerdings darauf bestanden, daß sie die Pistole zu Hause läßt, damit sie am Ende nicht noch auf falsche Gedanken kommt. Wir stehen an einem dieser Rundkleiderständer, vollgestopft mit bunten Oberteilen, Damenoberteilen. Textilien werden schließlich an Damen und Herren verkauft. Wobei, bei H&M bin ich mir da nicht so sicher. Der Laden ist zwar voll, aber Damen und Herren sieht man hier keine. Weder Mütter, die ihre Sprößlinge einkleiden, noch graumelierte Herren, die ihre jungen Geliebten neu ausstatten. Dafür wäre H&M nun auch wirklich zu stillos. Rieke zerrt ein buntgeringeltes Top heraus, hält es erst weit von sich, mustert es, guckt mich dabei schief an, dann hält sie es sich vor den Körper, macht ein Hohlkreuz und grinst. Und? fragt sie. Der Bügel steht dir nicht, sage ich. Blödmann! Sie drückt mir das Teil mitsamt Bügel in die Arme, anprobiert wird später. Eigentlich bin ich ja ganz froh, mal wieder was irgendwie Normales mit ihr zu unternehmen, ist ja nicht verboten, bei H&M einzukaufen, machen doch alle, jedenfalls die ohne Damen- und Herrenbegleitung. Deshalb gibt es natürlich auch nichts Besseres, als sich genau hier Nullachtfuffzehnzeug zu besorgen, Tarnkleidung, schließlich laufen die meisten Leute in unserem Alter in diesen Sachen rum. Sie sehen irgendwie ›in‹ aus, up to date. Rieke hat inzwischen den Ständer gewechselt. Ich dackel ihr hinterher, sage: Wenn alle das gleiche tragen, kann man damit schlecht ›out‹ sein. Rieke guckt mich kurz an, nickt zustimmend und zeigt mir ein T-Shirt. Citygirl, steht silberglitzernd drauf. Ich nehme es entgegen. Auch wenn sie mir wahrscheinlich gar nicht zuhört, rede ich weiter. Man macht sich nicht verdächtig, sage ich, weder zu arm noch zu reich zu sein. Wie findest du diese Hose? fragt Rieke, ohne von der Hose in ihren Händen aufzugukken. Ganz schön khaki, sage ich. Ganz schön billig, sagt sie, kontrolliert die Größe und übergibt mir dann das Stück. Kinder nähen nun mal schön billig, sage ich, vor allen in, ich suche nach dem Etikett, ›Made in Cambodia‹ steht da auf der Rückseite der Waschanleitung. Und jetzt noch ein Kleid, sagt Rieke, wie findest du dieses Blumenmuster hier? Sie zieht einen Zipfel mit blauen Blümchen auf weißem Grund aus einem in der Nähe stehenden Ständer hervor. Nicht besonders originell, sage ich. Seit wann sind Uniformen originell? sagt Rieke und guckt nach einem Exemplar in ihrer Größe. Sind das also die Uniformen unserer Generation? frage ich. So sieht's aus! sagt Rieke und hält das Kleidchen vor sich, dreht sich damit zum Spiegel. Ich stelle mich hinter sie. Wir beide im Spiegel meine Stirn glänzt, Rieke setzt ihren Unschuldsblick auf macht einen Knicks, lächelt, dreht das Gesicht zu mir küßt mich kurz auf die Wange, zwinkert in den Spiegel hinein. Ein bißchen brav, sage ich. Gut so! Mit ein paar hüpfenden Schritten bewegt sie sich weiter und drückt mir dabei das Kleid in die Arme. Cooles Mützchen, was? Von einem Tischchen hat Rieke eine rosa Schirmmütze geangelt, die sie nun schräg aufsetzt. Sie grinst mich an. Voll prollig! sage ich. Prima, meint sie, behält die Mütze auf, sagt: Such du mir doch auch was aus! Wieviel willst du denn noch haben? frage ich, die Betonung auf dem ›noch‹. Das ist das letzte, sagt sie. Reicht denn dein Geld? frage ich, und sie verschwindet hinter einem Jackenständer. Sei doch nicht so spießig, ruft sie. Spießig ist gut, sage ich, weil ich gerade die Ecke mit Abendkleidern entdeckt habe. Zieh doch mal so was hier an, sage ich, als Rieke zu mir kommt. Ich zeige auf eine kopflose Puppe mit kleinem Schwarzen über dem wenig weiblichen Körper, dabei rutscht mir die Khakihose aus den Armen. Ich bücke mich. Würde dich das anmachen? fragt Rieke und befühlt den Stoff des Ausstellungsstückes. Das werden wir dann sehen, sage ich und will sie küssen, aber sie sucht schon nach der passenden Größe. Was ist das eigentlich für eine Jacke? frage ich, denn erst jetzt fällt mir auf, daß Rieke plötzlich eine Jeansjacke trägt. Ich kann sie doch wenigstens mal anprobieren, sagt sie. Ein Typ mit Basecap über dem kurzgeschorenen Haar und Kettchen unterm Streifenshirt kommt vorbei und grinst irgendwie wissend in meine Richtung. Auch er ist mit Freundin hier, die ist blond und trägt genau so ein Blümchenkleid wie das im Kleiderknäuel in meinen Armen. Und? Rieke hält sich ein kurzes schwarzes Teil vor den Körper, wackelt mit der Hüfte. Ich gehe auf sie zu, gebe ihr einen Kuß. Jetzt probier mal den ganzen Kram hier an, sage ich. Bist du etwa genervt, Schatzi? Rieke macht auf niedlich. Ich küsse sie noch mal. Für dich müssen wir ja auch was suchen, sagt sie, weiterhin zuckersüß. Ich schiebe sie zu dem Gang mit den Umkleidekabinen und liefere sie vor einer freien ab, lege die Klamotten auf den Hocker. Erstaunlich viel Platz hier. Rieke zieht den Vorhang zu und die Schuhe aus. Was man hier alles anstellen könnte! denke ich. Nur das Neonlicht stört. Und der in der Luft hängende Teenieschweiß. Ich guck mich mal um, sage ich. Laß mich nicht so lang allein, säuselt Rieke. Diese Masche scheint sie wohl nicht so schnell wieder ablegen zu wollen. Mit einem Kuß verlaß ich sie trotzdem. In der sogenannten Herrenabteilung streifen diverse Jungs mit kurzem Haar und Schirmmütze unschlüssig zwischen den Hosen und Hemden herum. Ich greife nach einer Hose mit vielen Taschen, die müßte mir passen, und eine neue Hose brauche ich ohnehin. Einen weißen Pullover mit blauem Streifen über der Brust lege ich wieder zurück. Ich hab keine rechte Lust, mir was auszusuchen. Hoffentlich ist Rieke bloß zufrieden mit ihrem Kram, ich will nämlich raus hier, würde lieber was trinken gehen mit ihr, Hunger habe ich auch. H&M ödet mich an. Das ist doch die Sozialdemokratisierung der Jugend. In jeder noch so öden Fußgängerzone in dieser von Fußgängerzonen durchzogenen Republik gibt es die gleichen Klamotten zu kaufen. Und die trägt man dann in Tüten nach Hause oder vielleicht vorher noch zum Zwischenstop zu McDonald's, dem anderen großen Gleichmacher unserer Generation, wo wir alle das gleiche essen, den uns angemessenen Fraß aus weichem Weizenbrötchen, flachen Buletten, Kunstkäse und Resten an Naturidentischem. Ich schnappe nach einem hellgrünen Pullover, made in Bangladesh, ja, die Größe stimmt, und gehe zurück zu Rieke in die Kabine. Die alberne Mütze hängt an einem Haken, dafür trägt meine Freundin Khakihose und kleines Schwarzes gleichzeitig. Ich ziehe den Vorhang hinter mir wieder zu. Wehe, du willst nachher zu Mäckes gehen! sage ich und werfe Hose und Pulli zu den anderen Teilen auf den Hocker. Rieke guckt mich etwas verständnislos an. Daher sage ich lieber:

Schickes Dekolleté! Findest du? Ja, finde ich. So sexy sieht man sie selten in der Öffentlichkeit, falls man eine Umkleidekabine als öffentlichen Ort bezeichnen kann. Rieke stellt sich neben mich, legt ihren Arm um meine Hüfte, und wir betrachten uns beide im Spiegel. Gut siehst du aus, sage ich, und Rieke strahlt unverhofft. Das Kleid steht ihr auch wirklich, nur die Hose darunter ist furchtbar unförmig. Natürlich trägt sie auch sonst solche Hosen, nur eben nicht in dieser Kombination. Und das andere Kleid? frage ich. Auch gut, sagt Rieke. Zieh doch mal an, sage ich. Du willst mich nur nackt sehen, sagt Rieke, jetzt weniger niedlich als lasziv. Na klar, sage ich, und Rieke meint, das müsse sie sich noch mal gut überlegen. Sie schlingt die Arme um meinen Körper, wir knutschen. Ihre Hände am Hintern, unter meinem T-Shirt, ihre Zunge tief in meinem Mund. Auch ich betatsche sie, schiebe ein Bein zwischen ihre Schenkel, es macht wirklich Spaß, mit ihr dem maßlosen Konsum zu frönen. Doch plötzlich löst sie sich von mir, guckt mich ernst an, sagt: Wir fallen hier noch auf. Dabei zieht sie sich das schwarze Kleid über den Kopf. Und bevor ich sagen kann, daß ich mit einem Hausverbot bei H&M leben könnte, will Rieke die beiden von mir angebrachten Stücke sehen. Ist ja nicht gerade viel, sagt sie und gibt sich enttäuscht. Und dieses Grün!, sie guckt mich tadelnd an, willst du als Chlorophyll zum Fasching gehen? Ich muß über diese Ansage lachen, und Rieke lacht mit mir. Dann aber, wieder ernst, sagt sie: Da muß ich dir wohl doch was aussuchen! Dazu macht sie einen auf niedlich. Das ist sie ja auch, vor allem mit dem schwarzen spitzenbesetzten BH. Sie will schon losstürmen, da halte ich sie zurück. Doch nicht in diesem Aufzug, sage ich, was ist das eigentlich für'n BH? Sie grinst. Ich hatte gar nicht mitbekommen, daß sie sich auch Unterwäsche genommen hat, aber das zwischen ihren Brüsten baumelnde Preisschild ist eindeutig. Sexy, was? Rieke drückt ihre Brüste ein bißchen zusammen und guckt so wie sie guckt, wenn sie verführerisch gucken will, es aber gleichzeitig ironisch meint, wohl weil sie begriffen hat, daß sie mit diesem Gesichtsausdruck besonders dämlich ausschaut. Na gut, dann geh selber, sagt sie, aber mindestens ein cooles Shirt und noch ein Pulli, am besten weiß, müssen schon dabeisein. Als ich die Kabine verlasse, mustert mich ein schmieriger Kerl in Anzug, wahrscheinlich Security. Ich nicke ihm zu, er wirkt irritiert. Zurück zwischen den Regalen gucke ich bei den weißen Pullis mit blauem Streifen, kann aber keinen in meiner Größe finden, obwohl bestimmt zehn Stück da sind. Doch direkt daneben gibt es weiße Kapuzenjacken. Eigentlich häßlich, aber Rieke zuliebe nehme ich eine in meiner Größe an mich. Dann wähle ich noch ein dezent kariertes Hemd aus, so was kann man immer mal anziehen, allerdings fühlt sich der Stoff oll an, so Küchentischdecke. Auf dem Rückweg lächelt mich der Wächter an, ich nicke wieder, bin dann aber verunsichert, weil ich den Vorhang zu einer leeren Kabine aufziehe. Ich will gerade wieder rausgehen, da sehe ich unseren Rucksack. Die Klamotten dagegen sind alle weg, nur die rosa Kappe liegt in einer Ecke. Wer weiß, was Rieke jetzt noch anschleppt. Vorhang zu, Jeans aus. Gerade habe ich die H&M-Hose zugeknöpft, als mein Handy klingelt. Ich angle es aus meiner am Haken hängenden Hose. ›Rieke‹, steht im Display. Seltsam, denke ich. Was ist denn? frage ich in den Hörer. Ich bin draußen! sagt Rieke fröhlich. Warum denn das? frage ich. Hier scheint die Sonne! sagt sie. Interessiert dich gar nicht, wie die neuen Klamotten an mir aussehen? frage ich. Natürlich, ruft sie, komm raus! Das geht nicht, ich müßte sie dann ja bezahlen. Rieke lacht. Wieso? ruft sie, ich hab auch nicht gezahlt! Ich muß mich setzen. Was soll das heißen? denke ich und weiß es doch schon. Bist du jetzt völlig? flüstere ich. Komm lieber raus, ruft Rieke, zusammen mit den neuen Klamotten. Ach, und falls du nach deinem Geld suchst, fügt sie in einem anderen, ernsteren Ton hinzu, ich habe dein Portemonnaie vorsichtshalber aus dem Rucksack genommen, sonst kommst du noch auf falsche Gedanken. Sie lacht. Du spinnst, flüstere ich. Ach Schatzi, jetzt spricht sie mit ihrer Puppenstimme, je schneller du mit deinen schönen neuen Sachen rauskommst, desto schneller kann ich sie dir wieder ausziehen. Und wie soll ich das machen? flüstere ich, das piept doch, wenn ich den Laden verlasse! Du mußt natürlich die Sicherungsplaketten aufhebeln, sagt Rieke. Ich ziehe den grünen Pulli unter mir hervor und schau's mir an. Da klemmt eins dieser altbekannten Plastikufos dran. Rieke erklärt mir gerade, daß ich das Ding mit zwei Buttermessern aufhebeln könne. Buttermessern? flüstere ich zurück, woher soll ich denn? Vorne im Rucksack sind zwei, unterbricht sie mich. Ich bin schon etwas schockiert. Woher weißt du so was, flüstere ich, ich wußte gar nicht! Du weißt so manches noch nicht, unterbricht sie mich, aber wenn du brav bist, säuselt sie, ohne den Satz zu beenden. Okay, ja, sage ich. Bis gleich, sagt sie, relativ sachlich, ich sitze hier am Brunnen in diesem Touricafé, soll ich dir auch einen Eisbecher bestellen? Bis gleich, sage ich, lege auf und hole die Messer aus dem Rucksack. Es ist tatsächlich relativ einfach, die beiden Teile der Sicherungsplakette voneinander zu trennen, das Ding wirkt regelrecht ausgeleiert. Ich will den Pullover schon anziehen, da sehe ich das Hemd. Auch hier läßt sich das Ding gut entfernen. Jetzt noch die Kapuzenjacke. Die ist genauso gesichert. Das Aufhebeln macht fast Spaß. Alles in Ordnung? Die Stimme auf der anderen Seite des Vorhangs erschrickt mich. Wahrscheinlich ist das der Securityschleimi. Jaja, beeile ich mich zu sagen, ich kann mich nicht entscheiden.

Er lacht. Geht mir auch immer so, sagt er, na dann. Ich halte noch einen Moment inne, lausche, er scheint tatsächlich wieder gegangen zu sein. Wo tue ich nur die Plastikreste hin? Und wo hat Rieke ihre entsorgt? Mir fällt die Mütze ins Auge, berühre sie mit dem Fuß, es klappert. Tatsache, ein Haufen halber Ufos liegt da drunter. Ich tue meine Teile dazu, denke aber, ich sollte das Zeug lieber aus der Kabine schaffen, nicht daß der Kerl hier zum Kontrollieren reinkommt, sobald ich rausgegangen bin. Erst mal ziehe ich jedoch Hemd, Pulli und Jacke an. Die ist mir ein bißchen zu klein, jedenfalls sind die Ärmel zu kurz, den Reißverschluß ziehe ich gar nicht erst zu. Betrachte mich im Spiegel. Ich sehe ganz schön scheiße aus, dieses Grün, dieses Weiß. Nur die Hose, die gefällt mir ganz gut. Die Schilder sollte ich aber doch noch abreißen, jedenfalls die, die draußen dranbaumeln. Ich zerre sie ab, verstaue sie in der Mütze. Dann ziehe ich mir die Schuhe an. Meine Jeans hängt noch am Haken. Ich öffne den Rucksack. Rieke hat hier tatsächlich das Blümchenkleid reingestopft. Ich überlege, ob ich es aus Rache zurück ins Regal lege, aber nachher fällt das erst recht auf. Ich taste den Stoff ab, wenigstens hat sie die Sicherung bereits entfernt. Dann stopfe ich meine Hose dazu, stecke die Messer wieder in die Vordertasche, verschließe die Reißverschlüsse, kein Problem, paßt alles gut rein. Ich schultere den Rucksack, will die Kabine schon verlassen, da guck ich noch mal an mir herab. Mensch, ich hab glatt vergessen, die Plakette von der Hose zu entfernen, die ist so komisch angebracht, eine Handbreit unterm rechten Knie. Ich setze mich wieder, nehme mir noch mal die Messer, beseitige auch dieses Teil, packe es in die Mütze, die ist ganz schön prall gefüllt. Ich beschließe, den Rucksack mit den Händen vorm Bauch zu tragen, die Mütze dazwischengeklemmt, so daß ich sie irgendwo möglichst unbemerkt ablegen kann. Dann verlasse ich die Kabine, mir ist warm, habe ja auch viel zuviel an, doch erst jetzt bemerke ich wie ich schwitze, der Schweiß läuft mir den Rücken runter. Dort wo der Kabinengang im Laden mündet, steht wieder der Aufpasser. Ich nicke ihm zu, er zurück, noch sind es ein paar Meter, die ich an ihm vorbeigehen muß, er kann mich jederzeit festhalten. Ich versuche, so gleichgültig wie möglich rüberzukommen, befürchte aber, genau das könnte auffallen. Doch die Rettung kommt von der anderen Seite in Gestalt von zwei Mädchen, blond und mit Blümchenkleid, die eine hat ihrs an, die andere trägt eins vor sich her. Sie kichern wie Teeniegirls eben kichern, und das ist ja auch viel interessanter als so 'n verschwitzter Typ wie ich. Unauffällig mische ich mich daher unter die Nachmittagskunden, wobei, so viele sind's gar nicht, sehen zwar alle gleich aus, die Masse jedoch ist bestimmt im Freibad, und ob ich wirklich unauffällig bin in diesen grellen Klamotten, ich weiß ja nicht. Im Vorbeigehen mustere ich mich in den Spiegeln, die ich passiere. Ich gebe ein strahlendes Beispiel für einen amateurhaften Ladendiebstahl ab, so sauber, so leuchtend wie dieser Pullover und die Jacke sind, ist Kleidung nur, bevor man sie kauft. Schon in der Tüte, mit der man die Sachen nach Hause trägt, bekommen sie den ersten Grauschleier des Benutztwerdens. Dennoch scheint mich niemand zu beachten, keins der blonden Blumenmädchen nimmt Notiz von mir. Ich bleibe stehen und schau mich um. Hat die da hinten nicht gerade in meine Richtung geguckt? Oder ist das eine Verkäuferin? Hat sie was bemerkt? Ich gehe weiter, schnell, nein, lieber nicht zu schnell, ich könnte ja was zu verbergen haben, in meiner Tasche eine alte Hose, warum trage ich eine alte Hose mit mir rum, was habe ich denn statt dessen an meinen Beinen? Da vorne, der Ausgang, noch wenige Meter, ich sehe schon den Mann vom Wachschutz, ein Schwarzer, sieht eigentlich ganz freundlich aus, nicht so schleimig wie der Typ bei der Garderobe, ob der eigentlich seinen Posten ausnutzt, so wie der die beiden Mädels eben angeglotzt hat? Wobei, schwer vorstellbar. Der hier am Ausgang dagegen, also mit dem möchte ich es nicht zu tun bekommen, smart und dazu ziemlich muskulös unterm Anzug. Ich weiche neu hereinkommenden Kunden aus, da vorne ist die Sicherheitsschranke, die kann mir egal sein, ich hab ja alles abgemacht, Jacke, Hose, Hemd, Pulli, das heißt, ich trage die Dinger ja noch immer vor mir her. Oh Mann! Wobei ich nicht weiß, ob die auseinandergebrochen überhaupt den Alarm auslösen würden. Riskieren will ich es jedenfalls nicht. Deshalb gehe ich nach rechts, Mist, alles Frauenklamotten, hier falle ich doch erst recht auf! Trotzdem schaff ich es, zwischen zwei Regalen kurz haltzumachen, die Mütze samt Inhalt neben einem Stapel Pullover abzulegen, dahinter zu schieben, weiterzugehen, den Rucksack nach wie vor vorm Bauch. Jetzt biege ich wieder in den Hauptgang ein, verdammt, die Überwachungskameras! War ich eben zu auffällig? Ist schon einer unterwegs, mich zu stoppen? Ich schaue zu dem Türsteher. Der blickt seelenruhig ins Leere. Und dann passiert es! Der Alarm setzt ein, ich erstarre, sehe das Blinken an den Detektoren, ich sollte rennen, bin aber wie gelähmt, ich Idiot, was lasse ich mich auch auf so was ein? Verhaftet mich, ich bin staatszersetzend! Aber keiner kommt, auch nicht der Mann vom Eingang. Wo ist der eigentlich? Ich sehe, wie er den Rucksack eines Jungen durchwühlt. Mensch, bin ich blöd das Bewußtsein setzt wieder ein, ich kann ja den Alarm gar nicht ausgelöst haben, bin schließlich noch überhaupt nicht durch die Lichtschranke getreten. Und es passiert auch nichts, als ich es tue. Draußen scheint die Sonne, der Bürgersteig ist voller Menschen, ich gehe zur Ampel, die ist rot. Ruhig, du hast es geschafft, da drüben vorm Europacenter, die Sonnenschirme, das müßte das Café sein, da dürfte Rieke sitzen.

Ich finde sie sofort. Na endlich, sagt sie, dein Eis schmilzt schon. Ich lasse mich auf den freien Stuhl fallen, mein T-Shirt klebt mir naß am Rücken. Rieke schaut mich an. Was Schickeres konntest du dir auch nicht aussuchen, was? Für einen Moment weiß ich nicht, ob ich sie anschreien sollte, doch dann merke ich, wie sie lacht, und lache lieber mit. Sie sieht toll aus, so weiblich. Warum kommt mir jetzt Luzie in den Sinn? Klar, die hatte neulich so was Ähnliches an, aber Luzie kann mir doch egal sein, ich sitze hier mit meiner Freundin, die mich zu einem Diebstahl animiert hat, und ich finde, daß sie gerade besonders sexy ist. Ich beuge mich zu ihr, um sie zu küssen. Ihre Zunge ist kalt und schmeckt nach Schokolade. Iß dein Eis, Schatzi, säuselt sie, sonst kommen wir heute gar nicht mehr ins Bett.

SPÄTER, draußen ist es noch hell, ein schöner Sommerabend, ich habe vorhin nicht einmal den Vorhang zugezogen, Rieke hat mir gar keine Gelegenheit dazu gelassen, aber sie ist da eben nicht so, sie findet das auch eher spießig, und wir hatten es nun mal eilig, schon im Café und dann ab in die U-Bahn, erstaunlich, daß uns wirklich kein Kellner gefolgt ist. Das, was wir heute an Geld gespart haben, ist doppelt und dreifach für Sex draufgegangen, ließe sich so was hochrechnen, am besten noch abgleichen mit dem Dispokredit. Wir liegen nackt nebeneinander, unbedeckt, Riekes Kopf belastet meinen Oberarm, das ist okay, diese Körperstelle darf ruhig taub werden. Wir hören Marianne Faithfull und uns gegenseitig beim Atmen zu. Rieke hat die Augen wieder geschlossen, ihr Lächeln ist noch immer nicht aus ihrem Gesicht verschwunden, das ist schön. Ich gucke an uns herunter, wobei mich ihr

Körper natürlich mehr interessiert, der liegt flach auf dem Laken, diese schönen Rundungen, meine linke Hand kann gar nicht anders, als an ihnen entlangzutasten, ganz langsam, hat sich dabei aber festgestreichelt an Riekes Hüfte. Ich tippe ab und an mit den Fingerkuppen gegen ihre Haut, ganz leicht, Klaviertasten gäben so niemals Melodien von sich, und auch eine Computertastatur müßte schon sehr empfindlich sein, um derartig schwach gedrückte Buchstaben weiterzugeben. Manchmal genügen bereits sanfte Berührungen, um Rieke zu erregen, ihre Haut kann so empfindlich sein, gerade an dieser Stelle und körpereinwärts sowieso, da würde ihr Körper beben und zukken, sich kringeln und juchzen, da wäre sie kitzlig, doch jetzt liegt sie da, entspannt, ihr Busen hebt und senkt sich sacht, ach, ich liebe diesen Busen, diese Gleichmäßigkeit, was für schöne Brüste, gekrönt von den Nippeln, wobei das kein schönes Wort ist, erstaunlich eigentlich, ›Brustwarzen‹ klingt ja noch schlimmer. Und sonst? Irgendwo habe ich mal von ›Knospen‹ gelesen, das geht nun gar nicht, da kommt man sich gleich pädophil vor, egal wie alt man selber ist. Können Kinder eigentlich auch pädophil sein? Wenn ich Riekes Nippel sehe, könnte ich sie direkt wieder küssen, meine Lippen reichen nur nicht an sie heran, an ihnen saugen, auf daß sie steif werden, ich mag die Geräusche, die ihr Mund dabei macht, wenn mein Mund sich mit ihren Brüsten beschäftigt. Man braucht die Zunge dafür, doch bleibt es unaussprechlich, sie sehen gut aus, sie fühlen sich so wunderbar an, doch spracherotisch sind sie kein bißchen. Rieke spricht meistens von ihren Titten, das ist pragmatisch, doch viel zu ordinär für so etwas Schönes. Und weiter unten verhält es sich auch nicht viel besser, dort wo kein Haar mehr ihre Scham bedeckt, wohin meine Finger jetzt gerade nicht wandern, obwohl wir heute sowieso nichts anderes mehr tun werden, als hier zu liegen. What's the worry, what's the hurry, höre ich Marianne Faithfull erstaunlich ausdruckslos singen, und ich sehe meinen schlaffen Schwanz, er deutet in die Zielrichtung, mit bloßem Willen kann ich ihn nicht bewegen. Mein linker Fuß berührt Stoff, es ist der schrecklichgrüne Pullover, wir liegen inmitten unserer Beute. Warum mußten wir eigentlich ausgerechnet H&M beklauen, das hätten wir uns doch auch so noch leisten können, nächstes Mal gehen wir ins KaDeWe. Für einen Augenblick bin ich mir nicht sicher, ob ich wirklich gesprochen habe, ob Rieke mich verstanden hat oder ob sie vielleicht eingeschlafen ist. Doch dann murmelt sie, als wolle sie sich so wenig wie möglich bewegen, auch die Lippen nicht, das sei doch nur ein Anfang gewesen, und ich wundere mich über so viel Courage meiner Selbst. Ich sollte sie nicht noch auf solche Gedanken bringen, ich will das nicht, ich habe genug Geld, ich bin viel zu ehrlich für derartige Aktionen. Dann fällt mir ein gutes Argument ein, sage: Wir sollten da lieber auf Leander hören, nicht daß wir deswegen noch Schwierigkeiten bekommen, muß ja nicht sein. Die große Aufgabe und so. Riekes Dauerlächeln wird vorübergehend zu einem Grinsen. Es war ja seine Idee, sagt sie. Was? frage ich und weiß es doch schon. Na, sagt sie, die Aktion Tarnkleidung. Aktion Tarnkleidung? wiederhole ich. So hat es Leander genannt, sagt Rieke, ein kleiner Test. Ich frage lieber nicht, ob er uns beide testen wollte oder nur mich. Ich müßte jetzt empört sein, aber dazu bin ich gerade viel zu verliebt in die Frau an meiner Seite. Und ein bißchen stolz bin ich auch. So stolz, daß ich Leander jetzt nicht zwischen uns lassen mag, nicht einmal seinen Namen oder Gedanken an ihn. But first you must learn how to smile as you kill, singt die Faithfull, und ich ziehe meinen Arm unter Riekes Kopf weg und schiebe mein halb auf ihrem Bein liegendes Bein zwischen ihre Schenkel. A working class hero is something to be. Ich küsse ihren Mund, meine eben noch so beiläufige Hand überfährt die stopplige Haut, und ich bin sogar ein bißchen überrascht, an der entscheidenden Stelle gleich Feuchtigkeit zu spüren. Ich hebe mein rechtes Knie kurz an, damit Rieke ihr linkes Bein zur Seite bewegen kann. Auch wenn mein Wille noch gerade eben nichts steuern konnte, die Begierde kann das, und Riekes inzwischen geöffnete Augen geben mir genau das Gefühl, das ich jetzt brauche, das mich stärker macht als Leander, und die feuchte Hitze ihres Inneren nimmt mich so was von in Empfang, dafür braucht man keine Worte mehr. Nach dem Warum fragt nur die traurige Frauenstimme im CD-Player.

DONNERSTAGNACHMITTAG. Das Telefon weckt mich. Hi, Luzie hier! Ich bin sofort hellwach, sage: Hey! Stör ich? fragt sie. Nein, sage ich, im Gegenteil. Was machst du denn? Ich gucke zum Fernseher, dessen Programm mich eingeschläfert hat, und schalte den Ton ab. Der Papst sitzt auf einem Rheindampfer, und junge Menschen singen lahme Lieder. Ich war gerade ein bißchen faul, sage ich ins Telefon. Mußt du noch was machen? fragt Luzie. Na ja, immer, sage ich, und Luzie lacht. Der Papst segnet derweil, vielleicht sieht aber auch einfach alles, was er tut, wie ein religiöser Akt aus. Ist viel zu schönes Wetter, um drinnen zu hocken, sagt Luzie. Okay, sage ich, und aus irgendeinem Grund kichert sie schon wieder. Jetzt gleich? frage ich, davon angespornt. Lustig! sagt Luzie und lacht. Dann schlägt sie vor, in die Goya-Ausstellung zu gehen. Fein, sage ich, das ist doch dieser Maler, oder? Ich kann wohl gerade alles sagen und löse damit am anderen Ende der Leitung Heiterkeit aus, eine Heiterkeit, die mir weitaus mehr zusagt als das stumme Gesinge im Fernsehen. Goya ist ein großartiger spanischer Maler, sagt Luzie. Ja, sage ich, die Plakate hängen ja überall in der Stadt. Diesmal lacht Luzie nicht, sie sagt: Sein Bild vom Schlaf der Vernunft, der Ungeheuer gebiert, das kennst du garantiert. Sicher, sage ich, wann wollen wir uns treffen? Jetzt gleich, denke ich, sagt Luzie. Fein, sage ich, und wo?

Nicht viel später. Wir haben uns am Lustgarten verabredet auf der Treppe direkt an dieser seltsamen gigantischen Granitschale, von der keiner weiß, weshalb es sie gibt, außer um sich an ihr zu treffen, wenn man ins Museum gehen will. Das Wetter ist fantastisch, für einen Museumsbesuch eher unpassend, aber so was ist ein guter Grund, sich zu verabreden, irgendwie unverfänglicher als ein Treffen ohne Beschäftigungsansage. Ich mag es, mit Luzie befreundet zu sein. So sehr, daß ich sogar ein wenig zu früh am Treffpunkt bin. Wobei mir achtzehn Uhr beinahe zu spät zu sein scheint, um in eine Ausstellung zu gehen. Immerhin, auch Luzie ist ein paar Minuten zu früh. Ich sehe sie schon von weitem, springe auf, kann mich aber gerade noch beherrschen, um ihr nicht entgegenzuhüpfen oder wild zu winken. Ganz entspannt läuft sie geradewegs auf mich zu, ihre Beine werden von einem weißen Rock umflattert, darüber trägt sie was Rotes. Schon kurz hinter der Schale hat sie mich entdeckt, hebt die Hand zum Gruß, ja, so macht man das, ich grüße zurück und nehme es als Zeichen, gemächlich die Stufen herabzugehen, um sie unten empfangen zu können. Hi, sie grinst beim Näherkommen und schiebt ihre Sonnenbrille ins Haar. Bei den obligatorischen Begrüßungsküßchen legt sie mir eine Hand auf die Schulter, ich berühre ihren Rücken. Gut siehst du aus, sagt sie, dabei hätte ich das sagen müssen. Dann laß uns mal gleich gehen, sagt sie, ist bestimmt voll. Haben die überhaupt so lange auf? frage ich. Ja, heute bis zehn, sagt Luzie und hat die Brille zurück auf die Nase gesetzt, die nun wieder ihr ganzes Gesicht bedeckt, beinahe jedenfalls. Wir gehen um die Ecke zur Nationalgalerie, dort ist die Ausstellung, die haushohen Reklamebanner habe ich schon beim Herkommen gesehen. Ich wußte gar nicht, daß du schon wieder da bist, sage ich. Bin ja auch gerade erst zurückgekommen, mein Freund hatte nicht so viel Zeit, sagt Luzie und fügt nach einer Pause hinzu: Ich ja auch nicht. War's schön? frage ich. Ja, sagt sie knapp. So enthusiastisch wie letzten Freitag wirkt sie nicht, doch liegt das sicher daran, daß ihr Freund wieder weg ist. Wo wart ihr denn? frage ich. Nordsee. So knapp wie sie antwortet, will sie wohl nicht weiter darüber reden, wir sind jetzt auch da, durchqueren die Kolonnade, auf der Wiese dahinter finden Aufbauarbeiten für ein Konzert statt, aber eins mit Sitzplätzen fürs Publikum, stehen müssen dagegen die potentiellen Museumsbesucher. Sind ganz schön viele. Mit uns werden es noch mehr, und ziemlich bald sind wir nicht mehr die letzten. Geht bestimmt schnell, sagt Luzie. Und wenn, sage ich, wir sind ja zu zweit und in der Lage, uns zu unterhalten. Das ist wahr, sagt Luzie, schweigt dann aber wieder. Die Heiterkeit vom Telefonat hat sie nicht mitgebracht. Ich schaue sie an und sehe nur mein Spiegelbild in den Gläsern ihrer Sonnenbrille. Auf der Bühne probt jemand mit einem sehr seltsam aussehenden Instrument, das fesselt wenigstens unsere Aufmerksamkeit, hinter uns werden Informationen aus einem fremdsprachigen Reiseführer weitergegeben, und vor uns spricht ein uniformierter Helfer die Wartenden der Reihe nach an, einige verlassen daraufhin die Schlange, so daß es um ein, zwei Meter vorangeht. Warum Kultur immer nur als Event funktioniert, sage ich, und Luzie guckt in meine Richtung, nickt mechanisch. Der Helfer erklärt den vor uns Stehenden auf englisch, daß es keinen Sinn mehr habe zu warten, es würden bloß dreihundert Besucher gleichzeitig in die Ausstellung gelassen werden. Is there a chance for you to come another day? fragt der Mann und verteilt Faltblätter. Erstaunlich, bei diesem Wetter, sage ich. Ja, sagt Luzie, laß uns lieber was anderes machen. Kurz berührt sie meinen Arm, um mich aus der Schlange zu ziehen. Gut, sage ich, wohin? Luzie bläst die Backen auf, hebt die Hände ein wenig an, wohin auch immer, sagt sie, einfach ein bißchen laufen, sagt sie und fängt damit an. Wir verlassen die immer länger werdende Schlange, passieren wieder die Säulen. Auf der Straße bleibt Luzie kurz stehen, guckt nach rechts und nach links, zeigt dann nach rechts und sieht mich fragend an: Okay? Und ich sage: Okay! Dann fällt mir mein Fahrrad ein, das lehnt gegenüber an einem Straßenschild. Luzie folgt mir dorthin. Als ich mich bücke, um mein Schloß zu öffnen, fallen mir Luzies braune Waden auf, sieht gut aus, wie diese aus dem weißen Rock kommen und in Lederriemchensandalen enden. Als ich mich wieder aufrichte, bleibt mein Blick kurz an dem schmalen Spalt brauner Haut zwischen Top und Rock hängen, ich hoffe, kurz genug, schnell fixiere ich ihr Gesicht, hier im Schatten hat sie die Brille wieder ins Haar geschoben, sie lächelt mich an, in Verbindung mit ihren Augen gefällt mir ihr Lächeln viel besser. Auf geht's, sagt sie, und wir gehen, das Fahrrad zwischen uns. Wir gehen und haben uns nichts zu sagen, und das ist in diesem Fall eine ganze Menge. Vielleicht bilde ich es mir auch nur ein, aber es wirkt so, als wäre dieses Schweigen zwischen ihr und mir bloß eine vorübergehende Wortlosigkeit. Ich sollte trotzdem etwas sagen. Sage: Ich denke. Weiter komme ich nicht, im gleichen Moment sagt nämlich auch Luzie was. Wir bleiben stehen, schauen uns an und lachen. Lustig! sagt Luzie und dann: Sag du! Und ich: Nein, du! Nee, sag du lieber! sagt sie, die Brille steckt immer noch in ihrem Haar, dabei scheint ihr die Sonne gerade voll ins Gesicht.

Steht dir, die Sonne! sage ich, und das ist der totale Blödsinn, weshalb ich mich gerne korrigieren würde, doch Luzies Schmunzeln hält mich davon ab. Ich hab halt die meiste Zeit am Strand gelegen, sagt sie, ich hoffe, du pflegst mich, wenn der Hautkrebs bei mir ausbricht. So ernst wie sie dabei guckt, wird mir regelrecht mulmig. Was ist mit deinem Freund? Ich denke diese Frage nur, und das ist schon fast zu viel. Huch, guck doch nicht so erschrocken, sagt sie, war 'n Scherz, hey, jedenfalls hab ich mich immer eingecremt, Lichtschutzfaktor zwanzig. Ich find Strand ja immer 'n bißchen langweilig, sage ich. Ist doch super zum Entspannen, sagt sie, einfach nur daliegen, dem Meer beim Rauschen zuhören, dicke Bücher lesen, zwischendurch ins Wasser. Luzie sieht mit einem Mal so aus, als sei sie abrupt unterbrochen worden. Mir fällt gerade ein, sagt sie, ich könnte ja mal mein vorbestelltes Buch abholen, gleich hier um die Ecke. Würdest du mitkommen? Klar! sage ich, und sie lächelt wieder so schön, und wir biegen nach links, und Luzie erzählt, daß das Buch schon seit zwei Wochen da sein müßte, sie das aber immer wieder vergessen hat. Und ich sage: Dann ist ja gut, wenn wir jetzt, doch ich beende den Satz nicht, wir überqueren die Straße, und ich schließe mein Fahrrad an, und wir betreten das sogenannte Kulturkaufhaus, und Luzie fragt eine vorbeieilende Verkäuferin und weiß dann Bescheid, und wir fahren mit der Rolltreppe hinauf, und Luzie muß sich anstellen, und ich betrachte währenddessen die auf einem Tisch ausgestellten Bücher: Hitler, Hitler, und Speer und er, und ich sage: Ich guck mich mal ein bißchen um. Und Luzie sagt: Mach das, scheint hier ja noch zu dauern. Und ich sehe Helmut Kohl und Merkel und natürlich Schröder, Schröder und Schröder. ›Operation Rot-Grün‹ heißt ein Buch, ein anderes ›Mensch, Schröder‹. Das ist ein Bildband, die Texte sind in deutscher und englischer Sprache nebeneinandergedruckt.

so wie in Museumskatalogen. Das Titelbild ist düster, der Kanzler schreitet mit verkniffenem Blick über feuchten Asphalt. Ist das sein Weg in die Geschichte, letzte Ausfahrt Altkanzler? Daneben liegt Joschka Fischers neues Werk über die Rückkehr der Geschichte. Ist das schon historisch gemeint? Ich gucke Richtung Regal, mein Blick bleibt am feuerwehrroten Rücken des ›Baader Meinhof Komplex‹ hängen, der ist bestimmt dicker als die Bibel, wahrscheinlich steht da alles drin, was man über die Er A Eff wissen muß. Aber will ich das überhaupt wissen? Rieke liest es gerade, jedenfalls trägt sie es, seitdem sie es sich ausgeliehen hat, ständig mit sich herum. Es gibt so viele Bücher über die Er A Eff, und alle tragen gewichtige Titel, ›Todesspiel‹, ›Staatsfeind‹, ›Nie war ich furchtloser‹, ›Frau mit Waffe‹, ›Hans und Grete‹. Hans und Grete, was soll das denn? denke ich, ein Märchenbuch? Ich ziehe es hervor. Es ist dunkelrot, der Ausschnitt eines Fahndungsplakates auf dem Cover, ›Bilder der Raff neunzehnsiebenundsechzig bis neunzehnsiebenundsiebzig‹ steht drauf, und innen sind tatsächlich großformatige Fotos abgedruckt, schwarzweiß, manche grobkörnig, die Erläuterungen in Deutsch und Englisch. Ich sehe Gudrun Ensslin verwackelt, Ulrike Meinhof verstört und den im Hungerstreik verstorbenen Holger Meins, ein schreckliches Bild: das eingefallene Gesicht, umgeben von langem Haar und Rauschebart, die Hände über dem Totenhemd gefaltet, so wird auch Jesus dargestellt. Weiter vorne sehe ich den Schuh von Rudi Dutschke auf dem Kudamm kurz nach dem Attentat auf ihn, eine Seite dahinter ausgebrannte Bildzeitungslieferwagen und immer wieder Andreas Baader, einmal mit langem Haar, meistens aber kurzgeschnitten. Was hast du denn da? Luzie steht neben mir und hebt die Rückseite des Buches an. Die Geschichte der Er A Eff ist auch eine der Bilder, liest sie vor. Was'n das? fragt sie. Ein Baader-Bildband, sage ich so gleichgültig wie möglich. Wußte gar nicht, daß du dich für so was interessierst, sagt sie. Tu ich auch nicht, sage ich, wollte nur mal gucken. Ich blättere weiter im Buch. Ganz hinten liegt der tote Baader in einer Blutlache, davor ein Bild von einer Pistole, aber es soll die Todeswaffe von Jan-Carl Raspe sein. Baader-Meinhof, sagt Luzie, das ist doch auch längst nicht mehr als ein Modelabel. Gab's nicht vor ein paar Jahren sogar T-Shirts, auf denen Prada-Meinhof stand? Sie lacht. Ich habe mal gelesen, sagt sie, daß die Er A Eff den Großteil des erbeuteten Geldes für Klamotten ausgegeben hat. Warum haben die die nicht einfach geklaut? frage ich, weil ich natürlich sofort an vorgestern denken muß. Haben sie bestimmt auch gemacht, sagt Luzie, ich glaub, die Ensslin wurde sogar in einer Boutique verhaftet. Auf einer Doppelseite sehen wir drei Bilder: Gudrun Ensslin, Andreas Baader und Jan-Carl Raspe auf dem Weg zur Urteilsverkündung auf dem Stammheimer Gelände, neunundzwanzigster April neunzehnhundertsiebenundsiebzig, steht da. Jeder von ihnen wird von einem Uniformträger begleitet, vermutlich an Handschellen, die kann man bloß nicht sehen. Der könnte auch der Staatsanwalt sein, was? Luzie deutet auf Raspe. Kurzhaarschnitt, Schnurrbart, offener Mantel, prall gefüllte Aktentasche. Ja, sage ich, er sieht aus, als habe er es eilig. Baader und Ensslin tragen dagegen Sonnenbrillen. Wie Popstars, sage ich. Luzie stimmt mir zu. Vor allem Baader, sagt sie, wie der Richtung Kamera guckt, richtig lässig, wenn man nicht wüßte, was für ein Arschloch das war und ein Mörder, dann könnte man ihn schon cool finden. Nur der Pullover, sage ich, der sieht ja fast schon spießig aus. Vor allem harmlos, sagt Luzie, keine Lederjacke, sondern Hemdkragen und 'ne helle Hose, wahrscheinlich hat er sich genau überlegt, was er anzieht. Gibt's da nicht die Geschichte, wie er im palästinensischen Ausbildungslager seine Samthose nicht ausziehen wollte und mit der dann durch die Wüste gerobbt ist? Luzie guckt zu mir. Woher weißt du denn das? frage ich. Sie deutet auf den Rücken vom ›Baader-Meinhof-Komplex‹. Das kann man ruhig mal lesen, um mitzukriegen, was das für 'n Wahnsinn war, sagt sie, auf beiden Seiten. Kann's dir gerne mal leihen, wenn's dich interessiert. Na ja, mache ich, ja, warum nicht? Zu erwähnen, daß meine Freundin das gerade liest, halte ich für keine gute Idee. Ich blättere noch ein bißchen in dem Buch. Ganz vorne das Portrait eines ernst blickenden Mannes. Wer ist das? fragt Luzie. Ich zeige auf die Bilderklärung, da steht: Andreas Baader, im Stammheimer Gefängnis mit einer eingeschmuggelten Minox-Kamera von seinen Mitgefangenen fotografiert, neunzehnhundertsiebenundsiebzig. Kraß, sagt Luzie, der resignierte Rebell, einen besseren Beweis dafür, daß er Selbstmord begangen hat, gibt's ja gar nicht. Ein bißchen unlogisch ist es aber schon, sage ich, wenn die wirklich Knarren gehabt hätten, wieso haben sie sich dann nicht rausgeschossen aus dem Knast, die Wärter als Geiseln genommen? Luzie guckt mich mit großen Augen an. Das wäre doch machbar gewesen, sage ich. Du hast vielleicht Ideen, sagt sie, nimmt mir das Buch ab und stellt es zurück ins Regal, wenn auch wohl an eine andere Stelle. Ich bin selber überrascht von meiner These, erstaunlich, daß Leander damit nicht gekommen ist, liegt schließlich irgendwie auf der Hand. Der Staat hat doch auch Schleyer geopfert, sagt Luzie, denkst du, die hätten sich um ein paar Justizvollzugsbeamte geschert? Und was wäre dann passiert? frage ich, während wir die Treppe ansteuern. Keine Ahnung, sagt Luzie, die hätten ja nur die Türen nicht öffnen müssen. Meinst du, die hätten die da einfach drin verhungern lassen? sage ich, Stammheim zum Mausoleum für Terroristen werden lassen? Weiß nicht, sagt Luzie, so stark wäre der Staat vermutlich nicht gewesen, wie die sich haben einschüchtern lassen von ein paar durchgeknallten Guerilleros. Am Ausgang werden wir durch eine hereinkommende Gruppe von vier oder fünf mutmaßlichen Touristen kurzzeitig getrennt, so daß wir erst auf der Straße weiterreden können. Ich vertraue dem Staat halt, sagt Luzie, Korruption und so, ja klar, aber daß die Regierung Gefangene hinrichten läßt, Baader gar nach Mogadischu geflogen hat, um ihn dort dann zu erschießen. Hat man das? frage ich. Nein, sagt Luzie und guckt, als hätte ich einen Witz gemacht, reine Verschwörungstheorie, weil wohl Sand in seinen Schuhen war, als man seine Leiche gefunden hat. Wie kommt da Sand rein? frage ich. Luzie macht eine irgendwie wegwerfende Geste, sagt: Eine andere Erklärung als die, daß er doch in Somalia war, gibt es nicht, trotzdem glaube ich nicht daran.

Später sitzen wir auf zu einem Touricafé gehörenden Stühlen direkt an der Spree, Reichstagsblick inklusive, und trinken Pastis. Das war Luzies Idee, scheint tatsächlich so was wie ihr Lieblingsgetränk zu sein, nicht schlecht an so einem Sommerabend, schon lang nicht mehr getrunken. Für die Wahl des Cafés mach ich Luzie nicht verantwortlich, wir hätten ja auch eine andere Richtung einschlagen können, hier in der Gegend gibt's halt nichts Gescheites, doch letztlich ist es auch egal, wir haben Sitzplätze, sogar am Wasser, nur daß unser Gespräch so unpersönlich bleibt, daran sind wir beide schuld. Ich bringe es irgendwie nicht fertig, sie nach ihrem Freund zu fragen, da wäre doch gar nichts dabei, aber ich weiß nicht einmal, wie er heißt, und Luzie interessiert sich ja genausowenig für Rieke. Statt dessen rede ich jetzt auch mit ihr über Terrorismus, egal mit wem ich mich unterhalte, früher oder später geht es nur noch darum. Wir haben über London geredet und ob demnächst auch in Berliner U-Bahnen Bomben hochgehen könnten. Ich habe dann meine Gedanken über den verhinderten Selbstmordattentäter ausgebreitet, und Luzie fand das sogar ein bißchen lustig. Sie lacht ja immer mit Ansage. Allerdings meinte sie hier, über so was dürfe man eigentlich keine Witze machen. Natürlich nicht, habe ich ihr zugestimmt. Inzwischen sind unsere Gläser fast leer, wir verlängern die Neigen mit Wasser. Das ist das Gute beim Pastistrinken, sagt Luzie, man kann das Ende aufschieben. Wir können ja noch einen trinken, sage ich, und sie meint, sie vertrage eigentlich nicht soviel, womit sie weder ›nein‹ noch ›ja‹ gesagt hat. Aber das, was ich eben meinte, kehrt sie zum Thema zurück, diese totale Vernetzung der Informationen, wenn irgendwo auf der Welt was Schlimmes passiert, wir erfahren es schon wenig später in den Nachrichten. Breaking News eben, sage ich, egal, wo was passiert, wir sind gleich dabei. Luzie nickt und nippt an ihrer Aniswasserneige. Ich finde das kraß irgendwie, sagt sie, zum Beispiel am elften September, da war ich mit einer Reisegruppe in Italien, und wir sind gerade bei einem abgelegenen Kloster angelangt, wirklich weitab von jeder Zivilisation, hätte man zumindest meinen sollen, doch dann piepten die ersten Handys – daß die die Dinger überhaupt anhatten, na ja, jedenfalls las einer dann vor, ins World Trade Center sei ein Flugzeug gestürzt, da wußte man noch gar nichts, da war die zweite Maschine noch überhaupt nicht zu sehen, wir aber, mitten in der Pampa, wir waren bereits informiert. Wahrscheinlich früher als ich, sage ich, denn ich hatte um zwei oder war's um drei, jedenfalls kurz bevor die ersten Meldungen kamen, das Radio ausgemacht. Unbewußter Versuch der Weltflucht, was? Luzie grinst. Kann man wohl so sehen, sage ich, mich hat dann aber jemand angerufen, mehrere eigentlich im Laufe des Nachmittages. Da weiß man dann wieder, wen man zum Freund hat, sagt Luzie. Ja, sage ich, irgendwie hatte man das Gefühl, dieses Ereignis würde einen Einschnitt markieren, als wäre das ein ganz trauriger Tag für die Menschheit, wie ein Kriegsbeginn. Ich bin dann auch nicht zu einem Konzert gegangen, wo ich eigentlich hinwollte, weil ich dachte, an so einem Tag, da geht man nicht feiern. Luzie nickt. Unser Besichtigungstag war dann auch gelaufen, sagt sie, mußt du dir mal vorstellen: Wir sind eine Stunde gefahren, um in dieser phantastischen Landschaft ein Kloster zu besichtigen, wo die meisten von uns wohl nie wieder hinkommen werden, aber statt dessen haben wir uns ums Autoradio geschart, ohne Italienisch zu verstehen, weshalb einer immer übersetzt hat, was die Lage nicht wirklich klarer machte, alles wirkte eher noch übler, so als würde die US-Regierung in Gefahr sein, weil doch das Weiße Haus eigentlich auch angeflogen werden sollte. Schon seltsam, sage ich, so als ob sich an den Nachrichten was ändern würde, wenn man sie später hört. Da sind sie ja meistens schon viel klarer, sagt Luzie, nur man selbst hätte mehrere Stunden ohne das Wissen gelebt, daß in New York was Schlimmes passiert ist. Als ob dieses Wissen etwas daran änderte, sage ich. Es ist so, als würden wir die Verkehrsnachrichten von, von, Luzies Hand rotiert im Luftraum zwischen uns, von – sagen wir – Aserbeidschan hören, um zu wissen, welche Straße man meiden muß. Es ist eine Art Warnung, sage ich, das was in New York oder neulich in London passiert ist, kann auch vor deiner Haustür geschehen, wir sind eben globalisiert. Luzie verzieht das Gesicht, sagt: Das ist doch die reinste Angstmache. Ja, sage ich, oder vielmehr: es stumpft uns ab. Aber inwiefern? fragt Luzie, man muß doch nur in ein Geschichtsbuch gucken, um zu wissen, was alles Schlimmes passieren kann. Liegt es also? fange ich meine Frage nach der Unmittelbarkeit an, als die Kellnerin an unseren Tisch tritt, ob wir noch was haben wollen. Luzie und ich gucken uns kurz an. Luzie macht eine Grimasse, schüttelt dann den Kopf. Nein danke, sage ich, wir würden gerne zahlen. Die Kellnerin muß erst mal die Rechnung holen. Ist echt nett, mit dir zu plaudern, sagt Luzie, bin bloß total müde, und ich müßte mich mal wieder mit meinem Examensthema beschäftigen. Verstehe, sage ich. Der Himmel ist dunkel geworden, aber klar geblieben. Die Reichstagskuppel leuchtet von innen, man sieht die Besucher in ihr umherlaufen. Zusammen oder getrennt? Getrennt bitte. Ich gebe wahrscheinlich zu viel Trinkgeld, die Kellnerin bedankt sich trotzdem nur knapp. Luzie zieht die Schultern zusammen, lächelt beinahe versonnen und steht dann erst auf, ich tue es ihr gleich. Sie muß zum Bahnhof Friedrichstraße. Bis dahin werde ich dich begleiten, sage ich. Wieder schaut sie mir beim Aufschließen zu, wieder sehe ich ihre Waden, die jetzt ganz dunkel wirken. Ich schiebe mein Rad rechts, nahe am Bordstein, Luzie läuft auf der Uferseite, wir stoßen gelegentlich leicht aneinander, lassen uns aber nichts anmerken. Vielleicht versuchen wir's mit Goya ja ein andermal, sagt sie, und ich weiß im ersten Moment nicht, was sie meint. Wäre schön, sage ich dann aber, und vor der Tür zum Bahnhof fragt sie: Und du fährst jetzt mit dem Rad heim? Ja, mit der Hand deute ich nach vorne, sage: Immer geradeaus, ist ja auch 'ne schöne Nacht. Das stimmt, sagt sie, eigentlich zu schade, um jetzt schon. Sie winkt ab, wackelt irgendwie mit dem Kopf, die Sonnenbrille steckt weiterhin in ihrem Haar, sie beugt sich leicht vor, ach ja, die Wangenküßchen, tschüß, sagt sie dann, mach's gut. Du auch, sage ich, und sie drückt sich rückwärts gegen die Tür, lächelt, hebt ihre Hand, hält inne. Ach ja, sagt sie, das Buch! Welches Buch? frage ich. Na, sagt sie, ›Der Baader-Meinhof-Komplex‹, wenn du ihn haben willst, jederzeit! Gerne, sage ich. Ein letztes Lächeln, dann wird sie von der Halle verschluckt. Die Tür klappt zurück und noch leicht nach. War das gerade eine Einladung? frage ich mich. Nicht doch, nein, quatsch, denke ich, schwinge mich auf mein Rad, trete träge in die Pedale, rolle vor zur Friedrichstraße, in die ich nach rechts einbiege. Während ich schneller werde, schalte ich in den höchsten Gang.

FREITAGMORGEN. Bin immer wieder enttäuscht, wenn Rieke nicht neben mir liegt. Warum eigentlich diesmal? Ach, Luzie, ja, ein schöner Abend, der ging gar nicht so lange, ich hätte mich noch mit Rieke treffen können, habe bei der Fahrt nach Hause auch überlegt, ob ich sie nicht anrufen sollte, es dann aber gelassen aus einem eigentlich lächerlichen Grund. Die Frage, was ich am Tag gemacht habe, wäre so schwer zu beantworten gewesen, obwohl es da an sich nichts zu verheimlichen gibt. Ich frage mich ja selber, warum ich Rieke nicht sagen kann, daß ich mich mit Luzie treffe. Was hat eigentlich Rieke gestern gemacht? Wenn Zusammensein schon nicht heißt, permanent zusammen zu sein, bedeutet es doch ein ständiges Wissenwollen umeinander. Wenn ich also gar nicht will, daß Rieke alles von mir weiß, will ich dann überhaupt richtig mit ihr zusammen sein? Ich sollte es ihr sagen, da ist doch nichts dabei, du Rieke, ich hab mich – wie war denn dein Tag? – mit Luzie, du weißt schon, die Blonde, die mit dem Freund in Hamburg, wir wollten ins Museum, spontan, doch dann haben wir einfach ein bißchen gequatscht, ach, über dieses und jenes, nichts Konkretes, na ja, nicht direkt, nein, nur zufällig ging's auch über die Er A Eff, ich hatte da so ein Buch in der Hand. Nee, das geht ja gar nicht! Und überhaupt, wer sich liebt, muß nicht alles wissen, Liebe hat viel mit Glauben zu tun, das wissen nicht nur Christen. Im Glauben an die Liebe erhebe ich mich, auf daß der Tag meiner wird. Fühle mich dabei irgendwie kitschig. Der Groschenroman geht weiter, vom Politthriller noch keine Spur.

In der Post ist meine Wahlbenachrichtigung. Und ich weiß noch immer nicht, wen ich und ob ich überhaupt wählen gehen soll. Und wenn ich wähle, die anderen, die Mehrheit, die wählen doch sowieso nicht das, was ich will. Die wählen Merkel und Schäuble und Beckstein und Westerwelle und diesen neuen Wundermann, den zukünftigen Finanzminister, Kirchhof heißt der, und er weiß, so melden die Agenturen, wie man das mit den Steuern besser machen kann. Zukünftig muß nicht mehr unterschlagen werden, die weniger Vermögenden zahlen einfach drauf. Nein, wozu sollte ich wählen gehen, wenn es doch nichts bringt? Ist ja gut, Sebastian, da steht das Telefon, ruf sie an, sofort, ruf sie sofort an, dann bist du wieder auf dem laufenden, dann wirst du eine Stimme haben, daß es nur so knallt, dann, dann mach ich mir erst mal einen Marmeladentoast oder zwei, denn zwei sind immer besser, eine einzelne Scheibe wird in meinem Toaster bloß schwarz, zu zweit halten die Preßweizenscheiben besser der Hitze stand. Peng, fertig, autsch! Daß man sich an geröstetem Toastbrot auch immer fast die Finger verbrennt, obwohl die Dinger so schnell abkühlen und dann pappig werden! Doch solange die Butter noch schmilzt und ihre Farbe verliert, mag ich diesen Brotersatz, dazu die leckere selbstgemachte Erdbeermarmelade von Toni, wie gut, daß man solche Freunde hat. Was aber werden diese Freunde von uns denken, wenn unsere Bilder auf den Fahndungsplakaten auftauchen, wenn dann überhaupt wieder Fahndungsplakate aushängen in Postämtern und an Litfaßsäulen, staatsgefährdend. Werden sie uns auch dann noch die Tür öffnen, dann, wenn wir spätnachts davor stehen, oder werden sie selber überwacht, weil sie ja unsere Freunde sind? Man hat doch auch Verantwortung für sein Umfeld.

Werden die Freunde einen verstehen, es vielleicht sogar für richtig halten? Und die Eltern? Ich kümmere mich viel zu selten um meine Eltern, möglicherweise wird es ihr Herz brechen, wenn sie mein Bild in der Tagesschau sehen. Ich hoffe trotzdem, sie werden standhaft bleiben, mich nicht verfluchen, sondern versuchen, meinen Weg zu akzeptieren. Und Luzie? Sie wird sich wundern, sich bestimmt an den Tag erinnern, an dem sie mit mir in dem Buch mit Bildern von Baader und Ensslin und so weiter geblättert hat, und wenn sie mir das andere Buch wirklich leiht, kann sein, daß ich es ihr nie zurückgeben kann, möglicherweise werden aber die Fahnder dadurch auch auf sie aufmerksam, wenn sie meine Wohnung durchsuchen. Was wird Luzie von mir denken? Und was davon wird sie anderen erzählen? Immerhin ist sie für Merkel, damit endlich mal eine Frau rankommt. Sie wird vermutlich sagen: Ich habe den und die anderen gelegentlich auf Partys getroffen, beim Picknick im Park, das waren ganz normale junge Leute, ein bißchen links, ein bißchen verquer vielleicht, aber eher pseudorevolutionär, eben so wie so viele unserer Generation; da denkt man doch nicht, nein, wirklich, auf solche Gedanken kommt man einfach nicht, schon weil der Terror sonst ja bloß im Fernsehen stattfindet. Mit dem Marmeladentoast in der Hand laufe ich durch die Wohnung, meine fünfundfünfzig Quadratmeter Privatsphäre – wie lange noch? –, ich sollte sie ausräumen, glätten, Spuren verwischen, falsche Fährten legen. All dieser Ballast an Erinnerungen, wenn sie anfangen, den auszuwerten, ein Profil zu erstellen, das mich zeigt, ein Puzzle aus Versatzstücken, die ich teilweise eher aus Nachlässigkeit als aus Sentimentalität in irgendwelchen Schuhkartons unterm Bett aufbewahre. Oder mein Computer? Werden die Raubkopien, die MP3s, die Meier mir da raufgespielt hat, plötzlich zum Beweis für meine kriminellen Neigungen?

Und die E-Mails von und an Rieke: Läßt sich aus ihnen eine tiefgreifende Verschwörung konstruieren? Werden darin vielleicht Codes entdeckt, von denen wir selber keine Ahnung haben? Ich muß sie anrufen, sobald ich zu Ende gekrümelt habe. Sollte ich das wegsaugen, die potentiellen DNA-Träger in den Dielenritzen? Ach, denen reichen vermutlich schon meine Zahnbürste und die Haare im Abflußsieb. Wenn sie es darauf anlegen, bin ich ihnen ausgeliefert. Wie lange kann man sich von der Bildfläche entfernt aufhalten? Passen Rieke und ich gemeinsam irgendwo rein? Denn das würde noch gut sein, zu zweit ist es im Untergrund gewiß erträglicher, nur entzweit, wenn sie einen von uns beiden verhaften würden, wir könnten uns ja nicht einmal besuchen kommen, viel zu gefährlich. Oder wir beide in Einzelzellen, Mauer an Mauer und trotzdem zu weit voneinander entfernt, wir müssen wachsam sein. Das Telefon schrillt mich aus meinem Gedankenfraß, die Brotscheibe ist inzwischen gegessen und zerkrümelt, meine Finger sind klebrig von der Marmelade, als ich den Hörer anfasse. Rieke ist dran, das erschreckt mich ein wenig, hatte ich doch sie anrufen wollen und nun nicht einmal mögliche Erklärungen parat. Meinst du, sie finden uns schnell? frage ich anstelle einer Begrüßung. Riekes Lachen beruhigt mich ein wenig, aber es ist das irritierte Lachen einer Ahnungslosen. Allerdings kann sie schnell kombinieren, es bleibt beim Auflachen. Dann sagt sie: Wohl zu viel mit Leander gesprochen in letzter Zeit?! Die Richtung stimmt, aber nein, zum Sorgenmachen brauche ich Leander nicht. Seit Montag nicht mehr, sage ich. Dann müßte eigentlich ich Panik schieben, sagt Rieke. Sie hat sich gestern also mit ihm getroffen, ich erspare mir die Nachfrage. Deshalb entsteht Stille. Ich will dich sehen, sagt Rieke, und irgendwas liegt in ihrer Stimme, das mir ein Gefühl von Sicherheit gibt, wobei die wohl vor allem was mit Schwäche zu tun hat. Ich dich auch, sage ich. Dann bis gleich, sagt sie, ich beeile mich.

Kaum eine halbe Stunde später sind wir beide aneinander verhaftet, sind wir ein Tier mit vier Beinen und zwei Rücken, eine Bezeichnung, die Rieke mal irgendwo gelesen hat, seitdem sind wir noch animalischer, proben unseren Schöpfungsauftrag, ohne ihn auszuüben. Wir sind so unproduktiv, dabei können wir uns prima mit uns selbst beschäftigen. Wir sind ganz privat und kein bißchen politisch.

Später liegen wir da, wir, die Opfer unserer Lust, mal wieder lahmgelegt vom Unzeugungsakt, das wirkt besser als jede Bombe. Würden die Menschen eines Landes dazu gebracht werden, einfach nur und andauernd miteinander zu schlafen, dann bräche dort doch die Infrastruktur zusammen, die Produktion, die öffentliche Ordnung, was egal wäre, wenn alle bloß noch fickten, übereinander herfielen, aber nicht aus Haß und Mißgunst, sondern aus purer Nächstenliebe, weil sich alle so verdammt attraktiv fänden. Als ich das sage, lacht Rieke ein bißchen in meinen Bauch hinein, auf den hat sie ihr Gesicht gelegt. Das fühlt sich gut an, Gesicht wie Gelächter. Dann müßte ich ja die ganze Zeit Angst haben, daß du mit 'ner anderen in die Büsche hüpfst, sagt sie und wandert mit den Fingern einer Hand zwischen meine Beine, dort herrscht gerade Halbzeitpause. Aber nein, ich kraule Riekes Kopfhaut, ich wäre ja die ganze Zeit mit dir zusammen. Gut, sagt Rieke, denn den hier möchte ich mit niemandem teilen. Sie faßt meinen Schwanz an. Stets zu Diensten, sage ich. Na, na, wer wird denn da übertreiben? sagt Rieke, ihre Hand arbeitet am Gegenbeweis. Ich glaube trotzdem nicht, daß sie die Natur überlisten kann. Bis die sich anders entscheidet, können wir ja reden, denke ich und frage Rieke, was sie davon dächte, von mir, wenn sie nicht in mich verliebt wäre. Ihre Hand hält inne. Woher weißt du, daß ich in dich verliebt bin? fragt sie, und weil ich ihr Gesicht nicht sehe, muß ich mich auf die Hoffnung verlassen, daß sie gerade nicht allzu ernst guckt. Ich frage: Und was denkst du von mir? Sie sagt: Du hast einen schönen Schwanz. Jetzt küßt sie ihn sogar. Nee, sag mal wirklich! Riekes Hand läßt meinen schönen Schwanz los, und ihr Kopf löst sich von meinem Bauch. Du willst wissen, was ich von dir denke? Sie schaut mich an, tatsächlich ernsthaft. Ja, sage ich, also nein, ich meine, was du von mir denken würdest, wenn wir nicht zusammen wären. Riekes Gesicht nähert sich meinem. Was denkst du dir denn für Fragen aus? fragt sie. Sag doch mal! sage ich. Jetzt ist sie ganz dicht über mir. Ich würde denken, sagt sie und scheint tatsächlich darüber nachzudenken, ich würde denken, daß ich gern mit dir zusammen wäre. Und dann küßt sie mich, und zwar so, daß jedes weitere Gespräch unmöglich ist, und ich bin irgendwie glücklich, daß es mir egal sein kann, was andere Frauen über mich denken, zumal sich das viele Denken zumindest für die allernächste Zeit wieder mal erledigt hat.

Noch später sagt Rieke an, was wir heute abend machen. Und es hat immer noch nichts mit Politik zu tun. Ich wundere mich, daß sie bislang weder Leander noch die Knarre noch unsere Pläne auch nur mit einem Wort erwähnt hat. Interessieren täte mich ja schon, was Sache ist, aber ich bin doch nicht blöd, die gute Stimmung zu zerstören. Wir machen uns Béchamelkartoffeln und nebenbei über Angela Merkel lustig, da gibt Rieke bekannt, daß wir zu Sandras Party eingeladen sind. Das hätte sie ja auch früher schon mal sagen können, denke ich, bin aber froh, mit Rieke einfach so auf eine Party zu gehen, obwohl ich mir kaum vorstellen kann, daß es dort besonders aufregend zugehen wird. Rieke scheint meine Gedanken zu erraten, jedenfalls sagt sie mit halbvollem Mund: Es ist gut, wenn wir so was machen, dann fallen wir nicht so auf. Ich stimme ihr vorsichtshalber zu, auch wenn ich mich frage, wieso wir mehr auffallen würden, wenn wir so was nicht machten und zum Beispiel zu Hause blieben. Vielleicht sollten wir uns noch über die aktuelle Wertpapiersituation informieren, sage ich. Rieke versucht zuerst, böse zu gukken, muß dann aber doch lachen. Du mußt dich ja nicht mit Jörg unterhalten, sagt sie dann. Meinst du, er ist dort der einzige, der uns vom Vorteil des Aktienhandels überzeugen will? frage ich. Er ist nun mal Sandras Freund, sagt Rieke. Genau das gibt mir zu denken, sage ich. Du kennst sie doch gar nicht richtig, sagt sie. Stimmt, sage ich, dafür daß sie deine beste Freundin ist, treffen wir sie ziemlich selten. Rieke streckt mir die Zunge raus, du bist blöd. Sie steht auf und stellt die Teller in die Spüle. Sandra studiert eben BWL, sage ich, da dürfte es schwierig sein, unter den potentiellen Partygästen besonders viele Obersympathen zu finden. Rieke kommt zu mir, legt mir die Arme um den Hals. Deswegen hat sie ja auch uns eingeladen. Wir küssen uns, das ist immer gut, weil es sowieso das Beste ist, selbst wenn man gerade nicht küßt. Küssen zu können macht vieles leichter, weil es schön ist, eine zu kennen, die man jederzeit, besonders in Momenten der Sprachlosigkeit, einfach küssen kann. Und selbst die langweilige Feier von Sandra läßt sich so bestimmt leichter überstehen.

Dann steht Rieke vorm Spiegel und macht, was sie sonst nie tut: Sie kontrolliert ihren Look. Du siehst prima aus, sage ich, da kann auch H&M nichts dran ändern. Was denn? Rieke guckt wie ein kleines Kind, ist doch schön das Kleid. Das liegt an dir, sage ich und bin wieder mal überrascht, welche Wirkung solch ein Kompliment hat. Aber für umsonst ist es natürlich prima, sage ich über die aufgedruckten Blumen hinweg. Meine Klauklamotten gefallen mir dagegen weniger gut. Hätt ich gewußt, daß wir heute zu den BWLern gehen, ich hätte mir einen Anzug mitgenommen, sage ich. Rieke guckt demonstrativ auf den Wecker. Sind ja noch zwei Stunden bis zum Ladenschluß, sagt sie. Du meinst, frage ich, wir sollten auf dem Weg zur Party noch mal schnell? Einklauen gehen, ja! ergänzt Rieke, jetzt wissen wir ja wie's geht, aber den Anzug doch besser im KaDeWe! Nicht heute, sage ich. Fauler Sack, sagt sie, dann mußt du eben den grünen Pulli anziehen. In dem komm ich mir vor wie Kermit der Frosch, sage ich. Rieke macht eine Ätschgeste und sagt: Hättste dir vorher überlegen müssen!

SPÄTER begrüßt mich Jörg mit den Worten: Cooler Pulli, Mann! Das Schlimme ist, er meint es wahrscheinlich ernst. Ironie traue ich ihm einfach nicht zu. Ich meine, ist doch prima, der Typ hat's geschafft: kurz vor dreißig und verdient schon die fette Kohle mit Aktien und hat trotzdem 'ne Freundin. Wobei man ihn für Sandra vermutlich eher bedauern müßte. Rieke kann ja nichts dafür, daß ihre Buddelkastenfreundin so blöd geworden ist, doch Jörg wird wohl kaum aus Sentimentalität mit ihr zusammen sein, schon weil ich ihm nicht zutraue, sentimentale oder gar melancholische Momente zu haben, was natürlich manchmal auch von Vorteil ist. Momentan ist sowieso nicht mit so was zu rechnen, schon weil soeben die überschwengliche Begrüßungszeremonie begonnen hat. Mit einem grellen Kreischton stürmt die Gastgeberin auf ihre angeblich beste Freundin zu. Nach der erdrückenden Umarmung bekomme auch ich Körperkontakt mit ihr, allerdings einen sehr flüchtigen, was mir durchaus recht ist. Zieht bitte die Schuhe aus, der Teppich ist so empfindlich. Sandra sagt das. Nein, Ironie findet an diesem Ort wahrlich nicht statt, auch ihre Bemerkung, daß ich doch sicher saubere Socken anhätte, vermag es nicht, spontan Heiterkeit auszulösen. Als ich sage, daß ich gar keine Socken trage, müht sich Sandra ein Lächeln ab. Soll Jörg dir Socken leihen? fragt sie, fast ein wenig besorgt, vielleicht um die Luft in Fußbodennähe. Ich bin auch barfuß, sagt Rieke, die schon aus ihren Sneakers geschlüpft ist, aber keine Sorge, wir haben gerade noch geduscht. Dabei zwinkert sie mir zu, während Sandra noch zu überlegen scheint, wie sie diese Information verstehen soll, nach den roten Flecken in ihrem Gesicht zu urteilen, scheint sie sie richtig zu deuten. Wir haben ja auch Sommer, sagt sie dann etwas hilflos lachend. Nach den Schuhen ziehe ich den Pulli aus, für den es schon draußen viel zu warm war, ich habe ihn nur für das letzte Stück Weg übergezogen, damit Rieke sich freut oder ärgert, sie in ihrem hübschen Sommerkleid, ja, hübsch ist es trotz des Antiindividuellen, ich dagegen daneben, der quietschgrüne Freund, dem traut man doch nicht zu, daß er mit dieser Frau fast den ganzen Tag im Bett verbracht hat und unter der Dusche und auf den Dielen auch und daß er überdies mit ihr einen Anschlag plant, einen terroristischen Akt, der die von Meinungsforschungsinstituten vorherbestimmte nächste Geschichte ins Lesebuch für Phantasten verschieben wird. Vielleicht weil wir heute kein einziges Wort darüber gewechselt haben, bin ich wieder mehr davon überzeugt, daß wir es tun müssen, was auch immer danach sein wird. Sandra sagt, das Geschenk werde sie nachher auspacken, vielen Dank schon mal, wahrscheinlich wird ihr Riekes Lieblingsbuch sowieso nicht gefallen, darin werden die Räume immer kleiner, das Licht immer schwächer, je mehr das Glück der Handelnden abnimmt. Jetzt jedoch heißt es erst mal ›Hallo!‹ in allen Ecken der Wohnung. Sandra stellt uns einige Leute vor, wird dann aber wieder an der Tür gebraucht, um neue Gäste willkommen zu kreischen. Rieke kennt genauso wenige der Gäste wie ich, ich erspare ihr die Frage nach dem Grund dafür. Schließlich werden sie und Sandra ja noch andere gemeinsame Freunde oder zumindest Bekannte haben beziehungsweise gehabt haben, doch die sind der Einladung entweder nicht gefolgt oder haben rechtzeitig den Kontakt zu Sandra abgebrochen. Zum Glück hat Rieke mich, ich sorge schon dafür, daß ihr nicht langweilig wird, vielleicht gibt es ja nachher sogar die Gelegenheit zum Engtanz, barfuß auf der Auslegeware, zu ›Killing me softly‹ von den Fugees oder – noch schlimmer – zu irgendeiner Tonkatastrophe von Sarah Connor. Wenn ich mich allerdings so umschaue, getanzt wird hier bestimmt nicht, zu wenige Leute und dann noch auf Socken, das wäre den meisten hier bestimmt total peinlich, womit sie ja recht hätten, Spaß brächte es trotzdem. Alles klar? Rieke reißt mich aus den Gedanken, indem sie einen Kuß einfordert. Tanzt du nachher mit mir? frage ich. Klar doch, sagt Rieke und bewegt sich ein bißchen, aber wohl eher asynchron zum Rhythmus der gerade laufenden Musik, weil man von der kaum was hört, ich kann nicht einmal sagen, ob ich das Lied kenne. Bevor ich auf Riekes Schrittfolge eingehen kann, sagt sie: Wir sollten uns erst mal stärken! Sie zieht mich in die Küche, die, dem ewigen Partyklischee folgend, trotz oder gerade wegen bescheidener Ausmaße überfüllt ist, immerhin auch mit Essen. Es gibt drei Nudelsalate und einen mit Reis sowie einen gemischten mit großem Eisbergblattanteil und der Fertigdressingflasche neben der Schüssel. Daneben gibt es eine ungleich abgetragene Minibulettenpyramide und ein ehemals großes Stück Kaßler. Eine Auflaufform unberührtes Tiramisu und ein staubig wirkender Kastenkuchen sind auch vorhanden. Im Kühlschrank finde ich sogar normales Bier, auch wenn der Anteil an Partyplörre eindeutig überwiegt. Immerhin, die Nachfrage ist geregelt. Die beiden am offenen Fenster Stehenden trinken jedenfalls Beck's Pril. Einer von ihnen bläst Rauch nach draußen, der andere erzählt von drei Typen, die in aller Eile in einer Rumpelkammer einen uralten Fernseher aufstellen, dann holen sie eine Frau aus dem Nebenzimmer, das ist offenbar die Freundin des einen, die wird vor die Glotze gesetzt, da läuft irgendein Tanzfilm, schwarzweiß, zack, drücken sie ihr noch ein Kissen in die Arme, schnappen sich ihre Biere und dann zischen sie ins Wohnzimmer vor den Megaflatscreen und machen Fußball an. Nicht schlecht, sagt der andere und ascht in die Nacht. Holsten knallt halt immer noch am dollsten, sagt der Erzähler. Er ist so groß wie ich, das Wachstum seines Haars weiß er zu verhindern. Dabei scheint er nicht an Frühverglatzung zu leiden wie der andere, der dafür größer ist. Ich hab neulich einen gesehen, erzählt er gerade, in dem gleitet ein Auto durch eine sattgrüne Landschaft, Irland oder so, sanfte Kurven, sanfte Musik, und dann poppt plötzlich von der Seite eine schreiende Zombiepuppe rein, das ist echt shocking, I tell you, dazu dann der Spruch: So wach warst du noch nie, Kaffee in hohen Dosen, das ist echt geil. Klingt so, sagt der andere, als bräuchte man das Produkt dann nicht mehr. So ungefähr, sagt der Raucher. Rieke, die gerade am Kaßler herumsäbelt, sagt Richtung Tiramisu, sie habe neulich gehört, bereits als durchschnittlicher Achtzehnjähriger hat man an die zweihunderttausend Werbespots gesehen, stellt euch das mal vor, Leute, das sind zweihunderttausend unerfüllte Glücksversprechen. Die beiden Fensterstehер gucken zu uns, sie haben wohl nicht mit Einspruch vom Buffet her gerechnet. Es geht doch gar nicht darum, daß die Menschen das kaufen, sagt der mit der Zigarette. Um was dann? frage ich. Man könnte es als flankierende Maßnahme bezeichnen, sagt der Nichtrauchende, Commercials sind in erster Linie Lehrfilme, die den Konsumenten das Produkt erklären, das sie kaufen werden oder bereits besitzen, das Feeling muß ihnen bewußt gemacht werden. Außerdem, ergänzt der mit der Zigarette, die er allerdings, zum Stummel geraucht, gerade in einem Kronkorken ausdrückt, die Spots sind doch auch entertaining, you know, über einen guten Spot unterhalten sich die Menschen. Was natürlich dann der Marke zugute kommt, ergänzt der andere. Aber eben nicht nur, sagt der nicht mehr Rauchende, das Produkt ist lediglich der Anlaß, Kunst zu schaffen. Du willst nicht sagen, Werbung wäre Kunst?! Rieke steht da mit ihrem Pappteller in den Händen, von dem hat sie noch nichts gegessen, sie will wohl den Moment der Erwiderung abwarten, um ihre Argumentation nicht durch einen vollen Mund zu beeinträchtigen. Allerdings ist das Kunst, sagt der die ganze Zeit Nichtrauchende, und Kunst ist nun mal käuflich; den freien Künstler, so wie wir ihn heute kennen, den gab's früher doch gar nicht, da wurde eben Gott beworben oder der Kaiser. Hallo, Herr Kaiser! sagt der andere, und die beiden müssen lachen. Du meinst also, Kunst war immer Propaganda? frage ich mit einem Bulettenrest auf der Zunge. Und eine Frage des Glaubens, sagt der Raucher, wenn nicht gar der Liebe. Padadadada ich liebe es, stimmt der andere darauf den bekannten Slogan an und geht dabei kurz und theatralisch in die Knie. Lüge bleibt Lüge! sagt Rieke. Als ob die Wahrheit alles besser macht, sagt der Sänger. Die Leute fühlen sich doch super, sagt sein Kumpel und tätschelt sich das dünne Haar, als wolle er dessen Halt prüfen, denn es ist nach vorne gekämmt, die immer höher werdende Stirn zu bedecken. Schöne neue Welt, sage ich. Ich habe kalte Fußsohlen, wegen der Fliesen. Realität ist eine Ansichtssache, sagt der Nichtrauchende. Das stimmt, sage ich. Wo er recht hat, hat er recht. Rieke beschäftigt sich nun doch mit dem Stück Fleisch auf ihrem Teller, und ich sage, daß ich bei Werbung sowieso gleich umschalte.

Deswegen werden ja auch Fernseher auf den Markt kommen, die es dem Zuschauer unmöglich machen sollen, Commercials wegzuzappen, sagt der Raucher. Das ist total krank, sagt Rieke mit vollem Mund. Ja, aber guckt euch mal die Spots an, sagt der Raucher, da sind echt gute dabei. Welche von euch? frage ich. Wie meinst du das? wollen sie wissen. Ihr arbeitet doch in irgend 'ner Agentur, sage ich. Die beiden lachen. Wir kommst du denn auf so was? Wir doch nicht! ruft der eine, und der andere fragt: Habt ihr das jetzt wirklich gedacht? Was macht ihr denn dann? will Rieke wissen. Also, ich habe gerade meinen Master in Kulturwissenschaften gemacht, sagt der Raucher, und er studiert noch. Der Nichtraucher nickt. Kunstgeschichte, sagt er. Und da beschäftigt ihr euch mit Werbung? fragt Rieke. Privatvergnügen, sagt der Kunsthistoriker, und ich schreibe gerade eine Hauptseminararbeit über verworfene künstlerische Ideen. Mona Lisas Lachen oder was? frage ich, und diesmal lachen wir alle vier. Der ist nicht schlecht, sagt der Kunsthistoriker, kannste mir mal 'n neues Bier geben? Mir auch bitte! sagt sein Kumpel. Ich stelle meinen Teller ab, öffne die Kühlschranktür und greife zwei Flaschen Grünbier. Nee, gib mal lieber was Richtiges, sagt der Raucher. Ach, ich nehm noch so eins, sagt der Kunsthistoriker, als Summerdrink gar nicht so schlecht. Übrigens, sagt er, als ich ihm die Flasche reiche, es gibt tatsächlich ein Bild, das man für die erste Fassung der Mona Lisa hält. Ach echt? sagt sein Nebenmann und hebelt sein richtiges Bier auf. Von Leonardo? fragt Rieke. Na, das ist nicht ganz sicher, sagt der Kunsthistoriker, er hält dem anderen seine Flasche hin, kannste mal? Jedenfalls guckt sie da total ernst, sagt er. Weil sie nicht so berühmt ist, was?! sage ich, und es wird wieder gelacht. Was hat das jetzt mit Werbung zu tun? fragt Rieke. Der Gefragte nimmt einen Schluck. Ich gucke mir das Buffet an und entscheide mich, das Tiramisu zu eröffnen, ich liebe Tiramisu, wie mir gerade wieder eingefallen ist. Mein letztes Kapitel ist über Contemporary Art, sagt der Mann mit dem Zitronenbier, das schreib ich gerade, und darin befaß ich mich halt mit der Frage, was die Kreativen jenseits der schließlich produzierten Kampagne für Ideen entwickelt haben. Und die geben die einfach so raus? frage ich und schaufle dabei matschiges Tiramisu auf einen frischen Pappteller. Unterschiedlich, sagt der Gefragte, manchmal helfen mir aber auch die spoof ads. Die was? Rieke und ich haben diesen Begriff noch nie gehört. Er meint Parodien, erklärt der Raucher. Genau, sagt der andere, im Internet kursieren einige davon, meistens sehr aufwendig produziert, man weiß nicht von wem, doch in der Regel stammen die von der gleichen Agentur, die auch die offizielle Kampagne gemacht hat. Ihr kennt nicht zufällig den Suicide Bomber? fragt er. Rieke und ich schütteln die Köpfe, der Raucher grinst vorfreudig. Das Teil ist so was von anpiehzieh, aber es trifft total, sagt der Kunsthistoriker, man sieht einen Typen mit Palästinensertuch um den Hals, und der hält mit seinem Polo vor einem Straßencafé und drückt auf einen Knopf, die Bombe explodiert dann auch, aber halt nur im Wagen, äußerlich bleibt der unbeschädigt, dazu der Poloslogan ›Small but tough‹. Das ist schräg, sagt er, das ist cool. Rieke bleibt sehr ernst, fragt ihn, ob er denkt, daß irgendwer erwogen hätte, so was als normalen Spot laufen zu lassen. Die beiden am Fenster lachen. Mein Lieblingsdessert schmeckt in der hier verfügbaren Version wie eingeweichtes Toastbrot mit Sprühsahne, verfeinert mit Kakaopulver, ich lasse mir aber nichts anmerken. Solche Ideen entstehen halt, sagt der Nichtraucher, die Phantasie ist ja nie piehzieh. Könnte es nicht auch sein, fragt Rieke, daß grundsätzlich nur der Ausschuß produziert wird? Sie jedenfalls habe nicht den Eindruck, in den Werbepausen wahre Kunstwerke zu sehen. Das gefällt unseren Gesprächspartnern natürlich ganz und gar nicht. Doch bevor sie protestieren können, sage ich: Kann das nicht auch daran liegen, daß immer mehr Prominente ihr Gesicht für irgendein Produkt hergeben? Dieser Trend ist wirklich bedauerlich, sagt der Raucher und zückt eine Packung Zigaretten. Ich frag mich ja immer, sage ich, ob ich nicht manche Sachen boykottieren sollte, weil ein totaler Unsympath dafür wirbt. Dieter Bohlen! ruft der Kunsthistoriker, und Rieke sagt, dann wüßte man ja bald gar nicht mehr, was man kaufen soll. Gibst du mir auch eine? sagt sie zu dem Raucher, dabei befinden sich noch Nudelsalatreste auf ihrem Teller, doch den stellt sie nun weg, während ihr die Schachtel hingehalten wird. Danke, sagt Rieke, und der Raucher hält ihr sein entflammtes Feuerzeug hin, währenddessen überlege ich laut, was man wegen Dieter Bohlen alles nicht mehr kaufen dürfte, zuvorderst müßte ich meinen Handyvertrag kündigen. Ist der nicht wieder auf dem absteigenden Ast? fragt der Kulturwissenschaftler und atmet Rauch aus. Keine Ahnung, sage ich, gucke ja keine Werbung. Ich kratze den Rest von meinem Teller, man gewöhnt sich an alles. Bei Müllermilch haben die den doch gefeuert, sagt der Nichtraucher, weil er über Buttermilchtrinker gelästert hat. Müllermilch muß man trotzdem boykottieren, sagt Rieke. Ach ja? fragt ihr Rauchpartner. Ja, sagt Rieke, ich jedenfalls habe noch nie welche getrunken. Echt nicht? Noch nie? Und warum? wird nachgehakt. Ich glaub, das sind Nazis, sagt Rieke zögernd, oder so. Oder so? schmunzelt der Nichtraucher. Na ja, sagt Rieke, schon meine Mutter hat die immer boykottiert. Ah so, sagt der Raucher, Familientradition, Boykott in der zweiten Generation sozusagen. Die beiden Fensterstehr lachen, ich verkneife mir dagegen ein Grinsen. Statt dessen werfe ich ein besser zu verteidigendes Boykottobjekt ins Rennen. Lidl, sage ich, dort darf man nichts kaufen, weil die ihre Angestellten ausbeuten. Die anderen Discounter sind da besser? fragt der Raucher. Also wenn ich genug Geld hätte, sagt der Nichtraucher, würd ich nur zum Bioladen gehen. Dich wird man aber immer bei Aldi treffen, sagt der Raucher, und zwar bald auch hinter der Kasse. Wir lachen alle ein bißchen. Der Raucher greift nach einem Kronkorken, um darin seine Zigarette auszudrücken. Die wirklich Armen arbeiten nämlich bei Aldi, sagt er, während sich der Großteil der Kundschaft was Besseres leisten könnte. Weil sie das aber nicht tun, sagt Rieke, gibt's bald bloß noch Discounter. Oje, sage ich, was passiert dann eigentlich mit der Werbung? Discounter schalten doch keine Spots. Ich trinke mein Bier leer. Die beiden am Fenster sind kurzzeitig betroffen. Rieke drückt ihre Zigarette neben den Nudeln auf ihrem Teller aus. Keine Kunst mehr, sage ich. Das müssen wir boykottieren! ruft der Raucher und hebt die Faust. Was wollt ihr boykottieren? Sandra kommt gerade in die Küche, in den Händen hat sie einige benutzte Pappteller, die sie nun in eine blaue Tüte tut, die am Küchenschrank befestigt ist. Was boykottierst du denn, Sandra? fragt der Nichtraucher. Sandra guckt uns groß an, sie überlegt offenbar. Brauchst du 'nen Tip? fragt der Nichtraucher nach. Wie wär's mit Starbucks? schlage ich vor und nehme mir ein neues Bier aus dem Kühlschrank. Wieso denn die? fragt Sandra, da gibt's doch leckeren Kaffee. Na ja, sage ich, Ansichtssache, außerdem finde ich, es sollte gesellschaftlich geächtet werden, eine Tasse Kaffee für mehr als einen Euro zu verkaufen. Sandra schaut mich groß an und legt dabei einen Arm um Riekes Rücken. Dann sagt sie: Da hast du dir ja einen richtigen Revoluzzer geangelt, Friederike. Schwaches Kichern vom Fenster. Tja, sagt Rieke und zwinkert mir zu, dabei sieht er so harmlos aus. Was machst du eigentlich? fragt mich Sandra. Ich bin Auftragskiller, sage ich so trocken wie möglich und öffne meine Flasche. Alle lachen, nur Rieke nicht, die wird richtig blaß. Und wen bringst du so um? fragt der Kunsthistoriker. Alle, sage ich, solange die Kasse stimmt. Geld muß aber dabei rumkommen? fragt der Raucher, oder tötest du auch in deiner Freizeit? Wieder lachen alle bis auf Rieke. Die streckt ihren Arm in meine Richtung. Komm, sagt sie, ich will jetzt tanzen! Sie zieht mich fort von den anderen, die wirken ein wenig irritiert. Ich höre noch, wie Sandra sagt: Ist doch gar keine Tanzparty. Rieke führt mich durch den Flur an den ausgezogenen Schuhen vorbei. Erst auf dem Teppich spüre ich, wie kalt meine Fußsohlen sind. Im Wohnzimmer ist es inzwischen voller, man merkt das am Stimmengewirr. Zur Musik ließe es sich bestenfalls gemütlich über den Teppich schunkeln, immerhin ist sie jetzt lauter, aber Rieke schiebt mich sowieso weiter bis ans Ende des Ganges, drei Türen gehen hier ab. Rieke schlingt ihre Arme um meinen Hals, ich fasse mit meiner freien Hand an ihre Hüfte, deute ein paar Schritte Engtanz an, da berühren sich unsere Münder. Rieke drückt sich fest an mich, und ich presse Rieke gegen eine Tür, wenn ich bloß mein Bier irgendwo abstellen könnte, es lebe die Leidenschaft und das Geschlabber, ich lecke Rieke die Nikotinspuren von den Zähnen, damit sie wieder mehr nach sich schmeckt, meine linke Hand betastet ihren Körper, den so oft befühlten, ich könnte ihn trotzdem nicht blind aus Ton nachbilden, schon weil es mir diesbezüglich an Begabung fehlt, genug kriegen kann ich von ihren Formen trotzdem noch lange nicht, wir saugen uns gegenseitig die Zungen aus den Mündern, ob wir schon beobachtet werden? Egal! Rieke macht ›Hmm‹ und murmelt in meinen Mund: Du bist der beste Knutscher der Welt. Sie schiebt eine Hand unter mein T-Shirt, da gerät einer von uns an die Klinke, die Tür springt auf, aber wir können uns halten, nur das Bier schwappt leicht aus der Flasche. Dabei sind wir beide doch kein bißchen betrunken. Wir scheinen nicht weiter Aufmerksamkeit erregt zu haben, und damit es so bleibt, bleiben wir einfach in dem sich uns anbietenden Zimmer, schließen allerdings die Tür hinter uns. Hier gibt es einen akkurat aufgeräumten Schreibtisch, einen Kunstdruck von Ikea und ein kleines Sofa, sicherlich auch schwedisch. Zum Knutschen reicht's, und wir haben das Licht auch wieder ausgeschaltet, bevor wir es uns bequem machen. Das Bier stelle ich auf dem Boden ab, jetzt kann auch meine rechte Hand in Aktion treten und zum Beispiel Riekes Schenkel streicheln, derweil ertastet ihre Hand eine mittelschwere Verhärtung in meinem Schritt. Daraufhin verliert mein Mund seinen Partner, aber ich will mich nicht beklagen, Rieke ist offenbar wild entschlossen, mich zu erleichtern, und sei es auch nur um ein paar Spritzer. Hinter der Tür geht die Party gesetzt weiter, am lautesten ist die Gastgeberin, deren mögliche Gesichtsbefleckung ich mir lieber nicht vorstellen möchte, weil ich jetzt gerade gar nicht an sie denken mag, tue es dann aber doch. Und wenn Sandra uns vermißt? frage ich, und Rieke hört mit dem Saugen auf. Bevor das auffällt, sagt sie, hab ich dich schon leergelutscht. Sie lacht extrem dreckig und nimmt den Mund dann wieder voll, und ich verzichte auf jede weitere Wortmeldung, um uns das Pornofeeling mit diversen Variationen auf ›Ja, ist das gut‹ zu ersparen, schließlich spürt Rieke auch ohne das, daß es gut so ist, und von mir aus können da draußen ruhig alle wissen, was für Geilheiten hier drin abgehen, meine Hand tastet sich Richtung Riekes Schenkelinnerstes, aber so weit reicht mein Arm nicht. Ob wir es riskieren sollten, es jetzt auch noch richtig zu tun, wo die Tür jederzeit aufgehen könnte? Eine Hose läßt sich fix schließen, und Rieke trägt ein Kleid, das lädt ein zu schnellem Sex, doch schnellen Sex haben wir gerade auf andere Weise, da kommt die Idee später als der passive Protagonist, der das vorgezogene Finale mit einem Ächzen einleitet, Rieke schmatzt genüßlich, nimmt für ein paar Takte die Hand zu Hilfe, als wolle sie noch einmal Maß nehmen, krault ein wenig an meinen Eiern, das ist so unerträglich geil, ich kann kaum stillhalten, ich atme durch die zusammengebissenen Zähne aus, und Rieke saugt weiter. Und jetzt, ich sage: Gleich! Ich sage: Achtung! Das sage ich meistens bei Gelegenheiten wie dieser, dabei weiß ich nicht, ob Frauen das überhaupt hören wollen, vor allem, wenn sie – so wie Rieke – sich so gierig nach meinem Saft geben, doch dieses Achtung ist wie eine geahnte Warnung, denn im allerletzten Augenblick, unmittelbar vor der Erlösung, geht die Zimmertür auf, und das Deckenlicht erhellt den Raum, vor Schreck lassen mich Riekes Lippen los, und es spritzt mir hilflos ins Leere, und Jörg steht der Mund offen, und hinter ihm singt gerade diese Schöne mit dem Klavier, wie hieß die noch, und Rieke springt auf, rückt ihr Kleid zurecht, dabei fällt die Flasche Bier um, ein weiterer Erguß also, der aber bei niemandem für Begeisterung sorgen kann. Sonst geht's euch gut? sagt Jörg. Und ja, bis eben ging's uns deutlich besser, dazu muß man nichts sagen, da zieh ich mir lieber die Hose hoch und überlasse es Jörg, sich um die auslaufende Flasche zu kümmern. Bier macht keine Flecken, stinkt nur. Ich erspare mir aber den Spruch und folge lieber Rieke. Die schnappt sich ihre Schuhe und steuert die Wohnungstür an. Gerade sind neue Gäste gekommen, die von Sandra wie gehabt begrüßt werden. Deren Überschwenglichkeit bricht allerdings ab, als Rieke grußlos an ihr vorbei durch die Tür schlüpft. Nachdem ich endlich meine Schuhe in der Hand habe, will Sandra von mir wissen, was los ist. Ich höre, wie einer der beiden Typen aus der Küche ›Auftragskiller‹ zu mir sagt, ich achte aber nicht weiter auf ihn. Lies einfach mal das Buch, sage ich zu Sandra, vielleicht wirst du verstehen. Welches Buch? fragt sie, und ich dränge mich an ihr vorbei. Unser Geschenk, sage ich. Ach so, sagt Sandra, das Buch, ich glaub übrigens, das hat Friederike mir schon mal geschenkt. Darüber muß ich fast lachen. Unten schlägt die Haustür zu, und während ich hinabrenne, rufe ich: Machs gut!, und meine das gar nicht so. Als ich auf die Straße komme, will ich Rieke schon hinterherrennen. Doch sie steht da, die Schuhe immer noch in der Hand. Ihr Grinsen gefällt mir, ich bin beruhigt.

Wir laufen zur Haltestelle, die Schuhe noch immer in den Händen. Von Spandau ist es weit nach Hause, zurück in die Stadt, wie Rieke sagt, jetzt nicht, aber sonst, Spandauer halten sich ohnehin für etwas Besseres, Rieke selbst hat diesen Dünkel schon lange abgeworfen, Spandau, das ist ein Naherholungsgebiet, bevölkert von autistischen Kleinbürgern, das haben wir ja gerade wieder gesehen. Riekes Vater wohnt noch immer hier in der Gegend, nur den besucht sie noch seltener als Sandra. Und natürlich ist der Bus gerade weg. Wir haben also zwanzig Minuten, uns im Wartehäuschen sitzend klarzumachen, was gerade passiert ist. Ja, was ist denn schon dabei? Wo man doch zur Paarung inzwischen geradezu gesellschaftlich verpflichtet ist, sogar der Bundespräsident legt uns das Kinderkriegen nahe. Denn was sind Kinder anderes als ein fortgesetzter Orgasmus mit anderen Mitteln? Nachwuchs ist Sex fürs Nachmittagsprogramm. Wir aber sind keine Exhibitionisten, wir schieben unsere Geilheit nicht vor uns her durch Grünanlagen. Wir sind bloß authentisch, wir folgen nun mal unseren Trieben. Wir sind jung, wir sehen ganz gut aus, und wir leben so in den Tag hinein, nachts belegen wir sogar Überstunden, wir sind ganz normale Menschen an der Haltestelle Eschenweg und tun das, was normale Menschen andauernd zu tun scheinen: Wir warten darauf, daß irgendwas passiert. In unserem Fall soll lediglich ein Bus kommen. Rieke lehnt den Kopf an meine Schulter, zieht die Beine hoch und tut ihre Füße auf den dritten, freien Sitz. Ich lege meinen Arm um Rieke. Wir warten. So als hätten wir uns längst alles gesagt oder als gäbe es etwas zu beschweigen. Weder noch. Wo es doch so viel zu besprechen gäbe. Was ist eigentlich mit der Knarre, steckt die in ihrem Rucksack? Der hat genau die richtige Größe dafür, viel mehr paßt da sicher gar nicht rein, höchstens noch Patronen, Zigaretten und ihr Handy vielleicht. Als Pärchen sitzen wir hier inmitten der Pampa zu so einer Zwischenzeit, da geht man eigentlich noch nicht nach Hause, nicht an einem Freitag und nicht mal in Spandau, glaube ich, nur wir, die wir Normalität proben, ja, proben, wir in unseren Jugenduniformen. Der Pulli, denke ich. Mist, der Pulli, sage ich, und Rieke bewegt den Kopf kurz, aber kaum, ein Auto rast vorbei. Den hab ich da liegengelassen, sage ich. Rieke brummt bloß. Es ist klar, daß wir jetzt nicht zurückkönnen oder wollen. Gut aber, daß ich gerade den anhatte, den geklauten, den grellgrünen, den nicht gemochten. Ich denke das nur. Jörg fand den doch sowieso viel besser als ich. Das sage ich. Jörg! Rieke lacht auf, ein wenig bitter. Was er wohl Sandra erzählen wird? murmelt sie. Bestimmt, daß wir, sage ich, auf seinem schönen Sofa. Rieke kichert. Wenn er nicht zu verklemmt dafür ist, sage ich. Wird er da noch drauf sitzen können, sagt Rieke, ohne an uns denken zu müssen? Bestimmt muß da ein neues Sofa her! sage ich, die Aktien machen's möglich. Unser Lachen verebbt schnell und geht über in das Rascheln und Surren und Summen und Tuten und Knarzen und Knacken der Nacht. Wir sind Eingeschworene und warten doch bloß auf den Bus. Wann geht es eigentlich los? frage ich und bin selber kaum auf den abrupten Themenwechsel vorbereitet. Rieke schon gar nicht. Was geht los? fragt sie und richtet sich auf. Du hast mir noch nicht erzählt, sage ich, was Leander gesagt hat, gestern. Nicht jetzt, sagt Rieke und will mich küssen. Ich ziehe meinen Kopf weg, und Rieke muß ihre Position korrigieren, dabei rutscht ihr ein Bein vom Sitz. Ich möchte aber wissen, fange ich an. Den ganzen Tag hast du nicht, sagt Rieke, laß uns morgen. Sie wirkt müde, sprechmüde. Kußmüde jetzt wohl auch, denn sie macht keinen weiteren Annäherungsversuch, gegen den ich gar nichts mehr einzuwenden hätte, weil auch ich eigentlich zu müde bin für Worte, merke ich. Vielleicht sollten wir die Liebe lassen, zulassen natürlich, uns darauf einlassen. Hey, sagt Rieke und steht auf. Ich stehe auch auf, der Bus bremst vor uns.

Später dann am Alexanderplatz nach einer Fahrt mit Nachtbus und S-Bahn und ohne Worte sagt sie an der Treppe zur U8: Ich komm nicht mit, und stellt sich auf die Zehenspitzen, um mir einen Abschiedskuß auf die Lippen zu drücken, doch ich packe ihr linkes Handgelenk, halte sie auf, frage: Was soll das denn? Ich bin müde, sagt sie, wir poppen sowieso nicht mehr heut nacht. Aber, sage ich und weiß den Rest des Satzes nicht. Da brauchen wir uns doch nicht, sagt sie, und mir ist so komisch, mir ist als hätte ich alles noch vor mir. Mir steigt der Moment, in dem wir zusammengekommen sind, in den Sinn, nur daß es da noch nicht ums Verheddern ging, so verwoben wir vielleicht auch schon waren, uns fast schon zu lange kannten, Bekannte auf dem Heimweg, der in zwei Rückwegen mündete, wir hatten einander nie besucht, waren stets nur miteinander unterwegs gewesen – weißt du noch? – dieser französische Film über die eingebildete Affäre mit der schönen Prostituierten und danach was trinken gehen, Rieke fand den im Film ausgestellten Lebensstil spießig und viel zu pompös, und ich behielt meine Begeisterung für diese intellektuelle Behaglichkeit lieber für mich, genauso wie die Frage, ob ich selber längst eine eingebildete Affäre mit Rieke führte, und wir standen inzwischen fast an der gleichen Stelle wie jetzt, dort wo wir uns schon öfters getrennt hatten, sie zur U5, ich zur U8 strebend, man erinnert sich nie daran, wann der letzte Zug kommt, obwohl man ihn bereits zigmal verpaßt hat, und redeten und redeten, und sie sagte: Ich muß jetzt wirklich, und ich nickte, sagte ›ja‹ und dann ›aber‹ und ›weißt du eigentlich‹ und so weiter, und sie ließ sich darauf ein, und auch ich ignorierte das Blinken auf der Anzeige schräg über mir, als könne man das zu Besprechende nur jetzt klären, gegen halb eins, dabei war es bloß Blabla, welches die Erinnerung nicht erreichte, bis sie sagte: Sebastian, wir sehen uns Freitag, bis sie also die Arme ausbreitete, mich vorm Gehen zu umarmen, diese wiederkehrende Gelegenheit, nie waren wir uns so nah wie heute, sie verstrich erneut ungenutzt, dieser Blick und tschüß, das war's. Ich sah ihr nicht hinterher, dafür aber kurz darauf der U-Bahn, der letzten Richtung Hermannstraße, so daß ich umkehrte, mir einen Nachtbus zu suchen, und erneut hierhinkam, an diese unbedeutende Stelle, den gedenktafellosen Ort des verpaßten Moments und des Zuges, genauer genommen der Züge, weil ich nicht alleiniger Rückkehrer war, was für ein Glück, so daß sich der individuelle Ärger im gemeinsamen Gelächter entlud, dann können wir ja, da ist doch dieser Imbiß, ein letztes Bier. Die warme Oktobernacht ließ uns also nicht los, sie gab uns Büchsenbier und eine Sitzbank an diesem stufigen Brunnen unterm Fernsehturm, sie gab uns Blicke, die sich einen Moment zu lang ineinander verhakten, und sie gab uns Gelächter, das seinen Sound irgendwie verändert hatte und doch so unschuldig blieb. Und wie wir die Zeit verachteten und die heraufkriechende Kälte, die uns weitere Biere gab, mehrfach, jedesmal zwei Dosen, obwohl es uns längst fröstelte und wir zusammenrücken mußten und gemeinsam gähnten und zum ersten Mal dieses Schweigen voneinander hörten, wie die Ruhe vor einem Sturm, all das kommt mir in den Sinn, dieses Gefühl der Erlösung ist wieder da und wie Rieke damals wie selbstverständlich mit mir mitgekommen ist, als wäre ihr der Weg bereits bestens bekannt und uns die Umarmung die gewohnte Art der Begegnung, als hätten die Küsse endlich bestätigt, was wir bereits beschlossen hatten, jeder für sich, weshalb es auch nichts ausmachte, daß wir zu müde waren, daß wir Arm in Arm einschliefen und erst beieinander aufwachen mußten, um im noch verschlafenen Wiedererkennen mehr zu werden als bloß Bekannte. Und jetzt sagt sie, daß wir uns ja nicht brauchen heute nacht, und versucht, ihren Arm aus meinem Griff zu befreien, als ich sage: Ich möchte gern neben dir wach werden! Und sie hält inne, schaut mich an, berührt mit der rechten Hand meine linke Wange. Bast, sagt sie, ich auch, aber ich möchte zu mir nach Hause. Von mir aus, wir sind viel öfter bei mir, weil wir da allein sind, weil uns keiner beim Sex hört, jedenfalls niemand, dem wir beim Frühstück gegenübersitzen könnten, doch wir wollen ja gar nicht, ich möchte jetzt nur nicht alleine nach Hause fahren. Und was ist, frage ich Rieke, wenn ich mit zu dir komme? Als sie lächelt, so wie sie lächelt, glaube ich, wieder alles zu wissen.

SPÄTER, und es ist noch gar nicht richtig spät, vor allem nicht für einen warmen Freitagabend Mitte August, aber wir haben uns entschieden, müde zu sein, erschöpft vom vielen Liebemachen in diesen harten Zeiten, später also öffne ich die Tür zu Riekes Zimmer, schalte das Licht an und sehe Leander. Ich könnte jetzt das Licht wieder ausmachen, die Sinnestäuschung wegknipsen, das bringt bloß nichts, denn er hockt ja wirklich da auf der Matratzenkante, die Beine angezogen und die Ellenbogen auf die Knie gestützt, das Gesicht in den Handflächen vergraben, doch nun schaut er mich an, eher erstaunt als erschrocken, während sich seine Augen an das nackte Licht der von der Decke baumelnden Energiesparbirne zu gewöhnen versuchen. Nun wäre es Zeit für ein Eifersuchtsduett - was suchst du im Zimmer meiner Freundin? -, würde Rieke nicht gerade durch die Tür kommen und, immerhin ebenso erstaunt wie ich, das Gespräch eröffnen. Im Gegensatz zu mir, der ich weiterhin unschlüssig mitten im Raum stehe, kniet sich Rieke neben ihn, berührt ihn an Schulter und Oberschenkel. Wo kommst du denn her? fragt sie, ist alles okay? Leander wirkt so, als müßte er sich die Antwort noch ausdenken. Und dann sagt er: Sie sind mir auf der Spur. Das ist natürlich keine ganz neue Situation, das war ja einer der Gründe, warum Rieke und ich mit drin sind in der Sache, doch auch ich spüre, daß es diesmal ernster ist, und setze mich auf Riekes Schreibtischstuhl. Ich bin hier der Beobachter. Rieke redet sanft auf Leander ein, er soll sich erst mal beruhigen und dann erzählen und ob er was trinken möchte. Bast, sagt sie und dreht sich nicht einmal um, guckst du mal, ob im Kühlschrank noch Bier steht? Ich beeile mich, die Getränkewünsche zu erfüllen, es sind tatsächlich ausreichend viele Biere kalt gestellt, drei nehme ich heraus. Ob das das richtige Beruhigungsmittel für Leander ist? Ein Joint würde wahrscheinlich mehr helfen. Aber nur Rieke raucht, Nikotin natürlich. Normalerweise raucht sie nicht in dem Zimmer, in dem wir schlafen wollen, also haben wir den Zustand der Normalität wohl verlassen, und Vorhaben sind schließlich veränderbar. Leander redet gerade aufgeregt über Bilder, die er im Netz gefunden hat. Und Rieke fragt: Ob er sich da sicher ist? Aber ja, er guckt etwas böse, was glaubst du denn? Er sagt: Die wollen mich fertigmachen! Ich öffne die Flaschen und reiche zwei weiter Richtung Matratze, ich selber setze mich wieder auf den Stuhl. Immerhin dreht sich Rieke nun zu mir um und klärt mich auf: Die haben ein Foto von Leanders Wohnung ins Web gestellt. Und mitten im Zimmer steht eine große, schwarze Gestalt mit Helm, sagt Leander, um mir angst zu machen. Wie im Web? frage ich. Na, auf irgendeiner Seite, sagt er, ich bin gesurft, und dann war plötzlich dieses Foto da, ich hab es sofort erkannt, mein Bett, das Mao-Poster, der Blick aus dem Fenster. Hier, sagt Rieke und hält ihm die Flasche vors Gesicht. Leander nimmt sie ihr ab und nippt daran. Aber was war das denn für eine Seite? frage ich. Die ist einfach so aufgepoppt, sagt Leander, unwirsch, weil ihm nicht geglaubt wird, man kenne das doch. Einfach so? sage ich, ein Bild von deiner Wohnung? Das geht bestimmt ganz leicht, sagt Leander, das sind schließlich Profis, die haben sich einen Spaß draus gemacht. Und irgendwo im Internet hängt jetzt ein Bild von deinem Zimmer? fragt Rieke, guckt zu Leander, schaut dann mich an, nach ihrem Gesichtsausdruck zu urteilen fällt es auch ihr schwer, diese Geschichte zu glauben. Welche Seite war das denn? fragt sie. Ich weiß es nicht, ich weiß es nicht! Leander fuchtelt mit seinen Händen, schüttelt den dazwischen hängenden Kopf, das Gesicht von Haarsträhnen verdeckt. Er wirkt unglaublich fertig. Was hat der denn genommen? kommt mir in den Sinn. Mit fast weinerlicher Stimme erzählt er, wie er vor Schreck die Verbindung sofort getrennt habe und den Computer ausgeschaltet. Ich würd mir das gerne mal anschauen, sagt Rieke und beeilt sich, hinzuzufügen: Nicht, daß ich dir nicht glaube, aber wenn die mich in deiner Wohnung sehen. Wieso in meiner Wohnung? Leander sieht Rieke an. Die werden ja wohl eher deinen Computer manipuliert haben als das ganze Internet, sagt Rieke, deswegen müßte man bei dir gucken. Nein, nein, sagt Leander und wird mit einem Mal einigermaßen klar, seine Gesichtszüge entspannen sich, ich hab ihn dabei. Er zeigt auf seine neben der Zimmertür stehende Tasche. Auf ein Zeichen von Rieke hole ich mir die Tasche, packe den Laptop aus und schalte ihn an. Während er hochzufahren beginnt, denke ich über Peilsender nach. Rieke spricht leise zu Leander, hier bist du sicher, leg dich hin, ruh dich aus. Im Augenwinkel sehe ich, wie sie seine Stirn berührt, seine Arme streichelt, ihm die Schnürsenkel öffnet. Der Computer verlangt ein Password, sage ich, und als niemand reagiert, wiederhole ich das als Frage, und dann muß Rieke Leander, der nun auf der Matratze liegt, noch mehrmals bitten, bis er endlich mit schon schläfriger Stimme sagt: Volkmann. Volkmann? fragt Rieke, was soll denn das sein? Leander winkt nur schlaff ab und scheint schon einzuschlafen. Ist doch egal, ich zucke mit den Schultern und behalte mein Grinsen für mich. Volkmann, darauf hätte ich ja auch selber kommen können, denke ich und erhalte so Zugang zu der mir einigermaßen fremden Welt von Apple. Rieke kommt zu mir, lehnt sich von hinten an mich. Ich habe keine Ahnung, wonach ich suchen soll, sage ich. Geh doch erst mal online, sagt sie, löst sich von mir und angelt nach ihrem Modemkabel. Es paßt tatsächlich, allerdings scheitere ich an der Einwahl. Wir müßten wohl ein neues Konto einrichten, sage ich, habe aber zu wenig Ahnung von so was, darum kümmert sich bei mir Meier, wieso sollte ich mich da plötzlich auskennen, zumal bei einem fremden Betriebssystem? Ich wüßte nicht, sage ich. Glaubst du Leanders Geschichte nicht? fragt Rieke. So habe ich das nicht gemeint, sage ich. Ich glaub sie nicht, sagt Rieke und lehnt sich mit verschränkten Armen an den Schreibtisch. Beide schauen wir zu dem schlafenden Leander. Du meinst, er wird gar nicht verfolgt? frage ich. Das ist schwer zu beurteilen, sagt Rieke, unwahrscheinlich ist es aber doch, vor allem die Sache mit dem Foto. Nach einem Moment des Schweigens geht Rieke Richtung Tür. Lassen wir ihn sich mal ausschlafen, sagt sie und drückt die Klinke. Gut, sage ich, ziehe das Kabel wieder aus Leanders Laptop und nehme es in die Hände. Meinst du, du findest was? fragt Rieke und nimmt die Bierflaschen an sich. Ich weiß nicht, sage ich.

Dann sitze ich am Küchentisch und lasse mir den Inhalt von Leanders Computer anzeigen, während Rieke uns ein paar Toastbrote mit Marmelade bestreicht, auch sie hat ein Glas von Tonis selbstgemachter. Wonach willst du eigentlich suchen? fragt mich Riekes Rücken. Vielleicht find ich ja das Foto, von dem er gesprochen hat, sage ich und finde zumindest den Ordner ›Bilder‹. Er enthält mehrere Unterverzeichnisse, ich gehe auf ›Photos‹, auch hier wieder mehrere Kategorien: ›Comer See‹, ›Familie‹, ›Friederike‹, ›Ich‹, ›Italien‹, ›Katja‹, ›Kühlschrank‹, ›Korsika‹, ›USA‹, dazu noch eine Menge einzelner Bilder, die meisten tragen einen Titel aus Buchstaben und Nummern, wie sie von einer Digitalkamera zugeteilt werden. Ich wußte gar nicht, daß Leander überhaupt eine Kamera hat, aber viel mehr beunruhigt mich das Verzeichnis ›Friederike‹. Ich öffne es, während Rieke mit dem Brotebrett zum Tisch kommt. Auch diese Bilder sind von einer Digicam und sozusagen unbeschriftet. Und? fragt Rieke, schon was entdeckt? Dann beißt sie vom Toast ab. Nein, sage ich, jede Menge Reisefotos und von einigen Leuten sind auch welche da. Ach, sagt Rieke, zeig mal. Sie rutscht mit ihrem Stuhl neben mich. Ich klicke mich zurück zum übergeordneteren Verzeichnis. Rieke hält mir den Rest von ihrem Toast vor den Mund, den ich brav öffne. Von mir gibt's bestimmt auch Fotos, sagt Rieke, mach die mal auf. Ich wußte gar nicht, daß Leander fotografiert, sage ich. Macht er ja auch nicht mehr, sagt sie, die Kamera ist ihm letztes Jahr in Thailand geklaut worden, danach hatte er irgendwie keine Lust mehr. Und die Fotos von dir? frage ich, während ich das erste öffne. Die sind bestimmt zwei Jahre alt, sagt Rieke und lacht auf, weil in diesem Moment ihr Gesicht auf dem Monitor erscheint. Siehste, sagt sie, da hatte ich noch lange Haare. Rieke sieht richtig fremd aus, zwar kannte ich sie da auch schon, aber weit weniger gut, und mit den kurzen Haaren sieht sie sowieso viel besser aus. Das sage ich und bekomme ein Lächeln dafür, wobei das Lächeln auf dem Foto auch schön ist, vielleicht sogar ein bißchen entspannter, das sage ich jedoch nicht, ich klicke nur zum nächsten Bild. Auf dem fährt sie sich mit einer Hand durchs Haar, wirkt ernster, doch aus ihren Augen sprudelt's gewissermaßen. Weiter! sagt Rieke. Man erkennt kaum eine Veränderung, zwischen beiden Bildern dürften allenfalls Sekunden gelegen haben, lediglich ihre Mundwinkel deuten ein Lächeln an, das, ich drücke auf den Rechtspfeil, im nächsten Bild deutlicher wird und schließlich, zwei, drei Bilder später, vollends ausgebrochen ist. Das gefällt mir. Mit dem Linkspfeil mache ich das Lächeln rückgängig, nur um Rieke erneut lächeln zu lassen, die langhaarige Rieke. Die andere Rieke, die jetzige, kichert neben mir. Kann ich das als Daumenkino haben? sage ich und lasse das Lächeln erneut verschwinden und dann wieder aufblitzen. Reicht dir nicht das Original? fragt Rieke und schiebt ihren Kopf in meinen Blick, guckt ernst, grinst, guckt ernst, lächelt, und ich muß ihr einen Kuß geben, damit sie aufhört. Statt dessen lacht sie jetzt, und ich auch ein bißchen. Anschließend angelt sich Rieke ein weiteres Marmeladenbrot vom Tisch, und vom Monitor lächelt mir ihr jüngeres Abbild entgegen. Aber weiter! Rieke zieht eine Augenbraue hoch. Rieke guckt grimmig. Rieke versucht teilnahmslos auszusehen, gelingt ihr nur nicht, dafür hat sie zu lebhafte Augen. Rieke mit Schmollmund. Rieke grinst. Rieke verdreht die Augen. Rieke, als würde sie gleich anfangen zu lachen. Warum besitze eigentlich ich keine Bilder von ihr, jedenfalls nicht solche? Sie hat mir zwar ein paar alte von sich gegeben, aber ich habe eben keine Kamera, nicht mal im Handy. Ich weiß gar nicht, ob es überhaupt ein gemeinsames Foto von ihr und mir gibt. Kannst dich wohl nicht satt sehen, sagt die echte Rieke, damals war ich eben noch jung und schön. Ich küsse ihr ein paar Marmeladenkrümel von den Lippen. Dann klicke ich weiter. Rieke unscharf, nach unten blickend. Sie trägt jetzt was Helles, wohl ein T-Shirt, ich glaube, davor hatte sie einen Pulli an, auch ihr Haar wirkt leicht verändert. Es reicht, sagt die Rieke neben mir und haut mit flacher Hand auf die Tastatur. Jetzt ist die fotografierte Rieke wieder kurz davor zu lachen. Die Rieke neben mir guckt dagegen böse. Was denn? frage ich. Oder sind da Bilder dabei, die ich besser nicht sehen sollte? Rieke macht ein verblüfftes Gesicht. Bast, sagt sie dann, du bist ein Spinner. Sie dreht sich zu mir, stützt ihre Füße auf die Querstrebe meines Stuhls und schaut mich an. Was sollte es denn da zu sehen geben, was du nicht sowieso schon gesehen hast? sagt sie. Und bevor mir dazu etwas einfallen könnte, sagt sie: Nacktbilder gibt's von mir sowieso keine, die dürftest nicht mal du machen. Immerhin grinst sie jetzt, steht dann jedoch abrupt auf und klappt den Laptop zu. Wir sollten das nicht tun, sag sie, lehnt ihren Hintern an die Tischkante und schaut zu mir. Wieso? frage ich, ich denke. Ja, unterbricht sie mich, aber ich finde das doch nicht so gut, so ein Computer ist schließlich was sehr Privates, wie die Sicherheitskopie des Gehirns von jemandem, Leanders multimediales Tagebuch. Guck nicht so, sagt sie, weil ich wohl so gucke, da ist nichts, weil nie was war zwischen mir und ihm. Ich hab doch, fange ich zaghaft an, aber sie wartet gar nicht ab, was ich habe oder nicht beziehungsweise eigentlich meinte und was sowieso nicht wahr ist. Weißt du, sagt sie, wir müssen das hier durchziehen, schon aus Selbstachtung. Ja, sage ich, bloß wann? Du hast recht, sagt sie und löst sich vom Tisch, doch mögliche Abgründe auf Leanders Festplatte helfen uns jetzt auch nicht weiter. Ich nicke und drücke den Powerknopf des Computers, frage: Aber was? Was meinst du? fragt Rieke. Jetzt setzt sie sich richtig auf den Tisch, ihre Füße baumeln vor meinen Knien umher. Was soll ich schon meinen? sage ich, dazu weiß ich zu wenig von dem, was hier eigentlich abgeht. Rieke schüttelt den Kopf. Du weißt alles, was ich auch weiß. Tatsächlich? sage ich, seit drei Wochen oder so machen wir auf Terroristen, aber einen wirklichen Plan kenne zumindest ich nicht. Rieke schaut mich an, irgendwie betrübt. Sie sagt: Wir haben doch die Waffe, das ist unser Plan. Darüber muß ich fast lachen. Die Hauptsache ist es doch, ein Zeichen zu setzen, sagt Rieke und setzt sich wieder auf die Tischkante, die Leute müssen wach werden, Bast, die Leute müssen begreifen, daß dieses Land in die falsche Richtung abrutscht und daß die Linken noch längst nicht am Ende sind. Mein Blick fällt auf das am Kühlschrank klebende Foto vom lachenden Kanzler. Er nimmt die linke Bildhälfte voll ein, die Augen geschlossen, der Mund offen. In seiner Hand ein volles Bierglas, ihm gegenüber eine Frau, auch sie lacht mit geschlossenen Augen, wobei ihr linkes nicht mehr aufs Bild gepaßt hat. Im Hintergrund stehen gelangweilte Partygäste, über ihren Köpfen hängen Girlanden und Luftschlangen. Auf Höhe von Schröders Schulter prangt der Titel des Heftes, Die Lach-Nummer, es handelt sich nämlich um ein Cover des SZ-Magazins. Rächt sich also zur Schau getragene gute Laune irgendwann? Ist Lachen unseriös? Das frage ich mich, Rieke aber frage ich, ob sie wirklich meint, wir müssen nur ihn erschießen und alles wird gut? Ich deute Richtung Kühlschrank. Sie dreht den

Kopf dorthin. Tja, sagt sie, ohne ihren Blick vom Bild abzuwenden, das hört sich schon irgendwie kraß an, den Kanzler erschießen. Ist es nicht generell kraß, jemanden zu töten? frage ich. Du mußt es ja wissen, sagt Rieke und guckt mich immer noch nicht wieder an. Im ersten Moment weiß ich nicht, was sie meint, dann jedoch finde ich es um so unfairer, beschließe aber, nicht darauf einzugehen. Als hätte ich die Katze mit Absicht getötet! Wir haben noch einen Monat, sage ich so gleichgültig wie möglich, und Rieke guckt mit einem Mal so, als hätte ich sonstwas gesagt. Dann nickt sie. Unser Timing muß stimmen, sagt sie leise, die zu erwartende Empörung darf nicht abflauen, die Leute müssen aufgerüttelt sein, ihre Stimme wird lauter, wenn sie zur Wahl gehen, sie müssen denken, jetzt erst recht. Rieke haut mit flacher Hand auf den Tisch. Du glaubst, sie würden aus Rache wählen gehen? frage ich. Natürlich, sagt sie, das ist doch der Punkt: So wie sie jetzt aus Rache wegen irgendwelcher Kleinigkeiten gegen Rotgrün stimmen wollen, werden sie sich sagen: Der Mann ist nicht umsonst gestorben, wir halten zu seiner Politik. Rieke rutscht erneut vom Tisch und geht zum Kühlschrank. Dann steht's also fest? frage ich, Schröder muß dran glauben? Den Kühlschrankgriff in der Hand guckt mich Rieke an und sagt: Das werden wir noch sehen. Sie nimmt sich eine Flasche Wasser und dreht den Deckel ab. Ich greife nach einem der offenen Biere. Wir trinken. Laß uns schlafen gehen, sagt Rieke. Und wo? frage ich. Rieke wirkt kurz ratlos, nickt dann aber. Sie sagt: Karen ist noch unterwegs, da können wir ihre zweite Matratze nehmen, auf der schläfst dann du, neben Leander, ich leg mich auf die Couch im Flur. Ach Quatsch, sage ich und stehe auf, laß uns bitte zusammen auf der Matratze schlafen. Rieke guckt mich müde an und zuckt dann mit den Achseln, okay.

Später dann kann ich nicht einschlafen, ich bin kein

Kuschelschläfer. Meine Schulter drückt, mein Arm wird taub, ich wage aber nicht, mich zu bewegen. Rieke atmet gleichmäßig, von Leander ist nichts zu hören. Frage mich, was eigentlich gewesen wäre, wäre ich nicht mitgekommen. Und was mal war zwischen den beiden, das würde ich auch gerne wissen. Wäre ich nicht hier, würde Rieke wahrscheinlich neben Leander schlafen, jeder auf einer Matratze, warum auch nicht, da ist doch nichts dabei, schließlich liebt sie mich, wir haben den ganzen Tag lang Liebe gemacht, das war geil, und jetzt sind wir müde, nur ich kann nicht schlafen, Riekes Kopf lastet auf meinem Oberarm, und ich will ihn nicht wegziehen, nicht daß ich einen Traum störe, einen schönen hoffentlich. Wie ist Leander eigentlich in die Wohnung gekommen? Und wann? Irgendwer wird ihn reingelassen haben. Er muß hier bekannt sein. Natürlich. Sie kennen sich schließlich schon 'ne ganze Weile. Woher wußte er aber, daß Rieke heute nacht in ihre WG kommt? Wo sie doch mit mir zusammen war, den ganzen Tag lang. Sie schien ja schon überrascht zu sein, ihn zu sehen. Seine Festplatte. Was da wohl noch so alles drauf ist? Eine Sicherheitskopie des Gehirns. Was bei mir so alles zu finden ist? Vieles, von dem ich gar nichts mehr weiß. Wie verwirrt Leander vorhin war! Und so erschöpft. Was da alles drauf ist? Ich kann nicht einschlafen. Dabei bin ich so müde. All die Internetseiten, auf denen man mal war, die sind sicher irgendwo gespeichert. Da können Beiläufigkeiten schnell überbewertet werden. Die sind hinter ihm her. Sagt er. Ich kann mir das nicht vorstellen. Aber ich kann mir auch nicht vorstellen, jemanden zu erschießen. Den Kanzler. Ein Zeichen. Das Foto von Leanders Zimmer. Das Mao-Poster. Riekes Lachen. Das ist so schön. Sie träumt. Ach, könnt ich nur dabeisein.

SAMSTAGMORGEN. Ich liege auf dem Bauch, das Gesicht ins Kissen gedrückt, direkt daneben ruht der Kopf Riekes, unsere Körper liegen unbedeckt da. Meine linke Hand wagt die erste wache Bewegung. Rieke trägt noch immer ihr Blümchenkleid, das ist ihr allerdings ein wenig hochgerutscht. Ich lege meine Hand auf ihren Oberschenkel und schiebe sie in Zeitlupentempo einwärts. Rieke brummt. Ich öffne eins meiner Augen, um zu sehen, ob die von Rieke geschlossen sind, ihr Mund aber lächelt. Mit veränderter Kopfposition und gespitzten Lippen gelingt es mir, ihr einen flüchtigen Kuß anzuheften. Mehr ist morgens ohnehin nicht drin, den Geschmack nach Schlaf behält man lieber für sich, und der Geruch nach abgestandenem Nikotin aus Riekes Rachen ist auch nicht sonderlich verführerisch. Ihre Finger zerzausen mein Haar, ihr linker Fuß schiebt sich zwischen meine Beine, weswegen meine Hand vom dazugehörenden Schenkel rutscht. Als ich gerade einen neuen Griff ansetzen will, fällt mir wieder ein, daß wir hier nicht bloß wegen gegenseitiger Anziehung so eng beieinander und so wenig ausgezogen sind. Ob er noch schläft? wispere ich mehr, als daß ich es flüstere, hören würde er es trotzdem, wäre er wach. Abrupt löst sich Riekes Hand von meinem Hinterkopf, ihre Augen blinzeln gegen die Helligkeit an, während ihr Kopf schon nach kurzer Strecke zurück aufs Kissen fällt. Die Augen wieder geschlossen, murmelt Rieke, Leander sei nicht mehr da. Doch anstatt ihr zu glauben, wende ich mich kurz ab, drehe meinen Kopf, weshalb die Bewegungen des Begehrens nun doch gestört sind. Nun sind wir nur noch Nebeneinanderliegende. Ich küsse Riekes Schulter und setze meine Füße auf das Laminat. Im Aufstehen angle ich nach meiner Jeans, jenseits der Tür enden alle Intimitäten. Bringst du mir Kaffee mit? fragt Rieke, während sie sich wach streckt und dabei das Gesicht zusammenkneift. Ich gucke ihr dabei zu, vielleicht sollte ich die Hose doch nicht zuknöpfen, aber nein, zu spät, die Option besteht gar nicht mehr, nicht in diesem Augenblick.

Schon im Flur höre ich Leander reden, er klingt sehr munter. Nach kurzem Aufenthalt im Bad bewege ich mich Richtung Küche, zögere aber einzutreten. Leander redet gerade vom Aufstand der Massen, echauffiert sich über die Verbrauchermentalität, darüber, daß immer alles hingenommen wird, er sagt: Selber schuld! Und: Du bist es, die da etwas unternehmen muß, warte nicht, bis es jemand anderes macht, denn er wird es nie tun. Ich stehe im Flur, frage mich, mit wem er nun über unsere Angelegenheit spricht, so plötzlich, so auf einmal. Oder ist Rieke schon in der Küche? Aus der es jetzt pocht und klirrt, Leander haut wohl mit der Faust auf den Küchentisch, er sagt: Dein Protest muß richtig öffentlich sein, so daß es alle mitbekommen, das muß in den Nachrichten vorkommen, in der Tagesschau, und nicht kurz vorm Wetterbericht, da haben alle längst zu RTL geschaltet, kette dich ans Zentralpostamt, drohe damit, dich anzuzünden oder so. Das mit dem Zentralpostamt wundert mich nun aber doch. Was soll das denn bringen? Und wo bitte ist das Zentralpostamt? Das letzte denke ich nicht mehr, das sagt nebenan eine zweite Stimme, weiblich. Gibt es so was überhaupt in Berlin? sagt sie. Das müßte Karen sein. Ich habe noch nicht so oft mit ihr gesprochen, das mit der Matratze regelt Rieke immer, aber ich erinnere mich an den leicht sächsischen Einschlag in ihrer Stimme. Na ja, sagt Leander, ich muß jetzt mal gehen. Die kämpferische Leidenschaft, die eben noch in seiner Stimme lag, ist verflogen. Ich höre einen Stuhl über die Fliesen quietschen und stürme zurück zum Bad. Komme mir selber ein bißchen lächerlich vor, wie ich jetzt die Tür öffne und wieder schließe und so natürlich wie möglich den Flur entlangspaziere beziehungsweise entlangschleiche, sonst bin ich nachher wieder an der Küche angekommen und Leander ist immer noch nicht rausgekommen. Doch dann tut er mir den Gefallen. Er lächelt sogar ein bißchen und sagt: Auch schon wach? Dabei wirkt er erstaunlich entspannt, nicht zu vergleichen mit letzter Nacht. Bin ein bißchen in Eile, sagt er im Vorbeigehen, berührt kurz meine Schulter. Bis nachher! Dann ist er auch schon an der Wohnungstür und kurz darauf dahinter entschwunden.

Karen zuckt zusammen, zumindest zittert die Tasse in ihrer Hand, als ich die Küche betrete. Ach du, du bist ja auch da, sagt sie. Klar, warum nicht? sage ich und nehme mir eine Tasse vom Geschirrabtropfgestell. Damit gehe ich zur Kaffeemaschine. Dann habt ihr also zu dritt? Karen kriegt den Satz nicht zu Ende. Ich hoffe, daß sie nicht das denkt, was mir bei der abgebrochenen Frage als erstes in den Sinn kommt. Doch natürlich denkt sie das, obwohl sie es schon wegen der fehlenden Geräusche hinter ihrer Wand besser wissen müßte. Ich setze mich ihr gegenüber, da steht noch Leanders vollgekrümelter Teller. Karens Unterarme liegen auf der Tischplatte, ihr Körper ist leicht vorgebeugt, ihre knochigen Schultern sind hochgezogen. Der Kaffee ist stark, aber nur noch lauwarm. Er war so müde, sage ich, da konnten wir ihn doch nicht wegschikken. Ach so, sagt Karen und wirkt irgendwie beruhigt. Sie stellt ihre Tasse ab. Habt ihr euch gestritten? frage ich. Karen schaut mich verwundert an. Ich hab Leanders laute Stimme gehört, sage ich. O Gott, nein! sagt sie und zieht die mit Sommersprossen gesprenkelte Nase kraus, als würde sie gleich anfangen zu lachen. So sieht sie ziemlich niedlich aus. Eigentlich sieht sie immer niedlich aus, ich sehe sie nur nicht so oft. Ich weiß auch nicht, sagt sie, er war plötzlich so, sie stockt, sucht wohl nach einem passenden Wort und kommt dann auf ›engagiert‹. Karen lächelt, als versuchte sie, den vergangenen Moment zu rekapitulieren. Sie sagt: Dabei haben wir nur über Briefmarken gesprochen. Briefmarken? wiederhole ich fragend. Karen nickt, und ihre Augen glänzen, jetzt kommt sie in Fahrt, ihre kauernde Haltung entspannt sich. Weil es mich nervt, sagt sie, die Post verkauft keine einzelnen Marken mehr, nur noch im Zehnerpack, oder man muß zum Automaten gehen oder mit dem Brief zum Schalter, wo man dann so 'nen Aufkleber drauf kriegt. Verstehe, sage ich, ohne das Problem verstanden zu haben. Das ist doch voll blöd, sagt sie, bin ich die einzige, die sich darüber aufregt? Ihre Finger tupfen nach Sesamkörnern auf dem Tisch. Wenn ich einen schönen Brief schreibe, sagt sie, dann soll da auch 'ne schöne Marke drauf, aber zehn Stück auf einmal kaufen, das ist doch ganz schön teuer, und so oft schreibe ich keine Briefe. Hellblau guckt sie mich an, ich nicke vorsichtshalber. Wir sind denen total ausgeliefert, sage ich. Eben! Karen preßt die Lippen zusammen und läßt ihren Kopf leicht wippen. Meinst du nicht, sagt sie, es bringt was, die Leute wachzurütteln? Wegen zehn Briefmarken? frage ich. Das ist doch erst der Anfang, sagt sie, da hat der Leander schon recht, der hat so eine packende Art, da wirkt alles ganz einfach, als müßte man nur losstürmen und der Rest funktioniert von alleine. Jetzt strahlt Karen, jugendlicher Idealismus breitet sich auf ihrem Gesicht aus, das ist okay, sie ist ja schließlich jung, nur mir leanderts mal wieder ein bißchen zu viel, dabei ist der doch fort. Oder, Karen schaut in ihre Tasse, vielleicht ist es doch albern, wegen zehn Briefmarken! Jetzt lacht sie in meine Richtung, das steckt an. Und als wir so lachend dasitzen steht Rieke plötzlich in der Küche. Sie trägt noch immer das Blümchenkleid. Wolltest du mir nicht Kaffee bringen? fragt sie ins Nachkichern hinein, und ich springe sofort auf. Entschuldige! Mein geplanter Kuß prallt an demonstrativer Muffeligkeit ab, und ich beschränke mich auf die Kaffeeprozedur. Wo ist eigentlich Leander? fragt Rieke. Er mußte plötzlich gehen, sagt Karen. Steht sein Rucksack nicht noch in meinem Zimmer? sagt Rieke und nimmt mir die Tasse ab. Immerhin guckt sie dabei freundlich. Er hat gesagt: ›Bis später‹, sage ich. Na dann, sagt Rieke und setzt sich an den Tisch. Er kommt bald wieder? fragt Karen. Ihr sonst so blasses Gesicht hat Farbe bekommen, sogar ihr helles Haar scheint zu leuchten. Rieke zwinkert mir zu und grinst am Tassenrand.

EIN PAAR TAGE SPÄTER, DIENSTAG-NACHMITTAG. Die Hitze der vergangenen Tage ist von so was wie Tiefausläufern nach Osten verschoben worden oder sonstwohin. Nur nicht in den Süden, denn da regnet es richtig, in den Nachrichten wird Hochwasseralarm weitergegeben. Doch Bayern ist weit weg. Mir reicht schon die Entfernung zu Rieke, weil ich jetzt nur an sie denken kann, anstatt sie neben mir zu haben. Denn das viele Denken bekommt mir nicht. Ein Songtextfetzen, und schon denke ich nicht mehr an Rieke, sondern überlege, wie diese Band noch mal hieß. Da denke ich lieber wieder an Rieke, das ist fast so gut, als wäre sie bei mir, und nachher wird sie ja auch zurückkommen, nur ist sie gerade in der Stabi, aber sie wohnt fast bei mir, was nicht viel anders ist als sonst auch, jetzt bloß mit Ansage, denn sie hat Leander ihr Zimmer überlassen, vorübergehend, weil der sich weigert, in seine Wohnung zurückzukehren. Ich will euch keine Umstände machen, hat er gesagt, doch natürlich macht er uns Umstände. Nachdem aber Rieke ihr Fach in meinem Schrank mit Wäsche und Klamotten aufgefüllt hat, mag ich diese Umstände. Und ich könnte mir vorstellen, daß auch Karen nichts gegen den neuen

Mitbewohner einzuwenden hat. Rieke glaubt das auch. Die Meinung Freddies, ihres dritten Mitbewohners, wurde nicht abgefragt. Warum Leander woanders wohnen wollte, läßt sich sowieso nur schlecht vermitteln. Ich blättere im neuen Ikeakatalog, der steckte gestern im Briefkasten, dabei brauche ich doch nichts, selbst wenn wir tatsächlich konspirative Wohnungen anmieteten, vielleicht sogar für Leander, die würden wir ja wohl kaum per Katalog einrichten. Wohnst du noch oder versteckst du dich schon? Ikea duzt seine Kunden. Das soll wohl ein freundschaftliches Verhältnis suggerieren. Freunde würden einem jedoch niemals einen Stapel Einzelteile geben und eine Handvoll Schrauben, dann aber wieder gehen, bevor alles richtig zusammengesetzt ist. Meier ruft an. Dich gibt's auch noch? sage ich, und schon sprudelt er los. Die Stones sind sauer - haste gehört? -, weil E-eynjie, er singt den Namen der Kandidatin, ihnen ungefragt das Lied geklaut hat. Und das Hochwasser? ruft Meier ins Telefon, toll was?! Wegen der Abkühlung? frage ich. Immerhin hat der Kanzler die letzte Wahl wegen des Elbehochwassers gewonnen, sagt Meier und erzählt von einer Karikatur. Da sitzen links Westerwelle, Stoiber und Merkel vorm Fernseher und sagen: Nicht schon wieder! Rechts aber hocken Fischer, Schröder und Müntefering mit Rasseln und Bierbüchsen beisammen und feiern. Jetzt geht's loooos!! steht über ihren Köpfen. Deswegen bist du so gut drauf? frage ich, immer noch ein wenig schläfrig. Na ja, auch, sagt Meier, ich bin, ich, weißt du, er stottert, ich glaube, voll verknallt, sagt er. Ach, was! sage ich, in wen denn? Das Wörtchen ›diesmal‹ kann ich gerade noch unterdrücken. Du kannst sie nicht kennen, sagt Meier, also ich kenne sie ja eigentlich auch nicht, noch nie gesehen. Oje, denke ich, jetzt dreht der auch durch. Internet, sagt er, wir schreiben uns permanent, total intensiv. Ihr habt noch nicht mal telefoniert? frage ich. Nein, sagt er, das kommt noch. Und ein Foto habe ich schon von ihr, voll süß. Meier ist tatsächlich verknallt. Sie schickt mir Gedichte, sagt er. Und was steht drin? frage ich. Bin mir nicht sicher, sagt er. Du verstehst die Gedichte nicht? Ich muß fast lachen. Immerhin, sage ich schnell, Gedichte, toll! Und wenn ich ihr nicht sofort schreibe, sagt Meier, schreibt sie mir, daß sie meine Mails vermißt. Die spannt dich ja voll ein, sage ich. Ja! Meier lacht. Das ist doch toll, sagt er und daß gerade eine neue Mail von ihr angekommen sei. Ich verstehe schon und wünsche ihm viel Glück. Halt mich auf dem laufenden! sage ich. Dann legt Meier auf. Ikea bietet Kissen in Torsoform an, darüber gezogen sind T-Shirts mit den Zeichen für männlich und weiblich, Kuschelhilfen für Singles. Vielleicht sollte ich Meier eins schenken, damit er was zum Festhalten hat bei der Lektüre seiner Liebesmails. Wie romantisch! Ich konnte mir lange nicht merken, welches Symbol für welches Geschlecht steht. Wo es einem doch lange sehr peinlich ist, die falsche Toilette zu betreten, als gäbe es keinen verboteneren Ort als Frauenklos. Irgendwer, bestimmt Leander, hat mal erzählt, woher diese Symbole stammen. Der Kreis mit dem Pfeil nach rechts oben steht demnach für einen stilisierten Soldaten und war das Zeichen für Mars, den Kriegsgott. Der Kreis mit dem Kreuz darunter steht dagegen für Venus, die Göttin der Liebe, und soll ihren Handspiegel darstellen. Krieg gegen Schönheit, der eigentliche Kampf der Geschlechter. Ich mache den Fernseher an. Katastrophenalarm in Südbayern. Garmisch-Partenkirchen ist von der Außenwelt abgeschnitten, sagt ein Sprecher, Teile der Stadt stehen bereits unter Wasser. Das beweisen Luftaufnahmen. Es folgen die bekannten Überschwemmungsbilder. Menschen werden mit Booten und Hubschraubern gerettet. Helfer stapeln Sandsäcke. Ich blättere wieder im Katalog. Zwischen den bunten Möbelfotos mit fröhlichen Bewohnern sind auch schwarzweiße Bilder von Ikeamitarbeitern zu sehen. Eine Einrichtungsexpertin, eine Innenarchitektin. Sie alle wirken ernst. Und alle scheinen das gleiche Brillenmodell zu tragen, hoffentlich ein Zufall. Im Fernsehen folgt der Wetterbericht, es wird Regen geben.

DONNERSTAGNACHMITTAG. Jetzt schüttet's auch hier wieder. In Bayern steigen die Pegelstände, und das Bundesverfassungsgericht hat nichts einzuwenden gegen vorgezogene Neuwahlen. Rieke sitzt vorm Fernseher und zappt zwischen zwei Gerichtsshows hin und her. Ich komme aus der Küche vom Abwaschen, und im Fernsehen werfen sich zwei Frauen und ein Mann gegenseitig vor, einen an der Waffel zu haben. Ich setze mich zu Rieke vors Bett. Die Mutter hat der Tochter den Typen ausgespannt, weshalb diese ihr aus Eifersucht Kakerlaken in die Wohnung gepackt hat. Rieke erzählt das, ohne mich anzugucken. Erzähl's nicht, sage ich und höre doch einem Zeugendarsteller mit aufgeschminkten Narben und aufgesetzter Empörung zu. Er erzählt, wie ihm die Angeklagte einen Fernseher vor die Füße geworfen habe – aus dem dritten Stock. Es wird viel durcheinanderkrakeelt, und ich frage mich, ob Sendungen dieser Art gerade wegen ihrer offensichtlichen Unauthentizität so beliebt sind, da klingelt das Handy des Verteidigers. Er entschuldigt sich und geht ran, aber es läutet weiter. Telefon, sagt Rieke. Richtig, dieses Telefon ist real. So real, daß ich es zuerst nicht finden kann. Es liegt in der Küche. Hallo? sage ich, als ich es endlich an mein Ohr halte. Doch da, ich wollte gerade auflegen! Eine weibliche Stimme. Bevor ich nachfragen muß, weiß ich wieder, daß sie zu Luzie gehört. Ich mußte das Telefon erst suchen, sage ich. Du Armer, sagt sie, klingst auch ganz abgehetzt.

Na ja, sage ich, und während ich zurück zur Küchentür gehe, um sie zu schließen, frage ich: Was gibt's? Sie fragt: Stör ich? Nein, gar nicht, sage ich, vor allem, wenn es gar nichts gibt. Kurze Pause. Dann sagt Luzie: Schön, denn so richtig was gibt es auch nicht, ich dachte nur wegen des Buches. Welches Buch? frage ich und setze mich an den Tisch. Na, Baader-Meinhof, sagt sie. Ach ja, sage ich. Das wolltest du dir doch leihen, sagt sie. Ja, gerne, sage ich. Ich weiß gar nicht, ob Rieke noch das Bibliotheksexemplar hat. Das könnten wir mit einem erneuten Anlauf bei Goya versuchen, sagt sie. Gute Idee, sage ich. Heute ist doch prima Museumswetter, sagt sie. Stimmt, sage ich und gukke in den Regen hinterm Fensterglas. Dann fällt mir Rieke ein, für die der Regen Grund genug war, nicht zur Stabi zu fahren. Zwar meinte sie, wir müßten nicht vierundzwanzig Stunden aneinanderkleben, bloß weil wir derzeit zusammenwohnen, trotzdem sage ich Luzie, daß ich heute keine Zeit habe, leider, vielleicht morgen. Morgen fahr ich nach Hamburch, sagt Luzie. Verstehe, sage ich, was gar nicht stimmt. Ich meld mich einfach, wenn ich zurück bin, sagt sie. Ja, sage ich, tschüß, viel Spaß.

Ich sitze dann eine ganze Weile da mit unklaren Gedanken. Als Rieke in die Küche kommt, schrecke ich zusammen. Du telefonierst gar nicht mehr? fragt sie. Nein, nein, sage ich, war nichts. Ich greife nach der auf dem Tisch liegenden Zeitung und lese eine Überschrift: Müntefering erleidet Schwächeanfall. Ich hätt den Fernseher auch ausgemacht, sagt Rieke, war doch eh nur Scheiß. Sie nimmt sich ein Glas Wasser und guckt zur Küchenuhr. In der Zeitung steht, daß der SPD-Vorsitzende gestern auf einer Wahlkampfveranstaltung in Homburg zusammengebrochen ist. Ich frage mich, wie das wohl ausgesehen hat, und überfliege den Artikel. Es wirkt, lese ich, als habe Franz Müntefering den Faden verloren: Der Fünfundsechzigjährige gerät ins Stocken, versucht sich zu sammeln, doch er bricht zusammen. Weiter unten im Text steht, er habe noch versucht, sich am Pult festzuhalten, sei dann aber zusammengesackt und von Ordnern aufgefangen worden. Durch die Menge sei ein Aufschrei gegangen. Dann wird beschrieben, wie Müntefering versorgt und ins Krankenhaus gebracht wurde. Ein Sprecher tritt vor die Presse. Ich lese: Er wirkt besoffen, zündet sich eine Zigarette an. Ich lese den Satz noch mal. Schade, da steht doch nur ›betroffen‹. Rieke hat inzwischen das leergetrunkene Glas in die Spüle gestellt und sich mir gegenübergesetzt. Nun zieht sie einen Teil aus dem Zeitungsstapel, es ist der Berlinteil. Ich lese vom Streit um das Steuermodell von Merkels Wundermann Kirchhof, der redet von einer neuen Steuergerechtigkeit und will als Finanzminister vierhundertachtzehn Steuersubventionen streichen. Die Grünen warnen vor einer Umverteilung von unten nach oben. Interessant, sagt Rieke, aber als ich sie anschaue, lächelt sie nur und fragt: Heute abend schon was vor? Ich schüttle den Kopf. Ich gehöre ganz alleine dir, sage ich. Dann ist ja gut, sagt Rieke. Ihr Grinsen gefällt mir.

Später trocknen wir unsere Fahrradsattel und fahren Richtung Westen. Die heftigen Nachmittagsschauer haben viele Pfützen hinterlassen. Ich bin noch immer gespannt, wohin es geht, denn das wollte Rieke mir nicht verraten. Sie scheint es eilig zu haben, fährt voraus und läßt mir kaum Gelegenheit, neben ihr zu fahren. Wir unterqueren die Yorckbrücken und den Sozialpalast, diese gruselige, über die Pallasstraße gespannte Wohnkaserne der tausend Satellitenschüsseln. Jetzt rechts, ruft mir Rieke von vorne zu und biegt dann in die Münchener Straße ein. Ich kann mich nicht erinnern, hier schon einmal gewesen zu sein. Wir fahren auf einen Platz mit schöner Kegelfontäne in der Mitte zu, auch wenn Springbrunnen bei regnerischem

Wetter besonders sinnlos wirken und daran erinnern, wie verschwenderisch sie sind.

Kurz darauf überqueren wir eine größere Straße. Von den Häuserwänden tropft eine verzerrte laute Stimme ab. Eine Politikerkundgebung, natürlich! Bloß wer? Ist das Joschka? Rieke fährt jetzt neben mir, langsam, sie grinst mich an. Ich versuche, die Worte zu verstehen. Es ist nahezu aussichtslos. Irgendwas mit ›Landschaft‹ wird da gesagt, das würde ja fast zu den Grünen passen, doch die Stimme klingt nicht wirklich nach Fischer. Jetzt weiß ich, wo wir sind, am Wittenbergplatz, dem End- und Zielpunkt eines Westberliner Shoppingtages, hier thront das KaDeWe, Trutzburg internationaler Verschwendung. Seitlich vor uns steht eine überdachte Bühne, davor ein buntes, aber nicht gerade zahlreiches Publikum. Rieke steigt vom Fahrrad, ich tue es ihr gleich. Die Stimme ist jetzt besser zu verstehen. Sie donnert ins Mikrofon: Wenn Sie heute einen Arbeitslosen fragen, ob er lieber einen Job mit weniger Kündigungsschutz oder weiterhin die Arbeitslosigkeit haben möchte, dann werden Sie von allen hören, daß es die Hauptsache ist, endlich wieder in den Arbeitsprozeß hineinzukommen. Das kann niemand von Rotgrün sein, denke ich. Wir schließen unsere Fahrräder vor einer Discountanwaltskanzlei zusammen. Dann sehe ich an einem Baum das Plakat hängen. Roland Koch kommt, steht da drauf, Sommerfest der CDU Charlottenburg. Ein ganz schön trüber Tag für ein Sommerfest, da hilft auch das aufgedruckte Betongrinsen des hessischen Ministerpräsidenten nichts. Deswegen sind wir hier? frage ich, und Rieke nickt: Komm! Wir gehen an den mehr oder minder aufmerksam Zuhörenden vorbei, manch einer pfeift auch lieber, und stellen uns mit Sicherheitsabstand ganz nach hinten, noch hinter die Polizei. Hier haben wir den besten Überblick. Allerdings kann man Koch kaum erkennen, denn auf der Bühne stehen sie dicht gedrängt. Ob das die gesamte CDU Charlottenburg ist? flüstere ich Rieke zu. Sie kichert. Vermutlich haben sie Angst vor dem Publikum, das tatsächlich nicht bloß aus christdemokratischen Sympathisanten besteht. Ich frage mich, was wir hier machen. Roland Koch ist vieles, nur keine linke Symbolfigur. Ein Mord an ihm würde wahrscheinlich nicht einmal der CDU mehr Stimmen bringen. Das sieht man ja schon an den Gekommenen: Anhänger und Gegner halten sich die Waage, schubsen sich und rufen dazwischen. Die Polizei ist eindeutig in Überzahl. Rieke nimmt meine Hand, wir stehen da wie ein Pärchen, das sich zufällig hierherverirrt hat, vielleicht waren wir vorher einkaufen, allerdings tragen wir keine Tüten und noch nicht einmal unsere Tarnkleidung, doch dank unserer Regenjacken sehen wir wenigstens ziemlich panne aus, vor allem mein knittriges Türkis dürfte wenig verdächtig wirken, es ist eine uraltes Teil, das ich Rieke nicht antun wollte. Sie trägt meine eigentliche Regenjacke. Jetzt führt sie meine Hand zu ihrem Bauch, ich spüre etwas Hartes und weiß sofort, was das ist. Erschrocken gucke ich sie an und ernte ein Grinsen. Mach dich locker, sagt sie leise und gibt mir einen Kuß. Ich kann mich aber nicht locker machen. Im Augenwinkel beobachte ich die Polizisten um uns herum, doch die gukken nur gelangweilt ins Weite. Wie kommt Rieke bloß auf solche Sachen? Roland Koch! Dieser nach eigenen Worten brutalstmögliche Aufklärer der CDU-Spendenaffäre, in die er selbst verstrickt war, Koch, der Scharfmacher, der Unterschriftengegenausländersammler. Es gibt durchaus Gründe, diesen Mann zu verachten, aber das geht doch nicht, das ist doch entgegen aller Pläne. Wenn wir überhaupt Pläne haben, hierfür haben wir jedenfalls keinen. Vor uns entsteht ein Handgemenge um ein Plakat der Jusos, das dem Träger entrissen wird, dann zerren ihn mehrere Männer in unsere Richtung und raus aus der Menge. Ein zweiter Mann wird ebenfalls fortgedrängt. Nach ein paar Metern werden beide überwältigt. Ich bemühe mich, nicht allzu auffällig dorthin zu schauen, Rieke tut das schon. Handschellen! raunt sie, das sind Zivten. Ich verstehe nicht gleich, erst mit Verzögerung erinnere ich mich an diese Abkürzung für Zivilpolizisten. Daß die hier sein könnten, daran habe ich gar nicht gedacht. Sind hier überhaupt Koch-Anhänger, von den Jubel-Jus mal abgesehen? Mir fällt auf, daß ich von Kochs Rede gar nichts mitbekomme. Ich versuche, mich auf seine Worte zu konzentrieren. Wenn die noch weiterregieren, höre ich ihn gerade sagen, wird es in ein paar Jahren keinen Cent Vermögen mehr in diesem Land geben. Die beiden Männer werden zu einer Wanne geführt. Laß uns gehen, flüstere ich Rieke ins Ohr. Okay, sagt sie, ich gehe linksrum, nur noch mal was gukken, bis gleich. So war das nicht gedacht, ich überlege, ob ich ihr nachlaufen sollte. Ob sie jetzt etwa doch? Ich kann mir das nicht vorstellen. Ich gehe den Weg, den wir gekommen sind, zurück zu den Rädern. Koch poltert weiter, in der Menge pöbelt es ebenfalls weiter. Plötzlich tritt jemand auf mich zu. Ich zucke zusammen. Es ist ein dicklicher, großer Punk mit löchrigem T-Shirt und verwaschenem, ausgewachsenem Iro. Er grinst mich an. Ey, Singer! Ich bin irritiert. Dann erkenne ich in ihm Kai. Mit Kai habe ich Abi gemacht, da war er noch kein Punk, wenn auch extrem alternativ, Assistyle. Was machst du denn hier? rufe ich aus. Na, und du? Kai grinst. Wir haben uns ewig nicht gesehen! sage ich. Du siehst toll aus, sagt er und zupft an meiner türkisen Jacke. Kai sieht nicht ganz so toll aus, auf jeden Fall hat er mächtig einen im Tee. Angesichts seines Schwankens könnte man meinen, wir befänden uns auf einem Schiff, das von Käpten Koch in gefährliche Gewässer gelenkt worden ist. Wählste jetzt CDU oder was?

lallt mich Kai lautstark an. Einige Leute gucken in unsere Richtung, vielleicht alles Zivten. Nee, sage ich, ich bin doch nicht! Ja, denke ich, was bin ich eigentlich nicht? Kai erklärt lauthals, daß man hier mal ein Massaker machen müßte, gut, daß du nicht für die CDU bist, Singer, dann bleibst du verschont, komm, erst mal trinken wir einen! Kai will mir eine Hand auf die Schulter legen, wird aber von der Schwerkraft oder von seinem Rucksack, das ist so 'n richtiger Armybuckel, prall gefüllt, nach hinten gezogen und fällt fast hin, doch ein zu uns herantretender Polizist in Uniform fängt Kai quasi auf. Nachdem dieser sein Gleichgewicht wiederhat, nickt der Beamte in meine Richtung, das muß als Gruß wohl ausreichen. Er fragt Kai, was in seinem Rucksack sei. Kai grinst. Privatsachen, sagt er. Na, dann zeigense mal Ihre Privatsachen! Der Polizist streckt seine Hand danach aus. Mehrere der Umstehenden treten ein paar Schritte auf uns zu, auch ein zweiter Uniformierter kommt herbei. Ihr werdet lachen, sagt Kai und lacht schon mal. Umständlich schiebt er seine Arme durch die Riemen. Im Rucksack klirrt es, und Kai verliert erneut beinahe sein Gleichgewicht. Leere Flaschen, erklärt er nach einem Ausfallschritt. Er zeigt uns die Flaschen. Soso, sagt der Polizist. Er und seine mutmaßlichen Kollegen gukken grimmig. Pfandflaschen, sagt Kai, noch sind die ja erlaubt, oder? Nicht frech werden! sagt einer der Männer in Zivil. Bin ich doch gar nicht, sagt Kai, ich will die nur da drüben bei Kaiser's abgeben. Er zeigt in eine vage Richtung. Das sollen wir Ihnen abnehmen? sagt der zweite Uniformierte. Nicht nötig, sagt Kai, ich mach das schon selber. Haben Sie noch nie leere Pfandflaschen irgendwohin gebracht? mische ich mich ein. Nicht bei einer politischen Kundgebung, sagt der erste Uniformträger. Ich bin nur zufällig hier, sagt Kai, und dann hab ich noch ihn hier getroffen. Er zeigt auf mich. Auch voll der Zufall, sagt Kai.

Ich nicke. Daß ich nicht lache, sagt einer der Zivten. Es stimmt aber, sage ich, wir haben zusammen Abitur gemacht. Die Umstehenden lachen jetzt wirklich. Können Sie sich ausweisen? Der erste Polizist wird langsam ungehalten. Ich habe meinen Perso sogar dabei, doch der ist seit geraumer Zeit abgelaufen, deshalb verneine ich. Ich auch nicht, sagt Kai, wußte nicht, daß man das jetzt schon beim Flaschenzurückbringen machen muß. Dann verlassen Sie besser sofort den Platz! sagt der Polizist sehr barsch. Ist doch öffentliches Straßenland, sagt Kai. Wünschen Sie eine erkennungsdienstliche Behandlung? fragt der zweite Uniformierte. Kai scheint über das Angebot noch nachzudenken, ich aber sehe Rieke bei unseren Fahrrädern stehen. Sie guckt allerdings Richtung Bühne. Ich muß sowieso gehen, sage ich. Schade, sagt Kai, ich dachte, wir trinken einen. Ich denke, die Flaschen sind leer, sage ich. Dafür kriegen wir bestimmt zwei frische, sagt Kai und klirrt mit dem Rucksackinhalt, hab den ganzen Nachmittag gesammelt. Der Rucksack bleibt hier, sagt einer der Polizisten. Wollen Sie uns jetzt das Trinken verbieten? fragt Kai und greift mitten in die Flaschen. Platzverweis! sagt einer der Zivten. Rieke hat mich jetzt entdeckt und guckt fragend herüber. Roland Koch agitiert unverändert weiter gegen die Regierung. Und Kai zieht an einer Flasche, die er dann drohend in die Höhe hält. Ihr könnt mir gar nichts! raunzt er mit grimmigem Gesicht. Rieke bewegt sich schnellen Schrittes in unsere Richtung. Das sind schließlich Pfandflaschen, sagt Kai, und er hier, er deutet mit der Flasche auf mich, doch in diesem Augenblick greift ihm der eine Polizist von hinten an den Arm, und Kai verliert sein Gleichgewicht jetzt wirklich und geht mitsamt Überwältiger und Rucksack klirrend und scheppernd zu Boden, was sogar den Redeschwall aus den Lautsprechern unterbricht. Und alle Gesichter auf uns. Scheiße, die Pfandflaschen!

flucht Kai und hält eine große Bierflaschenscherbe in der Hand, ich wollt die doch nur abgeben, ihr Schweine! Was ist hier los? fragt Rieke, die jetzt bei uns ist. Roland Koch setzt seine Rede fort, und einer der Polizisten sagt, hier gäbe es nichts zu sehen. Das sehe ich aber anders, sagt Rieke und greift in ihre Jacke. Laß uns gehen! sage ich. Nachdem einer der Zivten dem Kollegen in Uniform aufgeholfen hat, nimmt dieser Kais Rucksack an sich. Der ist total besoffen, sagt der zweite Uniformierte. Mein Rucksack! jammert Kai. Geben Sie ihm den Rucksack, sagt Rieke. Mischen Sie sich da nicht ein, sagt einer der Männer. Warum denn nicht? fragt Rieke, und mich beunruhigt, daß ich ihre rechte Hand nicht sehe. Mach kein Scheiß, denke ich und stelle mich zwischen Rieke und die Polizisten. Komm! sage ich und schiebe sie weg. Aber was ist hier los? fragt Rieke. Egal, sage ich. Sorry, Kai, sage ich zu dem immer noch auf der Erde Sitzenden, wir müssen hier weg. Ich wollt doch nur meine Flaschen abgeben, greint Kai, er hat tatsächlich angefangen zu flennen. Ist ja gut, sagt einer der Polizisten, Sie kriegen Ihren Rucksack zurück. Wirklich? fragt Kai schluchzend. Was haben die mit ihm gemacht? will Rieke wissen, und ich drücke sie fort. Neben uns wird applaudiert und laut gepfiffen. Koch hat wohl zu Ende gesprochen. Eine andere Stimme bedankt sich bei ihm. Rieke dreht sich noch einmal um, läßt sich dann aber von mir zu den Fahrrädern führen. Was war denn da los? fragt sie. Kai, sage ich, ein alter Bekannter, voll der Punk geworden, ich dachte früher immer, der wird Rechtsanwalt und geht in die Politik. Und die Bullen? fragt Rieke. Erzähl ich dir gleich, sage ich, total lächerlich. Während wir die Räder abschließen, zischt Rieke: Sonst geht's dir noch gut, ja? Du Idiot! murrt sie, wir sondieren die Lage, und du machst die Polizei auf uns aufmerksam! Hab ich doch gar nicht! Ich blicke nach links, die Polizisten helfen

Kai gerade dabei, den Rucksack wieder aufzusetzen. Wir steigen auf die Räder. Nächstes Mal kannst du mir auch mal vorher sagen, was du vorhast, sage ich. Wir fahren los. Hinter uns erklingt die deutsche Nationalhymne.

SPÄTER ruft Karen an, Leander benähme sich seltsam. Das wäre ja mal was ganz Neues, denke ich, mich fragt nur niemand. Wird also nichts aus dem kuscheligen Abend, nachdem sich das gegenseitige Angemaule in Küssen aufgeweicht hat. Rieke hatte eben mal gucken wollen, wie eine typische Wahlveranstaltung auf einem öffentlichen Platz abläuft, und ich habe zufällig einen alten Bekannten getroffen, dessen die Aufmerksamkeit erregendes Verhalten an sich sogar ganz gut war, das hat Rieke schließlich zugegeben, denn so dürfte ich selbst nicht weiter aufgefallen sein. Ich habe dann gleich Überlegungen angestellt, wie man ein ordentliches Ablenkungsmanöver inszenieren könnte, doch Rieke hielt so was für unrealistisch. Dafür sind da einfach zu viele Bullen, hat sie gesagt, da müßte man schon ein Haus am Platz sprengen oder so, dann aber würde die Kundgebung abgebrochen werden. Ich habe zwar noch erwidert, man könnte sich dieses entstehende Chaos sicherlich zunutze machen, weniger Aufmerksamkeit kann man doch niemals bekommen, aber so richtig war mit Rieke nicht darüber zu sprechen, und jetzt dreht sich sowieso wieder alles nur um Leander. Im Grunde hat er lediglich ein bißchen rumgebrüllt und Karen Naivität vorgeworfen, womit er wahrscheinlich nicht mal falschlag, das ist bei ihr ja schon altersbedingt. Jedenfalls hat sich Leander nun im Bad eingeschlossen und reagiert nicht auf Ansprache durch die Tür.

Während Karen eher hilflos wirkt und deswegen ja auch Rieke angerufen hat, ist Freddie ziemlich zornig, was er eigentlich ständig ist. Immerhin hat er jetzt sogar einen triftigen Grund dazu, das Klo ist besetzt, allerdings frage ich mich sowieso, weshalb er in einer WG lebt, wo er doch offensichtlich andere Menschen nicht leiden kann, vor allem die Freunde seiner Mitbewohnerinnen. Zwar hat mir Leander heute vermutlich den Rang abgelaufen, nur ist der augenblicklich nicht greifbar. Statt dessen bin ich da zum Anfauchen, als hätte ich die Idee gehabt, Leander hier einzuquartieren. Hat der Kerl kein Zuhause? Freddie wischt sich den Stirnschweiß ins fettige Haar und murrt: Wir sind hier keine Studentenpension. Wenn Freddie ›Pension‹ sagt, dann knallt es, Peng. Ich beschließe, daß es sinnlos ist, hier weiter zu stehen, irgendwann wird Leander schon wieder rauskommen. Und wenn nicht, wäre mir das eigentlich auch egal. Mit diesem Problem muß Freddie allein fertigwerden, so als Mann in der WG, er hat sich das ja selber ausgesucht. Wer mit zwei jüngeren Frauen zusammenlebt, sollte damit rechnen, an seltsame Typen zu geraten. Jetzt klopft er zum wiederholten Male an die Tür und herrscht Leander an, endlich herauszukommen. Da kannste echt was erleben, du! Bei so einer Ansage bliebe ich wohl auch lieber dort drin. Ich gehe zu Karen und Rieke in die Küche und nehme mir ein Glas und etwas aus der auf dem Tisch stehenden Flasche Rotwein. Karen sitzt wieder mal mit hochgezogenen Schultern da. Und ich dachte echt, da wäre was zwischen uns, sagt sie gerade. Rieke, die dicht neben Karen sitzt, legt ihr eine Hand auf den Arm. Da ist bestimmt auch was, sagt sie, Leander ist eben ein sehr empfindsamer Mensch, dein Kuß hat ihn wahrscheinlich erschreckt. Karen nickt. Das wollte ich nicht, sagt sie, ich dachte nur, weil er sich so über Passivität aufgeregt hat und meinte, er kann nicht verstehen, daß ich den ganzen Tag im Callcenter sitze und Leuten Sachen aufschwatze, was ja so gar nicht stimmt, aber egal, ich. Karen stockt, und Rieke sagt: Leander meint so etwas natürlich immer politisch. Ja, sagt Karen, wie neulich das mit der Post. Post? fragt Rieke, aber Karen überhört die Frage. Wir haben uns so gut verstanden, sagt sie, da dachte ich, er würde auch. Es wirkt als wäre sie den Tränen nahe, doch näher kommt sie ihnen nicht, weil jetzt Freddie in die Küche poltert. Also, ich muß bald mal scheißen, knurrt er, ich hol den Sack jetzt raus da! Er reißt eine Küchenschublade auf und kramt in ihr herum. Karen starrt mit ihren großen feuchten Augen auf Freddies Rücken und sagt: Nun laß ihn doch mal! Freddie wirbelt herum, er hat einen Schraubenzieher in der Hand, mit dem er drohend vor seinem Körper herumfuchtelt: Das sagst du schon seit drei Stunden, Herzchen! Du darfst ihm halt nicht angst machen, sagt Rieke. Angst! ruft er spöttisch und mit aufgerissenen Augen, da muß ich aber lachen! Mit diesen Worten, allerdings ohne zu lachen, poltert Freddie zurück in den Flur. Will er jetzt das Schloß ausbauen oder was? Rieke guckt fragend zu mir. Wahrscheinlich, sage ich, dürfte nur gar nicht so leicht sein. Karen springt auf. Er hat gar kein Recht dazu, ruft sie, ist schließlich auch meine Wohnung! Sie drängt sich an Rieke vorbei. Laß ihn, sagt diese, er kriegt das Schloß sicher sowieso nicht auf! Karen läßt sich nicht aufhalten, sie stürmt Freddie hinterher, ein wütendes Wortgefecht bahnt sich an. Rieke und ich sitzen da und wechseln Blicke. Zu sagen gibt's gerade nichts mehr. Wäre auch zu schön gewesen, von diesem Quatsch hier nicht behelligt zu werden. Da klingelt auch noch Riekes Handy. Sie holt es aus der Hosentasche. Leander! sagt sie überrascht und wirft mir einen ebensolchen Blick zu. Dann drückt sie einen Knopf und hält das Gerät an ihr Ohr. Hey, Leander! Ihr Mienenspiel beim Zuhören ist ganz großes Daumenkino. Was, echt? Sie springt auf. Du kannst doch nicht! Rieke stürzt zum Fenster, reißt es auf und beugt sich raus. Dort redet sie mit jemandem. Ich stehe auch auf und gehe zu Rieke, stelle mich neben sie, und dann sehe ich es selbst. Leander turnt tatsächlich auf einem Sims zwischen Badezimmer- und Küchenfenster herum und hält sich dabei an der Regenrinne fest. Ihr müßt mir helfen! sagt er und wirkt dabei ein bißchen verzweifelt, was durchaus verständlich ist. Geh zurück ins Bad! sagt Rieke. Geht nicht, sagt Leander, gib mir lieber deine Hand! Rieke guckt zu mir, ihre Lippen fest zusammengepreßt. Ich nicke vorsichtshalber. Zu Leander sagt sie: Okay! Sie atmet tief durch. Dann fragt sie in meine Richtung: Hältst du mich? Natürlich, sage ich. Was jetzt kommt, würde ich lieber im Fernseher sehen. So jedoch umklammere ich Riekes Hüften, während sie versucht, Leander mit beiden Armen zum Fenster zu ziehen. Der stößt immer wieder unartikulierte Laute aus, und Rieke preßt irgendwelche Anweisungen hervor. Und aus dem Flur kommt immer noch das Streitgeschrei von Freddie und Karen.

Später weiß keiner mehr so ganz genau, wie wir Leander in die Küche gekriegt haben. Meine Sicht war von Riekes schwitzendem Rücken verdeckt. Außerdem sind solche Situationen ohnehin viel zu unvorstellbar, um sie mit seinem Kurzzeitgedächtnis vereinbaren zu können. Jedenfalls liegen wir alle drei erschöpft auf den Küchenfliesen, als Freddie, immer noch wutschnaubend, in die Küche kommt, wohl weil er sich jetzt über Karen beschweren will, jedenfalls trägt er einen entsprechenden Satzanfang vor sich her. Dann aber sieht er Leander, was den Ärger über seine Mitbewohnerin augenblicklich verdrängt. Das ist nachvollziehbar. Immerhin ist er zunächst überrascht, denn so was macht die Logik ja auch nicht ohne weiteres mit. Und er kann zudem nicht wissen, daß Leander fast in den Hinterhof gestürzt wäre, was zugegebenermaßen nicht Freddies Problem ist. Trotzdem fühle ich mich verpflichtet, aufzuspringen und ihn aufzuhalten, da dieser nun mit erhobenem Schraubenzieher auf Leander losgehen will. Auch Rieke und Leander erheben sich. Rieke boxt auf Freddie ein, und Leander sagt, er geht jetzt wohl mal lieber. Und geht dann, jedenfalls aus der Küche. Freddie wird schlagartig ruhiger. Jedenfalls, was die Aktivität seines Körpers angeht, zumal dieser mit dem meinen eine gewisse Umschlingung eingegangen ist. Leiser ist Freddie indes nicht geworden. Wieso ist der Typ hier bei euch? schreit er, dabei ist mein Ohr doch dicht an seinem Mund. Karen kommt in die Küche. Sie wirkt verstört. Leander ist gerade, sagt sie, und wir nicken. Wenn der mir noch einmal unter die Finger kommt, knurrt Freddie und löst sich von mir. Dann geh doch jetzt endlich mal aufs Klo, sagt Rieke zu ihm. Er nickt. Doch das könnte nicht so einfach werden. Das denke ich aber lieber bloß.

Später sind auch wir weg. Wer bleibt schon gerne unter einem Dach mit einem notbedürftigen Mann mittleren Alters, der die Toilettentür nicht aufbekommt und deshalb alle seiner Wut zur Verfügung stehenden Ohren mit Verwünschungen und Drohungen bedröhnt? Das macht aggressiv, und so schrie auch Rieke ein bißchen: Dann hol doch den Schlüsseldienst! Das werde ich auch, brüllte Freddie zurück, und den wirst du bezahlen oder dein Zweitfreund, dabei sah er mich so an, als sei ich für Leanders Tun mitverantwortlich oder müßte mich zumindest gegen diese Provokation wehren, aber ich sagte nichts, dafür knallte Karen zwischendurch mit mehreren Türen, und dann klingelte es, aber da stand natürlich nicht Leander im Treppenhaus, wie Freddie zu glauben schien, sondern ein zerknautschter Nachbar in kariertem Morgenmantel, dabei war es noch mitten in der Nacht, was der Mann dann auch betonte und trotzdem in den Problemlösungsprozeß einbezogen wurde. Als wir kurz darauf gingen, bekamen wir noch ein paar Verwünschungen mit auf den Weg, vielleicht sollte sich Rieke tatsächlich mal nach einer neuen Wohnung umsehen. Jetzt jedoch macht sie sich erst mal andere Sorgen. Erstens: Wo wohl Leander ist? Zweitens: Hätten wir Karen nicht lieber mitnehmen sollen? Ich aber finde, die beiden sind alt genug, um sich selber umeinander zu kümmern. Das sage ich natürlich nicht, ich bin viel zu müde für ein Gespräch über andere Menschen, bin überhaupt zu müde für ein Gespräch. Und wir fahren schweigend an der Hochbahn entlang, nebeneinander, denn das Verkehrsaufkommen hält sich in Grenzen, wie unser Tempo auch. An einer roten Ampel trifft mich mal wieder Riekes Blick. Von mir aus könnten alle Ampeln immer nur auf Rot stehen, solange Rieke bloß diesen Blick behält!

FREITAG, GEGEN MITTAG. Meier ruft an. Wir haben noch geschlafen, aber Meier fragt nicht mal danach, er muß reden. Ich nehme seine Stimme mit in die Küche, dort klemm ich sie mir unter den Kiefer, um den Kaffeekocher aufzudrehen, und laß mir erzählen von der Frau aus dem Internet. Frage, ob er sie endlich mal getroffen hat. Nein, sagt er, die wohnt doch in Bonn, und das ist das Problem. Außerdem glaubt er, so sagt er, daß sie verrückt ist. Das ist auch ein Problem, denke ich, ob sich hier ein neuer Trend auftut? Ich klopfe den Kaffeesatz von gestern aus dem Sieb und lasse Meier erzählen. Er und Carola, sie selbst nennt sich aber Schoschah oder so ähnlich, scheinen die letzten zweieinhalb Tage quasi ununterbrochen miteinander telefoniert zu haben, bis in die tiefe Nacht hinein, und morgens hat sie ihn schon wieder geweckt. Und dazwischen haben wir uns E-Mails geschickt, sagt Meier, sie war mir so nah, als wären wir längst zusammen, und es war auch sehr schön, wir haben minutenlang geschwiegen oder uns vorgegurrt oder uns Geschichten erzählt, in denen wir zwei vorkamen, als wären wir Märchenfiguren, und irgendwie hätte alles immer so weitergehen können, wenn sie nicht unbedingt gewollt hätte, daß ich zu ihr fahre. Sie selbst sei gerade sehr knapp bei Kasse. Ich frage, ob er das nicht wollte. Wenn schon die Nähe da ist, dann muß man sie doch auch realisieren, sage ich und fülle Wasser in den Kannenkessel. Tja, sagt Meier, ich wollte ja, ich habe mir das auch schön vorgestellt, ich fahre nach Bonn, und dann steht sie da auf dem Bahnsteig, und wir fallen uns in die Arme, so als hätten wir uns zwei Leben lang vermißt, diese Formulierung stammt von ihr, sagt Meier und daß er ja durchaus das Gefühl hatte, als kennte er sie schon seit Jahren, nur waren das nicht Jahre, sondern Tage, seit zwei Tagen sprachen sie erst miteinander. Das sagt doch noch gar nichts, meint Meier. Er hätte also auch aus dem Zug steigen können in eine Riesenenttäuschung hinein, und er sagt, das wäre es ihm wert gewesen, echt jetzt, Schoschah war ihm so sympathisch, da mußte doch was sein zwischen ihnen, diese gemeinsame Ebene, so viele Menschen trifft man nicht, bei denen diese auf Anhieb zu spüren ist, und dann wirkt auch noch alles so wie Liebe. Warum dann zögern? frage ich und schippe Kaffeepulver ins Sieb. Stimmt schon, sagt Meier, man darf sich nicht zu lange was vormachen, falsche Vorstellungen aufbauen, doch steht auf der anderen Seite die Gefahr, es könnte dann vorbei sein. Willkommen in der Realität, sage ich und versuche, den Kocher zusammenzuschrauben. Ja, natürlich, sagt Meier, ich hatte bloß Bedenken, aber eher so als Bauchgefühl, und dann fängt sie plötzlich an, mich anzuschreien, mich zu beschimpfen, daß ich das nicht mit ihr machen könne, und sie halte das nicht aus, sie hat geweint, und ich wußte nicht, was ich machen soll, ich kenne das nicht, ich weiß nicht, wie man mit weinenden Frauen am Telefon umgeht, und dann hat sie gesagt, besser: gebrüllt hat sie, ich soll sie nie wieder anrufen, nie wieder, und dann hat sie aufgelegt, richtig geknallt hat das in der Leitung. In der Leitung zwischen Meier und mir entsteht ein Schweigen, und ich bleibe auf dem Weg zum Herd in der Küchenmitte stehen. Hallo? frage ich und nehme das Telefon in die freie Hand. Ja, sagt Meier. Er ist also noch dran. Sie hat dich angeschrien? frage ich. Meier brummt Zustimmung. Klingt kraß, sage ich, und jetzt ist's vorbei oder wie? Ich weiß nicht, sagt Meier, sie hat ja dann wieder angerufen, mitten in der Nacht, und ich dachte, sie hätte sich gefangen, dann aber ging's wieder los, das war schrecklich, ich kam mir echt mies vor, sie hat mich wieder beschimpft, weil ich sie im Stich ließe, ob ich denn nicht spüre, daß sie jemanden braucht, jetzt gerade, ich dagegen würde nur mit Ausreden kommen, und dann wieder: Warum ich noch nicht bei ihr bin. Klingt anstrengend, sage ich und stelle den Kaffeekocher auf den Herd. Ja, sagt Meier, das denk ich inzwischen auch. Plötzlich lacht er. Wenn sie mir schon 'ne Szene macht, bevor wir uns jemals gesehen haben, sagt er, wie wär das erst, wenn wir zusammen wären. Ich lache ein bißchen mit ihm mit und klemme den Hörer wieder zwischen Kopf und Schulter, um dem Kaffee Gas zu geben. Wenn man sich diese Frage stellt, sage ich, hat man dann nicht sowieso schon verloren? Ich meine, lieben ist nun mal das Gegenteil von denken. Der Satz kommt mir selber ein bißchen hohl vor, auch wenn da schon was dran sein muß. Meier lacht auf. Du hast gut reden, du kanntest Rieke schon recht gut, als ihr zusammengekommen seid, und du mußtest nicht sechshundert Kilometer fahren, sondern bloß die Hand ausstrecken, hast du doch mal erzählt, beim Verabschieden, habt ihr da nicht zum ersten Mal geknutscht? Das war wohl die Kurzfassung, denke ich. Ich sage: Ja, schon. Der ICE braucht fünf Stunden, sagt Meier, da muß die Liebe zu einer Frau, die man nur vom Telefon kennt, schon groß sein, damit man nicht mit dem Denken anfängt. Das Wasser unterm Kaffeepulver beginnt zu brodeln, es schießt hoch, eine besondere Art der Vereinigung. Hallo, noch da? Ja klar, sage ich. Dem Wasser kommt's gerade, sage ich und muß ein bißchen kichern. Wovon redest du? fragt Meier. Egal, sage ich, was würdest du denn tun, wenn deine, ich zögere, weil mir ihr Name nicht mehr einfallen will - Schoschah, souffliert Meier - ja, danke, was, wenn sie in Berlin leben würde? Tja, sagt er, das könnte man dann wohl softer angehen, erst mal ins Museum oder so? Ins Museum? rufe ich, ein bißchen zu laut. Ja klar, sagt Meier, warum nicht? Zu Goya? frage ich. Wie kommst du jetzt darauf? fragt Meier. Und danach? frage ich. Wie danach? Na, nach dem Museum, da ist es ja noch nicht so spät, Museum, das ist doch eher tagsüber. Man könnte Kaffee trinken gehen, sagt Meier. Und dann? frage ich. Dann nach Hause, sagt Meier zögernd, oder nicht? Zusammen? frage ich. Was ist denn mit dir los? fragt Meier. Der Kaffee auf dem Herd brodelt heftigst, ich drehe der Flamme das Gas ab. Ich sehe Luzies Lächeln vor mir. Stell dir vor, sie sagt, sage ich, sie ist müde, und dann fragt sie dich, wohin du jetzt gehst. Pause. Dann sagt Meier: Hast du Beziehungsprobleme? Nein, sage ich, Quatsch. Wie kommst du dann auf so was? fragt Meier, es ging doch gerade um mich und um Schoschah! Natürlich, sage ich, geht es noch immer. Aha, sagt Meier, und ich komme mir ertappt vor. Das war generell gemeint, sage ich, ich stelle mir das nur so vor, eine Frau, die einfach da ist und solche Sachen sagt, und dann ist sie wieder weg. Was für Sachen? fragt Meier, das ist doch ganz was anderes. Liebe ist immer was anderes, sage ich. Ich kann dir nicht mehr folgen, sagt Meier. Egal, sage ich, war nur so 'ne Idee. Was für 'ne

Idee? Nur so spontane Überlegung, sage ich und frage mich, wie ich das Thema beenden kann. Letzte Ausrede Fiktion. Sage daher: Hab halt grad über 'ne Liebesgeschichte nachgedacht. Liebesgeschichte? sagt Meier, fängst du jetzt auch an, Geschichten zu schreiben? Nein, sage ich, oder ja, warum nicht, ich habe überlegt, wie so was anfängt. So was? fragt Meier, als hättest du damit keine Erfahrungen! Schon, sage ich, aber gibt es für den Anfang einer Liebe bestimmte Muster? Fifty ways to get a lover, oder wie? fragt Meier. So in etwa, sage ich, eben was Allgemeines. Was Allgemeines? Meier tut so, als hätte ich einen Witz gerissen. Liebe ist doch eher sehr speziell, sagt er, und keinesfalls normal. Dann ist das das Problem, sage ich. Und damit ist das Gespräch irgendwie am Ende angelangt, es folgen noch die üblichen Verabschiedungsformeln, ja, bis bald. Beim Drücken der Taste mit dem roten Hörersymbol überkommt mich kurz ein schlechtes Gewissen, weil ich Meier mit seinem Bonner Problem allein gelassen habe, aber sobald der Kaffee in meiner Tasse dampft und ich ihn mit Zucker verdicke, verblaßt in mir jede Liebesgeschichte, in der ich nicht vorkomme. Die Küchentür geht auf, Auftritt einer verschlafenen Nackten. Wäre sie nicht so schön, ich müßte sie wegen ihres morgendlichen Taumelns lieben. Dabei liebe ich sie wegen dem, was sie denkt und was sie sagt. Jetzt aber sagt sie: Kaffee, wie schön! Und sie sagt: Wer hat denn angerufen, Leander? Wenn dies eine Liebesgeschichte wäre, man müßte ein paar Rollen streichen, um den Durchblick zu behalten. So jedoch kann ich Rieke den abgestandenen Geschmack nach Schlaf von den Lippen küssen und sagen: Leander wird sich schon melden.

SPÄTER ist er dann tatsächlich da. Wir sind noch immer nicht richtig angezogen, Leander aber ist viel zu sehr mit sich selbst beschäftigt, um darauf zu achten. Ich glaube zwar nicht, daß man Menschen eindeutig ansehen kann, ob sie die Nacht durchgemacht haben, das ist wohl eher ein Klischee, aber Leander sieht wirklich übel aus, er wirkt nervös, man kann fast sagen: wie auf der Flucht, doch auch das wäre ein Klischee und wird bei ihm allmählich zum gewohnten Anblick. Sein Haar steht ihm strähnig vom Kopf ab, und sein unregelmäßiger, partiell flaumiger Bartwuchs tut das übrige, um Riekes Helfersyndrom auszulösen. Das passiert bei ihr natürlich unbewußt, man darf sie auch keinesfalls darauf ansprechen, trotzdem, tief in ihr drin steckt eine Krankenschwester, von der läßt man sich gerne hegen und pflegen. Allerdings klingt mir ihr Tröstton schrill in den Ohren, wenn sie ihn bei anderen und besonders bei Leander anstimmt. Ich finde nicht, daß Mitleid zu den Dingen gehört, auf die Leander Anspruch erheben sollte. Rieke legt einen Arm um Leander, was albern aussieht, sie in diesem für sie viel zu großen verwaschenen T-Shirt von mir und daneben er, der sie ein-, nein, zweiköpfig überragt und gleichzeitig so klein wirkt. Sie führt ihn in die Küche, plaziert ihn am Küchentisch und fragt: Magst 'nen Kakao? Leander nickt schüchtern. Ihm ist wohl alles egal. Mir nicht, ich hole mir erst mal eine Hose aus dem Zimmer, aber schnell, schließlich möchte ich nichts verpassen. Rieke zerbröckelt mittlerweile eine Tafel Schokolade in einen Topf. Ich habe auch noch Pulver irgendwo, sage ich. So schmeckt's aber besser, sagt Rieke, außerdem braucht Leander was Ordentliches. Was ist eigentlich los mit dir, Alter? frage ich, während ich mich zu ihm an den Tisch setze. Ohne aufzugucken sagt Leander: Nirgendwo bin ich mehr sicher. Wo bist du überhaupt gewesen? fragt Rieke vom Herd her. Draußen, sagt Leander.

Die ganze Zeit? fragt Rieke weiter. Hat's nicht geregnet? frage ich und bin bemüht, mitfühlend zu klingen. Kalt war's bestimmt, sagt Rieke. Ja, sagt Leander. Warum bist du dann nicht gleich hierhergekommen? ruft Rieke. Und ich denke: Zum Glück nicht. Doch sage ich: Gut, daß du deine Jacke mitgenommen hast, willst du die nicht mal ausziehen? Leander wirkt unschlüssig. Du hast deine Jakke mitgenommen? fragt Rieke und nimmt Tassen aus dem Schrank. Hatt ich nicht, sagt Leander leise, aber mir war so kalt, und ich hab gedacht, ihr seid vielleicht noch da, jedenfalls hab ich bei dir in der WG angerufen, zum Glück ist der Arsch nicht rangegangen. Aber Karen? sagt Rieke und nimmt den Topf vom Herd. Ja, sagt Leander, und sie hat so total auf mich eingeredet, wo ich denn jetzt sei und daß sie sich Sorgen machen würde und ob wir uns nicht irgendwo treffen wollen, in einem Café, sie könnte mir dann ja gleich ein paar meiner Sachen bringen, meine Jakke hatte sie an der Garderobe hängen sehen, es wird doch kalt, meinte sie, und da hab ich ihr zugestimmt, weil, Leander macht eine Pause, weil, mir war ja auch kalt. Gleich wird dir warm, sagt Rieke und stellt ihm eine dampfende Tasse Kakao hin. Mir reicht sie auch eine. Leander murmelt Dankesworte, ihm sei gar nicht mehr kalt. Er nimmt einen Schluck, vorsichtig wegen der zu erwartenden Hitze, dann nickt er anerkennend und macht Anstalten, sich der Jacke zu entledigen. Etwas umständlich sieht das aus, weil er sitzen bleibt, eingeklemmt zwischen Tischplatte und Stuhllehne. Nachdem er es geschafft hat, legt er die Jacke auf den freien Stuhl neben sich. Rieke sitzt jetzt auch am Tisch. Und dann? fragt sie. Leander verzieht das Gesicht. Dann waren wir in so einer Kneipe, sagt er, Karen hat die vorgeschlagen, in der Simon-Dach-Straße. Ist doch okay, sagt Rieke, Karen ist da viel unterwegs, kann passieren, wenn man gleich um die Ecke wohnt. Leander nickt. Es ist nur, sagt er nach kurzer Bedenkzeit, warum tut sie das, was will sie bloß von mir? Sollte man es ihm sagen? denke ich, da sagt Rieke: Na, was glaubst du denn? Er zuckt mit den Schultern. Sie ist mir einfach unheimlich, sagt er, klar, total nett, aber eben so, als würde sie was im Schilde führen. Rieke guckt mich an, wir müssen uns beide das Grinsen verkneifen. Leander kriegt davon jedoch nichts mit. Er sagt: Wahrscheinlich wurde sie auf mich angesetzt. Was? Rieke kann sich kaum mehr beherrschen. Ich mich erst recht nicht, doch beiß ich mir auf die Unterlippe. Rieke legt Leander eine Hand auf den Arm. Meinst du nicht, fragt sie, Karen könnte ganz von sich aus auf die Idee gekommen sein, etwas von dir zu wollen. Ja? Leander schaut ihr ungläubig ins Gesicht, und was? Ach Leander, sagt Rieke und lacht jetzt doch, Karen ist einfach nur verknallt in dich. Leander schüttelt den Kopf. Wieso sollte sie das sein? fragt er skeptisch. Rieke hört mit dem Lachen auf und sagt: Meinst du nicht, sie könnte Gründe dafür haben? Was will sie gerade von mir? sagt Leander zögerlich, außerdem ist sie mir viel zu unpolitisch. Seit wann ist Liebe politisch? frage ich. Leanders Blick trifft mich. Seine Finger kneten ein bißchen an seinem rechten Ohr herum. Ich dachte, du wüßtest das inzwischen besser, sagt er, in unseren Zeiten muß Liebe per se politisch sein, um nicht oberflächlich zu bleiben, oder was meinst du, Friederike? Was für 'ne These! ruft Rieke, aber da ja nun das Private immer auch politisch sein soll, wird die Liebe wohl dazuzählen. Doch was heißt das? frage ich, schon weil ich keine Lust habe, hier in der Küche zu hocken als der unpolitische Depp, der ich gar nicht bin, während sich Leander gerade als äußerst unromantisch geoutet hat. Schließlich ist Karen keine, die zu lieben eine unmögliche Vorstellung wäre. Im Gegensatz zu Leander, und das finde ich ganz unabhängig von meiner heterosexuellen Prägung. Nur darum geht es jetzt gar nicht mehr. Wenn das Private tatsächlich politisch ist, sage ich, was ist daran dann noch privat? Bullshit, sagt Leander, plötzlich ganz der alte, du denkst vollkommen reaktionär! Es ist gar nicht mehr möglich, die Politik aus dem Leben zu halten, da muß man schon in der Einöde leben oder taubstumm und blind sein, und selbst dann ist dein Handeln noch politisch! So unpolitisch ist Bast gar nicht! schaltet sich Rieke ein. Warum sagt er dann solche Sachen? fragt Leander, zweifellos empört. Toll, jetzt reden sie schon in der dritten Person über mich. Das ist unfair, wo es doch gerade noch um Leanders emotionales Defizit ging und um Karen, die sich ganz offensichtlich in den Falschen verliebt hat. Das Ziel seiner Gefühle kann man sich zwar wohl wirklich nicht aussuchen, aber daß sie ihres ausgerechnet in Leander zu finden meint, spricht nicht gerade für sie. Hey Bast! Rieke lächelt mich an, doch ich habe nicht mitbekommen, was zuletzt gesagt wurde, obwohl es sicher noch um mich ging. Dabei muß man wissen, was andere über einen sagen, schon um entscheiden zu können, was man selber lieber nicht sagt. Bloß so erwartungsvoll wie ich jetzt angeschaut werde, bleibt mir nichts anderes übrig, als eine Frage zu beantworten, die ich nicht kenne. Mag sein, daß alles Private politisch ist, sage ich, aber es kommt doch auf die Reichweite an oder nicht, auf die Konsequenzen einer politischen Handlung. Wenn ein Präsident eine Entscheidung trifft, sage ich, wenn er ein Gesetz erläßt oder einen Krieg erklärt, dann mischt er sich in die Privatleben anderer ein, natürlich, während deren Privatleben nur bedingt die Politik dieses oder eines anderen Präsidenten beeinträchtigen, höchstens als Argument, weil ihre Privatleben vielleicht zu Ende sind oder zumindest ins Elend abrutschen, abgefilmt von internationalen Fernsehteams, weshalb sie wiederum anderer Menschen Privatleben berühren, weil diese Mitleid empfinden oder gar Empörung und etwas tun wollen, weshalb ihr Leben plötzlich politisch wird, zumindest für einen Teil, aber das ist doch nicht alles! Ich halte inne, bin verheddert in dem, was ich gesagt habe, unsicher mit dem, was ich überhaupt sagen will. Riekes Aufmerksamkeit spornt mich an, persönlich zu werden, indem ich in Leanders Richtung sage: Meine Liebe zu Rieke dagegen, die geht die Politik nichts an, mal abgesehen davon, daß sie sich wahrscheinlich gar nicht dafür interessiert. Schweigen am Tisch. Rieke strahlt mich an. Leanders Mund öffnet sich. Klar, daß Volkmann dazu was zu sagen hat. Und er sagt: Vielleicht tust du aber was Politisches, nur weil du Rieke liebst, etwas, was dir sonst vielleicht egal gewesen wäre. Ich nicke vorsichtshalber ein paarmal vor mich hin, irgendwie muß ich jetzt die Kurve kriegen. Sage daher: Und Karen? Ich meine, wenn sie dich liebt, bestimmt wird sie dann ebenfalls politisch, allein weil du ein politischer Mensch bist. Und dann kommt mir die rettende Idee: Wenn das Private immer politisch ist, dann muß Karen doch schon automatisch politisch sein! Rieke jedenfalls scheint meine Argumentation überzeugt zu haben. Ihre Füße nehmen Kontakt zu meinen auf. Das befeuert mich erst recht, zumal mir jetzt wieder Karens Ärger wegen der Briefmarken einfällt. Ich lehne mich zurück, und während ich unterm Tisch Riekes Befußungen erwidere, sage ich: Was ist das überhaupt mit dieser Postsache? Da war Karen doch ganz eifrig und sehr wohl bereit, für das Recht auf den Erwerb einer einzelnen Marke auf die Straße zu gehen oder so. Leander rümpft die Nase. Na ja, sagt er mit einem irgendwie gönnerhaft klingenden Ton in der Stimme, wenn es um sie selber geht, dann ja, dann kann sie sich ganz schön aufregen und ins Zeug legen. Derweil wandert ein Fuß Riekes mein linkes Bein empor, ihr Körper dagegen rutscht immer weiter nach unten. Leander sagt, er glaube nicht, daß Karen ihre Empörung wirklich in Taten umsetzen würde. Und außerdem, sagt er, arbeitet sie in diesem Callcenter, schwatzt unschuldigen Menschen Dinge auf, die sie nicht brauchen und erst recht nicht haben wollen, das ist doch zutiefst unmoralisch, wenn nicht gar verbrecherisch. Riekes Fuß, der bereits weit gekommen ist und dem ich auf meinem Stuhl entgegenrücke, hält inne. Ihr Mund spricht für Karen: Denkst du, sie arbeitet da gerne? Hat ja nicht jeder reiche Eltern. Sie zieht den Fuß aus meinem Schrittdreieck und richtet sich auf. Leanders Hand macht zur gleichen Zeit eine wegwischende Bewegung. Wenn die Leute den Dienst am Telefon verweigern würden, sagt er, hätten sie vielleicht kurzfristig weniger Geld, aber langfristig hätten diese Versklaver keine Chancen mehr, uns zu belästigen mit ihren unlauteren Angeboten an beiden Enden der Leitung. Dann versuch doch, Karen davon wegzubekommen, sagt Rieke, oder ist sie dir völlig gleichgültig? Das nicht, sagt Leander, ich muß nur vorsichtig sein. Jetzt muß ich lachen. Sie wird schon nicht von der Stasi sein, rufe ich, und weil Leander einen nahezu feindseligen Blick aufsetzt, füge ich hinzu: Und auch nicht beim BND. Man kann nie wissen, sagt er leise. Gut, daß du mich nicht im Verdacht hast, sage ich, eher als Scherz gemeint, weil Leanders Verfolgungswahn allmählich absurd wird, aber so wie er mich nun anschaut, platzt mir fast der T-Shirt-Kragen. Ich springe auf, dabei fällt fast mein Stuhl um, und mache meinem Zorn Luft in Form einiger Ausfallschritte. Ich reiße die Kühlschranktür auf und schaue unschlüssig hinein. Rieke sagt: Leander hat das nicht so gemeint. Leander aber schweigt. Ich könnte mir ein Stück Käse nehmen, es wäre höchste Zeit für ein Frühstück, es gibt bloß kein Brot mehr. Im Fach neben der Butter steckt auch noch der vom Kakaokochen übriggebliebene Schokorest. Der ginge notfalls auch. Doch wende ich meinen Blick von ihm ab, noch mehr Schokolade muß echt nicht sein. Da schweifen meine Augen lieber weiter, nämlich zu den vier im mittleren Fach liegenden Bierflaschen. Einen Moment lang glaube ich, diese leise klirren zu hören, ich bin versucht, eine herauszuziehen, der Nachgeschmack des Kakaos hängt mir im Rachen, vielleicht schmeckt da zudem was anderes nach, das weggespült werden möchte, hoch die Tassen, doch nein, wir haben jetzt genug aus Tassen getrunken, und für die Einnahme alkoholischer Getränke ist es trotzdem viel zu früh. Außerdem müssen wir klar bleiben im Kopf. Wollten wir nicht die Republik verändern? Statt dessen streiten wir uns darüber, ob wir politisch genug sind, und Leander verdächtigt Karen und vielleicht sogar mich, ihn zu bespitzeln. Ich greife nach der in der Tür stehenden Flasche Mineralwasser und schließe dann den Kühlschrank betont laut. Rieke und Leander glotzen mich an. Sie sehen auf die Wasserflasche, die ich mit beiden Händen festhalte, am Boden und am Deckel. Ihr Auftritt, Herr Singer. Ich räuspere mich ein wenig. Dann sage ich: Rieke, hast du es ihm eigentlich schon gesagt? Ich guck sie an, sie guckt fragend zurück. Leander, weißt du überhaupt, wen wir gestern fast erschossen hätten? Jetzt habe ich die zwei. Ich nehme mir ein sauberes Glas aus dem Schrank. Wollt ihr auch Wasser? frage ich. Doch Leander will nur wissen, wovon ich rede.

Später steht wieder mal diese eine Frage im Raum, vielmehr hängt sie tief überm Küchentisch: Welchen sollen wir töten? Leander meint, verdient hätten sie es ja alle, und Roland Koch könnte sich eines vorderen Listenplatzes sicher sein, allein schon wegen seiner Ekelhaftigkeit, die natürlich kein politisches Kriterium sei, manchmal aber trotzdem eine Rolle spiele. Bloß in unserem Kampf geht es nun mal nicht um persönliche Abneigungen, sagt Leander, wenn unsere Pläne tatsächlich terroristisch sind, dann agieren wir auf einer vollkommen neuen Stufe, das dürft ihr nie vergessen. Wir setzen ein Fanal, bleiben dabei aber im Hintergrund. Leander sagt, wir sind in keinster Weise, und das unterstreicht er mit der flachen Hand, vergleichbar mit der Raff, unsere Tat soll die Linke wachrütteln und zusammenschweißen, abschütteln soll sie die innere und äußere Verhartzung, auf dieses Wortspiel ist Leander stolz, das sieht man ihm an, auf daß ein neuer Kampf beginnt für den Erhalt der Gesellschaft als solidarische Großgruppe. Leander steht jetzt in der Küchenmitte, seine Verunsicherung wegen Karen ist ihm längst nicht mehr anzumerken, jetzt agitiert er wieder. Rieke und ich sitzen am Tisch, uns bleibt nicht anderes zu tun, als zuzuhören und zuzustimmen. Eine solche Tat, sagt Leander, die mag erst mal grausam wirken, doch besteht eben die Notwendigkeit dazu. Und wir tun es ja nicht aus egoistischen Gründen, es ist ja sogar vorgesehen, unser Opfer zum Märtyrer zu machen. Auch das sei eine neue Kategorie des Kampfes. Wir tun das schließlich für unser Land, sagt Leander und wirkt dabei reichlich pathetisch. Für unser Land? frage ich. Ja, sicher, sagt Leander, für wen denn sonst? Unsere Tat soll Deutschland helfen! Leander wundert sich über die Skepsis am Küchentisch. Ihr seid ja komisch, sagt er, wir sind nun mal Deutsche! Deutscher sein heißt doch nicht, einfach nur jubeln zu können, solange die Fahne oben ist, solange die Nationalmannschaft siegreich ist, Michael Schumacher allen anderen davonfährt oder irgendein Nobelpreis verliehen wird! Ich weiß nicht, sagt Rieke, mich gehen diese Leute nichts an, Michael Schumacher ist mir fremder als der türkische Gemüsehändler an der Ecke. Wenn der irgendwas gewinnen würde, sagt sie, da hätte ich einen Bezug zu, egal wer seinen Paß ausgestellt hat. Ich hab da auch so meine Schwierigkeiten, sage ich Richtung Leander, du sprichst von der Gesellschaft als solidarische

Großgruppe, aber wir sind ja nicht verschwistert, die meisten Deutschen können uns doch egal sein. Das stimmt, sagt Rieke, wenn gemeldet wird, daß bei einem Attentat oder einem Unglück im Ausland so und so viele Deutsche unter den Opfern sind, dann juckt mich das nicht, die Nationalität eines Toten wertet nun mal die Tragik weder auf noch ab. Leander steht mit verschränkten Armen vor uns. Seinen Kopf hat er beim Zuhören schräg gelegt. Das wirkt aber ganz schön gleichgültig, sagt er nun, immerhin eint uns die gemeinsame Sprache, derselbe kulturelle Hintergrund. Rieke kratzt sich am Hinterkopf, wohl um Zeit zum Nachdenken zu gewinnen. Das mit dem kulturellen Hintergrund wage ich jetzt mal zu bezweifeln, sagt sie schließlich, klingle nur mal bei Basts Nachbarn, Schmitz heißt der, das klingt, find ich, reichlich deutsch, aber in die Nationalgalerie wird der bestimmt nicht mit dir gehen wollen. Du kennst den Schmitz doch gar nicht, sage ich und frage mich, wieso sie auf die Nationalgalerie kommt. Vielleicht guckt er gerne Fußball, sagt Leander. Rieke grinst. Sie ruft mit emporgereckten Armen: Gute Idee, das nächste Spiel von Deutschland gucken wir bei Herrn Schmitz! Der wird sich freuen, sage ich. Ich fänd das gut, sagt Leander, so mies wie die immer kicken, gemeinsames Leiden schweißt bekanntlich zusammen. Wer dagegen schon beim Sport bloß ein Schönwetterpatriot sei, sein Deutschsein lediglich aufs Jubeln beschränke, der werde sich nie für etwas engagieren. Das meint jedenfalls Leander. Ich frage, ob so der neue Patriotismus ausschaut. Auf jeden Fall! sagt Leander, die deutsche Hymne mitsingen kann ja jeder. Das glaub ich nicht! sagt Rieke fröhlich. Bei Nationalhymnen zählt die gute Absicht, sagt Leander und greift nach seinem Stuhl. Im Hinsetzen sagt er: Was ich meine, ist: Deutschlanddeutschland grölen genügt nicht, und dann vielleicht noch vom Staat erwarten, daß er für dein gescheitertes Leben aufkommt. Ich dachte! sage ich und selbst Leander ist klar, daß ich gerade scherze. Wir sollten unser Deutschsein lieber in einer Art begreifen, die uns zu aktiven Teilen der Gesellschaft macht, sagt er. Sind wir dann überhaupt noch links? frage ich. Leander guckt gerade nach, ob in seiner Tasse noch Kakao ist. Dann sieht er mich an. Es wird Zeit, sagt er, von solchen Kategorien wegzukommen. Dann war das früher wirklich einfacher, sage ich, da konnte man als Linker raunzen: Deutschland muß sterben, damit wir leben können. Ach, seufzt Rieke theatralisch, das waren Zeiten! Ich hoffe, ihr macht Witze, sagt Leander, wir sind Bewohner dieses Landes, und das sollten wir den anderen nicht kampflos überlassen. Wer sagt, er könne hier nicht entspannen, sagt Leander, und mir rutscht die Parole ›I can't relax in Germany‹ raus. Genau, sagt Leander, wer das sagt, der hat keine Ahnung, der kann sich bestimmt nirgendwo entspannen, und im Ausland ist es ihm zudem peinlich, Deutscher zu sein, was ja irgendwie schon wieder typisch deutsch ist: Multikulti ist bloß zu Hause prima. Rieke und ich geben zustimmende Laute von uns. Wahrscheinlich ist es auch typisch deutsch, Leander einfach mal recht zu geben.

SONNTAGMITTAG betreten Rieke und ich in unserer Tarnkleidung den Flur von Leanders Haus beziehungsweise Ex-Haus, denn er wird wohl nie wieder hierherkommen. Sagt er jedenfalls, mehrmals, die Betonung dabei auf dieses ›Niemals‹ legend. Männer mit Mänteln, Schlapphüten und Sonnenbrillen sind nirgendwo zu entdecken, aber wahrscheinlich reagieren selbst Geheimdienste auf ihren Ruf und lassen Klischees nicht erst einreißen. Ohnehin ist es heute mal wieder richtig warm, der Sommer ist zurückgekehrt in die Stadt, weshalb das Volk sie gleich verlassen hat Richtung Wiesen und Wasser. Anstatt uns einfach erneut den alten Golf zu besorgen, ist Rieke mit einem leeren Koffer zum Flughafen Tegel gefahren, um dort ein Auto zu leihen, während ich eine halbe Stunde später Richtung Zoo aufgebrochen bin, wo Rieke mich schließlich mit ihrem Mietmobil eingesammelt hat, drei Buchstaben als Symbol, Leander meinte, im bayrischen Nobelblech führen wir am besten, so wie früher bereits die Raff, wobei ich nicht glaube, daß die dafür gezahlt hat. Leander war der Meinung, durch den komplizierten Weg würden wir mögliche Verfolger garantiert verlieren. Daß Rieke mit der ihr kürzlich unverlangt von der Sparkasse zugesandten goldenen Kreditkarte bezahlt hat, was insofern egal ist, da man Autos ja ohnehin nicht anonym überlassen bekommt, es sei denn unter Androhung von Gewalt, sollten wir Leander wohl besser nicht erzählen. Nun steigen wir, konformistisch kostümiert, so beiläufig wie möglich die Treppen zum dritten Stock hoch, um dann wie selbstverständlich Leanders Wohnung aufzuschließen, in der Hoffnung, dabei nicht beobachtet zu werden. Der Mülleimer entfaltet seinen Gestank bis in den Flur hinein, ein kurzer Blick in die Küche genügt, um sie nicht extra betreten zu wollen. Die Spüle voll mit dreckigem Geschirr, auf dem Tisch steht eine Batterie leerer Bier- und Weinflaschen sowie ein übervoller Aschenbecher und ein Haufen Zeitschriften und anderer Papiere. Im Schlafzimmer wirft Rieke ihren leeren Koffer aufs Bett und öffnet den Schrank, aus dem sie einigermaßen wahllos Kleidungsstücke zieht, ich steuere den an der Flurgarderobe hängenden Mantel zur Sammlung bei. Im Wohnzimmer hängt Leanders graugrobes Jackett über einer Stuhllehne. Auch das bringe ich nach nebenan. Dann nehme ich mir Leanders Zettel vor und sammle die von ihm erbetenen Notizbücher, Disketten, CD-ROMs und ein paar Bücher, darunter ›Moby Dick‹, ein. All das landet in meinem Koffer. Auch den Dopevorrat finde ich, er steckt wie beschrieben unter dem mickrigen Ficus im Übertopf auf dem Fensterbrett. Rieke kommt ins Zimmer und guckt sich um. Sie will wohl wissen, ob ich alles habe. Wegen möglicher Wanzen sollen wir nicht reden und uns auch sonst eher leise verhalten. Wir überlegen stumm, was sonst noch mitzunehmen ist. Seine Waschsachen! Ich geh ins Bad, um Rasierzeug, ein paar Handtücher und sonstiges einzupacken. Im Schlafzimmer bleibe ich dann vorm Mao-Poster stehen. Ich lenke Riekes Aufmerksamkeit darauf. Sie selber stopft gerade Schuhe in den Koffer. Jetzt betrachtet sie den übergroßen großen Vorsitzenden, wie er, einer Lichtgestalt gleich, das dichtgedrängte Volk überragt. Ich entferne die Stecknadeln, mit denen das Plakat an die Rauhfasertapete gepinnt ist. Leander kann es sich ja in den Flur der neuen Wohnung hängen, der soll schließlich unauffällig wirken, und für die Scheinexistenz eines harmlosen Studenten ist so ein Poster bestimmt nicht verkehrt. Che Guevara wäre natürlich noch besser, da würde mir jeder deutsche Fernsehfilmausstatter zustimmen, Mao dagegen ist ein bißchen aus der Mode gekommen. Nun fällt mir der Schlafsack ein. Den zu vergessen, wäre echt blöd gewesen. Eine Matratze haben wir gestern gekauft, dazu einen Spannbezug, doch das Bettzeug fehlte noch. Und sein eigenes soll auf dem Bett hier bleiben, hat Leander gesagt, das fiele ja sonst auf, ein Bett ohne Decke. Ich werfe den Schlafsack neben den Koffer. Nun haben wir also unsere erste konspirative Wohnung, besser gesagt, Leander hat jetzt seine. Mir kommt das immer noch ein bißchen wie Räuber- und Gendarm-Spielen vor, aber das behalte ich lieber für mich, eine dritte Nacht gemeinsam mit Rieke und Leander in einem Zimmer muß wirklich nicht sein. Daher war ich froh darüber, daß die beiden gestern losgezogen sind, billige Wohnungsanzeigen abzuklappern.

Natürlich verkleidet, wobei Leander zu groß ist, um was von mir anzuziehen. Deshalb hat er eigentlich nur sein langes Haar unter einem alten Basecap von mir versteckt. Daß sie als Pärchen losgezogen sind, gefiel mir zwar weniger, aber zu dritt irgendwo hinzugehen wäre wohl doch aufgefallen.

Später stehen wir in Leanders neuer Wohnung, die der Vorstellung eines Unterschlupfes sehr nahekommt, auch wenn sie im ersten Stock eines Seitenflügels liegt, immerhin mit unverbaubarem Blick auf eine Brandmauer. Die Wohnung hat ein Zimmer, das zweigeteilt ist, allerdings horizontal, was zur Folge hat, daß zumindest Leander weder im Wohn-, noch im Schlafbereich stehen kann, von den Sprossen der Leiter dort hinauf einmal abgesehen. Zwischendecke und Stützpfosten sind in einem dunklen Holzton gehalten, wie auch die Regalbretter dazwischen. Hätten wir Leander mehr als vier Bücher mitgebracht, könnte man vielleicht was Wohnliches draus machen, aber noch fehlen sämtliche Möbel, die Matratze aus dem Matratzendiscount haben wir gestern schon nach oben gehievt beziehungsweise gedrückt. Stühle wären gut, meint Rieke. Und ein Tisch, sage ich. Ach Quatsch, sagt Leander. Der Teppich muß raus, sagt Rieke. Der Boden ist bedeckt mit grauer Auslegware, mausgrau, wie Rieke gestern meinte, mausgrau und fleckengescheckt. Zu aufwendig, sagt Leander. Der ist eklig, sagt Rieke. Wer weiß, wie die Dielen da drunter aussehen, sagt Leander, außerdem dämpft der, wer weiß, was die Nachbarn sonst hören. Rieke gibt auf und geht nach nebenan. Die Küche ist leer und renovierungsbedürftig. Es gibt einen Gasherd, aber keinen Kühlschrank. Habt ihr schon die Sitzbadewanne gesehen? fragt Leander, echt antik. Tatsächlich, ich gucke sie mir an, historische Schmutzablagerungen inklusive. Über das Mao-Poster freut sich Leander, er überlegt, ob er es in die Küche hängen sollte, und zwar so, daß man es vom Hof aus sehen kann. Wir finden die Idee gut, nur nichts, womit man das Ding aufhängen könnte, denn dummerweise habe ich die Nadeln nicht mitgenommen. Was nicht weiter schlimm ist, denn Rieke und Leander sind einfach zu begeistert von der Tatsache, in ihrer ersten konspirativen Wohnung zu stehen. Sie überlegen, was noch fehlt. Geräusche, sagt Leander dann, ich brauche ein Radio, besser noch eine Stereoanlage mit Kassettendeck, wo man Sachen aufnehmen kann. Er erzählt, daß Andreas Baader den Tippsound einer Schreibmaschine abspielen ließ, damit zum Beispiel ein an der Tür klingelnder Postbote von Geschäftigkeit im Wohnungsinneren ausgehen mußte. Ich frage mich zwar, wie man in einem Versteck Post empfängt, behalte das aber für mich. Rieke meint, ich könnte Leander ja meine Anlage vorbeibringen. Meine Anlage? frage ich, wieso das denn? Hörst du nicht zu? fragt Rieke, Leander braucht. Ja, schon, unterbreche ich sie und denke dann erst nach. Was ist, frage ich, wie wäre es, reicht nicht dein Ghettoblaster, Rieke, der ist auch viel transportabler?! Aber Bast, sagt Rieke und berührt dabei meinen Arm, du hast doch selber mal gesagt, wie mies mein Ding klingt, außerdem habe ich gerade keine Lust, in meine Wohnung zu gehen, und sollte Freddie mich dann auch noch dabei erwischen, also, da hab ich echt keine Böcke drauf. Ich schlage vor, einfach so ein Gerät zu kaufen, und argumentiere mit der Schwierigkeit des Transports einer ganzen Anlage. Kaufen? fragt Rieke. Wie wär's mit klauen! sagt Leander. Wie ist das überhaupt mit dem Geld? fragt Rieke, wir müssen diese Wohnung bezahlen, und wenn wir noch weitere anmieten. Für wen denn noch? frage ich. Du glaubst ja wohl nicht, du kannst bei dir wohnen bleiben, sagt Rieke, wenn es losgeht?! Ich komme mir ein bißchen naiv vor, weiß aber, daß ich mir keine zweite Miete leisten könnte. Ich frage: Woher hatte denn die Raff ihr Geld? Größtenteils aus Banküberfällen, sagt Leander. Na, dann überfallen wir halt 'ne Bank! ruft Rieke, und ich weiß nicht, ob sie das ernst meint, und schon gar nicht, was ich dazu sagen soll. Lieber setze ich mich erst mal auf die staubigen Dielen. Rieke scheint mich zu einer Partie Grimassenpingpong herauszufordern, ich aber gehe darauf nicht ein. Dafür sagt Leander, er halte das für zu riskant. Die Banken sind heute viel sicherer als in den Siebzigern, sagt er, nachher fliegen wir dadurch noch auf, wäre doch blöd. Aber haben wir nicht alle Erspartes? fragt er, Omageld, Studienkonten? Diese Ansage bringt mich zum Lachen, meine Großeltern haben mir schließlich immer mal wieder was eingezahlt auf ein Sparbuch für mich, damit ich mir irgendwann einmal was leisten könnte, und jetzt sieht es so aus, als finanzierte ich damit meinen Weg in den Untergrund. Bin Laden hat Al Kaida auch privat finanziert, sagt Leander. Bin Laden ist immerhin Multimillionär! sage ich. Laß jetzt nicht den Geizhals raushängen, Bast, sagt Rieke und lehnt sich ans Fensterbrett. Laß ich ja gar nicht, sage ich, bloß warum sollten wir lauter Wohnungen anmieten, wenn wir nicht einmal gesucht werden? Wie kannst du dir da so sicher sein? fragt Leander. Okay, sage ich, des Pläneschmiedens allmählich müde, dann sollten wir aber endlich auch mal ein Anschlagsziel festlegen, den Tag und wer von uns was zu tun haben wird, welchen Fluchtweg jeder nehmen soll. Denn was nützen Verstecke ohne Fluchtwege? Mein Blick pendelt zwischen Rieke und Leander hin und her, bleibt dann jedoch an Rieke hängen. Die Meinung von Leander interessiert mich sowieso nicht sonderlich. Rieke öffnet den Mund, bleibt jedoch stumm. Heute in drei Wochen wird gewählt, sage ich. Also ist es noch ein bißchen zu früh für uns, sagt Leander, wenn wir morgen jemanden ausknipsen, wird das am Wahltag keine Rolle mehr spielen. Ja, schon, sage ich, trotzdem. Jetzt unterbricht mich Rieke, sagt: Wir müssen vorbereitet sein, da hat Bast recht, wir müssen uns anschauen, wie öffentliche Promireden ablaufen, da ist die Partei erst mal zweitrangig. Koch wird sicherlich nicht anders geschützt als Fischer. Zu Joschka kommen nur mehr, sage ich. Ihr habt ja recht, sagt Leander, aber unsere Logistik muß stimmen. Ich kann's langsam nicht mehr hören und bemühe mich dennoch, ruhig zu bleiben. Was nützt es uns, frage ich, total geheim zu tun, wenn wir den Mietwagen dann mit der Kreditkarte zahlen, die auf uns ausgestellt ist? Jetzt vermeide ich Riekes Blick, wo ich ihr doch versprochen hatte, darüber zu schweigen. Leander nimmt das allerdings lediglich zur Kenntnis, ohne sich irgendeine diesbezügliche Meinung anmerken zu lassen. Er läuft ein paar Schritte umher. Wir brauchen falsche Pässe, sagt er schließlich, das ist wahr, ich muß da mal wen fragen.

SPÄTER denke ich, wie das wohl sein wird, so mit einem falschen Paß: Mein Eintritt in die Illegalität. Derweil liege ich noch hier im Bett neben Rieke. Sie ist vorhin sofort eingeschlafen, die Anstrengungen des Tages, an dem wir Leander in den Untergrund geschickt haben, lassen keine Lustlücken frei; mehr als ein vages Angekuschel war nicht drin. Auch ich bin müde, einschlafen kann ich dennoch nicht. Da irrlichtern zu viele Fragen herum in meinem Kopf, da kann ich mich noch so oft drehen und wenden, mir vornehmen, nicht weiter daran zu denken, doch das Nichtdenken gelingt mir nie, daher auch jetzt nicht. Statt dessen frage ich mich, wie privat Rieke und ich überhaupt noch sein können, wenn das Politische zwischen unsere Körper kriecht, wenn unser Untertauchen dafür zu sorgen scheint, daß unser Zweisein kein Alleinsein mehr braucht, weil nichts passiert im Dunkel der Berührungen. Liebenden wird allgemein das Recht auf ein Versteck zugestanden, eines, in das sie sich hineinschmiegen dürfen und sich sicher sein können, von niemandem gesucht zu werden. Schließlich sind sie Liebende, denen muß man ein zwischenzeitliches Abtauchen zugestehen, und das nicht nur, weil die Deutschen immer weniger Kinder kriegen. Oder ist es schon – hallo Herr Präsident! –, ist das schon ein Verbrechen, ist das schon illegal? Sie haben den Deutschen Bundestag aufgelöst, Herr Präsident, und Rieke nimmt weiterhin die Pille. Es gibt so viele Gründe, gute Gründe, keine Kinder zu bekommen, wir studieren ja noch, wir bleiben noch eine ganze Weile jung, wir sind, das heißt wir werden, wir müssen, gib mir eine Waffe, zu Staatsfeinden werden, wären wir nicht zu sehr mit uns selbst beschäftigt. Logistik, ha! Logisch, Leander, die Logistik muß stimmen. Bloß ist das alles? Haben Baader und Meinhof und Ensslin tatsächlich nur Banken ausgeraubt, Autos geknackt und mit falschen Pässen Wohnungen angemietet und Kassetten mit Schreibmaschinengeräuschen vollgespielt, um ein bürgerliches Leben zu simulieren, unter dessen Oberfläche sie Feinde dieses Staates werden konnten, obwohl sie eigentlich nur eben daran gearbeitet haben? Für den eigentlichen Kampf gegen das System hatten die wohl gar keine Zeit mehr! Wenn das stimmt, dann können wir das auch. Ich weiß zu wenig darüber, und auch wenn ich nicht weiß, ob ich das wissen muß, weiß ich, es gibt da ein Buch, Luzie wollte es mir doch leihen. Was ist eigentlich mit Luzie, sollte ich sie nicht vielleicht mal anrufen? Sie weiß ja nicht, woher sollte sie es auch wissen, daß ich am Hinuntergehen bin. Und ich kann es ihr auch nicht sagen. Aber das Buch leihe ich mir von ihr. Ich rufe sie morgen an! Oder ist sie in Hamburg? Sie ist doch in Hamburg! Wird sich melden, wenn sie zurück ist aus Hamburg. Rieke aber ist da. Ihr warmer Körper, ihre weiche Haut unter meiner Hand, da paßt keine Politik mehr dazwischen. Meine Hand schaukelt sacht im Rhythmus ihres Atems. Ich laß mich forttragen davon. Hinaus aufs offene Meer. Ach, Hamburg, ach.

MITTWOCHNACHMITTAG. Zur Feier des Wetters hat Meier eine kleine Grillparty am Strand organisiert, mal was anderes. Ich jedenfalls war noch nie hier. Meier dagegen scheint seine halbe Jugend am Flughafensee verbracht zu haben. Jede Strandnische, die er, Rieke und ich begutachten, kann er mit einem einigermaßen einschneidenden Erlebnis verbinden. Hier war unsere Abiparty, erzählt er, da bin ich mit meiner ersten Freundin zusammengekommen, oh, Mensch, dort bin ich mal in 'ne Kanüle getreten, ich hatte echt Angst, Aids zu bekommen, war aber nicht. Die Erleichterung darüber ist ihm heute noch anzusehen. Wir drei sind die Vorhut und suchen nach einer geeigneten Stelle; schon weil wir grillen wollen, sollte man uns nicht gleich sehen können. Eine schwierige Aufgabe, denn es ist warm und sonnig, jeder Winkel scheint von Freizeitsüchtigen belegt zu sein. Wir finden trotzdem ein kleines Eckchen. Das liegt zwar im Schatten und geht recht steil hinab zum Wasser, der Sand ist auch sehr grau und nicht weiß wie an den anderen Badestellen, dafür sind wir allein hier. Die Fahrräder schließen wir an einer Stange an, die ein Schild mit der rot umrandeten Aufschrift trägt, daß es verboten ist, diese Uferstelle zu betreten, weil die Böschung abrutschen könnte. Rieke sagt: Das ist hier ja nicht gerade der ideale Platz, um nicht aufzufallen. Ach, macht Meier, wenn wir grillen, ist das Mißachten des Schildes auch egal. Rieke guckt fragend zu mir, ich zucke mit den Schultern, nehme meine Fahrradtasche und die Decke und gehe halb rutschend hinab Richtung Ufer. Tatsächlich können wir uns so postieren, daß wir vom Weg aus kaum sichtbar sind. Hoffentlich finden uns die anderen, sagt Rieke. Ich breite die Decke aus und setze mich. Schön hier. Der See ist viel größer als ich dachte. Hinter den dicht stehenden Bäumen auf der anderen Uferseite liegt der Flughafen Tegel, regelmäßig starten dort Flugzeuge. Meier zieht seine noch immer sehr neu wirkenden Docs aus. Dann öffnet er eine kleine Kühltasche und holt drei Biere raus. Du hast ja neue Docs, sagt Rieke, als sie sich neben mich setzt. Ja, sagt Meier, und sie scheuern immer noch wie Sau. Er setzt sich zu uns und öffnet die Flaschen, reicht sie an uns weiter. Wir stoßen an, trinken und fühlen uns wie am Meer. Rieke und Meier reden noch ein bißchen über die Probleme beim Eintragen von Doc Martens, daß man die erst einmal bezwingen müsse wie ein junges Pferd; ich aber lasse mein Gehör lieber schweifen, vernehme vereinzelte Planschgeräusche, deren Urheber nicht zu sehen sind, auf dem glatten See schwimmen nur ein paar Köpfe zwischen den Enten, Bleßhühnern und Schwänen. Im Hintergrund brummen die Flugzeugmotoren. Vermengt mit dem Grundrauschen der Großstadt erinnert es akustisch an das Brummen der Lausitz.

Ach, hier seid ihr! Toni, Steff und Luzie kommen die Böschung herab. Ich bin ein bißchen überrascht, weniger weil ich Luzie nicht erwartet habe, nein, sie hat eine neue Frisur, ziemlich kurz. Genial versteckter Platz, sagt Toni. Luzies Blick trifft mich. Mit Verzögerung gönnt sie mir ein Lächeln, na du, und mich beschleicht das Gefühl, daß sie böse ist auf mich, weil ich ihr nicht Bescheid gesagt habe. Doch wußte ich gar nicht, daß sie schon wieder in Berlin ist. Sie wollte sich ja melden. Luzie guckt zu Rieke, die gerade zwei Sechserträger Bier ins seichte Uferwasser stellt. Toni und Steff breiten eine zweite Decke aus, deren Karomuster paßt gut zu Tonis Rock oder gerade nicht, wenn sie sich draufsetzt, hebt sich das Karierte doch auf, gewissermaßen. Erst mal setzen sich aber nur Steff und Luzie hin. Toni bleibt stehen, stemmt die linke Hand in die Hüfte, guckt zum See und erkundigt sich nach dem Grill. Stimmt, sage ich, wo ist der eigentlich? Auf diese Frage hat Meier gewartet, er grinst und holt dann eine flache Verpackung aus dem Rucksack. Hier! sagt er. Unter unseren skeptischen, aber staunenden Blicken packt er ein Blechstück und einen Rost aus. Beides kann man mit ein paar Handgriffen in einen Minigrill verwandeln. Ist zwar nicht sonderlich groß, sagt Meier, aber fürs Guerillagrillen ideal. Guerillagrillen?! wiederhole ich und nicke dann anerkennend. Das Wort gefällt mir, die Idee dahinter sowieso. Meier stellt den Grill auf, und zwar hinter einen Erdvorsprung, von oben dürfte man den gar nicht sehen können. Dann schüttet er ein paar Kohlen hinein und bemüht sich, diese zum Brennen zu bringen. Während Toni, Steff und Rieke Neuigkeiten austauschen, frage ich Luzie leise, ob es ihr gutgeht. Sie nickt und guckt auf die Decke. Toni scheint verliebt zu sein, will aber nicht so recht darüber reden, und ich versuche, auch nicht weiter darauf zu achten. Ich schaue zu Luzie. Die sagt ohne aufzublicken: Ich hab Schluß gemacht mit Josh. Oh. Ich bin sprachlos. Die Distanz, sagt Luzie und faßt sich ins Haar. Ja, sage ich. Willst du ein Bier, Luzie? ruft Rieke. Warum nicht? sagt Luzie. Toni reicht es weiter, ich greife danach, öffne es und halte es Luzie hin. Danke. Wir stoßen an. Auf die Freiheit, sagt sie und grinst. Auf die Freiheit, sage ich, Freiheit ist immer gut. Sie sagt, es ist schwer, mit jemandem zusammen zu sein, mit dem man nicht zusammen ist. Kommt mir bekannt vor, sage ich. Luzie reibt sich mit der Handfläche über ein Knie. Wenn du das Gefühl hast, sagt sie, nicht mehr zu wissen, was er über das denkt, was du gerade machst, hast du ihn verloren oder er dich. Ich nicke und gucke dabei zu Rieke, die mit einem Stöckchen im Sand spielt. Sie und die anderen sind inzwischen beim Hurrican, der über den Süden der USA gefegt ist und unter anderem New Orleans verwüstet hat. Ganz schön heftig, sagt Meier. Im Fernsehen wurde eine überschwemmte Stadt gezeigt, es hätte auch in Indien oder so sein können, total das Notstandsgebiet. Die haben jetzt das Kriegsrecht verhängt, sagt Steff, um Plünderer zu stoppen. Da geht alles den Bach runter, sagt Meier, und Rieke sagt, nun würde auch die europäische Öffentlichkeit mal sehen, wie viele arme Leute es in den Staaten gibt. Die, die da ohne Strom und Trinkwasser in den Notunterkünften hocken, von den Toten mal ganz zu schweigen, die haben nämlich keine Autos. Was in den USA ja ein deutliches Zeichen ist, ergänzt Toni. Und, frage ich, ist das THW schon unterwegs? Luzie lacht auf: Das ist doch nicht die Dritte Welt, da müssen wir nicht helfen! Rieke will wissen, wie sie das meine. Also, ich hab den Kanzler gehört, sagt Meier. Was hat der denn gesagt? fragt Luzie, Mitgefühl läßt sich immer leicht aussprechen. Steff erzählt, daß sie vorhin im Radio gehört hat, Jürgen Trittin habe gesagt, die USA seien letztlich selber schuld an dieser Katastrophe. Das ist die Rache für Kyoto! ruft Rieke und lacht. Das ist nicht lustig, sagt Luzie. Rieke wird sofort wieder ernst, preßt ihre Lippen aufeinander und guckt so, als würde sie gleich zum Gegenangriff übergehen, da sagt Luzie, das Problem sei doch eher das Krisenmanagement und vor allem die Tatsache, daß sich die Regierenden in den USA einen Scheißdreck um die Unterprivilegierten scherten. Rieke nickt heftig mit dem Kopf, und mir kommt plötzlich dieser eine Satz in den Sinn: Deiche brechen richtig oder eben nicht. Ich würde mich nicht wundern, sagt derweil Steff, wenn denen das gar nicht mal so unlieb wäre. Was? Wir wollen wissen, wie sie das meint. Na ja, Steffs Oberkörper richtet sich auf, wenn das Wasser erst mal abgeflossen ist, kommen die Investoren, und für sozialen Wohnungsbau interessieren die sich bestimmt nicht. Das ist doch zynisch, sage ich. Sicher, sagt Steff, nur leider wahr, guck dir mal an, was gerade in Sri Lanka passiert, die Tsunamischäden sind beseitigt, aber die Fischerdörfer auch, jetzt können dort schicke Touritürme errichtet werden. Das kann doch nicht sein, sagt Rieke. Warum nicht? fragt Luzie, die Gerechten haben selten Geld. Dazu fällt niemandem mehr etwas ein. Dann sagt Meier, die Gerechten hätten immerhin noch genug Wurst übrig, wie viele soll ich rauflegen? Toni zieht eine Packung mit Tofuknackern aus der Tasche. Was die Leute heute so alles wegwerfen! sagt Meier. Spießer! sagt Toni und lacht.

Später fragt sich Rieke laut, wo eigentlich Leander bleibe. Vermutlich findet er uns nicht, sagt Steff. Geh ihn doch suchen, sage ich, und Rieke steckt mir ganz kurz ihre Zungenspitze entgegen. Wären wir allein, würde sie mich ›Blödmann‹ nennen. Jetzt sagt sie: Der findet uns schon. Und sie hat recht. Keine zwanzig Minuten später steht er bei uns. Es hat sich für ihn also bereits gelohnt, ein Handy anzuschaffen. Ihr wißt, daß das hier verboten ist? fragt er anstelle einer Begrüßung. Wenn schon, denn schon, sagt Meier. Man muß denen ja nicht eine Vorlage geben, murrt Leander. Setz dich erst mal hin, sagt Rieke, hier kommt bestimmt keiner. Leander setzt sich und kriegt ein Bier. Um ihn zu besänftigen, holt Meier einen verknautschten Zettel aus der Gesäßtasche. Hier, hab ich ausgedruckt, die Grilltips vom Berliner Senat, was man alles darf und wieviel man ansonsten zahlen muß. Ich frage nach den Preisen. Kleinere Verstöße kosten zwanzig Euro, sagt Meier, das geht doch noch. Wir stimmen zu, zu siebt wäre das wirklich kein Problem. Wenn du aber 'ne Grillgrube aushebst, sagt Meier, mußt du fünftausend berappen. Wer macht denn so was? fragt Toni. Ich sage: Die Türken im Tiergarten grillen ja auch ganze Hammel. Das ist übrigens auch verboten, man darf nur grillen, was auf den Rost paßt. Da könntest du Probleme kriegen, sagt Leander und deutet grinsend auf den Minigrill. Meier winkt ab. Wenn's drauf ankommt, sagt er, hätt ich auch einen Grill, auf dem man einen ganzen Schwan braten kann. Er zeigt auf drei Jungschwäne, die gerade unsere im seichten Wasser stehenden und bereits arg dezimierten Biervorräte begutachten. Rieke läßt sich von Meier den Zettel geben. Da ist auch der Plan mit den erlaubten Grillorten dabei, sagt er. Rieke guckt ihn sich an und fragt, warum wir eigentlich nicht im Görlitzer Park grillen. Gibt es im Görlitzer Park einen so herrlichen Platz wie diesen hier? fragt Meier und atmet theatralisch Abendluft ein. Dann fragt er Leander, ob er eine Wurst mag, die hier ist gerade fertig.

Später reden wir über Heinrich von Pierer. Irgendwer, wahrscheinlich Leander, hat ihn ins Gespräch gebracht. Der ehemalige Siemens-Chef soll Merkels wirtschaftspolitischer Berater werden. Ist das nicht der, der lieber im Ausland produzieren ließ, weil's billiger ist? frage ich. Leander sagt, von Pierer habe seine Laufbahn bei Siemens mit einem Rekordgewinn beendet. Der Profit des Konzerns ergibt sich im wesentlichen aus der gestiegenen Produktivität mit einer zahlenmäßig verringerten Belegschaft, erzählt er, Siemens ist Vorreiter im Kampf um unbezahlte Mehrarbeit. Das kann ja heiter werden, sagt Toni. Ach wieso denn? sagt Rieke, der Typ war doch schon unter Rotgrün Regierungsberater, oder? Leander nickt. Steff sagt, sie habe beim Hören der Nachrichten manchmal das Gefühl, als wäre Merkel schon Kanzlerin. Das stimmt, lacht Meier, aber bald können wir sie ja endlich abwählen. Allgemeine Heiterkeit. Nur Luzie sitzt mit einem Lächeln da und starrt einem abhebenden Flugzeug hinterher. Ich mag ihre neue Frisur. Das wird bestimmt noch ganz lustig, sagt Leander, dieser Kirchhof, Merkels Wunderwaffe, werde jetzt von der SPD benutzt, um die CDU als besonders unsozial darzustellen. Eben habe ich Schröder noch gehört, sagt Leander, wie er mit Kirchhofs Beispiel einer Sekretärin, die eins Komma drei Kinder hat und zu einem gewissen Prozentsatz verheiratet ist, auf dem Parteitag für größte Heiterkeit gesorgt hat. Auch wir lachen, wenn auch eher höflich.

Später wollen Steff und Toni gehen und packen ihre Sachen zusammen. Steff schaut zu Luzie. Die aber schüttelt ihren von der Dämmerung verdunkelten Kopf. Ich möchte unbedingt noch schwimmen, sagt sie. Spontan sage ich: Au ja!, und gucke schnell in Riekes Richtung. Die sagt, daß sie nicht könne. Na dann, viel Spaß noch! Steff und Toni steigen den Abhang hinauf. Leander sagt, er habe keine Lust zu schwimmen, und Meier meint, mit den vielen Würsten im Bauch würde er wohl untergehen. Dann eben nicht, ich habe sowieso meine Badehose vergessen, sage ich, was eine Lüge ist. Macht doch nichts, sagt Rieke, hier sieht euch schon keiner. Ich habe auch bloß ein Handtuch dabei, sagt Luzie und fängt an, sich auszuziehen. Ich fühle mich etwas befangen, Leander guckt mich auffordernd an, und so ziehe auch ich mich langsam aus. Unwillkürlich will ich mich wegdrehen, natürlich nicht wegen Rieke und auch nicht wegen Leander, es fällt mir generell schwer, mich vor anderen Leute auszuziehen. Vorm Sex ist es was anderes, da hat der nackte Körper eine Funktion, aber jetzt gehen wir baden, da ist an Sex gar nicht zu denken. Luzie faßt sich an den Kopf, als wollte sie ihr Haar hochstecken, dann bemerkt sie wohl, daß es ja gar nicht mehr so lang ist, und grinst in sich hinein. Einen Moment steht sie so da im Licht des verblassenden Tages, sie ist wirklich schön und ihr Busen größer als ich dachte und dabei noch so wohlgeformt; das Schamhaar hat sie auf einen zwei Finger breiten Streifen zurechtgestutzt. Sie zwinkert mir zu. Habe ich sie zu lange gemustert? Ready? fragt sie, dann rennt sie in den See, hu, kreischt sie, ist das kalt, und stürzt sich nach ein paar Metern ins Wasser. Ich folge ihr, ebenfalls rennend. Richtig schön hier! sagt Luzie. Sie hat ein Tempo drauf, auf die Dauer fällt es mir schwer mitzuhalten. Sie bemerkt es und wartet auf mich. Es ist schnell dunkel geworden, hinter den Bäumen auf der anderen Uferseite strahlt das grelle Licht des Flughafens, unsere Freunde dagegen sind kaum zu erkennen. Wäre Meier nicht noch dort, müßte ich jetzt wohl eifersüchtig sein. Andererseits bin ich gerade dicht neben der nackten Luzie, muß mir aber einen abstrampeln, um mich an der Wasseroberfläche zu halten. Geht's noch? fragt sie. Ja, ja. Nach dem Essen und mit Bier im Bauch sollte man wirklich nicht schwimmen, sagt sie; ihr selber merkt man allerdings keinerlei Anstrengung an. Notfalls kann ich dich retten, sagt sie, dann wäre mein Schein wenigstens zu etwas gut gewesen. Dann schwimmen wir zurück zu den anderen.

AM NÄCHSTEN MORGEN. Ich wache auf, Rieke liegt tief schlafend neben mir, das macht mich sogar ein wenig glücklich. Schön, daß es sie gibt. Immer, wenn ich mir nicht mehr sicher bin mit ihr, mit uns, dann passiert etwas, das mich wieder an eine Zukunft für uns beide glauben läßt. Und natürlich ist Sex nicht gleichbedeutend mit Liebe, aber so wie wir letzte Nacht gefickt haben, ficken nicht zwei, die sich auseinandergelebt haben oder wo sich ein Leander dazwischengelebt hat oder eine Luzie, die so schön ist, daß ich mich nach dem Schwimmen kaum noch getraut habe, sie anzugucken, obwohl es sowieso stockfinster war. Lieber habe ich Riekes Nähe gesucht und auch bald zum Aufbruch gedrängt, tschüß Luzie, wir sehen uns, bis bald, Leander, ist eigentlich alles okay, Meier, dann ist ja gut, oh, Rieke, ich bin so scharf auf dich. Es war das erste Mal während ihrer Tage, jedenfalls das erste Mal während der ersten Tage ihrer Tage, bis dahin hatte ich es immer seltsam gefunden, in ihrem Blut zu stochern. Ich weiß gar nicht, wieso eigentlich, so viel anders ist das gar nicht. Der Geruch vielleicht und, na ja, der Geschmack auch, doch irgendwie hat mir, als wir zwischendurch nebeneinanderlagen, ihr langsam an meinem Schwanz trocknendes Blut gefallen. Ihr aber wohl auch, sie meinte, das sei so, als hätte ich sie gerade entjungfert, und wo ich schon mal dabeibin, könnte ich doch auch gleich, denn wir sind jung, und wenn wir bislang guten Sex hatten, dann war das gerade die geilste gemeinsame Nacht, härter als sonst und gleichzeitig so zärtlich, da waren wir wirklich zusammen, miteinander vereint. Ich habe ihr Blut geleckt und ihren Arsch gefickt, in einer Nacht, die keiner von uns beiden beenden wollte, bis wir beinahe besinnungslos ineinander verschlungen einschliefen als glücklichstes Pärchen der Welt. Wir brauchen die Welt da draußen doch gar nicht, denke ich und denke Riekes mögliche Erwiderung gleich mit: Es ist die Welt, die uns braucht. Ich aber will nichts davon hören. Ich will nirgendwohin abtauchen, wo ich nicht jetzt schon bin. Sie schläft so schön. Ich begehre sie so sehr, ich könnte gleich wieder. Aber vorher will ich ihr ein Geschenk machen. Weil man das so macht, wenn man zusammen ist, das ist ganz normal, und so soll es werden, Rieke und Sebastian, das normalste Paar auf der ganzen Welt, über uns schreibt niemand Romane, selbst für einen Groschenroman wären wir zu gewöhnlich, und wenn ich manchmal zu oft an Luzie gedacht habe, dann habe ich falsch gedacht. Luzie ist nicht der Typ Frau, mit dem ein Typ Mann wie ich einfach so befreundet sein kann, und wenn ich jetzt an sie denke, dann sehe ich sie nackt, der schmale Streifen Schamhaar leuchtet in der Erinnerung wie ein Ladenschild, ich muß meine Gedanken ablenken, muß an Rieke denken, die hat da unten zwar kein Haar, ich fühle mich trotzdem eingeladen, ich könnte Rieke einfach wecken, sie mag so was, und für mich wäre es die beste Möglichkeit, Luzie wieder aus dem Arbeitsspeicher meines Gehirns zu verdrängen, doch jetzt habe ich etwas anderes vor, will Rieke anders überraschen. Ich springe auf, koche in der Küche Kaffee und bemale einen Zettel mit Liebesworten: Warte auf mich, es gibt auch Geschenke. In meinen Schuhen ist Sand vom Flughafenseestrand. Ich klopfe ihn ins Klo. Dann hole ich Schrippen und eine Tüte Schaumerdbeeren, die ich in Herzform rund ums Bett lege, dazu Frühstückstablett mit Zettel: Ich vermisse dich schon, bevor ich gehe, bin aber gleich wieder bei dir, hoffentlich reichen die Küsse aus Gelatine und Aromastoffen, bis ich wieder bei dir sein kann. Es gibt auch Geschenke.

Nicht viel später stelle ich mein Fahrrad vorm KaDeWe ab, direkt vor einem Schaufenster, weil ich keinen Fahrradständer sehe, aber das wird schon keiner wegtragen mitten auf'm Wittenbergplatz. Hier, wo zuletzt Roland Koch gegeifert hat und wo Kai seine Pfandflaschen der Polizei zu übergeben hatte, sieht es an diesem Freitagvormittag ganz friedlich aus. Die meisten Tische vor den Restaurants und Cafés sind unbesetzt, nur vereinzelt wird noch gefrühstückt. Angela Merkel lächelt mir von Plakaten zu, die sind tiefer angebracht als die der Konkurrenz, verkrampft wirkt sie trotzdem. Doch kümmere ich mich nicht groß darum, ich drücke lieber die schwere Glastür eines Seiteneinganges zum Konsumtempel auf. Vorbei an übermäßig gestylten Parfümeriefachverkäuferinnen, die davon leben, daß wir uns und unsere Mitmenschen schon lange nicht mehr riechen können, steuere ich die Rolltreppe an. Auf dem Weg in den ersten Stock werde ich von meinem Spiegelbild begleitet, auch wenn ich mir fremd vorkomme in dieser weißen Kapuzenjacke. Das ist gut. Wenn schon ich mich selber kaum erkenne, wird das anderen wohl nicht leichter fallen. Im ersten Stock ist gleich neben der Rolltreppe eine Tafel angebracht mit einer Art Inhaltsverzeichnis für das Kaufhaus von A bis Z. Solche Tafeln sollte es häufiger im Leben geben, denke ich, doch wenn man schon mal an einer vorbeikommt, sucht man gerade nur nach Unterwäsche. Denn genau wegen dieser bin ich hier, allerdings nicht für mich. Heute stehe ich nämlich hier als der normalste Mann der Welt, und der will der normalsten Frau der Welt das schenken, was sich normale Menschen anscheinend andauernd schenken, glaubt man dem Fernsehen oder irgendwelchen Illustrierten, damit ihr Sexleben mehr ist als normal. Normale Menschen haben neben ihrem normalen Leben schließlich noch ein Sexleben. Hier leben sie ihre gebrauchten, von anderen abgeguckten Phantasien aus. Und um sich der Außerordentlichkeit ihres Handelns stets bewußt zu sein, gibt es Reizwäsche, eine im Grunde überflüssige Angelegenheit, Bekleidung, die nur da ist, um ausgezogen zu werden. Oder ist das ein Klischee, auf das ich hereingefallen bin? Demnach hätte ich ja auch in einen Sexshop gehen können, wenn nicht sogar müssen, oder zu Karstadt am Hermannplatz, da ist damit sogar ein Schaufenster dekoriert. Aber ich möchte ja keinen auch im sauberen Zustand schmuddlig wirkenden Fetzen Verheißung erwerben, nein, mein von der Nacht noch nachbebender Körper hat in sich den Wunsch aufkommen lassen, mit etwas Geschmeidigschickem aus Spitze und Seide meine Gefühle für Rieke in einem für unser Verhältnis zueinander ungewöhnlichen Geschenk zu verstofflichen. Und so etwas nennt man auch nicht Unterwäsche, mit Schlüpfern und Slips läßt sich Lust gewiß nicht versinnbildlichen, schon gar nicht im KaDeWe. Unter ›U‹ findet man hier nur Uhren und wird dabei auch noch angerempelt. Ich stehe im Weg und finde auch keine Dessous, nur Damenjacken, Damenschuhe, doch dann - ich dachte schon, hier kaufen nur Damen ohne Unterleib ein -, Damenwäsche gibt es zwei Stockwerke über mir. Nun kann ich also dorthin auffahren, Rieke ein Geschenk zu kaufen, nein, nicht doch, egal was ich für welchen Preis erstünde, es wäre das Falsche. Um Rieke eine wirkliche Freude zu machen, als Geständnis meiner Liebe, darf ich hier nichts kaufen, ich muß es für sie klauen. Ein ganz normaler Mann bin ich also doch nicht, aber ich liebe ja auch eine Frau, die sich die Knarre von Andreas Baader in den Hosenbund steckt. Das ist ja fast schon wie bei Bonnie und Clyde, wobei ich den Film gar nicht kenne, es gab da aber mal ein Lied von den Toten Hosen, das lief eine Weile häufig im Radio, und an den Videoclip kann ich mich auch noch vage erinnern, komm wir rauben ein paar Banken aus oder einen Geldtransport. Ich mochte dieses Lied nie besonders, aber es ist von einer Eingängigkeit, die haftenbleibt, wir schießen zwei, drei, vier, fünf Bullen um, wir kümmern uns nicht drum, der Soundchip in meinem Kopf spult das fast vergessene Lied ab, unsre Liebe soll ein Sprengsatz sein, der ständig explodiert, und wir spielen Bonnie und Clyde. In meinen Blick schiebt sich, nein, es ist mein Blick, der hineingeschoben wird in eine Batterie wohlgeformter BHs. Sie hängen züchtig nebeneinander aufgereiht. Ich stehe am Absatz der Rolltreppe, unter mir eine bronzene Drei und vor mir nichts als Büstenhalter. Der Rest ist in ein strahlendes Weiß getaucht, hier wird hell ausgeleuchtet, was sonst im Verborgenen bleibt. Denn auch wenn Unterwäsche weder am Haken noch am Körper automatisch sexuelle Assoziationen wekken sollte, wirkt diese massive Ausstellung von Dessous irgendwie penetrant. Ich fühle mich befangen wie ein Sechzehnjähriger vor seiner ersten erotischen Begegnung, versuche aber, mir durch zwangloses Schlendern nichts anmerken zu lassen. Manche geläufigen Markennamen glänzen auf Schildern, andere Firmen produzieren wohl nur für untendrunter, weshalb ich deren Namen nicht kenne. Zwischen den Ständern stehen Frauentorsi aus bemaltem Kunststoff und tragen ausgewählte Teile zur Schau, was in mir den Eindruck bestärkt, Frauen würden hier auf bestimmte Körperteile reduziert werden, obwohl es ja eigentlich um etwas ganz anderes geht. Hier gibt es schließlich keine getragenen Slips für den perversen Mann, Männer haben an diesem Ort eigentlich nichts zu suchen, und auch ich komme mir vor wie ein Eindringling. Etwas hilflos bleibe ich vor einigen schwarzen Korsagen stehen, und mir fällt ein, ich weiß gar nicht, welche Größe ich wählen muß, jedenfalls nicht genau, mir entfällt ja sogar regelmäßig meine eigene Unterhosengröße, ich muß da immer nachgucken, wenn nicht die inzwischen üblichen Buchstaben von S bis XXL genügen. Das weitaus faszinierendere System hält zweifelsohne die Busenbemessung bereit, das ist schon höhere Mathematik. Rieke trägt 75B. Sie sagt, die meisten mitteleuropäischen Frauen trügen BHs mit 75B. Das paßt doch, der normale Mann klaut für seine normale Frau zwar etwas Außergewöhnliches, doch die Größe ist wenigstens durchschnittlich. Wobei Rieke mal meinte, sehr viele Frauen hielten ihren Busen für kleiner als er tatsächlich ist, während die dazugehörigen Männer lieber noch ein paar Zentimeter draufdächten. Nun ja, wir neigen ja wohl auch dazu, zu große Kondome zu benutzen, wenn wir sie benutzen, das habe ich jedenfalls mal gelesen. Und irgendwo steht bestimmt auch geschrieben, daß das ein weiteres Indiz für die Unvereinbarkeit der Geschlechter sei. Ich aber stehe im KaDeWe und will für meine Freundin etwas klauen, mit dem ich mich gar nicht auskenne. Ich taste mich vorsichtig voran, und es fühlt sich gut an, rein stofflich, doch gibt es keine gefühlten Größen, da müßte man schon Genaueres wissen. Doch was weiß ich schon? Ich bin nur ein normaler Mann. Und meine normale Frau hat zwar einen mitteleuropäisch genormten Busen, einen wunderschönen Busen, der sich so gut anfühlt, weshalb ich ihn so gerne berühre, und der so gut riecht, weshalb ich es liebe, meine Nase dazwischen zu stecken, in diese schönste aller Leerstellen, die die launenhafte Natur hat schaffen können, im allgemeinen und natürlich im besonderen bei Rieke, deren Körper sich nicht so ohne weiteres in Zahlen fassen läßt, jedenfalls nicht für mich. Ich weiß lediglich, daß sie einsfünfundsechzig groß ist, aber schon bei den Füßen hört es auf, irgendwas knapp unter vierzig, doch will ich ihr ja sowieso keine Schuhe kaufen. Ich muß an kniehohe Stiefel denken und gucke in einen der vielen hier hängenden Spiegel, um mich grinsen zu sehen. Wie wohl die anderen Männer Dessous für ihre Freundin aussuchen? Oder ist das bloß wieder so 'ne Medienbehauptung? Männer kaufen nicht nur Frauen, manchmal kaufen sie ihnen gleich noch die Wäsche dazu. Wahrscheinlich läßt Mann sich beraten, dahinten steht tatsächlich eine Verkäuferin bereit, die mich bereits mustert, ich falle wohl schon auf, vielleicht sollte ich lieber gehen, oh nee, sie kommt auf mich zu, ihre blondierten Locken sitzen fest wie ein Helm, da wippt nichts, auch nicht unter dem eisblauen Pullover. Noch könnte ich die Flucht ergreifen, das aber kommt nicht in Frage, weshalb ich mich fragen lassen muß, ob man mir behilflich sein kann. Nein, sage ich, danke, ich guck mich nur mal so um. Ach so. Die Verkäuferin nickt verständig und kann sich offenbar ein Grinsen nicht ganz verkneifen, ein beinahe anzügliches Grinsen, wie ich finde, vielleicht bilde ich mir das aber auch bloß ein. Trotzdem schicke ich einen Hinweis auf meine Freundin hinterher, nicht daß sie mir noch einen BH in meiner Größe aufzuschwatzen versucht. Immerhin, die Frau ist professionell, sie läßt sich nichts anmerken und fragt, ob ich an etwas Bestimmtes gedacht hätte. Nicht wirklich, sage ich, wobei, das hier, ich zeige auf so ein silbrig schimmerndes Teilchen, das wie ein samtenes Kettenhemd ausschaut. Die Verkäuferin nickt erneut, diesmal irgendwie anerkennend. Ein sehr schönes Stück, sagt sie, greift danach und befühlt es mit der freien Hand, wunderbar verarbeitet, es trägt sich ausgezeichnet. So genau wollte ich das gar nicht wissen, denke ich. Ich kann mir diese Frau, die wohl meine Mutter sein könnte, nur schwerlich in so einem Hemdchen vorstellen. Welche Größe hat denn Ihre Freundin? fragt sie. Vor dem Wort ›Freundin‹ macht sie eine Art Kunstpause und betont es dann auch so, als würde sie Riekes Existenz bezweifeln oder zumindest ihren Status in meinem Leben. Deshalb beeile ich mich zu antworten: 75B! Das ist hierbei nicht so wichtig, sagt die Verkäuferin, welche Konfektionsgröße hat denn Ihre – Kunstpause – Freundin. Ich gerate ins sprachlose Stottern. Ich bin ein Fisch im Sauerstofftank, ein Mann in der Damentoilette. Sie kaufen wohl zum ersten Mal Dessous?! sagt die Verkäuferin. Na ja, versuche ich mich herauszureden, sonst war sie immer dabei. Vielleicht sollten Sie noch mal mit ihr wiederkommen, sagt die Verkäuferin, und zwar so, als spräche sie zu einem Vollidioten. Gute Idee, denke ich, dann kann meine Freundin dich abknallen, blöde Blondbacke. Doch auf der Außenseite lächle ich lieber. Es soll eine Überraschung sein, sage ich. Wenn das so ist, sagt die Verkäuferin und hängt das Schimmerhemdchen wieder zurück, wie wär's mit einem Zweiteiler, da nützt Ihnen die Körbchengröße was. Sie deutet auf einen BH im Silberlook. Aber ich muß Sie warnen, sagt sie, die meisten Männer schätzen den Brustumfang ihrer Frau größer ein als er in Wirklichkeit ist. Ich nicke wie ein Experte. Und während die Verkäuferin vom Material des Büstenhalters schwärmt, hier, fühlen Sie mal, und ich ihn mit Daumen und Zeigefinger betaste, kommen mir ernsthafte Zweifel an meinem Plan. Ich müßte ja wohl doch eher vorgeben, etwas für mich kaufen zu wollen, um damit in die Umkleidekabine verschwinden zu können. Das kann ich wohl knicken. Erwäge kurz, das Teil einfach zu bezahlen und Rieke lediglich zu erzählen, ich hätte es unter schwierigsten Umständen den Klauen des Kapitalismus entwunden, da fällt mein Blick auf das Preisschild. Einhundertundsiebzig Euro allein für den BH! Das übersteigt nicht bloß mein Budget für einen bezahlten Diebstahl, sondern auch meine Vorstellungskraft. Verdammt, denke ich, wie komme ich aus dieser Nummer wieder raus? Die Verkäuferin guckt mich fragend an. Offensichtlich hat sie eine Frage gestellt. Ja? sage ich. Und? sagt sie. Äh, sage ich. Die Verkäuferin zieht ihre rechte Augenbraue hoch. Sie wissen die Größe nicht? sagt sie, jetzt wirkt sie regelrecht enttäuscht. Ach so, sage ich, 75B, das hab ich doch. Sie unterbricht mich. Wir sind inzwischen beim Slip, sie zeigt mir ein spitzenbesetztes Stück Stoff. Mittelgroß, würd ich sagen, sage ich, vielleicht auch eher klein, ich versuche mit den Händen die angenommene Breite von Riekes Hüften in der Luft zu umfassen. Die Verkäuferin wackelt mit dem Kopf. So kommen wir nicht weiter, junger Mann, ungefähre Größen finden Sie nur bei H&M und C&A und so, sie klemmt das Höschen wieder an einen Bügel, unsere Modelle sind exakt bemessen und könnten andernfalls kneifen, kommen Sie lieber wieder, wenn sie die richtigen Maße Ihrer Freundin wissen. Gucken Sie heimlich in ihre Slips oder versuchen Sie nachts, wenn sie schläft, die Breite ihrer Hüften mit einem Bandmaß zu messen. Die Verkäuferin zwinkert mir zu, ich aber bin sprachlos. Was gibt die mir denn für Tips? Das machen andere Männer auch, sagt sie und bewegt den Arm, als wolle sie mir eine Hand auf die Schulter legen. Gut, sage ich, stammle noch eine Art Dank und entferne mich so schnell es geht Richtung Rolltreppe. Beim Herabfahren sehe ich in den Spiegeln meine glänzende Stirn. Wenn Rieke wüßte, welchen Qualen ich mich für sie aussetze! Ein Damenwäscheberatungsgespräch ist eindeutig eine größere Mutprobe als ein Diebstahl bei H&M. Doch ob Frauen so etwas wertschätzen können? War 'ne blöde Idee, ihr Unterwäsche klauen zu wollen und das bloß, um ihr meine Liebe zu beweisen, als ob das bislang nötig gewesen wäre. Vielleicht machen Männer ihren Frauen solche Geschenke auch nur, um sie zu besänftigen, weil sie zu wenig Zeit für sie haben, denn irgendwo muß das Geld schließlich herkommen, um einen Einhundertundsiebzig-Euro-BH bezahlen zu können. Meine Währung wäre die illegale Aneignung gewesen, auch nicht besser, dabei habe ich doch genug Zeit. Meine Zeit ist nichts wert, und trotzdem ist sie mir teuer, und die, die ich mit Rieke verbringe, kostet das Doppelte. Doch statt dessen trödle ich durchs KaDeWe, beinahe selbstvergessen streife ich inzwischen an Ständern mit Damenoberbekleidung entlang, Blümchenkleider überall, nur riecht es hier kein bißchen nach blühenden Gärten, sondern bloß nach toter Materie. Wahrscheinlich könnte ich leicht mit so einem Kleid in eine der Kabinen huschen, warum soll nicht auch ein Mann so etwas anziehen dürfen, gerade jetzt, wo es wieder warm geworden ist. Mir wird die Sache langsam peinlich, so wird das nie was, und auch bei einem Kleid muß die Größe stimmen. Ich sollte heimfahren, vielleicht liegt Rieke ja noch im Bett. Ich könnte sagen, ich war Brötchen kaufen hat ein bißchen länger gedauert. Wenn sie mir das aber nicht abnimmt, weil sie doch schon länger wach ist? Nicht daß sie nachher falsche Schlüsse zieht! Ich muß etwas mitbringen, was Rieke zumindest ein kleines bißchen beeindruckt. Ich darf nicht mutlos den Tatort verlassen, ohne das getan zu haben, weshalb ich gekommen bin. Und wenn ich keine Dessous und keine Kleidchen klauen kann, dann wenigstens was für mich. Ich brauch doch sowieso mal wieder eine Jeans. Dann klau ich eben eine! Schatz, wo warst du? Ich war nur schnell einklauen. Jawoll, nichts leichter als das! So ein Kaufhaus schlägt potentielle Verluste doch sowieso gleich auf den Preis mit drauf, die Jeans, die ich heute mitnehme, ist längst schon verrechnet. Ich betrachte die Tafel neben der Rolltreppe, sie verweist mich auf ein Stockwerk tiefer, da fahre ich hin. Die haben hier ohnehin mehr als sie jemals verkaufen können. I never stole a scarf from Harrods. Jetzt kommt mir Marianne Faithfull in den Sinn. But if I did, they wouldn't miss it. So ist es doch! Ich finde auch gleich das, was ich suche, eine Fünfnulleinser. Ich wähle eine dunkelblaue mit der richtigen Zahlenkombination, dreißig vierunddreißig, bei Jeans ist das viel einfacher, das steht schon außen dran, da läßt sich bereits auf der Straße erkennen, wie lang die Beine und wie breit die Hüften der vor einem Gehenden sind. Interessant für Leute, die sich mehr für Körper als für Gesichter interessieren. Ich ziehe den Vorhang einer Kabine hinter mir zu, das Anprobieren erspare ich mir. Fabrikneue Jeans sind immer gleich, der Träger muß sie sich erst aneignen, sie zu seiner Hose machen. Wer auf Gebrauch getrimmte Klamotten kauft, hat nichts Besseres verdient. Ich setze mich auf den Hocker und hole das Buttermesser aus dem Rucksack. Der Diebstahlschutz sieht hier anders aus als der bei H&M, irgendwie kompakter, aber es gibt ja auch verschiedene Automodelle, und doch kann keines davonfliegen oder unter Wasser fahren. In diesem Ding scheint Flüssigkeit zu sein, das dunkle Plastik ist nämlich transparent, da schwimmt was drin, Farbe! Rote Farbe, was ist das denn für ein Diebstahlschutz? Die denken wohl, ich bin blöd und bekleckere mich mit dem Zeug! Dabei weiß ich doch schon seit der Grundschule, wie man Tintenpatronen aufschneidet, um den Inhalt dann gezielt zu verspritzen. Ich muß das Ding also vorsichtig auseinanderhebeln, das müßte zu schaffen sein, das wäre ja gelacht, ich setze das Messer an dem Spalt an und drücke es behutsam nach oben. Moment, ich habe schließlich eine Plastiktüte im Rucksack, um damit im Regenfall meinen Sattel abdecken zu können, nur regnet es nie, wenn ich das Rad abstelle, sondern stets später, aber jetzt kann ich sie gebrauchen, um meine Hose zu schützen, falls ich trotz aller Vorsicht Farbe verplempere. Ich setze das Messer also wieder an, der Spalt gibt nach, gleich hab ich dich, die dachten wohl, damit würden sie einen wie mich abschrecken, bloß bin ich ja nicht blöd. Und zack isses, ja, was ist das denn was soll denn das, wieso spritzt das denn so? Da war wohl Druck drauf! Zumindest ist jetzt alles bunt, verdammt, ey bis an den Spiegel ist die Farbe gespritzt. Wenigstens hatte ich die Tüte auf meine Oberschenkel gelegt. Trotzdem sehe ich aus! Ja, wie eigentlich, ich gucke in den bespritzten Spiegel und sehe einen, dem seine Jacke zu weiß war oder trägt man so was etwa nicht jetzt im Herbst, sollte man H&M mal vorschlagen oder hier, sozusagen als Eigenproduktion, nur hilft mir das gerade nicht weiter, ich bin schließlich der begossene Pudel, der bunte Hund, und die Hose ist auch im Arsch, voll eingesaut, auch das kalkulieren die bestimmt in den Preis mit ein, ich aber kann so auf keinen Fall die Kabine verlassen, scheiße, sogar mein Rucksack hat was abbekommen, von meiner linken Hand mal ganz abgesehen. Die Patrone habe ich vor Schreck fallen gelassen, so daß auch was auf meine Schuhe gespritzt ist. Die Hose kann ich also gleich hierlassen und die Jacke am besten auch, ist doch egal, ich mochte die ohnehin nicht, und ehe die merken, daß es hier 'ne Farbexplosion gab, sitze ich schon längst auf meinem Sattel, was für 'ne doofe Idee, verdammt, verdammt. Ich rolle die Jeans in die Jacke und stopfe beides erst in die Tüte und diese dann unter den Hocker, auf dem ich sitze. Ich erhebe mich, schiebe die Patronenteile mit dem Fuß unter die Klamotten, die Rotspur ist nicht zu vermeiden, aber letztlich auch egal. Der große Flatsch auf dem Spiegel ist viel auffälliger. Ich packe das Messer, es hat überhaupt keine Farbe abbekommen, zurück in den Rucksack und setze diesen dann auf. Jetzt bloß nicht in Panik geraten. Ich betrachte meine linke Hand. Vor allem der Daumen ist ziemlich rot. Ich ziehe den Vorhang ein Stückchen zur Seite. Scheint gerade niemand hier zu sein. Ich stecke die bunte Hand in die Hosentasche und schlüpfe hinaus, damit der Vorhang eher geschlossen ausschaut, sonst fällt die eingefärbte Tüte ja sofort auf. Ich mache mich auf den Weg zur Rolltreppe. Nicht zu schnell, Mist, hier fährt alles nach oben, ich muß auf die andere Seite, ist ja nur ein Stockwerk und dann durch die Kosmetikabteilung, das Fahrrad steht gleich links neben der Tür. Ich betrete die Rolltreppe nach unten, laufe die Stufen herab, dränge mich an Touristen mit Plastiktüten vorbei. Ich kann ja schon mal den Schlüssel in die Hand nehmen. Noch folgt mir niemand. Das glaube ich zumindest. Wer kann schon abschätzen, ob er wirklich verfolgt wird? Wo aber ist mein Schlüssel? Ich bin unten angekommen. Meine Brille ist verschmiert. Vielleicht haben auch die Gläser ein paar Spritzer abbekommen. Aber mein Schlüssel, wo ist mein Schlüssel? Ich muß meine Schritte verlangsamen, um besser in den Hosentaschen wühlen zu können. Oder ist er im Rucksack? Nein, verdammt, so eine Scheiße, ich habe ihn in die Jackentasche gesteckt, er ist bestimmt in der Jackentasche! Ich drehe um, zurück zur Rolltreppe, ach, verdammt, die fuhr ja nur runter. Wo muß ich hin? Es ist Wahnsinn, ich kann da nicht zurück, es ist unmöglich, sollen die doch meinen Schlüssel finden, es steht ja kein Name dran, blöd bloß, daß Haus- und Wohnungsschlüssel mit dabeisind. Ich höre eilige Schritte. Ich kann sie nicht orten. Ich drehe mich wieder um. Und ich fange an zu rennen. Remple Leute an, egal, Hauptsache raus hier, eine Durchsage beginnt, ich höre gar nicht auf sie, ich will nur raus, die zwei Stufen runter, vorbei an meinem Fahrrad, zu Hause habe ich noch einen Ersatzschlüssel, ich renne Richtung Ampel, die schaltet gerade auf Rot, dann sehe ich den Bus, da steigen gerade noch Leute ein, ich laufe zu ihnen, der Busfahrer nickt mir zu, er will meine Karte gar nicht sehen, die Tür schließt sich hinter mir. Wir fahren los. Atemlos laß ich mich auf einen Sitz fallen.

Nicht viel später bin ich wieder zu Hause, Rieke aber nicht. Jedenfalls macht sie nicht auf, als ich klingle. Verdammt, warum konnte sie denn nicht warten? Die Haustür ist zwar offen, aber an der Wohnungstür ist Schluß. Ich klingle. Ich klopfe. Ich rufe. Rieke, mach auf, ich bins! Zwecklos. Und dann ist auch noch mein Akku alle. Was für ein Tag! Draußen ist schönstes Wetter, doch ich habe bei einem mißlungenen Klauversuch meine Schlüssel verloren, mein linker Daumen ist rot, und meine Freundin ist weggegangen, weil sie vielleicht sauer ist auf mich, bloß warum, wir hatten geilen Sex, ich habe ihr Frühstück neben das Bett gestellt, und das mit den Erdbeeren hätte ihr eigentlich gefallen müssen. Was da wohl los ist? Ich würde sie gerne fragen, kann sie bloß nicht mal anrufen, weil mein Telefon keinen Saft mehr hat, weshalb ich auch ihre Nummer nicht habe, so daß mir auch der Apparat von Herrn Schmitz nichts nützen würde. Der Typ beobachtet mich doch garantiert schon durch den Türspion. Ich gebe auf und trotte die Treppe hinab. Wo nur steckt

Rieke? Eigentlich überflüssig, diese Frage zu stellen, heute bleibt mir nichts erspart, jetzt muß ich wohl also zu Leander fahren. Ich zögere das aber noch ein bißchen heraus, indem ich unschlüssig auf der Straße herumstehe. Vielleicht kommt Rieke ja doch gleich zurück. Ich bedauere, Nichtraucher zu sein. Könnte ich nun nämlich eine Zigarette anzünden, käme ich mir nicht so sinnlos vor hier auf dem Gehsteig vor meinem eigenen Haus. Wer steht schon auf Gehsteigen herum, mittags und ohne Beschäftigung?! Ich weiß nicht einmal wie spät es ist, denn seitdem ich stets ein Telefon in meiner Tasche habe, brauche ich keine andere Uhr mehr. Habe ich jedenfalls gedacht. Oh Strom, du Geißel der Menschheit! Schräg gegenüber sitzen zwei Typen in einem parkenden Auto. Ist auch nicht viel besser, als auf der Straße herumzulungern, besonders bei diesem schönen Wetter. Was tun die da drin? Sie haben nicht mal die Scheiben runtergekurbelt. Man sitzt doch nicht bei Sonnenschein im stehenden Auto! Worauf warten die denn? Verdammte Scheiße, denke ich, ich weiß, auf was die warten. Die sind wegen mir hier! Sie wissen Bescheid. Nur jetzt keine Panik schieben. Und bloß nicht hingucken. Ganz ruhig, Sebastian, du redest dir das nur ein. Vielleicht wurde Rieke verhaftet, kann doch sein, das würde erklären, warum sie nicht da ist. Bloß wieso wurde sie verhaftet? Wir haben doch nichts verbrochen! Jedenfalls noch nicht. Wir sind nur manchmal mit Leander zusammen. Ob sein Verschwinden schon aufgefallen ist? Werden wir deshalb observiert? Sollen wir sie zu Leanders Versteck führen? Ich spüre meinen Herzschlag bis in den Hals. Ich bin aufgeregt. Ich setze mich in Bewegung, wage es aber nicht, mich umzudrehen. Die müssen ja nicht mitbekommen, daß ich sie bemerkt und durchschaut habe. Ich muß etwas ganz Normales tun. Ich könnte einkaufen gehen. Das wäre doch gut, ich muß sowieso ein paar Sachen fürs

Wochenende besorgen. Blöd bloß, daß ich nicht in meine Wohnung komme. Wenn ich nur wüßte, was mit Rieke ist Vielleicht ist es sowieso besser, nicht zu Hause zu bleiben man wird ja nicht gerne beobachtet. Ich muß sie abschütteln. Folgen die mir eigentlich? Ich verzichte aufs Umdrehen, höre aber das Motorengeräusch eines langsamen Autos. Ich bleibe stehen, dann müßte es an mir vorbeifahren Ich könnte mir einen Schuh neu zubinden. Ich stütze meinen Fuß auf einer Treppenstufe zu einem Hauseingang ab Tatsächlich biegt ein Auto an der nächsten Ecke nach links Es ist graublau. War das Auto von den Typen nicht auch graublau? Ich bin mir nicht sicher, in was für einem Auto die beiden Männer saßen, es war ein älteres Modell, so wie das hier eben, das könnten sie gewesen sein. Ich gehe weiter, biege jedoch um die andere Ecke. Dann kann ich zum Kotti laufen und mit der U-Bahn zu Leander fahren Falls Rieke wirklich bei ihm ist. Ich höre Schritte hinter mir. Vielleicht ist der Beifahrer ja ausgestiegen. Ich betrachte die Schlagzeilen der vor einem Kiosk ausgehängten Zeitungen und Illustrierten, ohne sie wahrzunehmen, weil ich viel zu sehr damit beschäftigt bin, die Schritte zu orten Sie sind nicht mehr zu hören, aber ich sehe einen Mann auf der anderen Straßenseite stehen und sich eine Zigarette anzünden. Ich gehe weiter und versuche dabei, mir den Mann noch einmal anzugucken. Er trägt dunkle Kleidung und eine Sonnenbrille, darunter wächst ihm ein Schnauzbart. Möglich, daß er in dem Auto gesessen hat. Ich fange an, schneller zu gehen, nicht eilig, nur eben mit erhöhtem Tempo. Soll er mich doch verfolgen, er wird mich verlieren, denn jetzt sehe ich einen Bus, ich bin nicht weit von der Haltestelle entfernt, nun fang ich doch an zu rennen zum Bus sprinten, das geht gerade so noch als normales Verhalten durch, auch wenn ich das eigentlich verachte, es ist so unwürdig, und es ärgert mich, daß ich heute schon zum zweiten Mal rennen muß, bloß nur so werde ich meinen Verfolger los, wenn mich denn jemand verfolgt. Ich besteige den Bus, zeige dem Fahrer mein Semesterticket und gehe nach oben, lasse mich auf eine Bank fallen und halte Ausschau nach dem Mann mit dem Schnauzbart, kann ihn aber nirgends entdecken.

ETWAS SPÄTER stehe ich vor Leanders Tür. Zuerst will er mir nicht öffnen, er reagiert nicht einmal, doch als ich mehrmals seinen Namen rufe und daß ich es bin, höre ich den Schlüssel im Schloß, und dann steht Leander vor mir, bekleidet ist er nur mit einer Unterhose. Er zieht mich hinein, wirft noch einen kurzen Blick ins Treppenhaus, dann schließt er die Tür. Bist du verrückt, sagt er, meinen Namen durchs ganze Haus zu brüllen, was willst du überhaupt hier? Ich frage nach Rieke, und angesichts von Leanders spärlicher Kleidung bin ich froh, daß sie nicht hier ist. Da er keinen großen Schrank hat, kann ich mir auch jeglichen Eifersuchtsquatsch ersparen. Ich habe meinen Schlüssel verloren, sage ich, während sich Leander was überzieht. Ungünstig, sagt er. Ja, sage ich, vor allem blöd, ich hatte gehofft, Rieke wäre vielleicht hier. Warum hast du sie nicht angerufen? fragt Leander. Mein Akku ist alle, sage ich, kann ich mal dein Telefon benutzen? Leander nickt, scheint zu suchen. Dann besinnt er sich, fragt ein zweites Mal, ob ich verrückt sei. Wir wollten uns doch nur noch per Telefonzelle anrufen, erinnert er mich an unsere Abmachung. Wir könnten schließlich nicht wissen, ob die Handys von Rieke und mir bereits abgehört werden, was ich für Paranoia gehalten habe, aber seit eben bin ich mir da nicht mal mehr so sicher. Vielleicht kommt sie noch, sagt Leander, soll ich Kaffee kochen? Ich nicke. Was hast du eigentlich mit deiner Hand gemacht? fragt er, während er seine beiden Tassen auswäscht, warst du Parolen pinseln? Das scheint Leander sogar scherzhaft gemeint zu haben. Ich mühe mir ein paar Lacher ab, sage: So in etwa, ich wasch mir mal die Hände. Offenbar interessiert sich Leander nicht weiter für mein Malheur, denn er drückt mir die Spülmittelflasche in die Hand und macht am Waschbecken Platz. Über dem schmutzigen Geschirr, zwei Tellern, einem Glas und etwas Besteck, seife ich meine linke Hand ein. Auf meiner Brille ist auch was, doch das ist nicht so wichtig, und auch die Kleckse auf meinen Schuhen fallen wohl nicht weiter auf, das Problem ist die Farbe an meiner Hand, und die ist sehr hartnäckig. Leander löffelt derweil Kaffeepulver in die Tassen. Ich habe keinen Zucker, sagt er. Macht nichts, sage ich. Leander hebt den Wasserkessel an, und ich ziehe meine Hände weg vom Wasserstrahl, damit er den Kessel befüllen kann. Ich habe übrigens über diesen Reinhard nachgedacht, sagt er und gibt den Hahn wieder frei. Wer ist Reinhard? frage ich, während ich mir meinen nach wie vor roten Daumen erneut einseife. Dieser Lehrerarsch, du weißt schon. Leander schraubt den Deckel auf den Kessel und stellt ihn auf den Herd, dann entzündet er die Flamme. Ach, sage ich, der! Jetzt weiß ich wieder, bislang haben Leander und ich stets vermieden, über unsere Rückreise aus Wolkenberg zu sprechen. Was der wohl mit deiner Tasche gemacht hat, sagt Leander. Hab ich dir das nicht erzählt? sage ich so gleichgültig es geht. Du hast ihn noch mal gesehen?! Leander wird lauter. Nein, er hat mir lediglich die Tasche vor die Tür gestellt, sage ich, fand ich eigentlich ganz nett. Und warum erzählst du mir davon nichts? fragt Leander, irgendwie ziemlich außer sich. Ich weiß nicht, sage ich, hab wohl die Gelegenheit verpaßt oder vielleicht einfach gedacht, ich hätte es dir gesagt. Leander beginnt, in der Küche umherzulaufen, das hat was von einem Tiger, nur daß Tiger allgemein größere Käfige haben. Er hat also deine Adresse, sagt Leander. Ja, sage ich. Mir ist nicht klar, was daran so schlimm ist, immerhin hat er mir meine Sachen zurückgebracht. Leander stöhnt beim Laufen, einmal schlägt er vorm Richtungswechsel mit der Faust gegen die Wand. Was war da drin? will er von mir wissen. In der Tasche? sage ich, Klamotten halt, Zahnbürste, Rasierer. Sonst nichts? Nö, sage ich, das heißt noch so 'n Buch aus der Bibliothek für meine Hausarbeit. Du schreibst 'ne Hausarbeit? Leander bleibt mitten in der Küche stehen, das Wasser im Kessel brodelt bereits. Okay, sagt Leander, das ist eher unverfänglich, aber, er setzt seinen Tigergang fort, als würde er so besser nachdenken können. Nach zwei weiteren Runden stellt er sich neben mich, legt mir eine Hand auf die linke Schulter und schaut mir über die rechte beim Farbabrubbeln zu, inzwischen versuche ich es mit der rauhen Seite des Schwammes. Deine Adresse, sagt er dann, woher hatte Reinhard deine Adresse? Die steht auf so 'nem Schild, sage ich, hat man doch meistens bei Gepäckstücken. Leander gibt einen Brummton von sich, er denkt nach. Deshalb wußten sie, wo du wohnst, sagt er schließlich mehr zu sich als zu mir, läßt mich los und läuft weiter. Die Farbe an meinem Finger wird blasser, das Wasser im Kessel brodelt stärker. Wovon redest du? frage ich und schaue zu ihm. Nur 'ne Vermutung, sagt Leander und macht eine abwinkende Geste, fandst du's nicht auch merkwürdig, wie schnell uns jemand mitgenommen hat? Weiß nicht, sage ich, ich trampe nicht so oft. Es war mir nicht sofort klar, sagt er, dann aber diese Lieder, das kann doch alles kein Zufall gewesen sein. Du meinst? sage ich, und der Kessel beginnt zu pfeifen. Leander ignoriert das. Er sagt: Ich hab dann ja alles getan, um rausgeschmissen zu werden. Das Pfeifen wird immer lauter. Ich drehe den Wasserhahn zu und gehe zum Herd, um das Gas abzustellen. Das ist doch unlogisch, sage ich dann, wenn der auf uns angesetzt war, hätte er uns nicht rausgeschmissen! Ich fange an, das Wasser in die Tassen zu gießen. Leander bleibt stehen. Möglicherweise hast du recht, sagt er, obskur ist es trotzdem. Du meinst, wir sind in Wolkenberg beobachtet worden? sage ich. Ich weiß es nicht, sagt Leander, die Sache mit dem Nachbarn macht mich so skeptisch. Welchem Nachbarn? frage ich und halte ihm eine der Tassen hin. Leander nimmt sie mir ab. Na, diesem Typen, du weißt schon, der mit den Katzen! Er schlürft etwas Kaffee. Den, den du so angeschrien hast? frage ich. Ja, sagt Leander und verzieht das Gesicht, das war vielleicht ein bißchen überreagiert. Tatsächlich? sage ich, erspare mir aber jeglichen weiteren Kommentar, bringt ja nichts. Ich kann Leander allerdings beruhigen, der Typ hat die Sache bestimmt längst vergessen. Rieke ist wohl noch bei ihm vorbeigefahren und hat sich entschuldigt, Leander sei ziemlich krank, da müsse man Rücksicht nehmen, und er solle das lieber nicht ihrer Mutter erzählen. Mir hat sie gesagt, Winfried habe das geschluckt. Leander sage ich lieber nicht, daß Rieke ihn quasi für verrückt erklärt hat, sie hat es ja auch nicht so gemeint. Leander schlägt vor, ins Zimmer zu gehen, und so setzen wir uns mit unseren Tassen auf den Fußboden. Aber sonst ist alles in Ordnung bei dir, fragt Leander, doch noch bevor ich mich über sein unerwartetes Interesse an meinem Befinden wundern kann oder vielleicht über meinen bunten Daumen reden müßte, hakt er nach, will wissen, ob ich mich noch immer sicher fühle. Und wenn es mir auch nicht paßt, weiß ich sofort, was er meint. Ich nehme erst mal einen Schluck Kaffee. Nein, das ist klar, Leander gegenüber sollte ich lieber nicht über das graublaue Auto reden und auch nicht über den Schnurrbartmann, ich will, daß ich mir das alles bloß einbilde. Dieser ganze Reinhardquatsch hat mir wieder gezeigt, daß hier was schräg läuft, ich kann mir nicht vorstellen, daß die uns von Wolkenberg nach Drebkau bis zur Autobahn beobachtet haben, um uns dann einen Lehrer mit einer Leonard-Cohen-Kassette vorbeizuschicken, ach ja, und Marianne Faithfull, von der ich damals ja noch gar nicht wußte, daß sie ein Lied für Ulrike Meinhof gesungen hat, das ist schon unheimlich. Nein, sage ich zu Leander, alles ganz normal, dabei achte ich jetzt viel mehr auf Merkwürdigkeiten, und wie du uns empfohlen hast, fahre ich auch unvorhersehbarer. Vorhin zum Beispiel bin ich spontan in den M41 gestiegen, der kam gerade, und am Halleschen Tor in die U1. Du bist gar nicht mit Fahrrad hier? fragt Leander, der aufgrund meiner Ausführungen einen zufriedenen Eindruck macht. Nein, sage ich, meine Schlüssel. Ach so, Leander nickt, ja. Wir trinken und schweigen. Riekes Abwesenheit beunruhigt mich. Es bringt doch nichts zu hoffen, daß sie hier vorbeikommt, wenn sie vielleicht wirklich verhaftet worden ist. Glücklicherweise wechselt dann er das Thema. Vorhin wurden wohl neue Umfrageergebnisse bekanntgegeben. Demnach liegt die CDU jetzt bei dreiundvierzig Prozent, die SPD bei zweiunddreißig und die anderen drei bei jeweils sieben oder acht Punkten. Die SPD holt auf! sage ich. Na ja, sagt Leander, ihnen fehlen elf Prozent. Sonntag ist doch Kanzlerduell, sage ich, da wird Schröder bestimmt punkten. Leander winkt ab. Glaubst du wirklich daran? sagt er, das ist an sich nur noch Medienblabla, die Leute wissen doch längst, was da und auch wie es gesagt wird. Er gucke sich den Quatsch nicht an, das sei so lächerlich, genauso wie die sogenannte Elefantenrunde am Wahltag. Wo man doch Politiker wirklich nicht mit Elefanten gleichsetzen kann, sagt Leander, schließlich wird Elefanten ein gutes Gedächtnis nachgesagt. Mich bringt das zum Lachen. Wenn die wenigstens anständig diskutieren würden, sagt Leander, beim Duell jetzt, wenn die wirklich nachdächten über das, was der Gegner sagt, abgesehen davon, daß der auch nur das wiederholt, was er schon tausendmal palavert hat, weißt du, ich hab mal was von einem Präsidentenduell in den USA gelesen, aber zu Zeiten von Lincoln, also vor hundertfünfzig Jahren oder so. Da gab's noch nicht so hohe Einschaltquoten, sage ich dazwischen. Ja, Leander lächelt sparsam, nur Livepublikum, und das mußte sich erst mal eine dreistündige Rede des Herausforderers anhören. Oha! mache ich. Das Publikum war bestimmt durch danach, sagt Leander, deshalb hat Lincoln die Leute erst mal zum Abendessen heimgeschickt, damit sie sich anschließend gestärkt anhören konnten, was er zu erwidern hatte, das hat dann übrigens vier Stunden gedauert. Ist ja wie bei Fidel Castro, sage ich, der redet doch auch ohne Ende. Das würd ich mir sogar noch reinziehen, sagt Leander, Castro gegen Merkel oder vielleicht besser Castro gegen Fischer, damit's nicht zu einseitig wird. Wie da wohl die Wahl ausgehen würde? sage ich. Leander lacht, anstatt zu antworten. Dann sagt er: Ob es überhaupt noch einen Wahlausgang geben wird? Wir leben doch schon längst in einer Umfragedemokratie, meint Leander, ständig neue Zahlen, als würde tagtäglich gewählt werden, weshalb unpopuläre Maßnahmen ausbleiben. Das müssen wohl wir erledigen, sage ich. Der Tod ist auf jeden Fall ein starkes Argument, sagt Leander, das stärkste, das mir bekannt ist. Immerhin holt Schröder ja wirklich auf, sage ich. Jetzt feiern sie bereits, daß sie über dreißig Prozent liegen, sagt Leander. Wenn ich Schröder so im Fernsehen sehe, sage ich, habe ich das Gefühl, er hat vergessen, daß er der Kanzler ist, er macht doch Wahlkampf gegen seine eigene Politik. Tja, sagt Leander, der Bundesgerd ist schon eine tragische Figur, erst stimmt er bei der Vertrauensabstimmung gegen sich, was ja nicht gerade für ein starkes Selbstvertrauen spricht, und dann geht alle Welt sowieso davon aus, daß Merkel und Westerwelle die Wahl gewinnen. Und hier kommen wir, sagt er und ballt die Faust, wir knipsen den aus, der als Kanzler ohnehin nicht mehr zu halten ist, dessen Ermordung aber die Leute dazu bringen wird, ihre Meinung zu ändern. Also Schröder! sage ich. Sie folgen damit zwar eher ihren Emotionen, sagt Leander, aber das tun sie sonst ja meistens auch beim Wahlgang, hier in unserer Gefühlsdemokratie. Besser als eine gefühlte Demokratie, sage ich. Na ja, Leander kratzt sich am Kopf, das eine schließt das andere nicht aus. Was ich mich jetzt nur frage, sage ich und verstumme. Was? fragt Leander. Nun, sage ich und zögere, weil mir klar ist, daß die Sache mit der Sympathie für die Attentäter schon etwas heikel ist, aber es muß ja noch mal thematisiert werden. Sie werden uns hassen, sage ich. Wer? fragt Leander. Na, die anderen, sage ich, die Leute, die aufgrund des Mordes die SPD wählen. Leander grinst. Weil wir sie dazu gebracht haben, SPD zu wählen? fragt er. So weit denkt sicher keiner, sage ich, das wäre wahrscheinlich sogar besser für uns, so jedoch sind wir für sie bloß feige Mörder. Leander zuckt mit den Schultern. Damit werden wir wohl leben müssen, sagt er, wenn wir es denn überhaupt überleben. Dann steht er auf, geht aus dem Raum, schließt eine Tür. Für einen Moment überlege ich, ob er die Wohnung verlassen hat, aber er ist wohl aufs Klo gegangen. Und ich sitze hier, trinke einen Schluck Kaffee mit viel Satz und denke über das von Leander zuletzt Gesagte nach. Wenn wir es denn überhaupt überleben. Das ist doch Wahnsinn! Das ist doch unsinnig, denn was habe ich davon? Du darfst nicht fragen, was das Land für dich tut, sondern was du für das Land tun kannst, jaja, hat nicht sogar Schröder so was mal gesagt? Er stirbt für Deutschland, damit könnte ich leben und ja, bestimmt auch damit, für so eine Tat gehaßt zu werden, am besten allerdings unerkannterweise.

Zu sterben, das ginge mir nämlich zu weit, viel zu weit. Es fällt mir ohnehin schwer, den Tod als Tatsache zu akzeptieren, er findet in meinem Leben nicht statt, glücklicherweise. Ich habe schon Menschen verloren, aber die leben weiter. Ich will nicht, daß Rieke stirbt. Und auch Leander soll nicht sterben. Allein die Vorstellung, einer von beiden könnte nicht mehr da sein, treibt mir Tränen in den Blick. Nur wie ist es, wenn ich selber stürbe? Vor allem wäre das schade irgendwie. Das Leben macht ja insgesamt durchaus Spaß, ich brauche da auch gar keine extreme Anerkennung, Zuneigung reicht vollkommen. Mir ist bewußt, daß dieser Spaß irgendwann vorbei sein wird, obwohl ich es nicht akzeptieren mag, und dann bin ich eben tot, das kann mir eigentlich egal sein. Ich habe keine Angst davor, allerdings will ich nicht für eine Idee sterben, denn so gut ist keine Idee, und auch Überzeugungen können wechseln, endgültig ist eben nur der Tod. Für die Liebe zu sterben ist eine reizvolle romantische Vorstellung, bloß eine blöde, weil man so ja nichts mehr hat von der Liebe, das käme nun mal dem Tod dieser Liebe gleich, selbst wenn es nicht dasselbe ist, und obwohl es mir schwerfiele, würde ich trotzdem lieber ungeliebt weiterleben, als als Geliebter damit aufhören zu müssen, immerhin blieben mir die Erinnerungen, was der Erinnerungslosigkeit eindeutig vorzuziehen wäre. Ich will noch nicht sterben. Es muß doch möglich sein, jemanden zu töten und dennoch mit dem Leben davonzukommen. Wir sind keine Selbstmordattentäter. Wir agieren nicht aus Haß, sondern aus Liebe. Das hat Leander gesagt, aus Liebe zu unserem Land, das war doch so, ich könnte ihn jetzt fragen, denn er tritt aus der Toilette. Wie und wann bekennen wir uns dann eigentlich zu unserer Liebe? will ich von ihm wissen. Welche Liebe? fragt Leander. Na, du hast schließlich gesagt, wir tun das alles vor allem, ich stocke, daß es uns um Deutschland geht, meintest du das nicht neulich? Kann sein, sagt Leander. Unsere Tat, sage ich, brauchen wir nicht ein Bekennerschreiben? Leander steht weiter in der Raummitte und guckt auf mich herab. Wozu soll das gut sein? fragt er. Die Raff hatte Bekennerschreiben, sage ich. Damit Ulrike Meinhof auch eine Aufgabe hatte, sagt Leander, gab's zum Mord eben noch ein passendes Manifest, dabei muß die Tat an sich schon das Manifest sein, es muß klarwerden, wer dahintersteckt. Uns kennt nun mal niemand, sage ich. Was vielleicht auch gut ist, sagt Leander, unser Anschlag leitet zunächst einmal in die Irre, das würde wahrscheinlich keiner verstehen, wenn wir einen Linken killen und sagen, wir sind selber links. Man muß es ihnen eben erklären, sage ich. Du denkst zu logisch, sagt Leander, wir gehen aber psychologisch vor, dieser ganze Erklärmirdaskram, er hebt theatralisch die Arme, das ist so weißerosemäßig, da könnten wir ja gleich Meier als Schriftführer dazuholen. Warum eigentlich nicht? sage ich, dabei ist mir doch längst klar, daß es besser ist, Meier aus der Sache rauszuhalten, besser für ihn. Trotzdem soll mir Leander ruhig seine Sicht der Dinge darlegen, mal wieder. Der beugt sich nun zu mir herab. Wörter sind unnütz, sagt er, die einen kapieren's auch so, die anderen wollen gar nicht verstehen oder sie überlesen das Entscheidende. Leander macht ein paar Schritte Richtung Fenster und sagt, man könne ja gleich so was wie einen Mordblog führen, reinschreiben, was wir gerade unternehmen, ich glaube, er lehnt sich ans Fensterbrett, das ist weniger riskant, als am Telefon darüber zu sprechen. Wie auf's Stichwort klingelt daraufhin sein Handy, es liegt im Regal schräg über mir. Ich springe auf. Nicht abheben! sagt Leander, guck erst auf die Nummer. Unbekannter Teilnehmer, sage ich und reiche Leander das Gerät. Jetzt starrt er aufs Display. Das könnten sie sein, er betont das ›Sie‹ unheilvoll. Es könnte aber auch Rieke sein, fügt er hinzu. Nein, sage ich, Rieke unterdrückt doch ihre Nummer nicht. Wenn, dann riefe sie aus einer Zelle an, sagt Leander und läßt es weiter tüdeln. Da entreiße ich ihm das Telefon. He, sagt Leander. Ich wende mich von ihm ab und nehme das Gespräch an, hallo? Ja, ich bin's! Das ist Rieke, ich bin erleichtert. Rieke! rufe ich. Bast, fragt sie, bist du das? Ja, sage ich, endlich, wo hast du gesteckt? Ich? sagt sie, ich habe mir Sorgen gemacht, wo du bleibst. Ist das Friederike? fragt Leander, sag ihr, sie soll mal die Wumme mitbringen. Ich sage es ihr, dann beende ich das Gespräch, bis gleich. Weißt du, sagt Leander, nachdem er eine Weile aus dem Fenster geschaut hat, die Raff hat die Fehler der Weißen Rose begriffen. Mich interessiert, was er damit meint. Beides waren von ihrem Tun überzeugte Gruppen junger Menschen, erklärt er, die den anderen begreiflich machen wollten, in was für einem Schweinesystem sie gelebt haben. Aber die einen haben lediglich Manifeste geschrieben, während die Raff. Genau das war ihr Fehler, unterbricht mich Leander, wenn schon Manifeste, dann mußt du sie mit einem ordentlichen Getös veröffentlichen, damit die Leute da auch Notiz von nehmen. Ich denke, sage ich, die verstehen das sowieso nicht. Ja sagt Leander und läßt sich auf den Teppich fallen, deswegen hat das ja auch keinen Sinn, aber wenn es dir um Aufmerksamkeit geht, um einen Abdruck in der Presse, und zwar in allen Blättern, dann mußt du vorher jemanden killen.

Wenig später ist Rieke dann endlich da. Sie strahlt mich an, ich schließe sie in die Arme oder sie mich, wir küssen uns, als hätten wir einander für Ewigkeiten nicht gehabt, dabei spüre ich in der Berührung mit ihr noch das Nachglühen der vergangenen Nacht. Leander kann davon nichts wissen, er hält sich zurück, obwohl in ihm etwas ganz anderes glüht, wenn nicht gar brennt, die Frage nach dem, was ich bereits fühle beim Aneinanderquetschen unserer Körper, dieses Ding, das heiße Eisen, das so kalt unter ihrem T-Shirt steckt, natürlich hat sie es dabei und sogar etwas zu essen, drei Döner, der vertraute Duft strömt aus der Tüte, die Rieke Leander in die Hand gedrückt hat, um mich besser bestürmen zu können, das versöhnt mich sofort wieder mit dem Tag, was war ich dumm, einen Liebesbeweis aus Textil und Risiko beschaffen zu wollen, wo doch feuchtwarme Küsse schneller in die Knie gehen können als eine halbe Flasche Schnaps. Unsere Gesichter entfernen sich im Zeitlupentempo voneinander, so können wir beim Lächeln konkurrieren, bis Leander es wagt, mit einem Räuspern die eine Frage einzuleiten, doch kommt ihm Rieke zuvor, indem sie ihm die Tüte wieder entreißt. Ich hab vielleicht Kohldampf, sagt sie und geht ins Zimmer. Und so beantworte ich die ungestellte Frage in Leanders offenen Mund hinein, ja, sie hat sie dabei, ich klopfe mir mit flacher Hand auf den Bauch, was natürlich ein bißchen gemein ist, weil es meine Befühlhoheit betont. Nebenan bleiben Rieke und mir die konspirativen Blicke, während wir uns gegenübersitzend die Gesichter in die Brotdreiecke stecken, aus denen Fleischschnipsel, Kraut und Zwiebeln quellen, uns das Fett an den Fingern entlangläuft und an den Wangen klebt, schmatzend und grinsend und mit Gewißheit gleichzeitig an was ganz anderes denkend. Leander gibt derweil auf und gesellt sich zu uns, doch noch im Kauen kann er es nicht abwarten, über die Knarre zu sprechen, um die er sich in letzter Zeit gar nicht mehr gekümmert hatte. Wißt ihr, sagt er nun, ich denke hier ja viel nach, ist halt so, wenn man nicht so recht rauskommt, da hat man Zeit, und jetzt hab ich mir gedacht, die Wumme, das ist ja gefährlich, so ein Ding mit sich rumzutragen, Leander stockt, wohl weil Rieke kichert, da mir was Weißes an der Nase klebt, Kohl wohl. Hört mir doch mal zu, sagt Leander. Tun wir doch, sagen wir. Hier ist die Knarre echt sicherer, sagt Leander, der es gerade schwer hat, gegen unser Turteln mit viel Sosse anzukommen. Tapfer spricht er weiter, und obwohl ich hauptsächlich damit beschäftigt bin, mit Rieke Grimassenpingpong zu spielen und dabei das Kauen nicht zu vergessen, entgeht mir nicht Leanders Litanei, wo das doch seine Pistole sei oder vielmehr die seines Vaters und wenn der wüßte, daß Rieke damit rumlaufe, und ich denke: Was wohl der Baader dazu sagen würde, wäre er nicht tot? Und dann frage ich mich tatsächlich zum ersten Mal, ob das nicht vielleicht die Waffe ist, an deren Schuß Baader verreckt ist, wage es aber nicht, das laut auszusprechen, nicht jetzt, nicht beim Essen. Und irgendwann hat selbst Leander genug geredet und widmet sich seinem Döner. Schließlich knüllt Rieke ihre fettige Serviette mit der Alufolie zusammen und guckt Leander eine Weile beim Essen zu. Richtig hungrig sieht er nicht aus, zudem erwidert er Riekes Blicke ungeduldig. Nach einer Weile beschmatzten Schweigens, wobei das Schmatzen wohl eher aus meinem Mund kommt, ich esse langsamer als sie, und Leander kaut kaum noch, sagt Rieke ›nein‹, allerdings freundlicher formuliert. Du hast sie mir doch anvertraut, sagt sie, das hat mich sehr geehrt, ehrlich jetzt, nur verstehe ich nicht, warum ich nun. Leander unterbricht sie. Ich muß mich eben verteidigen können, sagt er, fast schon flehend. Und ich nicht? fragt Rieke, du hast es doch gut hier in deinem Versteck, bist aus der Schußbahn, keiner weiß, wo du bist; dagegen Bast und ich, wenn sie wirklich nach dir suchen. Du glaubst mir nicht? fragt Leander. Ich glaube dir schon, sagt Rieke, aber die wissen nicht, wo du bist, während Bast und ich, ist doch so, Bast, nicht? Sie zwinkert mir zu. Ja, sage ich, heute morgen, da war ich mir gar nicht mal so sicher, ob nicht. Ich breche das Sprechen ab, so erstaunt gucken mich die beiden an.

Leanders offenstehender Mund ist voller Halbzerkautem. Du hast sie gesehen? fragt Rieke mit großen Augen. Ich sehe sie noch jetzt, die Sonnenbrille, den Schnauzbart, das graublaue Auto, aber ich sage es nicht, nein, was nützt uns die Panik? Vielleicht habe ich mich ja geirrt, vielleicht werde ich wahnsinnig, was sollen die auch gerade mich beobachten oder uns, bloß weil wir eine alte Pistole haben, mit der wir bislang nur auf ein Kätzchen geschossen haben? Auch so etwas, worüber man nicht sprechen kann. Weil ich aber sprechen muß, sage ich, ich hätte mir da bloß was eingebildet. Ja, sagt Rieke, mir geht's genauso manchmal, man macht sich da was vor, alles sieht plötzlich voll verdächtig aus. Sie lächelt, doch beruhigen kann mich das nicht gerade, Rieke fühlt sich also auch verfolgt. Oder wird sie das? Und ich? Sind wir ins Fahndungsraster gerutscht? Ihr werdet also beschattet, sagt Leander, und da willst du mir immer noch nicht die Knarre geben, Friederike, wo ja wohl klar ist, daß es denen nur um mich geht, und ich verkrieche mich hier im letzten Loch, und ihr führt sie in euerm Leichtsinn trotzdem direkt hierher, vielen Dank auch! Leander wirkt zornig, ich finde, dazu hat er keinen Grund. Wir haben sie nicht zu dir geführt, sage ich daher, hey, wir fahren tausend Umwege, schlagen zig Haken, wenn sie uns wirklich verfolgen, dann verlieren sie uns. Leander beachtet mich gar nicht, unentwegt starrt er in Riekes Richtung, den Döner in seiner Hand hat er offenbar auch vergessen. Gib mir die Wumme! sagt er, das ist meine Wumme, ich will sie zurück! Seine Stimme ist leise, aber bestimmt. Eigentlich müßte er jetzt wie Gollum krächzen: Mein Schatz, das ist mein Schatz! Was hast du da gesagt? Leander guckt jetzt doch zu mir. Ich frage mich, ob ich eben wirklich was gesagt habe. Nein, sage ich, nichts. Und ob, sagt Leander, du hast Gollum gesagt. Tatsächlich? Ich bin ein bißchen erstaunt. Denke ich inzwischen laut? Rieke sieht sogar ein bißchen belustigt aus. Das ist mir nur so rausgerutscht, sage ich. Nur so rausgerutscht? Leander läßt nicht locker. Gollum, faucht er, dieser Krüppel aus dem Herrn der Ringe oder was? Rieke gluckst. Mein Schatz, flüstert sie ein bißchen heiser. Das soll wie der Filmgollum klingen. Und ich muß lachen. Ihr macht euch über mich lustig, sagt Leander verärgert. Nein, sagen wir, müssen jetzt aber beide lachen. Da springt Leander auf, in der Hand weiterhin das angebissene Fladenbrot, aus dem nun etwas Salat rieselt. Ich finde das echt nicht in Ordnung, Friederike, sagt er zu Rieke, du hast gar kein Recht dazu, mir das Ding nicht zurückgeben zu wollen, das ist meine Knarre. Mein Schatz! äfft Rieke nach und grinst. Hör sofort auf damit! schreit Leander, das ist nicht lustig. Das finden wir nicht ganz so, die Situation ist irgendwie absurd. Ich versuche, mir das Lachen zu verkneifen, Rieke wohl auch, aber als sich unsere Blicke treffen, rutscht mir doch ein leises Nachprusten heraus, weshalb auch ihr ein paar Kiekser entfahren. Leander steht nun zwischen uns, unschlüssig, es scheint, er ringt nach Worten, ausgerechnet er, sein Kopf ist rot, und der halbgegessene Döner in seiner Hand macht das Ganze auch nicht besser. Das merkt Leander wohl auch. Mit einem Mal brüllt er: Verdammt!, und pfeffert das Brot ins Regal schräg über Riekes Kopf. Dort bleibt es liegen, weitgehend leer, und auf den Teppich hat sich eine Art Einflugschneise aus Rotkraut- und Weißkohlstreifen, Zwiebelringen, Gurken- und Tomatenwürfeln sowie Fleischfetzen gebildet. Spinnst du? Rieke springt auf, schüttelt sich Kram vom Kopf und klopft sich die Klamotten ab. Viel hat sie aber nicht abbekommen. Ich will die Knarre! sagt Leander erstaunlich ruhig, fast schon flüsternd. Schrei mich nicht an, sagt Rieke in ähnlich gedämpfter Lautstärke. Für einen Moment beglotzen sich die beiden reglos, dann verläßt Rieke das Zimmer. Leander greift nach ihr, will sie aufhalten, doch ich bin inzwischen auch aufgestanden und ziehe ihn an seinem Hosenbund zurück, dränge ihn zur Seite und folge Rieke, nicht ohne im Flur meinen Rucksack zu greifen. Ich knalle die Tür hinter mir zu und folge meiner Freundin auf den Hof. Leander lehnt sich aus dem Fenster. Ihr Schweine, ruft er uns nach, Verräter, das könnt ihr nicht machen! Wir beeilen uns, ins Vorderhaus zu kommen. Draußen, auf der befahrenen Straße, ist von Leander nichts mehr zu hören.

Wir laufen zunächst schweigend und mit einigem Tempo zur nächsten Haltestelle, aber Leander folgt uns wohl nicht, also können wir hier ruhig auf den Bus warten, indem wir uns die Zeit mit Berührungen vertreiben, allerdings sehr gemäßigten. Rieke muß sowieso erst mal rauchen. Er ist seltsam drauf, sagt sie ein paar Züge später beim Rauchausatmen, er ist überlastet. Wovon? frage ich, er tut doch nichts. Du hast ihn ja gehört, sagt sie, er verläßt die Wohnung kaum und denkt viel nach, zu viel vielleicht. Gestern waren wir am See, sage ich. Zählt nicht, sagt sie. Außerdem, sie zieht an der Zigarette, vielleicht ist ja doch was dran, du hast eben schließlich auch gesagt, daß. Das war nichts, unterbreche ich sie, ich winke ab, sage: Ich bilde mir da auch schon sonst was ein, bloß weil Leander sich verfolgt fühlt. Meinst du, das ist Quatsch? fragt Rieke. Er steigert sich da in etwas hinein, sage ich, nimm nur Karen. Die Arme, sagt Rieke, die ist völlig fertig. Ach echt? sage ich. Rieke nickt. Sie ruft mich ständig an, sagt sie, will wissen, wo Leander ist, will ihn treffen und macht sich Vorwürfe. Ich glaube, sie sollte froh sein, daß ihr das Theater erspart bleibt, sage ich. Rieke läßt den Kippenrest auf den Boden fallen, tritt darauf herum. Sie preßt die Lippen zusammen, steckt die Hände in die Hosentaschen, vollführt leicht schwankende Bewegungen mit dem Oberkörper und sagt: Vielleicht tät sie ihm ja ganz gut. Ich glaube das nicht. Wenn er was von ihr wollte, sage ich, würde er sie nur in die Geschichte mit reinziehen, so dominant wie er ist. Rieke zieht die Nase kraus, nickt. Schon wahr, sagt sie, eine Beziehung mit Leander wäre auch das letzte, was ich mir vorstellen könnte. Rieke boxt mir sanft in den Bauch. Dann kommt der Bus. Oben ist nicht so viel los, wir setzen uns trotzdem nebeneinander auf eine Bank. Ich lege meinen Arm um sie, und sie lehnt sich an meine Schulter. Wo warst du eigentlich? fragt sie. Ach, sage ich, frag lieber nicht. Und meine Geschenke? Riekes Augen leuchten. Leider muß ich sie enttäuschen. Kommt später, sage ich, ist doch nicht so einfach. Sie gibt mir einen Kuß, vielleicht zwei, drei, viele Küsse, so leicht läßt sich das nicht zählen. Wo bist überhaupt du gewesen? frage ich irgendwann. Lenk nicht ab, sagt Rieke, ich war kurz zu Hause, weil ich wußte, daß weder Freddie noch Karen da sind, das wollte ich ausnutzen. Ich könnte Rieke zwar noch fragen, wieso sie so etwas weiß, dann aber erreicht unser Bus Bahnhof Zoo, Endstation, bitte alle aussteigen. Dein Handy war aus, sagt Rieke beim Hinabsteigen, sonst hätt ich dir Bescheid gesagt.

DANN sind wir in meiner Straße. Es fühlt sich komisch an, hier entlangzugehen, wo ich mich vorhin noch verfolgt gefühlt habe. Hand in Hand nähern wir uns der Haustür wie ein verliebtes Pärchen, und wir sind ein verliebtes Pärchen, aber uns fehlt die Ruhe und Gelassenheit von zwei Verliebten. In der U-Bahn habe ich Rieke kaum angeschaut, um mir die Gesichter der anderen Fahrgäste einzuprägen, in ihnen vielleicht einen Agenten auszumachen, doch das dürfte ziemlich unmöglich sein, das sind schließlich Profis. Jetzt gucke ich nach den parkenden Autos. Sitzt irgendwo jemand drin? Ich sehe niemanden. Parkt irgendwo ein graublaues Auto? Ja, dort, das könnte es gewesen sein, aber da hinten steht noch eins, und jetzt biegt sogar eins um die Ecke. Aussichtslos. Oder kommen sie da etwa? Ich bleibe stehen, ohne es zu wollen. Rieke fragt, was los ist. Gar nichts, sage ich. Es ist ja auch nichts. Am Steuer saß eine grauhaarige Frau, die hat nicht mal ungefähr in unsere Richtung geschaut. Dann im Hausflur, ich bitte Rieke, den Briefkasten zu öffnen, er enthält fast nur Werbung, die wandert gleich in die Müllkiste. Der Rest ist Rechnung, zwei Umschläge, die mir Rieke lächelnd in die Hand drückt. Sie meint, ich solle ruhig die Schlüssel nehmen, ist ja deine Wohnung, ich aber winke ab. Die Tür soll sie aufschließen. Wir hätten was einkaufen sollen, sagt Rieke, als wir beide schließlich irgendwie unschlüssig in der Küche stehen. Ich bin satt, sage ich, doch das stimmt gar nicht, meinen Dönerrest hat vielleicht Leander inzwischen aufgegessen, es sei denn, er ist zum Schmollen auf sein Hochbett gekrochen. Ich jedenfalls würde an seiner Stelle sauer sein auf Rieke und mich, obwohl das natürlich ungerechtfertigt ist. Immerhin haben wir noch ein paar von den Erdbeeren, sagt sie und hebt eine vom Fußboden auf, fand ich gut die Idee. Ich mache den Mund auf, und Rieke steckt mir das Ding hinein. Ich will sie schon küssen, da sehe ich das auf dem Tisch liegende Telefon und erinnere mich an das in meiner Tasche. Beide sind schnurlos, doch das eine ist für zu Hause und das andere für unterwegs, Festnetz und Funk, ohne Akku funktionieren beide nicht, das Netzteil fürs Handy liegt auf dem Kühlschrank neben dem Radio, ich stöpsle es ein. Rieke schneidet derweil eine Saftpackung an. Was machen wir jetzt? fragt sie mich. Vielleicht sollten wir es besser ohne ihn durchziehen, sage ich. Von wem sprichst du? fragt Rieke und setzt sich mit dem Glas auf die Tischkante. Leander, sage ich. Was denn ohne Leander? Rieke guckt mich groß an, du meinst, unseren

Plan?! Irgendwie klingt sie fast empört. Du hast ihn doch selbst erlebt, sage ich, er ist doch. Ziemlich durcheinander, setzt Rieke meinen Satz fort, das wird aber nicht besser, wenn wir ihn ignorieren. Wir müssen ihn ja nicht ignorieren, sage ich, oder ausschließen, darum geht's gar nicht, nur die Sache mit dem Döner. Rieke nickt. Deswegen geb ich ihm ja auch nicht die Waffe, sagt sie. Du meinst also, wir sollten? frage ich und nehme ihr das Glas aus der Hand, um einen Schluck davon zu trinken. Es alleine tun? setzt Rieke meinen Satz fort. Sie nickt mit zusammengepreßten Lippen und rutscht dann vom Tisch. Wir werden sehen, sagt sie und nimmt mir das Glas wieder ab, auf jeden Fall dürfen wir ihm nicht das Gefühl geben, ausgeschlossen zu sein. Nein, nein, sage ich. Leander ist zu allem fähig, sagt sie, ich fürchte, da schaltet sich manchmal was aus bei ihm. Kann sein, sage ich. Wo hast du eigentlich deinen Schlüssel verloren? fragt Rieke, und was ist überhaupt mit deinem Finger? Auf diesen Themenwechsel bin ich nicht vorbereitet, dabei mußte ich damit rechnen. Auch wenn ich die linke Hand so oft wie möglich in der Hosentasche hatte, muß sie das doch schon bei der Begrüßung gesehen haben. Ich weiß nicht, wo der Schlüssel ist, sage ich. Bist du den Weg noch mal abgelaufen? fragt Rieke. Sie steht im Türrahmen und lehnt sich nun dagegen. Ja klar, ich weiß auch nicht, sage ich. Du mußt es der Hausverwaltung melden, sagt sie. Wieso denn? sage ich, die Tür ist doch immer offen. Und dein Fahrradschlüssel? fragt Rieke. Richtig, sage ich, ich wollte den zweiten suchen. Du warst mit dem Rad unterwegs? fragt Rieke. Ja, sage ich, langsam ärgert mich diese Fragerei. Warum so unwirsch? fragt sie, wo warst du eigentlich? Ich wollte dich überraschen, sage ich. Ich war doch bei dir, sagt Rieke. Mit Geschenken, sage ich und ziehe die Kramschublade auf, da ist alles mögliche drin, Schnüre, Schießgummis, eine Glühbirne, die wahrscheinlich gar nicht mehr funktioniert, irgendwelches Zeug aus Überraschungseiern, die Schlüssel zu den Zimmertüren und auch noch irgendwelche mehr, doch der zu meinem Fahrradschloß sieht anders aus, vorausgesetzt, er gleicht dem, den ich bislang genutzt habe, was ich mal annehme. Du hörst mir nicht zu, sagt Rieke. Ich suche meinen Schlüssel, sage ich. Schrei doch nicht, sagt Rieke. Was willst du denn? frage ich. Mann!, jetzt schreit aber Rieke, ich wollte lediglich wissen, wo dein doofes Fahrrad steht. Sie dreht sich um, geht über den Flur ins Zimmer und knallt die Tür zu. Na toll, denke ich, ist ja jetzt nicht der beste Moment, drüben weiter nach dem Schlüssel zu suchen. Daß ich nicht weiß, wo er überhaupt sein soll, macht die Sache nicht gerade besser. Schlüssel, die ich nicht brauche, kommen eigentlich immer in diese eine Küchenschublade. Wahrscheinlich habe ich keinen zweiten Schlüssel für das Schloß an meinem Rad, das immer noch vorm KaDeWe steht und das nicht einmal irgendwo festgeschlossen ist, weshalb es sich ohne weiteres forttragen ließe. Da kann ich ja noch froh sein, daß der Wittenbergplatz ein relativ hochfrequentierter Ort ist, wobei man sich nie sicher sein kann, ob es die Menschen juckt, wenn jemand mit einem offensichtlich fremden Fahrrad unterwegs ist, dessen Hinterrad mit einem Schloß fixiert ist. Es ist ein gutes Schloß, ein Bügelschloß mit Marmor oder was weiß ich, das steht da irgendwie drauf, es ist jedenfalls nicht so leicht zu knacken. Mit anderen Worten, ich werde es auch nicht aufbrechen können, schon gar nicht auf dem Wittenbergplatz. Ich muß es also erst einmal wegbringen, vor allem bevor jemand anderes das tut, doch dunkel sollte es schon sein, im Dunkeln sehen die Leute weniger genau hin, immerhin wird es inzwischen wieder früher dunkel, fünf, sechs Stunden werde ich aber auf jeden Fall noch warten müssen. Und dann muß ich jemanden finden mit einem Auto, mit dem man mein Fahrrad transportieren kann, denn in die U-Bahn möchte ich damit nun wirklich nicht steigen. Ich nehme das Telefon vom Küchentisch und lasse Meiers Nummer wählen. Wenn der mir nicht helfen kann, wer dann? Meier hebt sofort ab, schon im ersten Freizeichen. Er fängt auch gleich an zu sprechen. So geht das nicht weiter, sagt er und klingt dabei irgendwie aufgewühlt, du machst mich krank, ich kann diese Spielchen nicht mehr ertragen, das ist echt Psycho! Wovon redet der bitte? denke ich, und bevor er weiteres unverständliches Zeug sagen kann, sage auch ich mal was: Alles frisch bei dir? Das wirkt, Meier verstummt. Basti, bist du das? fragt er. Wen hast du denn erwartet? frage ich, erahne allerdings bereits die Antwort. Du weißt schon, sagt Meier. Ich dachte, das wäre aus, sage ich. Das dachte ich eigentlich auch, sagt Meier, sie ruft trotzdem immer wieder an, und dann fühlt es sich wieder so gut an und, ach, ich weiß auch nicht. Weil ich erst recht nicht weiß, was ich dazu sagen soll, sage ich gar nichts. Dafür spricht Meier jetzt von Seelenverwandtschaft. So was findet man nun mal nicht alle Tage, sagt er, da fällt es schwer, alles gleich aufzugeben, das meinen wir beide, am Glück muß man arbeiten, ist doch so, und Liebe muß ja nicht immer gleich Sex nach sich ziehen, Geschwister lieben sich schließlich auch, und wo wir beide Einzelkinder sind, so quasi jedenfalls, sie hat keinen Kontakt mehr zu ihrer Family, deswegen dachten wir, wir könnten wie Bruder und Schwester im Geist zueinanderstehen, seelenverwandt eben, und das war toll, doch die Anziehungskraft, also, das war fast schon Inzest, Meier lacht ein bißchen, und ich weiß immer noch nicht, was ich dazu sagen soll, was ihm aber wohl ohnehin nicht so wichtig ist, nur habe ich eine schmollende Freundin im Nebenzimmer, meine Schlüssel beim Klauversuch im KaDeWe verloren, mein Fahrrad wartet nur darauf, von jemandem mitgenommen zu werden, und ich würde gerne dieser Jemand sein. Meier würde auch gerne ein Jemand für jemand anderes sein, und während er davon spricht, wie gut es sich anfühlt, einem eigentlich fremden Menschen etwas zu bedeuten, knallt eine Tür ziemlich ausdrucksvoll ins Schloß. Meier bringt das nicht aus dem Redeschwall, und es hat auch nicht bei ihm geknallt, nein, das war auf meiner Seite der Leitung. Ich springe auf, die Tür zum Wohnzimmer steht offen, alles noch da, Bett, Stuhl, Tisch und Gewühl, nur Rieke fehlt. Natürlich könnte sie im Badezimmer sein, doch glaube ich das selber nicht, schon weil die Schlüssel für Haus- und Wohnungstür und Briefkasten auf dem Tisch liegen. Bist du noch dran? fragt Meier in mein rechtes Ohr hinein. Ja klar, sage ich, 'tschuldige, ich war gerade abgelenkt durch ein Geräusch. Langweile ich dich irgendwie? fragt Meier. Nein, wirklich nicht, es war nur, sage ich, und mir fällt keine Fortsetzung des Satzes ein. Du hast mich sicher nicht angerufen, um dir was von mir vorjammern zu lassen, sagt Meier, und ich bin ihm für diese Erkenntnis sehr dankbar, sage aber, daß mich sein Gefühlszustand sehr wohl interessiert, was ja auch stimmt. Und was willst du eigentlich? fragt er und klingt dabei irgendwie belustigt. Ich habe meinen Fahrradschlüssel verloren, wo, weiß ich nicht, sage ich und erkläre ihm meinen Plan. Dabei gehe ich zurück in die Küche, öffne das Fenster und schaue hinab auf die Straße. Tatsächlich hat Rieke gerade mit ihrem Fahrrad das Haus verlassen. Jetzt besteigt sie es, und ich könnte ihr etwas hinterherrufen, aber was? Statt dessen höre ich Meier sagen, daß ein Kommilitone, Till, den müßtest du eigentlich kennen, einen uralten Passat Kombi habe, er könnte den mal anrufen. Ja, das wäre toll, sage ich. Okay, sagt Meier, laß uns auf'm Wittenbergplatz treffen. Wenn's dunkel wird? sage ich. Ich denke, du willst dein Rad bewachen, sagt er. Wenn's überhaupt noch da ist, sage ich. Wird schon, sagt er, dann kann ich dich da ja weiter volltexten. Er lacht. Mach das, sage ich und lache auch ein bißchen. Wir verabschieden uns. Dann lege ich das Telefon weg und nehme mein Handy zur Hand. Es ist natürlich noch nicht aufgeladen, aber es funktioniert auch mit angestöpselter Stromstrippe, und nur hier habe ich Riekes Mobilnummer gespeichert. Ich lasse sie anwählen. Rieke geht nicht ran. Sie fährt allerdings auch gerade Rad, ich werde es gleich noch mal versuchen. Jetzt überlege ich erst mal, ob ich für die Observierung meines Fahrrades und den anschließenden Abtransport noch was brauche. Ich schließe das Küchenfenster und starre etwas sinnlos im Raum umher. Auf dem Tisch liegen die beiden Umschläge, die Rieke vorhin aus dem Briefkasten genommen hat. Der obere dürfte die Telefonrechnung enthalten, so was sieht man schon von außen, mein Interesse an der Summe ist eher gering, manchmal finde ich die Einzelkostenauflistung aber ganz interessant, weil man daran erkennen kann, ob man im letzten Monat mit irgendwem besonders lange telefoniert hat und wie teuer das war, so daß man dann an das Gespräch erinnert wird, um darüber nachzudenken, ob der Preis gerechtfertigt ist, was sind Worte wert, wenn manchmal doch nichts über eine Berührung geht und ein Lächeln mitunter sogar mehr zählt als ein Fachwörterbuch für zwischenmenschliche Kommunikation? Wovon kommt mein Denken eigentlich gerade ab? Ich starre auf den Umschlag in meiner Hand. Ich sollte ihn öffnen, bloß als ich gerade meinen roten Daumen unter die zugeklebte Lasche stecken will, um das Papier aufzureißen, sehe ich, das Ding ist bereits offen, akkurat aufgeschnitten, so daß man das nicht sofort erkennt. Aber warum? Und er muß ja so im Briefkasten gelegen haben. Ich nehme die Rechnung heraus, drei bedruckte Seiten, maschinell zusammengefaltet, da ist nichts Auffälliges zu entdecken, kein Knick, kein Fingerabdruck. Das wäre nun wirklich beleidigend, dilettantisch beschattet zu werden, wenn ich überhaupt beschattet werde, denn das ergibt doch keinen Sinn, die haben schließlich Möglichkeiten, einen Brief zu öffnen, ohne daß man es hinterher bemerkt! Und wahrscheinlich kommen sie per Knopfdruck an meine Telefonverbindung und müssen nicht meine Post abfangen. Das ist wirklich Quatsch, ich sollte aufhören, so was zu denken.

KURZ DARAUF stehe ich mit gebuckeltem Rucksack vorm Kühlschrank, ziehe den Stecker aus meinem Handy und versuche es erneut bei Rieke. Inzwischen müßte sie ja wo auch immer angekommen sein. Eine Computerstimme sagt mir, der Teilnehmer sei gerade unerreichbar, sie hat ihr Telefon also ausgestellt. Tat sie das wegen mir? Klar, sie ist sauer auf mich, weshalb genau, ist mir zwar unklar, ist irgendwie lächerlich, aber sie wird sich schon beruhigen. Vielleicht hätte ich nicht so offen über Leander sprechen sollen, über das, was ich von ihm halte, wenn ich denn überhaupt so offen über ihn gesprochen habe. Und wenn sie jetzt zu ihm gefahren ist? Ich kann nicht glauben, daß sie eher zu ihm hält als zu mir, nein, sie macht sich höchstens Sorgen um ihn, mit meiner Meinung hat das nichts zu tun. Und am Ende steckt sie bloß gerade in einem Funkloch. Ich sollte mir nicht so viele Gedanken machen. Ich gehe lieber los, nicht daß Meier noch vor mir da ist. Immerhin bleiben mir so ein paar Erklärungen erspart. Und ich werde ohne Umwege zum Wittenbergplatz fahren, ist schließlich nicht verboten, sein eigenes Fahrrad zu beobachten und später dann in ein Auto zu laden. Nur die Aktion zu erklären, wäre schwierig, aber wenn ich wirklich observiert werde – immerhin kann ich kein graublaues Auto in meiner Straße entdecken –, müßten die ja wissen, daß es mein Rad ist, mit dem man nicht mehr wegfahren kann. Für einen kurzen Augenblick überlege ich, ob vielleicht der Verfassungsschutz meine Schlüssel an sich genommen hat, als ich nach der Farbexplosion die Kabine verlassen habe, doch die Vorstellung, die könnten mir beim gescheiterten Wäscheraub zugeschaut haben, ist mir zu unheimlich und irgendwie auch absurd, weshalb ich sie schleunigst verwerfe. Statt dessen probiere ich es noch mal bei Rieke, während ich am Bahnhof auf die nächste U-Bahn warte. Rieke hat ihr Telefon wohl wirklich ausgeschaltet. Wo kann sie bloß sein? Tatsächlich bei Leander? Der Gedanke läßt mich nicht los. Der Zug poltert heran, ich steige ein, finde einen Platz, wähle Rieke wieder an, sinnlos ist das, ich muß herausfinden, ob sie bei Leander ist, ich könnte zu ihm fahren, die Richtung stimmt ja schon, aber nein, wie sähe das denn aus, der Eifersüchtige sucht seine abtrünnige Frau. Ich rufe einfach ihn an, vielleicht nimmt er ja ab. Das macht er auch, er meldet sich mit einem kargen ›Ja?‹. Hallo Leander, sage ich. Wer ist denn da? fragt Leanders Stimme, merkwürdig ungehalten. Ich bin's, sage ich. Ich kenne keinen Ich, raunzt Leander, legen Sie auf, sofort! Erkennt der mich wirklich nicht? Hier ist Sebastian, sage ich. Einen Sebastian kenne ich auch nicht, sagt Leander und beendet das Gespräch. Ich bin erschrocken und muß mich zusammenreißen, um nicht zu sehr aufzufallen. Beobachten mich die Leute schon? Regelmäßige U-Bahn-Fahrer sind geübt in der Kunst des beiläufigen Gaffens, doch ist mir das gerade einigermaßen egal, die wissen schließlich nicht, worum es geht, die haben zu spät eingeschaltet, der Rest steht in meinen Akten. Ist Leander jetzt völlig gaga? O Mann, was für ein Cliffhanger, ganz großes Daumenkino! Die nächste

Folge muß erst noch gezeichnet werden. Fahren Sie daher auch morgen U-Bahn, wenn es wieder heißt, Sebastian Singer telefoniert mit Rieke und Leander. Was sollte das denn eben? Ist Rieke wirklich bei ihm? An so was will ich gar nicht denken. Und wenn sie doch? Ich muß wohl wirklich zu ihm fahren, das will geklärt sein. Was denkt der sich denn? Ich kenne keinen Ich. Ha! Ich ist ein anderer, oder was? Dieser Volkmann, ey! Und wenn Rieke wirklich zu ihm gefahren ist, ist sie 'ne Blödfrau. Ist doch so! Die mir gegenübersitzende Frau lächelt verhalten. Sieht sie mir meinen Ärger an? Na, soll sie doch. Ich lächle vorsichtshalber zurück, sie guckt sofort weg. Kurfürstenstraße, noch - ich gucke auf den über dem Fenster klebenden Streckenstrahl -, zwei Stationen noch. Ich fahre nicht zu Leander, ich steige am Wittenbergplatz aus. Mir fällt auf, daß ich dort auch aussteigen müßte, wenn ich mit der U2 weiterfahren wollte, um zu Leander zu kommen. Aber das mache ich nicht. Ich kann mir nicht vorstellen, daß Rieke was mit Leander, ich breche meinen Gedanken ab, ich will es mir einfach nicht vorstellen. Die Frau gegenüber guckt versteinert in meine Richtung, ob sie mich verstünde? Ich betrachte mein Spiegelbild direkt neben ihr. Die Scheibe ist ein mildes Medium, da gefalle ich mir eigentlich immer besser als im Badezimmerspiegel, doch heute mag ich mich nicht, heute scheint mir gar nichts zu gelingen, und es ist gut, daß mein Gesicht vom Licht der nächsten Station überblendet wird. Nollendorfplatz. Mein Handy klingelt, das Interesse der Umsitzenden steigt sofort an, geübt gukken sie an mir vorbei, während ich es aus der Hosentasche nehme. Das Display kündigt einen unbekannten Teilnehmer an, ich muß sofort an Rieke denken, will schon ihren Namen ausrufen beim Drücken auf die Taste mit dem grünen Hörer, da poltert mir Leanders Stimme ins Ohr. Was sollte das denn eben, du Idiot? Er schreit so laut, daß ich den Hörer vom Ohr nehmen muß, deshalb haben auch die anderen was davon. Der Frau gegenüber ist eine gewisse Erheiterung anzumerken, aber auch weiteres Publikum zeigt sich nicht ganz uninteressiert an dem Schwall, den Leander, begleitet von einschlägigem Verkehrslärm, in den Berliner Untergrund hinabschimpft. Tickt's bei dir noch richtig, mich anzurufen und dann auch noch deinen Namen zu sagen, meinen ja auch, Mann, ey, so daß noch der letzte Abhörer mitkriegt, wer da mit wem spricht oder was? Du bist so ein, es folgt ein dumpfes Geräusch, das alle Zuhörenden zusammenzucken läßt. Der Zug bremst ab, hier muß ich aussteigen. Und richte Friederike aus, sie hat gar kein Recht dazu, mir die Knarre vorzuenthalten, die gehört mir, Familienerbstück sozusagen. Das letzte hat Leander deutlich leiser gesagt, und ich hoffe, wenigstens das hat außer mir niemand verstanden, von denen, die uns abhören, falls sie das tun, einmal ganz abgesehen. Der Zug fällt in die hellgrün gekachelte Station ein. Ich stecke das Handy ein, greife den Rucksack und stehe auf, ohne die anderen anzuschauen. Raus hier!

Draußen dann muß ich zwischen Touristen und anderen Konsumisten an der Ampel warten. Ich halte Ausschau nach meinem Fahrrad, kann es aber nirgends entdecken, bin mir allerdings auch nicht sicher, vor welchem Schaufenster ich es abgestellt habe. Als die Ampel umspringt, beeile ich mich, auf die andere Seite zu kommen. Wo steht mein Fahrrad? Ich werde nervös, befürchte, zu spät gekommen sein. Das gibt's doch gar nicht, hier rennen so viele Menschen rum, da trägt einer einfach ein Fahrrad fort! Mein Fahrrad! Schrecklich, diese Gesellschaft, die sich gar nicht mehr um das Eigentum anderer Leute kümmert. Ich laufe die Schaufenster ab, vielleicht habe ich es doch weiter hinten abgestellt, aber nein, Fehlanzeige, kein einziges Rad steht vor den Schaufenstern, schon gar nicht meins.

Direkt auf Augenhöhe guckt mich Frau Merkel an. Ich drehe mich unkoordiniert in Halbkreisen auf der Stelle, unsicher, welche Richtung ich einschlagen soll, warum läuft heute nur alles schief, das ist doch nicht mehr normal, was habe ich denn verbrochen? Mir steht Schweiß auf der Stirn, und in meinem Hals sammelt sich was; wäre Wut ein Stoff, eine vielleicht schleimartige Substanz, die sich einfach abkotzen ließe, dann hätte ich jetzt einen vollen Mund, der Schrei liegt mir auf der Zunge, und ich kriege trotzdem keinen Ton heraus, totale Zornblockade aus Fassungslosigkeit. Und obwohl wahrscheinlich keiner der hier Herumschlurfenden und Hockenden verantwortlich ist für das Verschwinden meines Fahrrades, haben sie eben doch schuld, weil sie Teil sind dieses verfickten Systems, in dem alles möglich ist und nichts geht! Ich könnte. Ich müßte. Ich sollte. Und eine weitere unkoordinierte Bewegung später sehe ich plötzlich etwas, das ich zweimal angucken muß, um es zu erkennen. Dort steht doch tatsächlich - na so was! - mein Fahrrad. Wieso denn das jetzt? Wieso denn da? Mein Fahrrad steht zwischen mehreren anderen mitten auf dem Platz oder besser gesagt, mitten auf der Straße, die gar keine Straße mehr ist, jedenfalls nicht für Autos, ganz den Fußgängern überlassen, wird ihre frühere Bestimmung lediglich im Pflastermuster angedeutet. Mein Fahrrad! Da habe ich es bestimmt nicht hingestellt. Den Reflex, sofort draufloszustürmen, kann ich unterdrücken, soll schließlich keiner mitbekommen, daß das meins ist, daß ich nur deswegen hier bin. Denn auch wenn ich es wiedergefunden habe und sich daher der Schreiklumpen von meinen Stimmbändern löst, ist es nach wie vor mit einem Schloß versehen, dessen Schlüssel hinter mir im KaDeWe auf einem Tisch liegen dürfte und vielleicht sogar Rätsel aufgibt oder für Lacher gesorgt hat, der dümmste Ladendieb des Monats, der zudem noch der bescheuertste Radfahrer ist, doch davon können sie ja nichts wissen. Ein Radfahrer, der nicht fahren kann, und dessen Gefährt auch noch umgestellt worden ist. Das ist ein Eingriff in meine Rechte als Besitzer, ein belemmerter Besitzer allerdings, ein Besitzer ohne passenden Schlüssel. Was für eine demütigende Situation! Eigentum verliert seinen Wert rapide, wenn man keinen Zugang mehr zu ihm hat. Ich beschließe, mich an einen freien Tisch vor einem Pizzaimbiß zu setzen, der durchaus was von einer Freiluftpizzeria hat, denn während der eigentliche Imbiß allein aus einem Häuschen besteht, ist er von zahlreichen beschirmten Tischen umstellt.

Meier sieht mich nicht. Und ich brauche auch eine Weile, bis ich ihn bemerke. Er irrt ratlos vor den Schaufenstern herum, bis ich schließlich seinen Namen rufe und winke. Hier haste dich verkrochen, sagt er grinsend, ich hab dein Rad gar nicht gesehen. Das steht da, sage ich und zeige es ihm. Ich dachte vorm Schaufenster, sagt Meier. Setz dich erst mal, sage ich. Trinkst du gar nichts? fragt Meier, nachdem er seinen Plastikstuhl zurechtgerückt hat. Ist Selbstbedienung hier, sage ich. Und das lehnst du ab oder was? sagt Meier und springt schon wieder auf, also ich brauch erst mal einen Kaffee, du auch? Gerne, sage ich. Normal? Ich nicke. Keinen Cappuccino? fragt Meier, ist schließlich 'n Italiener. Ich schüttle den Kopf, und Meier wendet sich zum Gehen. Das heißt, sage ich, ich nehm doch 'nen Cappuccino oder nein, gleich so was Großes, ich deute ein Glas an, was Meier natürlich kaum erraten kann, so 'nen Latte. Ich denke, du magst keine Kühe im Kaffee, sagt Meier. Schon, sage ich, aber da trinkt man länger dran. Meier nickt und geht zur Theke. Wir sind ja nicht zum Kaffeetrinken hier, sondern zum Beobachten, und dafür eignet sich nun mal am besten ein Getränk, in dem man stundenlang herumrühren kann, um einen Grund zu haben, noch nicht nach Hause gehen zu müssen.

Kaffee mit aufgeschäumter Milch ist das perfekte Getränk für unsere Generation, sage ich, als Meier zurück am Tisch ist mit einem Glas Latte macchiato für mich und einem Cappuccino für sich selber. Er grinst und fragt: Weil alles schnell erkaltet und dann in sich zusammenfällt? Darüber muß ich lachen, jedenfalls kurz, so hatte ich das gar nicht gesehen. Früher war Kaffee ein Muntermacher, sage ich, in den Fabriken brauchten sie fitte Arbeiter, Milchkaffee dagegen macht träge. Ich reiße ein Zuckertütchen auf und lasse seinen Inhalt auf den Milchschaum rieseln, feucht werden und dann langsam einsickern. Ein Anblick, in dem man selber versinken könnte. Es lenkt auf jeden Fall von der Arbeit ab, sagt Meier und steckt sich einen Löffel voll Milchschaum in den Mund. Das meine ich, sage ich, man kann stundenlang über Projekte sprechen, aus denen nie was wird, weil man ja ständig Milchkaffee trinken geht. Ihr redet nur über Projekte und von eurem neuen Stück, sagt Meier, manchmal frag ich mich, bin ich oder ihr verrückt. Seit wann sprichst du in Reimen? frage ich. Meier macht eine abwinkende Handbewegung. Ist von Tocotronic, sagt er. Dann kenn ich's auch, sage ich und füge nach einer Weile hinzu: Das ist genau, was ich meine, Milchkaffee steht für die Luftblase, in der wir und unsere Altersgenossen leben. Das ist dann aber sauerstoffarme Luft, sagt Meier. Stimmt, sage ich, das kommt ja noch erschwerend hinzu: wir leiden alle an Sauerstoffunterversorgung. Deswegen gibt's doch auch Mineralwasser mit extra viel davon drin, sagt Meier. Da schließt sich aber wirklich mal ein Kreis, sage ich und werde tatsächlich ein bißchen nachdenklich. Ich habe mich schon lange gefragt, warum es plötzlich Wasser mit Sauerstoffbeimischung gibt und wozu das gut sein soll. Muß man da eigentlich mehr rülpsen? frage ich. Bestimmt, sagt Meier. Ist Rülpsen schlecht für die Ozonschicht? frage ich. Keine Ahnung, sagt Meier.

Ob Toni so was weiß? sage ich, die liest doch immer so 'ne Bücher. Toni hat übrigens 'nen neuen Freund, sagt Meier. Echt? sage ich, kennt man ihn? Meier zuckt mit den Schultern und nimmt einen Schluck. Hab neulich nämlich Steff getroffen, sagt er, noch bevor er sich Milchschaumrückstände von der Oberlippe leckt. Du hast Steff getroffen! sage ich, wohl etwas zu laut vor Überraschung. Nicht, was du denkst! sagt Meier. Ich mache eine abwehrende Handbewegung und sage: Schon gut, ich weiß ja, du hast dein Glück im Internet gefunden. Meier gibt ein genervtes Brummen von sich, beschließt dann aber, die Sache auf sich beruhen zu lassen. Ich habe Steff zufällig getroffen, sagt er, und nun rat mal wo, denn das ist ja eigentlich das beste. Am Müllcontainer? sage ich, um irgendwas zu sagen. Naa, sagt Meier und läßt seine Hand in der Luft flattern, so ähnlich, bei MacDoof! Ach nee, mach ich. Mit 'nem Burger im Kiefer, sagt Meier! Wenn Toni das wüßte! rufe ich. Genau das hab ich Steff auch gesagt, sagt Meier, und sie meinte die sei sowieso gerade nur mit ihrem neuen Freund beschäftigt, und ich wüßte doch, wie das ist, multinationaler Ausbeuter hin und her, Meier grinst, ich wußte zwar nicht wie das ist, genickt hab ich trotzdem. Und bei dir? frage ich. Kennst mich doch, sagt er, Hackfleischsucht. Ich mein jetzt die Liebe, sage ich. Ach, seufzt Meier, die Liebe, er lehnt sich zurück, was soll schon sein? Nicht gut, ja? frage ich. Terror! sagt Meier düster. Dazu kann ich nichts sagen. Meier schon. Und er sagt: Sie wirft mir vor, nicht für sie da zu sein, daß ich sie mit meiner Hilflosigkeit quäle, aber ich weiß ja wirklich nicht, was ich dazu sagen soll, wenn sie mir irgendwelche krassen Sexsachen andeutet, die ihr passiert sind, und daß sie nun keinem Mann mehr trauen kann, hey, Meier guckt mich an, wie soll ich denn mit so was bitte schön umgehen? Ich kann doch nicht die ganze Scheiße aufwischen, die sich um sie herum abgelagert hat, mich macht das echt fertig und ich weiß nicht, wie ich damit umgehen soll. Ich nicke, mehr fällt mir dazu nicht ein. So sitzen wir eine Weile da vor unseren Getränken, löffeln etwas Schaum heraus und lassen den Spätsommertag an uns vorbeiflanieren. Und natürlich schaue ich immer wieder zum Fahrrad hinüber. Das klingt reichlich kompliziert, sage ich irgendwann, und diesmal nickt Meier bloß. Wie lange geht das jetzt schon? frage ich. Zehn Tage oder so, sagt Meier, seitdem komme ich zu nichts; wenn wir uns gestern nicht getroffen hätten, aber auch so, als ich nach Hause kam, war sie dreimal auf dem AB, und Mails hat sie mir auch geschrieben, ich war nur zu müde, zu antworten, und heute morgen hat sie mich dann geweckt, warum ich mich denn nicht melde. Ich glaub, du solltest da mal für mehr Abstand sorgen, sage ich. Ihre letzte Ansage war ja sowieso, mich nie wieder belästigen zu wollen, sagt er und lacht, das klingt irgendwie wie zwischen bitter und höhnisch. Voll schräg, das alles, sagt er, ich schlafe total schlecht, weil ich nicht weiß, ob ich verliebt bin und ob ich mich wirklich um sie kümmern sollte oder besser die Finger von ihr lasse, ich kann da doch ohnehin nichts ausrichten. Steigere dich bloß in nichts hinein, sage ich. Ich hab meine MP3s gelöscht, sagt Meier, und ich bin mit dem Themenwechsel leicht überfordert. Wieso das denn jetzt? frage ich. Panikattacke oder so, sagt Meier, man liest doch immer wieder von Hausdurchsuchungen bei Internetsaugern, und nach einem Gespräch mit Schoschah, bei dem es auch um so was ging, war ich völlig runter, da hab ich die Kiste angemacht und auf Delete gedrückt. Jetzt bin ich tatsächlich schockiert, auf Meiers Festplatte hatten sich schließlich Schätze angehäuft, illegal zwar, aber vieles von dem kriegt man gar nicht mehr legal. Wieviel war's denn? frage ich. Über hundert Gigabyte, sagt Meier. Das ist echt kraß, sage ich. Das ist es, sagt er, aber man weiß ja nie, ob man nicht schon beschattet wird, ob meine Internetprotokolle nicht längst automatisch bei der Staatsanwaltschaft landen. O nein, denke ich, jetzt fühlt sich Meier auch noch verfolgt. Ein bißchen beneide ich ihn um seine Löschaktion, so ist er den Scheiß mit einem Schlag los. Genauso mußt du es mit der Frau machen, sage ich, es wird dir leid tun, aber es ist heilsam. Meier lächelt und trinkt seine Tasse leer. Mir fällt plötzlich der geöffnete Umschlag mit der Telefonrechnung ein, und ich erzähle Meier davon. Sag bloß, die sind hinter dir her! sagt Meier und wirkt einigermaßen erschrocken. Das verunsichert wiederum mich. Der Verfassungsschutz hat gewiß andere Mittel und Wege, sage ich. Meiers Augen werden noch größer. Verfassungsschutz? sagt er eine Spur zu laut und fährt fast flüsternd fort: Wie kommste denn jetzt auf den Verfassungsschutz? Er habe die Musikindustrie gemeint, die ist doch sowieso kriminell, sagt er, die schrecken auch nicht vor dem Postgeheimnis zurück. Aber ich lade doch gar nichts aus dem Netz, sage ich, ich mit meinem ollen Modem. Meier rührt mit dem Löffel in seiner leeren Tasse herum. Das ist allerdings wirklich merkwürdig, sagt er. Ich nicke und trinke von meinem Latte, der ist inzwischen kalt. Du solltest das aufschreiben, sagt Meier. Was? Ich wische mir mit dem Handrücken über den Mund. Na, das mit dem Milchkaffee, sagt Meier, daß aufgeschäumte Milch das Sinnbild unserer Generation ist. Aufschreiben? sage ich, für dein Blogprojekt oder was? Ja, sagt Meier, vielleicht wäre das ein viel besseres Manifest. So? sage ich, ich dachte schon, du hättest die Idee begraben. Wie kommste denn darauf? fragt Meier und ist dabei sogar ein bißchen empört, ich war halt abgelenkt in letzter Zeit, als ob das bei dir anders wäre. Was meinst du? frage ich. Keine Ahnung, sagt Meier, ich hatte so den Eindruck, liegt aber wohl an mir und dieser Sache da. Ja, sage ich, irgendwas ist immer.

Später sind wir beim Bier angelangt, es ist auch schon fast dunkel, Pizza haben wir bereits gegessen, und der Mann hinter der Theke sagt, daß sie bald schließen werden. Da kommt Till, wir kennen uns von irgendeiner Party und begrüßen uns dementsprechend vage. Habta jesehn? sagt er beim Hinsetzen, Angie kommt hierher. Angie, frage ich, heute? Nee, sagt Meier, ist das nicht nächste Woche? Till nickt, Mittwoch oder so. Danke, daß du mir hilfst, sage ich. Geht klar, sagt Till und holt sich auch ein Bier. Die machen bald dicht, sagt er beim Hinsetzen, übrigens sprang die Karre eben erst nicht an, hab schon 'nen Schock bekommen. Jetzt ist aber alles klar? frage ich. Ick hoffe, sagt Till und hebt seine Flasche, denn mal Prosit! Wir stoßen an. Hier in der Gegend bin ick och schon lange nicht mehr jewesen, sagt Till. Ich auch nicht, sagt Meier und guckt dann mich an, was verschlägt dich eigentlich hierher, Basti? Dumme Sache, sage ich, und weil das den beiden bestimmt nicht als Antwort ausreicht, füge ich noch hinzu: Wollt mal was im KaDeWe gucken. Im KaDeWe! ruft Till, da will ick ja nicht mal begraben sein. Könnte auch schwierig werden, antworte ich, vielleicht ein bißchen zu patzig, in Deutschland darf man sowieso nur auf öffentlichen Friedhöfen begraben werden. Es gibt Ausnahmen, sagt Meier. Ich finde, manchmal könnte er einfach mal die Klappe halten. Immerhin lenkt er vom Thema ab, sagt, daß zum Beispiel Rio Reiser und Franz Josef Strauß auf privatem Grund beerdigt seien. Ausgerechnet das haben die beiden gemeinsam, Meier lacht ein bißchen. Das stümmt jar nicht, sagt Till, jedenfalls was Strauß angeht, ick war nämlich mal da. Wie? frage ich, du warst am Grab vom Strauß? Ja, sagt Till, wir sind dort mit 'ner Exkursion von der Uni vorbeijekommen. Auf den Spuren großer Bayern oder was? ruft Meier und lacht keckernd. Nee, Till schüttelt heftig den Kopf, auf der Rückreise aus Italien, und ick weeß noch, dit war direkt an 'ner Kürche, also auf 'nem Friedhof, man mußte 'ne Treppe runterjehn, und dann war da dieses kleene Häuschen mit 'nem Gitter vor der Tür, und drin lag Strauß nebst Jattin. Davon habe ich auch schon mal gehört oder gelesen, weshalb ich sage: Ist die Gruft nicht im Steuerprozeß gegen den einen Straußsohn gepfändet worden? Echt, sagt Till, so wat jeht? Eben nur, wenn sie privat ist, sagt Meier. Ick war doch aber selber vor Ort, sagt Till. Warum wart ihr da überhaupt? frage ich, schon weil mir egal ist, wie privat ein Grab sein kann. Wir sind da vorbeijefahrn, sagt Till, waren sowieso alle verkatert von dem Besäufnis an unserm letzten Abend. Und dann willste das noch so genau wissen, sagt Meier. Der Thekenmann beendet das Gespräch, indem er an den Tisch tritt und sagt, daß der Imbiß jetzt schließt. Ich kaufe uns noch schnell neue Biere, und wir setzen uns dann an den Brunnen in der Platzmitte, von wo aus wir mein Fahrrad weiter beobachten können. Bin ja mal gespannt, wann das Ordnungsamt hier aufkreuzt, sagt Meier und öffnet seine Flasche.

SPÄTER sitze ich auf meinem Bett und starre das Schloß an meinem vor mir stehenden Fahrrad an. ›Granit‹ steht drauf, ich habe mich schon früher gefragt, ob ich da ein Stück Stein mit mir rumschleppe oder ob das nur dem alten Bild vom Beißen auf Granit geschuldet ist. Daß ich das Teil nicht mit den Zähnen aufbekomme, war mir aber auch so klar. Wie knackt man so ein Schloß? Sollte ich es mit einem Dietrich probieren oder gleich Gewalt anwenden und versuchen, den Bügel durchzutrennen? Erst mal 'n Bier aufmachen, das Wichtigste ist schließlich, daß das Ding hier oben ist. Meier hatte recht, beim Hier-Hochtragen sind wir garantiert mehr aufgefallen als auf dem bevölkerten Wittenbergplatz, wobei es dort eine Stunde nach Ladenschluß schon deutlich leerer war als am Nachmittag und sich niemand wirklich drum geschert hat, daß wir mit dem Auto auf den Platz gefahren sind, um ein angeschlossenes Rad einzuladen. Auch das Biertrinken wurde nicht geahndet, obwohl Meier nicht müde wurde, auf unsere illegale Tat hinzuweisen. Aber außer Till und mir hörte ihm ja sowieso keiner zu. Sein Vorschlag, gleich noch zwei andere Räder mitzunehmen, amüsiert mich immer noch. Till ist echt die totale Spaßbremse. Wer sagt mir denn, daß dit wirklich dein Fahrrad ist? Und dann sein: Seid ihr betrunken oder watt? Bloß weil wir gekichert haben. Also, darauf trink ich jetzt! Er hat doch genausoviel wie wir gesoffen, na gut, später angefangen hat er, er mußte ja auch fahren, und wir waren auf ihn angewiesen, und das hat er sich auch ordentlich bezahlen lassen, für die Fahrt mußte mir nüschts geben, ist okay, Alter, aber 'n Fuffi wär schon jut, ist für so 'n Bike ja quasi jeschenkt, haha, und wennde mal wieder 'nen Transporter brauchst, weeßte Bescheid. Weg war er. Dafür haben Meier und ich beim Hochtragen dann Herrn Schmitz getroffen, guten Abend, Herr Schmitz! Ach, Herr Singer, Fahrrad kaputt? Dieses Grinsen und dazu das Geklimper der Fuselflaschen in der Plastiktüte – wann wohl das nächste Länderspiel stattfindet? Auf Wiedersehen, Herr Schmitz, viel Spaß noch! Und nun sitze ich also hier und bereue, daß ich mir so ein stabiles Schloß habe aufschwatzen lassen, also da müßtense schon mit 'nem Tanklastzug dran ziehen, das ist absolut sicher. Ich gerate ins Meditieren und öffne noch ein Bier. Dann bin ich eben betrunken, ist doch auch angebracht am Ende eines solchen Tages! Dabei fing der so gut an. Ob ich es noch mal bei Rieke probieren sollte? Mir fällt auf, daß ich schon lange nicht mehr an meine möglichen Verfolger gedacht habe. Falls es sie wirklich gibt, hat sich mein Profil heute bestimmt stark erweitert. Und werden sie jetzt auch Meiers Leitung abhören, die Telefonate nach Bonn? Die werden sich freuen, da kommt viel Arbeit auf sie zu! Diese Vorstellung belustigt mich. Ich suche nach einem Draht, ziehe die Küchenschublade auf und leider auch gleich aus ihrer Halterung. Davon erstaunt, taumle ich gegen den Kühlschrank. Jetzt liegt der ganze Kram auf den Fliesen verteilt. So kann ich wenigstens besser nach einem Draht suchen, ich lasse mich auf die Knie fallen, uh, das tat irgendwie weh, und beginne zu kramen. Draht finde ich keinen, dafür aber eine alte, leicht rostige Feile, mit der kann ich es ja mal versuchen. Wird zwar ewig dauern, doch jetzt eilt's ja nicht mehr. Ich fange also an und stelle sogleich fest, daß Eile hier tatsächlich eine völlig unangebrachte Vokabel ist, nicht alles, was sich reimt, gehört zusammen. Mir gelingt es zwar rasch, die Kunststoffummantelung aufzureiben, aber das Metall darunter weist auch nach längerer Bearbeitung lediglich ein paar Schrammen auf.

Ich weiß nicht, wie lange ich mich in dieser stupiden Betätigung versenkt habe, aber ein weiteres Bier, das letzte, mußte seinen Platz im Kühlschrank aufgeben. Ich höre zum wiederholten Mal das letzte Lied auf der Bright-Eyes-CD, ich habe es auf Dauerrepeat gestellt, die darin ausgedrückte Wut paßt zu meiner Stimmung, wobei ich nicht weiß, auf wen ich am meisten wütend bin. Auf Till wohl kaum, er ist zwar ein Arsch, aber ein unwissender. Mit Leander kann er nicht mithalten. Dieser Volkmann kann mich mal! Und Rieke, die blöde Ziege, verzieht sich einfach, wo ich sie doch gerade dringend brauche! Aber ich bin wohl auch selber schuld. Wäre ich heute morgen nicht losgegangen, müßte ich jetzt nicht allein auf meinem Bett liegen und immer wieder dieses Lied hören. Ich singe die entscheidenden Stellen mit. No one ever plans to sleep out in the gutter, sometimes that's just the most comfortable place. Was ›gutter‹ heißt, weiß ich zwar nicht, aber es klingt nicht sonderlich angenehm, darin schlafen zu müssen. Und jetzt, ja hier kommt gleich wieder meine Lieblingsstelle. Würde ich ein Video zu dem Song drehen, gäbe es nun George Dabbelju zu sehen, wie er nach dem vermeintlichen Ende des Irakkriegs im Kampfjet auf einem Flugzeugträger im Persischen Golf landet und vor versammelter Soldatenschaft den Sieg verkündet. So when you're asked to fight a war that's over nothing, singen Bright Eyes und ich, it's best to join the side that's gonna win. Ich liebe es, wie er dieses ›win‹ so hochzieht. No one's sure how all of this got started, but we're gonna make 'em God damn certain how its gonna end, oh yeah, we will, schreien wir im Duett, oh yeah, we will! Ich könnte ja auch Luzie anrufen. Warum eigentlich nicht? Ist schließlich nichts dabei. Bei dem ganzen Quatsch, der heute passiert ist, habe ich gar nicht mehr an sie gedacht. Und ich will auch gar nicht so viel an sie denken, weil ich diese Gedanken sowieso nicht verstehe, auch ich habe bloß ein Handtuch dabei. Ich mag nicht an ihre Nacktheit denken und wie sie ihr Haar hochstecken will, überhaupt, ihre neue Frisur und wie sie dann lächelt, so nach innen, damit ihr gesamter Körper dieses Lächeln aufnehmen kann, als würde er schimmern. Ich mag nicht an sie denken! Ich will lieber mit ihr sprechen. Es ist zwar schon nach elf, doch Luzie schläft bestimmt noch nicht. Und während die Band der Aufforderung des Sängers nachkommt, some noise zu machen, ziehe ich mein Funktelefon aus der Tasche. Ich warte, bis das Lied zu Ende ist, dann surrt der CD-Player jedoch, er ist schließlich auf Repeat eingestellt, weshalb ich kurz aufspringe, mit dem Fuß das gerade wieder beginnende Lied abwürge, um mich zurück auf die Matratze fallen zu lassen. Dann erst drücke ich auf dem Telefon die Taste, die den Wahlvorgang startet. Es tutet ein paarmal, ich will gerade wieder auflegen, da meldet sich Luzies Stimme: Sebastian? Ja, sage ich, hab ich dich etwa geweckt? Ja, murmelt Luzie, nein, eigentlich, ich hab hier nur so 'n bißchen rumgelegen, wie spät ist es eigentlich? Viel zu spät, sage ich, sorry, hab selbst nicht auf die Uhr geguckt, ich dachte wir könnten uns vielleicht treffen, also am Wochenende, wo das Wetter doch so schön ist. Gerne, sagt Luzie und klingt immer noch reichlich verschlafen, wir könnten noch mal baden fahren. Fänd ich gut, sage ich. Ich muß mich bloß mal wieder um meine Prüfung kümmern, sagt sie, ist gerade alles etwas kompliziert bei mir. Tut mir leid, daß ich dich geweckt habe, sage ich. Hast du doch gar nicht, sagt sie, bin nur 'n bißchen müde. Ich auch, sage ich, denn mit einem Mal breitet sich in meinem Körper wirklich Müdigkeit aus. Dann laß uns die Tage miteinander telefonieren, sagt Luzie. Ja, sage ich. Schön, daß du dich gemeldet hast, sagt sie. Schön, daß du rangegangen bist. Gut, daß ich mein Handy nicht ausgemacht habe, sagt sie. Gute Nacht, Luzie. Schlaf gut, Sebastian. Unsere letzten Worte waren geflüstert. Das klang gut an.

Dann klingelt es. Ich schrecke auf. Muß wohl eingeschlafen sein. Das Licht brennt, neben meinem Gesicht liegt das Handy. Da ist jemand an der Tür. Es klingelt weiter. Wie spät ist es? Ich gucke aufs Handydisplay, kurz vor zwölf. Beim Aufstehen stoße ich eine Bierflasche um, sie war zum Glück fast leer, mein Kopf ist das wohl nicht, er fühlt sich jedenfalls schwer an, und ich zwänge mich am Fahrrad vorbei in den Flur und torkle bier- und schlaftrunken dem Klingeln entgegen. Ja doch! Im Treppenhaus ist es dunkel, ich kann im Türspion nicht erkennen, wer da steht, und ich habe auch keine Lust darüber nachzudenken, ob ich die Tür besser nicht öffnen sollte, sondern mache es einfach und werde umfangen von Riekes Armen und ihren Worten und ihrem Mund, sie nennt mich Liebster und sich selbst eine blöde Kuh, und wir küssen uns warm und feucht, und als sie sich ein bißchen von mir löst und ich die Tür schließe, zwinkert sie mir zu und fragt, ob ich betrunken bin. Nein, sage ich, mir haben nur ein paar Biere Gesellschaft geleistet. Rieke gluckst. Bei mir war es Wein, sagt sie, läßt ihre Tasche fallen und die Jacke auch, beim Ausziehen der Schuhe hebt sie eine der letzten Schaumerdbeeren auf, nimmt mich bei der Hand und hüpft zum Zimmer. Beim Anblick des vom Schloß blokkierten Fahrrads bricht sie in schallendes Gelächter aus. Ich beschließe, darin einzustimmen, und schlinge mich von hinten um Rieke, und ihr Kopf lehnt sich an meine Brust, und ihre eine Hand greift nach meinem Haar, und ich spüre Feuchtigkeit, wohl das Bier, in meine Socken sikkern, doch das ist nun wirklich egal.

SONNTAGABEND. Es ist gut zu lieben und gut, geliebt zu werden, weil ich so ich sein kann, und wenn ich lächle, lächelt es mir entgegen, und das nicht aus einem Spiegel, eher noch von einem anderen Stern, dessen Umlaufbahn die meine gekreuzt hat, und irgend etwas muß sich dabei verhakt haben, so daß wir beide aus unseren Spuren geraten sind, um ineinander verkantet eine neue, eine eigene Fahrbahn für uns zu finden. Ob Rieke ahnt, was ich hier denke, diesen kitschigen Quatsch, der gar nicht kitschig ist, schon weil ich ihn kaum denke, sondern eher fühle? Und das ist ein so gutes Gefühl. Nur nicht bewegen jetzt, nie wieder bewegen, wo sich doch gerade so viel bewegt in ihren schönen braunen Augen. Dazu dieses leise Zucken in Riekes Mundwinkeln, ich könnte schreien vor Zufriedenheit, weil das alles ist, was ich mein Leben lang haben will. Hier, da wir Glückliche sind, nicht Irritierte, eher noch

Vergessene. Von der Welt vergessen und von uns selber. In den Augenblick hineingerutscht wie eine Fliege in Harz und daher für immer aufgehoben. Das Bild gefällt mir. Ich wage dennoch nicht, es Rieke zu erzählen, nicht jetzt, schon weil wir seit Tagen – sind es drei Tage? – kaum miteinander sprechen, als wären wir zwar nicht im Bernstein geborgen, aber von Schweigen umhüllt, auch wenn wir dazwischen lachen und summen und brummen und tief atmen und uns einfach nur lieben, man kann es auch ficken nennen oder poppen, obwohl wir uns ja wirklich lieben, da verliert man schnell den Sinn für die vergehende Zeit, und dabei würde ich es gerne belassen, aber dann räuspert sich Rieke. Ob es schon angefangen hat? fragt sie. Was meint sie? Sie sagt: Na, das Kanzlerduell, das läuft bestimmt schon. Das Kanzlerduell! Hallo Wirklichkeit, du kommst zur falschen Gelegenheit. Das denke ich. Aber ich drücke es anders aus, frage Rieke, ob sie sich das tatsächlich antun möchte, die gefühlte Kanzlerin gegen den Kanzler, der sich oder jedenfalls seinem Amt mißtraute oder seiner Macht. Wird bestimmt ganz großes Daumenkino! sage ich. Du willst es nicht sehen?! sagt Rieke. Ich guck doch auch keine Soaps, sage ich ins Kissen, und Rieke küßt meinen Rücken ab. Zwischendurch sagt sie: Eine Politsoap oder wie? Aber eine ohne Liebe, sage ich, nur Lügen, vorgetragen von Laiendarstellern, das brauche ich nicht; wenn die wenigstens vernünftig miteinander streiten würden. Rieke gibt mir einen Klaps auf den Hintern und steht dann auf. Du hast recht, sagt sie, sparen wir uns den Blödsinn. Ich drehe mich um zu ihr, ein Anblick, den ich liebe. Da geht es doch nur noch um Umfragen, sage ich, das ist wie im Zirkus. Rieke nickt nachdenklich. Es wird Zeit für uns, sagt sie, bückt sich nach ihrer Tasche und setzt sich damit auf meinen Schreibtischstuhl. Sie zieht die Pistole heraus und wirft die Tasche zur Seite. Vielleicht punktet Schröder jetzt gerade, sagt sie, aber was hilft das, die Leute wissen ja auch so, daß er rhetorisch gewiefter ist. Den Griff der Knarre mit beiden Händen fest umschlossen, sitzt Rieke mir gegenüber, kneift die Augen leicht zusammen, reckt den Oberkörper und spreizt die Beine, während sie die Arme ausstreckt, die Waffe auf mich richtet und mir ein eher spöttisches Lächeln schenkt, als fragte sie: Wie findest du das? Ich liege mit leicht erhobenem Rücken und aufgestützten Unterarmen ihr zugewandt da, als wäre ich dieser Frau ausgeliefert, mein Gesicht, mein Geschlecht, sie mustert mich, und mit einem Mal fühle ich mich nackt, richtig nackt, viel nackter als Rieke. Sie aber grinst, senkt die Pistole leicht, jetzt ist diese eher auf meinen Schwanz gerichtet, der größer wird, was mir gerade gar nicht so recht ist, weil ich mich irgendwie erniedrigt fühle, weil ich bedroht bin, wenn auch nicht ernsthaft. Faß ihn an! sagt Rieke. Ich weiß erst nicht, was sie will. Los mach schon! sagt Rieke einigermaßen barsch, oder ich knall ihn dir weg. Hör auf damit! sage ich. Nein, sagt sie, ich will, daß du's dir machst. Dann leg aber das Ding weg, sage ich. Kommt nicht in Frage, sagt sie, wenn du nicht kommst, dann kommt die Knarre. Ich würde das gerne albern finden, aber es gelingt mir nicht, und der Anblick meiner nackten, mit offenem Schritt dasitzenden, bewaffneten Freundin erregt mich mehr als ich zugeben möchte, und so nehme ich meinen Schwanz in die Hand, ihm fehlt schon fast jegliche Schlaffheit, meine gesamte Körperwärme scheint in ihn geströmt zu sein, denn meine Füße sind ganz kalt, während ich anfange, meine gefüllte Faust auf und ab zu bewegen, und es fühlt sich an wie so oft, und mir ist dennoch so, als wäre es lediglich etwas, das ich erledigen muß. Ich gucke zu Rieke, die unverändert streng blickt und mir die Knarre entgegenstreckt. Erschieß mich doch, denke ich und lasse mich fallen in den Strom meiner zuckenden Lustausübung hinein.

Und wie ich dann da so liege, zufrieden, erschöpft und irgendwie doch wieder irritiert, beobachte ich Rieke. Sie steht auf, legt die Waffe auf den Schreibtisch, kommt zum Bett, verschränkt die Arme, drückt dadurch ihre Titten zusammen und blickt eine Weile auf mich herab. Ich lächle sie an, strecke die trocken gebliebene linke Hand nach ihr aus, doch sie bleibt ernst und wendet sich schließlich ab, verläßt das Zimmer, schließt eine Tür. Ich starre zur Decke.

Kurz darauf höre ich das Rauschen der Dusche. Mich aber umfängt Schwere.

I FEEL GUILT. I feel guilt. Though I know I've done no wrong I feel guilt. An einem Montagvormittag liege ich auf dem Fußboden und höre mal wieder Marianne Faithfull. I feel guilt. I feel guilt. Though I know I've done no wrong I feel guilt. Diese Lieder sind nur ein Jahr jünger als ich, doch sie altern nicht. Natürlich fühle auch ich mich noch jung, manchmal zu jung, dabei lebe ich doch lange genug, um dieser schrecklich alten Welt meine Initialen einritzen zu können. Ich habe eine Katze erschossen, na, großartig! Und ich plane mit der Frau, die ich liebe, einem Menschen das Leben zu nehmen. Ich bin bloß der Mitwisser und will doch der Mittäter sein, um endlich etwas zu sein. Ich werde in diesem Jahr siebenundzwanzig, Gerhard Schröder ist knapp über sechzig, er ist mehr als doppelt so alt wie ich, und er hat sieben Jahre lang ein Land regiert, das Land, in dem ich lebe. Viele sagen, er habe das nicht besonders gut gemacht, aber keiner von denen hat es bislang selbst probiert. Und er hat seine Spuren hinterlassen. Jetzt wird er abgewählt werden, alles was er von nun an tun wird, kann sicherlich nicht an das heranreichen, was er derzeit noch ausübt. Er wird Festreden halten, Bücher schreiben, den Altkanzler geben und mit Wehmut an die Macht zurückdenken. I feel guilt, singt die Faithfull, und ich hoffe, daß Schröder auch Schuldgefühle hat, weil jeder Schuld auf sich lädt, sobald er zu leben beginnt. Schuld für Getanes und oftmals gerade auch für das Unterlassene. I never lied to my lover, höre ich, but if I did I would admit it. Ich bin mir nicht so sicher, ob ich dem zustimmen kann, aber ich würde gerne, und dann stimme ich in die nächsten Zeilen mit ein: If I could get away with murder, I'd take my gun and I'd commit it. Das stimmt vielleicht sogar, gib mir eine Waffe, sag mir nur ein Wort, ich bin Gefangener meiner Sehnsucht zu gefallen, nicht jedem natürlich, aber wer behauptet, nicht geliebt werden zu wollen, der lügt, und wer nicht schon mal das dringende Gefühl hatte, für seine Liebe Grenzen überschreiten zu wollen, sogar ein Verbrechen zu begehen, der liebt nicht, jedenfalls nicht so, wie Liebe sein muß: maßlos. Wie maßlos waren wir in den vergangenen Tagen? Und wie maßlos war die Aktion mit der Pistole? Was ist da passiert? Ich fühle mich irgendwie unwohl, wenn ich daran denke. Dabei war ja an sich nichts dabei, ich habe mir einen runtergeholt, und Rieke hat mir dabei zugeschaut, auch so was machen Paare manchmal, selbst wenn das mit Paarung nun gar nichts mehr zu tun hat, das ist eher einsam, eine Einsamkeit unter Zeugen und ohne Zeugungsmöglichkeit. Und obwohl in solch einer Situation ein Lustgewinn nicht automatisch ausgeschlossen wäre - hier war er es. Und obwohl es sich so angefühlt hat - daß Rieke mich mit der Knarre bedroht hat, daß sie so streng geguckt hat, daß sie mich quasi zum Wichsen gezwungen hat, all dies macht mir im nachhinein angst. Das war doch kein Spiel mehr! Irgend etwas muß passiert sein, und ich habe es nicht mitbekommen. Fragt sich nur, ob Rieke das nicht genauso geht. I feel guilt. Though I know I've done no wrong I feel guilt. Guilt, guilt. Guilt, guilt.

Und so weiter. Vielleicht hocken wir in letzter Zeit zu eng zusammen. Früher ging das doch aber auch. Wie sie vorhin gegangen ist, ohne Abschiedszeremonie, nur mit dem kühl geäußerten Versprechen wiederzukommen, wenn es denn ein Versprechen war. Wo sie hingehen wollte, hat sie nicht gesagt, und ich habe sie nicht danach gefragt.

DAS IST MEIN Fahrrad, es steht da, mitten im Zimmer, im Glanz des späten Sommers, der durch die schmutzigen Fensterscheiben scheint, bereit für eine Tour aus der Stadt hinaus. Man könnte einen Salat machen, meinetwegen einen mit Nudeln, warum nicht, Käse könnte man kaufen und dazu noch ein Stück luftgetrocknete Salami und ein leckeres Weißbrot vom Bäcker an der Ecke. Man müßte noch was Süßes einstecken, Schokolade würde wohl zu weich werden, aber Schokoladenkekse wären fein, da ist noch eine Packung im Küchenschrank, neulich bei Aldi gekauft. Eine Flasche Wein wäre noch zu besorgen, nicht bei Aldi, nicht zu billig, wir wollen ja nicht im Durchschnitt verharren. Wein paßt gut zu einem Picknick auf dem Land, und man muß auch nicht so viel davon mitnehmen, Bier wiegt jedenfalls mehr. Man könnte an irgendeiner Wiese anhalten, die Decke im hohen Gras ausbreiten und einfach nur so beieinanderliegen, bis es dunkler wird, oder an einem See auf einem Steg sitzen, mitten in der Woche dürfte doch nicht so viel los sein in Brandenburg, wobei, die sind da ja alle arbeitslos. Trotzdem, man könnte. Man könnte vielleicht sogar über Nacht draußen bleiben, oh, wie romantisch, sternenbefunkelt und zusammengeschmiegt gegen die Bodenkälte des heranschleichenden Herbstes. Bloß was ist mit den Dorfnazis, denen sollte man nicht unter die Baseballschläger kommen, und gibt es in Brandenburg nicht wieder Wölfe? Das alles ist egal, denn es geht ja sowieso nicht. Mein Fahrrad hat zwar zwei Räder, fahren kann man mit ihm trotzdem nicht, weil ein Schloß es zum Stillstand zwingt, momentan nimmt es lediglich Platz weg, ich habe sogar aufgegeben, am Bügel herumzufeilen, das Ding wird sowieso nicht dünner. Mein Fahrrad ist zu einem Hindernis geworden, es leistet passiven Widerstand gegen die Bemühungen des Wetters, uns nach draußen zu locken. Rieke hat sich offenbar vom Fahrrad anstecken lassen. Sie hat keine Lust auf einen Ausflug, das ginge ja auch ohne Rad, oder ich könnte mir eins leihen. Doch Rieke will nicht. Rieke sagt nichts. Rieke sitzt nur da und muffelt. Gespräche versickern schnell in der dicken Luft, die sich um sie herum staut, während sie auf den Fernseher starrt und unmotiviert die Sender wechselt. Sage ich: Laß das doch mal!, sagt sie: War doch langweilig. Und sage ich: Mach mal was anderes an!, findet sie das garantiert gerade interessant. So was müssen Paare wohl durchmachen, schließlich hängen wir jetzt ständig zusammen, keine Chance, schlechte Laune vorm anderen zu verbergen. Ich frage mich nur, warum das gerade jetzt passiert. In neunundzwanzig Tagen sind wir seit einem Jahr zusammen, es war ein schönes Jahr, und auf einmal will Rieke nicht mehr mit mir schlafen. Und das ist das Schlimmste. Bislang war sie immer die Nimmersatte, wogegen ich mich ja nie gewehrt habe, doch jetzt dreht sie sich weg, wenn ich sie mit eindeutigen Absichten berühre, und selbst Küsse werden zu seltenen wie flüchtigen Lippenbegegnungen. Wenn sie überhaupt was dazu sagt, sagt sie: Laß doch mal! Und: Jetzt nicht, Sebastian! Ich bemühe mich, sie in Ruhe zu lassen, lasse sie sogar im Zimmer rauchen, ohne ständig das Fenster aufzureißen, aber irgendwann reicht es mir dann doch. Schließlich geht das inzwischen seit drei Tagen so. Drei Tage, in denen sie unmotiviert vor sich hin lebt. Ich mache Béchamelkartoffeln, und selbst in denen stochert sie bloß lustlos herum. Hey Rieke, sage ich, was ist eigentlich los mit dir? Was soll schon sein? sagt sie. Deine Stimmung, sage ich, die ist nicht zum Aushalten. Ist halt meine Stimmung, sagt sie, wenn's dir nicht paßt, dann geh doch. Fast rutscht mir raus, daß das ja wohl immer noch meine Wohnung ist, und ich bin froh, das für mich behalten zu haben. Sie ist in letzter Zeit so empfindlich, ein falsches Wort und sie haut ab. Hinausjagen will ich sie wirklich nicht. Es ist immer noch besser, sie bei mir zu haben, als nicht zu wissen, wo sie ist und was sie macht. Aber machen sollten wir wirklich was, am besten zusammen, muß ja kein Ausflug sein und auch kein Kino oder Theater. Auf all das hat sie nämlich keine Lust. Dann fallen mir die Merkelplakate, die ich neulich gesehen habe, wieder ein, heute ist doch Mittwoch. Merkel spricht nachher auf dem Wittenbergplatz, sage ich. Rieke guckt mich an, reichlich desinteressiert. Na und, sagt sie schließlich, wir wollen doch Schröder killen. Ja, und wann? frage ich, und außerdem hast du doch selbst gesagt, wir müssen gukken, wie so 'ne Show generell abläuft. Ich weiß, was ich gesagt habe, sagt Rieke schroff, geh ruhig hin, wenn du dir den Scheiß wirklich antun willst, doch haben wir nicht lang genug geguckt? Sie guckt mich an, sagt: Wir müssen langsam mal loslegen. Ja, dann auf! sage ich. Laß uns erst die nächsten Umfragen abwarten, sagt Rieke und schaltet um auf ARD. Ich frage mich, was das eine mit dem anderen zu tun hat, aber auch diese Frage verkneife ich mir. Irgendwann kommt bestimmt 'ne Tagesschau, sagt Rieke, und so gucken wir das Mittagsprogramm für Hausfrauen und unmotivierte Terroristen, eine Übertragung von der Internationalen Funkausstellung. Ich hatte gar nicht mitbekommen, daß zur Zeit eine stattfindet, früher bin ich da jedesmal hingegangen.

Später wissen wir mehr, ein Mehrwissen, das sich hoffentlich schnell wieder vergessen läßt. Wir haben drei Köchen und einer Köchin beim Schnippeln, Rühren, Braten und Fachsimpeln zugeschaut, ein Meisterflorist hat für uns Blumen gebunden, und eine Haushaltsexpertin vom deutschen Hausfrauenbund hatte auch ganz viel zu sagen. Fehlte nur noch jemand vom Veteranenverband der Roten Armee Fraktion, der über das Loch hätte berichten können, in das man fällt, nachdem man den bewaffneten Kampf aufgegeben hat. Eigentlich würde ich diesen Gedanken gerne loswerden, indem ich ihn erzähle, doch das laß ich lieber. Später wurden dann die aktuellen Wahlstandsmeldungen durchgegeben. Warum heißt das eigentlich Sonntagsfrage? Wieso wird immer betont, daß die Befragten dies und das wählen würden, wenn nächsten Sonntag Wahlen wären? Ob das einen Unterschied macht? Kreuzt man sonntags andere Parteien an als zum Beispiel am Montagvormittag? Und wem bringt das Vorteile? Klar, sonntags geht man zur Kirche und entscheidet sich dann für die Christdemokraten, während man am Montag arbeiten muß, also lieber einer Arbeiterpartei seine Stimme gibt. Mir gefällt die Idee, die ich wieder für mich behalte, hat ja keinen Zweck, und Rieke würde sowieso nur entgegnen, daß heutzutage weder viele Menschen beten gehen noch in die Fabrik. Immerhin hat die SPD nach dem beziehungsweise durch das Kanzlerduell drei Prozentpunkte hinzugewonnen. Ein Umfrageinstitut sieht keine schwarzgelbe Mehrheit mehr, ein anderes meldet dagegen einen sehr knappen Vorsprung für Merkel und Westerwelle. Nach dem Wetterbericht, es soll weiterhin schön bleiben, schaltet Rieke die Kiste aus, bleibt aber weiterhin vor ihr sitzen. Und jetzt? frage ich. Rieke schweigt. Ein Schweigen, das sie durch das Drehen und Anzünden einer Zigarette bekräftigt. Ich habe keine Lust, mir das länger anzusehen, und so gehe ich in die Küche. Dort esse ich den Rest der Kartoffeln von gestern direkt aus dem Topf, ohne sie vorher aufgewärmt zu haben. Auf dem Küchentisch liegt noch immer der aufgeschnittene Umschlag. Wie gut Geheimdienste wirklich sind, weiß man ja nicht, aber etwas mehr Unauffälligkeit als das ist ihnen schon zuzutrauen. Es sei denn, bei dem Gedanken schaudert's mir, sie wollen mir angst machen. Rieke kommt in die Küche, setzt sich zu mir an den Tisch, berührt meine Hand und lächelt leise. Na, sagt sie. Ich versuche ihren Blick zu deuten. Ich weiß auch nicht, sagt sie, ist irgendwie doof gerade, vielleicht habe ich auch einfach Angst, verstehst du? Ich nicke. Ich habe auch Angst, sage ich. Wir beide müssen das alleine durchziehen, sagt sie. Ja, sage ich, wenn du meinst. Rieke nickt mehrmals mit zusammengepreßten Lippen, unsere Finger verknoten sich ineinander. Ich kann keinen klaren Gedanken mehr fassen, sagt Rieke dann, ich glaub, ich brauch mal 'ne Auszeit. Ich versteh nicht so recht, was sie meint. Wie? frage ich, jetzt? Ja, jetzt, sagt Rieke, für 'nen Tag oder so, du mußt dir keine Sorgen machen, weder um uns noch um unsere Mission. Ich mache mir aber Sorgen! sage ich. Mach das nicht, sagt sie und streichelt mir mit der Hand übers Gesicht. Schließlich küssen wir uns, das tut gut, ist aber viel zu kurz. Rieke steht auf. Ich bin bald wieder bei dir. Sie hebt die Hand, um mir zum Abschied zu winken. Den Rucksack hat sie wohl schon gepackt, er steht im Flur, sie nimmt ihn, sagt noch mal ›bis bald, Bast!‹, dann verläßt sie die Wohnung. Und ich bin immer noch unfähig aufzustehen. Aber sie hat doch gesagt, daß sie nur eine kurze Auszeit braucht. Wird schon wieder. Ganz bestimmt.

FREITAGNACHMITTAG. Ich fühle mich gelähmt. Außer einer SMS keine Nachricht von Rieke. Ich weiß nicht mal, wo sie sich aufhält, bei wem sie schläft, was sie ißt und ob sie ißt, woran sie gerade denkt. Nicht, daß mir das während unserer Beziehung immer wichtig gewesen wäre, aber jetzt, wo wir noch enger zusammen waren, zusammen sind, mache ich mir eben noch mehr Gedanken als zuvor. Ich möchte einfach wissen, wie es Rieke geht. Und was ist da schon eine SMS? Eine SMS, das sind einhundertundsechzig Zeichen, und selbst die sind schon wieder achtzehn Stunden alt, auch wenn ich sie wieder und wieder gelesen habe, als wäre ich ein hoffnungslos verknallter Teenager. Es sind ja nicht einmal einhundertsechzig Zeichen, ich habe sie nämlich gezählt, es sind nur einhundertvierunddreißig Zeichen. Rieke hat sechsundzwanzig Zeichen verschenkt, das ist einmal das Alphabet. Liebster Bast, hat sie geschrieben, auch wenn ich dich vermisse, bin ich froh, mal für mich zu sein. Bald bin ich wieder die deine, die dich liebende Rieke. Sie hat mir von Liebe geschrieben, na immerhin, doch was nützt mir ihre Liebe, wenn sie nur in einer SMS steht, die nicht einmal verrät, von wo aus man geliebt wird. Ich glaube nicht, daß Rieke bei Leander ist, das fühle ich irgendwie, wahrscheinlich ist sie in ihrer WG, da wohnt sie ja schließlich, doch werde ich mich hüten, das kontrollieren zu wollen. Einhundertvierunddreißig Zeichen, die mich einsam machen. Trotzdem versuche ich, Rieke zu verstehen. Ich lasse sie in Ruhe, habe mich sogar gezwungen, ihr nicht zu antworten, nicht sofort. Statt dessen sitze ich im Zimmer oder ich stehe oder ich liege; ich gucke nicht fern und auch nur selten aus dem Fenster. Ist schön da draußen, scheint ziemlich warm zu sein, doch interessiert's mich nicht, einsame Sommertage sind öde, Alleinsein ist was für schlechtes Wetter, für fiese Sprühregentage mit Fußbodenfrost, da kann man die Heizung aufdrehen und traurige Musik. Doch an einem Tag wie diesem, der vielleicht der letzte schöne im Jahr ist, so was weiß man ja immer erst hinterher, den müßte man draußen verbringen, im Park mit der Freundin, denn wir sind jung und Zeit haben wir auch. Doch meine tropft bloß träg dahin, während ich sitze, während ich stehe, während ich liege. Ich höre nicht einmal Musik, denn das würde mich nur traurig machen, egal, ob ich traurige Lieder hörte oder fröhliche, weil mich das eine an das erinnerte, was ist, und das andere an das, was nicht ist. Ich versuche mich abzulenken, indem ich das Internet nach Andreas Baader absuche. Ich will noch einmal die Fotos sehen, die aus dem Buch, gerne auch andere. Wer war dieser Baader, daß es schon reicht, seine Pistole zu besitzen, um das Gefühl zu haben, endlich dran zu sein? Bei meiner Suche stoße ich auf eine Bilderserie von Gerhard Richter, dem Maler, kann sein, daß ich die sogar schon mal gesehen habe, ich glaube in der Nationalgalerie, Bilder wie verschwommene Schwarzweißfotografien von Baader und Ensslin, außerdem eine Zelle mit großem Bücherregal sowie ein Plattenspieler. Wieso ein Plattenspieler? Und wieso alles so unscharf, klar, das ist Richters Stil, vage erinnere ich mich an eine Kunststunde vor vielen Jahren, aber was bezweckt er mit seinen Uneindeutigkeiten in Grau - Grau ist keine Farbe, keine Farbe - besetzt hier einer einen Standpunkt, ohne Stellung beziehen zu wollen? Es ist eine Sache, die Knarre von Andreas Baader zu besitzen, erst ihr Einsatz ist das Verbrechen, muß ich aber deshalb eine Meinung haben zur Er A Eff? Buback, Ponto, Schleyer - Namen, die ähnlich bekannt sind wie die von Baader, Meinhof, Ensslin, nur daß sie für die Gegenseite stehen, nicht meine Gegenseite, denn das würde ja heißen, ich wäre dafür. Für die Opfer. Ohnehin ist all das längst verblaßt, die Gründe für den damaligen Gang in den Untergrund sind uns fern, unscharf wie die zu Opfern ihrer selbst gewordenen Täter auf Richters Gemälden. Wir haben neue Gründe, ich bin mir allerdings nicht sicher, ob diese – um im Bild zu bleiben – überhaupt schon entwickelt sind. In Zeiten von Digitalkameras entfällt dieser Prozeß ja auch, alles ist gleich da, sofort verfügbar, aber auch flüchtig, haltbar nur bis zum endgültigen Systemabsturz. Bei Richters Zyklus fasziniert mich am meisten dieser Plattenspieler, weil der so banal wirkt und gleichzeitig greifbar bleibt wie übriggeblieben, vielleicht gibt es ihn noch, archiviert in einer selten betretenen Asservatenkammer. Beim Weiterklicken finde ich eine monochrome Fotografie, die Richter wohl als Vorlage gedient hat. Darunter die Erklärung: Der Plattenspieler von Andreas Baader. Da drin soll die Pistole versteckt gewesen sein, mit der er sich erschossen hat. Auf dem Plattenteller liegt eine Platte, doch das Label ist unlesbar. Trotzdem brauche ich nur wenige Mausklicks, um zu wissen, welches Album Baader zuletzt gehört hat, ›There's One In Every Crowd‹ von Eric Clapton. Eric Clapton?! Wie langweilig! ›I Shot The Sheriff‹ oder was? Einen Link später habe ich die CD bestellt. Eine Kundenrezension preist das Cover, das allein schon den Kauf rechtfertige: Ein Hund, der seine Schnauze auf eine Tischplatte legt. Die Songtexte seien religiös angehaucht, und die Musik hebe die Stimmung, wenn man traurig ist, diese CD lasse einen einfach glücklich sein. Sie kostet auch nicht soviel.

Irgendwann klingelt das Telefon. So überraschend das auch kommt, ich halte das Gerät sofort in der Hand, warte dann aber noch kurz, bevor ich auf die Taste mit dem grünen Hörer drücke, soll ja nicht so wirken, als hätte ich auf den Anruf gewartet. Mir ist, als spürte ich mein aufgeregtes Herz pochen, wenn das nicht Rieke ist, ich versuche, mich so beiläufig wie möglich zu melden. Ja, hallo? Hier spricht dein Vater! Damit habe ich nun gar nicht gerechnet. Hallo! sage ich, wohl etwas stockend, Papa, was für 'ne Überraschung! Ist das so? sagt mein Vater und räuspert sich, ich habe mit Erschrecken festgestellt, daß du dieses Jahr schon siebenundzwanzig wirst. Wieso mit Erschrecken? frage ich. Daran sehe ich, wie alt ich geworden bin, sagt mein Vater und lacht. Da hast du recht, sage ich. Dein Kindergeld läuft dann aber aus, sagt er. Schade, sage ich. Ja, sagt er, schon gut, ich werde dir auch weiterhin was überweisen, solange du noch studierst; nichtsdestotrotz sollten wir mal über deine Finanzsituation sprechen, das wird ja auch immer schwieriger, also wie man Geld anlegt, und deine Zukunft, du weißt schon, Altersvorsorge, vielleicht sollten wir eine Lebensversicherung abschließen, für dich, meine ich. Ja, sage ich, wenn du meinst, ich denk da nicht so drüber nach. Solltest du aber, Sebastian, sagt er, solltest du, irgendwann werde ich nämlich nicht mehr da sein, und wenn ich erst pensioniert bin, zahlt der Staat mir sowieso weniger Geld. Das ist okay, sage ich, ich komme schon zurecht. Papa lacht. Wirklich! sage ich. Ich wollte dich trotzdem mal besuchen, sagt er, wie wär's mit morgen, ich bleibe auch nicht lange. Morgen? sage ich, ja, von mir aus, wann denn? Früher Nachmittag? sagt er, ist das in Ordnung? Ja, sage ich. Na dann bis morgen! sagt er. Ja, sage ich, und er legt auf. Ich gucke mich im Zimmer um, vielleicht sollte ich noch ein bißchen aufräumen.

SPÄTER bin ich am Golgatha. Wenn schon Rieke nicht bei mir sein möchte, ich habe glücklicherweise noch andere Freunde. Nachdem Meier mich vorhin auf den neuesten Stand seines fernmündlichen Beziehungskrieges gebracht hat, er, der von sich sagt, daß er bislang gar nicht gewußt hätte, überhaupt in der Lage zu sein, sich ernsthaft und über Stunden und mehrere Telefonate und E-Mails lang mit einer Person zu streiten und schließlich zu versöhnen, und dann auch noch mit jemandem, den er noch nie gesehen hat, jedenfalls nicht leibhaftig und nur auf ein paar digitalen Fotos, und nachdem ich ihm erneut empfohlen habe, langsam mal die Finger vom Hörer zu lassen, weil das auf die Dauer nun wirklich ungesund ist, für deine Psyche, Meier, verstehste, davon wirste nachher noch bekloppt, Alter, nachdem wir all das abgehakt hatten, ist er zum eigentlichen Grund seines Anrufes gekommen, ob Rieke und ich heute abend, also jetzt, nicht auch ins Golgatha, also hierhin, kommen mögen, Steff hatte zuvor bei Meier angerufen, Toni wird ihren neuen Freund mitbringen, deswegen treffen wir uns auch im Biergarten und nicht am See oder im Park, weil der wohl schon ein bißchen älter ist, also der Freund, und vielleicht fänd der das dann nicht so gut, vor allem, wenn's sowieso verboten ist. Auf den Typen bin ich echt gespannt. Woher sie den wohl kennt? Es ist kurz vor neun, ich bin tatsächlich zu früh, ohne Rieke fehlt mir anscheinend die Ruhe, unpünktlich zu kommen. Lag aber wohl eher daran, daß ich nicht einschätzen kann, wie lange ich mit dem Bus unterwegs bin. Der Biergarten ist natürlich trotzdem schon ziemlich überfüllt. Wahrscheinlich sind die anderen noch nicht hier, ich muß also Platz für mindestens fünf Leute suchen und dann verteidigen. Zuspätkommen hat eben seine Vorteile. Da stelle ich mich doch erst mal ans Ende einer Schlange vor den Getränkeständen, um mir ein Wartebier zu kaufen. Denn wenn ich sitze, sitze ich auf dem trockenen, Biergärten sind nicht nur teuer, man muß auch noch anstehen, um was zu trinken zu kriegen.

Doch die anderen sind tatsächlich schon da, jedenfalls zum Teil, denn als ich mich, das volle Bierglas in der Hand, zu orientieren versuche und überlege, wohin ich jetzt gehen sollte, höre ich aus dem allgemeinen Gebrabbel meinen Namen heraus. Nun gibt es in dieser Stadt viele Sebastians, und ich nehme an, selbst in diesem Biergarten würden sich noch zwei, drei andere angesprochen fühlen, riefe man den Namen nur lautstark und ausdauernd genug. Da mir aber Toni entgegenkommt, du bist ja auch schon da, weiß ich, ich bin gemeint. Schön, dich zu sehen, sagt Toni, sie ist weiß gekleidet oder hell, irgendwie sommerlich und kein bißchen kariert. Während sie mich zum Tisch führt, fragt sie, was eigentlich mit Rieke ist. Ich habe vorhin bei ihr probiert, sagt Toni, sie ist nirgendwo rangegangen, weder zu Hause noch auf'm Handy. Rieke kann heute nicht, sage ich. Schade, aber schön, daß du da bist, sagt sie und bleibt an einem Biertisch stehen. An dem sitzt Dr. Knut. Was macht der denn hier? Das ist übrigens, sagt Toni, ach, ihr kennt euch ja. Guten Abend, Dr. Knut, sage ich. Dr. Knut erhebt sich leicht von seiner Bank, und wir reichen uns die Hände, hallo Herr Singer. Seid doch nicht so förmlich, ruft Toni fröhlich und setzt sich ziemlich dicht neben Dr. Knut, während ich ihnen gegenüber Platz nehme. Das ist Sebastian, das ist Kuno, sagt Toni. Und weil ich wohl etwas verwirrt wirke, sagt Dr. Knut, also Kuno, dummer Name, nicht wahr, meine Mutter hatte so ein Faible für Assonanzen und Alliterationen, meine Schwester heißt Karla und mein jüngerer Bruder Kurt. Wobei man wissen muß, daß Karlas zweiter Vorname Kunigunde ist, sagt Toni und legt ihren Arm um Dr. Knut, schon wegen der Assonanz. Ach so, sage ich und trinke erst mal einen Schluck Bier. Vor den beiden stehen Weingläser und sogar ein Kühler mit einer Flasche Weißwein. Kunigunde, sagt Dr. Knut, das fand mein Vater wohl etwas zu altbacken, daher hat er auf einem anderen Hauptvornamen bestanden, da hatte Karla wohl noch mal Glück. Karla ist ja auch ganz schön, sage ich, um was zu sagen. Ich finde Kuno schöner, sagt Toni und küßt Kuno. Oje, denke ich, hoffentlich kommt Meier bald. Was ist eigentlich mit Steff? frage ich. Die kommt später, sagt Toni, ich hab es auch bei Leander versucht, da spinnt der Anrufbeantworter irgendwie, und ein Handy hat er ja nicht. Doch, sage ich und bereue es sogleich, das heißt, ich glaube, er wollte mal, aber. Um den Satz zu beenden, zucke ich mit den Schultern und trinke wieder vom Bier. Dem haben die beiden nichts hinzuzufügen. Dr. Knut hebt ebenfalls sein Glas. Ich glaube, ich will ihn gar nicht duzen, immerhin ist er mein Dozent, er ist ein Lehrer, mit Lehrern ist man nicht befreundet und schon gar nicht geht man mit ihnen ins Bett, na ja, wenn Toni ihn liebt, es ist schließlich nicht verboten, es fühlt sich für mich nur komisch an. Dr. Knut will mit mir anstoßen, ich tue ihm den Gefallen. Auch mit Toni stoße ich an, und dann schauen sich die beiden in die Augen, lange, bevor sie ebenfalls ihre Gläser gegeneinanderstoßen. Ach, Liebe! Würde Rieke jetzt bei uns sein, wäre mir das gewiß egal, oder wenigstens Meier, der wüßte jetzt bestimmt was zu sagen, wir aber sitzen uns gegenüber und schweigen. Schweigen lächelnd. Na immerhin. Das einzige, was mir in Verbindung mit Dr. Knut einfällt, ist meine Arbeit, die ich nie schreiben werde, ich kriege nicht einmal mehr das genaue Thema zusammen, irgendwas mit Verfassung und politischen Krisen, hoffentlich kommt Dr. Knut nicht auf die Idee, mich danach zu fragen, immerhin findet dieses Treffen in einem freundschaftlichen, in privatem Rahmen statt, da redet man nicht über so was, hoffentlich weiß Dr. Knut das. Um uns herum wird gelacht und laut geredet, nur wir sind still, Bratwurstschwaden passieren meine Nase, vielleicht sollte ich was essen, sonst wirken die noch zu trinkenden Biere zu schnell. Riecht gut, sage ich, so 'ne schöne Bratwurst. Der Geruch ist meistens gut, sagt Dr. Knut, davon sollte man sich nicht täuschen lassen. Ach, sage ich, verstehe, Sie sind auch Vegetarier. Das nicht, sagt

Dr. Knut, ich finde nur, man sollte Fleisch lediglich dann essen, wenn es von einem Tier stammt, das auf einer Weide in der eigenen Umgebung aufgewachsen ist, und das ist in Berlin nicht so einfach. Gut so, sagt Toni, und ich beobachte ein paar Spatzen dabei, wie sie um ein Stück Bratwurst kämpfen. Man sollte nie vergessen, daß der Verzehr von Fleisch ziemlich umweltschädlich ist, sagt Toni, nur das Kaufen und Fahren eines Autos ist noch schlimmer. Das sag mal den Leuten, die ihre Burger im Drive-in kaufen, sage ich, aber der Witz kommt bei den beiden überhaupt nicht gut an. Weißt du, fährt Toni mit der Belehrung fort, um fünfhundert Gramm Weizen zu produzieren, braucht man hundert Liter Wasser, und für ein genauso schweres Rindersteak müssen zehntausend Liter verbraucht werden. Beinahe wäre mir wieder ein dummer Spruch rausgerutscht, aber ich behalte ihn lieber für mich und trinke wieder Bier, schon um mein Grinsen zu verbergen über die Vorstellung, beim Braten zu ertrinken, weil so viel Wasser aus dem Fleisch strömt.

An dieser Stelle trifft endlich Steff ein. Alle drei begrüßen wir sie extrem überschwenglich, so als sei sie eine vermißt Geglaubte, die sich lediglich im Schrank versteckt hatte. Was ist denn mit euch los? ruft Steff, lacht und setzt sich neben mich, feiert ihr schon den Sieg von Rotgrün? Es fällt mir schwer, überhaupt an so was zu denken, sagt Dr. Knut. Aber die Umfragen, sagt Steff, ich hab's gerade noch im Radio gehört, Schröder spricht schon von Sieg. Toni lacht. Wir leben in einer Umfragedemokratie, sage ich, jeden Tag wählt das Volk die Regierung, die am wenigsten weh zu tun scheint. Interessante These, sagt Dr. Knut, glaubst du, die Umfragen verhindern Reformen? Keine Ahnung, sage ich, schon möglich, Meinungsforschung ist jedenfalls das Gegenteil von Revolution. Oder gefühlte Revolution, sagt Toni. Ein Revolutionssurrogat! ruft Dr. Knut.

Die Veränderungen spielen sich aber woanders ab, sagt Steff, den Politikern muß doch egal sein, was die Leute momentan von ihnen denken, deswegen wird ja auch nicht ständig gewählt. Kann man mit politischen Mitteln überhaupt etwas verändern? fragt Toni, also so richtig? Natürlich sind selbst dem Bundeskanzler die Hände gebunden, sagt Dr. Knut, mehr noch als auf Ideen kommt es schließlich auf Mehrheiten an, man selbst kann nur wenig verändern, die eigentlichen Veränderungen geschehen in den Politikern selbst, die verlieren ihre Ideale und merken es vielleicht nicht einmal. Ich merke, wie mein Interesse am Gesprächsverlauf nachläßt, schon wegen der Anwesenheit Dr. Knuts komme ich mir vor wie im Hauptseminar, und das muß ich wirklich nicht haben an einem Freitagabend. Stelle fest, ich höre gar nicht mehr richtig zu, jedenfalls habe ich verpaßt, warum die anderen inzwischen über diesen einen Dresdner Wahlkreis reden, in dem die Bundestagswahl um mehrere Wochen verschoben werden soll wegen des Todes einer Direktkandidatin. Ist die nicht von der NPD? fragt Steff. Um wie viele Stimmen geht's da eigentlich? fragt Toni. Knapp über zweihunderttausend, sagt Dr. Knut. Und die könnten das Wahlergebnis noch mal verändern? fragt Toni. Theoretisch schon, sagt Dr. Knut, erinnere dich an zweitausendzwei, da hatte die SPD gerade mal sechstausend Stimmen mehr als die Union, und zwar insgesamt. Es kann also sein, frage ich, daß wir wochenlang warten müssen, bevor wir wissen, wer nächster Bundeskanzler ist? Dr. Knut lächelt, macht eine unklare Handbewegung und nippt dann an seinem Wein. Und all das nur, weil jemand gestorben ist, sagt Steff. Was ist eigentlich, wenn Schröder oder Merkel sterben würden? fragt Toni, und ich verschlucke mich fast an meinem Bier. Wie kommt die denn jetzt da drauf? Eine interessante Frage, sagt Dr. Knut, die kann ich ad hoc gar nicht beantworten. Warum sollte dann nicht gewählt werden? sage ich, in Holland vor ein paar Jahren. Du meinst Pim Fortuyn? unterbricht mich Dr. Knut und nickt lächelnd. Ich glaube schon, sage ich. Ob das auf Deutschland übertragbar ist, wage ich zwar zu bezweifeln, doziert Dr. Knut, aber wahr ist, daß die Ermordung von Fortuyn, der diese Partei ja erst wenige Monate davor gegründet hatte, das war doch so eine typische Protestpartei, der Mord hat denen schon eine erhebliche Anzahl an Kondolenzstimmen eingebracht. Kondolenzstimmen! Toni kichert, offenbar findet sie das Wort komisch. Als das damals in den Nachrichten kam, sagt Steff, wußte ich gar nicht, wer das ist, und auch nicht, daß der mehr so der Nazi war, ich fand nur so kraß, daß ihn der Attentäter erst niedergeschossen hat und ihm dann auch noch die Kehle durchgeschnitten hat und das Bekennerschreiben mit dem Messer an den Körper geheftet hat. Echt übel! sagt Toni. Da verwechselst du was, sagt Dr. Knut, das mit dem Messer war bei van Gogh, diesem Filmemacher, Fortuyn wurde auch nicht von einem Islamisten, sondern von einem Ökoaktivisten erschossen. Was du alles weißt! sagt Toni, die Bewunderung ist ihr anzusehen. Dr. Knut lächelt und macht eine abwehrende Geste und sagt: Ich lese lediglich regelmäßig Zeitung. Das tue ich doch auch, sagt Toni, doch irgendwie. Weiter kommt sie nicht, denn nun ist auch Meier da. Er umarmt die Damen, klopft mir auf die Schulter und wird mit Dr. Knut bekannt gemacht, nenn mich bitte Kuno, dummer Name, ich weiß. Meier sagt: Ach so. Seine Mutter stand auf gleiche Anfangsbuchstaben, sage ich, und Meier nickt. Und auf Assonanzen, ergänzt Dr. Kuno Knut, meine Schwester heißt Karla und mein Bruder. Ich brauch erst mal 'n Bier, unterbricht Meier diese Ausführungen. Warte, ich komm mit, sagt Steff, die noch gar nichts zu trinken hat. Ich kann gehen, sage ich und trinke mein Glas leer. Ich weiß aber nicht so genau, was ich haben will, sagt Steff. Keine Sorge, sagt Meier und nimmt mir das Glas ab, ich bring dir eins mit. Das war auch gar nicht meine Sorge, nun aber sitze ich schon wieder allein da mit Toni und Dr. Knut, und ich weiß auch gar nicht, was die zwei für mich gerade so unerträglich macht, mal abgesehen davon, daß er ihr Dozent ist, dabei bin ich doch kein Moralist, ich kann das doof finden und müßte mich trotzdem weiter mit ihnen unterhalten können. Statt dessen habe ich nicht mitbekommen, worüber sie jetzt sprechen, warum es plötzlich um gewaltlosen Widerstand geht, über achtundsechzig eff eff. Und der Dutschke, sagt Toni, der war so friedlich und wurde so brutal niedergeschossen. Das stimmt schon, sagt Dr. Knut, also das Attentat, vollkommen irrsinnig, aber ein Chorknabe war der Dutschke auch nicht, die ganze linke Szene in Westberlin nicht, sagt euch der Name Feltrinelli was? Toni und ich schütteln die Köpfe, Zeit für Dr. Knuts Märchenstunden, wobei, so alt ist der doch noch gar nicht, als daß er das selbst miterlebt haben könnte, der ist Ende der Sechziger garantiert noch zur Schule gegangen, wenn überhaupt schon. Feltrinelli, das erzählt Dr. Knut, war ein linker Verleger, ziemlich wohlhabend, er hat Doktor Schiwago im Westen bekannt gemacht, diesen Roman von Pasternak, der wurde in der UdSSR nämlich nicht verlegt, und mit seinem Geld hat Feltrinelli viele linke Projekte finanziert, so auch den Vietnamkongreß neunzehnachtundsechzig in Berlin, und bei dieser Gelegenheit hat er dem Dutschke Dynamit mitgebracht, als Gastgeschenk sozusagen, im Auto nach Westberlin geschmuggelt. Und was sollte Dutschke damit? frage ich. Feltrinelli hatte wohl vorgeschlagen, Sabotageakte gegen amerikanische Schiffe vorzunehmen, die Nachschub nach Vietnam brachten, sagt Dr. Knut. In Westberlin? frage ich. Darüber wurde in der Szene damals viel diskutiert, sagt Dr. Knut, also, ob es nicht leichter erreichbare Ziele gäbe. Die Siegessäule! sagt Toni. Wir gucken sie beide an, Dr. Knut wirkt erstaunt, fragt, wie sie jetzt auf die Siegessäule käme. Toni zuckt mit den Schultern. Ich dachte nur, sagt sie, weil es so ein kriegerisches Symbol ist, gibt's da nicht sogar 'nen Roman drüber? Dr. Knut wirkt ein bißchen nachdenklich, nippt an seinem Wein. Dann sagt er: Mag sein, die Genossen wurden sich sowieso nicht einig und nicht nur das, niemand wollte den Sprengstoff behalten. Dutschke jedenfalls hat das Zeug in den Kinderwagen unter seinen kleinen Sohn gepackt. In den Kinderwagen? Toni gibt sich empört. Kann doch nichts passieren, sage ich, solange das Kind nicht raucht. Dr. Knut grinst mich an: Eben! Männer! brummt Toni und macht eine abfällige Geste. Jedenfalls geisterte das Dynamit eine ganze Weile durch die linke Szene, sagt Dr. Knut, bis es schließlich irgendwo verschwand. Es wurde nie benutzt? frage ich. Jedenfalls nicht innerhalb von Berlin, sagt Dr. Knut, ich weiß nicht. Es könnte also noch irgendwo liegen? fragt Toni. Brauchst du welches? fragt Dr. Knut und zwinkert sie an. Noch nicht! sagt Toni und bemüht sich um einen extrasüßen Blick. Beim Adressaten scheint er zu wirken. Und als sie ihm auch noch die Lippen entgegenspitzt, kommt er nicht umhin, sie kurz zu küssen, aber ich merke ihm an, wie unangenehm ihm das ist, hier vor mir und in aller Öffentlichkeit. Mir ist das genauso unangenehm. Ich frage mich, wann Steff und Meier endlich mit den Getränken zurückkommen, doch vom Turtelpärchen an meinem Tisch will ich wissen, ob sie glauben, daß Gewalt gegen Sachen, also die Sprengung der Siegessäule, von Lieferwagen des Springerverlages, die Potsdamerplatzarkaden wären eigentlich auch ein gutes Ziel, weil dieser Kasten für die Gleichschaltung des Konsums steht, Zerstörung von Sachen eben, die in erster Linie symbolisch sind und die niemandes Leben riskieren, ist das noch zeitgemäß? Was ist das denn für 'ne Frage? fragt Toni. Und heute ist Gewalt gegen Personen angesagter? fragt Dr. Knut. Ich frag ja nur, sage ich, keine Ahnung, die Dimensionen sind einfach krasser geworden, heute sprengen sich Menschen in der U-Bahn in die Luft, wenn die Siegessäule explodiert, dann wird das keinen groß kümmern. Laß doch mal die Siegessäule außen vor, sagt Dr. Knut, für die interessiert sich doch niemand. Das war aber mal anders, sagt Toni. Ein gutes Haßobjekt ist das wirklich nicht, sage ich. Aber eine U-Bahn, oder was? fragt Toni. Für eine Tat aus Haß bestimmt, sagt Dr. Knut. Das muß ziemlich furchtbar sein, sagt Toni, wenn das eigene Leben nur noch aus Haß besteht. So gesehen ist der Selbstmordattentäter ein glücklicher Mensch, sage ich. Das ist aber zynisch, sagt Dr. Knut. Wie kann einer glücklich sein, der nicht nur haßt, sondern auch Haß auf sich zieht? fragt Toni, er hat dann doch gar nichts erreicht, nur Zerstörung. Darum geht es denen aber, sagt Dr. Knut. Das ist natürlich ihr Fehler, sage ich, so eine Tat muß andere überzeugen können, sonst ist sie ja sinnlos. Dr. Knut grinst. Interessante These, sagt er. Der Anschlag vom elften September wäre genial gewesen, sage ich, wenn ganz vielen Menschen im Westen dadurch die Augen geöffnet worden wären, wie degeneriert das kapitalistische System inzwischen ist. Ist das dein Ernst? sagt Dr. Knut und lacht. Toni lacht auch ein bißchen. Was gibt's da zu lachen? frage ich, natürlich ist das schwer zu realisieren, also, ich wüßte gar nicht, wie man das anstellen müßte, aber wenn Terrorismus erfolgreich sein will, muß er nicht destruktiv, sondern eher konstruktiv wirken. Ja, sagt Dr. Knut, auf die eigenen Anhänger. Aber die sind doch sowieso schon überzeugt, sage ich. Was du da erzählst, sagt Toni, das klingt ein bißchen so, als würde man Gerhard Schröder umbringen, damit die Leute nächste Woche die SPD wählen! Sie grinst, wohl weil ich sprachlos bin, wahrscheinlich steht mir der Mund offen. Vorhin habe ich schon gedacht, Toni könnte irgendwas wissen. Oder ist das wirklich Zufall? Und daß Dr. Knut mir beinahe feixend ins Gesicht schaut, schmerzt schon. Das ist eine schöne Idee! sagt er glucksend, und dann wird die Wahl verschoben, wie jetzt in Dresden, und alles war umsonst, weil den Müntefering, den wollen die Leute ja nun wirklich nicht zum Bundeskanzler machen. Jetzt lacht auch Toni schallend, so daß die umsitzenden Leute zu uns herüberblicken. Bin ich in eine Falle getapst? Oder habe ich mich etwa verraten? Man darf doch nicht lachen über unseren Plan, das ist das einzige, was uns noch bleibt, wo wir nun endlich dran sind, wo es losgehen soll, so was hinterfragt man nicht, das geht einfach nicht! Ich springe auf, das geht so nicht! sage ich ärgerlich. Das Weinglas vor Dr. Knut kippt fast vom Tisch, aber er kann es festhalten. Laßt mich in Ruhe! sage ich, vielleicht schreie ich es auch. Die beiden hören mit dem Lachen auf und blicken mich verwundert an. Ihr habt wohl gar keine Ahnung! sage ich und gehe schnellen Schrittes davon. Und was muß ich hören: Sie lachen! Sie lachen mich aus, die Ahnungslosen! Die werden schon sehen, was passiert, wenn wir sie erst zücken und auf den Kanzler richten, die geladene Knarre von Andreas Baader! Was ist dagegen schon altes Dynamit?! Ich muß hier raus, weg hier! Das ist natürlich ein blöder Abgang, alles andere als unauffällig, und was werden Steff und Meier von mir denken? Das muß mir jetzt egal sein, denke ich gerade, als ich am Ausgang fast mit jemandem zusammenstoße, unglaublich, es ist Luzie. Oh, sage ich, hi! Hey, sagt sie und wirkt irgendwie vergnügt. Küßchen links, Küßchen rechts. Schön, daß du, dann unterbricht sie sich und guckt plötzlich ernst: Du willst nicht schon gehen!? Nein, na, doch, ich ... Ich weiß nicht, was ich sagen soll, ich weiß nur, daß ich hier wegmuß, allerdings will ich auch nicht, daß Luzie gleich brühwarm erzählt bekommt, was gerade passiert ist. Hast du noch was vor? fragt sie mich. Nicht direkt, sage ich, wir hatten gerade einen, tja, eine kleine Auseinandersetzung, Toni und ihr neuer Freund. Oje, sagt Luzie. Ach, sage ich und fühle mich tatsächlich schon wieder ruhiger, nichts Schlimmes, ich will nur einfach weg hier. Schade, sagt Luzie, ich wollte eigentlich viel früher kommen, ich war nur noch nie hier, deshalb. Na ja, sage ich, wir sehen uns bestimmt bald wieder. Ja, sagt sie, bestimmt. Sie zögert. Dann fragt sie: Ist deine Freundin noch bei den anderen? Nee, die konnte heute nicht. Ach so, sagt Luzie, du willst zu ihr? Heute nicht, sage ich, ich fahr wohl mal nach Hause, eigentlich schade, so 'ne warme Nacht. Auf Luzies Gesicht breitet sich ein Lächeln aus. Also, wenn du nichts dagegen hast, sagt sie, und das Lächeln wird zu einem breiten Grinsen, das ich sofort zu verstehen glaube. Du meinst? frage ich. Sie nickt. Der Ärger ist jetzt fast völlig verflogen, vielleicht wird der Abend ja doch noch schön. Hast du Lust auf ein Eis? frage ich, hier gibt's 'nen Supereisladen, direkt am Wasserfall, wenn du noch nie hier warst, könnten wir hoch zum Denkmal, von dort hat man einen geilen Blick auf die Stadt. Luzie greift nach meiner Hand. Klingt gut, sagt sie, dann verlassen wir das Golgatha.

Wenig später sitzen wir mit unseren Pappeisbechern auf einer Stufe kurz vorm Denkmal. Hier ist enorm viel Betrieb, nicht weniger als unten im Biergarten, nur anders, irgendwie ausgelassener. Es wird vereinzelt gesungen und Gitarre gespielt und vermehrt getrommelt, gejohlt und gelacht, um uns herum flackern ein paar Kerzen, glühen Zigaretten, süßliche Haschisch- und Graswölkchen wabern vorbei, und zu unsern Füßen glüht Berlin, alles noch da, Potsdamer Platz und Fernsehturm, die Siegessäule ragt auch unbeschädigt in den Himmel. Ich liebe diesen Blick, die Nachtstadt, die um diese Zeit viel heller und strahlender ist als am Tag. Schön! hat Luzie gesagt, als wir oben angekommen waren und hinabsahen, wirklich schön. Dann haben wir uns gesetzt, Eis gelöffelt und gar nichts mehr gesagt. Sorry übrigens, sagt Luzie, ich hab diese Woche echt 'n bißchen am Rad gedreht, voll der Streß, wollte dich eigentlich anrufen, irgendwie. Schon gut, unterbreche ich sie, ist doch nicht schlimm. Dann klingelt mein Handy, und ich habe keine Lust ranzugehen. Dein Telefon, sagt Luzie. Ich esse gerade Eis, sage ich. Gutes Eis, sagt Luzie, da läßt man sich wirklich nicht gern stören. Doch das Klingeln stört und hört nicht auf. Also zerre ich es samt Gerät aus der Hosentasche, ›Meier‹ steht auf dem Display, was die ihm wohl erzählt haben? Ich will ihn trotzdem nicht sprechen, das muß ich morgen klären, deshalb drücke ich ihn weg, das Geräusch bricht ab, und per Knopfdruck unterbinde ich mögliche weitere Belästigungen aus dem All. Luzie beobachtet mich interessiert. Vielleicht sollte ich meins auch abschalten, sagt sie, nachher ruft Steff an, um zu fragen, wo ich bleibe. Sie gibt eine Art Glucksen von sich und holt ihr Telefon hervor. Worüber hast du dich vorhin eigentlich so aufgeregt? fragt sie, als wir beide unsere Handys wieder weggepackt haben. Ich kann ihr natürlich nicht die Wahrheit sagen, du, Luzie, wir wollen jemanden erschießen, und Dr. Knut und Toni haben sich darüber lustig gemacht, obwohl sie eigentlich nicht ahnen dürften, daß dieser Plan existiert. Und Luzie soll davon genausowenig wissen, obwohl sie mir das Gefühl gibt, eine der wenigen Personen zu sein, denen ich mich jederzeit anvertrauen könnte, egal, ob sie für die CDU ist, für mich ist sie auch irgendwie. Doch jedes Wort zu ihr über die Knarre, über unsere Pläne wäre ein Verrat an Rieke, und das wäre das letzte, was ich möchte. Ich will Rieke nicht verletzen, ich hoffe, daß sie sich schnell wieder beruhigt, wir haben eine Mission, die müssen wir in den kommenden Tagen ausführen, denn nach der Wahl wäre es ja zu spät, Wahnsinn, in neun Tagen wird alles vorbei sein, unsere Tat wird das Land verändern, und uns auch, wer weiß, wo wir dann stehen. Alles klar? fragt Luzie. Ja, sage ich, ja, entschuldige! Sie guckt mich an. Was war denn nun? fragt sie, und ich merke, wie dicht wir beieinandersitzen, so daß wir uns gerade noch nicht berühren, und in meinem Becher fließt das Eis zusammen, die Schokolade zieht schon Schlieren in die Zitronensuppe hinein. Keine Ahnung, wie das kam, sage ich, weil ich nicht weiß, was ich sagen soll, und belügen will ich Luzie schließlich auch nicht, ihr lediglich ein paar Details verschweigen. Ich hab mich halt aufgeregt, daß wir uns immerzu nur aufregen über das was ist, über das Establishment, halt alles, was vor uns da war, all das, was unhinterfragt besteht und beständig ist, sollte uns nun mal suspekt vorkommen, wenn wir nicht auf das selbständige Denken verzichten wollen, wenn wir uns nicht die Möglichkeit eines anderen Weges offenhalten wollen. Als ich Luzie anblicke, nickt sie zögerlich. Weißt du, sage ich, alternativ zu sein, ist extrem leicht geworden, es bedeutet nicht viel mehr, als einen Parka zu tragen mit einigen einschlägigen Aufnähern oder eine Trainingsjacke und sich die Haare lang wachsen zu lassen. Luzie guckt, als beobachtete sie Affen im Zoo, den Eislöffel zwischen den Lippen läßt sie los und greift mir kurz ans Haar, als wolle sie es länger ziehen als es ist. Davon unbeirrt, rede ich über die Musik, die wir hören, angeblich hören, weil sie der Gruppe, der wir zugerechnet werden, zugeschrieben wird, die steht im Regal unter ›alternative‹, fragt sich nur: alternativ zu was? Wohl weil ich Luzie, die wieder von ihrem Eis ißt, fragend anschaue, sagt sie: Als Alternative zum Mainstream doch? Aha! sage ich und zeige mit meinem

Löffelchen auf Luzie, dann ist ›alternative‹ bloß ein zweiter Massengeschmack, das Oder vom Entweder, Luzie scheint nicht zu verstehen, was ich sagen will, das eine ist schwarz, das andere weiß, erkläre ich, Version A und Version B, beides hat nichts mit den eigentlichen Entscheidungsprozessen zu tun, die Wahlmöglichkeiten, die man uns zugesteht, sind äußerst unbefriedigend, denn wir dürfen lediglich wählen zwischen zwei großen Parteien, drei kleineren Parteien und unzähligen anderen Parteien, ich bin gerade glücklich mit meinem Eis, Zitrone, Schokolade und Karamel, doch Waldfrucht, Vanille und Kirschmarzipan hätten es doch auch getan, ich war mir vorhin auch unsicher, was ich nehmen soll, es gibt soundso viele Whoppermenüs, drei Dönersossen, und den Rest komplett, mit Zwiebeln, ohne Zwiebeln, zum Hieressen oder Mitnehmen. Von Luzies Kichern beflügelt, rede ich weiter und bin plötzlich bei Kirschjoghurts und wie gut es ist, daß in den Kühlregalen nicht bloß Kirschjoghurt steht, aber brauchen wir auch verschiedene Marken, wo doch alles immer das gleiche bleibt, die Alternative besteht aus naturidentischen Aromastoffen, die echter schmecken als ihr Original, vielleicht weil wir den Geschmack des Originals gar nicht mehr kennen oder noch nie gekannt haben. Das stimmt, sagt Luzie. Wir leben eine ewige Wiederholung und bemerken es nicht einmal, denn wir sind gefangen in der Warteschleife für Ahnungslose, sage ich, in unseren Fernsehern sind einunddreißig Kanäle einprogrammiert, einige vielleicht doppelt, was nicht viel ausmacht, weil das zwar zirka einunddreißig Möglichkeiten sind, aber keineswegs einunddreißig Alternativen. Ja, sagt Luzie, die einzige Alternative ist nun mal, das Gerät auszuschalten. Sie schaut mich an, als wäre das die Lösung, ich jedoch winke ab, sage, daß damit doch erst das eigentliche Problem anfinge, nämlich das der eigenen Entscheidung, wir sind jung und frei, wir können machen was wir wollen, solange es nur im Rahmen bleibt. Du meinst, sagt Luzie, die Freiheit, die uns erlaubt ist, ist gar keine Freiheit?! Jepp, sage ich, wir sind lediglich frei im Rahmen der sogenannten freiheitlichdemokratischen Grundordnung, und da scheißt doch der Affe drauf. Der Affe? wundert sich Luzie, ich aber gehe nicht darauf ein und sage: Freiheit ist die Freiheit des Andersdenkenden, aber nur solange der Andersdenkende das Gesetz achtet und immer pünktlich seine Steuern überweist. Und überhaupt, sage ich, dieses ›anders‹: anders denken, anders sein, wozu ist das eigentlich gut, wer grenzt sich denn da von wem ab? Ich gucke Luzie fragend an. Wir wollen immerzu anders als die anderen sein, sage ich, ist das denn sinnvoll, sollten wir uns nicht lieber als Teil des Ganzen begreifen, sollten wir nicht lieber sagen: Hey, hier sind wir, wir gehören dazu, denn dann können sie uns nicht kleinhalten, weil sie sich dann ja selber kleinhalten müßten! Also, sage ich, ich habe es manchmal satt, anders zu sein! Luzie sagt dazu nichts, und ich nehme einen Löffelvoll angeschmolzenen Zitroneneises. Mir ist die plötzliche Stille zwischen uns beiden unangenehm, obwohl es ja gar nicht still ist hier an der Oberkante der Stadt. Dann sagt Luzie: Diese ganzen Diskussionen bringen doch wirklich nichts. Ich bin mir zwar nicht sicher, was sie gerade für einen Gedankensprung vollführt hat, und dennoch froh, daß sie was sagt nach meinem Monolog. Und sie redet weiter: Was kann denn die Konsequenz sein aus der Erkenntnis, daß Kompromisse uns nicht weiterbringen? Darum ging es vorhin, sage ich, ich hab gesagt, daß natürlich geschossen werden darf. Geschossen? wiederholt Luzie. Ja, sage ich, natürlich darf geschossen werden. So kraß? fragt Luzie. Und als ich nicht gleich antworte, fährt sie fort: Was folgt dem aber oder ist das nicht doch nur wie das Knistern der ausgeschalteten Glotze? Ja, sage ich und überdenke dieses Bild, wahrscheinlich wird es das sein. Wir sind wütend, sage ich, irgendwie wütend, verdammt noch mal wütend. Verstehe, sagt Luzie, und für einen Moment, für einen ganz kurzen Moment, der trotzdem so unendlich lang wirkt, liegt ihre Hand auf meinem Oberschenkel, bis sie weiterspricht: Wir sind wütend, ohne zu wissen, worauf. Ich nicke ein paarmal. Und deshalb habt ihr euch gestritten? fragt Luzie. Ich brumme Zustimmung. Konsequent, daß du gegangen bist, sagt Luzie, diese Konsequenz, das gefällt mir an dir. Als ich daraufhin zu ihr schaue, steckt sie sich gerade den Löffel zwischen die Lippen, lutscht daran und zieht ihn im Zeitlupentempo wieder heraus. Ihr Blick ruht dabei auf dem Glitzern Berlins, rutscht dann jedoch ab und landet bei mir. In Luzies Augen spiegelt sich mehr als bloß das Licht der Stadt, mir wird ganz warm davon, doch halte ich diesem Leuchten nicht stand und schaue statt dessen in meinen nachtschattigen Eisbecher.

Später, was heißt schon später in Momenten der Zeitlosigkeit, in einer nachgeholten Sommernacht, Mitte September auf dem Kreuzberg, zwei Sitzende, umgeben von Aufgekratzten, und die Stadt hat sich vor uns ausgebreitet mit all ihren Problemen und Nöten, doch zu sehen ist nur Helligkeit. Wieviel Glück mag hinter diesem Blinken und Rauschen verborgen sein und wieviel Verzweiflung, wieviel Erwartung? Dahinten der Reichstag, das Kanzleramt. Steht Gerhard Schröder vielleicht dort am Fenster und guckt auch auf die Stadt? Berlin ist pleite, man sieht es nur nicht, wo die Touristenbusse kreuzen, wo die übliche Kurzzeit- oder Altersteilzeitprominenz im stroboskopischen Blitzlichtgewitter strauchelnd strahlt, überall dort, wo die Kameras stehen, kann man die sechzig Milliarden Schulden, die diese Stadt haben soll, nicht sehen, dafür sind Spotlights zu grell, es sei denn, RTL dreht mal wieder für eine Elendsreportage mit abschließender schrillbunter Neudekorierung der Sozialbauwohnung, damit die anderen fünf Millionen Arbeitslosen in diesem Land beruhigt in ihrem graugescheckten Sessel versinken können, so schlecht wie denen geht es ihnen schließlich noch nicht. Ob Schröder sich so was auch manchmal anguckt, Frauentausch, Containerlager, Assi-Nanny? Gruselt's ihm, wenn er daran denkt, daß er auch solche Leute regiert und auf ihre Stimmen sogar angewiesen ist? Oder begnügt er sich mit der funkelnden Fassade, so wie sie Honecker immer durch die Straßen mit den frisch gestrichenen Häuserwänden kutschiert haben? Ob Schröder seine Entscheidung bereits bedauert? Er könnte noch ein Jahr weiterregieren, wer weiß wie die Stimmung im kommenden Sommer sein wird, Wunder gibt es immer mal wieder, vielleicht aber auch nur in Märchenbüchern. Vielleicht will er einfach nicht mehr, wahrscheinlich hat er sich das alles glamouröser und fröhlicher vorgestellt. Jetzt sollen's halt die anderen mal probieren, ein letzter Wahlkampf noch, etwas poltern, viel behaupten, Politiker sind eben eher Schausteller ihrer Egos, die beim Regieren doch nur im Weg stehen, bye, bye, Bundeskanzler! Denkste! So schnell kommste uns nicht davon, wir haben noch was vor, das wird deine Laufbahn krönen, oh, Entschuldigung, daß ich Sie duze, bloß weil ich schon mehr von Ihrem bevorstehenden Tod weiß als Sie selber auch nur ahnen, sind wir noch lange nicht per du, ich will das auch gar nicht sein, die Distanz zwischen uns erleichtert die Tat, ich kenne Sie lediglich aus dem Fernsehen, ich weiß ja gar nicht, wie real Sie sind, das werde ich erst wissen, wenn ich Sie getroffen haben werde, hoffentlich tödlich, das verstehen Sie doch. Luzie fragt, warum ich lache. Ich lache doch gar nicht, sage ich. Klang aber so, sagt sie. War wohl in Gedanken, sage ich. Ich auch, sagt sie und lächelt mich an, als wollte ich sie fotografieren. Was soll ich ihr sagen? Denn ich sollte ihr was sagen. Luzie sagt was. Was sagt sie? Sie wiederholt es: Einen Cent für deine Gedanken! So viel? sage ich. Ihr Oberkörper zuckt ein Stück zurück, sie guckt wieder auf die Nachtstadt. Ich hab bloß gerade gedacht, sage ich, wie schade, daß ich dein Lächeln eben nicht fotografieren konnte, weil ich keine Kamera dabeihabe. Die Gelegenheit kommt bestimmt wieder, sagt Luzie, ohne den Kopf zu bewegen. Und nach einer Weile fügt sie hinzu: Die Ruhe ist toll. Ruhe? Ich wende meinen Kopf kurz Richtung Trommelgruppe. Ich meine die Ruhe da unten, die Stadt ist laut, an vielen Stellen noch um diese Zeit, doch von hier aus wirkt sie so friedlich. Ja, sage ich, die im Dunkeln sieht man nicht. Dabei sind sie doch so gut ausgeleuchtet, sagt Luzie. Und siehst du den da, frage ich und zeige Richtung Regierungsviertel. Wo? fragt Luzie. Da! sage ich. Ihr Kopf nähert sich meinem, für einen Moment sind wir Schädel an Schädel, dann verliert sie jedoch das Gleichgewicht, gluckst ein wenig, während sie sich wieder geradesetzt. Hast du gesehen? frage ich, im Kanzleramt am Panoramafenster? Luzie fährt sich mit einer Hand durchs Haar und sagt: Der kleine Dicke da? Ja, im Fernsehen sieht der immer viel größer aus, aber er ist es, sage ich, er nimmt Abschied von seinem Volk. Von uns auch? fragt Luzie und klingt belustigt. Bestimmt, sage ich. Klar, sagt sie, wir sind ja das Volk, und winkt ein wenig mit der rechten Hand. Vom Volksein können wir uns nur leider nichts kaufen, sage ich. Wir könnten eine Revolution machen, sagt Luzie. Wenn schon zu den Montagsdemos gegen Hartz IV nur noch ein paar Hundert kommen? sage ich, das Volk ist doch froh, daß es die Verantwortung abgeben kann, wir sind zwar das Volk, doch letztlich tun wir das, was die Volksvertreter für Politik halten, und lassen uns manipulieren, nicht durch Argumente, eher durch Meinungen. Und durch Emotionen, sagt Luzie, wenn New Orleans eine deutsche Stadt wäre, wer weiß, wie dann die Umfragen aussähen. Emotionen sind immer gut, wenn man Geschichte verändern will, sage ich und stelle mir den Kanzler vor, wie er sich in den Nacken faßt und dann ins Taumeln gerät, von seinen Sicherheitsleuten und Beratern gestützt, doch zu spät, mein Gott, sie haben ihn erwischt, Breaking News auf allen Kanälen, und selbst der US-Präsident kondoliert, Joschka Fischer tritt vor die Presse, das wird sein Tag sein, für einige Zeit wird er dieses Land regieren, so bitter hat er sich noch nie angehört, was für ein feiges Verbrechen, unsere Verachtung, gemeinsam mit allen demokratischen Kräften. Ach, manchmal muß man eben den Mut zur Feigheit aufbringen. Ihr Demokraten werdet's uns danken, bald schon, sehr bald, aber nicht heute nacht, in der gilt die Ereignislosigkeit. Inmitten des Gelächters, des Gesinges und des Getrommels sitze ich neben Luzie mit klebrigen Fingern und mit einem leeren Eisbecher zwischen den Füßen, und wir gucken auf die glitzernde Ruhe herab, die Richtung spielt dabei keine Rolle, links, rechts, wen interessiert das noch? So leicht verwechselbar, kann das dennoch fatale Folgen nach sich ziehen. Ich weiß ja nicht einmal mehr, auf welcher Seite ich stehe. Zwischen News Update und Trendgetränk sind wir Irritierte ohne Ziel, was wir nur meistens vergessen.

Irgendwann treffen sich unsere Blicke, als gerade ein Glockenschlag zu uns herüberweht. Komm, sagt Luzie, vielleicht guckt sie auch nur, als sie sich gemächlich erhebt, mir ihre Hand entgegenstreckt, ich zögere wegen meiner klebrigen Finger, lasse mich dann aber doch hochziehen und hinein ins Dunkel des Parks.

Später sagt Luzie: Schade, daß es hier keinen See gibt. Und ich erinnere mich an den Spielplatz weiter unten. Kein Wasser zwar, aber auch nicht schlecht. An der Seilbahn krakeelen zwei junge Männer und eine genauso junge Frau herum, und vom nahen Golgatha dringen Lichter und Gelächter herüber. Ich frage mich, wenn auch kurz, ob die anderen immer noch dort sind. Keine Ahnung, wie spät es inzwischen ist, bestimmt schon eins. Ich bin ziemlich froh darüber, jetzt nicht bei Dr. Knut und Toni sitzen zu müssen, sondern auf der Drehscheibe, und ich höre Luzies Lachen neben mir, ihr wonnevolles Kreischen, und auch mir ist so unbeschwert zumute wie lange nicht mehr, kann sein, daß auch ich kreische, mir ist schwindlig, und während die Scheibe langsamer wird, liegen wir beide auf dem Rücken, die Köpfe dicht beieinander, Luzie seufzt oder jauchzt, vielleicht ist es auch eine Mischung aus beidem, und in meinem Schädel puckert's, wir drehen uns kaum noch, ich könnte aufstehen, für neuen Schwung sorgen und wieder aufspringen, doch warum sollte ich das tun, es fühlt sich gerade gut an, das Nachlassen der Benommenheit, über uns funkeln ein paar Sterne wie die etwas zu grell geratene Kulisse einer Telenovela, aber ich habe meinen Text nicht gelernt oder wieder vergessen, und ich würde auch nicht mögen, wenn uns jetzt irgendwelche, diffus an Sehnsucht glaubende Teenager beobachten könnten, vielleicht sollte man ein Gespräch anfangen, das sie zum Umschalten bewegt, und Luzie sagt: Gute Entscheidung, den Schreibtisch heute abend mal Schreibtisch sein zu lassen, und ich frage, womit sie sich eigentlich gerade beschäftigt. Das interessiert dich doch gar nicht, sagt Luzie. Wie kommst du darauf? sage ich, natürlich. Ich bin sogar ein bißchen empört! Ist nur 'n doofes Prüfungsthema, sagt Luzie. Erzähl mal, sage ich, ich würde gerne wissen, womit du deinen Kopf so vollstopfst. Ehrlich? fragt sie. Klar! sage ich. Du darfst aber nicht lachen, sagt Luzie. Keine Angst, sage ich. Es ist schon etwas seltsam, sagt sie. Na sag schon! sage ich, spann mich nicht auf die Folter. Ich hab dich gewarnt, sagt Luzie. Jaha, sage ich, weil ich ihr Getue ein bißchen albern finde. Ich lerne, sagt sie, über Masturbation. Über was? Ich wende meinen Kopf zu Luzie, aber die starrt noch immer in den Sternenhimmel, ihr mir zugewandter Mundwinkel zeigt jedoch nach oben, sie grinst also. Und sie sagt: Masturbation ist eine der häufigsten Formen der sexuellen Aktivität, für die man zudem keinen Partner braucht. Das ist mir bekannt, sage ich. Dann bin ich ja beruhigt, sagt Luzie und guckt mich an mit einem Grinsen, das man schon unverschämt nennen könnte. Und darüber läßt du dich prüfen? frage ich. Warum denn nicht? sagt sie, sogar verhinderte Fortpflanzung gehört zur Biologie, und für die Prüfer ist das bestimmt auch mal was anderes, aber ich weiß schon, Männer sprechen da nicht besonders gern drüber. Na ja, sage ich, ist das so? Wann hast du denn das letzte Mal gewichst? fragt Luzie, und ich fühle mich ertappt. Siehste! sagt Luzie, hey, keine Angst, ich will's gar nicht wissen, wer hört sich schon gerne Wichsgeschichten an, dabei ist es ganz normal, und man muß ja nicht mal solo sein, manchmal überkommt es einen eben, oder der Partner ist ohnehin dabei. Jetzt guckt sie wieder in die Sterne, und ich sehe mich auf meinem Bett liegen, vor mir Rieke nackt, aber mit Pistole. Ich find's schon erstaunlich, sagt Luzie, daß sich so viele Menschen fürs Masturbieren schämen, vor allem Männer, schließlich sollen es über neunzig Prozent machen, aber kaum einer gibt es zu, nicht mal Typen, die mit einem ins Bett gehen. Das ist doch klar, sage ich, weil's peinlich ist zuzugeben, daß einem der Sex mit ihr nicht reicht. Luzie lacht auf. Was sollte die Frau dagegen haben, wenn er zwischendurch übt?! Sie kichert. Und immer noch besser, als wenn er mit 'ner anderen schläft, sagt sie, und mir ist das Thema tatsächlich ziemlich unangenehm, Luzie dagegen blüht regelrecht auf, sagt, Wichsen sei ein Zeichen für Intelligenz, jedenfalls habe vor dreißig Jahren oder so eine große Studie in den USA ergeben, daß fast jeder männliche Collegeabsolvent wenigstens gelegentlich masturbiert, wobei, sagt Luzie, uns ja allen klar ist, daß bei solchen Befragungen immer gerne untertrieben wird. Nicht so gebildete Männer hören dagegen irgendwann in der Nachpubertät mit dem Wichsen auf, sagt Luzie, auch weil in ihren Kreisen Masturbieren noch als pervers gilt. Vor dreißig Jahren, sage ich, gibt's da keine aktuellere Studie? Schon, sagt Luzie, aber die von Kinsey ist eben gerade interessant, weil es die erste dieser Art war, damals haben Akademiker auch deshalb häufiger onaniert, weil sie in der Regel nicht so früh geheiratet haben und ansonsten keine Befriedigung gekriegt hätten. Akademiker sind also einsamer, sage ich. Vielleicht haben sie auch nur mehr Phantasie, sagt Luzie, es ist doch eigentlich ganz tröstlich zu wissen, daß man mittels Denkleistung einen Sexualpartner ersetzen kann. Hm, sage ich und habe plötzlich einen seltsamen Einfall, der aber vielleicht das Thema endlich wechseln könnte. Kennst du die Maus Frederick? frage ich. Wen? fragt Luzie, und ihrer Stimme ist die Erheiterung anzuhören. Das ist so 'n Kinderbuch, sage ich, ich weiß auch nicht, wieso ich gerade jetzt darauf komme, wohl wegen der Phantasie, die meisten Mäuse sammeln nur Futter zum Überwintern, aber Frederick sammelt Farben, Wärme und Wörter für kalte, dunkle Tage, an denen man nicht mehr wissen wird, worüber man sprechen soll. Klingt gut, sagt Luzie fröhlich, wir sollten auch probieren, diesen Moment jetzt aufzuheben, die Luft, die spätsommerliche Atmosphäre, den Sternenhimmel. Ja, sage ich, wir wissen ja nicht, was kommen wird. Herbst, hoffe ich, sagt Luzie, und dann Winter. Hoffentlich, sage ich. Weil Luzie aber lacht und zwischendurch ›Lustig!‹ sagt, verdränge ich böse Ahnungen und springe von der Scheibe, um ihr neuen Schwung zu geben.

VIEL SPÄTER sehe ich Luzie hinterher, während sie die Stufen zur U-Bahn hinabsteigt, sich noch einmal umdreht, die Hand hebt, mir noch einmal zulacht und dann weg ist, ich aber bleibe übrig im Blaulicht des heranzuahnenden Tages, atme die frische Morgenluft ein, fange an zu laufen, irgendwie nach Hause, dem Licht entgegen, mein Blick gen Himmel gerichtet. Allmählich ändert sich die Stimmung der Stadt. Wo eben noch Nachtschwärze war, gefolgt von diffusem Grau, dieser Nichtfarbe, werden die Straßenschluchten nun durchströmt von einem tiefen Blau, mit dem man das Meer ausmalen könnte. Die Ausläufer der Nacht verlieren ihre Kraft, sind aber noch da. Die Laternen leuchten weiter, haben nur ihre Strahlkraft eingebüßt, weil der Himmel etwas nachzuholen hat, und das aufgeweckte Vogelzwitschern liefert den Soundtrack dazu. Irgendwo wird frisches Brot gebacken, ich spüre meinen leeren Magen, merke wieder, wie hungrig ich bin und wie durstig. Seit meinem überstürzten Aufbruch im Golgatha habe ich nichts mehr getrunken, und das wird sechs, sieben Stunden her sein. Na schön, das Eis war auch einigermaßen flüssig zum Schluß. Wie spät mag es jetzt sein? Um das herauszufinden, schalte ich mein Handy ein, doch mir piepsen und poppen so viele Nachrichten entgegen, daß ich das Ding gleich wieder ausschalte. Wahrscheinlich hat Meier zigmal versucht, mich zu fragen, was denn los ist, aber es ist ja nichts los, schon gar nichts Schlimmes, nichts, worüber man sich Sorgen machen müßte, ich habe eine Nacht im Park verbracht, gemeinsam mit einer Frau, und das einzige, was man daran vielleicht als anstößig bezeichnen könnte, war ein Gespräch übers Wichsen, und auf das hätte ich gerne verzichtet. Wir haben Eis gegessen, auf Berlin herabgeschaut, wir sind im Dunkeln spazierengegangen, waren auf dem Spielplatz, sind Karussell gefahren, bis sich auch in unseren Köpfen alles drehte, und Seilbahn, bis die Arme lahm wurden, wir haben gelacht und sind irgendwann weiter ziellos durch den Park gelaufen, zwischendurch auch umarmt, haben geredet, worüber, ist nicht so wichtig, ein paar Anekdoten eben, die einem vielleicht später wieder einfallen, eine Freundin hat mir mal erzählt und so, doch jetzt ist nichts anderes da als dieses Blau, das mich ein wenig taumeln läßt, denn betrunken bin ich nicht. Vielmehr fühle ich mich so nüchtern wie lange nicht mehr. Wobei ich nüchtern noch nie zuvor die Idee hatte, nach Hause zu laufen, wenn ich auch ein paar Stationen U-Bahn hätte fahren können. Sogar mit Luzie zusammen, wie mir jetzt einfällt, eben ist mir das gar nicht in den Sinn gekommen. Immerhin werde ich von der Farbe des Himmels mehr als entschädigt.

Als ich irgendwann doch noch zu Hause eintreffe, lasse ich mich erst mal aufs Bett fallen. Außer von einem unbenutzbaren, im Weg stehenden Fahrrad werde ich sowieso von niemandem begrüßt. Ich streife mir die Schuhe von den Füßen und stelle fest, daß ich viel zu munter bin, um jetzt einzuschlafen, außerdem scheint die Sonne ins Zimmer, ich müßte ohnehin noch mal aufstehen, um die Vorhänge zuzuziehen. Dann kann ich auch gleich in die Küche gehen, was trinken und nach etwas Eßbarem schauen. Während dann die Tiefkühlpizza im Ofen ist und sich ihr naturidentisches Aroma in der Küche ausbreitet, blättere ich im ›Baader-Meinhof-Komplex‹, den mir Luzie mitgebracht hat. Irgendwo bleibe ich hängen und lese von Baaders Verhaftung, es war wohl nicht seine erste. Nachdem er mit Horst Mahler und einem V-Mann vom Verfassungsschutz vergeblich auf einem Friedhof nach Waffen gegraben hat, kam er in den frühen Morgenstunden in eine Verkehrskontrolle, konnte aber nicht sagen, wie viele Kinder in seinem gefälschten Ausweis eingetragen waren, weshalb er in Polizeigewahrsam genommen wurde. Ganz sicher, daß ihnen tatsächlich der gesuchte Baader in die Fänge geraten war, konnten sich die Beamten allerdings erst sein, als Mahler bei ihnen anrief und fragte, ob und wo er den festgenommenen Andreas Baader sprechen könne. Das kann doch eigentlich nicht wahr sein, der gefürchtetste Terrorist der BRD läßt sich so leicht gefangennehmen! Was war das bloß für ein Hallodri? Ich blättere vor, lese kurz etwas, was ich bereits weiß, Baader in der Wohnung von Régis Debray in Paris, da war er längst abgetaucht, doch wie fing es an, Brandstifterprozeß, auch davon habe ich schon gehört, doch auch dahin muß einer erst mal kommen, vielleicht als er nach Berlin gezogen war, Westberlin natürlich, neunzehnhundertdreiundsechzig, da war er zwanzig, lese ich, hatte in München Ärger mit der Polizei gehabt, unter anderem wegen Unfällen mit gestohlenen Autos, und dann, den Absatz muß ich zweimal lesen, so absurd ist die Vorstellung, daß ausgerechnet Andreas Baader Praktikant bei der Bildzeitung war, aber nicht lange, er soll betrunken am Kronleuchter gehangen und dabei einem leitenden Redakteur ins Gesicht getreten haben. Das Gerücht hat er allerdings selber verbreitet, klingt irgendwie nach Wildwestromantik. Andreas Baader, der Bohemien, der mit Vorliebe enge Hosen ohne was drunter trug und auf dem Kopf einen Hut wie Humphrey Bogart, lebte in einer Ménage à trois mit einem Malerpaar zusammen, prügelte und betrank sich gern. Damit geht man nicht ein in die Geschichtsbücher, und trotzdem fesselt mich dieses Kapitel, ich höre erst auf zu lesen, als es deutlich nach Verbranntem riecht. Verdammt, die Pizza, ich hatte ganz vergessen, daß ich hungrig war. Doch auch das geht vorbei, die angeschwärzte Scheibe in meinem Ofen ist nicht gerade appetitfördernd, ich reiße das Küchenfenster auf und gehe mit einem Glas Wasser und dem Buch ins Zimmer. Ich kann mir nicht helfen, ich komme mir total bescheuert vor, weil ich nicht mal mehr in der Lage bin, eine Tiefkühlpizza rechtzeitig aus dem Ofen zu nehmen, obwohl ich großen Hunger habe beziehungsweise gehabt habe, ich bin vor meinen Freunden weggelaufen, hatte einen schönen Abend mit einer Frau, die ich kaum kenne und die mit mir über Masturbation spricht und ›Lustig!‹ sagt, wenn sie etwas lustig findet, eine, mit der ich nachts auf einem Spielplatz Karussell fahre und schweigend auf Berlin schaue, und meine Freundin ruft nicht bei mir an. Oder sollte ich mich bei ihr melden? Ich weiß schließlich nicht mal, wo sie ist. Okay, schlechte Ausrede, sie hat ein Handy, ich sollte sie einfach mal anrufen. Ich schalte mein Handy ein, fast halb sieben, vielleicht doch keine so gute Idee, Rieke jetzt zu wecken, ich schicke ihr eine SMS: Ich vermisse dich! Mehr muß ich wohl nicht schreiben. Vielleicht meinen Namen noch und eine einigermaßen innige Grußformel: Ganz fest drückt dich Sebastian. Ist das zu fest gedrückt? Egal, ich drücke auf Absenden. Dann gucke ich die anderen Nachrichten durch, die meisten verweisen wirklich auf Anrufe von Meier, aber dazwischen ist auch eine Nachricht von Rieke. Sie schreibt: Will dich sehen, mach dein Fon an oder meld dich, tausend xxxxxxx, Sehnsucht, r. Abgeschickt um dreiundzwanzig Uhr neunundzwanzig, da habe ich wohl gerade mit Luzie am Denkmal gesessen. Ach Rieke! Inzwischen ist noch eine SMS eingegangen, später als die anderen abgesandt, um fünf Uhr dreiundzwanzig, sie ist von Luzie: War schön mit dir! Träum süß! Bis bald, LUZIE! Sie schreibt ihren Namen in Großbuchstaben, als würde sie ihn in die Welt hinausschreien, mir aber ist das gerade zu schrill und zu laut, ich möchte lieber das kleine ›r‹ mit Punkt hauchen, ich werde Rieke nachher anrufen, sie hat Sehnsucht nach mir, das macht mich glücklich, doch wirklich stillen kann es meine eigene Sehnsucht nicht, ich würde mich zu gerne an sie lehnen, sie fest umschlingen. Mir fehlt ihre Anwesenheit, ihr Duft. Das bringt mich auf einen etwas seltsamen Gedanken, vielleicht hilft es ja, auch gegen den Brandgeruch aus der Küche. Ich gehe zum Schrank und ziehe aus dem Kleiderknäuel in Riekes Fach ein T-Shirt heraus. Nein, das riecht zu sehr nach Waschmittel. Ist da nicht noch was Getrageneres von ihr drin? Ich ziehe an einem Ärmel, und da poltert's, heraus fällt die Knarre von Andreas Baader, kraß, damit hätte ich jetzt wirklich nicht gerechnet. Daß Rieke das Ding gar nicht mitgenommen und mir auch nichts davon gesagt hat! Seit Mittwoch liegt in meinem Schrank eine Pistole, und ich weiß nichts davon. Wahrscheinlich liegt die da schon länger, doch solange Rieke hier war, war mir ja bewußt, daß das Ding irgendwo in der Wohnung sein muß, doch jetzt? Ich hebe die Waffe auf und setze mich damit aufs Bett. Was mag dieses angeschrammte Teil schon alles angerichtet haben? Ob seine Geschichte in diesem Taschenbuch hier enthalten ist? Ich betrachte das bildlose Cover des ›Baader-Meinhof-Komplex‹ und wende mich dann wieder der Pistole zu. Auch wenn ich als Kind mal einen Plastikrevolver besessen habe, einen mit Trommel, die dann aber, als mir Thomas von nebenan gezeigt hat, daß man da Platzpatronen reinstecken kann, sehr schnell ausgeleiert ist, weshalb ich wohl nicht sonderlich lange mit dem Revolver gespielt habe, auch wenn ich also wie die meisten Kinder irgendwann einmal zumindest eine Waffenattrappe in der Hand gehalten habe, ist es ungewohnt, so etwas anzufassen. Ich lasse mich aufs Bett fallen, langsam werde ich doch müde, ich strecke die Knarre Richtung Zimmerdecke. Daß man davon ausgehen kann, in den wenigsten Taschen der Menschen, denen man in Berlin so begegnet, eine Schußwaffe zu finden, ist ja eigentlich beruhigend. Trotz aller Gewalt, die sich tagtäglich auch in dieser Stadt abspielt, muß man das als Kulturleistung verstehen, wenn unbescholtene Bewohner dieses Landes ganz gut ohne Waffe zurechtkommen. Aber sie ist dennoch omnipräsent, auch das ist Kultur, in Romanen, in Filmen, in Computerspielen, weshalb wir schon glauben zu wissen, wie das ist mit dem Revolver in der Tasche. Wir sind aufgewachsen mit der Gewalt als Fiktion, die jederzeit real werden kann. Und genaugenommen sind Waffen selbst auch eine, wenn auch zweifelhafte, dafür aber eindeutige kulturelle Leistung, weil man mit ihnen so einiges zu klären vermag. Der Waffenträger ist immens im Vorteil, er muß nur verstehen, das Gerät auch einzusetzen. Jetzt also ich, und es ist nicht irgendeine Pistole, nein, ER soll sie, ER hat sie in den Händen gehalten! Damit begangene Morde sind nicht überliefert. Aber trotzdem: sie gehörte ihm, dem Bösen, dem Teufel der Bundesrepublik, genauer: der BRD. Baader, den sie gehaßt haben, weil er ihr System in Frage gestellt hat. Natürlich durch Gewalt, aber wie harmlos wirkt dieser Terrorismus gegen den Rest, den unser Land im zwanzigsten Jahrhundert angerichtet hat? Wenn man versuchte, Hitler und Baader in eine Reihe zu stellen, nicht ideologisch, sondern praktisch, mit ihrer Wirkung auf dieses Land und die ganze Welt, wer käme uns dann lächerlicher vor? Baader und seine Raff, der Macho im Samtgewand und seine Frauen, die den Zweiten Weltkrieg noch einmal beenden wollten, heftiger, endgültiger, als eine private Rote Armee mit den gleichen Initialen wie die Royal Air Force, die über die deutschen Städte gekommen ist als Feuersturm, ohne sich um die Menschen unter den brennenden Dächern zu kümmern, weil es für die Befehlsgeber der Bomberpiloten keine Opfer in diesem Land gab, Deutschland, das Land der Täter und Verräter. So müssen Baader und Co. auch gedacht haben, Schwein oder nicht Schwein, wer kein Mensch im Sinne der Raff war, der hatte keine Nachsicht verdient, und natürlich darf geschossen werden. Wie brutal gedacht ist das denn? Muß man so denken als Terrorist? Wahrscheinlich. Wir gegen sie. So müssen die Piloten des elften Septembers gedacht haben und genauso die Rucksackbomber von London. Wer haßt, der differenziert nicht, denkt nicht nach. Wo doch Ulrike Meinhof und Gudrun Ensslin zu den klügsten Köpfen ihrer Generation gehört haben müssen, gefördert von der elitären Studienstiftung des deutschen Volkes. Ist Leander nicht auch dort? Es muß die Zeit gewesen sein, die Schüsse auf Ohnesorg und Dutschke, das verlorene Vertrauen in den Staat, doch Millionen anderer Intellektueller sind friedlich geblieben, we shall overcome, give peace a chance, gib mir eine Waffe, sag mir nur ein Wort. Brauchte es dafür jemanden wie Baader, den ungehobelten, aber gepflegten Kerl unter den langhaarigen Studenten, der sich von niemandem etwas sagen ließ, der am Bürgertum Gescheiterte, der es sogar bei Springers heißem Blatt versucht hatte? Oder haben will! Baader, der Kronleuchtertarzan! Wahrscheinlich gab es bei der Bildredaktion nie einen Kronleuchter, die Artikel werden ja nicht bei Kerzenschein ausgedacht, trotz aller Märchenhaftigkeit. Aber es paßt zur Legende Baader, deren Bildung er offenbar schon früh vorangetrieben hat, Andreas Baader – die mythische Gestalt, das Schreckgespenst dieses halben, eingeschüchterten Landes, das, gebeugt von den Verdrängungsverrenkungen, so dermaßen verkrampft war, daß ein renitenter Macho sich zum Staatsfeind Nummer eins aufschwingen konnte. Er, von dem es nur wenige Bilder gibt, kaum Videos, mir kommen wieder Aufnahmen in den Sinn, die wohl Baader zeigen, wie er in Unterhose abgeführt wurde, aber sonst? Er brauchte seine Stimme nicht zu erheben, so wie Dutschke, der angeschossene Volkstribun, Baaders Argumente bestanden aus Schweigen und Gewalt. Vom Kreuzberger Kronleuchter nach Stuttgart-Stammheim. Wie muß er sich gefühlt haben in seiner Einzelzelle? Bestimmt nicht als der Verlierer, als der zwangsläufig Gescheiterte, der er war. Er muß den Haß genossen haben, der ihm entgegenschlug von der durch die Springerpropaganda aufgehetzten Masse. Er, dessen Name fiel, als Palästinenser in München israelische Sportler kidnappten, und Jahre später, als die Lufthansamaschine in Mogadischu stand. War er enttäuscht, als Entführer und Entführte auf dem Münchner Flughafen starben? Machte er sich Hoffnungen angesichts der Bilder des umgeleiteten deutschen Ferienfliegers und der verzweifelten schwammigen Visage Schleyers? Weshalb hat er sich erschossen? Wenn er sich erschossen hat, mit Sand in den Schuhen. Spürte er seine Macht schwinden? Und hatte er echt gedacht, er könnte ein zweites Mal seiner Haft entkommen? Andreas Baader, die negative Ikone des bundesrepublikanischen Aufstiegs. Er ist zu einem Symbol geworden, losgelöst von seinen eigentlichen Taten. Ähnlich muß die Waffe für die Raff ein Zeichen gewesen sein, mehr noch als jedes Zeichen, das man mit ihr setzen könnte, weil sich so ein Ding extrem mächtig anfühlt, wenn man nur dazu bereit ist, seine Hemmungen abzulegen.

SPÄTER gehe ich los. Was bringt es, denke ich, immer nur darüber zu reden, etwas tun zu wollen, wenn der Wille den Worten nicht zu folgen vermag? Protest ist, wenn ich sage, das und das paßt mir nicht, Zitat Ulrike Meinhof, und es geht weiter: Widerstand ist, wenn ich dafür sorge, daß das, was mir nicht paßt, nicht länger geschieht. Ich persönlich protestiere nicht, ich will auch keinen Widerstand leisten, obwohl ich mich meinem Willen mit meiner nun folgenden Tat vehement zu widersetzen versuche, der Wille geht meinem Tun also nicht voran. Ich will ein Zeichen setzen. Vor allem eins, das Leander und Rieke verstehen sollen und werden, hoffentlich kann Luzie es ebenfalls nachvollziehen. Ich werde jemanden erschießen. Nicht irgendwen, doch keinen bestimmten. Ich werde die Lage sondieren und dann spontan entscheiden. Da mir Schröder am liebsten wäre, einfach weil er das prominenteste Opfer sein würde, einer, dessen Karriere ohnehin mit der Wahl zu Ende gehen wird, aber einer, der eben jetzt noch mehr ist als er selber, denn er ist der Bundeskanzler, er verkörpert ein Amt, wenn er darin stirbt, stirbt mehr als ein Mensch, mit dem Bundeskanzler stirbt ein Symbol, so soll es sein, ein Angriff auf die Verfassung dieses Landes, das ist viel wichtiger als die Tatwaffe, von der weiß schließlich nur der Schütze was, und der Schütze bin ich, werde ich sein. Wer hat schon noch Angst vor Andreas Baader? Ich jedenfalls nicht. Mir ist es egal, daß ihm diese Knarre einmal gehört hat, gehört haben soll. Hauptsache ist es, überhaupt eine Waffe zu haben. Und jetzt ist es sowieso die Pistole von Sebastian Singer, so wird man sie nennen, wenn ich geschossen habe, die tödliche Waffe, mit der der Verrückte das feige Attentat verübt hat. Lesen Sie weiter auf Seite drei. Ein Attentat gilt generell als feige, dagegen wird meins alles andere als feige sein. Ich bin der Mutige, nicht der Verrückte, alles Ansichtssache, nicht nur auf Seite drei, verrückt sind ohnehin immer die anderen. Mit meiner Tat werde ich Teil der Biographie Gerhard Schröders, ich stehe am Ausgang seines Lebens. Mir ist das nicht so wichtig, für ihn aber ist es von höchster Bedeutung. Ich sitze am Küchentisch und lade die Pistole, ihr Magazin war nämlich leer, doch das Tütchen mit den Patronen lag auch in Riekes Fach. Ich drücke eine nach der anderen ins Magazin. Mit dem Daumen fahre ich über diese Batterie des Todes, dann stecke ich sie zurück in den Knarrengriff. Den umfasse ich mit beiden Händen, strecke die Arme aus und ziele Richtung Küchentür. Unwillkürlich kneife ich dabei ein Auge zu. Ich drücke gegen den Abzug, aber nur schwach, ist ja sowieso nicht entsichert. Ich sage: Peng. Ich denke: Es ist an der Zeit. Ich stelle fest, daß ich viel ruhiger bin als ich gedacht hätte. Immerhin habe ich etwas vor, das alle anderen Nachrichten verblassen lassen wird. Ich stehe auf, ich stopfe mir die Waffe hinten in den Hosenbund. Ich trinke ein Glas Wasser. Ich gehe auf die Toilette. Beim Händewaschen gucke ich mich im Spiegel an, sieht so ein Mörder aus? Mein versuchtes Lächeln gerät zur Grimasse, finde ich. Es wird Zeit. Es ist kurz vor zwölf. Ich verlasse das Haus. Der Himmel zwischen den Häusern sieht dramatisch aus, wahrscheinlich wird es heute noch ein Gewitter geben. Ich habe beschlossen, zur SPD-Parteizentrale zu fahren, die liegt am nächsten, und momentan ist Schröder ja mehr Spitzenkandidat als Bundeskanzler. Ob er überhaupt dort ist, immerhin ist Samstag? Doch acht Tage vor der Wahl wird er sich wohl kein freies Wochenende gönnen. Er könnte natürlich auf einer Wahlkampfveranstaltung sein, ich hätte das recherchieren müssen, doch Umkehren kommt jetzt nicht mehr in Frage. Ich werde so lange durch die Stadt ziehen, bis ich ein Opfer gefunden habe. Die Fahne auf dem dreieckig in die Kreuzung ragenden SPD-Gebäude flattert rot, blutrot, ich laufe an den blankpolierten Fassadenscheiben entlang, im linken Augenwinkel sehe ich den herannahenden Täter, ich spüre die Waffe bei jedem Schritt im Rücken, da steht Polizei, da muß ich vorbei, die können ja nicht ahnen, wer ich bin und was ich plane. Ich komme an eine Art Einfahrt, die gleichzeitig eine Ausfahrt zu sein scheint, ein hoher Gang durch das Gebäude einmal durch, ohne Tür und Tor, darin links ein Eingang mit Pförtnerloge, ich zögere. Muß ich mich vielleicht ausweisen? Haben Sie Waffen dabei? Doch der Pförtner nickt mir nur träge zu. Ich komme in eine große Halle, gleich zu meiner Linken die mächtige, irgendwie betröpfelt aussehende metallische Statue Willy Brandts in Rednerpose. Oder zaudert das Denkmal gar? An den Wänden Fotos, eine Ausstellung, vor Jahren war ich schon mal hier, damals war es ähnlich leer wie heute, das Licht ist sehr gedämpft, und es ist still, man hört ein feines Surren, sonst nichts. Hier bin ich wohl falsch und trotzdem könnte ich zu dem gläsernen Aufzug gehen, und das mache ich auch, ich fahre nach ganz oben, denn wichtige Leute haben ihre Büros immer knapp unterm Himmel, die Tür schließt sich ziemlich lautlos, und der Fahrstuhl gleitet hinauf, durch die getönten Scheiben sieht die Halle mit ihrem Willy noch finsterer aus, dann macht es ›Ping‹, und die Tür öffnet sich, und ich bin oben angelangt und ich laufe über weichen Teppich, die Wände sind dunkel, man hört Stimmen, und ich komme in einen Gang, auf der linken Seite stehen Männer mit schwarzen Anzügen reglos aufgereiht, wenn das mal keine Bodyguards sind. Er ist also hier! Die Männer haben mich noch nicht bemerkt, ich gehe hinter die Ecke zurück. Am Ende des Gangs habe ich eine große Flügeltür gesehen, dahinter wird er sein, ich muß einfach dort hineinstürmen, darf mich bloß nicht aufhalten lassen, dann die Knarre ziehen, oder sollte ich sie schon mal in die Hand nehmen? Nein, dann wissen sie ja gleich, wer ich bin, was ich vorhabe. Ich darf auch nicht rennen, ich muß nur zügig laufen, als sei mein Weg der allernormalste, Tür auf und schießen. Und wie komme ich da wieder raus? Leander sagt, wir müssen die Verwirrung nützen, ja, hoffentlich klappt das, ich bin jetzt so weit gegangen, ich kann nicht mehr zurück, ich hole tief Luft, mir ist heiß, mit einem Ärmel wische ich mir über die Stirn und dann los! Die Tür vor Augen schreite ich schnurstracks geradeaus, bloß keine Hektik erkennen lassen. Können wir Ihnen helfen? fragt einer. Danke nein, ich habe einen Termin! sage ich und laufe weiter. Sie können da jetzt nicht rein! sagt einer, und ich sage: Ich muß aber! Es sind nur noch wenige Meter, an einem muß ich noch vorbei, ich könnte jetzt die Waffe ziehen, mir den Weg freischießen, lassen Sie mich durch, ich bin Attentäter, aber das würde mich verraten. Nur kurz, sage ich, es ist wichtig, ich habe die Lösung! Der Mann, der mir jetzt den Weg versperrt, grinst mich breit an. Sie haben also die Lösung, sagt er und findet das offenbar sehr komisch, dann zeigen Sie mal Ihre Lösung! Nein, sage ich, ich muß die denen dort drinnen bringen, die warten auf mich. Wer wartet dort auf Sie? fragt einer der Männer hinter mir, jetzt ist doch passiert, was ich auf jeden Fall vermeiden wollte, ich bin umzingelt, aber ich muß das hier durchziehen, hilft ja nichts! Der Bundeskanzler, sage ich in einem Anflug von Verzweiflung. Der Bundeskanzler! wiederholt der Mann vor mir, er und seine Kollegen lachen. Ja, sage ich, wenn ich zu ihm darf, dann gewinnt die SPD auf jeden Fall die Wahl nächste Woche. Soso, sagt der Mann vor mir erstaunlich ernst, wenn das so ist, er guckt über meinen Kopf zu seinen Kollegen, wollen wir ihn doch mal vorlassen, wenn das so wichtig ist. Er tritt zur Seite, ich kann den Stimmungsumschwung gar nicht fassen und gehe zögerlich zur Tür, drehe meinen Kopf halb nach hinten. Der vordere Sicherheitsmann nickt mir lächelnd zu. Die Tür müssen Sie schon selber aufmachen, sagt er. Ich nicke, ist es also soweit. Mein Herz pocht, gleich stehe ich vor ihm, ich fasse die Klinke an, sie ist ganz kalt, und drücke sie langsam herunter. Die Tür öffnet sich, sie ist schwer, gehört sich ja auch so für die Tür zum Bundeskanzler, ich nehme grelles Licht auf grauer Auslegeware wahr, ich bin mir nicht sicher, ob ich schnell hineinschlüpfen und die Tür hinter mir wieder zudrücken sollte oder ob es besser wäre, sie bis zum Anschlag zu öffnen, wie selbstverständlich einzutreten, auf den Kanzler zu, in den Rücken greifen, die Knarre umfassen und sie in der Bewegung nach vorne entsichern und losschießen, lieber alle sieben Kugeln, nicht daß er überlebt, wobei ich mir gerade gar nicht so sicher bin, warum er eigentlich unbedingt sterben muß, auch als überlebendes Opfer würde er doch die Wahl gewinnen und müßte aufgrund der schweren Verletzungen vielleicht trotzdem einem anderen weichen. Na, worauf warten Sie denn noch? höre ich hinter mir, und so reiße ich die Tür weit auf, das Sonnenlicht blendet mich, ich mache ein paar Schritte nach vorn, packe die Pistole, und während ich sie aus meiner Hose ziehe, sehe ich - einen großen leeren Tisch. Das Büro ist leer, verdammt, das war eine Falle, und noch bevor ich mich zu den Männern, die mich reingelegt haben, umdrehen kann, höre ich schon, wie einer von ihnen ruft: Vorsicht, er hat eine Waffe! Jetzt stehe ich da, starre auf die halb geöffnete Flügeltür, von den Leibwächtern nichts zu sehen, sie haben sich irgendwo verschanzt, vielleicht hinter dem geschlossenen Türflügel. Ich bin in ihrer Schußbahn, ich muß hier raus! Ich halte die Knarre mit beiden Händen weit von mir gestreckt. Ich habe entsichert, das ging leichter als gedacht. Ich habe sieben Kugeln, die müssen reichen, da geht plötzlich links eine Tür auf, die hatte ich gar nicht gesehen, ich richte die Pistole dorthin, und irgendein Impuls läßt mich abdrükken. Der aus der Tür Tretende erwidert das Feuer sofort, und nun wird auch von der Flügeltür her geschossen. Ich drücke ein zweites Mal ab, ein drittes Mal, es dröhnt in meinen Ohren, doch da dröhnt noch etwas anderes, ein Schmerz, ich kann ihn nicht orten, ich gehe zu Boden, drücke noch einmal ab, dann fällt mir die Waffe aus der Hand, ich komme unsanft auf, aber hier liegt kein Teppich, hier ist überall Sand, und ich schließe die Augen. Sie werden mich zerfleischen. Eine Stimme, ich kenne sie aus dem Fernsehen, ist er das, ich bin mir nicht sicher, sagt: Das war knapp. Dann dieses Lachen.

Im selben Augenblick liege ich da, nein, ich schwitze nicht, ich bin ganz ruhig. Ich habe keine Schmerzen. Kein Blut sickert durch mein T-Shirt. Meine Hand umfaßt noch immer den Knarrengriff, umkrampft ihn förmlich. Ich habe es nicht getan. Ich liege immer noch auf meinem Bett. Ich schalte das Radio an. Dort reden sie vom elften September. Der ist wohl morgen. Doch es geht nicht um morgen, sondern um diesen einen elften September, den, an dem wir noch vier Jahre jünger waren und irgendwie weniger Angst hatten. Das mit der Angst sagt der Mann im Radio. Ich bin mir nicht sicher, ob das wahr ist, ob sich die Welt wirklich so doll verändert hat, wie alle angesichts des einstürzenden World Trade Centers prognostiziert haben. It's the End of the World as we know it, das wäre demnach der Soundtrack zum Anschlag gewesen und nicht dieses elegische Lied von Enya, das so gar nicht passen wollte zum Unglück mit den zwei Türmen. R. E. M. dagegen, die Klammerbemerkung nicht zu vergessen: And I feel fine. Es gibt wohl kein Ereignis der jüngeren Geschichte, an dem mehr Weltöffentlichkeit teilgenommen hätte. Das ist unsere Zeit, ich bin dabeigewesen. Der elfte September fand zwar nicht zur Prime Time statt, Europa machte gerade Mittagsschlaf, und Amerika ging zur Arbeit, wobei die Hausfrauen vermutlich alle gerade ihren Küchenfernseher laufen hatten; so gesehen war das Attentat auf das World Trade Center das absolute Hausfrauenprogramm. Zur Prime Time hätten die Einschläge selber sicherlich bessere Einschaltquoten erzielt, aber der weitere Tagesverlauf wäre schwieriger geworden für die Programmverantwortlichen. Die meisten Redakteure wären müde und wohl schon zu Hause gewesen, und obwohl die einstürzenden Twin Towers bei Abendlicht sicherlich auch – natürlich nur rein äs-

thetisch betrachtet – grandios ausgesehen hätten, war die Entscheidung, es morgens zu vollziehen, sicherlich sinnvoller. So blieb Europa bis zu den Spätnachrichten live dabei, und die arabische Welt hatte auch was davon.
Nein, ich könnte das nicht.

SPÄTER weckt mich die Türklingel. Das Radio quasselt weiter vor sich hin. Gerade erzählt jemand vom Brand auf einer Mülldeponie. Ich habe noch die Klamotten vom Vorabend an, und neben meinem Kissen liegt nach wie vor die Knarre. Ein Blick auf den Wecker verrät mir, es ist kurz vor dreizehn Uhr. Mir fällt mein Vater wieder ein, der wollte mich ja heute besuchen. Es klingelt weiter. Ja doch! rufe ich, ich komme! Ich schalte das Radio aus. Wohin mit der Waffe? Mir fällt nichts Besseres ein, als sie mir ins Hohlkreuz zu stecken. Ich stürze zur Tür, reiße sie auf, damit bricht endlich auch das Dauerklingeln ab, doch da steht gar nicht mein Vater, sondern ein großgewachsener Glatzkopf, der mich ziemlich wütend anstiert. Ich brauche einen Moment, um in ihm Leander zu erkennen. Was haben sie denn mit dir gemacht? hätte ich fast gesagt, aber ich kann es mir gerade noch verkneifen, und Leander drängt mich zur Seite. Wurde auch Zeit, knurrt er und schließt die Tür hinter sich. Ich habe geschlafen, sage ich, tut mir leid. Ist Friederike hier? fragt er. Ich verneine. Hier riecht's komisch, sagt Leander, und damit hat er recht, der Geruch nach verbrannter Pizza ist noch immer nicht ganz fortgeweht. Leander steht im Türrahmen zur Küche, dann bewegt er sich ruckartig zurück in den Flur. Mann, sagt er irgendwie aufgebracht, warum ist denn das Fenster offen? Soll ich es schließen? frage ich. Worauf wartest du? sagt Leander unwirsch. Ich gehe zum Küchenfenster. Warte, sagt Leander. Was ist? sage ich und will mich in seine Richtung drehen. Nein, sagt er, bleib so stehen, nein, geh zum Fenster, und wenn du's zumachst, guck auf die Straße, aber unauffällig, ob da jemand ist und hochschaut. Er fühlt sich also wieder mal verfolgt. Ich gehe zum Fenster, blicke kurz hinunter, nichts zu sehen. Da ist nichts, sage ich. Gut, sagt Leander, zieh den Vorhang zu. Ich hab hier keinen Vorhang, sage ich. Dann komm, sagt Leander. Willst du was trinken? frage ich. Nein, sagt er, laß uns rübergehen. Aber er wartet im Flur auf mich. Geh du vor, sagt er, und mach die Vorhänge zu, im Zimmer sind doch welche. Ja, sage ich und befolge seine Anweisungen, dann erst kommt er nach und setzt sich auf den Schreibtischstuhl. Daß direkt neben ihm ein Fahrrad steht, scheint ihn weder zu interessieren noch zu wundern. Ich setze mich ihm gegenüber aufs Bett. Leanders rechtes Bein bewegt sich unaufhörlich, mir ist, als ob sein ganzer Leib leicht bebt. Alles okay? frage ich. Er guckt mich an, irgendwie verächtlich, irgendwie gehetzt. Er wirkt erschöpft, grau, ohne seine Haare ist er zum Fürchten. Ihr wart weg, sagt er. Wir waren hier, sage ich, wir brauchten Ruhe. Ich brauch die Wumme, sagt Leander, er ist heiser, und flüstert mehr als daß er spricht. Frag Rieke, sage ich und spüre das Ding in meinem Rücken, er darf es auf keinen Fall bemerken. Es ist an der Zeit, sagt Leander. Ja, sage ich, ich weiß. Sofort sehe ich mich wieder auf dem Fußboden im SPD-Büro. Was war das eigentlich für ein Traum, so ungemein realistisch? Das schaffen wir doch nie! Ich habe nachgedacht, sagt Leander, vielleicht sollten wir lieber die Fläche abdekken, Panik erzeugen, vielleicht sollten wir, ja, wir sollten die Masse angreifen, ein Massenbewußtsein auslösen. Leander stiert mich mit weitaufgerissenen Augen an. In die Menge feuern auf einer Wahlkampfveranstaltung! sagt er mit geballter Faust, besser als zu feuern könnte es allerdings sein, zuzustechen, und zwar immer und immer wieder! Leander springt auf, fuchtelt mit seiner Faust in der Luft herum, nicht auf nur einen Körper müssen wir einstechen, sagt er, sondern auf einen ganzen Volkskörper, verstehst du? Sein Gesicht ist jetzt dicht an meinem, ich kann seinen Atem riechen, und der riecht nicht gut. Wunde um Wunde das Blut der Attackierten miteinander vermischen, flüstert Leander in Richtung meines Ohres, er legt eine Hand auf meine Schulter. Egal, wer da steht, sagt er, jung, alt, Männer, Frauen, Ausländer, Deutsche, sie müssen alle abgestochen werden, um wieder etwas zu spüren! Leander tritt einen Schritt zurück, streckt beide Arme von sich und guckt Richtung Zimmerdecke, und ich bekomme langsam Angst, was ist denn mit dem los? Und wenn nicht sie, krächzt Leander, dann wenigstens die anderen. Das ist ja Wahnsinn! sage ich eine Spur zu laut. Leander verharrt leicht gekrümmt und mit ausgebreiteten Armen. Er lächelt seltsam entrückt. Natürlich ist das Wahnsinn, sagt er, doch große Veränderungen sind immer wahnsinnig. Dann schüttelt er seinen Kopf mehrmals, verändert seine Pose, wirkt auf einmal ganz locker. Was ist eigentlich das da? er zeigt hinter mich, ach so, Luzies Buch, es liegt aufgeschlagen mit dem Rücken nach oben neben meinem Kopfkissen. Das kennst du bestimmt, sage ich, ›Baader-Meinhof-Komplex‹. Ist das nicht von diesem neoliberalen Spiegelsack? fragt Leander. Stefan Aust? sage ich. Genau, sagt Leander, darf ich mal sehen? Er streckt eine Hand danach aus. Klar, sage ich, erhebe mich leicht, knie mich aufs Bett, um nach dem Buch zu angeln. Das war ein Fehler. Leander ist plötzlich über mir und, was noch schlimmer ist, er hat die Knarre entdeckt, mein T-Shirt ist wohl hochgerutscht, und nun nimmt Leander sich die Pistole, stößt mich aufs Bett, hockt über mir, und als ich mich von ihm befreien will, drückt er meinen Kopf ins Laken, verdammte Scheiße. Laß das! sage ich, doch Leander läßt nicht nach. Was haben wir denn hier? sagt Leander, warum hast denn du die, wo ich sie doch Friederike anvertraut habe? Ich höre ein Klikken, als ob er die Waffe entsichert hat. Was hast du mit Friederike gemacht? fragt Leander, und ich spüre was Hartes am Hinterkopf und ein Pochen in der Schläfe, das könnte mein Herzschlag sein. Nichts, ächze ich, wirklich nicht, bitte laß das, sie hat sie einfach hier deponiert! Ah ja, sagt er, ich habe dir aber nicht erlaubt, mein Eigentum mit dir herumzutragen. Er nimmt seine Hand von meinem Kopf, der Druck der Knarre aber bleibt. Leander beugt sich nach vorn, greift sich das Buch. Hast du nach Beweisen gesucht? fragt er, hast mir wohl nicht geglaubt?! Doch, sage ich, natürlich, ich wollte nur noch mehr wissen über Baader. Mir ist heiß, ich schwitze - vielleicht ist mir auch kalt. Ach Baader, sagt Leander und lacht auf, der kann uns auch nicht mehr helfen, und Meinhof erst mal, die war so unfähig, wie sie bei der Baaderbefreiung ungeplant aus dem Fenster gesprungen ist, weil sie unbedingt dazugehören wollte zur Avantgarde, und die anderen hatten sie dann am Hacken! Leander lacht. Schreibt der Neoarsch eigentlich die Geschichte von der entsicherten Handgranate, als Meinhof vergessen hat, was man mit so einem Ding anstellt? fragt Leander, die hätte sich doch selber beinahe in die Luft gesprengt, die dumme Sau; reicht eben nicht, Manifeste zu schreiben, wenn man den Staat stürzen will, daran ist schon die Weiße Rose gescheitert, doch auch ein Keller voller Waffen hilft da nicht weiter, nein! Leander schleudert das Buch irgendwohin. Hey, entfährt mir, das ist nicht meins! Ich ärgere mich über diesen Satz, als ob das gerade eine Rolle spielte, wenn Leander wirklich abdrückt, wäre ein verknicktes Taschenbuch wohl das kleinste Übel. Als ob du's mit dem Besitz so genau nehmen würdest, flüstert Leander dicht über mir, ich spüre seine Finger an meinem Hals. Nein, Sebastian, sagt er, du mußt in der Lage sein, jemanden mit der Hand zu erwürgen. Ich habe Angst, versuche, mir nichts anmerken zu lassen, schwierig, wenn man auf eine Matratze gedrückt wird, wenn man gewürgt wird, wenn man mit einer Waffe bedroht wird. Bloß nicht Leander diese Angst spüren lassen! denke ich, bloß nicht! Immerhin, seine Hand läßt wieder locker, bevor sie überhaupt richtig zugepackt hat. Ich muß hier weg, sonst drückt er noch ab, nur weiß ich nicht, wie ich mich von Leander befreien soll, ohne daß er schießt. Weißt du, Sebastian, sagt Leander derweil mit rauhem Tonfall, eine Mischung aus Flüstern und Sprechen, wenn dann erst Berlin gefallen sein wird, Berlin, diese Stadt, randvoll mit verfehlten Aneinanderreihungen, Berlin, die Summe deutscher Verblendungen, Preußen, Kaiserreich, Amüsement und Demokratie, Hitlerwahn und Stalintum, jetzt auch noch die neue Mitte, die in die Baugruben gefallen ist, Berlin! Ich kann ihm nicht mehr folgen. Ich werde mit einer Knarre bedroht, die einst Andreas Baader gehört hat, und jetzt predigt Leander vom Untergang Berlins. Berlin wird fallen, raunt er, ich verspreche es dir, Sebastian, wenn dann also auch Berlin gefallen ist, das dauert nur etwas länger als bei New York, dieser kapitalistischen Ruine, verstehst du? Ja, sage ich, ja! Jetzt läßt sogar der Druck gegen meinen Schädel nach. Wieso verüben wir eigentlich keine Selbstmordattentate? ruft Leander aus, damit rechnen sie nicht, und ob du nun in den Knast gehst oder gleich in die Hölle, das ist doch gleichgültig, sagt er, und für ein Gelingen ist es sicherer. Wenn du in allem, was passiert, auch eine Gefahr für dich selbst siehst, Sebastian, dann wirst du unweigerlich verzögert agieren, sagt er, begreifst du aber, daß du selber die Gefahr bist, dann verlierst du jeden Skrupel. Leander beugt sich wieder nach vorn, seine Stimme an meinem Ohr: Selbstmordattentäter geben ihr Leben bereits zu dem Zeitpunkt auf, wo der Sprengstoff an ihrem Körper befestigt wird; als Tote begeben sie sich unter ihre zukünftigen Opfer, und weil sie tot sind, haben sie keinerlei Mitgefühl, Tote können schließlich nicht fühlen. Leander liegt nun auf mir, eine Hand berührt meine Stirn, es fühlt sich fast so an, als würde er mich streicheln wollen. Wenn ich nur seine Hand packen könnte, die Knarre wegstoßen! Was hältst du davon, Sebastian? fragt Leander leise. Was soll ich schon davon halten? Natürlich gar nichts, bloß so, wie er drauf ist, kann ich ihm das ja wohl kaum sagen, daher sage ich: Interessante Idee, Leander, wirklich, nur wie glaubst du, also womit, der Sprengstoff, woher? Ich verhasple mich, bringe keine vollständigen Sätze zustande. Woher, fragst du? sagt Leander und macht mit seiner Hand leicht kreisende Bewegungen auf meinem Kopf, glaubst du nicht, daß ich das alles schon längst vorbereitet habe? Und du willst wirklich, sage ich, mir stocken die Worte, du willst dich wirklich in die Luft sprengen? Leander lacht, aber nicht in mein Ohr, nein, er bäumt sich förmlich auf, entläßt mich von seiner Last, wobei er ja immer noch über mir sitzt. Das geht ja nun nicht, sagt Leander, ich werde doch noch gebraucht, die Ehre, als erster das Zeichen setzen zu dürfen, gebührt einem anderen, Leanders Stimme kommt wieder näher an mein Gehör, ich hatte da an dich gedacht, Sebastian, das ist doch was für dich, da kannst du deinem Leben einen Sinn geben, einen politischen Sinn. Ich liege starr da, in meinem Kopf pocht es wieder heftiger, er ist tatsächlich verrückt geworden, man muß ihn stoppen, das geht so nicht weiter! Nur bin ich nicht gerade in der besten Position, mich darum zu kümmern. Wie findest du das? fragt mich Leander, wieder sehr zärtlich, und Friederike wird die nächste sein. Warum sagst du nichts? fragt Leander, weil ich nichts sage. Ich bin sprachlos, sage ich, so eine große Aufgabe! Ich wußte, dir wird das gefallen, sagt Leander, richtet sich erneut auf, und sein Gewicht auf mir nimmt ab. Ich bewege mich ein bißchen, und er gibt dem sogar nach und läßt sich zur Seite fallen. Nun liegen wir beieinander, ich atme schwer. Ich muß hier raus! Eigentlich müßte natürlich Leander raus hier, denn wer weiß, was als Nächstes kommt. Ich löse mich langsam von der Matratze, bloß keine ruckartigen Bewegungen, die er falsch verstehen könnte. Er sieht erschöpft aus, vielleicht schläft er auch ein, dann könnte ich ihm zumindest die Knarre abnehmen, dann wäre er nicht mehr gefährlich. Er atmet tief, seine Augen scheinen ihm zufallen zu wollen, er lächelt mich an. Ja, denke ich und gebe mir Mühe zurückzulächeln, so ist gut, nicht aufregen, Leander. Mein Körper bibbert. Leander schließt tatsächlich die Augen, ich bin gerettet, jetzt nur keinen Lärm machen. Diepdiep, verdammt, mein Handy! Eine SMS dröhnt sich ins Zimmer, ich wollte schon lange mal gucken, wie ich das leiser kriege, nun aber ist es sowieso zu spät, denn Leander schreckt hoch, ist wieder voll da und richtet erneut die Waffe auf mich. Was war das? fragt er. Mein Handy, sage ich, eine SMS. Ja, ich weiß, sagt Leander, gib mir dein Handy! Da, sage ich, neben dem Bett. Er springt auf, steht wieder vor mir, dann bückt er sich, ohne mich ganz aus den Augen zu lassen. Er drückt auf das Handy ein. Schau an, sagt er, Friederike schreibt dir. Ach so? sage ich und hoffe, daß sie nichts Falsches geschrieben hat. Leander klickt sich durch den Text und grinst dazu süffisant. Die Waffe läßt er allmählich sinken. Muß Liebe schön sein! sagt er. Ich zucke mit den Schultern, bloß nicht zuviel Euphorie offenbaren und schon gar nicht darauf drängen, lesen zu wollen, was Rieke geschrieben hat, auch wenn ich das kaum abwarten kann. Dieses Rumgeturtel ist so nervig, sagt Leander und guckt plötzlich ziemlich grimmig. Mir hängt das so dermaßen zum Halse raus, sagt

Leander und schmeißt mein Handy mit Wucht zu Boden, das klang nicht gut. Und das Nachtreten erst recht nicht, es knirscht unter Leanders Schuhsohle. Bevor ich protestieren kann, schnellt er zu mir vor und drückt mir die Pistole an die Brust. Sein Kopf bekommt regelrecht Farbe. Für euch ist das Ganze nur ein einziger Spaß, sagt er, eigentlich brüllt er sogar, Bonnie und Clyde, nicht wahr, das macht Laune, da wird man so richtig geil aufeinander, da kann man den blöden Leander ja auch ruhig mal vergessen, ihn versauern lassen in seinem Loch! Nein, sage ich, so ist das doch gar nicht! Wie ist es denn dann? knurrt Leander, am Sex ist schon Baader gescheitert, anstatt vernünftige Leute um sich zu scharen, waren da nur lauter Tanten, die in ihn verknallt waren wie ein Haufen Backfische! Er drückt mich gegen die Matratze, die Knarre piekst mir in die Brust. Du bist doch von Anfang an zu feige gewesen und bloß dabei, weil alles, was Rieke sagt und tut, toll ist in deinen Augen, ist es nicht so, du bist so ein jämmerlicher Sack, daß es fast zu schade ist, dich mit dieser Wumme hier auszuknipsen. O Gott, denke ich, jetzt ist es vorbei. Ich denke aber auch: Wenn Baader gescheitert ist, warum ist dann seine Waffe so viel wert, daß ich es eigentlich nicht verdiene, mit ihr erschossen zu werden? Das wage ich natürlich nicht zu fragen. Ich bemühe mich, wenigstens stolz zu sterben und nicht jämmerlich zu wimmern, nicht vor dem Schrecken die Augen zu verschließen, sondern ihm direkt ins Gesicht zu blicken. Da klingelt es, diesmal an der Tür. Was ist denn jetzt schon wieder? fragt Leander genervt, ohne mit dem Druck auf meine Brust nachzulassen. Die Klingel, sage ich leise. Hab ich mir gedacht, sagt Leander. Es klingelt ein zweites Mal. Keiner zu Hause, sagt Leander. Verdammt, denke ich, das ist bestimmt mein Vater, er könnte mich retten, aber wenn ich rufe, bin ich tot. Erwartest du jemanden? fragt Leander.

Meinen Vater, sage ich. Und der kommt ausgerechnet heute? fragt Leander. Konnte ja nicht wissen, sage ich. Schon klar, sagt er. Es klingelt wieder. Er wird sich bald verpissen, sagt Leander. Ich frage mich, warum Leander nicht einfach abdrückt. Wenn er wirklich wahnsinnig geworden ist, müßte ihm doch egal sein, daß der Mord gehört wird und er wohl nicht ungeschoren vom Tatort fliehen kann. Es klingelt. Der ist ja beharrlich! murrt Leander. Er will irgendwas von mir, sage ich. Zu spät! sagt Leander und guckt mich mit zusammengekniffenen Augen an. Jetzt klingelt's nicht nur, nein, mein Vater klopft nun auch gegen die Tür. Und es ist wirklich mein Vater, denn jetzt ruft er meinen Namen: Sebastian, aufstehen, hier ist dein Vater! Dein Vater nervt! sagt Leander, ich würde ihm ja gern die Möglichkeit geben, sich von dir zu verabschieden, aber du würdest mich verpfeifen. Von mir kein Wort, sage ich. Netter Versuch, sagt Leander und lächelt fies. Mein Vater klingelt und klopft noch immer, Sebastian, bist du wirklich nicht da? hört man seine Stimme dumpf durch die Tür. Dann ist plötzlich Stille. Oje, denke ich, mein Vater hat aufgegeben. Könnte er nicht wenigstens Verdacht schöpfen? Niemand rechnet eben damit, bei jemandem zu klingeln, der kurz vor der Ermordung steht. Bullet in your head, it's just a fuckin' bullet in your head. Warum fällt mir dieser Song jetzt ein? Naheliegend ist er schon, aber als letztes Lied hätt ich mir gern was anderes gewünscht, nur wurde ich ja nicht gefragt, und jetzt ist es zu spät, darüber nachzudenken. Ich gucke in Leanders Augen, seine Pupillen sind geweitet. Ich habe mal gehört, das sei ein Zeichen für besondere Zuneigung zum Gegenüber, allerdings sind das die Augen meines zukünftigen Mörders, worauf wartet er noch? Da klackt es plötzlich im Flur. Leander schreckt auf. Was ist das nun? will er wissen. Das Schloß, sage ich, er hat wohl 'nen Schlüssel dabei. Er hat was? fragt Leander nahezu hysterisch. Dann springt die Tür auf. Sebastian? fragt mein Vater, gleich ist er bei uns. Leander löst die Pistolenmündung von meiner Brust und dreht seinen Oberkörper Richtung Tür. Scheiße, wenn er jetzt meinen Vater erschießt, das könnt ich mir nie verzeihen. Ich rufe: Ja Papa, hier! Leander springt auf, einen Moment lang ist er unschlüssig, er fuchtelt mit der Kanone herum, dann läßt er sich neben mich aufs Bett fallen. Mein Vater erscheint im Türrahmen. Ich richte mich auf. Im Augenwinkel sehe ich, wie Leander die Knarre von Andreas Baader unter mein Kopfkissen schiebt. Hallo, sagt mein Vater. Hallo Papa, sage ich, erhebe mich, meine Knie sind so was von weich, ich muß mich am Fahrrad abstützen, beuge mich dann darüber, um die Vorhänge aufzuziehen. Hallo, sagt auch Leander. Ich wußte nicht, sagt mein Vater. Nein, sage ich, tut mir leid, daß ich nicht gleich aufgemacht habe. Du hast gar nicht aufgemacht, sagt mein Vater. Stimmt, sage ich, weil. Mir fällt nichts ein. Was soll mein armer Vater denn nur denken von dem, was er hier sieht? Leander und ich sitzen auf meinem Bett, die Vorhänge sind zugezogen, und wir reagieren nicht auf die Türklingel und auch nicht auf sein Klopfen und Rufen. Wenn man diese Situation nicht mit der Wahrheit erklärt, kommt irgendwas Schwules raus. Ich weiß nicht, was mir peinlicher wäre. Papa, das ist Leander, er wollte mich gerade erschießen. Papa, das ist Leander, er hat mich vorhin in den Arsch gefickt. Ich druckse mächtig herum, es kommen nur einige ›Ähs‹ zusammen. Und dazu noch dieses Dröhnen im Kopf, schließlich wäre ich jetzt wohl tot, wenn mein Vater keinen Schlüssel dabeigehabt hätte. Ich kann diesen Umstand immer noch nicht fassen. Leander wirkt deutlich abgeklärter, aber er ist ja auch der Wahnsinnige von uns beiden. Wir haben geschlafen, sagt er, anscheinend hat er sich für die schwule Version entschieden. Ja, sage ich, ziemlich fest. Wir waren auf einer Party, sagt Leander, und haben uns total betrunken, ist mir schon lange nicht mehr passiert, Mann o Mann, ich konnte kaum noch gehen, zum Glück hat mir Ihr Sohn angeboten, bei ihm zu pennen. Leander grinst mich an. Bist ein echter Kumpel, sagt er, steht auf und kommt zu mir, klopft mir auf den Rücken. Ich verzieh mich jetzt wohl besser mal, sagt er, tut mir leid, wenn ich dir Umstände gemacht habe. Du doch nicht, sage ich und bemühe mich ebenfalls um ein Lächeln. Dann noch viel Spaß, sagt Leander, boxt mir gegen den Oberarm, ich muß mich zusammenreißen, jetzt nicht einfach umzukippen. Leander wendet sich meinem Vater zu. Auf Wiedersehen, Herr Singer, sagt er und streckt ihm die Hand entgegen, nett Sie kennenzulernen. Ja, sagt mein Vater und schüttelt Leanders Hand, Herr, er guckt Leander fragend an. Leander, sagt Leander, Leander Langer. Er löst sich von meinem Vater, dreht sich aber noch mal um. Sagen Sie, sagt er, habe ich eine Fahne? Mein Vater schaut erst irritiert, dann beugt er sich vor, sagt: Hauchen Sie mal! Leander tut's, und Papa verzieht sein Gesicht. Es geht, sagt er. Leander zuckt mit den Schultern, sagt: ›Also!‹, er nickt mir noch mal zu, sagt, er fände selbst zur Tür, und verschwindet dann im Flur. Sekunden später fällt die Wohnungstür ins Schloß. Mein Vater und ich stehen uns etwas unbeholfen gegenüber. Ich würde ihm gerne um den Hals fallen, dann jedoch müßte ich ihm die Geschichte erzählen, weil ich ihm sonst nie um den Hals falle. Du hast gestern gefeiert? fragt er etwas unbeholfen. Ja, sage ich. Muß ja auch mal sein, sagt er. Ja, sage ich, ich gehe gar nicht so oft weg. Du hättest mir auch sagen können, daß es dir heute nicht paßt, sagt er. Ich habe nicht damit gerechnet, sage ich, und normalerweise übernachten keine Freunde bei mir. Das Wort ›Freunde‹ kommt mir etwas zögerlich über die Lippen, aber das spielt jetzt keine

Rolle. Ich war wohl noch nie so froh, meinen Vater zu sehen, wie jetzt, und ich habe mich gleichzeitig noch nie so kaputt gefühlt, so gesehen ist es ganz gut, wenn er denkt, ich sei verkatert, was mir ihm gegenüber normalerweise unangenehm wäre. Ist wirklich nett, der Leander, sagt mein Vater, seine Frisur, na gut, ist Geschmackssache. Welche Frisur? frage ich, und mein Vater lacht ein bißchen. Wie wär's mit Kaffee? frage ich. Kaffee hilft immer, sagt mein Vater. Er guckt sich im Raum um, er war wirklich lange nicht mehr hier. Sein Blick bleibt an dem Foto von Rieke und mir hängen, das überm Schreibtisch an der Wand klebt. Ist das deine kleine Freundin? fragt er. Rieke meinst du? sage ich, ja, und ihr geht's gut, also uns geht's gut, sehr gut, ich werde sie nachher noch sehen, sie hat mir eben eine SMS geschrieben. Mein Vater nickt. Glaubt er etwa immer noch, daß ich mit Leander? Wir lieben uns sehr, also Rieke und ich, sage ich daher. Jaja, sagt mein Vater, sehr schön. Dann fällt sein Blick auf mein am Boden liegendes Handy, besser gesagt: auf die Bruchstücke und Splitter meines am Boden liegenden Handys. Ist mir wohl runtergefallen, sage ich. Mein Vater nickt und guckt zu meinem Fahrrad. Warum schließt du das denn sogar im Zimmer an? fragt er. Reine Gewohnheit, sage ich.

SPÄTER sitzen wir in der Küche und haben zwischen Kaffeetassen und den Krümeln der Schokokekse, die ich noch im Schrank hatte, zig Merkblätter und Formulare ausgebreitet, die mein Vater nun ausfüllt. Manchmal fragt er mich was, und ich sage dann, was ich bin: Student, ledig, kinderlos, ohne chronische Krankheiten. Jetzt wird also mein Leben versichert. Wenn Papa wüßte, daß er beinahe zu spät gekommen wäre! Gerne sagte ich ihm, wie dankbar ich für seinen Besuch bin, und sicherlich wäre auch er glücklich darüber, daß ich noch einmal davongekommen bin. Ich könnte ein großes Fest geben, hey, Leander hat mich nicht erschossen, doch müßte ich dann wohl noch mehr Fragen beantworten als jetzt gerade, und die meisten wären um einiges unangenehmer. Gut, sagt mein Vater, wenn dir jetzt was passiert, stirbst du wenigstens nicht umsonst. Er grinst und kriegt offenbar gar nicht mit, wie übel sein kleiner Scherz ist. Gilt so eine Lebensversicherung eigentlich bei allen Todesfällen? frage ich. Ich denke schon, sagt mein Vater, ich wüßte jedenfalls nicht, er blättert in den Seiten mit dem Kleingedruckten, ich meine, Tod ist doch Tod, oder nicht? Schon, sage ich, aber manch einer stirbt recht fahrlässig. Falls du das vorhast, solltest du noch eine Weile warten, sonst lohnt sich das nicht für die Hinterbliebenen, sagt mein Vater, und deine Mutter würde das auch nur schwer verkraften. Keine Angst, sage ich, ich werd schon nicht zum Selbstmordattentäter. Daß du gleich an so was denken mußt, sagt mein Vater. Wahrscheinlich gibt es sowieso nicht so viele Versicherungsvertreter in Bagdad, sage ich. Das ist zynisch, sagt mein Vater. An Bagdad ist doch alles zynisch, sage ich. Findest du? sagt mein Vater, was ist mit dem Freiheitswillen der Menschen? Darauf weiß ich keine Antwort, es ist immer eine schlechte Idee, mit Papa über Politik zu reden. Mein Vater nimmt noch einen von den Keksen und knabbert tapfer daran herum, und ich gucke ihm dabei zu. Wäre Mama hier, würde sie wenigstens die ganze Zeit quatschen, weil sie es nicht ertragen kann, wenn beieinandersitzende Menschen schweigen. Deine Mutter würde sich freuen, wenn du mal wieder zu uns kämest, sagt mein Vater als könnte er Gedanken lesen, allerdings ist Mama ja auch das, was ihn am meisten mit mir verbindet. Ja, sage ich, ich ruf mal an, das kann man ja auch spontan machen. Ja, sagt mein Vater, das würde sie freuen. Dich nicht? frage ich. Doch auch, sagt er, natürlich, aber ich sehe dich schließlich jetzt gerade. Noch Kaffee? frage ich. Nein danke, sagt er, ich werd dann auch mal wieder. Ach so, sage ich. Ja, sagt mein Vater und trinkt seine Tasse leer. Also, sage ich, und mein Vater steht auf und sammelt seine Unterlagen zusammen, die er dann in seine Aktenmappe steckt. Schöne Wohnung eigentlich, sagt er, man findet nur so schlecht einen Parkplatz bei dir. Ja, sage ich, ich fahre ja auch mit dem Rad. Aber einen freien Baum hast du unten wohl nicht gefunden, was? Ich lache ein wenig, denn das sollte wahrscheinlich ein Witz sein. Brauchst du eigentlich Geld? fragt mein Vater, als er schon an der Tür ist. Nein, sage ich, ich krieg schon genug von dir, und wenn ich sterbe, jetzt ja noch mehr. Auch das sollte ein Witz sein.

SPÄTER liege ich erschöpft auf meinem Bett, die größeren Teile meines Handys zwischen den Fingern. Die Displayscheibe ist zersplittert, der Akku hängt nutzlos am Telefonrumpf, für mehr als für ein Mobilfunkmobile ist der Kram nicht mehr zu gebrauchen. Blöd, daß ich Riekes Funknummer nur hier drin gespeichert hatte. Ich könnte jetzt natürlich irgendwen anrufen, aber wen? Leander fällt nicht bloß aus, weil auch seine Nummer in dem Elektroschrott in meiner Hand steckt. Und Meier müßte ich erst mal ein paar Fragen beantworten, genauso wie Toni und Steff. Mehr gemeinsame Freunde von Rieke und mir fallen mir gerade nicht ein. Ich könnte natürlich auch in ihrer WG anrufen, aber die Vorstellung, Freddie um etwas bitten zu müssen und dann auch noch um die Telefonnummer meiner Freundin, törnt mich ziemlich ab. Vielleicht geht ja gar nicht Freddie ran, sondern Karen, wenn Karen überhaupt noch dort wohnt, ich glaube, diesbezüglich bin ich nicht mehr auf dem laufenden. Trotzdem, ich kann da nicht anrufen. Ich fühle mich extrem hilflos. Ich schalte erst mal das Radio an, es ist gerade siebzehn Uhr geworden, Nachrichten, doch die Meldungen rauschen an mir vorbei. Dann wieder die Sache mit der Mülldeponie, irgendwo bei Berlin, ein Großbrand, der einhundert Feuerwehrmänner in Atem hält beziehungsweise ihren Atem beeinträchtigt. Der Brandgeruch breite sich seit der Nacht auch über Berlin aus. Vielleicht war das vorhin gar nicht meine Pizza? denke ich und fühle mich ein bißchen belustigt. Das wäre doch ein perfider Plan: die Menschen einer Großstadt nicht umzubringen, nicht ihre Brunnen zu vergiften, sondern ihre Atemluft. Nein, ich habe keine Lust mehr auf diese terroristischen Gedankenspiele. Erst werde ich im Traum erschossen, als ich vergeblich nach Gerhard Schröder suche, dann bedroht mich Leander mit der Knarre von Andreas Baader. Wo ist die eigentlich? Blöde Frage, ich liege ja mit dem Kopf drauf, kein Wunder, daß das so unbequem ist. Ich schmeiße die Telefonreste irgendwohin und ziehe die Knarre unterm Kissen hervor. Das Ding ist tatsächlich noch entsichert. Wie leichtsinnig, denke ich, alles wird immer leichtsinniger. Ich muß Rieke erreichen. An sich brauche ich doch nur die SIM-Card, das Herzstück eines jeden Mobiltelefons, die kann ich schließlich auch woanders einsetzen, in eins meiner alten Handys zum Beispiel. Daß ich da nicht schon früher drauf gekommen bin! Vor nicht allzulanger Zeit haben die Leute Tagebuch geführt oder Fotos aufgehoben und Postkarten, um später anhand dieser Erinnerungsstücke an früher denken zu können, heute sind es ausrangierte Handys, in denen vielleicht noch alte Nachrichten und Telefonnummern gespeichert sind. Oder nein, das ist ja alles auf der SIM-Karte.

Oder auch nicht. Etwas später hocke ich da mit drei Telefonwracks, von denen ich nur eins per Netzteil überhaupt in Gang gekriegt habe, und es ist mir schließlich auch gelungen, die daumennagelgroße sogenannte Karte einzusetzen. Die meisten meiner Kontakte sind auch da, doch ausgerechnet die Nummer von Rieke scheint im Speicher des kaputten Telefons zu stecken, keine Ahnung, wieso, ist eben so. Scheiß Technik, Geißel der Menschheit, mit Stift und Papier wäre mir das nicht passiert. Soll ich also doch bei Freddie anrufen? Kein verlockender Gedanke, aber es hilft ja alles nichts, ist immer noch besser, als mich einem der gestern zurückgelassenen Freunde erklären zu müssen. Und ich möchte Rieke unbedingt erreichen, also ich will, weil ich sie unbedingt wiedersehen will. Also muß ich. So lange wie seit Mittwoch waren wir in den letzten elf Monaten nicht getrennt voneinander, und wenn vielleicht doch, ich weiß es nicht, dann haben wir wenigstens miteinander telefoniert. Und ich weiß nicht, aber haben wir eine Beziehungskrise? Wir hatten noch nie eine Beziehungskrise. Rieke reagiert in letzter Zeit ziemlich gereizt auf alles mögliche. Dünnhäutig nennt man das wohl, was ja dem Wort nach gar nicht unbedingt schlecht sein muß, anderes geht einem ja auch unter die Haut, und das fühlt sich nicht immer unangenehm an. Ich würde gerne unter Riekes Haut kriechen, um ihr Fleisch zu schützen vor manchem Sturm. Vielleicht gehört auch dazu, ihr nicht zu erzählen, was mit Leander eben war, jedenfalls nicht, daß er mich bedroht hat, mich erschießen wollte, vielleicht wollte er das auch gar nicht. Wie seltsam er sich verhalten hat, sollte sie nun schon wissen. Was er jetzt eigentlich macht? Wird er wiederkommen? Dann sollte ich ihm besser nicht die Tür öffnen. Auf jeden Fall sollte ich die Knarre verstecken, das dürfte das Sicherste sein. Vielleicht wartet er irgendwo unten auf mich. Oder er ist zu Rieke gefahren! Oh nein, denke ich, ist Rieke etwa in Gefahr? Wieso wüßte er aber, wo sie ist, wenn nicht mal ich das weiß? Es sei denn, das stand in ihrer SMS, das wäre doch möglich, daß sie mir einen Treffpunkt vorgeschlagen hat. Warum bin ich da bloß nicht früher drauf gekommen? Die SMS! Kann ich nicht wenigstens die lesen? Ich nehme das Ersatzhandy zur Hand, tatsächlich, die Mitteilungen sind abrufbar, auch die letzte. Aber die stammt gar nicht von Rieke, Leander hat wohl die von vorhin gemeint. Und dafür mach ich mir so 'nen Streß, ey! Die letzte SMS stammt nämlich von Meier. Was war 'n los, Basti? schreibt er, ohne dich war's voll öde gestern. Muß mit dir dringend sprechen, Chauchat kommt nach Berlin. Was soll ich tun? Meld dich mal, Michael. Auch das noch! Meier braucht Hilfe, die ich ihm gerade nicht geben kann, zumal ich nicht weiß, wer oder was ›Chauchat‹ ist. Vermutlich eine Band, aber weshalb sollte ich ihn in solch einer Angelegenheit beraten? Will er mit mir auf ein Konzert gehen? Warum fragt er nicht einfach mal Steff? Das würde mich ja schon interessieren, ob die Turteleien von Toni und Dr. Knut wenigstens dazu geführt haben, daß sich Meier und Steff miteinander unterhalten haben. Jetzt muß ich aber erst mal Riekes Nummer rausbekommen. Anhand der SMS geht das leider nicht, da steht nix, ich könnte Rieke höchstens bitten, mich anzurufen, was sie bestimmt seltsam finden würde. Ach, was soll's, ich rufe jetzt einfach in ihrer WG an, über diesem Freddie, da steh ich doch drüber. Die WG-Nummer ist glücklicherweise in mein Festnetztelefon gespeichert, weil ich sie da ja manchmal angerufen habe, aber ihr Handy eben immer nur von meinem. Hallo Freddie, hier ist Sebastian, gib mir mal die Nummer von Rieke, gib mir mal bitte, egal, ich mach es jetzt einfach. Es tutet dreimal, dann wird abgehoben. Hallo? Ja, sage ich, hallo hier ist, und in diesem Moment wird mir klar, wer da eben ›Hallo‹ gesagt hat: Rieke. Rieke, rufe ich beglückt, du bist ja zu Hause! Ja, ruft Rieke fröhlich zurück, das war ich die letzten Tage auch. Ich dachte, du willst Freddie nie wiedersehen, sage ich. Solange ich hier wohne, läßt sich das nicht ganz vermeiden, sagt sie, außerdem. Ich warte, doch dem ›außerdem‹ folgt nichts. Daher frage ich sie, wie es ihr geht. Gut, sagt sie, habe viel geschlafen und viel nachgedacht. Worüber denn? frage ich. Ach, sagt sie, ich erzähl's dir, wenn wir uns sehen. Das wäre schön, sage ich. Was hast denn du so gemacht? fragt sie. Nicht viel, sage ich, ein paar Leute getroffen. Leander auch? fragt sie. Ja, sage ich, er war vorhin kurz hier. Echt? sagt Rieke, was wollte er denn? Ich weiß nicht genau, sage ich, er langweilt sich bestimmt. Ich sollte mich mal bei ihm melden, sagt Rieke. Aber sei vorsichtig, sage ich. Wieso? fragt Rieke, ist er wieder ausfallend geworden? Kann man so sagen, sage ich. Erzähl! sagt Rieke. Er hat sich den Kopf kahlgeschoren, sage ich. Echt? fragt Rieke, und wie sieht's aus? Komisch, sage ich, voll radikal, habe ihn zuerst gar nicht erkannt. Und was hat er erzählt? fragt Rieke. Daß man eine Massenpanik erzeugen soll, sage ich. Wozu soll das gut sein? fragt Rieke. Weiß ich auch nicht, sage ich, er meint auch, wir sollten Selbstmordanschläge verüben. Was? Rieke gluckst, der ist wohl übergeschnappt! Das glaube ich auch, sage ich, er hat mich außerdem gewürgt und gesagt, man müsse jemanden so hassen, daß man ihn mit der bloßen Hand töten kann. Das ist ja wieder typisch Leander, sagt Rieke und findet das alles offenbar eher lustig. Wenn die wüßte, wie das vorhin war! Du meinst, Leander war schon immer so? sage ich. Das nicht, sagt sie, er ist nur ein bißchen angespannt. Angespannt? Jetzt werde ich doch etwas lauter, was ich auf jeden Fall vermeiden wollte. Der Typ hätte mich fast umgebracht, Rieke! sage ich. Du lebst aber noch, sagt sie, der hätte das niemals hingekriegt, mit der bloßen Hand, sie gluckst wieder, außerdem hast du dich sicher gewehrt?! Schon, sage ich, aber er sagt, er hat den Sprengstoff längst parat. Echt? fragt Rieke, und wo ist er jetzt? Was weiß ich, sage ich, in seiner Wohnung. Dann werde ich gleich mal zu ihm fahren, sagt sie. Ob das eine so gute Idee ist? sage ich. Wir müssen mit ihm reden, Bast! sagt Rieke, schließlich haben wir eine Mission. Die sollten wir besser ohne ihn durchziehen, sage ich. Er gehört doch dazu, sagt sie, das ist mir in den letzten Tagen klargeworden. Er dreht gerade durch, sage ich, er hat auch davon geredet, man sollte die Müllkippen am Stadtrand anzünden, um die Atemluft der Bewohner zu vergiftet. Echt? fragt Rieke, das hat er gesagt? Ja, sage ich und überlege, ob ich vielleicht zu dick aufgetragen habe. Ich war vorhin kurz unten, sagt sie, draußen stinkt's wirklich! Eine Deponie brennt bereits, sage ich. Und Leander? sagt Rieke. Keine Ahnung, sage ich, schon möglich, so wie der vorhin drauf ist. Ich wußte doch, daß Leander genial ist, sagt Rieke. Was ist daran denn genial? frage ich, und mit unserem Plan hat es auch nicht gerade viel zu tun. Stimmt natürlich, sagt Rieke, vielleicht ist das auch nur ein Experiment für spätere Aktionen; wir sollten auf jeden Fall mit ihm reden. Besonders scharf bin ich nicht darauf, wieder bedroht zu werden, sage ich. Wir sind zu zweit, sagt Rieke. Er hat auch zwei Hände, sage ich. Rieke ist immer noch bester Laune.

SPÄTER stehen wir vor der Tür zu Leanders konspirativer Wohnung. Ich habe ein mulmiges Gefühl im Magen, ich fürchte mich tatsächlich vor Leander, aber das möchte ich nicht zeigen, auch Rieke nicht. Unser Wiedersehen vorm Haus war auch anders als ich mir das vorgestellt hatte, sehr nüchtern, na du, nur ein kurzer Kußwechsel, laß uns hochgehen. Eigentlich wollte ich vorschlagen, daß ich im Treppenhaus warte, irgendwie an der Tür lausche und bei Schlimmerem einschreite, indem ich mit Riekes Zweitschlüssel dazukommen könnte. Leander reagiert nicht auf das Klingeln. Ich poche daher gegen das Türholz. Laß das! flüstert Rieke. Warum? flüstere ich zurück. Die Nachbarn, sagt Rieke. Dann ruf ihn an, sage ich. Wie denn? fragt Rieke. Na, sage ich, mit dem Handy. Aber wenn er doch abgehört wird, flüstert sie. Ich glaub das nicht, sage ich. Auf einmal? fragt sie. Ich hab's noch nie geglaubt, sage ich. Nimmst du das hier nicht ernst oder was? fragt Rieke mit einem einigermaßen empörten Gesichtsausdruck. Doch natürlich, sage ich, trotzdem, so schnell wird man bestimmt nicht abgehört. Manchmal bist du echt naiv, sagt Rieke, ein Handygespräch mithören, das ist inzwischen wirklich eine der leichtesten Übungen, das könnten wir auch. In der U-Bahn oder was? frage ich und kann mir gerade noch ein Grinsen verkneifen. Nein, Blödmann, sagt Rieke, werd jetzt nicht albern, man muß nur die Nummer kennen, es gibt da nämlich eine Vorwahl, die wählt man und danach eben die Handynummer, und schon kannste mithören, das geht von jedem Apparat aus. Tatsächlich? frage ich. Rieke nickt. Und die Vorwahl? frage ich, wie kriegt man die raus? In den entsprechenden Kreisen wird man die schon kennen, sagt Rieke und drückt ein weiteres Mal auf die Klingel. Du hast doch den Schlüssel, sage ich, mach einfach mal auf. Spinnst du, sagt sie, wir können doch nicht einfach so in Leanders Wohnung spazieren, wenn er das bei dir täte, würdest du garantiert total ausflippen. Klar, sage ich, aber das ist nun mal ein Notfall. Bloß weil er nicht zu Hause ist? fragt Rieke. Irgendwo über uns fällt eine Tür ins Schloß, man hört Schritte. Los, komm! flüstert Rieke und zieht mich Richtung Treppe. Schnellen, aber leisen Schrittes verlassen wir das Haus, überqueren den Hof und stehen schließlich wieder auf der Straße. Und jetzt? frage ich. Laß uns irgendwo hinsetzen, sagt Rieke, da am Kanal ist eine Wiese.

Dann sitzen wir da, direkt am Wasser, eigentlich eine

schöne Stelle, wie eine Flußkreuzung. Ist das da die Spree? frage ich und zeige auf den von rechts heranbiegenden Fluß. Rieke zuckt nur mit den Schultern. Also da lang müßte der Landwehrkanal gehen, sage ich, und von da, ja das könnte die Spree sein. Wo wohl Leander ist? sagt Rieke, sie hat offensichtlich kein Interesse an Wasserstraßenbestimmung. Ruf ihn an, sage ich daher, und bevor Rieke wieder mit diesem Abhörquatsch anfangen kann, füge ich hinzu, sie könne ja zu einer Telefonzelle gehen. Wahrscheinlich das beste, sagt sie. Ein leicht unangenehmer Geruch liegt in der Luft. Ich frage mich, ob das tatsächlich von dieser brennenden Müllkippe kommt, will das jedoch lieber nicht thematisieren, sonst gerät dies bloß wieder zu einer Preisung von Leanders Genialität, obwohl es ja eigentlich meine blöde Idee war. Ich würde Rieke so gerne in den Arm nehmen, aber ich fühle mich, als hätten wir all das noch vor uns, was längst hinter uns liegt. Und das was vor uns liegt, gefällt mir nicht sonderlich. Wie aber soll ich ihr sagen, daß ich das nicht für gut halte. Daß wir das gar nicht schaffen. Das war doch die ganze Zeit über nichts weiter als eine fixe Idee. Wir sind keine Mörder. Wir hätten ihn nicht allein lassen dürfen, sagt Rieke. Leander? sage ich, so wie der sich benommen hat?! Die Isolation setzt ihm zu, sagt Rieke, in der Illegalität bist du auch nicht besser dran als im Knast. Freiheit ist doch immer besser, sage ich, im Knast können sie dich kontrollieren, dich kleinhalten. Das stimmt natürlich, sagt Rieke, allein schon die Tatsache, daß sie was ins Essen geben, um die Gefangenen träge zu machen, damit ihre Widerstandskraft quasi gleich null ist. Ich bin erstaunt über diese Information aus Riekes Mund. Stimmt das wirklich? frage ich. Klar, sagt Rieke, ist doch auch naheliegend. Und woher weißt du das? frage ich. Leander hat das mal erzählt, sagt sie, der wird da schon seine Quellen haben, nehme an, sein Vater weiß so was. Ach so, sage ich. Und dann gucken wir wieder vor uns hin. Ein Dampfer fährt vorbei, von den zahlreichen, bunt gekleideten Passagieren auf dem Oberdeck winken nicht wenige in unsere Richtung als wären wir alte Bekannte, und am gegenüberliegenden Ufer legt ein Schiff der Wasserpolizei an. Hinter uns lärmen ein paar Kinder und – nur weniger lautstark – ein paar Bier trinkende Studenten. Habe ich dir eigentlich mal erzählt, sagt Rieke nach einer ganzen Weile, daß ich als Kind unbedingt eine Katze haben wollte? Nein, sage ich und frage mich, worauf sie hinauswill. Das ist mir gestern oder so wieder eingefallen, sagt Rieke, ich hatte das total verdrängt, wir waren bei meinen Großeltern in Wolkenberg, da gab's damals schon 'ne Hofkatze, die war gerade Mutter geworden, zwei niedliche Kätzchen, ich war total verliebt in die und wollte unbedingt wenigstens eine von ihnen mit nach Hause nehmen, kannste dir ja vorstellen, bitte, bitte, Mama! Da ist sie wieder, Riekes Puppenstimme. Ich spüre ihren Blick von der Seite, wende mich ihr aber nicht zu, nicke lediglich. Kommt sie jetzt wieder mit der erschossenen Katze? Meine Eltern waren strikt dagegen, sagt sie, die wollten kein Tier in der Wohnung haben, na ja, wahrscheinlich wäre es sowieso schwierig gewesen, vielleicht sogar unmöglich, ein Tier aus der DDR nach Westberlin mitzunehmen, das versteht man als Kind natürlich nicht, und irgendwie, ich kann mich kaum noch daran erinnern, mein Opa hat sein Gewehr gereinigt, und es gab einen Streit zwischen Mama und Opa, ich war draußen, aber das Fenster zur Küche war offen, und Opa hat gesagt, also das fällt mir alles wieder ein, als hätte ich es nie vergessen, er hat irgendwas gesagt, von wegen, daß sie keine Katzenzucht aufmachen wollen, und so sei es nun mal. Er hat die Kätzchen erschossen? frage ich. Ja, sagt Rieke und zieht die Nase hoch, nachdem wir weg waren, im nächsten Jahr gab es bloß noch die alte Hofkatze. Dein

Opa könnte die Kätzchen irgendwem geschenkt haben, sage ich. Ach Bast, sagt Rieke und legt ihre Hand sanft auf meinen Rücken, du willst immer nur das Gute sehen. Das ist ja auch das bessere Programm, sage ich. Kann sein, sagt Rieke, es ist leider nicht ständig auf Sendung. Sie steht auf. Laß uns gehen, sagt sie und klopft sich angenommenes Gras vom Arsch. Wohin? frage ich und stehe auch auf. Also, ich fahre nach Hause, sagt sie und guckt zu Boden. Aha, sage ich, du willst nicht, daß ich mitkomme. Rieke schüttelt den Kopf. Eigentlich hätte sie nicken müssen, ich verstehe sie trotzdem. Ich habe das Gefühl, doch noch von Leanders Kugel aus der Knarre von Andreas Baader getroffen worden zu sein. Wir sind aber noch? fange ich einen Satz an, den ich nicht mal zu Ende denken möchte. Klar, sagt Rieke, klingt dabei jedoch nicht sonderlich überzeugt, sicher, sie schaut mich an und versucht so etwas wie ein Lächeln, was ihr gelingt, ist eine Grimasse. Ich will nur gerade allein sein, sagt sie, verstehst du? Ja, sage ich, aber das ist eine Lüge.

Den ganzen Weg zum Bahnhof über, und auch in der S-Bahn, schweigen wir die meiste Zeit. Und auch wenn wir uns fast die ganze Zeit über an den Händen halten, fährt jeder von uns für sich allein. Im Süden stauen sich schwarze Wolken, es wird wohl Regen geben, doofes Klischee. Als wir an der einen bestimmten Stelle vor der Treppe zur U8 sind, schlingt Rieke ihre Arme um mich, und auch ich drücke sie fest. Wir stehen eine ganze Weile so da, dann löst sie sich langsam von mir, und wir küssen uns im Moment der Trennung. Machs gut, sagt Rieke. Du auch, sage ich. Dann dreht sie sich um und geht langsam zu ihrem Bahnsteig. Ich könnte sie trotzdem niemals einholen. Das einzige, was ich jetzt kann, will ich nicht. Und ich weine trotzdem.

DIE ZEIT spielt keine Rolle mehr.

Ich sitze da und warte. Worauf genau, weiß ich nicht.
Will's gar nicht wissen.
Will gar nichts wissen.

Ich schalte mein Ersatzhandy aus. Ich rupfe das Telefonkabel aus der Wand.

SPÄTER schalte ich das Handy wieder ein, lasse es keine Sekunde aus den Augen. Ich drücke den Telefonstecker in die Dose und horche in den Hörer, ob er ein Freizeichen von sich gibt.

Man müßte Leander anzeigen, denke ich, der ist doch gemeingefährlich! Bloß wie soll ich das begründen? Dieser Kerl hat mich bedroht, mit einer Waffe, die sich in meinem Kleiderschrank befand und die jetzt wieder dort liegt. Tolle Idee, wirklich toll, Herr Singer! Ich stehe auf, öffne die Schranktür, beuge mich zu Riekes Fach herab und nehme mir die Pistole. Vermaledeites Ding, du! Du kaltes Stück Metall, dein bloßes Herzeigen löst Ehrfurcht aus, wenn nicht gleich Angst. Beinahe wäre ich selbst dein Opfer geworden, und bin es längst. Wärst du nur nicht zwischen uns gekommen, wir könnten noch so sein, wie wir waren, regungslos und irritiert zwar, doch lebendiger als wir es augenblicklich sind. Jetzt rede ich schon mit einer Knarre! Immerhin, es ist die Knarre von Andreas Baader. Denn das muß sie sein, sie muß es einfach sein, weil sonst alles noch viel, viel schlimmer wäre. Die Liebe zwischen Rieke und mir ist auch ein Opfer der Raff, ein spätes Opfer zwar, aber ein tragisches.

Rieke jünger und mit langen Haaren. Rieke mit einer Hand im Haar. Riekes Augenbraue. Riekes grimmiger

Blick. Ihre Augen. Riekes Mund. Riekes Grinsen. Rieke fängt gleich an zu lachen. Rieke verschwommen. Rieke vor Leanders Kamera. Und die Bilder, die ich nie gesehen habe. Es gibt es keine Nacktbilder, nur in meinem Kopf. Bitte formatieren! Keine Sicherheitskopie. So fotogen. Rieke lächelt, aber nicht mich an, nie mehr mich an. Und später wache ich auf oder schlafe endlich ein.

IRGENDWANN, meinetwegen Montag, Montagnachmittag gehe ich einkaufen. Ich habe keinen Hunger, und um mich zu betrinken, fehlt mir auch der Antrieb, aber ich gebe der Gewohnheit nach und gehe zu Aldi, nur kann ich mich nicht entscheiden, was ich in meinen Wagen legen soll. Ich bleibe etwas zu lange vor den Salatköpfen stehen, eine Frau mit einer auffallend häßlichen Brille drängelt schon, dabei will ich gar keinen Salat, welk fühle ich mich von alleine. Ich streife am Kühlregal entlang, greife nach einem großen Becher Magerquark, den könnte ich mit einem Glas Süßkirschen mischen, denn mein Gefühl sagt mir, daß ich irgendwas zu mir nehmen muß, und so was geht immer rein, ich will bloß keinen Pudding kaufen, sich aus Liebeskummer fett zu fressen, das wäre das falsche Signal für den Körper. Irgendwas essen. Irgendwas Unaufwendiges, es kann ruhig geschmacksneutral sein, man muß es nur leicht runterkriegen. Ich lande bei Aldis Feiner Küche. Welch Widerspruch! Oder doch nicht? Vielleicht braucht man Champagner, um das Zeug besser runterspülen zu können. Verschiedene Gerichte in schmalen Plastikschälchen stehen zur Auswahl, da ist offenbar alles komplett drin. Genauso komplett wie ein Dönerkebab, nur auspakken muß man's selber. Ich greife nach einer Packung Hühnerfrikassee mit Reis, so was habe ich wahrscheinlich seit meiner Kindheit nicht mehr gegessen. Zerkochte, fasrige

Geflügelfleischbrocken in schleimiger Soße, gern auch in Blätterteigaufbauten serviert, ich finde, das paßt perfekt zu meiner derzeitigen Stimmung, auch ohne Blätterteig, allein die Zutatenliste liest sich wie ein Gedicht für zerscherbte Herzen: Reis, Wasser, vierzehn Prozent Hühnerfleisch, drei Komma acht Prozent Champignons, Sahne, Spargel, gehärtetes pflanzliches Öl, Möhren, Erbsen, modifizierte Stärke, Hühnerfett, Jodsalz, Weizenmehl, Weißwein, Zukker, Aroma, Milchzucker, Hefeextrakt, Verdickungsmittel, in Klammern Xanthan, Milcheiweiß. Wenn die Zutaten nach ihrer enthaltenen Menge aufgeführt sind, dann wäre hier mehr Wasser drin als Huhn. Und da bereits die Pilze an der Fünfprozenthürde scheitern, nehme ich an, das andere Gemüse ist nur in homöopathischen Dosen enthalten, vielleicht wegen der Spuren, die ein anderes Gericht in den Maschinen hinterlassen hat. Doch am Ende reißt sowieso das Aroma alles raus. Das gefällt mir, ich bekomme fast schon gute Laune. Ich schiebe meinen Wagen zur Kasse, vor mir ist nur die Frau mit der blöden Brille, und ich lege meine Waren aufs Band, zwei Artikel, nicht gerade viel, und ich wollte ja eigentlich Kirschen kaufen. Heißen die nicht Schattenmorellen? Das klingt so schön, irgendwie nach einem Sommertag, den man an einem kühlen Plätzchen verbringt, am Ufer eines klaren Baches, zu zweit natürlich. Gut, daß ich mir das erspart habe. Frikassee ist eindeutig die bessere Wahl in meinem Zustand: Geschmacksverstärker für den emotionalen Sinkflug. Ich brauche eine Weile, bis ich mitbekomme, daß mir die Verkäuferin den Preis für Quark und aromatisierten Fertigmatsch gewiß schon mehrmals ins Gesicht artikuliert hat. Ich zwinge mich zu einem Lächeln, Entschuldigung, und zahle und mache den hinter mir Wartenden rasch Platz.

Kurz darauf vor meiner Haustür drehe ich mich um. War da nicht gerade was? Ist da nicht wieder, das kann doch nicht, das darf doch nicht, da fährt doch ganz langsam ein graublaues Auto an mir vorbei! Zwei Männer sitzen darin. Der Beifahrer schaut in meine Richtung. Er kommt mir bekannt vor, und ich weiß auch, weshalb. Er trägt einen Schnauzer und eine Sonnenbrille. Das Auto wird noch langsamer, es bleibt fast stehen. Ob ich in Deckung gehen sollte? Bin ich jetzt fällig? Ich könnte aber auch auf sie zugehen, guten Tag, könnte ihnen sagen, daß ich aus der Sache raus bin, Sie werden hier nicht mehr gebraucht, meine Herren, es ist vorbei. Das beste wäre, ihnen die Knarre zu geben, dann passiert wenigstens nichts Schlimmes mehr mit ihr. Doch ich habe noch keinen Schritt in Richtung Straße gesetzt, da beschleunigt der Wagen und fährt davon.

SPÄTER klingelt das Telefon, es klingelt viermal, dann klickt der Anrufbeantworter. Ich habe ihn leise gestellt, so daß ich nicht hören kann, was draufgesprochen wird, aber kurz darauf klickt es ein zweites Mal, aufgelegt vor dem Ende meiner Ansage. Nun vibriert mein Handy auf dem Küchentisch. Ich könnte hingehen und nachschauen, wer mich anscheinend so dringend sprechen muß. Ich könnte, ich will nur nicht.

DANN ist Stille. Eine ziemlich lange Stille. Draußen wird es dunkel. Was ist eigentlich mit Luzie? Die hat doch mit alldem nichts zu tun. Die hat mich weder verlassen, noch hatte ich mit ihr Streit, sie wollte mich nicht umbringen und schon gar nicht wollte sie mit mir irgendwen töten. Ich würde sie gerne wiedersehen, der Abend mit ihr war schön, er wirkt bloß bereits so weit weg wie ein Ereignis vor beendeter Vergangenheit, dabei ist es gerade mal sechsunddreißig Stunden oder so her, daß wir uns voneinander verabschiedet haben, Küßchen links, Küßchen rechts und als Zugabe noch ein zweites auf die linke Wange. Ciao Bella, Bella ciao, ciao, ciao! Vielleicht war es ja Luzie, die versucht hat, mich zu erreichen. Beim nächsten Mal gehe ich ran. Wie bestellt klingelt mein Telefon quasi sofort. Hallo? frage ich in die Leitung. Bast, wo hast du gesteckt? Rieke! Sie klingt irgendwie panisch, auf jeden Fall heult sie. Nun ist es sowieso zu spät aufzulegen. Was ist los? frage ich. Leander! schluchzt sie ins Telefon. Na toll, denke ich. Was ist passiert? frage ich. Er ist völlig durchgedreht, sagt Rieke, ihre Stimme wird ruhiger. Bist du bei ihm? Ja, sagt sie, in der Charité. Ist dir was passiert? frage ich, ehrlich besorgt. Nein, sagt sie, mir nicht, also Leander eigentlich auch nicht, er ist jetzt in der Psychiatrie. Peng, das trifft. Nicht wirklich?! sage ich. Doch, sagt Rieke, es ging nicht anders. Und du warst bei ihm? frage ich. Er hat mich angerufen, sagt sie, hat mich beschimpft und im nächsten Moment angefleht, und dann hat er wieder geschrien, ich sei daran schuld, daß wir das nicht schaffen, weil ich immer nur an dich denke und nicht an die Sache, was ich natürlich unfair fand, ist ja auch unfair, weil meine Liebe zu dir gar nichts damit zu tun hat, aber Leander meinte, auch Baader sei an der Liebe gescheitert, was doch Quatsch ist, und ich habe ihm gesagt, daß er dich und mich bestimmt nicht auseinanderbringen wird. Hat sie gerade ›Liebe‹ gesagt? denke ich. Hat sie gesagt, Leander könnte uns nicht auseinanderbringen? Sind wir denn nicht schon auseinander? Ich wage es nicht, sie das zu fragen. Ich wage nicht einmal, sie zu unterbrechen. Sie erzählt gerade, wie Leander sie schließlich doch überredet habe, zu ihm zu kommen. Aber ich wollte nicht allein dorthin, sagt Rieke, deswegen hab ich bei dir angerufen, beide Nummern, nur du, na jedenfalls bin ich dann eben ohne dich, und das war echt höchste Zeit, weil, als ich bei seinem Haus ankam, ich hab ihn schon an der Tür zum Vorderhaus krakeelen gehört, ich dachte, was denn jetzt los, und dann sah ich ihn auch schon, wie er nackt auf dem Hof stand und gerade versucht hat, sein Jackett anzuzünden, während er seine Nachbarn beschimpfte, die das Schauspiel natürlich aus den Fenstern beobachteten. Bist du noch da? fragt Rieke. Ja, sage ich. Leander ist schlagartig ruhig geworden, als er mich gesehen hat, sagt Rieke, er ist mir um den Hals gefallen und hat gewimmert wie ein kleines Kind, daß ich ihn nie wieder verlassen dürfe, und ich habe gesagt, laß uns erst mal zurück in deine Wohnung gehen, und das sind wir dann auch, ich sag dir, das völlige Chaos, er hat den Teppich rausgerissen und versucht, die Regale abzureißen. Wieso denn das? frage ich. Das wollte ich auch von ihm wissen, sagt Rieke, doch er hat nur ›Pssst!‹ gemacht und geflüstert: alles voller Wanzen. Rieke lacht auf. Zuerst hab ich echt gedacht, er meint Ungeziefer, sagt sie, aber natürlich nur kurz, ich hab gemeint, daß das nach dem Theater, das er gerade aufgeführt hat, nun auch egal ist. Sie würden ihn verfolgen, hat er gesagt, daß sie schon vor seiner Tür gestanden und geklingelt und geklopft hätten. Das waren doch wir, sage ich. Natürlich, das habe ich ihm auch gesagt, sagt Rieke, ich hab ihm dann erst mal Wasser in die Wanne gelassen, weil ich dachte, da entspannt er sich drin, zumal er seine Matratze auch aufgeschlitzt hat, da oben lagen überall Schaumstoffetzen rum. Wahnsinn! sage ich. Ich bin völlig kaputt, sagt Rieke. Tut mir leid, daß ich nicht bei dir bin, sage ich. Es ist eben gerade schwierig, sagt sie, aber ich versprech dir, bald wird's besser. Meinst du? frage ich. Du nicht? fragt Rieke. Wenn du das sagst, sage ich, dann glaube ich es auch. Mir fällt tatsächlich ein Gewicht von irgendwo in mir drin weg, ich fühle mich plötzlich richtiggehend leicht. Und wieso seid ihr jetzt in der

Charité? frage ich. Irgend jemand muß die Bullen gerufen haben, wahrscheinlich als ich noch gar nicht da war, sagt Rieke, und als Leander dann in der Wanne saß, haben sie geklingelt, und er hat zwar durch die Badezimmertür geschrien, ich soll bloß nicht aufmachen, aber ich hab's doch gemacht, die hätten uns wohl auch sonst die Tür eingetreten, die hatten gleich mehrere Sanitäter mitgebracht, einer von denen ist dann mit mir zu Leander ins Bad gegangen, wo ich die beiden allein gelassen habe, und nach 'ner halben Stunde oder so kamen sie heraus, Leander war ganz friedlich und meinte, er verbringt die Nacht wohl lieber in der Klinik, wo wir jetzt ja sind. Soll ich kommen? frage ich. Nein, laß mal, sagt Rieke, ich fahr jetzt nach Hause. Dann komm ich dahin, sage ich. Bitte versteh das nicht falsch, sagt Rieke, ich möchte lieber allein sein. Das ist nicht gut, sage ich. Doch, sagt Rieke, wenn wir uns treffen, fallen wir nur wieder übereinander her, ich brauche heute aber Zeit zum Nachdenken. Dann morgen früh, sage ich. Morgen fahre ich erst mal in Leanders richtige Wohnung, sagt Rieke, um noch 'n paar Sachen zu holen und zu versuchen, die Nummer seiner Eltern rauszubekommen. Das willst du auch alleine machen? frage ich. Ja, sagt Rieke. Für einen Moment rauscht es nur zwischen unseren beiden Ohren. Rieke? sage ich. Ja, Bast. Ich liebe dich, sage ich. Das ist schön, sagt sie, ich dich nämlich auch.

MITTWOCHNACHMITTAG, eigentlich schon fast Abend. Rieke und ich laufen Hand in Hand zur Psychiatrieklinik auf dem Gelände der Charité. Wir haben uns Friedrichstraße getroffen, sie sieht so verdammt entspannt aus und trägt einen Rock, den ganzen Sommer über ist sie in Hosen rumgelaufen, na ja, fast den ganzen Sommer, bei dieser Party in Spandau hatte sie das geklaute Kleid an, aber sonst? Riekes Begrüßungsküsse taten mir so was von gut, und alles fühlt sich an, als wären wir nur wenige Stunden voneinander getrennt gewesen. Man könnte meinen, wir hätten nie etwas zu tun gehabt mit der Knarre von Andreas Baader, doch dann müßten wir wohl Leander nicht in der Klapse besuchen. Und ich würde auch nicht im Rücken das Metall der Waffe spüren, Schritt für Schritt, denn Rieke hat mich gebeten, die Knarre mitzubringen. Du willst doch nicht?! habe ich einigermaßen entsetzt gefragt, als mir einfiel, daß ich ja so tun wollte, als wüßte ich nicht, wo sich das Ding befindet, aber über dieses Wissen schien sich Rieke nicht weiter zu wundern. Sie hat vielmehr ins Telefon gelacht und gesagt, sie werde die Wumme schon nicht rausziehen, wenn wir bei Leander sind, weder um sie auf ihn zu richten, noch um sie ihm anzuvertrauen. Und wofür brauchst du die dann? wollte ich wissen, aber sie hat nur gesagt: Später, Feind hört mit. Ernst kann sie das nicht gemeint haben, denn wenn sie uns wirklich abhören würden, wären wir doch schon längst im Knast und Leander nicht bloß in der Klapse. Jetzt jedoch ist später. Wir könnten sein wie all die anderen, gelangweilt, aber glücklich, wobei man sich seines Glückes ja meistens erst dann bewußt wird, wenn man es nicht mehr hat. Immerhin halte ich es gerade in meiner rechten Hand, während ich gleichzeitig das Unglück im Kreuz spüre. Gerne würde ich denken, daß alles gut ist oder dabei ist, wieder gut zu werden, und es fühlt sich ja auch so an, doch warum mußte ich auf dieses Gefühl noch mal fast zwei Tage warten? Und wir spazieren ja auch nicht in den Tag hinein, guck mal hier, das Schaufenster, wie putzig, laß uns da mal reingehen, und da, wollen wir nicht 'n kleinen Kaffee trinken zwischendurch? Nein, denn unser Komplize ist in der Psychiatrie gelandet, kurz bevor wir unsere terroristischen Pläne in die Tat umsetzen konnten. Da hilft es mir nicht viel, gesagt zu bekommen, daß ich geliebt werde, denn es ist schwer auszuhalten, den Glauben daran nicht zu verlieren, während man in seiner Ungewißheit vor sich hin sitzt und nach naturidentischen Aromastoffen aufstoßen muß. All das denke ich nur, vielleicht werde auch ich allmählich paranoid, das wird sich schon klären, wir müssen uns nur mal wieder unterhalten. Nur jetzt nicht, jetzt laufen wir an alten Backsteinbauten vorbei. Rieke ist heute so anschmiegsam. Als sie ihren linken Arm um meinen Körper legt, hält sie an, mich zu küssen, wohl weil sie die Knarre unter meinem Pullover gespürt hat. Dann laufen wir weiter. Eigentlich ganz schön hier, sage ich, sieht ja richtig verwunschen aus. Fast romantisch, sagt Rieke, diese Erkerchen und Türmchen, da kann man sich ja schnell mal wie Dornröschen fühlen. Ob es hier jemanden gibt, der sich für 'ne Märchenfigur hält? frage ich. Frag doch Leander, sagt Rieke, ob es auf seiner Station auch einen bösen Wolf gibt. Ich finde das komisch. Wofür hält Leander sich eigentlich? frage ich. Rieke bleibt stehen und guckt mich ernst an. Leander ist nicht irre, sagt sie, er ist nur ein bißchen überspannt. So kann man das natürlich auch sehen, sage ich und ziehe Rieke voran. Da vorne ist es, sagt sie. Es ist ein prächtiges, von Efeu zugewuchertes dreistöckiges Gebäude mit Türmchen an jeder Seite. Ich folge Rieke die Stufen hinauf zur schweren Eingangstür, die sie mit beiden Händen aufdrückt. Nach weiteren Stufen stehen wir in einem hellen, man könnte fast sagen, abendlichtdurchfluteten Gang. Es ist auffallend ruhig, kein irres Geschrei wie in der Klischeeklapse, kein Getrampel und schon gar kein wahnsinniges Gekicher. Als uns ein weißbekittelter Mann mit Zopf entgegenhastet, stellt sich Rieke ihm in den Weg und fragt, ob er uns zu Leander Langer führen könne. Nein, sagt der Mann, die Besuchszeit sei gerade zu Ende gegangen, kommen Sie bitte morgen wieder. Dann löst er sich von uns und eilt weiter. Rieke dreht sich zu mir um und guckt mich ratlos an. Von hinten hören wir Schritte, eine Männerstimme sagt: Warten Sie mal! Dabei haben wir uns noch gar nicht gerührt. Ein großgewachsener Mann mit leicht schütterem, graumelierten Haar und dunklem, aber legeren Anzug läuft auf uns zu, lächelt und reicht uns seine Hand: Langer, sagt er, Sie sind Freunde von Leander? Ach hallo, sagt Rieke, ich bin Friederike Baer, und wir haben Montag telefoniert. Schön Sie zu treffen, sagt Leanders Vater, und danke, daß Sie Leander geholfen haben, für meine Frau war das ein großer Schock, und für mich natürlich auch, beeilt er sich hinzuzufügen, so was ahnt man schließlich nicht. Wie lange muß er denn hier bleiben? frage ich. Der Arzt würde ihn gerne eine Weile beobachten, sagt Leanders Vater, aber Leander will am liebsten gleich wieder raus, und das kann ich natürlich verstehen, wer ist schon gern im Krankenhaus, also lassen Sie uns lieber gehen, er grinst und zeigt Richtung Eingangshalle, sonst behalten die uns nachher auch noch hier. Also setzen wir uns in Bewegung. Eben hat mich Leander doch tatsächlich gefragt, sagt sein Vater, ob die Bundestagswahl schon war, als hätte er sein Zeitgefühl verloren, und nachdem ich ihm gesagt habe, daß die erst in vier Tagen ist, wollte er doch tatsächlich sofort raus, als hätte er was Dringendes zu erledigen. Leanders Vater bleibt kurz stehen und sagt: Ich habe ihm angeboten, seine Stimme für ihn abzugeben, daß ihm das so wichtig ist, rührt mich ja als alten, unverbesserlichen Demokraten. Er lacht ein bißchen, aber mir fällt es schwer, eine fröhliche Miene dazu aufzusetzen. Rieke scheint es ähnlich zu gehen.

Vor dem Gebäude fragt uns Leanders Vater, ob er uns irgendwohin mitnehmen könne, sein Auto stünde gleich um die Ecke, doch wir lehnen dankend ab. Wir verabschieden uns voneinander. War nett, mal ein paar Freunde von

Leander kennenzulernen, sagt er. Ja, sage ich, gleichfalls, einen Terroristenanwalt hätte ich mir ganz anders vorgestellt. Im Augenwinkel sehe ich, wie mich Rieke böse anguckt, doch Herr Langer macht eher einen amüsierten Eindruck. Sie haben wohl was gegen Autofahrer, sagt er. Wieso Autofahrer? frage ich. Ich dachte, Sie sprechen von meinem Rechtsgebiet?! sagt er, und Rieke greift meine linke Hand. Sie will wohl nicht, daß ich noch weiterfrage, doch das muß ich jetzt wissen. Sie haben nie einen richtigen Terroristen vertreten? frage ich, und Rieke drückt ihre Fingernägel in meine Handfläche. Das schmerzt, ich versuchte mich so unauffällig wie möglich aus ihrem Griff zu befreien. Leanders Vater sieht belustigt aus. Wie kommen Sie denn darauf? fragt er. Ich dachte nur, sage ich, anscheinend habe ich da was falsch verstanden. Riekes Druck auf meine Hand läßt nach. Tja, sagt Leanders Vater, manchmal wünscht man sich schon, was Spannenderes als die ewigen Verkehrsdelikte zu verhandeln, aber Mörder lägen mir auch nicht sonderlich, ich habe sozusagen eine Waffenallergie. Es entsteht eine irgendwie unangenehme Stille. Alle wissen, daß jetzt noch irgendwas gesagt werden muß, bevor wir auseinandergehen, doch keinem fällt etwas Passendes ein. Aber wenn Sie mal bei einer Geschwindigkeitsübertretung fotografiert werden, sagt schließlich Leanders Vater und macht mit den Händen eine anbietende Geste. Wir fahren nur Fahrrad, sagt Rieke, oder BVG. Ich habe auch schon Fahrradfahrer vertreten, sagt er, aber schönen Abend noch. Er gibt uns die Hand, dann geht er. Wir schlagen die andere Richtung ein. Als wir eine Weile gelaufen sind, bleibt Rieke stehen und guckt mich streng an. Was sollte das denn eben? fragt sie. Es hat mich einfach interessiert, sage ich. Rieke nickt und preßt ihre Lippen zusammen. Na komm, sagt sie dann, wir müssen Leanders Wohnung noch aufräumen, also die geheime.

SPÄTER stehen wir in Leanders zweiter Wohnung, eigentlich ist das ja unsere Wohnung, unsere konspirative Wohnung, die erste unserer Bewegung, einer Bewegung, die es nie gab, die sich herausgestellt hat als ein Stillstand. Wer hat eigentlich hierfür die Miete gezahlt? denke ich, aber ich lasse die Frage in meinem Kopf, wahrscheinlich stammt das Geld vom Verkehrsanwaltsvater. Nein, diese architektonische Verklumpung von Zimmer, Küche, Bad mit Fluranteil ist weder konspirativ noch Wohnung, es ist ein Wohnloch, Leanders Loch, hier drin muß man ja wahnsinnig werden. Hätte eigentlich nicht gedacht, daß Leander so ein labiler Charakter ist. Im Zimmer sieht es nicht gerade gemütlich aus. Der Teppich liegt großwellig da, einzelne Regalbretter sind, teilweise zerbrochen, darüber verstreut, und einige Schaumstoffbrocken, wohl aus der Matratze, liegen auch darauf herum. Wo wohl der Sprengstoff ist? frage ich. Sprengstoff? wiederholt Rieke. Für die Selbstmordanschläge, sage ich, er hat doch gesagt, er hätte den längst in seiner Wohnung. Echt? sagt Rieke, bist du dir sicher? Daß er's gesagt hat, weiß ich schon noch, sage ich, aber ob es die Wahrheit war, wage ich mal zu bezweifeln. Rieke zerrt am Teppich. Was hast du vor? frage ich. Siehste doch, sagt sie, und sie hat recht: ich sehe es. Daher helfe ich ihr beim Ziehen, bloß so einfach ist das gar nicht. Dafür entdecke ich etwas, das wohl mal ein Rotkohlstreifen war. Was machen wir eigentlich mit der Wohnung, frage ich, können wir die auch ohne Leander kündigen? Wieso kündigen? Rieke läßt ihren Teppichzipfel los, wir brauchen sie schließlich als Versteck. Sie hat sich also immer noch nicht ganz von der Sache verabschiedet, ich muß wohl weitere Überzeugungsarbeit leisten. So auffällig, wie Leander sich hier benommen hat, fange ich daher einen Satz an, den ich nicht mal beenden muß. Sie halten ihn ja nur für einen Irren, sagt Rieke, das kann uns doch egal sein. Mag sein, sage ich, ob's hier was zu trinken gibt? Auf das Teppichgezerre habe ich keine Lust mehr. Wenn wir die Wohnung abgeben, sollten wir den sowieso rausschmeißen, fleckig wie der ist. Laß uns nachschauen, sagt Rieke und schiebt mich sanft Richtung Flur. Im Küchenschrank steht eine angebrochene Packung Orangensaft. Vielleicht wollte er damit Sprengstoff mischen, sage ich. Mit O-Saft? fragt Rieke. Klar, sage ich, mit O-Saft und Seife, hast du nicht ›Fight Club‹ gesehen? Rieke überlegt kurz, kann sein, dann riecht sie an der Saftöffnung und verzieht das Gesicht. Also riechen tut er ja eher nach Giftgas, sagt sie und lacht. Ich lache mit. Ansonsten ist nicht viel drin im Schrank: Ein Glas Erdbeerrhabarbermarmelade, eine fast aufgebrauchte Packung Sandwichbrot, ein deformiertes Stück Butter und ein Beck's Pril. Das teilen wir uns. Rieke sitzt auf dem Brett des geöffneten Fensters und dreht sich eine. Ich stehe ihr gegenüber und beobachte sie dabei, als müßte ich mir dieses Bild einprägen. Hinter ihrem Rücken verdunkelt der Abend den Hof. Was guckste denn so? fragt Rieke, als sie mit der Zunge die Klebestelle des Papers befeuchtet und meinen Blick bemerkt. Ich guck dich einfach gerne an, sage ich. Rieke lacht. Das will ich doch auch hoffen, sagt sie, spitzt die Lippen und schaut mich groß an. Ich stelle die Flasche in die Spüle hinter mir zwischen das benutzte Geschirr und trete auf Rieke zu. Sie spreizt die Beine leicht, dabei fällt das Tabakpäckchen zu Boden, doch kümmert sich keiner von uns darum. Ich lege meine Arme sanft um Rieke und beuge mich zum Kuß herab. Als sich unsere Zungen treffen, gluckst Rieke leise. Mich durchströmt ein beruhigendes Gefühl. Sie schlingt ihre Beine um mich und nestelt mit den Händen an meiner Gürtelschnalle. Ich trete ein Stück zurück, damit Rieke meine Hose besser aufbekommt, und nutze die Gelegenheit, um ihr unter den Rock zu greifen.

Praktisches Kleidungsstück eigentlich, sage ich, solltest du öfter tragen! Rieke gibt nur einen wohligen Laut von sich und zieht, als ich ihre Oberschenkel berühre, zischend etwas Luft zwischen den Zähnen ein. Ihre Augen funkeln mich an, während sie meinen Reißverschluß öffnet. Die so gelockerte Jeans gibt nach, und die Knarre rutscht daher in den leer werdenden Hosenboden. Als Rieke dann an meinen Shorts zuppelt, gleitet mir die Waffe am linken Bein herab und kommt mit einem dumpfen Geräusch auf dem Laminat auf. Rieke hält kurz inne. Die Knarre, sage ich. Rieke nickt, sagt, die brauchen wir jetzt ja nicht.

Und als dann der Moment kommt, mit dem sich keine noch so zärtliche Berührung, kein Kuß und schon gar keine noch so ernstgemeinte Liebesbeteuerung messen kann, diese kaum zu ertragende Empfindung, die ihren Ausgang in dem merkwürdigsten aller männlichen Körperteile nimmt, sich aber wie ein Schlag im ganzen Leib ausbreitet, dieses Gefühl, unmittelbar vor der Erlösung zu stehen, ein Gefühl, das großartig und gleichzeitig so drängend ist, das man unbedingt bewahren will, weshalb man dabei an Mutter Beimer denkt oder an Angela Merkel oder einfach die Mülltonnen betrachtet, die unten im Hof stehen, schräg hinter Riekes Kopf, der Hof, der erfüllt ist von ihrer Lustklage, der Hof, in den sie sich fallen zu lassen scheint, so wie sie aus dem Fenster hängt, sich nur am Rahmen festhaltend und gegen meine Umarmung lehnend. Geht's noch? ächze ich mit zitternden Knien, und Rieke seufzt: Nicht aufhörn. Und wer will schon so einen Moment vergehen lassen, doch geht alles immer weiter, und während wir uns wohl auch bei den Leuten, die vorne raus wohnen, zumindest stimmlich bekannt machen, krallt sich Rieke an mir fest und ich mich an Rieke.

Dann verharren wir so im Fenster, um Luft ringend, aber glücklich, als wären wir Spitzensportler, die soeben einen neuen Weltrekord aufgestellt haben. Noch mal, flüstert sie in mein Ohr. Sooft du willst, flüstere ich zurück. Und von irgendwoher fragt eine Stimme in die postkoitale Stille hinein, die sich im Hinterhof ausgebreitet hat, ob wir Hilfe brauchen.

Später, am Ende unserer Liebe, besser: unserer Liebesausübung, ich will doch hoffen, daß es nur das ist, liegen wir im Schaumstoffeld und atmen im gleichen Rhythmus. Irgendwann löst sich Rieke aus meiner Umklammerung, gibt mir einen Kuß auf die Brust und kriecht zur Leiter, um sie herabzusteigen. Allein gelassen im Dunkeln, so dicht unter der Zimmerdecke, überkommt mich ein leichtes Frösteln. Eine Decke gibt es hier nicht, und in Leanders Schlafsack mag ich nicht kriechen. Irgendwo liegt noch das zusammengeknüllte Spannbettuch, doch kann ich es nicht sehen, und ich bin auch zu träge, um mich zu erheben. Ich bleibe lieber liegen mit ausgebreiteten Armen. Ich höre die Spülung und Riekes barfüßige Schritte, sie schließt das Fenster in der Küche, kramt im Geschirr, dreht das Wasser auf, stellt etwas, vermutlich ein Glas, irgendwo ab. Ich meine, die Spuren ihrer Berührungen noch auf meiner Haut zu spüren. Ohne diese Körperlichkeiten wären wir uns wohl ziemlich fern. Ich frage mich, was jetzt kommen mag. Die letzten Wochen haben wir uns an diesem sogenannten Plan entlanggehangelt, einem Plan, der nichts weiter war als eine fixe Idee, eine Sandkastenspielerei. Reicht das für eine Beziehung? Wir sind bald ein Jahr zusammen, aber im Rückblick war da nicht viel mehr als viel Sex und ein paar diffuse Gewaltphantasien. Rieke kommt ins Zimmer und schaltet das Licht ein. Die Glühbirne ist an der Zwischendecke angebracht, so daß das Licht nur am Fensterfreiraum und durch die Luke zu mir nach oben dringt. Rieke kommt auch hinauf, setzt sich ans Ende der Leiter. Sie hat sich angezogen, lediglich ihr verstrubbeltes Haar erinnert an gerade eben. In einer Hand hält sie die Knarre, die durch die Beleuchtung von unten besonders bedrohlich wirkt. Bleibst du noch hier? fragt sie. Du willst gehen? frage ich zurück, und Rieke nickt. In mir krampft sich was zusammen, ich weiß auch nicht wieso. Du nimmst die Knarre? frage ich. Rieke nickt schon wieder. Einer muß ja, sagt sie, und ich mag sie nicht fragen, was sie damit genau meint. Wann sehen wir uns wieder? sage ich. Mal sehen, sagt Rieke, bald. Und ich frage mich, wieso wieder nur bald? Wieso nicht zum Frühstück? Wieso bleibt sie nicht bei mir? Heute nacht und morgen nacht, schließlich sind wir zusammen! Das sind wir doch noch, oder? Ich weiß ja nicht mal mehr, wo sie ist, wenn sie nicht bei mir ist, und das gehört nun mal zum Zusammensein dazu: dieses Umeinanderwissen. Ich aber weiß gar nichts mehr, vor allem nicht mehr genau. Ich sehe nur Rieke dort sitzen, als habe sie mir noch etwas mitzuteilen, als müßte sie bloß noch die richtigen Worte kombinieren. In meinen Ohren rauscht es, und ich spüre, wie Kälte über meinen Körper kommt, ihn wie ein Film belegt, auf daß ich vor Frost erstarre. Dabei ist doch noch Sommer, dabei haben wir doch noch eben wie die Weltmeister gefickt, als gäbe es kein Morgen dafür, kein nächstes Mal. Das wird es wohl gewesen sein, denke ich, und mein Blick auf Rieke verschwimmt. Geh nicht, sage ich zu ihr, bitte. Sie guckt mich an und lächelt kurz, daß ich irgendwas im Auge habe, daß mir was das Gesicht herabrinnt, scheint sie nicht zu bemerken, sie bewegt nur den Kopf langsam nach links und rechts und wieder nach links. Bast, sagt sie, du weißt doch selber, bis wohin wir gekommen sind. Ich weiß es eigentlich nicht, ich strecke meinen Arm in Riekes Richtung, sie aber guckt hinab ins Licht. Einer von uns muß das tun, sagt sie leise, und jetzt bin ich es eben. Sie dreht den Kopf, jetzt treffen sich unsere Blicke, verharren so im Zwischenraum. Dann erhebt sie sich, kriecht auf mich zu, berührt mich mit ihrer linken Hand, die ist ganz kalt, in der anderen hält sie nach wie vor die Knarre. Rieke gibt mir einen kurzen Kuß. Bast, sagt sie, ich muß. Ich weiß, sage ich, ohne noch irgendwas zu wissen. Zieh die Tür einfach ins Schloß, ich kann dann die Schlüssel mitnehmen, sagt Rieke, mit den Füßen bereits wieder auf der Leiter. Mach ich, sage ich und höre zu, wie sie die Wohnung verläßt. Durch das leicht geöffnete Fenster höre ich noch ihre Schritte auf dem Hof, eine Tür fällt zu, dann ist es wieder still. Mein Blick bleibt an den an der Decke klebenden Schatten der Leitersprossen hängen. Mir kommt dieses Lied in den Sinn, bei Aldi brennt noch Licht, nur weil man sich daran gewöhnt hat, ist es nicht normal, Deiche brechen richtig oder eben nicht.

ES IST SPÄTER, auch wenn Zeit keine Rolle mehr spielt. Es ist vorbei. Es ist traurig. Es ist. Es ist noch nicht ganz bei mir angekommen. Es ist banal. Es tut weh. Es ist. Es ist keine große Sache. Es ist mir nicht einmal anzusehen. Ich stehe vorm Spiegel und sehe immer noch aus wie ich aussehe, vielleicht trauriger als sonst, vielleicht blasser, doch könnte ich auch einfach nur erkältet sein. Es ist ein Jammer. Es ist wohl doch nicht so einfach. Man sieht es mir sehr wohl an. Ich bin der Verlassene. Warum hat sie dich verlassen? Ach, fragt nicht. Es ist Wahnsinn. Es ist Mord. Irgendwo da draußen läuft sie umher, Achtung, Achtung, sie trägt eine Waffe mit sich und sie ist entschlossen, jemanden zu erschießen, der dadurch wohl doch in die Geschichtsbücher eingetragen werden wird am Umschlagpunkt der Epochen, wenn man nur tatsächlich daran glauben könnte, daran, daß Geschichte so leicht beeinflußbar sei. Dann wäre ja auch das andere viel leichter zu verkraften. Jenes andere, das derweil ganz für sich allein stirbt und nicht einmal eine Meldung in den Spätnachrichten wert ist. Es ist nicht mehr. Es ist furchtbar. Weil es so unbedeutend ist für die Welt und für mich doch die Welt war. Es ist. Es ist immer noch. Es ist mir egal, weil mir alles egal ist. Stündlich schalte ich das Radio ein, mache den Fernseher an oder gehe online, um zu hören, zu sehen, zu lesen, daß sie es getan hat. Hat sie aber nicht. Ich höre oder lese oder sehe, heute veranstalten die großen Parteien ihre Abschlußkundgebungen, denn übermorgen wird gewählt, soll gewählt werden. Sollte ich jemanden warnen? Einen anonymen Anruf machen? Sagen Sie alles ab, sonst endet es garantiert tödlich! Natürlich werde ich mich nicht rühren. Ich werde nichts sagen, nie wieder was sagen. Wie lächerlich wir doch waren oder sind. Bloß weil wir die Knarre hatten. Die Knarre von Andreas Baader! Darüber würde ich allzu gerne lachen können. Wer weiß, wo Leander das Ding wirklich herhat. Von seinem Vater, dem Verkehrsanwalt, bestimmt nicht. Wie erbärmlich das alles ist. Los Rieke, geh, damit der ganze Quatsch wenigstens noch einen Sinn bekommt, egal welchen. Leander haben sie schon eingeliefert. Da mußte auch niemand so genau hinhören, um mitzubekommen, daß der eine Klatsche hat. Steht nackt im Hof und verbrennt seine Kleider! Einen von uns haben sie also schon. Die zweite wird bald in ihre Fadenkreuze laufen, auftauchen in den Zielfernrohren. Sie werden sie erschießen, bestimmt noch bevor sie ihre Waffe nur entsichern konnte. Schade um sie. Vielleicht bin ich da sogar gleichgültig. Sie stirbt in jedem meiner Gedanken. Nicht, daß ich sie sterben sehen wollte, im Gegenteil, ganz im Gegenteil, bloß denke ich sie bereits in der Vergangenheit. Sie war. Sie war toll. Sie war alles, was ich jemals haben wollte, auf daß mir nichts anderes nie wieder etwas anhaben sollte. Sie war die, von der ich mich so gern anfassen ließ und ansprechen und angucken und anzischen, und anzüglich berühren konnte sie mich auch ganz gut, dabei berührte sie mich an und für sich ganz anders und das jederzeit, auch aus der Entfernung. Sie war einfach da. Sie war einfach. Doch sie war. Jetzt bin ich. Bin ich übrig. Muß ich mit diesem Übrigbleiben klarkommen, damit, daß ich nichts unternommen habe gegen diesen blödsinnigen Plan. Ich hätte den Streit mit Rieke riskieren müssen. Sie hätte es vielleicht eingesehen, nach ein paar unglücklichen Tagen. Sie hätte es bestimmt eingesehen! Was jetzt stattdessen kommt, sind ausschließlich unglückliche Tage. Und ich frage mich, ob es das also war. Sind wir schon dran gewesen und haben unsere Chance verpaßt, der nächste, bitte, Bang Bang, wer hat noch eine Illusion parat, für die es sich zu sterben lohnt? Oder zu töten? In der Nacht, da sich Andreas Baader selber ins Genick geschossen hat, weil niemand anderes da war, den er töten konnte, und weil die Nachrichten aus Mogadischu um null Uhr achtunddreißig MEZ bis nach Stuttgart-Stammheim in den Hochsicherheitstrakt drangen, die von Terroristen in einer Lufthansaboeing entführten sechsundachtzig Geiseln sind alle glücklich befreit worden, glücklich für wen, wohl nicht für die hinter der Nachrichtensperre hockenden Baader, Ensslin, Raspe und Möller, die jetzt wirklich Isolierten, die selbsternannten politischen Gefangenen der BRD, die ungeachtet aller Maßnahmen ein Kommunikationssystem zwischen ihren Zellen aufgebaut hatten und die trotz der Überwachung Waffen besaßen, vielleicht haben die Behörden ja gehofft, daß nur endlich was passieren muß damit drinnen was passiert. Wer gab das Kommando? Wer hatte die Idee, den kollektiven Suizid wie einen Mord zu inszenieren? Wann war ihnen klar, daß sie sterben würden? Und Gudrun und Andreas, das angenommene Liebespaar, haben sich die beiden über den Zellenfunk noch einmal ihre Zuneigung gestanden, oder war das egal geworden im Hochsicherheitstrakt? Ich versuche, mir vorzustellen, was Baader gedacht und getan hat in der Nacht, da er sich selber ins Genick schießen würde. Sogar sein endgültiges Scheitern war als Kampfansage gemeint, die Glaubwürdigkeit der Demokratie zu unterwandern. Einer wie Baader ist noch im Knast so gefährlich, daß der Staat ihn hinrichten lassen muß, jedenfalls dem Selbstverständnis Baaders nach. Und wenn schon niemand anderes Baader in den Rücken schießen wollte, mußte er das eben selber erledigen, sich selber erledigen. Die Pistole war in seinem Plattenspieler versteckt, paßt doch: Pop und Peng, tot bist du! Hat er die Platte noch einmal gestartet, seine letzte Platte? Seitdem die CD in meiner Post war – ob mich das noch verdächtiger gemacht hat, das letzte Album, das Andreas Baader aufgelegt hat, erwirbt man doch nicht zufällig? –, habe ich sie mir zigmal angehört, wohl weil ich mir insgesamt eine Botschaft erhofft habe, aber es gibt keine Botschaft, nicht bei Baader, dem Toten, oder doch? Don't blame me dafür, daß Jesus auf sich warten läßt, wer will denn noch an leere Versprechungen glauben? Und nicht in jedem Gedränge gibt es tatsächlich jemanden, denn: Life don't seem worth living, I stand to say goodbye. Ich weiß nicht, welche Seite Baader zuletzt laufen ließ, es ist wohl auch nebensächlich, aber sollte er mit dieser Musik in den Ohren oder jedenfalls noch im Kopf gestorben sein, dann hatte einer der umstrittensten deutschen Selbstmorde – die hiesigen Bösewichte richten sich schließlich selber, die verkriechen sich in keinem Erdloch – einen fröhlichen Soundtrack, denn während Hitler noch zum perkussiven Sound eines Weltkrieges abtrat, wählte Baader lieber entspannte, fröhliche Musik für seinen Abgang in die Geschichte. Tot lebt es sich schließlich besser als Mythos, nur Schwächlinge sitzen ihre Strafe ab oder flehen gar um Gnade, hoffen auf die Nachsicht derjenigen, die sie bekämpft haben. Ich bin schwach, habe auch nichts zu verbergen, ich beherberge nicht einmal was. Alles, was ich habe, ist nichts als diese Leere, vollgestopft mit Gerümpel. Und weil sich mein Gedächtnis nicht so leicht entrümpeln läßt, will ich wenigstens den Müll, mit dem ich zusammenhause, entsorgen. Da ist mein Fahrrad, angeschlossen, schlüssellos. Und warum? Das treibt mir tatsächlich Tränen in die Augen. Ich will nicht heulen, als sei ich eine Terroristenwitwe. Die Gesellschaft ist schuld, sie hat meiner Frau keine andere Wahl gelassen, sie mußte einfach schießen! Es liegt ein Brummen auf der Welt, das ich gar nicht höre, ich spüre es lediglich vibrieren unter meiner Haut. So wie ich vorhin oder neulich oder eben bei meinem Heimweg im Morgendämmern glaubte, das Klicken der Blaulichter zu hören, dieses Geräusch, das doch gewiß bei der Blinkbewegung entsteht. Auf dem Weg zum Ernst-Reuter-Platz bog ich gerade in diese große Allee ein, als hinter mir kurz eine Sirene aufjaulte, weshalb ich mich umdrehte und im Blaulichtstakkato erstarrte. Jetzt haben sie mich! durchschoß es mich. Ich war geblendet von diesem hundertfachen blauen Blinken, das Blitzen gleich oder eher wie leuchtende Flummis durch die Straßenschlucht sprang, nein, das wäre zu schnell gewesen, ich kam mir verlangsamt vor, wie in einer Zeitlupe, wie unter Wasser, als diese Kolonne aus Motorrädern, Einsatzfahrzeugen und schwarzen Limousinen fast lautlos an mir vorüberglitt, so leise, daß ich wirklich meinte, das Blinken zu hören oder zu spüren wie einen Abprall von meinem Körper. Reglos starrte ich den Lichtern, die sich in den Fenstern der Häuser spiegelten, hinterher. Ob da gerade der Kanzler an mir vorbeigerauscht war? Vielleicht wartet Rieke schon auf ihn, dachte ich und ging weiter. Wenn sie tatsächlich auf ihn gewartet hat, dann an der falschen Stelle. Keine Eilmeldung, kein besorgter Joschka Fischer, keine gemeinsame

Stunde der Demokraten. Alles, was ich sehen kann, ist dieses nutzlose Fahrrad in meinem Zimmer. Und ich ertrage seinen Anblick nicht länger, das Ding nimmt doch nur Platz weg in meiner Wohnung, in meinem Leben, in meinem Kopf. Ich öffne das Fenster zum Hof. Ich hebe mein Fahrrad an und hieve es hinaus, dabei verhakt sich das Pedal unterm Fensterbrett, und mir kommt sofort in den Sinn, wie ich in der Küche von Leander stehe und Rieke vor mir und hinter ihr die Mülltonnen, und ich lasse das Fahrrad sinken, es kippt zur Seite, die Stange lehnt jetzt gegen die beiden linken Flügelfenster, das Vorderrad ragt in die Luft. Ich habe keine Lust, daran etwas zu ändern. Ich setze mich aufs Bett. Dahinten in der Ecke liegt noch immer Luzies Buch, das Leander dort hingepfeffert hat. Ist das wirklich schon wieder fast eine Woche her? Mir fehlt der Antrieb, aufzustehen und das Buch zu nehmen, es aus seiner verknickten Lage zu befreien. Eigentlich sollte ich das tun, schon weil es nicht mir gehört. Luzie müßte ich auch anrufen, erklären, warum ich mich nicht gemeldet habe, nicht reagiert habe auf ihre Versuche, mich zu erreichen. Ich kann das aber gerade nicht. Und Meier! Meier wundert sich bestimmt auch schon lange, soll er doch, denn bei mir hat es sich ausgewundert, übriggeblieben sind nur Wunden, und zwar ausschließlich welche, die nicht bluten können. Ich werde aufräumen müssen, wegräumen müssen, und ich fange auch gleich damit an. Doch wohin mit dem Müll? Ich weiß es, habe ich da doch noch meinen Rucksack, den farbbekleckssten, als ich kriminell werden wollte, um Rieke meine Liebe zu zeigen. Ich habe ihn tief in den Schrank gestopft, damit ihn niemand schnell findet, aber solange er dortdrin liegt, wird er mich erinnern. Und auch mein nicht fahrbares Fahrrad, das so kläglich im Fensterrahmen hängt, ich will es nicht mehr sehen, ich drehe die Pedalen zurecht und schubse es in den Hof, ist mir doch egal, was die Nachbarn denken, der klirrende Aufprall hallt an den Hauswänden wider. Aber nur kurz. Dann ist wieder Stille. Ich gucke gar nicht nach unten, das geht mich nichts mehr an. Ich schließe das Fenster. Ich schalte das Radio ein. Ich lege mich aufs Bett. Ich höre von fünfundzwanzig Prozent aller Wahlberechtigten, die laut einer aktuellen Umfrage noch nicht wüßten, wem sie ihre Stimme geben sollen, weshalb ein Experte von einem Kopfankopfrennen spricht zwischen Rotgrün und Schwarzgelb. Wer aber hat die fünfundzwanzig Prozent gezählt? Wer hat sie gefragt? Also bei mir war keiner. Ich hätte allerdings auch keine Antwort geben können. Den Kandidaten scheint es indes gutzugehen.

Später zerre ich meinen Rucksack aus dem Schrank, um ihn mit Vergangenheit vollzustopfen. Ich schüttle ihn aus, damit ich mehr Platz habe für verbrauchte Erinnerungen. Und neben dem rieselnden Lebensstaub, der sich im Rucksack angesammelt hat, klirrt noch mehr auf die Dielen: das Schlüsselbund, das ich glaubte in der Kabine zurückgelassen zu haben, als ich aus dem KaDeWe floh. Ich starre es ungläubig an. Wo kommt das denn jetzt her? Wieso ist das denn jetzt da drin? Und warum habe ich nie nachgeschaut? Okay, normalerweise packe ich die Schlüssel vorne in die Reißverschlußtasche, keine Ahnung, warum sie diesmal nicht dort vorn waren und vor allem, warum ich nicht genauer nachgeschaut habe. Ist eben so. Ich muß sogar ein bißchen lachen. Über meine eigene Dummheit, über all den Quatsch, den ich deswegen unternommen hatte. Und jetzt liegt mein Rad irgendwo im Hof herum, garantiert zerbeult, aber immerhin angeschlossen.

WAHLSONNTAG, allerdings nicht für mich. Warum soll ich wählen gehen, es hat doch keinen Zweck, egal, was die Umfragen sagen. Die hat sich bloß irgendein Dramaturg ausgedacht, damit's noch mal spannend wird, damit wenigstens die Arglosen ihr Kreuzchen machen und vor allem, damit die Wahlsondersendungen überhaupt angeschaut werden, wo schon jeder weiß, und das seit Wochen: Angela Merkel wird die erste Frau im Bundeskanzleramt, und Guido Westerwelle der erste schwule Vizekanzler, wobei man sich da ja nie sicher sein kann. Auf jeden Fall ist er der erste, der es zugegeben hat, als sei das eine Krankheit, als ginge das irgendwen etwas an, Heteros müssen ja auch nicht ihre sexuellen Vorlieben ausplaudern, und das ist auch besser so. Wir hätten es verhindern können. Wir hätten nur stärker sein müssen. Wir hätten es wollen müssen. Ich habe mir eingebildet, es wirklich zu wollen, schon Rieke zuliebe, allein wegen Guido Westerwelle, der schrecklich ist, obwohl er schwul ist, was mir im Grunde ja egal ist, aber man will schließlich nicht vorurteilszerfressen sein, kein homophober Schwachkopf, nur hat das mit alldem nichts zu tun, denn obwohl ich Herrn Westerwelle bloß aus dem Fernsehen kenne, kann ich ihn einfach nicht ausstehen. Das ist kein Argument, doch seit wann geht es in der Politik um Argumente? Wobei die Frage eher andersherum gestellt werden müßte: Seit wann geht es nicht mehr um Argumente? Herr Präsident, mit Verlaub, Sie sind ein Arschloch! Ist das nicht sogar von Joschka? Wählen wir lediglich die Gesichter, die uns am wenigsten stören, die Stimmen, von denen wir uns am besten belogen fühlen, im Sinne guter Unterhaltung? Deutschland sucht den Superkanzler und kann ihn nächste Woche wieder abwählen für nur neunundvierzig Cent aus dem Festnetz. Könnte man so nicht den Staatshaushalt sanieren? Bräuchte man dafür nicht auch noch ein paar Telefonisten? Deutschland einig Callcenterland, wir rufen uns gegenseitig an und hängen in der Warteschleife, zu der unser Leben längst verkommen ist. Here we are now, entertain us, gebt uns allen eine Fernbedienung, aber sagt uns bloß kein Wort, unsere Matrix ist der Sessel, in dem wir uns niederlassen für die Restdauer unserer Langeweile. Meine Partnerin im Ertragen der Langeweile langweilt sich in Zukunft lieber ohne mich. Sie hat sich wohl doch gegen das Erfüllen unserer, oder besser ihrer, Mission entschieden. Es sei denn, sie haben sie festgesetzt, das könnte natürlich sein, vielleicht waren sie uns doch auf den Fersen. Vielleicht sitzt Rieke längst in Untersuchungshaft. Nicht auszuschließen ist ja auch, daß Leander geplaudert hat, möglicherweise nicht mal mit böser Absicht, sondern unter dem Einfluß bewußtseinsbeeinflussender Medikamente. Ärzte unterliegen einer Schweigepflicht, aber gilt die auch noch, wenn durch ihr Brechen ein Mord verhindert werden könnte? Warum zeigen sie dann Riekes Bild nicht in der Tagesschau? Wer hält es zurück? Wer hat ein Interesse daran, daß von den Attentatsplänen nichts bekannt wird? Otto Schily könnte doch noch einmal vor die Presse treten, wäre das nicht eine gute Schlagzeile für den Wahlsonntag? Diese Frau wollte den Bundeskanzler erschießen. Und das hier ist ihre Waffe. Hat er die Waffe am Ende erkannt, vielleicht ist sie es ja trotz allem, und der Ex-Raff-Anwalt Schily weiß als einer, der den toten, aufgeschnittenen Andreas Baader persönlich gesehen hat auf dem Obduktionstisch, woher sie stammt: Stuttgart-Stammheim, siebter Stock. Ich könnte Rieke anrufen, aber es geht nicht. Ich habe noch immer nicht ihre Mobilfunknummer wieder, und wer weiß, was mit ihrem Handy ist. Vielleicht warten sie ja beim BKA nur darauf, daß ich mich melde, hallo, könnte ich bitte Herrn Andreas Baader sprechen? Wenn ich dort anriefe, hätten sie endlich einen Komplizen, so etwas macht man doch nicht allein! Ich will auch nicht allein sein. Ich könnte jemanden fragen, ob er mit mir die Wahlergebnisse angucken mag. Nur wen? Luzie! Ich könnte Luzie anrufen, durchschießt es mich, es war neulich so schön mit ihr! Sie hat zwar Merkel gewählt, doch ist das eigentlich auch egal. Immerhin fragt sie nicht zu viel, und man kann auch gut mit ihr schweigen und sie umarmen, ohne daß man sich danach gleich gegenseitig auszieht. Also rufe ich bei ihr an. Sie hebt sofort ab, sagt: Hallo Sebastian! Sie klingt überrascht, aber auch erfreut. Das bilde ich mir jedenfalls ein. Hi Luzie, sage ich, tut mir leid, ich. Ich stocke. Ich weiß nicht, was ich sagen soll. Das hätte ich mir vorher überlegen müssen, nun ist es dafür zu spät. Luzie sagt nichts. Sie wartet. Tut mir leid, sage ich ein zweites Mal, echt, daß ich mich nicht gemeldet habe. Du brauchst dich nicht zu entschuldigen, sagt Luzie. Ich würde das aber gerne, sage ich, ich war etwas durcheinander. Ich auch, sagt Luzie, und ich überlege kurz, wie ich das verstehen soll, rede dann aber weiter, sage, daß ich eine schwere Woche hatte, Leander, den kennst du, oder? Ja, sagt Luzie. Der ist durchgedreht, sage ich und denke: Als ob mich das eine ganze Woche davon abgehalten hätte zu telefonieren. Doch Luzie sagt: Verstehe. Und nach einem Moment der Stille, in dem wir beide vielleicht kurz darüber nachdenken, ob wir Leanders Durchdrehen thematisieren sollten und warum mich das so viel Zeit gekostet haben könnte, sagt sie: Hey, ich freu mich, daß du dich meldest. Damit wäre das erledigt. Ich könnte sie jetzt einfach fragen, ob wir uns nicht treffen wollen, aber das andere, die eigentliche Information muß noch raus, muß endlich gesagt werden. Ich habe es bislang kein einziges Mal ausgesprochen. Und so sage ich in die schon wieder entstandene Stille hinein: Rieke und ich haben uns getrennt übrigens. Oh, sagt Luzie, wie schade. Ja, sage ich, es ging irgendwie nicht mehr. Ich komme mir wie ein Lügner vor. Jetzt sage ich schon die Wahrheit, und es ist trotzdem noch falsch. Soll ich vorbeikommen? fragt

Luzie. Würdest du denn? frage ich. Klar, sagt Luzie, wenn du jemanden zum Reden brauchst. Kann sein, sage ich, wenn du noch nichts vorhast. Eigentlich wollte ich auf 'ne Wahlparty gehen, sagt sie, ich nehme an, du hast auf so was keine Lust. Nein, sage ich. Dann gucken wir's bei dir, sagt Luzie, es sei denn. Sie bricht den Satz ab. Doch, sage ich, deshalb hab ich ja eigentlich angerufen. Schön, sagt Luzie, dann komm ich nachher vorbei, ich muß nur noch wählen gehen. Ja, sage ich, find ich gut. Dann sage ich ihr noch, wie sie zu mir kommt, wir verabschieden uns, bis gleich. Ich freu mich, sagt Luzie und legt auf. Ich freue mich auch.

SPÄTER, genauer siebzehn Uhr neunundfünfzig, das weiß man ja, Punkt sechs gibt es die erste Prognose, und Luzie ist noch nicht da, schade, der spannendste Moment ist doch der des Anfangsdiagramms. Ich schalte den Fernseher an, ARD, die sind tendenziell linksorientierter, na ja, tendenziell, wobei da bei der letzten Wahl sowieso irgendwas schiefgegangen war mit den Computern, da wähnte sich Stoiber ja schon als Sieger und empfahl seinen Anhängern, ein Glas Champagner zu öffnen. Der Mann der Zahlen verspricht ein Ergebnis, mit dem Sie nicht gerechnet haben, meine Damen und Herren. Und dann geht's los. SPD vierunddreißig Prozent, ist das jetzt gut? CDU fünfunddreißig Komma fünf, Moment, ja, das ist gut! Grüne acht Komma fünf, FDP zehn Komma fünf, Linke sieben Komma fünf. Was ist das denn? Links zwei gleich große Balken, und rechts drei, die sich ebenfalls ziemlich ähnlich sind. Warum aber haben so viele FDP gewählt? frage ich mich. Als nächstes werden Gewinne und Verluste angezeigt. Die SPD hat vier Komma fünf Prozent verloren, die Union drei, die Grünen null Komma eins, die FDP, das ist der Gewinner des Abends, sagt der Sprecher, die FDP hat drei Komma eins Prozent gutgemacht, die Linkspartei sogar drei Komma fünf. Dann kommen die Sitzverteilung und die Frage, wer mit wem, was ist rechnerisch möglich? Schwarzgelb reicht nicht, Rotrotgrün ginge dagegen, aber wer will das schon? SPD, Grüne und FDP, die Ampel, auch denkbar, genauso wie die sogenannte schwarze Ampel, sagt der Sprecher, CDU, FDP und Grüne, auch Jamaikakoalition genannt wegen der Flaggenfarben, sagt er. Wer kommt denn auf so was? denke ich, wohl zu viele Rumpralinen genascht. Neunundsiebzig Prozent Wahlbeteiligung. Bleiben also nur einundzwanzig Prozent, die sich bis zum Schluß nicht entschließen konnten. Einundzwanzig Prozent, zu denen auch ich zähle. Im Fernsehen schalten sie ins Konrad-Adenauer-Haus, um die Fassungslosigkeit der CDU-Anhänger abzufilmen. Ein Mann mit dezenten Karos auf dem blauen Jackett und einem CDU-Schlüsselband um den Hals benennt die wahren Verlierer, das seien letztendlich die Demoskopen, sagt er, man hätte sich alle Umfragen sparen können, den größten Teil können Sie in die Tonne kloppen. So was hört man beim Fernsehen nicht gerne, also Schnitt. Bei der SPD herrscht Erleichterung, auch wenn man das Schröderziel von achtunddreißig Prozent nicht erreichen konnte, immerhin, Schwarzgelb sei verhindert worden, daher ist die Freude groß. Schnitt. Die Schleimsakkos von der FDP jubeln frenetisch, die Reporterin spricht von wahren Klatschtiraden. Wieder ein Schnitt, diesmal auf Anne Will. Die befragt Jürgen Rüttgers, der gefühlte drei Male das gleiche antwortet: Angela Merkel hat den Regierungsauftrag bekommen, ansonsten müsse man abwarten. Klaus Wowereit spricht von einer grandiosen Aufholjagd, die Menschen haben gesagt, sagt Wowereit, Angelika Merkel hat nicht unser Vertrauen, ein Desaster für Frau Merkel in den persönlichen Werten. Schafft es

Schröder doch noch mal? will Thomas Roth wissen, und Wowereit antwortet, wir seien ja erst mal noch in der Prognose, wir sind ja im Einsteinjahr, sagt er, da ist alles relativ. Müdes Reporterlachen. Wowereit rät abzuwarten und erinnert an das zu früh geöffnete Glas Sekt Stoibers. Ich bin mir sicher, daß es Champagner war, ich dachte, wenigstens in solchen Dingen kennt sich unser Bürgermeister aus. Katrin Göring-Eckard von den Grünen freut sich derweil über ein stabilisiertes Ergebnis für ihre Partei und spricht über den Wind, der ihnen entgegengeblasen sei, und daß sie sich auf Opposition einstellen würden. Dann ein Herr von der FDP mit Adelstitel, von Essen oder so, sieht aus wie ein Professor, der sagt, es wird keine Ampel mit Grünen und SPD geben. Thomas Roth fragt ihn, ob er das Wort Pyrrhussieg kenne, alles gewonnen und doch alles verloren. Das werde, sagt der Mann, sich im Laufe des Abends ja noch zeigen. Eine sehr blonde PDS-Frau mit sehr rotem Blazer und sehr langem Namen will etwas sagen, wird dann aber wegen der ersten Hochrechnung unterbrochen. Die jedoch gleicht der Prognose ziemlich, nur hinter den Kommas gibt es Veränderungen. Der Moderator, wie heißt der eigentlich, der tritt immer bei Wahlen auf, er sagt: Wenn es bei diesen Zahlen bliebe, wäre das für die Union das drittschlechteste Ergebnis, seitdem in der Bundesrepublik gewählt wird. Aber der große Wahlverlierer bleibt die SPD, sagt er auch, immerhin fast fünf Prozent. Aber was sind schon fünf Prozent? Die hätten wir doch garantiert reingeholt, mit einem einzigen Schuß, fünf Prozent wählen allemal emotional, wahrscheinlich sogar noch mehr, viel mehr. Was für ein Ärger! Ich verliere die Lust an diesem Theater, irgendwer fragt irgendwen von der CDU, ob es für ihn denkbar wäre, mit einem anderen Kandidaten als Frau Merkel in die Wahl zum Kanzler zu gehen. Das wäre sicherlich zu früh, sagt der Mann, Angela

Merkel hat einen engagierten Wahlkampf gemacht. Blabla. Was soll sie denn sonst für einen Wahlkampf gemacht haben, einen unengagierten? Ich würde eher sagen, daß es zu spät ist, jetzt noch die Kandidatin auszuwechseln. Der Redner spricht von einem Grundressentiment gegen eine Frau im Amt des Bundeskanzlers, und hinter ihm steht ein Milchbubi mit traurigem Gesicht. Wahrscheinlich ist dieses Wahlergebnis die erste größere Enttäuschung in seinem Leben. Herr Ministerpräsident, ich bedanke mich, sagt der Reporter, und ich weiß immer noch nicht, mit wem er da geredet hat. Bei der SPD warten sie auf Franz Müntefering, auf das Wort des großen Vorsitzenden, wie der Reporter das formuliert, der soll ansagen, wie es weitergeht. Mich aber interessiert das alles nicht mehr. Lustlos lasse ich mich von den Berufslaberfressen zutexten.

Endlich klingelt es. Mein in die Passivität heruntergefahrener Körper ist wieder voll da, ich spüre sogar mein Herz klopfen. Warum eigentlich? frage ich mich beim Öffnen der Tür. Aus dem Treppenhaus strahlt mir Luzie entgegen. 'tschuldige! ruft sie fröhlich und bestürmt mich, Küßchen links, Küßchen rechts und wieder links. Ich finde, sie riecht gut, auch wenn der Duft aus irgendeiner Flasche stammt. So spät wollte ich wirklich nicht kommen, sagt Luzie, aber mein Ex-Freund hat echt ein Supertiming; daß man am Wahlabend vielleicht was anderes vorhat, als sich von ihm vollheulen zu lassen, ist ihm nicht mal in den Sinn gekommen! Er hat dich vollgeheult? frage ich. Luzie zieht ihre Jacke aus und sagt, Josh habe anscheinend immer noch nicht begriffen, daß es vorbei ist. Er hat keine Chance mehr, sagt sie und hängt ihre Jacke an den freien Haken, dann bückt sie sich, um die Schuhe zu öffnen. Kannste ruhig anlassen, sage ich. Muß nicht sein, sagt Luzie und lächelt zu mir herauf. Ich habe uns übrigens Schampus mitgebracht, sagt sie und greift in ihre Tasche, ist sogar kalt.

Ich nehme ihr die Flasche ab. Gibt's heut was zu feiern? frage ich, bei diesen Zahlen? Ach ja, sagt Luzie und fährt sich mit beiden Händen durchs Haar, da war ja noch was, der Anlaß des heutigen Abends. Sie schaut mich an, so daß es mir schwerfällt, ihrem Blick standzuhalten, weggucken will ich aber auch nicht. Das macht dann Luzie, indem sie sich Richtung Zimmer wendet. Wahrscheinlich gibt es wirklich was zu feiern, denke ich und folge ihr. Schön hast du's hier, sagt sie, war ja klar, daß du einen guten Geschmack hast. Sie kann's nicht lassen, schon wieder dieser Blick. In den hinein hebe ich die Flasche und frage, ob wir den gleich trinken wollen. Kälter wird er nicht mehr, sagt Luzie. Ich hab gar keine Sektgläser, sage ich. Ist doch egal, sagt Luzie, Hauptsache es prickelt.

Kurz darauf sitzen wir dann mit den Gläsern in der Hand auf meinem Bett, ich hatte extra die Tagesdecke hervorgekramt und darübergebreitet, wie hätte das sonst gewirkt: der harte Boden oder das allenfalls gemachte Bett als Sitzmöglichkeiten. Jetzt bedeckt wenigstens eine Decke die Eindeutigkeit. Ist echt 'n Ding! war bislang Luzies einziger Kommentar zum Zeitgeschehen, dessen jüngste Augenblikke uns aus der Glotze entgegenflimmern, die immer wieder gleichen Bilder, Worte und Zahlen, eine rhetorisch überspielte Ratlosigkeit vor den Mikrophonen, und das Gesicht von Angela Merkel erinnert kaum an das auf den Plakaten, da kann sie sagen, was sie will. Doch woanders ist auch noch Welt, in Afghanistan haben sie ebenfalls gewählt, man sieht eine Frau in Burka an einer Wahlurne, selbst ihre Hand bleibt verdeckt unter dem Schleier, weshalb sie Probleme hat, den Umschlag in den Schlitz zu bekommen. Themenwechsel. Riesenapplaus für diesen Hamburger, sagt ein Sprecher, gute achtundzwanzig Kilogramm wiegt dieses beeindruckende Stück Fleisch, das Grillexperten in Leskovac in Serbien/Montenegro zubereitet haben. Luzie kichert. Wir sehen bejubelten Männern zu beim Tanz um einen großen Grill, auf dem ein gigantischer Fleischfladen liegt, der schon ziemlich schwarz aussieht. Der Burger sei ein ganzes Kilo schwerer als das Exemplar im Vorjahr, sagt der Kommentator, es gebe auch ein passendes Brot für diesen Snack, das ist auch kurz zu sehen, dann aber bricht der Bericht ab, Bundeskanzler Schröder ist jetzt da, heißt es, man schaltet zur SPD-Tapete, vor der Schröder steht, breit grinsend, beide Daumen in die Höhe gereckt, frenetisch bejubelt und beklatscht. Da war der Burger gerade eben irgendwie interessanter, Gerhardchöre, Schröder in Siegerpose, die Claqueure sind nicht zu bremsen, der Kanzler sieht aus wie auf dem Bild in Riekes Küche. Wo Rieke jetzt wohl ist? Schröder macht beschwichtigende Gesten, setzt vergeblich an zu reden, mehrmals, wir haben erreicht, sagt er schließlich, als er doch noch zu Wort kommt, was die, die schreiben und senden in diesem Land, vor Wochen und Tagen für völlig unmöglich gehalten haben, wieder Applaus, Jubel und Freudenpfiffe. Die sind ja besoffen! sagt Luzie und nimmt einen Schluck Champagner. Er sei stolz auf die Menschen in diesem Land, sagt Schröder, weil das Ergebnis gewendet werden konnte. Ich bin stolz auf eine demokratische Kultur, mit der bewiesen worden ist, daß Medienmacht und Medienmanipulation das demokratische Selbstbewußtsein nicht erschüttern können, schreit Schröder in den erneut anschwellenden Jubel hinein. Wieder Gerhardgerhardrufe. Er redet von dem Scheitern derjenigen, die einen Wechsel im Bundeskanzleramt erreichen wollten. Ich verstehe nicht, sagt er, und ich bin sicher, die Menschen in diesem Land verstehen auch nicht, wie die Union so zuversichtlich, so arrogant gestartet, aus einem desaströsen Wahlergebnis einen politischen Führungsanspruch in und für Deutschland ableiten will, das wird es nicht geben. Schröder müßte nur mal an den unteren Bildrand gucken, sagt Luzie, da steht's doch. Am unteren Bildrand laufen die Zahlen entlang: SPD, dreiunddreißig Komma sechs, CDU/CSU fünfunddreißig Komma zwei. Ist zwar nicht viel mehr, sagt Luzie, aber es ist mehr. Klar, sage ich. Wir schalten um, gleiches Bild, andere Zahlen, in der ARD hat die SPD immerhin null Komma vier Punkte mehr, die Union jedoch das gleiche. Spannend, sagt Luzie. Ich stimme ihr zu, bemerke aber, wie sich eine gewisse Gleichgültigkeit in mir ausbreitet. Bei der Wahl vor drei Jahren war der Ausgang bis Mitternacht offen, doch heute ist alles klar, obgleich niemand gewonnen zu haben scheint, weshalb sich alle als Sieger sehen können. Jetzt verspricht Schröder auch noch eine stabile Regierung unter seiner Führung. Jubel und Rufe. Die sind wirklich besoffen! sage ich. Nur Schröder kann noch geradestehen, sagt Luzie, kerzengerade, er wirkt nicht einmal angezählt. Ich wechsle erneut den Sender. Auf Phoenix erklärt Wirtschaftsminister Clement, ohne Krawatte und mit offenem Hemd, gerade, warum die SPD die stärkste Partei sei. CDU und CSU sind zwei Parteien, sagt er, ich habe auch bei allen Diskussionen, bei Ihnen oder wo ich war, immer Herrn Stoiber und Frau Merkel erlebt oder wahrgenommen, und immer sind sie im Gespann aufgetreten, aber nie als eine Partei, also die SPD ist die stärkste Partei, sie stellt den Bundeskanzler und sie hat den Anspruch, den Bundeskanzler auch in Zukunft zu stellen. Steile These! sagt Luzie, damit kommen die nie durch, mal davon abgesehen, daß die Zahlen ja bestehenbleiben. Guck mal, sage ich, die SPD hat schon wieder einen Punkt hinterm Komma hinzugewonnen. SPD und Union kommen sich nämlich immer näher, eins Komma zwei Punkte Unterschied bei der ARD eins Komma drei beim ZDF. Sogenannte Experten erörtern, ob es eine große Koalition geben wird. Jemand sagt der Wähler habe das so gewollt. Wie will man das denn feststellen? frage ich, schließlich hat jeder nur ein Kreuz, damit kann man doch für keine Koalition stimmen. Die FDP-Wähler sind schuld, sagt Luzie und lacht, das sind die Stimmen, die der CDU fehlen. FDP wählen heißt also große Koalition wählen? frage ich. Uiuiui, sagt Luzie, wenn die das wüßten. Dann beugt sie sich vor und angelt nach der auf dem Boden stehenden Flasche.

Langsam reicht's auch, oder? sage ich etwas später. Wann kommt denn die Elefantenrunde? fragt Luzie, die wird doch bestimmt lustig. Zuerst möchte ich meinen Wählern danken, sage ich mit tiefergestellter Stimme, das ist nicht besonders komisch, Luzie lacht trotzdem, vielleicht nur aus Höflichkeit, charmant wirkt es dennoch. Ich halte ihr mein Glas entgegen, sie stößt mit ihrem dagegen, prost! Luzie kann so süß gucken! Elefantenrunde ist eigentlich ein blöder Name, sage ich, wo Elefanten doch ein gutes Gedächtnis nachgesagt wird. Luzie grinst und sagt: Lustig! Dann trinken wir beide.

Nun also die Elefantenrunde. Ein Vorspann wie bei Dallas. Oder doch eher wie bei einem Boxkampf? Die Spitzenkandidaten werden kurz gezeigt. Gerhard Schröder, der Staatsmann. Angela Merkel sieht man die Enttäuschung an, beim Wort Kanzlerkandidatin ein versuchtes Lächeln. Hat die geheult? fragt Luzie. Joschka Fischer mit offenem Hemdkragen nickt freundlich in die Kamera, Edmund Stoiber ebenfalls, aber mit Schlips, Guido Westerwelle kann sich das Grinsen kaum verkneifen, und Lothar Bisky schaut wie einer, der irgendwie unbeteiligt ist. Dann ein Zoom auf das Moderatorenduo. Der linke sieht fast aus wie Günter Grass, aber nur fast, das macht bloß der Schnauzbart, der rechte heißt laut Einblendung Hartmut von der Tann. Toller Name, sagt Luzie. Ja, sage ich, haben nicht viele drei Nachnamen. Lustig! sagt Luzie. Der Mann mit den drei Nachnamen fragt Merkel, weshalb sie verloren hat. Merkel sagt, nicht sie hätte die Wahl verloren, sondern Rotgrün. Sie soll sagen, welches Bündnis ihr lieber wäre. Sie sagt: Ich sage, das sage ich heute gar nicht. Schröder grinst. Erstaunlich gut gelaunt der Mann. Merkel sagt nur, was nicht geht: Schwarzgelb und ein Bündnis mit der Linkspartei. Das wäre ja mal ein Coup gewesen, sage ich. Hätte auch keine Mehrheit, sagt Luzie. Als Nächstes wird der Bundeskanzler gefragt, besser gesagt will der Schnauzbart das tun, kommt aber nicht über die Anrede hinaus. Ist ja schön, daß Sie mich schon so ansprechen, sagt Schröder, find ich nett. Sind Sie jetzt schon zurückgetreten? fragt der Moderator. Nein, überhaupt nicht, sagt Schröder und grinst. Er werde auch der Bundeskanzler bleiben, sagt der Bundeskanzler, auch wenn Sie dagegenarbeiten. Wie ist der denn drauf? sagt Luzie. Die beiden Herren Interviewer weisen jetzt Schröders Vorwürfe der Kampagne gegen ihn zurück. Sie haben das drittschlechteste Ergebnis einer sozialdemokratischen Partei in dieser Republik erreicht, stellt der Schnauzbart fest. War das nicht vorhin noch die CDU? frage ich mich. Ist es nicht erlaubt zu fragen, ob Sie auch verloren haben? fragt der Frager, weil Schröder ihn nicht ausreden läßt. Natürlich ist das erlaubt, sagt Schröder in einem Tonfall, den manche Menschen gegenüber Kindern und geistig Behinderten benutzen, verglichen mit dem letzten Wahlergebnis haben wir verloren, ist doch gar keine Frage, aber verglichen mit dem, was in dieser Republik geschrieben und gesendet worden ist, gibt es einen eindeutigen Verlierer, und das ist nun wirklich Frau Merkel, und das sollten auch Sie mal zur Kenntnis nehmen. Schnitt auf Merkel, die immer noch um ein Lächeln bemüht ist. Der Schnauzbart erinnert daran, Frau Merkel darauf hingewiesen zu haben, daß sie verloren hat, Herr Schröder, vielleicht haben Sie nicht zugehört. Darf ich auch mal reden? fragt Schröder, oder wollen Sie mich ständig unterbrechen? Lustig! sagt Luzie. Wir haben verloren, ist doch gar keine Frage, und das schmerzt mich. Och, macht Luzie, armer roter Kanzler. Noch mehr Sekt, ich mein Champagner? frage ich, weil unsere Gläser fast leer sind. Gerne, sagt Luzie und lächelt mich an, wußte gar nicht, wie unterhaltsam Politik sein kann. Schröder redet derweil von dem, was wir erleben mußten in den letzten Wochen und Monaten. Wir stoßen an. Eindeutig, sagt Schröder, daß niemand außer mir in der Lage ist, eine stabile Regierung zu stellen. Jetzt geht es schon wieder darum, daß die Medien Merkel zwischenzeitlich bei neunundvierzig Prozent gesehen haben. Langsam wissen wir's, sage ich. Luzie nimmt einen großen Schluck aus dem Glas. Dann lehnt sie sich zur Seite, stützt ihren Kopf auf die rechte Hand. Schröder spricht davon, daß es ihn besonders freue, wenn er das noch sagen dürfe, daß sich die Menschen in Deutschland ihr Recht herausgenommen haben, so zu entscheiden, wie sie wollen, und nicht so zu entscheiden, der Rest geht im Stimmengewirr unter. Merkel macht dazu ein trauriges Gesicht, ihr versuchtes Lächeln ist verschwunden. Aber Sie haben nur vierunddreißig Komma zwei Prozent, sagt der Schnauzbart zu Schröder, und damit kann man zumindest nicht der starke Führer einer neuen Regierung sein. Aber entschuldige mal, sagt Schröder, natürlich kann ich das. Hartmut von der Tann gibt auf und wendet sich an Westerwelle, der sei schließlich der Königsmacher. Wie erklären Sie sich, fragt er, daß der Bundeskanzler auf Sie rechnet, offenbar? Das kann ich mir nicht erklären, sagt Westerwelle, wie ich mir auch Ihren Auftritt bisher nicht erklären kann, Herr Bundeskanzler. Er spricht von dem Ziel, Rotgrün abzulösen. Wir wollen, daß die SPD und die Grünen die Regierungsverantwortung in Deutschland nicht länger haben, sagt er, dafür haben wir um das Vertrauen unserer Wählerinnen und

Wähler geworben, ich bedanke mich sehr herzlich dafür. Ich dachte schon, das sagt heute gar keiner mehr, sage ich. Na, er hat ja auch gewonnen, irgendwie, sagt Luzie und nippt an ihrem Glas. Es werde keine Ampel geben, sagt Westerwelle, träumen Sie weiter, nicht mit uns. Hat er gerade gesagt, Träumen ist gesund? fragt Luzie und guckt mich groß an. Ich weiß nicht, was ich sagen soll, und außerdem trifft mich dieser Blick, als würde er mir bis in den Bauch dringen, ein strahlendgrüner Augenblick. Ich glaube, mir fällt diese Farbe zum ersten Mal auf, und dabei ist gar nicht so viel zu sehen von diesem Grün, so übermäßig groß erscheinen mir Luzies Pupillen. Ich tue das einzige, zu dem ich in diesem Moment imstande bin: ich gucke zurück. Darauf schaut sie wieder zurück, als spielten wir Guckpingpong, wer zuerst zwinkert, hat verloren. Dann aber senkt Luzie ihren Blick. Inzwischen redet Stoiber. Warum sitzen Merkel und Stoiber eigentlich nicht nebeneinander? fragt Luzie. Tatsächlich sitzt zwischen ihnen Westerwelle. CDU und CSU sind also doch zwei verschiedene Parteien, sage ich. Wir stellen die stärkste Fraktion von CDU/CSU, sagt Stoiber gerade, als hätte er das gehört, und damit ist natürlich nach den demokratischen Gepflogenheiten der Regierungsauftrag bei Frau Merkel. Die sieht echt unglücklich aus, sagt Luzie, gleich heult sie wirklich. Weil sie nichts sagen darf, sage ich. Da reden wieder mal nur die Herren, sagt Luzie. Und Stoiber sagt: Der Wahlkampf ist vorbei. Schade eigentlich, sagt Luzie, das ist doch das einzig Interessante an der Politik. Das wäre dann ja eine Umfragedemokratie, sage ich, ständig gibt's neue Mehrheiten, aber keiner hat Zeit, diese auch auszunutzen und mal zu regieren. Was vielleicht gar nicht das Schlechteste wäre, sagt Luzie. Wozu braucht man dann überhaupt Politiker? frage ich. Man braucht sie für den Staat, in dem wir leben, bloß um wen es sich handelt, ist wirklich egal.

sagt Luzie. Hast du nicht gesagt, du wählst Merkel, damit endlich mal 'ne Frau rankommt? frage ich. Ich habe so was gesagt? sagt Luzie und richtet sich leicht auf, ich hab halt meine Meinung geändert, weil ich Schröder irgendwie ganz gut finde, der soll mal ruhig weitermachen, wobei, sie hält inne, denn auf der Mattscheibe erscheint die feiste Fratze Schröders. Er sitzt locker im Stuhl, den rechten Ellenbogen auf die Armlehne gestützt. Stoiber wird gebeten, mit einem Wort auf die Frage zu antworten, ob er sich eine Koalition mit den Grünen und der FDP vorstellen könne. Also, fängt Stoiber an, aber das war natürlich nicht das verlangte eine Wort, statt dessen fährt er fort: Wenn man natürlich mal nicht die Personen, sondern die sachlichen Schnittmengen ansieht, dann gibt es so viele Unterschiede zwischen CDU und CSU und Grünen, es gibt natürlich auch gravierende Unterschiede zwischen FDP und Grünen, daß ich mir das nur sehr sehr schwer als eine Notsituation vorstellen kann. Okay, sagt der Mann mit den drei Nachnamen, fragen wir doch Herrn Fischer: Können Sie sich das vorstellen? Das ist so 'ne Journalistenfrage, sagt Herr Fischer, nach der menschlichen Vorstellungskraft, und die ist weit, aber der Realismus gebietet es, das doch etwas enger zu interpretieren. Doch erst mal will Joschka über das Ergebnis seiner Partei reden. Schröder guckt ihm dabei interessiert zu. Der Blick des Lovers! sagt Luzie. Fischer spricht über eine große Koalition, über Respekt und auch vom Souverän, der Souveränin. Und er sagt: Wenn Frau Merkel mit uns redet, werden wir nicht sagen, wir reden nicht mit Frau Merkel. Okay, sagt der eine Interviewer. Net okay, sagt Fischer, ganz klipp und klar, er könne sich nicht vorstellen, wie das zusammengehen soll. Er redet von sozialer Kälte und ökologischem Rückschritt und von demokratischen Parteien. Der Realismus gebietet aber, so sagt er, daß das, was schwarze Ampel genannt wird oder, besonders reizvoll finde ich Jamaikakoalition, Fischer guckt amüsiert, da kommen bei mir ja eine ganze Reihe von Assoziationen, ich höre die Reggaemusik direkt im Hintergrund, ich glaube, das geht weder mit Herrn Stoiber noch mit Frau Merkel. Kiffen im Kanzleramt! rufe ich aus, und Luzie sagt: Lustig. Derweil wird Bisky gefragt, ob in der Linkspartei nun wieder der alte Kampf zwischen Champagnerlinken und Rotkäppchenfraktion beginne. Apropos! Ich schenke Schampus nach, viel ist nicht mehr drin in der Flasche. Wir stoßen wieder an. Daß du SPD gewählt hast! sage ich. Luzie grinst, sagt: Wen hätte ich denn sonst wählen sollen? Weiß nicht, sage ich. Du hast die Grünen gewählt, oder? sagt Luzie. Ja, sage ich, weil ich sie ja wirklich gewählt hätte und ich mich jetzt nicht rechtfertigen will, warum ich meinen demokratischen Rechten und Pflichten nicht nachgekommen bin, wer weiß, wo wir sonst landen und was ich erzählen müßte von meinen eigentlichen Beweggründen. Denke kurz an Rieke, die wirkt gerade so weit entfernt, wie aus vollendeter Vergangenheit. Wann war das noch mal in unserer heimlichen Wohnung? Ob man sie wirklich gefaßt hat? denke ich, das könnte ja jetzt langsam mal gemeldet werden, die Wahl ist gelaufen, jetzt geht es nur noch um die unterschiedlichen Interpretationen. Der Mann mit den drei Nachnamen sagt zu dem Herrn Bundeskanzler, er habe ein intellektuelles Problem. Ich habe, sagt er, von Ihnen eine sehr kämpferische Rede gehört, in der Sie sagten, Sie würden die nächste Regierung bilden, Sie haben gleichzeitig gesagt, eine große Koalition wird es nicht geben, Sie haben gehört, wie Herr Westerwelle ausgeschlossen hat, daß er mit Ihnen koaliert. Schnitt auf Schröder, der verzieht das Gesicht, als würde es anfangen zu stinken. Oder sind das einfach nur akute Schmerzen? Und mit Herrn Bisky, sagt von der Tann weiter, haben Sie auch gesagt, wollen Sie nicht. Jetzt weiß ich nicht, wie Sie eine Regierung bilden wollen. Schröder macht eine wegwischende Bewegung. Ist doch klar, Herr von der Tann, sagt er, jetzt ist er wieder ganz Staatsmann, Ihr intellektuelles Problem in allen Ehren, aber hier ist doch deutlich geworden, daß die demokratischen Parteien miteinander reden, Pause, können und miteinander reden müssen, doch glauben Sie im Ernst, daß meine Partei auf ein Gesprächsangebot von Frau Merkel bei dieser Sachlage einginge, in dem sie sagt, sie möchte Bundeskanzlerin werden? Schnitt auf das verstörte Gesicht Merkels. Die kann einem ja richtig leid tun, sagt Luzie, die ist total durch. Vielleicht sitzt Stoiber deshalb nicht neben ihr, sage ich, er hat ihr schon die Gefolgschaft gekündigt. Du meinst, fragt Luzie, er will's selber machen? Mag sein, sage ich, ein Putsch aus Bayern. Wir müssen die Kirche doch mal im Dorf lassen, sagt derweil Schröder, und der Schnauzbart weist ihn auf den Vorsprung der Union hin. Die Deutschen haben doch in der Kandidatenfrage eindeutig votiert, sagt Schröder, das könne man doch nicht ernsthaft bestreiten. Wird es aber. Die Deutschen haben keinen Kandidaten gewählt, sie haben Parteien gewählt, sagt der eine Interviewer. Die CDU/CSU hat mehr Zustimmung als Sie, sagt der andere. Schröder sagt: Was fragen Sie mich? Er werde Gespräche führen, und diese würden erfolgreich sein. Wenn Frau Merkel eine Koalition mit Grünen und FDP hinbekomme, werde er nichts dagegen sagen, doch das hält er wohl eher für einen schlechten Scherz. Aber sie wird keine Koalition unter ihrer Führung mit meiner Sozialdemokratischen Partei hinkriegen, das ist eindeutig, machen Sie sich da gar nichts vor. Das halte wiederum ich für einen schlechten Scherz. Dem gehört die Partei also schon, sage ich. Der Schnauzbart sagt zu Westerwelle: Das kann ja nur auf Sie zielen, mal sehen, wann Sie die Westerwelle machen und dann möglicherweise in eine Koalition mit Rotgrün gehen. Dazu will Westerwelle natürlich was sagen. Ich meine, sagt er zu Schröder, das ist ja auch eine schwere Stunde für Sie. Der Angesprochene macht ein erstaunt-belustigtes Gesicht. Meinen Sie wirklich? fragt er und setzt sein Haifischlachen auf. Da ist es wieder, die Lachnummer! So gekünstelt, wie Sie hier mittlerweile Ihren Triumph feiern, sagt Westerwelle, das ist gar nicht mehr ernst zu nehmen, bei allem Respekt, Herr Bundeskanzler, ich weiß nicht, was Sie vor der Sendung gemacht haben. Schröder will es ihm erklären, doch Westerwelle möchte lieber seinen Satz zu Ende sagen, mit dem er demokratische Gepflogenheiten erklären will. Schröder redet und rudert mit den Armen dazwischen, doch läßt sich Westerwelle nicht von seinem Vorhaben abbringen und beendet den Satz, wahrscheinlich waren es mehrere. Schließlich fügt er hinzu: Herr Bundeskanzler, ich möchte Ihnen Ihre Nachtruhe nicht nehmen und Ihre aufgesetzte gute Laune, aber Sie werden mit uns nicht regieren, wir werden Ihren Regierungsauftrag nicht verlängern. Darum geht's doch gar nicht, Herr Wester, sagt Schröder, hebt den Zeigefinger und will mit der Geschichte der sozialliberalen Koalition anfangen. Die ist mir auch bekannt, sagt Westerwelle. Ich hoffe, sagt Schröder, weil Sie den Eindruck erweckt haben, sie sei Ihnen nicht bekannt. Westerwelle grinst. Ich bin zwar jünger als Sie, sagt er, aber nicht blöder. Ach mach doch mal aus, sagt Luzie, sonst krieg ich noch schlechte Laune, daß ich dem meine Stimme gegeben habe. Ich taste nach der Fernbedienung. Wär dir Merkel jetzt doch lieber? frage ich. Ich weiß nicht, sagt Luzie, ich hab keine Lust mehr. Das geht mir ähnlich. Es war ein Fehler, es nicht wenigstens zu versuchen. So wie sich Schröder eben selbst blamiert hat, hätte ein vorzeitiger Opfertod tatsächlich eine Erlösung dargestellt. Mit einem Tastendruck breche ich Merkel in Ton und Bild ab, gut, daß ich neulich bei Aldi endlich mal an die Batterien gedacht habe, dann das leichte Nachknistern der Bildröhre, gefolgt von Stille. Ich muß an das Gespräch über die wahre Alternative denken. Luzie legt den Kopf in den Nacken und trinkt dabei ihr Glas leer. Dann läßt sie sich mit einer Art Seufzer rücklings aufs Bett fallen. Willst du noch was? frage ich. Klar, sagt Luzie, der Abend ist ja noch jung. Mit einem Zwinkern hält sie mir ihr Glas entgegen. Leider kann ich nicht mit Champagner dienen, sage ich. Kein Problem, ich trink alles, was du dahast. Sagt es und schaut wieder so, daß ich am liebsten hier sitzen bleiben würde.

Als ich gleich darauf mit zwei Bieren zurück ins Zimmer komme, hockt sie vor meiner Stereoanlage und untersucht die davor teils liegenden, teils gestapelten CDs. Sie dreht den Kopf zu mir. Du hast ein Raff-Tape?! sagt sie und hält mir Meiers Kassette entgegen. Ach das, sage ich, das liegt da nur so rum, wäre jetzt nicht gerade unterhaltend, ist eher nervig, und dein Buch kannst du übrigens wiederhaben. Schon gelesen? fragt Luzie. Teilweise, sage ich, find's nicht so spannend. Ist eben schon 'ne Weile her, sagt Luzie und guckt wieder zu den CDs. Du hörst Eric Clapton? fragt sie dann und hält die Hülle von Baaders letzter in der Hand. Da ich keine Lust habe, über den Sand in den Schuhen eines toten deutschen Terroristen zu reden, zucke ich nur mit den Schultern und sage: Die frühen Sachen sind gar nicht so schlecht, mach aber lieber was anderes an. Okay, sagt Luzie, Bright Eyes, was ist das? Ist gut, sage ich. Netter Name jedenfalls, sagt Luzie. Ja, sage ich und reiche ihr eine der Flaschen, ist vom Schampus zwar ein Abstieg, aber prickeln tut's auch. Prickeln ist doch die Hauptsache, sagt Luzie, als ich mich neben sie setze. Wenn Blicke prickeln könnten, dann wäre das Bier, von dem ich nun trinke, schal verglichen mit Luzies Augenaufschlag. Sie prostet mir zu und nimmt auch einen Schluck, dabei senken sich ihre Lider, dann wendet sie sich wieder der CD zu. ›I'm wide awake, it's morning‹, liest sie den Titel vor, das ist schön, so hab ich mich letzten Samstag auch gefühlt, sagt sie, als ich nach Hause gekommen bin, eigentlich total müde, aber so munter wie schon lange nicht mehr. Ja, sage ich, das war 'ne schöne Nacht und erst der blaue Morgenaufgang! Luzie nickt ein bißchen, läßt dabei die Schublade des CD-Players ausfahren, sie nimmt die Clapton-CD raus, legt sie auf der passenden Hülle ab und legt dann die Bright Eyes ein. Ihr Finger irrt über die Knöpfe. Wie geht das Ding zu? fragt sie. Einfach auf Play drücken, sage ich und strecke meinen Arm Richtung Taste, aber der ist zu kurz, so daß ich mein Körpergewicht leicht verlagern muß, ups, der Champagner scheint mir stärker ins Blut gegangen zu sein, als ich das für möglich gehalten hätte, so daß ich nicht nur mit dem Finger abrutsche, sondern auch mit dem Oberkörper gegen Luzies Schulter kippe, aber sie fängt mich mit dem linken Arm auf, ihre Hand berührt meinen Rücken, und wir verharren so, während der langsame Gesang zu leiser Gitarrenbegleitung beginnt: If you walk away, I walk away. Es ist nicht der erste Track, das Display zeigt auch eine Acht an, ich bin also auf den Random-Knopf gekommen, das ist mir schon manchmal passiert, blöde Konstruktion, aber lassen wir eben den Zufall die Reihenfolge bestimmen. Und während ich mich wieder aufrichte, sagt Luzie: Schön! Und ich nehme an, sie meint die Musik. Es ist aber auch ein großartiges Stück, nichts als leise Gitarrenklänge und die klare Stimme von Bright Eyes, der, ich sehe es an der Anzeige, ab null zweiundvierzig von dieser rauhen Frauenstimme unterstützt wird, and the moon's laying low in the sky, wie auch bei anderen Liedern auf der CD, diese Stimme, die den latenten Schmerz und die existentielle Verzweiflung durch ihre Brüchigkeit verstärkt und verdammt an die junge Marianne Faithfull erinnert, wobei ich gar nicht weiß, wie Frau Faithfull heute klingt, vielleicht ist sie es ja, das habe ich mich schon öfter gefragt, aber ich konnte es nicht in den Credits nachlesen, Meier hat mir die CD gebrannt, ich glaube, da stand die noch gar nicht in den Läden. Und ich spüre Luzies Hand nach wie vor auf meinem Rücken, die Fingerkuppen tippen fast unmerklich zum Takt, und ich wage nicht, zur Seite zu gucken oder mich zu rühren. Was passiert hier gerade? Was ist das für ein Tag? Wir sind, nein, ich bin an einem Ende angekommen, doch der Ausgang ist noch völlig offen. Rieke hat mich verlassen, weil ich nicht länger daran geglaubt habe, daß wir mit einem Schuß die Welt retten könnten, unsere Welt jenseits der Wirklichkeit, die sich so verdammt gut angefühlt hat, aber auch die Hand auf meinem Rücken fühlt sich gut an, und falls das jetzt keine Wirklichkeit ist, was dann? Und nun schaue ich doch zur Seite, ganz dicht vor mir ist Luzies Gesicht und ihr Blick so ernst. Als ich deshalb ein Lächeln versuche, spiegelt es sich wider in Luzies Augengrün, und sie rückt noch ein bißchen näher, und ich lege meine Hand auf ihren rechten Oberschenkel, und wir gucken uns einfach nur an, während das Lied von Kindern erzählt, die auf der Straße spielen und mit Stöckchen Pistolen imitieren, diese Textstelle habe ich noch nie bewußt wahrgenommen, and one's pointing his tree branch at me, und ich höre auf diese Zeilen, als hätte ich sonst nichts zu tun, als hinge mein Leben ab von ihrer Bedeutung, so I put my hands up, I say: enough is enough, if you walk away, I walk away, and he shot me dead, und Luzie öffnet den Mund, in dem scheint sie keine Worte zu haben, dann aber sagt sie doch was. Sie sagt: Ich habe Steff übrigens nicht erzählt, daß wir zusammen im Park waren, ich dachte, daß dir das vielleicht nicht recht ist. Ich zucke wohl mit den Schultern, und Luzies Lächeln wird breiter. Der ganzen Welt hätte sie eigentlich gern davon erzählt, sagt sie. Mach das doch! sage ich, und Luzie sagt: Ich werd drüber nachdenken. Jetzt legt sie ihre freie Hand auf meine linke, die noch immer auf ihrem Bein ruht, und wir lächeln weiter um die Wette, und irgendwie habe ich den Verdacht, nicht mehr zu wissen, was ich nun machen muß, aber das ist nicht weiter schlimm, denn mir gefällt es gerade so wie es ist, dazu diese Musik, habe ich diesem Lied überhaupt schon mal zugehört? And I'm balancing history books up on my head, singen sie, but it all boils down to one quotable phrase: If you love something, give it away. Nein, nicht schon wieder, ich will nichts aufgeben, nichts hergeben, ich will, daß Luzie bleibt, sie soll einfach nie wieder gehen, ich könnte ja, ein Kuß, das wäre doch ein Anfang, auf den aufzubauen wäre. Und dazu das Lied: We made love on the living room floor, nein, dafür ist es noch zu früh, with the noise in the background from a televised war, und Luzie beugt sich leicht vor, vielleicht wäre das, auch wenn die Kriege da draußen längst nicht mehr live übertragen werden, eine Möglichkeit, das Schweigen erträglicher zu machen, und mein Gefühl in der Hose, und dazu die Frage, wie wir so weit gekommen sind, letztes Wochenende erst, eine ganze Nacht im Park und keinmal ans Ficken gedacht, allein das Wort erscheint mir in diesem Augenblick unerträglich schmutzig zu sein, und da war ich doch auch noch mit Rieke zusammen, was ich jetzt nicht mehr bin, einer von uns muß das tun, hat sie gesagt, Bast, ich muß, und Luzies Augen glitzern, und Luzies Mund glänzt, ich sollte ihm näher kommen, und in den Boxen singen sie: If you're still free, start runnin' away, und wir sitzen hier auf dem living room floor, und mir fällt plötzlich wieder dieser Nachmittag ein, da Schröder sein Vertrauen verloren hat, das er heute wiederfand und gleich doppelt verbrauchte, und ich schließe die Augen, und dahinter sehe ich Rieke, und auf meinen Lippen spüre ich Lippen, ich glaube jedenfalls, daß es Lippen sind, und eine Trompetenfanfare setzt ein, und das ist keine Einbildung, bloß was ist eigentlich mit Rieke, wir müßten die Nachrichten anmachen, vielleicht hat die SPD ja doch noch den fehlenden Prozentpunkt hinzugezählt bekommen, wer weiß, vielleicht ist alles möglich heute abend, und ich verliere mein Gleichgewicht, dabei sitze ich doch, und Luzies Zunge wühlt in meinem Mund, und plötzlich denke ich an Kondome, da müßten noch welche im Bad sein, allein vom Küssen wird man bekanntlich sowieso nicht schwanger, wir müßten uns schon weiter näherkommen, da ist noch zuviel Luftraum zwischen uns, und ich würde mich so gern fallen lassen, I'm leaving but I don't know where to go, und das ist so traurig, und wieso habe ich nur zugelassen, daß Rieke und ich nicht mehr Rieke und ich sind? Luzies Hand in meinem Haar, jetzt ist das Lied vorbei, was wohl als Nächstes kommt, was bringt uns der Zufall, und Bright Eyes beginnt, in die Stille zu sprechen, das ist wohl das erste Lied der CD, jenes über den Flugzeugabsturz, und wer weiß, vielleicht ist Rieke längst tot, alles kann möglich sein. Ich löse mich von Luzies Mund, sie lächelt mich an, ihr Blick deutet zum Bett hin, das wäre doch ein gutes Happy-End, die Geschichte mit der gescheiterten Terroristin ist aus und vorbei, was für ein Glück, daß es in seinem Leben noch eine andere Frau gibt, die ist schließlich auch ganz nett und hübsch, sehr nett und äußerst hübsch, und daß sie nicht küssen kann, merkt ja kein Außenstehender, vielleicht kam es ihm auch nur so vor. Vielleicht wird das ja noch. Und jetzt ist sowieso erst mal Schluß.

DOCH DANN klingelt es. Wieviel Zeit mag gerade vergangen sein? Wie lange stehen wir schon hier, mitten im Zimmer? Wann habe ich gesagt: Ich glaube, es geht nicht. Und hat sie schon geantwortet? Nein, wollte sie aber. Doch jetzt klingelt es ja. Willst du nicht nachschauen? fragt Luzie. Ich nicke, sage: Bin gleich wieder da! Durch den Türspion sehe ich, daß im Treppenhaus kein Licht brennt, vielleicht ist es schon wieder ausgegangen. Ich öffne. Vor mir steht Rieke. Rieke! entfährt es mir. Sie tritt auf mich zu, berührt meine Seite. Wahrscheinlich will sie mich umarmen, alte Gewohnheit sozusagen. Hallo, sage ich, was? Mehr weiß ich nicht zu sagen. Rieke wirkt irgendwie abgehetzt, aber fröhlich. Wir haben's geschafft, Bast! sagt sie. Was haben wir geschafft? frage ich. Er hat doch noch mal gewonnen! sagt sie. Wer? frage ich und weiß eigentlich schon, wen sie meint, natürlich. Tatsächlich? sage ich, wir haben nämlich, also ich habe den, egal, ich breche meinen Satz ab, Rieke sieht sowieso nicht so aus, als würde sie sich für diese Details interessieren. Sie atmet schwer. Es ist vorbei! stößt sie hervor. Du bist ganz außer Atem! sage ich. Ich bin die letzten paar Meter gerannt, sagt sie, warum läßt du mich eigentlich nicht rein? Ich habe dich nicht erwartet, sage ich. Rieke lächelt ihr schönstes Riekelächeln, sagt, daß mich das früher auch nicht gestört hätte. Ja, sage ich, früher war auch früher, und früher waren wir auch noch zusammen. Rieke guckt irritiert. Bist du betrunken? fragt sie. Auch das kann dir egal sein, sage ich. Was quatschst du nur für 'n Zeug zusammen? sagt Rieke und drückt mich rückwärts in den Flur. Mir sind diese Berührungen unangenehm, weil sie irgendwie auch unangemessen sind. Rieke, sage ich, ich habe Besuch! Rieke hört mit dem Schieben auf, mich trifft ein fragender Blick, der seine Richtung verändert, und ich ahne, daß Luzie hinter mir im Flur erschienen ist. Ach so, sagt Rieke, langsam verstehe ich. Hallo Friederike, sagt Luzie. Mit einem Tritt nach hinten läßt Rieke die Wohnungstür ins Schloß knallen. Wenn sie das früher getan hat, war außer mir und ihr niemand hier, doch jetzt stehe ich zwischen meiner Ex und der Frau, mit der ich gerade geknutscht habe, dabei aber zu viel an die andere denken mußte. Wie lange geht das denn schon so mit euch? fragt Rieke. Das ist nicht wie du denkst, sage ich. Rieke lacht auf und steckt ihre rechte Hand in die Tasche ihrer Kapuzenjacke. Ich denke gerade gar nichts mehr, sagt sie. Ich dachte, sagt dafür jetzt Luzie, ihr habt euch getrennt! Ach was?! sagt Rieke, hat er dir das gesagt oder hast du dir das nur so gedacht? Was ziehst du hier eigentlich ab? sage ich ärgerlich, kommst reingeschneit, als hättest du nie Schluß gemacht, und tust so. Was hab ich nie? unterbricht mich Rieke, wann habe ich denn bitte Schluß mit dir gemacht? Jetzt hör aber mal auf, sage ich, erst fickst du mit mir in jeder erdenklichen Ecke von Leanders ranzigem Loch, dann verläßt du mich, dann. Riekes Lachen unterbricht mich, es ist ein irgendwie fremdes Lachen, in Filmen lachen durchgeknallte Bösewichte so. Ich hab dich doch nicht verlassen, sagt Rieke, also nicht für immer, nur um Schröder zu erschießen! Was? entfährt es Luzie hinter mir, doch bin ich zu sehr mit Rieke beschäftigt, um darauf einzugehen. Warum hast du's dann nicht getan? frage ich und bin dabei wohl ganz schön ungehalten, in mir steigt ziemlicher Zorn auf. Dir zuliebe, sagt Rieke. Mir zuliebe? sage ich, das wird ja immer schöner, jetzt bin ich also auch noch schuld, daß der arrogante Sack weiterlebt? Ich bemerke, wie Luzie sich die Schuhe anzieht. Weil ich zu ihr gucke sagt Luzie, es würde ihr allmählich reichen, das sei ja alles völlig irre. Sie greift ihre Tasche und geht an mir vorbei ohne mich anzuschauen. Rieke stellt sich ihr in den Weg So leicht kommst du hier aber nicht weg, sagt sie, und weil Luzie schrill aufschreit, ist mir sofort klar, was Rieke gerade aus ihrer Jackentasche gezogen haben muß, was ich bloß nicht sehen kann, weil Luzies Rücken mir die Sicht verdeckt. Das ist ja! sagt sie panisch und hebt zitternd ihre Hände. Sie stolpert ein paar Schritte rückwärts, ich trete leicht zur Seite, jetzt stehen wir nebeneinander. Rieke hält die Knarre mit beiden Händen, ihre Augen huschen abwechselnd zu mir und zu Luzie. Ich wußte ja nicht, sagt sie, ich dachte ja, Bast, wir waren so dicht dran, wir waren an vielem verdammt dicht dran, wir hätten was verändern können, sagt sie, vielleicht, aber möglich, die eigentlichen Veränderungen finden woanders statt. Wir hätten doch, sagt sie. Hör auf, Rieke, sage ich, das ist doch, das muß doch nicht! Rein da! sagt Rieke und läßt die Knarre ein wenig zucken. Wahrscheinlich meint sie mit ›da‹ das Zimmer. Ich hebe nun auch die Hände, dies hier ist kein Spiel mehr, ich setze mich in Bewegung. Luzie tut es mir gleich. An der Türschwelle bleibt sie mit einem Hacken hängen, fällt fast, kann sich aber fangen. Hinsetzen, sagt Rieke barsch, aufs Bett! Und Luzie und ich trippeln rückwärts, bis wir das Bett an den Waden spüren und uns auf die Matratze fallen lassen. Mir fällt auf, daß die Musik aus ist, sind wohl alle Lieder einmal abgespielt worden. Das aber ist jetzt gerade ziemlich egal, schließlich steht vor uns Rieke mit der Knarre von Andreas Baader, wenn es denn tatsächlich die Knarre von Andreas Baader ist. Was allerdings egal ist, solange sie geladen ist. Ist sie das? Ich erinnere mich, sie eigenhändig bestückt zu haben, das ist noch nicht lange her. Wobei, halt, das habe ich ja nur geträumt! Davor war die Knarre leer, muß sie leer gewesen sein. Nein, das war sie auch nur im Traum. Ich habe keine Ahnung, ob mich Leander mit einer geladenen oder mit einer ungeladenen Pistole bedroht hat, ich hatte gar nicht daran gedacht, mal nachzuschauen. Und nun ist das sowieso nicht mehr wichtig. Heute wird niemand klingeln, um mich zu retten, um uns retten. Erst wenn Rieke abdrückt, werde ich wissen, ob sie uns mit einer leeren oder mit einer geladenen Knarre bedroht. Uns. Das sind Luzie und ich. Das ist das falsche Uns. In diesem Raum wäre noch ein anderes Uns möglich. Möglich gewesen. Laß sie gehen! sage ich zu Rieke, bitte, sie hat nichts damit zu tun. Ein Mißverständnis! sagt Luzie aufgeregt, da war auch nichts, ich bin nur gekommen, weil Sebastian so traurig war. Rieke steht mit starrem Gesicht und der von sich gestreckten Knarre da, mit dem Rücken zur Wand, während Luzie ins Stocken gerät, sich verhaspelt. Nur ein Kuß, sagt sie, wirklich, wir sind bloß Freunde, echt jetzt! Laß sie gehen, sage ich noch einmal, aber nicht besonders nachdrücklich, ich fühle mich schwach, weil jetzt sowieso nichts mehr kommen kann, weil jede Aussicht auf eine nähere Zukunft vorbei zu sein scheint. Ein Dröhnen macht sich breit in meinem Kopf, I'm leaving but I don't know where to go, laßt mich doch alleine, denke ich, und ich verstehe die gestotterten Worte aus Luzies Mund nicht mehr, und ich schaue zu Rieke, doch die guckt zwar zu mir, mich aber nicht an, und ich schaue in die Mündung der Waffe, die leicht zittert, und das geht mich alles gar nichts mehr an, und ich weiß nicht, was ich jetzt noch denken soll, was ich überhaupt denken kann, wie ich überhaupt noch zu denken habe, wo dies doch nur ein Groschenroman ist, dessen Währung überraschend abgeschafft worden ist. Und wir waren jung und wir waren schön bis zum Schluß und wir waren einfach dran und wir hatten Zeit, etwas daraus zu machen, und wir hatten einen Plan und wir waren verliebt und waren so klug, so jung, so schön und doch nur der Sand in den Schuhen von Andreas Baader. Und dann drückt Rieke ab.

TRACKLIST

Mutter: Der Krieg ist vorbei (Max Müller). Von dem Album *Europa gegen Amerika* (2001).

Kettcar: Deiche (Marcus Wiebusch, Lars Wiebusch, Reimer Bustorff, Erik Langer, Frank Tirado Rosales). Von dem Album *Von Spatzen und Tauben, Dächern und Händen* (2005).

The Beatles: Happiness Is A Warm Gun (John Lennon, Paul McCartney). Von dem Album *The Beatles* (1968).

Marianne Faithfull: Guilt (Barry Reynolds). Von dem Album *Broken English* (1979).

Kettcar: Stockhausen, Bill Gates und ich (Marcus Wiebusch, Lars Wiebusch, Reimer Bustorff, Erik Langer, Frank Tirado Rosales). Von dem Album *Von Spatzen und Tauben, Dächern und Händen* (2005).

Bright Eyes mit Emmylou Harris: We Are Nowhere And It's Now (Conor Oberst). Von dem Album *I'm Wide Awake, It's Morning* (2005).

Marianne Faithfull: Why'd ya do it (Barry Reynolds, David York Stephen, Heathcote Williams, Joe Mavety, Marianne Faithfull, Terry Stannard). Von dem Album *Broken English* (1979).

Marianne Faithfull: Working Class Hero (John Lennon). Von dem Album *Broken English* (1979).

Marianne Faithfull: Broken English (Barry Reynolds, Joe Mavety, Marianne Faithfull, Steve York, Terry Stannard). Von dem Album *Broken English* (1979).

Pankow: Liebe Ulrike (Alex Spalck). Von dem Album *Treue Hunde* (1992).

Ton Steine Scherben: Keine Macht für niemand (Ralph Möbius, Ralph Steitz). Von dem gleichnamigen Album von 1972.

Leonard Cohen: First we take Manhattan (Leonard Cohen). Von dem Album *I'm Your Man* (1988).

Marianne Faithfull: What's the Hurry? (Joe Mavety). Von dem Album *Broken English* (1979).

Zweiraumwohnung: Wir trafen uns in einem Garten (Inga Humpe, Tommi Eckart). Von dem Album *Kommt zusammen* (2001).

R.E.M.: It's the End of the World As We Know It (I feel fine) (Michael Stipe, Mike Mills, Peter Buck, William Berry). Von dem Album *Document* (1987).

Die Toten Hosen: Bonnie und Clyde (Michael Breitkopf, Andreas Frege). Von dem Album *Opium fürs Volk* (1996).

Tocotronic: Ich verabscheue Euch wegen Eurer Kleinkunst zutiefst (Dirk von Lowtzow, Arne Zank, Jan Müller). Von dem Album *Wir kommen um uns zu beschweren* (1996).

Bright Eyes: Road To Joy (Conor Oberst). Von dem Album *I'm Wide Awake, It's Morning* (2005).

Rage Against The Machine: Bullet In The Head (Tom Morello, Tim Commerford, Brad Wilk, Zack de la Rocha). Von dem Album *Rage Against the Machine* (1992)

Eric Clapton: We've Been Told (Jesus Coming Soon) (Willie Johnson/Traditional). Von dem Album *There's One In Every Crowd* (1975).

Eric Clapton: Don't Blame Me (Eric Clapton, George Terry). Von dem Album *There's One In Every Crowd* (1975).

Eric Clapton: Pretty Blue (Eric Clapton). Von dem Album *There's One In Every Crowd* (1975).

Nirvana: Smells Like Teen Spirit (David Grohl, Krist Novoselic, Kurt Cobain). Von dem Album *Nevermind* (1991).

Bright Eyes & Emmylou Harris: Landlocked Blues (Conor Oberst). Von dem Album *I'm Wide Awake, It's Morning* (2005).

ICH DANKE ACHIM, ANDREAS,
CHRISTOPH, ERHARD, FALK, JUDICA,
OLAF, SUSANNE, ULLI,
UND MANCHEM AHNUNGLOSEN
FÜR
DIE VIELEN GESPRAECHE, DIE
DIESEN TEXT ZU DEM WERDEN LIESSEN,
ALS DER ER
SICH JETZT
LESEN LAESST.
THB.